Die Ruhe in dem kleinen österreichischen Dorf Landau findet am 12. Dezember ein jähes Ende, als hinter der Kirche eine grausam verunstaltete Leiche gefunden wird.

Der Tote hängt kopfüber an einem Baugerüst, in seine Stirn wurde die Zahl Zwölf geritzt. Chefinspektor Otto Morell, der sich eigens von Wien nach Landau hat versetzen lassen, um keine Gewaltverbrechen mehr bearbeiten zu müssen, steht vor einem Rätsel. Ein Mörder unter der Landauer Bevölkerung? Undenkbar. Hilfe bekommt Morell von der jungen Gerichtsmedizinerin Nina Capelli und von Leander Lorentz, einem Freund des Toten. Gemeinsam versuchen sie das Rätsel um die mysteriöse Zahl Zwölf zu lösen. Doch noch bevor sie etwas in Erfahrung bringen können, hat der Mörder erneut zugeschlagen. Und wieder hat er eine Zwölf in den Körper des Toten geritzt.

Daniela Larcher wurde 1977 in Bregenz geboren. Sie studierte Prozess- und Projektmanagement und Archäologie. Anschließend war sie in der Werbebranche tätig. 2006 zog sie für ein Jahr nach New York und ist seit Juli 2007 wieder zurück in Wien, wo sie derzeit im Eventbereich arbeitet. »Die Zahl« ist ihr erster Roman. Daniela Larcher im Internet: www.danielalarcher.at

Unsere Adresse im Internet: www.fischerverlage.de

Daniela Larcher

Die Zahl

Kriminalroman

Fischer Taschenbuch Verlag

Originalausgabe
Veröffentlicht im Fischer Taschenbuch Verlag,
einem Unternehmen der S. Fischer Verlag GmbH,
November 2008

© S. Fischer Verlag GmbH, Frankfurt am Main 2008
Gesamtherstellung: CPI – Clausen & Bosse, Leck
Printed in Germany
ISBN 978-3-596-18241-1

»Die Zahl ist das Wesen aller Dinge.«

Pythagoras, griechischer Philosoph und Mathematiker

>**»Als drauf vom Ermorden die Händ' ihm starreten,**
>**wählt' er annoch zwölf lebende Jüngling' im Strome;**
>**Abzubüßen den Tod des Menötiaden Patroklos.«**
>Homer, Ilias

Er stinkt! Oder sollte ich besser sagen *sie* – die Leiche? Oder ist das, was von Josef Anders übrig ist, nämlich ein ekliger, stinkender Haufen Fleisch, Fett und Haut, nicht mehr menschlich, nicht mehr personifizierbar, nicht mehr wert einen Namen zu tragen und daher schlichtweg ein Es? Ja, ich glaube, das trifft es am ehesten. Er war sein ganzes Leben lang nicht viel mehr als das. Ein Ding, ein Tier, ein Etwas.

Es ist so schrecklich widerlich! Der fette, von der Verwesung aufgequollene Leib ist voller Blasen. Jedes Mal, wenn ich den Körper bewege, platzen einige von ihnen auf und lassen ihren ranzigen, gelblich-grünen Inhalt in dünnen Rinnsalen auslaufen. Kleine stinkende Bäche ergießen sich über die faulige, von einem lilafarbenen Aderngeflecht durchzogene Haut. Ich möchte kotzen!

Sein Innerstes dringt nach außen und offenbart das wahre Ich von Josef Maximilian Anders. Hier und jetzt kann er endlich er selbst sein. Der richtige, der echte Josef zeigt sich mir, rinnt aus seiner Hülle, seiner Fassade heraus. Genauso war sein Leben: geplatzte Träume, die nichts hinterließen als ekligen Schleim, Gestank und einen bitteren Nachgeschmack auf der Zunge.

Es war eine Wohltat, ihn von seinem Siechtum zu erlösen, ihn zu befreien von dem Elend seines kranken Lebens, für das es keine Heilung mehr gab. Sein Todesurteil war schon vor langer Zeit gefällt worden, noch bevor ich den Entschluss fasste, ihn zu töten.

Wenn ich meine Augen schließe, kann ich ihn direkt vor mir sehen – wie er am Boden lag und schrie, heulte und flehte. Verzweifelt versuchte er, sein Leben zu retten, bettelte auf Knien, winselte und wand sich wie ein Wurm. Ja, so kam er endlich zum Vorschein – der wahre Josef. Nichts war mehr übrig von dem angesehenen, erfolgreichen Geschäftsmann. Vorbei war es mit dem süffisanten Lächeln, dem eleganten Auftreten und dem Schein, alles im Griff zu haben.

Der gute alte Joe! Wie ein Schwein hat er gequiekt, als mein Messer in ihn eindrang. Diese Drecksau! Geschlachtet zu werden, war der einzige Tod, der zu ihm passte!

Wenn doch nur dieser Gestank nicht wäre. Es scheint mir, als würde sein Todesgeruch versuchen, überall in mich einzudringen. So als würde Josefs Körper, in einem letzten, verzweifelten Versuch einen Teil von sich zu retten, probieren, sich mit dem meinen zu vermengen. So als würde er versuchen, ein Konglomerat aus Körperlichkeit herzustellen – Urin, Kot, Blut, Sperma, Schweiß und Speichel.

Heute ist der perfekte Tag für die Offenbarung. Es war gut, so lange abzuwarten. Hoffentlich werden die dummen Ignoranten da draußen dieses Mal endlich ihre Augen öffnen und verstehen. Sie müssen es endlich begreifen. Sie müssen das Zeichen richtig deuten. Es ist ihre einzige Chance!

Es ist schwierig, die Reste von Josef zu transportieren. Seit die Leichenstarre nachgelassen hat, ist sein Körper so schlaff und schwer wie ein nasser Sack. Sein Penis hängt klein und verschrumpelt zwischen seinen feisten Schenkeln. Na, Joe? Wo ist sie jetzt, deine vielgepriesene Männlichkeit?

Josef war schon immer ein Koloss, doch der Tod, so scheint es, hat die gesamte Last seines Lebens tausendfach auf ihm abgelegt, anstatt sie von ihm zu nehmen.

Dieser widerliche, teigige Haufen ist alles, was von Josef geblieben ist, und bald wird es nicht einmal mehr das sein. Nachdem sich die Würmer und Maden mit seinem übelriechenden Fleisch ihre Bäuche vollgeschlagen haben, wird nichts mehr von ihm übrig sein außer ein paar schmutzigen Knochen.

Ich schleppe, ziehe, schiebe und stoße den geschundenen Leib. Ächze, stöhne und schwitze unter seinem Gewicht. Ich frage mich, was schlimmer ist, die Schändung eines Toten oder die Schande eines Lebenden?

Gleich ist es so weit. Gleich werde ich sie los sein, die stinkende, tropfende Masse, die früher einmal Josef Anders war. Endlich werde ich frei von dieser Bürde sein. Ich kriege kaum mehr Luft. Ist es die Anstrengung? Der beißende Geruch? Oder doch die Angst, dass mein Plan schiefgehen könnte?

Ich darf nicht scheitern! Nichts darf fehlschlagen! Alles muss klappen! Es ist der richtige Zeitpunkt, und vor allem ist es die einzige Möglichkeit, die Menschen da draußen zu retten.

Gleich habe ich es geschafft. Gleich bin ich befreit. Ich wünschte, es wäre schon vorbei.

Doch dabei fängt es jetzt erst richtig an!

**»Nun hilft Euch nur noch eine Zwölf,
oder Eure Kirche bekommt nie wieder einen Turm.«**
Wie Greifenhain zu zwei Kirchtürmen kam, Deutsche Sage

Sie stank! Jedes Mal, wenn sie auftauchte, hinterließ sie einen undefinierbaren Mief aus Haarspray, Parfüm, Klebstoff und Bratenfett. Sie, das war Agnes Schubert, 42 Jahre alt, vollbusige Dauerwellenträgerin, begeisterte Köchin, von Beruf Handarbeitslehrerin, ehrenamtlich als Küsterin tätig und sehr zu ihrem Leidwesen immer noch unverheiratet.

Ständig versuchte sie Otto Morell, 40 Jahre alt, Junggeselle und seines Zeichens Chefinspektor bei der Polizei von Landau, davon zu überzeugen, dass sie die perfekte Frau für ihn wäre. Morell war in ihren Augen ein richtiges Prachtexemplar von einem Mann. 1,95 m groß mit sehr viel Klasse und mindestens genauso viel Masse. Leider, das musste Morell sich selbst eingestehen, basierte seine enorme Körperfülle nicht auf Muskeln, sondern eher auf Fettpolstern. Genau das war es aber, was Agnes Schubert besonders ansprach. Der leidenschaftliche Hobbykoch und passionierte Gärtner war in ihren Augen ein kuscheliger Brummbär, der dringend eingefangen werden musste. Zu ihrer Idealvorstellung passte auch sein volles braunes Haar, das, wie bei einem richtigen Bären, nicht nur am Kopf, sondern so gut wie überall auf seinem Körper spross. Seine beherrschte Art und seine innere Ruhe waren das Tüpfelchen auf dem i. Manch anderer hätte Chefinspektor Morell als trägen Phlegmatiker, fetten Langweiler oder lahme Schlaftablette beschrieben. Agnes Schubert aber fand ihn schlicht und ergreifend einfach nur sexy.

Sie tauchte ungefähr einmal pro Woche unter irgendwelchen fadenscheinigen Vorwänden in Morells Büro auf. Ein komisch dreinblickender Landstreicher, ein paar Jugendliche, die zu schnell mit ihren Mopeds unterwegs waren, oder eine verschwundene Katze. Irgendeinen Grund fand sie immer, um bei ihm auf der Bildfläche zu erscheinen und ihr pralles Dekolleté in Szene zu setzen. Letzten Dienstag war es ein viel zu schnelles Auto mit einem fremden Kennzeichen gewesen – wobei in Landau, einem kleinen 5000-Einwohner-Kaff in den Tiroler Alpen, alles als fremd galt, das mehr als zehn Kilometer von der Ortsgrenze entfernt lag.

Bisher hatte Chefinspektor Morell, höflich und friedliebend wie er nun einmal war, alles über sich ergehen lassen. Agnes Schuberts ständige Besuche in seinem Büro sowie ihre dummen Vorwände und plumpen Versuche, einen Flirt mit ihm zu starten. Aber hier und jetzt ging sie zu weit! Es war Sonntagmorgen, eigentlich fast noch Sonntagnacht – nicht einmal halb sieben. Aber was noch viel wichtiger war – das hier war nicht sein Amtszimmer, das hier war sein Haus, sein eigenes, privates, ganz persönliches Reich.

Otto Morell war noch nicht ganz wach, immerhin hatte Frau Schubert ihn mit ihrem Läuten und Klopfen aus seinem wohlverdienten Schlaf gerissen. Es dauerte darum einige Momente, bis er realisierte, dass anscheinend irgendetwas passiert sein musste. Agnes Schubert war ungeschminkt, und die sonst so sorgfältig zurechtgemachten Haare hingen ihr fransig ins Gesicht.

Morell bemerkte erst beim zweiten Hinsehen, dass Bröckchen von Erbrochenem in ihren Haarsträhnen klebten. Sie keuchte und rang nach Luft. Anscheinend war sie schnell gerannt. Sie versuchte etwas zu sagen, brachte aber kein Wort heraus.

Morell wusste nicht genau, was er von der Situation halten sollte. Entweder war etwas Schreckliches geschehen oder es war ein neuer Trick von ihr, um seine Aufmerksamkeit zu gewinnen. Beide Möglichkeiten sagten ihm nicht besonders zu.

Er zögerte kurz, beschloss dann aber, seiner Rolle als Freund und Helfer gerecht zu werden und trat einen Schritt zur Seite. »Kommen Sie herein, Frau Schubert, ich mache Ihnen einen Tee und dann erzählen Sie mir in aller Ruhe, was los ist.« Er wartete, bis Agnes Schubert eingetreten war, und schloss die Tür hinter ihr. Innerlich nahm er sich fest vor, dass er ihr endlich einmal ordentlich die Meinung sagen würde, sollte sich herausstellen, dass dies nur einer ihrer Vorwände war, um sich an ihn ranzumachen.

»Folgen Sie mir«, sagte er und begann gemächlich die imposante Treppe hochzusteigen, die in den ersten Stock führte. Das große, zweistöckige Haus mit der strahlend weißen Fassade und den Blumenkästen vor den Fenstern hatte Otto Morell von seinen Eltern geerbt, und es gab niemanden, mit dem er das Haus hätte teilen müssen.

Die alten Holzstufen knarrten unter dem Gewicht des Polizisten. Oben angelangt wartete Morell vor der Küche auf Frau Schubert, die die Treppe noch langsamer hinaufgegangen war als er. »Da sind wir schon«, sagte er und schielte wehmütig zu der Tür, hinter der sich sein Schlafzimmer befand. Wie gerne hätte er noch eine Stunde oder zwei in seinem großen, weichen Bett verbracht.

Das Keuchen seines ungebetenen Gastes holte Morell in die Realität zurück und ließ seinen Blick wieder in die Küche wandern. »Tut mir leid«, entschuldigte er sich, »aber ich war nicht auf Besuch eingestellt – ich werde Ihnen Platz machen.« Um einen großen Esstisch aus hellem Kiefernholz herum standen vier Stühle. Drei davon waren mit Kochbüchern und Küchenutensilien vollgeräumt, auf dem vierten lag Fred, der Kater des Inspektors, der, was das Thema Fettleibigkeit betraf, ganz nach seinem Besitzer kam.

Während Morell noch versuchte einen Stuhl freizuräumen, setzte sich Agnes Schubert einfach auf den Boden.

»Entschuldigen Sie, Herr Kommissar«, sagte sie und wischte sich ein paar schmutzige Strähnen aus dem Gesicht. Sie sagte ständig »Herr Kommissar« zu ihm, was schlicht und ergreifend falsch war. Es gab die Bezeichnung »Kommissar« bei der österreichischen Polizei überhaupt nicht, was für Frau Schubert, die anscheinend zu viele schlechte Krimis gelesen hatte, aber kein Hindernis darstellte, ihn trotzdem so zu nennen. Irgendwann hatte Morell es aufgegeben, sie zu korrigieren.

Agnes Schubert blickte zu dem massigen Mann hoch, der vor ihr stand, und holte tief Luft. Morell wartete darauf, dass sie etwas sagte, aber sie schwieg.

»Sieht so aus, als hätte sich Ihr Frühstück wieder von Ihnen verabschiedet«, versuchte Morell ziemlich unbeholfen das Schweigen zu brechen. »Ich kann Ihnen einen Toast machen, wenn Sie wollen.«

Frau Schubert verzog ihr Gesicht zu etwas, das Morell als Lächeln interpretierte. Anscheinend war seine Deutung aber falsch, denn das Häuflein Elend, das da mitten in seiner Küche auf dem Boden saß, begann zu schluchzen. Das Geräusch, das sie dabei von sich gab, klang wie ein leises Röcheln. Es erinnerte ihn an Fred, der oft versuchte, die Haare, die er beim Putzen seines Fells verschluckt hatte, wieder hochzuwürgen. Chefinspektor Otto Morell stand angesichts des heulenden Quälgeistes ratlos vor dem Toaster. Er war noch nie sehr gut im Umgang mit Frauen gewesen. Da er nicht wusste, was er sagen sollte, sagte er einfach nichts und wartete.

»Sie müssen zur Kirche kommen!«, stammelte Frau Schubert, als sie sich wieder ein wenig gefangen hatte. »Am besten jetzt gleich.« Sie versuchte aufzustehen. Morell streckte seine Hand aus, um ihr dabei zu helfen. Als er merkte, wie sehr sie zitterte, verspürte er das erste Mal an diesem Morgen ernsthafte Besorgnis.

Wenn er später an diesen unheilvollen Tag zurückdachte, war es nicht das Sturmläuten von Agnes Schubert und auch nicht das Erbrochene in ihren Haaren, sondern es war ihre zitternde Hand, an die er sich zuerst erinnerte.

Vor einigen Jahren hatte Agnes Schubert die Stelle als Küsterin in der Pfarrgemeinde St. Peter und Paul angenommen, weil sie verliebt in den neuen Kaplan gewesen war. Zwar scheiterten all ihre Versuche, den Gottesmann von den Freuden eines weltlichen Lebens zu überzeugen, aber sie behielt den Posten trotzdem. Die Vorteile, die man als rechte Hand des Gemeindepfarrers und Herrin über die Kirche hatte, waren nicht zu unterschätzen. Sie hatte Zugriff auf die Tauf-, Heirats- und Sterbebücher, konnte sich heimlich am Messwein bedienen, die Protokolle des Pfarrgemeinderates lesen, und hie und da schaffte sie es, unter dem Vorwand, die alten Kirchenbänke mit Möbelpolitur einzulassen, einige Wortfetzen aus dem Beichtstuhl zu erhaschen. Nicht umsonst war Agnes Schubert als eine zuverlässige Quelle des Dorfklatsches bekannt.

»Was ist denn in der Kirche?«, fragte Morell.

»Nicht *in* der Kirche«, antwortete Frau Schubert. »Hinter der Kirche. Am Baugerüst.« Sie holte tief Luft. »Können wir jetzt gehen?«, flüsterte sie.

»Das beantwortet meine Frage nicht«, hakte Morell nach. »Was ist denn nun hinter der Kirche?«

»Das Grauen!« Frau Schuberts Stimme überschlug sich und brach. »Ich ... ich kann und will es nicht beschreiben. Sie müssen es selbst sehen!«

Morell versuchte, das flaue Gefühl, das sich in seinem Magen breitmachte, zu unterdrücken, indem er sich ins Bewusstsein rief, dass Agnes Schubert schon immer einen Hang zur Dramatik hatte und gerne übertrieb. Letztes Jahr im Sommer hatte ein armer, alter Landstreicher in ihrem Geräteschuppen Schutz vor einem Gewitter gesucht. Agnes Schubert hatte im Polizeirevier angerufen und sich aufgeführt, als würde ein psychopathischer Serienvergewaltiger mit gezücktem Messer in ihrem Garten lauern und nur darauf warten, sie in die Finger zu bekommen.

»Können wir jetzt bitte gehen?«, flüsterte sie noch einmal. Agnes Schubert wollte freiwillig den Bau ihrer Beute verlassen – das konnte nichts Gutes bedeuten.

Chefinspektor Morell nickte. »Geben Sie mir eine Minute. Ich ziehe mir nur was Warmes an.« Er verließ die Küche und ging in den Flur. Dort blieb er stehen, überlegte kurz, griff dann zum Telefon und wählte die Nummer seines Stellvertreters, Inspektor Robert Bender. Er ließ es klingeln. Wieder und wieder.

»Bender«, meldete sich endlich eine Stimme, die nicht sehr erfreut über den frühen Anruf zu sein schien.

»Robert, hier Morell. Kann sein, dass ich dich brauche.«

»Okay«, Bender überlegte, ob sein Vorgesetzter ihn bisher jemals gebraucht hatte.

»Irgendetwas ist hinter der Kirche passiert. Die Schubert hat mich grad völlig hysterisch aus dem Bett geklingelt. Keine Ahnung, was los ist. Aber was auch immer es ist, es hat sie ziemlich aus der Bahn geworfen.«

»Okay.« Bender war alles andere als wach.

»Ich werde jetzt da hinfahren«, sagte Morell. »Wir treffen uns in zehn Minuten bei der Kirche.«

»Okay.«

»Bis gleich«, verabschiedete sich Morell.

»Okay«, sagte Bender, aber das konnte sein Chef nicht mehr hören, da er schon aufgelegt hatte.

Morell überlegte kurz, ob er sich in seine Uniform quetschen sollte. Die dunkelblaue Mehrzweckhose und das hellblaue Uniformhemd, die bei der österreichischen Polizei zur Standardausrüstung gehörten, zwickten ihn schon lange an allen möglichen Stellen. Es war ihm aber viel zu peinlich, eine neue Uniform zu ordern. Er konnte sich nur zu gut an den Absatz aus dem Anforde-

15

rungsprofil für Polizeibeamte erinnern, in dem es hieß »... von einem Polizeibeamten wird außerdem erwartet, dass er sportlich trainiert und ausdauernd ist ...«. Morell befürchtete, dass es daher sehr wahrscheinlich gar keine Uniformen in seiner Größe gab, und sein Stolz verbot es ihm nachzufragen.

Zivilkleidung war das Einzige, was er aus seiner Zeit im Kriminaldienst wirklich vermisste.

Er beschloss, dass die besonderen Umstände es erforderten, sofort das Haus zu verlassen und daher keine Zeit mehr blieb, sich extra seine Uniform anzuziehen. Er ließ den grünen Rollkragenpulli und die graue Flanellhose an, die er sich im Halbschlaf angezogen hatte, und griff nach seiner Winterjacke und einer dicken, gestrickten Wollmütze.

Agnes Schubert hielt sich an Morells Arm fest, als sie gemeinsam auf den Vorplatz seines Hauses traten. Der Morgen dieses 12. Dezembers war klirrend kalt. Der kleine Ort Landau lag weiß und verschlafen unter einer Decke frischgefallenen Schnees. Morell schob seine Mütze tiefer ins Gesicht und zog die Schultern hoch. Er mochte die Stimmung, die an Wintertagen kurz vor Sonnenaufgang herrschte: Die kalte, klare Luft, in der man seinen eigenen Atem sehen konnte. Das Knirschen unter den festen Winterschuhen. Die Eisblumen an den Fensterscheiben und die Eiszapfen an der Dachrinne.

Er blickte nach oben. Es hatte offenbar die ganze Nacht über geschneit, aber jetzt war der Himmel sternenklar. Bald würde die Sonne aufgehen. Er lenkte seinen Blick wieder zu Agnes Schubert, die leise wimmernd neben ihm stand. Entweder war sie völlig durchgeknallt oder er würde gleich etwas wirklich Erschütterndes zu Gesicht bekommen. Er atmete ein und sog die eisige Luft so tief in seine Lungen, dass es wehtat.

Einige Momente später saß Morell, das kleine Häuflein Elend neben sich auf dem Beifahrersitz, in seinem Golf-Streifenwagen und fuhr zur Kirche. Eigentlich wäre es von seinem Haus bis dahin nur ein kurzer Fußmarsch von ungefähr fünf Minuten gewesen. Morell hatte aber die schlechte Angewohnheit, auch kürzeste Strecken mit dem Auto zu fahren. Er hatte sich fest vorgenommen, den Wagen im Frühling gegen ein Fahrrad zu tauschen, um ein wenig abzunehmen. Bis dahin würde es aber noch einige Zeit dauern. Im Moment war es einfach zu kalt für Freiluftsport.

Die ganze Fahrt über sagte Agnes Schubert kein Wort. Morell, der von Haus aus kein großer Redner war, schwieg ebenfalls. Irgendetwas war geschehen. Das konnte er nicht leugnen. In seinem Bauch machte sich ein komisches Gefühl breit. War es Spannung? Neugier? Oder doch eher Furcht? Aber wovor? Dass diese Sache, die Agnes Schubert als »das Grauen« bezeichnet hatte, ihn genauso aus der Bahn werfen würde wie sie? Er versuchte sich einzureden, dass die Frau, die da zusammengesunken neben ihm saß, einfach nur ein hysterisches Weib war, das um jeden Preis versuchte, seine Aufmerksamkeit zu erregen.

Aber irgendetwas lag in der Luft. Nichts Konkretes. Nur ein Gefühl, das er nicht einordnen konnte. Eine Vorahnung, die ankündigte, dass in wenigen Minuten nichts mehr so sein würde wie am Tag zuvor.

Morell parkte seinen Wagen vor der Kirche und stellte den Motor ab. »Warten Sie hier im Auto auf mich«, sagte er zu Frau Schubert. »Ich sehe mir das mal an und komme gleich zurück. Sollte Inspektor Bender in der Zwischenzeit hier auftauchen, schicken Sie ihn bitte zu mir.« Agnes Schubert antwortete nicht, sondern ergab sich einem neuerlichen Heulkrampf.

Sie waren nur zu zweit im Landauer Polizeirevier. Chefinspektor Otto Morell und der 26-jährige Inspektor Robert Bender, der vor zwei Jahren seine Ausbildung zum Polizeibeamten beendet hatte und seitdem Morells Assistent und Stellvertreter war. Bender, der regelmäßig im Fitnesscenter trainierte, war alles andere als ein dünner Zwerg, aber neben der imposanten Statur seines Vorgesetzten fühlte er sich klein und schmächtig. Wenn er sich hinter Morell stellte, war er so gut wie unsichtbar. Was Bender außerdem zu schaffen machte, war die Tatsache, dass er viel jünger aussah, als er tatsächlich war. Vor kurzem hatte er sich, in der Hoffnung, dadurch optisch ein paar Jahre dazuzugewinnen, seine blonden Haare raspelkurz schneiden lassen. Zwar ließ ihn seine neue Frisur tatsächlich ein wenig älter wirken, aber sobald Morell auf der Bildfläche erschien, fühlte er sich wieder wie ein kleiner Junge. Bender wusste oft nicht, was er von Morell halten sollte. Er empfand viel Respekt und Bewunderung für seinen Chef, aber manchmal, wenn Morell schon nach einigen Metern zu Fuß keuchte und schwitzte, fand er ihn furchtbar peinlich.

Die Kriminalität in der kleinen Gemeinde Landau war, abgesehen von ein paar Geschwindigkeitsübertretungen, ein bisschen Randale am Dorffest und ein paar Halbwüchsigen, die manchmal Marihuana rauchten, gleich null. Das kleine Drei-Zellen-Gefängnis des Ortes stand so gut wie immer leer.

Morell war in der Polizeiakademie stets einer der Besten gewesen. Nach sechs Jahren Dienstzeit entschied er sich für eine weiterführende Ausbildung bei der Kriminalpolizei in Wien. Mit etwas mehr Sport und ein bisschen weniger Appetit hätte er eine steile Karriere vor sich gehabt. Für sein zartes Gemüt waren der anstrengende Alltag und die schrecklichen Dinge, mit denen er als Kriminalbeamter konfrontiert wurde, jedoch zu hart. Also beschloss er nach dem Tod seiner Eltern, die Karriere an den Nagel zu hängen, das Haus zu übernehmen und in seinem Heimatdorf Landau ein gemütliches Beamtendasein zu führen. Durch sein stattliches Auftreten und seine imposante Gestalt vermittelte Morell so viel Autorität, dass er so gut wie nie laut werden musste. Er genoss den Respekt der Einwohner. Er mochte seine Arbeit. So etwas wie heute war ihm hier noch nie passiert – zum ersten Mal in seiner Zeit als Polizist in Landau fürchtete er sich.

Die Kirche St. Peter und Paul stand am oberen Ende des Ortskerns. Vor dem alten Bauwerk, das Mitte des 19. Jahrhunderts im neuromanischen Stil umgestaltet wurde, befand sich der große Marktplatz, auf dem viele Dorffeste und ein wöchentlicher Bauernmarkt stattfanden. Von hier aus konnte man das Gotteshaus durch das große Hauptportal betreten. Seitlich um das Gebäude herum erstreckte sich der Friedhof des Ortes, der von einer steinernen Mauer begrenzt wurde.

Morell öffnete zaghaft das große schmiedeeiserne Tor, das den Hauptzugang zum Friedhof darstellte. Außer diesem Tor gab es noch eine kleine Pforte im hinteren Teil der Anlage, die aber selten benutzt wurde.

Er ging langsam. Bei jedem Schritt knirschten der frischgefallene Schnee und die Kieselsteine, mit denen die Friedhofswege bestreut waren, unter seinen Schuhen.

Morell wusste, wo sich das Baugerüst der Restaurierungsfirma, von dem Agnes Schubert gesprochen hatte, befand. Durch das Läuten der Glocken wurde der Glockenturm regelmäßig in Schwingungen versetzt, was erhebliche Risse im Mauerwerk verursacht hatte. Das war der Grund, weshalb der Kirchturm gerade saniert wurde.

Und da war es!

Morell konnte nicht fassen, was er vor sich sah. Er glaubte erst, dass seine Augen ihm einen Streich spielten. Agnes Schubert hatte bei weitem nicht übertrieben. Das, was da vor ihm hing, als »das Grauen« zu bezeichnen, war eine totale Untertreibung. »Oh Gott!«, war alles, was Morell herausbrachte.

Der Leichnam von Josef Anders hing kopfüber an dem Baugerüst.

Irgendjemand hatte den nackten, entstellten Körper mit gespreizten Armen und Beinen an die Stahlrohre gebunden, sodass er einem überdimensionalen X glich. Der Leib des Toten war grünlich verfärbt und aufgequollen. Durch den Fäulnisprozess hatten sich Teile der Haut abgelöst und hingen jetzt in Fetzen herab. Darunter kam fauliges Muskelgewebe zum Vorschein.

Sosehr Morell es auch versuchte, er konnte nicht wegsehen. Seine Augen starrten wie gebannt auf die schrecklich zugerichtete Leiche. Noch nie in seinem ganzen Leben, auch nicht in den Lehrbüchern der Polizeiakademie oder seiner kurzen Karriere bei der Kriminalpolizei, hatte er so etwas Entsetzliches und Albtraumhaftes gesehen. Das, was früher einmal Josef Anders gewesen war, hatte nichts Menschliches mehr an sich.

Die Zunge des Toten hing aus dem offenen Mund heraus, sodass sein Gesicht zu einer grausigen Fratze entstellt wurde. Überall konnte Morell Einstiche an dem geschundenen Körper sehen.

Als Morells Blick auf die weit aufgerissenen Augen des Toten fiel, war es aus mit seiner Beherrschung. Sein Herz hämmerte, er sank auf die Knie, ihm war übel und schwindelig und er befürchtete, dass er das Bewusstsein verlieren würde.

Morell übergab sich nur wenige Zentimeter von der Stelle entfernt, an der auch Agnes Schubert sich vor ungefähr einer halben Stunde übergeben hatte.

»Chef?«, es war Benders Stimme. »Alles in Ordnung?« Im selben Moment, als er die Frage stellte, sah er die entstellte Leiche, und die Antwort erübrigte sich. Inspektor Robert Bender war der Dritte, der an diesem Sonntagmorgen auf dem kleinen Friedhof von Landau seinen Mageninhalt wieder von sich gab.

Morell wusste, dass er irgendetwas unternehmen musste. Aber was? Dass der völlig bestürzte Bender, der sich verzweifelt an einem großen Marmorgrabstein festhielt, nun auch noch in Tränen ausbrach, machte die Situation nur noch schlimmer. »Das ist doch nicht wahr! Das kann nicht sein! Nicht bei uns! Nicht in

Landau!«, stammelte Bender und wischte sich mit dem Ärmel seiner Jacke über den Mund.

»Anscheinend schon«, entgegnete Morell, der sich wieder etwas gefasst hatte. »Hol Frau Schubert aus dem Auto, und bring sie in die Sakristei. Sie soll dort warten. Lass dir anschließend die Schlüssel für die beiden Friedhofstore geben und sperr sie ab. Ich werde in der Zwischenzeit entscheiden, was zu tun ist.«

Bender schwankte in Richtung Parkplatz, dankbar, dass er dem grotesk zur Schau gestellten Leichnam endlich den Rücken zukehren konnte.

Morell dachte nach, versuchte sich das Lehrbuch aus seiner Ausbildung zum Polizisten vor Augen zu führen. Es war so verdammt lange her. Ein anderes Leben. Der harte, oft grausame Polizeialltag, dem er entkommen wollte, hatte ihn wieder eingeholt. Die Zeiten, in denen er sich um gestohlene Gartenzwerge kümmern konnte und heulende Hausfrauen tröstete, weil ihre Katze verschwunden war, gehörten nun wohl endgültig der Vergangenheit an.

»Als Erstes gilt es, Verletzte zu versorgen, Gefahrenquellen auszuschalten und sonstige Gefahren für die öffentliche Sicherheit und Ordnung abzuwehren«, zitierte Morell leise. Das alles war hier wohl nicht nötig. Als Nächstes galt es, Spuren und Informationen zu sichern.

Als Bender zurückkam, schien es so, als hätte er sich wieder ein wenig gefangen. Trotzdem vermied er es tunlichst, den Leichnam anzusehen.

»Was sollen wir denn jetzt machen?«, fragte er.

»Ich werde damit beginnen, hier draußen die Spuren zu sichern«, antwortete Morell. »Wie geht es Frau Schubert? Ist sie vernehmungsfähig?«

»Ich denke schon«, meinte Bender. »Ich glaube, sie hat sich ein wenig beruhigt.«

»Gut. Lass dir von ihr genau erzählen, was sie gesehen hat, und bring ihre Aussage zu Protokoll. Veranlasse, dass die Acht-Uhr-Messe abgesagt wird. Sobald das erledigt ist, meldest du dich wieder bei mir!«

Bender nickte. »Chef?«, flüsterte er und schaute auf den Boden. »Das da ist Joe Anders, nicht wahr?« Er scharrte mit seinen Schuhspitzen im Schnee.

»Ja, Robert. Ich glaube schon.« Morell sagte nichts mehr, sondern starrte ins Leere. Er kannte Josef Anders. Sie waren in dieselbe Schule gegangen. Morell war nur wenige Jahre älter gewesen. Außerdem verhielt es sich in Landau so wie in jedem kleinen Ort: Jeder kannte jeden. Man traf sich beim Einkaufen, auf dem Markt oder am Abend im Wirtshaus. Morell hatte keine Ahnung, wie er das hier Josefs Familie beibringen sollte.

»Die Ursprünglichkeit des Tatorts ist so weit wie möglich zu erhalten«, zitierte er weiter aus dem Handbuch der Polizeiarbeit. So weit so gut. Bender hatte die Zugänge zum Friedhof abgeriegelt.

»Offensichtliche Spuren sind gegebenenfalls auch provisorisch zu sichern«, murmelte Morell. Er sah sich um und zählte drei verschiedene Fußabdrücke. Seine eigenen, Benders und die von Agnes Schubert. Wenn der Täter Fußspuren hinterlassen hatte, so waren sie durch den starken Wind und den Schneefall der letzten Nacht zunichtegemacht worden. Morell konnte auch sonst nichts entdecken, das so aussah, als ob es irgendeinen Hinweis auf die Tat geben könnte. Er brauchte dringend Hilfe!

Er zog sein Handy aus der Jackentasche und musste feststellen, dass er keine Ahnung hatte, wie die Nummer des Landeskriminalamtes Tirol lautete – er hatte sie noch nie gebraucht. Morell wusste, dass Bender vor ein paar Wochen, in einem Anflug akuter Langeweile, alle wichtigen Telefonnummern in die Apparate auf dem Revier eingespeichert hatte. Aber er war hier nicht in seinem gemütlichen, freundlichen Büro. Er stand hier auf dem gottverdammten Friedhof, der sich irgendwann letzte Nacht in einen gottverdammten Tatort verwandelt hatte, und fror sich seinen fetten

Arsch ab. Er entschuldigte sich innerlich bei Gott fürs Fluchen und wählte 118 811, die Nummer der Auskunft.

»Auskunft. Was kann ich für Sie tun?«, meldete sich eine freundliche Stimme.

»Guten Morgen, verbinden Sie mich bitte mit dem Landeskriminalamt.«

»Mit welchem denn?«

Morell stutzte. Es dauerte einen Augenblick, bis ihm einfiel, dass die Dame bei der Auskunft ja nicht wissen konnte, in welchem der neun Bundesländer er sich gerade aufhielt.

»Innsbruck«, sagte er.

»Das Landeskriminalamt Tirol meinen Sie also?«, fragte die Frau.

»Bin ich hier bei einem Geographiequiz oder bei der Auskunft?«, fragte Morell und bereute sofort seinen übellaunigen Ton.

»Einen kleinen Moment bitte«, sagte die Dame am anderen Ende der Leitung und klang dabei nicht mehr ganz so freundlich wie noch vor wenigen Augenblicken.

»Landeskriminalamt«, meldete sich eine Dame mit eindeutigem Tiroler Akzent nur wenige Sekunden später.

»Guten Morgen! Hier spricht Chefinspektor Otto Morell aus Landau. Hier ist ein Mord geschehen, und ich brauche dringend Unterstützung.«

»Einen Moment bitte, ich verbinde Sie weiter.«

»Hier Haug«, meldete sich nach ein paar Sekunden eine Stimme, die Morell gut kannte. Glück im Unglück. Er atmete innerlich auf. Er und Ralph Haug hatten gemeinsam die Grundausbildung absolviert und waren gute Freunde gewesen. Anschließend war Otto in Wien gelandet, während Ralph seinen Dienst in der Tiroler Landeshauptstadt verrichtete. Im Laufe der Jahre hatten sie sich ein wenig aus den Augen verloren.

»Servus Ralph, hier ist Otto. Otto Morell. Ich hoffe, du erinnerst dich noch?«

An Morells Ohr ertönte ein lautes, kehliges Lachen. »Otto, du alter Sack! Dass man von dir wieder einmal etwas hört. Wie geht es dir in deinem kleinen Kuhdorf?«

»Genau darum geht es«, Morell räusperte sich. »So wie es aussieht, habe ich hier in meinem kleinen Kuhdorf einen ziemlich brutalen Mord und benötige dringend Unterstützung. Als Erstes brauche ich Hilfe bei der Spurensicherung.«

»So eine große Sauerei?«, wollte Haug wissen.

»Nein, ganz im Gegenteil. Ich kann hier überhaupt keine Spuren ausmachen«, antwortete Morell. »Das liegt wahrscheinlich daran, dass sich der Fundort im Freien befindet und das Sauwetter alle offensichtlichen Beweise zunichtegemacht hat. Der Fundort ist außerdem nicht der Tatort.«

»Woraus schließt du das?« Haug war ganz ernst geworden.

»Die Leiche ist übel zugerichtet. Multiple Stichverletzungen. Aber es ist weit und breit kein einziger Tropfen Blut zu sehen. Außerdem befindet sich der Tote bereits in einem fortgeschrittenen Verwesungsstadium. Nachdem er gestern noch nicht hier hing, muss ihn also heute Nacht jemand hierhergebracht haben.«

»Er hing?«, fragte Haug. »Er wurde erstochen und aufgehängt?«

»Ralph, ich sage dir, so etwas hast du noch nie gesehen! Das ist kein gewöhnliches Verbrechen aus Eifersucht oder Habgier. Der Mann wurde regelrecht abgeschlachtet. Heute Nacht hat ihn jemand an einem Baugerüst hinter der Kirche festgebunden – und zwar kopfüber, mit gespreizten Armen und Beinen. Es sieht so aus, als wollte der Täter die Leiche zur Schau stellen.« Ein kurzes Piepen signalisierte Morell, dass der Akku seines Handys fast leer war. »Verdammt«, fluchte er, »mein Handy geht gleich aus! Ich muss mich kurzfassen. Bis wann können deine Leute hier sein?«

»Hör zu, Otto«, begann Haug, »ich glaube dir, dass das eine wirklich schlimme Sache ist, die da passiert ist. Aber wir sind hier total knapp besetzt. Seit der Budgetkürzung letztes Jahr fehlen mir hinten und vorn die Mittel, um mehr Überstunden zu bezahlen. Und durch das Schneechaos der letzten Tage gab es viele Unfälle, und langsam macht sich bei den Menschen da draußen auch die Weihnachtsdepression breit. Ich habe hier Schlägereien, Suizide und Misshandlungen en masse auf dem Tisch.«

»Was willst du mir damit sagen, Ralph? Soll das heißen, du kannst mir niemanden schicken? Ich habe hier einen Mord, und zwar einen von der schlimmsten Sorte!«

»Otto«, seufzte Haug, »ich würde dir wirklich gerne helfen, aber ich habe im Moment einfach keine Beamten, die ich entbehren könnte. Warum brauchst du überhaupt Verstärkung? Wir wissen beide, dass du gut genug ausgebildet bist, um das selbst zu machen.«

Morell senkte den Kopf und presste die Zähne zusammen. »Ich habe mich in den letzten Jahren mit Fahrraddiebstählen und entlaufenen Katzen beschäftigt. Ich bin Polizeibeamter in Landau, Ralph. Das schlimmste Verbrechen in der Geschichte dieses Ortes war ein Banküberfall im Jahr 1985. Bitte, Ralph! Ich brauche dringend Hilfe! Kannst du nicht irgendetwas für mich tun?«

»Du bist nicht nur ein einfacher Polizeibeamter in einem kleinen Kaff, Otto. Du bist Chefinspektor. Du hast die Ausbildung zum Beamten im Kriminaldienst gemacht und auch einige Jahre Praxiserfahrung.«

Morell schwieg. Er wusste, dass Haug recht hatte. Er war natürlich in der Lage, eigenständig eine Mordermittlung durchzuführen. Ein Piepen erinnerte ihn wieder an den leeren Akku.

»Otto«, redete Haug weiter. »Ich weiß sehr wohl, dass du mit Gewaltverbrechen schon immer ein Problem hattest. Ich kann aber beim besten Willen keinen Polizisten hier abziehen, wenn vor Ort jemand ist, der die Arbeit mindestens genauso gut machen kann.«

»Schon verstanden«, sagte Morell und wollte auflegen.

»Warte!«, rief Haug. »Mir ist gerade etwas eingefallen. Möglicherweise kann ich doch etwas für dich tun.«

»Bitte! Ich nehme jede Hilfe, die ich kriegen kann.«

»Ich kann dir nichts versprechen, aber Dr. Nina Capelli aus dem Rechtsmedizinischen Institut fährt heute für zwei Wochen nach Italien. Sie müsste dabei ganz in deiner Nähe vorbeikommen. Vielleicht kann sie einen kleinen Umweg machen. Sie könnte sich dein Opfer kurz ansehen, bevor es nach Innsbruck in die Gerichtsmedizin gebracht wird, und dir schon einige nützliche Hinweise geben. Capelli ist wirklich gut.«

»Das wäre sicherlich hilfreich. Bis die Ergebnisse der Autopsie vorliegen, kann es eine kleine Ewigkeit dauern. Wenn ich jetzt schon einige Hinweise zum Todeszeitpunkt und der Tatwaffe kriegen könnte, würde mir das sehr helfen.«

»Wie gesagt, ich kann dir nichts versprechen, aber ich werde sehen, was sich machen lässt. Ich kenne Nina recht gut und kann sie vielleicht überreden. Schick mir auf jeden Fall deinen Bericht, ich werde ihn mir ansehen. Und halt mich auf dem Laufenden! Ich werde dich unterstützen, wo ich nur kann.«

»Danke«, sagte Morell, »ich weiß das wirklich sehr zu schätzen. Du, ich muss Schluss machen, der Akku. Ciao Ralph.« Er legte auf. »Also dann, an die Arbeit«, murmelte er, »es bleibt mir wohl nichts anderes übrig.«

Morell fuhr ins Polizeirevier, um dort ein paar Dinge zu holen, die er für die Spurensicherung brauchte. Anschließend machte er Fotos vom Tatort und von der Leiche und untersuchte gemeinsam mit Bender mehrere Stunden lang den Friedhof, die Kirche und deren Umgebung, konnte aber keinerlei Spuren finden. Der Schnee hatte ganze Arbeit geleistet.

Nun war der Moment gekommen, an den Morell schon die ganze Zeit mit Grauen gedacht hatte. Er und Bender mussten den Leichnam vom Gerüst herunterholen. An und für sich wäre es zwar besser gewesen, mit diesem Schritt auf die Gerichtsmedizinerin zu warten, aber Morell wusste nicht, wie lange es dauern würde, bis sie ankäme beziehungsweise ob sie überhaupt kommen würde. Was er aber mit Sicherheit wusste, war, dass bald die ersten Schaulustigen ihre Nasen durch die schmiedeeisernen Stäbe des Gittertors stecken würden, und er wollte auf gar keinen Fall noch mehr Aufsehen erregen. Es reichte, dass Agnes Schubert, der personifizierte Dorfklatsch, den Toten gefunden hatte. Außerdem fühlte er sich Josef Anders und seiner Familie gegenüber verpflichtet. Niemand aus Landau sollte den Toten in dieser würdelos exponierten Haltung zu Gesicht bekommen.

Er und Bender würden den Körper ins Leichenhaus bringen, das sich auf dem Friedhofsgelände befand. In dem kleinen Gebäude wurden normalerweise Verstorbene am Tag vor der Beerdigung aufgebahrt. Dort sollte der Leichnam von Josef Anders so lange bleiben, bis er abgeholt und in die Gerichtsmedizin gebracht werden würde. Bender hatte noch Frau Schuberts Schlüsselbund und ging los, um eine Rollbahre aus der Leichenhalle zu holen. Morell zog sich währenddessen einen Mundschutz und einen Umhang aus Plastik über. Diese Utensilien hatten jahrelang im Schrank seines Büros gelegen. Er hätte nicht im Traum daran gedacht, dass er sie irgendwann einmal brauchen würde.

Vorsichtig löste er die Fesseln an den Handgelenken des Leichnams und versuchte dem Toten dabei nicht in die aufgerissenen Augen zu sehen. »Was hast du denn nur angestellt, dass dir jemand so etwas antut?«, fragte Morell das Opfer leise, während er die Plastikfesseln in eine kleine Tüte steckte, diese vorsichtig verschloss und mit einer Nummer versah.

Bender war mittlerweile wieder zurückgekommen und zog sich ebenfalls Mundschutz und Umhang über. Anschließend trippelte er nervös von einem Fuß auf den anderen. Er hatte immer von einem großen Fall geträumt. Hatte sich wilde Verfolgungsjagden und spektakuläre Festnahmen gewünscht, um bei den Mädchen ein wenig angeben zu können. Er konnte gar nicht mehr zählen, wie oft er sich über seinen lethargischen Vorgesetzten und den langweiligen Arbeitsalltag geärgert hatte. Heute sehnte er sich danach zurück. Er würde an seine Grenzen gehen müssen, um dieses Ding, das bis vor Kurzem noch ein Mensch gewesen war, anzufassen.

»Du musst jetzt sein Bein festhalten«, riss ihn Morell aus seinen Gedanken. »Ich werde versuchen, die Fessel vorsichtig von seinem Knöchel zu lösen.«

Bender schluckte, holte tief Luft und tat dann, was sein Chef ihm aufgetragen hatte. Erst jetzt bemerkte er, dass die Leiche hartgefroren war. Kalt und steif, wie eine Eisskulptur. Sie musste schon einige Zeit hier hängen – andererseits dauerte es bei den momentanen Temperaturen sicher nicht lange, bis ein Körper einfror.

Während Bender noch seinen Gedanken nachhing, hatte Morell begonnen, den letzten Knoten zu lösen. »Jetzt!«, rief er.

Bender und Morell hievten den Körper mit vereinten Kräften auf die Bahre. Steifgefroren wie er war, blieb der Leichnam in seiner grotesken Pose. Immer noch spreizte er seine Arme und Beine weit auseinander. Bender musste unvermittelt an einen Handballtorwart denken, der versuchte, keinen Treffer zu kassieren.

»Wir haben Glück«, stellte Morell fest. »Wäre die Leiche nicht gefroren, dann würde es hier jetzt ganz übel riechen.«

»Sie meinen, die Leiche wäre dann so richtig faulig und weich?«, fragte Bender und versuchte die Bilder zu verdrängen, die sich schlagartig vor seinem inneren Auge bildeten.

»Ganz genau. Wir können wirklich froh über diese Eiseskälte sein.«

Sie schafften die sterblichen Überreste von Josef Anders in die Leichenhalle. Morell sah sich in dem kalten, weiß gefliesten Raum um, dessen einziger Wandschmuck ein schlichtes Holzkreuz war, und fand schließlich in einer kleinen Holzkommode neben der Tür ein großes Tuch. Er nahm es und ging damit zur Bahre, um den Leichnam zuzudecken. »Ich werde mein Bestes tun, um herauszufinden, wer dir das angetan hat!«, sagte er zu dem Toten. Er hob seinen Blick und traute sich das erste Mal, genauer in Josef Anders' geschundenes Gesicht zu schauen. Und da fiel ihm etwas auf.

Irgendjemand, Morell nahm an, dass es der Mörder war, hatte etwas in Josefs Stirn geritzt. Morell trat näher an die Bahre heran und beugte sich ein wenig nach vorn. Die Schnitte waren so groß und deutlich zu erkennen, dass er sich fragte, warum er sie bisher noch nicht bemerkt hatte. Auf Josef Anders' kalter Stirn prangte ein X gefolgt von zwei senkrechten Strichen. XII, das römische Zeichen für die Zahl Zwölf. Morell war klar, dass das sehr wahrscheinlich etwas zu bedeuten hatte. Er war aber zu müde und kaputt, um sich jetzt Gedanken darüber zu machen. Er deckte den Toten zu und verließ die Leichenhalle.

Draußen warteten Bender und Agnes Schubert auf ihn. Die Schubert hatte er völlig vergessen.

»Kann ich nach Hause gehen, Herr Kommissar, oder brauchen Sie noch etwas von mir?«, fragte sie. In der Zwischenzeit hatte sie sich das Gesicht gewaschen und die Haare zu einem Knoten zusammengebunden.

»Hat Inspektor Bender Ihre Aussage aufgenommen?«, wollte Morell wissen.

»Ich habe Ihrem Assistenten alles erzählt, was ich weiß, aber das ist leider nicht viel. Ich war heute Morgen früher hier als sonst. Ich wollte die Heizung in der Sakristei aufdrehen und nachsehen, ob das Wasser im Weihwasserbecken wieder eingefroren war. Und dann sah ich …«, sie stockte, »… es«, vervollständigte sie ihren Satz, »und bin sofort zu Ihnen gerannt.« Ihre Augen füllten sich mit Tränen.

»Schon gut«, versuchte Morell sie zu beruhigen. »Das haben Sie genau richtig gemacht. Wenn Sie wollen, fahre ich Sie jetzt nach Hause.« Natürlich wollte sie.

Morell trug seinem Assistenten auf, im Revier auf ihn zu warten, und ging mit Frau Schubert in Richtung Auto.

»Chef!«, rief Bender hinter ihnen her. »Sie müssen noch die Angehörigen benachrichtigen.«

»Ich weiß«, sagte Morell. »Ich weiß.«

Als Morell kurz nach neunzehn Uhr völlig fertig nach Hause kam, war es schon finster. Er machte kein Licht an, sondern ging im Dunkeln ins Wohnzimmer und ließ sich dort auf die Couch fallen. Sein Körper sank schwer in die weichen Kissen. Er schloss die Augen, atmete tief durch und schüttelte den Kopf. »Was für eine verdammte Scheiße!« Zuvor hatte er sich aus der Küche eine Flasche Schnaps geholt. Er war zwar kein großer Trinker, aber hie und da, zu einem besonderen Anlass, genehmigte er sich einen kleinen Schluck. Und die Geschehnisse heute waren definitiv ein besonderer Anlass – wenn auch nicht im positiven Sinne. Morell schenkte sich ein. Er roch an der klaren Flüssigkeit und inhalierte den Duft von reifen Birnen. Dann führte er das Glas zum Mund und nahm einen großen Schluck. Der Schnaps brannte kurz in seinem Hals, dann breitete sich eine wohltuende Wärme in Morells Körper aus. Er lehnte sich zurück und schloss erneut die Augen.

Fred, der getigerte Kater, setzte sich auf den Schoß seines Besitzers. Morell zuckte kurz zusammen. »Ich werde dich auf Diät setzen müssen, Fred. Du wirst bald zu schwer, um auf meinem Schoß zu liegen.« Fred tat so, als hätte er das nicht verstanden, und begann zu schnurren. Ein angenehmes Vibrieren setzte ein. Morell legte seine Beine auf den niedrigen Couchtisch vor ihm und begann das voluminöse Tier zu streicheln. Er versenkte seine Finger tief in dem dichten, weichen Fell des Katers und versuchte die schrecklichen Bilder des heutigen Tages zu verdrängen.

Weitaus weniger schlimme Fälle als dieser hier waren der Grund gewesen, warum er sich nach Landau hatte versetzen lassen. Er dachte an die misshandelten Kinder und vergewaltigten Frauen, mit denen er zu tun gehabt hatte, dachte an das alte Ehepaar, das wegen 200 Euro und ein paar silbernen Löffeln in seiner eigenen Wohnung überfallen und halb totgeschlagen worden war. Und dann dachte er an die Todesfälle, die er bearbeitet hatte. Eifersucht, Habgier, Lust, Rache, Rassismus, Hass. Das alles waren die Gründe, warum Menschen ihre Eltern, Kinder, Ehepartner, Geschwister oder Freunde verloren. Und das waren auch die Gründe, wegen denen Morell seiner Karriere den Rücken gekehrt hatte und wieder in seinen Heimatort gezogen war. Er wollte keine Blutlachen, Wunden und verrenkten Glieder mehr sehen, wollte keine Berichte über Schmerzen, Verletzungen und Tathergänge schreiben und keine Todesnachrichten mehr überbringen. Aber genau das alles hatte er heute tun müssen.

Morell überlegte, was noch alles auf ihn zukommen würde. Die grausigen Details des Obduktionsberichts, die vielen Befragungen, all die Protokolle, die er würde schreiben müssen. Und dann natürlich die vielen Verleumdungen, das Misstrauen und die Gerüchte, die im Ort ihre Runde machen würden.

Er dachte daran, sich krankzumelden oder Urlaub zu nehmen und die Ermittlungen irgendeinem Kollegen aus Innsbruck zu überlassen. Doch irgendetwas in ihm sträubte sich dagegen. Er hatte Josef Anders gekannt. Heute hatte er Iris Anders, Josefs Witwe, trösten müssen. Dieser Fall betraf ihn höchstpersönlich. Jemand war in seine heile Welt eingedrungen, hatte seine Idylle zerstört und sein angenehmes Leben in einen Albtraum verwandelt. Morell empfand ein seltsames Gefühl in seinem Bauch, und es dauerte einige Zeit, bis er verstand, was mit ihm los war. Er war wütend. Er nahm diesen Mord persönlich. Er wollte sein Leben so weiterleben wie bisher, und wenn das bedeutete, dass er dafür einen Mörder fangen musste, dann würde er das tun.

»Au! Spinnst du?« Fred hatte seine Krallen in Morells Schenkel versenkt und fauchte. Morell hatte gar nicht bemerkt, dass er vor lauter Aufregung seine Finger in den Rücken des Tieres gekrallt hatte.

Fred sprang auf den Boden und verschanzte sich unter der Couch.

Seine Versuche, den beleidigten Kater aus seinem Versteck zu locken, wurden durch das Klingeln der Türglocke unterbrochen. Morell sah auf die Uhr. Es war kurz vor acht. Wer das wohl sein konnte? Er ging die Treppe hinunter ins Erdgeschoss und öffnete die Tür.

Vor ihm stand eine junge Frau Ende zwanzig. Sie sah nicht schlecht aus, war aber auch nicht das, was man im landläufigen Sinne eine umwerfende Schönheit nennen würde. Ihre braunen Haare waren zu einem praktischen Pagenkopf geschnitten, und sie trug eine Hornbrille.

»Chefinspektor Morell?«, fragte sie.

»Steht vor Ihnen.«

»Guten Abend.« Sie streckte ihm ihre Hand entgegen. »Mein Name ist Dr. Nina Capelli. Ich bin die Gerichtsmedizinerin, die Ihnen Ralph Haug versprochen hat. Er hat mich heute Morgen angerufen und mir von Ihrem Fall erzählt.« Sie wischte sich ein paar Schneeflocken aus dem Haar. Es hatte wieder begonnen zu schneien. »Er lässt Ihnen noch einmal ausrichten, dass es ihm wirklich leid tut, dass er keine Verstärkung schicken kann«, fuhr sie fort. »Aber Sie wissen ja, was im Advent los ist. Viele Suizide und viel Gewalt. Die gute alte Winterdepression.« Sie vergrub die Hände in den Taschen ihres roten Anoraks.

»Aber Sie waren trotzdem verfügbar«, wunderte sich Morell.

»Eigentlich nicht. Eigentlich hätte heute mein Urlaub beginnen sollen. Ich fahre für zwei Wochen zu meiner Tante nach Italien, wo es hoffentlich ein wenig wärmer sein wird.« Sie lächelte bei dem Gedanken daran. »Haug hat mich gerade noch erwischt und gesagt, es wäre ein Notfall. Er meinte, dass Sie ein alter Freund von ihm wären und dass ich etwas bei ihm gut hätte, wenn ich einen kleinen Umweg fahre und mir Ihre Leiche ansehe.« Sie musste Luft holen. »Und hier bin ich und rede schon wieder zu viel, ich altes Plappermaul. Jedenfalls habe ich mich gleich nach Haugs Anruf ins Auto ...«

»Kommen Sie doch erst einmal herein«, unterbrach Morell sie. »Sie holen sich ja den Tod da draußen.« Er trat einen Schritt zur Seite und ließ Dr. Capelli eintreten.

»Brrrrr!«, sie schüttelte sich. »Was für ein Wetter. Ich kann mich nicht erinnern, wann es das letzte Mal so kalt war.«

»Wem sagen Sie das?«, meinte Morell. »Ich musste den ganzen Tag lang im Freien einen Tatort mit einer steifgefrorenen Leiche absichern.«

»Ich hoffe, es stört Sie nicht, dass ich noch so spät bei Ihnen daheim auftauche. Ich wollte eigentlich schon am Nachmittag hier sein, aber erst bin ich in der Gerichtsmedizin aufgehalten worden und dann war ein Unfall auf der Bundesstraße, und ich habe ewig im Stau gesteckt. Ihr netter junger Kollege in der Polizeistation hat mir Ihre Adresse gegeben und gemeint, ich würde Sie hier finden.«

Bender war also noch im Büro. Sehr wahrscheinlich tippte er gerade seinen Bericht und versuchte verzweifelt, nicht mehr an den Toten in der Leichenhalle zu denken. Morell musste schmunzeln. ›Ja, ja, mein lieber kleiner Robert‹, dachte er. ›Du wolltest immer einen spektakulären Fall. Jetzt hast du ihn und musst sehen, wie du damit klarkommst.‹ Morell wandte sich wieder seinem Gast zu.

»Kommen Sie mit, ich mache Ihnen einen Tee.« Das war heute schon das zweite Mal, dass er einer Frau bei sich zu Hause anbot, Tee zu kochen. »Folgen Sie mir, bitte.«

»Sie haben aber ein schönes Haus«, stellte Capelli fest.

»Vielen Dank!«

»Wohnen Sie ganz alleine hier?«, fragte sie. »Am Türschild stand nur Ihr Name.« Sie hielt inne. »Entschuldigung, ich sollte nicht immer so neugierig sein.«

»Schon in Ordnung«, sagte Morell. »Sie haben recht, ich lebe hier allein. Das Haus ist eigentlich zu groß für eine Person. Ich bewohne daher auch nur den ersten Stock.«

»Und was machen Sie mit dem Rest, wenn ich fragen darf?«

»Im Erdgeschoss habe ich mir einen Lagerraum eingerichtet, in dem ich Gartengeräte aufbewahre und Pflanzen überwintere. Der Rest steht leer.«

»Ah, dann haben wir hier also einen kleinen Hobbygärtner?«

»Ja, hinter dem Haus habe ich einen großen Garten und ein Gewächshaus mit Blumen.« Morell wurde bei dem Gedanken daran ganz warm ums Herz. Der Garten war sein ganzer Stolz.

»Wie schön«, sagte die Gerichtsmedizinerin, »ich liebe Blumen.«

Morell nahm Capelli ihren Anorak ab, führte sie ins Wohnzimmer und ging dann in die Küche.

»Na, dann erzählen Sie mal«, sagte Morell, als er mit einem Tablett in der Hand wieder zurückkam. »Wie war die Fahrt?« Er stellte zwei Tassen und eine Kanne dampfenden Tee auf den Tisch. Dazu gab es Zitronenscheiben und drei Schälchen, die mit weißem, braunem und Kandiszucker gefüllt waren. Außerdem hatte er Honig und Süßstoff mitgebracht.

»Sagen Sie jetzt bloß nicht, dass Sie die selber gemacht haben«, sagte Capelli, als Morell auch noch einen großen Teller voller Kekse auftischte.

»Doch«, sagte Morell und wusste nicht, ob er stolz oder verlegen sein sollte.

»Dass Sie sich noch keine Frau geschnappt hat«, sagte die Gerichtsmedizinerin und schluckte. »Entschuldigung, ich bin schon wieder zu vorlaut.«

»Schon okay«, lächelte Morell. »Ich betrachte es als Riesenkompliment.«

»Das tut gut«, sagte Capelli, als sie den ersten Schluck Tee genommen hatte. »Die Fahrt war wirklich mühsam. Ich bin im Schneckentempo den Berg raufgekrochen und habe einige Autofahrer hinter mir sicherlich fast zur Verzweiflung gebracht.«

Morell nickte. Er kannte die Strecke in- und auswendig und wusste, dass es so gut wie unmöglich war, auf der kurvigen Straße zu überholen. Er wusste auch, wie sehr sich die streckenkundigen Landauer über die ängstlichen Kriecher, wie sie sie nannten, aufregten, die den Verkehr manchmal fast zum Stehen brachten.

»Ich bin todmüde«, sagte Capelli und gähnte. »Ich glaube, ich werde heute in Landau übernachten und erst morgen weiterfahren. Wenn es Ihnen recht ist, werde ich mir Ihr Opfer gleich nach dem Frühstück ansehen. Die Kollegen mit dem Leichentransporter werden ungefähr gegen Mittag kommen. Wir haben also noch genügend Zeit.«

»Das ist eine gute Idee. Es ist viel zu gefährlich, sich fix und fertig hinters Steuer zu setzen – vor allem bei dem Wetter.«

»Das müssen Sie mir nicht erzählen. Ich hatte schon genügend Unfallopfer auf dem Tisch.« Capelli trank den letzten Schluck ihres Tees. »So«, sagte sie, »jetzt bin ich Ihnen aber genug auf die Nerven gefallen. Können Sie mir eine gute Pension empfehlen?«

»Ja, den ›Kirchenwirt‹. Von dort aus haben Sie es morgen auch nicht weit bis zur Leichenhalle. Ich rufe kurz an und sage Bescheid, dass Sie kommen.«

Morell suchte im Telefonbuch die Nummer heraus und wählte. »Christian? Hier spricht Otto. Bei mir ist eine nette junge Dame, die ein Zimmer braucht. Ich schicke sie dir vorbei, in Ordnung?« Morell verzog das Gesicht. »Echt?«, fragte er. »Und im Adler? … Und sonst? … Verstehe, trotzdem danke. Bis dann.« Er legte auf.

»Tut mir leid, Frau Doktor«, sagte er. »Aber wie es scheint, haben wir ein kleines Problem. Die Skisaison ist in vollem Gange. Christian, der Besitzer vom Kirchenwirt, sagt, dass alle Zimmer im Ort ausgebucht sind. Sieht so aus, als müssten Sie mit der ›Casa del Morell‹ vorliebnehmen.«

Capelli schaute ihn peinlich berührt an. »Das ist mir jetzt aber gar nicht recht«, stammelte sie. »Ich will Ihnen nicht zur Last fallen.«

»Schon in Ordnung. Sie sind bei dem Schneechaos extra hierher nach Landau gefahren. Nur wegen meinem Fall. Da ist es wohl das Mindeste, dass ich Ihnen ein Dach über dem Kopf anbiete. Wie Sie ja bereits gesehen haben, bietet mein Haus genügend Platz.«

»Vielen Dank.« Die Gerichtsmedizinerin versuchte zu lächeln.

»Schauen Sie nicht so gequält«, sagte Morell. »Es ist wirklich kein Problem, wenn Sie heute hier übernachten. Wissen Sie was, ich werde uns jetzt erst einmal etwas zu essen machen. Sie haben doch Hunger?«

»Oh ja, ich könnte einen ganzen Braten verdrücken«, nickte sie.

»Dann sehen wir mal, was der Kühlschrank so zu bieten hat, und danach werde ich Ihnen ein Zimmer herrichten.« Morell wollte schon in die Küche gehen, als ihm etwas einfiel.

»Verflixt!«, sagte er und fasste sich an den Kopf.

»Was ist denn?«, fragte Capelli.

»Ich muss nochmal zur Leichenhalle fahren.«

»Warum das?«

»Ich muss den Körper ein wenig antauen, sonst können Ihre Leute ihn morgen unmöglich mitnehmen.«

»Ich verstehe nur Bahnhof«, sagte Capelli und sah Morell fragend an.

»In dem Zustand, in dem sich der Leichnam momentan befindet, passt er weder in einen Leichensack noch in einen Sarg. Ich bezweifle sogar, dass er durch die Tür des Transporters geht.«

»Jetzt haben Sie mich aber neugierig gemacht. Das will ich mir ansehen.«

Wenige Minuten später saßen sie in Morells Streifenwagen und fuhren zur Kirche. ›Zwei Frauen haben heute an meiner Tür geklingelt‹, dachte Morell. ›Beiden habe ich Tee angeboten, und beide Male musste ich anschließend in die Leichenhalle fahren. Das Leben ist schon manchmal komisch.‹

Als sie auf dem Marktplatz vor der Kirche ausstiegen, blies der

Wind ihnen den Schnee waagerecht ins Gesicht. Morell zog den Kopf ein und suchte in seiner Jackentasche nach dem Schlüsselbund, den er sich von Agnes Schubert hatte geben lassen. »Hier entlang«, rief er. »Erschrecken Sie übrigens nicht. Es ist wirklich eine ganz böse Sache.« Sie gingen gemeinsam durch das große Tor und stapften über den verschneiten Friedhof. Ein kleiner Weg führte durch die Reihen aus Marmorgrabsteinen und schmiedeeisernen Kreuzen direkt zur Leichenhalle.

Sie betraten das kleine Gebäude und schüttelten sich den Schnee von den Kleidern. Morell führte die Gerichtsmedizinerin in den hinteren Teil des Aufbahrungsraums, wo Anders' Leichnam lag.

Morell wusste zwar, welcher Anblick ihn erwartete, aber trotzdem krampfte sich sein Magen zusammen, als er die steifen Gliedmaßen des Toten sah, die noch immer links und rechts unter dem Tuch hervorragten.

»Oh«, sagte Capelli überrascht. »Jetzt verstehe ich, was Sie gemeint haben. Sie haben recht. Solange er seine Arme und Beine so wegstreckt, wird es nicht möglich sein, den Toten in den Leichenwagen zu bekommen.« Sie trat an die Bahre, hob das Tuch hoch und nickte anerkennend mit dem Kopf, als würde sie eine Trophäe bewundern. »Den hat aber jemand übel zugerichtet.«

»Ich habe Ihnen ja gesagt, dass es eine böse Sache ist«, meinte Morell und wusste nicht, ob er hinsehen sollte oder lieber nicht.

»Stimmt, Sie haben wirklich nicht übertrieben.« Sie zog ein Päckchen aus ihrer Jackentasche, dem sie ein Paar Gummihandschuhe entnahm. Nachdem sie sie übergestreift hatte, untersuchte sie den Leichnam oberflächlich und notierte in einem kleinen Buch ein paar Bemerkungen. »Können Sie mir kurz helfen?«, fragte sie Morell, der die ganze Zeit neben der Tür gestanden und auf seine Schuhe gestarrt hatte. »Ich möchte mir noch schnell seinen Rücken ansehen. Sie müssen ihn nur kurz anheben.« Capelli reichte ihm das Päckchen mit den Handschuhen.

Morell stockte der Atem, aber er wollte sich keine Blöße geben.

Darum tat er, worum sie gebeten hatte. Er hielt die Luft an, schloss die Augen und schob seine Hände unter den kalten, harten Körper von Joe Anders. Dabei versuchte er an irgendetwas Schönes zu denken.

Die Gerichtsmedizinerin hatte sein verkniffenes Gesicht gesehen. »Denken Sie nicht an den Menschen, der das einmal war«, versuchte sie ihm zu helfen. »Sehen Sie es einfach als das, was es ist – ein großes Stück gefrorenes Fleisch. Im Supermarkt gibt es ganze Kühltruhen voll davon.«

»Ich weiß schon, warum ich Vegetarier bin«, grummelte Morell.

»In Ordnung! Sie können ihn jetzt wieder runterlassen«, erlöste Capelli den verkrampften Chefinspektor von seinen Qualen. »Was ich jetzt schon mit ziemlicher Sicherheit sagen kann, ist, dass er an den Stichverletzungen gestorben ist. Ich habe zwölf davon gezählt. Aufgrund des Verwesungsstadiums nehme ich an, dass er mindestens schon eine Woche tot ist. Sehen Sie, das könnten Faulwasserblasen sein«, sie zeigte auf mehrere Stellen an Josefs Körper. »Die bilden sich ungefähr ab dem siebenten Todestag.«

»Mhm«, nickte Morell, »sieben Tage, das würde mit der Aussage der Witwe übereinstimmen. Sie ist am Samstag letzter Woche mit ein paar Freundinnen nach Spanien gefahren. Die alljährliche Frauenwoche, wie sie es nannte, und ist erst gestern Abend wieder nach Hause gekommen.«

»Aber da muss sie sich doch schon gestern gewundert haben, wo ihr Mann ist.«

»Sie war wohl erst sehr spät zu Hause, war groggy und hat sich gleich schlafen gelegt. Sie sagte, sie habe angenommen, ihr Mann sei noch was trinken in irgendeiner Bar – immerhin war es ja Samstagabend und es wäre für Josef nichts Ungewöhnliches gewesen.«

»Und sie hat sich gar nicht gefragt, warum sich Josef die ganze Urlaubswoche über nicht gemeldet hat?«

»Anscheinend hatten sich die beiden kurz vor ihrem Abflug gestritten, und sie dachte, dass er das Telefon aus Trotz nicht abhebt. Wenn ich an das Gespräch mit ihr denke – mein Gott, die Arme war völlig fertig.« Morell mühte sich damit ab, die engen Gummihandschuhe wieder abzustreifen.

»Und bei der Arbeit hat ihn keiner vermisst?«, fragte Capelli weiter.

»Er ist – ich meine er war selbständig. Der Autohandel im Ort gehört ... ähm ... gehörte ihm. Das Geschäft lief nicht allzu gut, darum konnte er sich keine Angestellten leisten. Er und seine Frau waren die Einzigen, die dort gearbeitet haben.«

»Und sonst? Hatte der arme Kerl hier denn gar keine Freunde oder Verwandte?«

»Nun ja«, Morell kratzte sich am Kopf und starrte dann voller Ekel auf seine Hand, mit der er vor wenigen Augenblicken den Toten angefasst hatte. Handschuhe hin oder her – er musste nachher dringend seine Haare waschen. »Anders' Mutter lebt hier im Ort, aber das Verhältnis der beiden war nicht besonders gut. Es kam anscheinend oft vor, dass ihr Sohn sich mehrere Wochen lang nicht gemeldet hat. Sie hat sich darum auch diesmal nicht viel dabei gedacht, hat sie gesagt.«

»Oh je. Sieht so aus, als wäre unser Opfer kein sehr netter Kerl gewesen.« Capelli sah sich in dem Raum um. »Wissen Sie, wo der Thermostat ist?«

»Ja«, Morell zeigte auf ein kleines Gerät neben der Tür. »Hier drüben.«

»Fein«, sagte Capelli und drehte am Temperaturregler. »Bis morgen Mittag sollte es möglich sein, die Arme und Beine so hinzubiegen, dass der Körper in einen Leichensack passt.«

Morell wollte sich das nicht bildlich vorstellen. »Gehen wir«, sagte er.

»Ich werde morgen früh eine genaue äußere Leichenbeschau vornehmen«, sagte Capelli, als sie wieder im Auto saßen und zurück

39

zu Morells Haus fuhren. »Am Mittag kann ich Ihnen dann hoffentlich mehr über die Todesursache und den Tathergang sagen. Genauere Ergebnisse kriegen Sie natürlich erst nach der Obduktion, aber vielleicht kann ich Ihnen ein paar nützliche Anhaltspunkte liefern.«

»Wie lange wird es dauern, bis ich die endgültigen Obduktionsergebnisse bekomme?«

»Keine Ahnung. Meine Kollegen in Innsbruck haben derzeit alle Hände voll zu tun. Das kann schon noch ein paar Tage dauern.«

Morell seufzte.

»Wenn es nach mir ginge, könnte ich die Obduktion auch gleich hier vor Ort durchführen«, sagte Capelli. »Aber Sie kennen ja die Regeln: Es müssen mindestens zwei Ärzte anwesend sein. Außerdem fehlen mir die geeigneten Geräte, um Schädel, Brust und Bauch zu öffnen. Sie wissen ja, wie das abläuft. Erst den Schädelknochen freilegen, dann das Schädeldach aufsägen und dann das Gehirn entnehmen. Dann ein Schnitt vom Hals bis zum Schambein, dann die Rippen durchtrennen«, sie machte mit ihrem Zeige- und Mittelfinger die Bewegung einer Schere nach. »Dann ...«

»Schon gut!«, bremste Morell ihren Redefluss. »Ich weiß, wie eine Obduktion abläuft, aber ich möchte lieber nicht daran erinnert werden.«

»Da hat wohl jemand einen empfindlichen Magen?«, stellte Capelli fest.

Morell dachte daran, wie er sich heute Morgen auf dem Friedhof übergeben hatte, und nickte.

Wieder daheim angekommen, begann Morell zunächst, ein Zimmer für seinen Gast herzurichten. Capelli inspizierte in der Zwischenzeit den Inhalt des Kühlschranks.

»Ich dachte, Sie hätten gesagt, Sie seien Vegetarier«, rief sie.

»Stimmt auch!«, rief er zurück.

»Dafür liegt aber massenhaft Fleisch und Wurst in Ihrem Kühlschrank!«

»Dient als Katzenfutter!«

»Wie viele Katzen haben Sie denn?«

»Eine!«

»Na, das muss ja ein riesig fettes Monster sein«, murmelte Capelli leise.

»Keine Angst, er wird Sie heute Nacht schon nicht fressen.«

Capelli erschrak. Sie hatte nicht gehört, dass Morell in der Tür stand. Auf seinem Arm hielt er Fred, der ihm mittlerweile wieder verziehen hatte und den Gast neugierig beäugte.

»Für eine Katze ist sie ziemlich dick, aber wenn Sie ihr wirklich so viel zu fressen geben, hat sie sich ganz gut gehalten.«

»Er ist ein Er. Und er hat einen großen Appetit.«

»Trotzdem glaube ich nicht, dass er das alles alleine essen kann«, sie zeigte in den Kühlschrank. »Geben Sie es zu, Sie genehmigen sich manchmal ein Steak.« Capelli zwinkerte Morell zu, und ihm war dabei nicht entgangen, dass sie verstohlen auf seinen Bauch geschielt hatte. Er beschloss, das Thema nicht weiter auszuführen und Capelli in ihrem Glauben zu lassen.

»Ich habe noch Kürbissuppe eingefroren, die kann ich uns schnell auftauen.«

Sie lachte.

»Warum lachen Sie?«, fragte er.

»Heute müssen Sie viel auftauen.«

Morell verzog erst das Gesicht, entschloss sich dann aber, sich von den Ereignissen des heutigen Tages nicht den Appetit verderben zu lassen.

»Als Hauptspeise kann ich Ihnen Tofulaibchen und Gemüse aus dem Wok anbieten. Als Alternative könnte ich auch einen Spinatstrudel machen.«

»Nein, Tofu ist schon in Ordnung.« Capelli betonte dabei das Wort Tofu und grinste Morell vielsagend an.

»Sie müssen mich gar nicht so schräg ansehen. Ich esse wirklich kein Fleisch. Aber wenn Sie ein Stück möchten, brate ich Ihnen gerne was an.«

»Aber nein«, sagte Capelli in einem verschwörerischen Ton. »Ich will Ihrer Katze ja nichts wegessen.«

Während des Essens konnte Capelli gar nicht aufhören, von den exzellenten Kochkünsten ihres Gastgebers zu schwärmen. »Sie hätten Koch werden sollen! Es ist eine wahre Verschwendung, wenn Sie nur für sich alleine kochen.«

»Nachtisch?«, fragte Morell.

»Gerne! Und wenn der Nachtisch nur annähernd so gut schmeckt, wie das, was ich bisher gegessen habe, dann ziehe ich hier ein und Sie werden mich nie wieder los.«

»War das ein Kompliment oder eine Drohung?«

»Beides.«

»Stört es Sie, wenn wir nochmal kurz über den Fall reden?«, fragte Capelli, als Morell mit zwei Schalen warmem Schokoladenpudding aus der Küche kam. »Es gibt da etwas, das mir keine Ruhe lässt.«

»Immer nur heraus mit der Sprache.« Morell stellte das Dessert auf den Tisch.

»Diese Schnitte auf der Stirn des Toten – haben Sie die gesehen?«

Morell nickte. »Ja, ich habe auch schon drüber nachgedacht. Was glauben Sie, was sie zu bedeuten haben?«

»Es sind zwei gekreuzte und zwei senkrechte Linien. Für mich sieht das aus wie eine römische Zwölf.«

Morell nickte. »Das war auch das Erste, das mir dazu eingefallen ist.«

»Glauben Sie, dass der Täter uns damit etwas sagen will?« Sie sah ihn erwartungsvoll an.

»Um ehrlich zu sein: Ich glaube schon. Wenn jemand einen

Mord begeht, dann versucht er normalerweise ihn zu vertuschen. Unser Mörder aber hat sein Opfer öffentlich zur Schau gestellt. Ich bin sicher, dass er damit irgendeine Botschaft übermitteln will. Durch Zufall entsteht so ein Schnittmuster nicht, und außerdem ist das Zeichen auf der Stirn so eingeritzt, dass man es nicht übersehen kann. Aber was kann man mit einer Zwölf ausdrücken? Vorausgesetzt es handelt sich tatsächlich um eine Zwölf.«

Capelli schwieg kurz. »Wenn ich richtig gezählt und nichts übersehen habe, dann wurde zwölfmal auf den Mann eingestochen. Und ist heute nicht der Zwölfte?«

»Ja, heute ist der 12. Dezember.« Morell hielt kurz inne. »Der zwölfte Tag des zwölften Monats. Ein komischer Zufall.«

»Oder aber auch nicht.«

Die beiden löffelten schweigend ihren Pudding aus.

»Ich werde jetzt wohl am besten schlafen gehen«, sagte Capelli, als sie aufgegessen hatte. »Morgen gibt es noch einiges zu erledigen, und es ist ja schon ziemlich spät geworden. Vielen Dank für das tolle Essen und nochmals Danke für Ihre Gastfreundschaft.«

»Nichts zu danken«, entgegnete Morell. »Wenn Sie wollen, zeige ich Ihnen jetzt das Gästezimmer und das Bad.«

Morell räumte anschließend die Teller in den Geschirrspüler und wartete, bis das Bad frei war. Er duschte, putzte die Zähne und legte sich dann ins Bett. Es dauerte lange, bis er einschlafen konnte.

Nachdem Dr. Capelli den Leichnam am nächsten Morgen genauer untersucht hatte, konnte sie Morell tatsächlich einige wichtige Hinweise geben. Josef Anders war sehr wahrscheinlich am 4. oder 5. Dezember ermordet worden. Er starb an inneren Blutungen, hervorgerufen durch zwölf tiefe Stichwunden. Als Tatwaffe war ein Messer am wahrscheinlichsten.

»Genaueres kann man natürlich erst nach der vollständigen Obduktion sagen«, meinte sie, als Morell kurz nach elf in der Leichenhalle vorbeischaute, um nach dem Stand der Dinge zu fragen. »Aber ich liege mit meinen Annahmen meistens nicht weit daneben.« Sie zog den rechten Gummihandschuh aus und streckte Morell ihre Hand entgegen. »Das war's dann wohl. Ich hoffe, ich konnte Ihnen ein wenig weiterhelfen.«

»Und wie!«, sagte Morell. »Dank Ihnen kenne ich jetzt schon den ungefähren Todeszeitpunkt, die Todesursache und wahrscheinlich auch die Tatwaffe.« Er lächelte Capelli an. »Vielen, vielen Dank! Sie haben mir wirklich sehr geholfen.«

»Ich wünsche Ihnen viel Glück bei Ihren Ermittlungen«, sagte Capelli.

»Das werde ich brauchen können«, seufzte Morell.

»Halten Sie mich auf dem Laufenden, und besten Dank nochmals für alles.«

Morell schüttelte noch immer Capellis zierliche Hand. »Ich habe zu danken«, sagte er.

Dann drehte er den Thermostat wieder runter, schloss die Tür ab und begleitete die Gerichtsmedizinerin zu ihrem Auto.

»Grüßen Sie mir Ihren Kater«, rief Capelli, als sie in ihren kleinen, grünen Ford einstieg.

»Werde ich machen«, sagte Morell und sah ihr nach, wie sie um die Ecke bog. Anschließend fuhr er zurück ins Polizeirevier.

Agnes Schubert hatte natürlich dafür gesorgt, dass sich die Nachricht von dem Mord in Windeseile im ganzen Ort herumgesprochen hatte. Nun meldeten sich potenzielle Zeugen am laufenden Band. Morell war zwar sicher, dass sich die meisten von ihnen nur wichtig machen wollten, aber er durfte keinen Hinweis, ganz egal wie klein oder unwichtig er schien, außer Acht lassen.

Er war gerade dabei, einige der Aussagen zu lesen, die Bender aufgenommen hatte, als es an seiner Tür klopfte. »Herein!«

Die Tür öffnete sich. »Da bin ich wieder!« Es war Nina Capelli, die ziemlich wütend aussah.

»Was tun Sie denn noch hier? Ich dachte, Sie seien auf dem Weg in wärmere Gefilde«, sagte Morell.

»Das dachte ich auch, bis ein netter Mann in einer orangefarbenen Weste mir erklärt hat, dass ich nicht mehr weiterfahren kann, weil der Pass zugeschneit und die Straße wegen akuter Lawinengefahr nicht mehr passierbar ist. Ich sitze also hier fest.«

Morell überkam eine Welle schlechten Gewissens. »Das tut mir jetzt aber leid! Ich weiß gar nicht, was ich sagen soll.«

Capelli schob ihre Brille, die ein wenig nach unten gerutscht war, wieder hoch. »Mir tut es erst leid, das können Sie mir glauben.«

»Kann ich ein wenig Wiedergutmachung leisten, indem ich Ihnen Kost und Logis anbiete, solange wir hier eingeschneit sind?«, fragte Morell und versuchte zu lächeln.

Sie verschränkte die Arme vor der Brust. »Angebot angenommen. Sieht so aus, als würde aus meiner Italienreise ein Aufenthalt in Ihrem Kuhdorf werden.« Sie wirkte alles andere als angetan davon.

»Können Sie sich noch erinnern? Sie haben gestern gedroht, bei mir einzuziehen und nicht mehr wegzugehen. Scheint so, als hätte der Nachtisch Ihnen geschmeckt.«

Capelli atmete tief durch und ließ sich in einen Sessel fallen. Ihren Urlaub in Italien konnte sie jetzt wohl vergessen. Sie hatte doch nur nett sein und Ralph Haug einen Gefallen tun wollen – und das hatte sie jetzt davon.

Verdammter Haug! Verdammter Anders! Verdammter Morell! Verdammtes Landau!

». . . des Ruhm der Welt zwölf Bücher offenbaren.«

Dante Alighieri, Die göttliche Komödie

Es stank! Wahrscheinlich hatte die verflixte Katze seines Mitbewohners wieder einmal irgendwo hingemacht! Er konnte nicht aufstehen, um nachzusehen wohin – dafür tat sein Kopf viel zu weh. Außerdem war ihm furchtbar schlecht. Die Geburtstagsfeier seines Mitbewohners Peter war gestern Abend ziemlich ausgeartet und hatte einen ordentlichen Kater hinterlassen. Warum wusste er nur nie, wann er genug hatte?

Er betete inständig, dass dieses elende Mistvieh seine neuen Schuhe verschont hatte. Dann schlief er wieder ein.

Kurz darauf schreckte er abermals hoch, weil irgendwo neben dem Bett, unter einem Haufen dreckiger Wäsche, sein Handy klingelte. Es dauerte einige Zeit, bis er es fand.

»Ja«, nuschelte er, »Leander Lorentz hier.«

»Hallo, mein Schatz!«

Es war seine Mutter. Seine Eltern lebten 600 Kilometer entfernt in einem kleinen Kaff namens Landau. Seit er nach Wien gezogen war, sah er sie zwar nur noch selten, sie telefonierten aber des Öfteren. Heute war ihm der Anruf seiner Mutter mehr als lästig. Nicht, dass Lorentz seine Mutter nicht mochte – ganz im Gegen teil. Er hielt nur ihre ewige Nörgelei seinen Lebensstil betreffend nicht aus. Er wusste selbst, dass er bereits 33 Jahre alt war und immer noch kein geregeltes Leben führte. Er hauste mit Peter, der Psychologie studierte und schon seit einer halben Ewigkeit an seiner Abschlussarbeit bastelte, in ihrer alten Studentenbude und fuhr in einer Rostlaube auf vier Rädern herum. »Wann suchst du dir endlich eine ordentliche Wohnung?«, fragte seine Mutter jedes Mal, wenn er mit ihr sprach. »Wann hörst du endlich auf, deine Freundinnen im selben Rhythmus zu wechseln wie deine Unterhosen«, war auch einer ihrer Klassiker. Leander Lorentz war ein erwachsener Mann, aber trotzdem schaffte seine Mutter es immer noch, ihm ein schlechtes Gewissen einzureden. Darum verschwieg er ihr unangenehme Dinge einfach. Wie zum Beispiel die Tatsache, dass er sich vor zwei Wochen von seiner Stelle an der Universität, wo er als Dozent für Archäologie arbeitete, auf unbestimmte Zeit hatte beurlauben lassen. Er hatte für seine Arbeit weder die Bezahlung noch die Anerkennung erhalten, die ihm seiner Meinung nach zustanden. Außerdem war der Antrag auf Forschungsgelder abgelehnt worden, den er vor einiger Zeit für eine Ausgrabung gestellt hatte. Das war der Tropfen, der das Fass zum Überlaufen gebracht hatte. Seine Kollegen, seine Vorgesetzten und vor allem seine Studenten waren – bis auf wenige Ausnahmen – Banausen und Intelligenzallergiker. Er brauchte dringend eine Pause vom Universitätsbetrieb. Um ehrlich zu sein, hatte er sich schon seit einiger Zeit ernsthaft gefragt, was ihn damals geritten hatte, als er sich für das Archäologiestudium entschied. Er fragte sich auch, warum um alles in der Welt er nach dem Studium den Dozentenjob an der Universität angenommen hatte. Während all den Jahren hatte er keine Abenteuer erlebt und keine Schätze gefunden. Er hatte keinen einzigen Archäologen kennengelernt, der in der Art von Indiana Jones mondän durch die Welt jettete und atemberaubende Entdeckungen machte. Ganz im Gegenteil – er hatte Jahre damit verbracht, bei jeder Witterung im Dreck zu hocken und Bodenverfärbungen zu analysieren, Schweineknochen oder Steine auszugraben, jede Menge billigen Alkohol zu trinken und dafür einen Hungerlohn zu kassieren. Am liebsten hätte er den Job völlig an den Nagel gehängt, aber dazu war er zu feige. Was, wenn er nichts Neues fand? Was, wenn er seinen Entschluss bereute? Er hatte keinen blassen Schimmer, was er mit seinem Leben anfangen sollte. Darum hielt er es für das Beste, sich ein Hintertürchen offen zu halten.

»Hallo Mutter!« Er versuchte nüchtern und ausgeschlafen zu klingen. Aber natürlich würde sie – wie immer – sofort merken, dass er noch im Bett lag. Mütter hatten anscheinend einen siebten Sinn für die Alkoholexzesse ihrer Söhne. Vor allem seine.

»Hallo Leander, wie geht's dir?«, fragte sie.

»Danke Mama, alles bestens. Und dir?«

»Mir geht es gut. Ich wollte nur kurz fragen, ob du noch genug Geschirr hast? Ich habe ein neues Service gekauft. Du könntest unser altes haben.«

»Danke Mama, aber momentan bin ich bestens ausgestattet.« Irgendetwas war hier faul. Sie klang so komisch. Sie wusste doch nicht etwa von seiner Beurlaubung?!

»Warum ich eigentlich anrufe …«

›Herrje‹, befürchtete Lorentz, ›sie weiß es.‹ Er hielt die Luft an und machte sich auf ihre Vorwürfe gefasst.

»Du kannst dich doch sicher noch an Josef Anders erinnern«, sagte sie stattdessen.

Klar konnte er sich erinnern. Joe und er waren vor langer Zeit einmal die besten Freunde gewesen. Er legte großen Wert auf die Betonung des Wortes »waren«.

»Ja, ich erinnere mich – was ist mit ihm?«, fragte er.

»Er ist tot«, antwortete seine Mutter.

»Aha«, Lorentz fühlte sich nicht wirklich betroffen. Um ganz ehrlich zu sein, löste diese Nachricht bei ihm ungefähr dieselbe Reaktion aus, als hätte ihm seine Mutter gerade erzählt, dass sie eine neue Salbe gegen ihre Krampfadern entdeckt hatte – es war ihm schlichtweg egal. »Da hat sich Joe wohl an seinem Spießerleben zu Tode gelangweilt. Oder hat Iris ihn mit einer Pfanne erschlagen, weil er ihr zu Weihnachten keinen Pelzmantel kaufen wollte?«

»Mein Gott, Leander, das ist nicht lustig. Über so etwas macht man keine Scherze!«, regte sich seine Mutter auf. »Ihr wart doch mal befreundet. Was ist nur manchmal los mit dir? Du kannst so unsensibel und roh sein – ich weiß nicht, von wem du das hast!«

»Mhm«, Lorentz war zu müde, um zu streiten. Er wusste genau, wann es besser war, seinen Mund zu halten.

»Du weißt ja, dass ich mit Josefs Mutter befreundet bin«, fuhr sie fort. »Die Ärmste ist natürlich völlig am Ende. Die Polizei hat den Leichnam noch nicht zur Beerdigung freigegeben, gleichwohl möchte sie am Donnerstag eine Trauerfeier veranstalten. Ich hätte gerne, dass du kommst. Josef hatte ja nicht sehr viele Freunde, und du würdest mir wirklich eine Freude machen.«

Lorentz hatte definitiv keine Lust dazu. Er hasste Landau, dieses elende Kaff und seine doofen Einwohner – Verwandte natürlich ausgenommen. Diese langweiligen Landeier, diese borniertene, beschränkten Bauerntrampel in ihrem verschlafenen Provinznest. Er wusste genau, warum er sofort nach der Schule seine Sachen gepackt und weit weg nach Wien gezogen war. »Small towns – small minds«, hatte ein Austauschstudent aus London einmal gesagt, und Lorentz fand, dass diese Aussage den Nagel genau auf den Kopf traf.

Leider hatte er noch ziemlich viel Restalkohol im Blut und zu wenig geschlafen – weshalb ihm spontan keine gute Ausrede einfiel. Also versuchte er, Zeit zu gewinnen. »Was ist denn passiert?«, fragte er.

»Um ehrlich zu sein, ich weiß es nicht.« Seine Mutter seufzte. »Die genauen Umstände von Joes Tod sind noch nicht geklärt. Alles, was ich weiß, ist, dass es kein natürlicher Tod war. Offenbar wurde er umgebracht. Seine Leiche ist gestern gefunden worden. Mehr will die Polizei noch nicht sagen.«

»Na so was.« Mehr fiel Lorentz beim besten Willen nicht dazu ein.

»Sei bitte ein Schatz und komm! Der Trauergottesdienst findet am Donnerstag um 11:00 Uhr statt. Du kannst dir doch sicher einen oder zwei Tage freinehmen.«

Lorentz' Hirn arbeitete so schnell es in seinem Zustand möglich war. Es dauerte daher einige Sekunden, bis ihm der rettende Einfall kam. »Sag mal, seid ihr nicht eingeschneit?«

»Ja, wie so oft um diese Jahreszeit.«

Lorentz atmete auf. ›Gott sei Dank – im wahrsten Sinne des Wortes‹, dachte er. Alles Gute kam manchmal tatsächlich von oben! »Dann werde ich wohl leider nicht kommen können.«

»Ich wusste, dass du versuchen würdest, dich zu drücken«, sagte seine Mutter. »Darum hat dein Vater mit Herrn Felber, seinem Bekannten vom Hubschrauber Shuttle Service, telefoniert. Am Mittwochmorgen werden hier ein paar Geschäftsleute, die zu einem wichtigen Termin müssen, von einem Helikopter abgeholt und ausgeflogen. Herr Felber würde dich auf dem Hinflug mitnehmen. Du kannst dein Auto auf dem Firmenparkplatz abstellen.«

»Und wie soll ich wieder zurückkommen? Ich nehme nicht an, dass sie extra wegen mir noch einen Flug machen werden.«

»In ein paar Tagen sind die Straßen ganz sicher wieder frei. Ich fahre dich dann nach Innsbruck hinunter zu deinem Auto. Komm, gib dir einen Ruck. Dein Vater und deine Großmutter würden sich auch sehr freuen, wenn sie dich mal wieder zu Gesicht bekommen würden.«

Leander Lorentz war noch nie sehr gut im Neinsagen gewesen – vor allem nicht, wenn er noch im Halbschlaf lag. Außerdem, wenn er ganz genau darüber nachdachte, kam ihm diese Trauerfeier gar nicht einmal so ungelegen. Er hatte unbezahlten Urlaub und musste darum ein wenig sparen, nach Peters gestriger Geburtstagsparty sah es in der Wohnung aus wie nach einem Bombenangriff, und die Katze hatte sehr wahrscheinlich irgendwo hingepieselt. Ein paar Tage im Hotel Mama wären da gar keine so üble Sache. Gutes Essen, ein stets voller Kühlschrank, jemand, der seine Wäsche machte, eine riesengroße Badewanne, kein Dreck … Dafür konnte er doch ein wenig Heuchelei in Kauf nehmen!

»Gut, ich werde kommen. Zufrieden?«

»Danke, mein Schatz, ich habe doch gewusst, dass ich auf dich zählen kann.«

Ein pochender Schmerz hinter seinen Augäpfeln zwang ihn, aufzustehen und ins Badezimmer zu gehen. Dort holte er eine Schachtel Aspirin aus dem kleinen Spiegelschränkchen, nahm sich zwei Stück und spülte sie mit ein wenig Wasser hinunter. Als er die Tür des Kästchens wieder schloss, sah er sich selbst ins Gesicht. Lorentz wusste, dass er ein gut aussehender Mann war: Er hatte ein markantes Gesicht mit braunen, von bernsteinfarbenen Flecken durchzogenen Augen und vollem dunkelbraunen Haar, das ihm bis knapp über die Ohren reichte. Er war groß, sein Körper war gut trainiert, sodass sich alle Muskeln schön abzeichneten. Jetzt jedoch waren seine Augen rot unterlaufen, die Haut fahl und blass, und der Dreitagebart, der ihm normalerweise einen leicht verwegenen Touch verlieh, sah einfach nur räudig aus. Was ihm heute entgegenblickte, war ein unansehnlicher, verkaterter Exwissenschaftler, der dringend eine Dusche und ein wenig Schlaf brauchte.

Der alte Joe war also tot. Lorentz hatte keine Ahnung, was er davon halten sollte. Irgendwie fühlte er gar nichts.

Er überlegte. Hatten seine Mutter und einige seiner Exfreundinnen vielleicht doch recht? War er wirklich unsensibel? War er ein gefühlskalter Eisberg? Ein mieser, arroganter Kerl? Er dachte an früher. An die vielen Gespräche, die er und Joe geführt hatten. Er dachte an die vielen Stunden, in denen sie Pläne geschmiedet und Streiche ausgeheckt hatten. Es war eine gute, glückliche Zeit gewesen.

Er fühlte immer noch nichts.

»Aus dem Norden, in Niflheim,
dem Land der Nebel, der Kälte und Finsternis,
entsprang ein tosender Quell,
aus dem zwölf Ströme hervorbrachen.«

Vom Anfang der Welt, Nordische Sage

Morell entschied, dass er sich unmöglich auf den Fall konzentrieren konnte, solange Capelli neben ihm saß und angestrengt versuchte, mit ihren Blicken seine Topfpflanzen zu ermorden. Sie hatte zunächst noch ihre Kollegen in Innsbruck angerufen und den Leichentransporter aufgrund der unpassierbaren Straße bis auf Weiteres wieder abbestellt – und anschließend nur noch dagesessen und geschmollt.

Es gab keinen anderen Ausweg: Sie musste aus seinem Büro verschwinden! Also beschloss er, die Gerichtsmedizinerin, die gerade probierte, durch Telepathie eine Yukkapalme zum Absterben zu bringen, zu sich nach Hause abzuschieben.

»Kommen Sie«, sagte er und schnappte sich seine Jacke. »Bei mir daheim ist es gemütlicher. Dort können Sie lesen oder ein wenig fernsehen und etwas essen.«

Capelli hörte endlich auf, das kleine Gewächs anzustarren, und wandte ihren Todesblick stattdessen dem Chefinspektor zu, der sich daraufhin ins Vorzimmer flüchtete.

»Ich werde Frau Dr. Capelli zu mir fahren«, sagte er zu Bender und streifte seine Handschuhe über. »Ich bringe sie nur kurz hin-

52

über und komme dann gleich wieder. Du musst solange hier die Stellung halten.«

Der junge Polizist bedachte seinen Vorgesetzten mit einem fassungslosen Blick. »Aber, Chef, das halbe Dorf bombardiert mich mit Anrufen, und die«, er deutete mit dem Kopf auf ein paar alte Damen, die auf einer Bank vor dem Empfangsschalter saßen, »kosten mich den letzten Nerv.« Bender verdrehte die Augen. »Die sind total hysterisch wegen dem Mord und fragen mir schon seit Stunden ein Loch in den Bauch.« Er sah den Chefinspektor flehend an. »Sie dürfen mich nicht mit denen allein lassen. Ich kann doch nicht …«

»Ich weiß«, flüsterte Morell und schaute sich um, um sicherzugehen, dass die Gerichtsmedizinerin außer Hörweite war. »Aber ich kann unmöglich arbeiten, solange die Capelli wie ein Klageweib neben mir sitzt und vor sich hin schmollt. Ich muss die Frau irgendwie loswerden.« Er zuckte entschuldigend mit den Achseln. »Aber die werden mich …«, versuchte der junge Inspektor seinen Chef aufzuhalten, doch der hatte schon die Tür hinter sich geschlossen.

»Wenn Sie wollen«, sagte Morell, als Capelli endlich auf den Parkplatz trat, »können Sie Ihren Wagen in der Garage des Reviers abstellen. Meine eigene ist leider nicht groß genug für zwei Autos.«

Capelli parkte also missmutig ihren grünen Ford in der polizeieigenen Garage, holte ihre Reisetasche aus dem Kofferraum und öffnete die Beifahrertür von Morells kleinem, weiß-roten Streifenwagen. Dieser war einer der letzten seiner Art, worauf Morell besonders stolz war. Seit der Zusammenlegung der Bundespolizei und der Bundesgendarmerie im Juli 2005 gab es neue Dienstwagen, die nach und nach die alten ersetzten. Die Grundfarbe der neuen Autos war nicht mehr Weiß, sondern Silber, und die Aufdrucke waren in Rot und Blau gehalten. Morell konnte sich nicht vorstellen, seinen kleinen Golf gegen eine fahrende Red Bull-Dose zu tauschen, und hoffte inbrünstig, dass die Verwaltung in Wien ihn und sein Auto einfach vergessen würde.

»Ich kann nur noch einmal betonen, wie leid mir das mit Ihrem Urlaub tut«, sagte Morell, an dem immer noch das schlechte Gewissen nagte. Er vermied es dabei tunlichst, die Gerichtsmedizinerin anzusehen.

»Ja, mir auch!«, antwortete Capelli, stieg ein und knallte die Tür zu.

Der Chefinspektor ließ den Wagen an und fuhr schweigend los.

Nina Capelli starrte aus dem Fenster. Weit und breit waren nur Bäume, Berge und kleine Einfamilienhäuser zu sehen, deren Fenster und Türen mit Weihnachtsdekoration geschmückt waren. Nichts, das auch nur annähernd auf Spaß und Unterhaltung schließen ließ.

»Ich könnte jetzt in Bella Italia sein, aber stattdessen hänge ich in Ihrem Kaff fest«, sagte sie und rümpfte die Nase. Um ehrlich zu sein, war es nicht Italien gewesen, worauf sie sich so sehr gefreut hatte, sondern Paolo, ein Freund ihres Cousins, den sie bei ihrem letzten Besuch im Frühjahr kennengelernt hatte.

Morell starrte geradeaus und tat so, als würde er sich auf die Straße konzentrieren. »Ich kann mir schon vorstellen, dass Sie jetzt lieber auf dem Weg in Richtung Süden wären«, sagte er, »aber so schlimm ist es hier in Landau nun auch wieder nicht.«

»Ach so? Nicht so schlimm?« Capelli starrte Morell mit dem gleichen Blick an, mit dem sie vorher seine Pflanzen bearbeitet hatte. »Das Einzige, das ich bisher von diesem tollen Ort mitgekriegt habe, sind tonnenweise Schnee und eine übel zugerichtete Leiche.«

»Sie werden schon sehen«, versuchte der Chefinspektor sie zu beruhigen, »sobald der Schneefall ein wenig nachlässt, hat der kleine Ort auch seine Reize.«

Sie starrte ihn ungläubig an.

»Doch, doch, Sie müssen mir glauben«, redete Morell weiter. »Es gibt Hotels und Pensionen in Landau. Und wie wir gestern Abend festgestellt haben, sind die alle ausgebucht. Das heißt, es gibt einige Menschen, die sogar dafür bezahlen, dass sie hier sein dürfen.«

Capelli seufzte und schenkte Morell für seine Bemühungen den Versuch eines Lächelns. Wahrscheinlich hätte Paolo sich sowieso nicht mehr an sie erinnern können. Sie schwärmte nämlich prinzipiell für Männer, die sich einen feuchten Dreck um sie scherten. So ersparte sie sich wenigstens diesen Tiefschlag.

Morell, der sich durch die Aufwärtsbewegung von Capellis Mundwinkeln ermutigt fühlte, setzte seine Rede fort. »Landau ist natürlich nicht vergleichbar mit Rom, Mailand oder Florenz. Hier gibt es kein Opernhaus und keine Spielcasinos, aber dafür haben wir gut präparierte Skipisten, eine Skischule und eine Langlaufloipe.« Er überlegte kurz. »Ich kann Ihnen auch eine Skiausrüstung besorgen, wenn Sie wollen.«

Capelli verzog wieder das Gesicht. »Skifahren ist nicht unbedingt eine meiner Lieblingsbeschäftigungen«, sagte sie und wandte ihren Blick wieder der weißen Ödnis zu, die an ihr vorbeizog.

Morell ließ sich nicht unterkriegen. »Es gibt eine Rodelbahn, einen Naturbadesee, auf dem man im Winter eislaufen kann, und viele schöne Wanderwege. Sie werden sehen, die saubere Bergluft tut Ihnen gut, und Sie werden sich herrlich erholen und entspannen können. Es gibt auch ...«

»Schon gut«, unterbrach Capelli ihn, »Sie haben mich davon überzeugt, dass ich nicht vor Langeweile umkommen werde.«

»Das können Sie sogar schriftlich haben, wenn Sie wollen.« Morell war froh, dass seine Beifahrerin endlich aufgehört hatte herumzunörgeln. »Da sind wir auch schon«, stellte er fest und lenkte den Wagen auf den Parkplatz vor seinem Haus.

»Es tut mir leid, dass ich Sie angestänkert habe«, entschuldigte sich Capelli und griff nach ihrer Tasche, die auf dem Rücksitz lag. »Ich weiß ja, dass es nicht Ihre Schuld ist, dass ich hier festsitze.«

»Schon in Ordnung. Ich würde mich an Ihrer Stelle wahrscheinlich auch ärgern.« Morell versuchte seinen massigen Körper aus dem Auto zu wuchten und legte dabei die Anmut und Grazie eines gestrandeten Wals an den Tag. »Ich kann Ihnen garantieren, dass Sie nicht lange hier feststecken werden«, sagte er, als er es endlich geschafft hatte. »Landau wird jeden Winter zwei- oder dreimal eingeschneit. Das dauert meistens nicht länger als vier, maximal fünf Tage. Am Wochenende sind Sie wieder frei, und wenn nicht, dann bezahle ich Ihnen höchstpersönlich einen Helikopter, der Sie ausfliegt.«

»Vorsicht!«, sagte Capelli. »Ich werde Sie beim Wort nehmen.«

»Wer weiß?« Morell lächelte verschmitzt. »Vielleicht wollen Sie bis dahin gar nicht mehr weg von hier. Seit dem Tag, an dem ich aus Wien weggezogen bin, habe ich den Gestank und den Lärm der Stadt noch keine einzige Sekunde lang vermisst.«

»Ich wage zu bezweifeln, dass es mir genauso ergehen wird«, sagte Capelli und stieg aus, wobei sie eine weitaus bessere Figur machte als ihr Gastgeber. »Aber ich habe beschlossen, Ihrem Kaff eine Chance zu geben.«

»Mehr habe ich auch gar nicht verlangt«, sagte Morell zufrieden und öffnete die Haustür.

Die Gerichtsmedizinerin zog ihre Jacke aus, stellte die Tasche im Flur ab und ging ins Wohnzimmer. Da war sie also wieder.

Morell holte eine kleine Holzschatulle aus einem Regal und öffnete sie. »Hier«, sagte er, »ich vertraue Ihnen meinen Zweitschlüssel an.« Er überreichte seinem unfreiwilligen Gast feierlich den Schlüssel, der an einem überdimensionalen Plastikbroccoli baumelte.

»Netter Schlüsselanhänger«, lästerte Capelli.

»So können Sie ihn wenigstens nicht verlieren.« Morell verließ den Raum. »Ich werde Ihr Gepäck ins Gästezimmer stellen«, rief er von draußen. »Sie wissen ja, wo es ist.«

Capelli stand auf und folgte ihm.

»Ist das eigentlich alles?«, wollte Morell wissen und zeigte auf ihre kleine Reisetasche. »Ich dachte immer, Frauen schleppen den halben Hausrat mit sich herum, wenn sie für ein paar Tage verreisen.«

»Ich bin eben nicht wie alle Frauen«, sagte Capelli und zog ihre Schuhe aus.

›Stimmt‹, dachte Morell. Nicht viele Menschen verdienten ihr Brot damit, Leichen aufzuschneiden. Außerdem kannte er keine Frau, die freiwillig pink-giftgrün gestreifte Ringelsocken anziehen würde. Er starrte auf Capellis Füße.

»Selbstgestrickt«, sagte sie, als hätte sie seine Gedanken erraten, und amüsierte sich über seine Verlegenheit.

»Sie haben sich ja gestern schon ein wenig mit dem Haus vertraut gemacht«, lenkte Morell von den hässlichsten Strümpfen der Welt ab. »Ich muss leider wieder zurück aufs Revier, um Inspektor Bender zu retten. Der arme Kerl wird nämlich mit Anrufen bombardiert und von ein paar besorgten Großmüttern belagert. Wenn ich wieder zurück bin, koche ich uns Abendessen.«

Capelli ließ sich aufs Bett fallen. So hatte sie sich ihren Urlaub zwar nicht vorgestellt, aber man sollte ja immer flexibel bleiben.

Als Morell weg war, drehte sie eine Runde durch das Haus. Es gefiel ihr, wie der Chefinspektor die großzügigen Räume eingerichtet hatte: schlicht, aber mit sehr viel Klasse. Sie konnte keinen Kitsch, keinen Ramsch und, einmal abgesehen von dem Gästeschlüsselanhänger, keinen überflüssigen Krempel sehen.

Besonders angetan war sie von Morells Lagerraum im Erdgeschoss. Dort duftete es nach Äpfeln, die in mehreren Holzkisten gelagert waren, und die vielen Pflanzen, die hier überwinterten, verliehen dem Raum etwas Exotisches.

In einem hohen Regal hinter der Tür entdeckte Capelli eine große Ansammlung von Einweckgläsern, die mit selbst gemachter Marmelade gefüllt waren. Sie musste schmunzeln, als sie sich vorstellte, wie der massige Chefinspektor, mit einer Schürze bekleidet, Beeren einkochte. Der schrullige Polizist war wirklich ein Fall für sich.

Capelli ging wieder zurück in den ersten Stock, holte sich aus der Küche einen Teller mit selbst gebackenen Keksen und setzte sich im Wohnzimmer aufs Sofa. Vielleicht war es hier in Landau doch nicht so übel. Sie konnte in Ruhe ihren Bericht fertigstellen, faulenzen, lesen, ein wenig fernsehen, und einen Internetanschluss hatte ihr Gastgeber auch. Sie war also nicht ganz abgeschnitten vom Rest der Welt.

Außerdem bewahrte sie ihr unfreiwilliger Aufenthalt davor, sich einem Macho-Italiener an den Hals zu werfen und eine peinliche Abfuhr zu kassieren. Sie steckte sich einen Keks in den Mund, schloss die Augen und kaute genüsslich.

»Na, mein fetter Freund«, sagte sie, als Fred ins Wohnzimmer gekugelt kam. »Sieht so aus, als müsstest du dich an mich gewöhnen.«

> **»Nun ging der Tod mit Philip und seinen zwölf**
> **gewonnenen Seelen weiter, dem Himmel zu.«**
> Der gute schlaue Philipp, Schwäbisches Märchen

Gegen zwanzig Uhr kam Morell, vollbepackt mit Einkäufen, wieder nach Hause.

»In einer Stunde gibt es Abendessen«, verkündete er. »Ich habe beschlossen, mir mein schlechtes Gewissen einfach von der Seele zu kochen.«

»Warten Sie, ich helfe Ihnen«, sagte Capelli und begann die Tüten auszupacken. »Wie war Ihr Tag?«, wollte sie wissen. »Es ist doch sicher aufregend, den spektakulärsten Mordfall in der Geschichte von Landau zu bearbeiten?«

»Fragen Sie nicht«, stöhnte Morell. »Der ganze Ort ist in Aufruhr. Sie können sich gar nicht vorstellen, mit was für Aussagen ich mich heute schon herumschlagen musste. Ich war wirklich erschüttert, was einige Menschen alles von sich gegeben haben. Den Satz ›Es war ganz sicher einer von den Touristen‹ habe ich heute mindestens zwanzigmal gehört. Andere Hauptverdächtige sind ›die Araber und die Russen‹.«

Morell atmete tief ein. »Ein paar der älteren Einwohner sind ziemlich fremdenfeindlich«, redete er weiter. »Toleranz und Political Correctness sind für sie immer noch Fremdwörter.« Er schüttelte den Kopf und holte eine Auflaufform aus dem Küchenschrank.

»Political Correctness ist tatsächlich ein Fremdwort! Eindeutig Englisch«, grinste Capelli.

Morell verdrehte die Augen. »Sie wissen genau, was ich damit sagen wollte.« Er sah die Gerichtsmedizinerin an und zog seine rechte Augenbraue hoch. »Einige der Wörter, die ich heute von ein paar alteingesessenen Landauern gehört habe, könnte ich nicht in den Mund nehmen, ohne anschließend als rassistisches Bullenschwein betitelt zu werden.«

»Verstehe. Hat der Tag denn irgendetwas gebracht? Irgendeine Spur oder einen Anhaltspunkt?«

Morell schüttelte den Kopf. »Soweit ich das beurteilen kann, nicht. Die meisten Anrufer haben sich nur aus Neugierde gemeldet und versucht, Details zu erfahren. Einige alte Damen riefen an, um sicherzugehen, dass sie sich nicht fürchten müssen. Ich habe heute eher Telefonseelsorge als anständige Ermittlungsarbeit geleistet.« Er seufzte und begann die Form einzufetten. »Wie war Ihr Tag? So weit alles klar?«

»Oh ja. Ich habe ein wenig ferngesehen, mit dem Kater gekuschelt und anschließend von meinem Laptop aus per E-Mail meine Tante und ein paar Freunde darüber informiert, dass ich mich kurzfristig dazu entschlossen habe, meinen hartverdienten Urlaub in Landau zu verbringen – der weltberühmten Tourismushochburg, der Alpenmetropole, dem Las Vegas von Österreich.« Capelli grinste. »Es war doch in Ordnung, dass ich Ihren Internetanschluss benutzt habe?«

Morell war froh, dass sie ihren Humor wiedergefunden hatte und beschloss, lieber Capellis blöde Witze zu ertragen, als noch einmal diesen tödlichen Blick abzubekommen, mit dem sie ihn am Vormittag bedacht hatte. »Natürlich, Sie können ruhig ...«, begann er.

»Jetzt haben Sie schon wieder Fleisch gekauft«, unterbrach sie ihn.

Morell lief rot an. »Na ja«, stotterte er und kratzte sich an der Nase. »Es war gerade im Sonderangebot.«

»Also, ich werde nicht schlau aus Ihnen«, starrte Capelli ihn an und hielt ihm das Stück Schweinelende, das sie in seiner Einkaufstüte entdeckt hatte, vors Gesicht. »Warum wollen Sie mir unbedingt einreden, Sie seien Vegetarier? Ich bin immerhin Gerichtsmedizinerin. Ich habe kein Problem mit Fleisch. Sie müssen hier also nicht einen auf netten Tofu-Öko-Typ machen. Dieses ganze vegane New-Age-Gefasel ist übrigens auch schon lange nicht mehr in.« Sie sah ihn mit zusammengekniffenen Augen an. »Ich wohne jetzt ja für einige Tage hier – da werde ich Ihr Geheimnis schon noch lüften.«

»Ich habe alle nötigen Zutaten eingekauft, um Gemüselasagne zu machen«, lenkte Morell ab, dem das Thema sichtlich peinlich war. »Und zum Nachtisch gibt es Tiramisu, damit Ihnen Italien nicht allzu sehr abgeht.«

Capelli beschloss, nicht mehr weiter nachzubohren. Sie würde Mittel und Wege finden, um ihrem beleibten Gastgeber sein Essensgeheimnis zu entlocken. »Ich werde Ihnen helfen. Vielleicht kann ich ja etwas lernen. Kochen war nämlich noch nie meine Stärke.«

Morell lachte das erste Mal an diesem Tag.

»Was ist daran so lustig?«

»Bitte seien Sie mir nicht böse, aber ich kann mir beim besten Willen nicht vorstellen, wie Sie erst an ein paar Leichen herumschnippeln und sich anschließend in die Küche stellen und Innereien zubereiten.«

»Ja, ja«, blaffte Capelli. »Wie langweilig wäre die Welt ohne ein paar schöne Vorurteile!«

Das Essen war, wie schon am Abend zuvor, hervorragend.

»Wenn Sie weiterhin so gut kochen«, sagte Capelli, »dann vergesse ich ganz, dass ich eigentlich nach Italien wollte.«

Morell bedankte sich für das Kompliment.

»Trete ich Ihnen zu nahe, wenn ich frage, warum Sie immer noch alleine leben?« Capelli lehnte sich zurück und fixierte ihren Gastgeber. »Bei den Kochkünsten sollten Ihnen die Frauen doch reihenweise zu Füßen liegen.«

»Schon okay«, entgegnete Morell. »Meine Freunde nerven mich auch ständig mit diesem Thema.« Er kratzte sich am Kopf und überlegte. »Was soll ich sagen? Die Richtige war bisher einfach noch nicht dabei, und in einem kleinen Ort wie Landau gibt es auch nicht unbedingt viel Auswahl.« Er erwiderte Capellis neugierigen Blick. »Und bei Ihnen? Gibt es in Innsbruck jemanden, der auf Sie wartet?«

Sie schüttelte den Kopf. »Ich bin eine von denen, die immer auf die falschen Männer reinfallen. Sie wissen schon: Ich verknalle mich ständig in die Kerle, die mich entweder nicht beachten oder mir mit hundertprozentiger Sicherheit das Herz brechen. Ein typischer Fall von unheilbarer Dummheit.«

Morell musterte die junge Ärztin. Ohne die Brille und mit einer anderen Frisur könnte sie eigentlich richtig hübsch aussehen. Außerdem fand er sie, trotz ihres etwas eigenwilligen Humors, recht nett. Schade eigentlich, dass er sich ständig vorstellen musste, wie sie ihre Hände in den geöffneten Brustkorb eines Toten steckte oder das Schädeldach einer Leiche aufsägte. Er schüttelte den Kopf. Nein, eine Frau mit so einem Beruf wäre definitiv nichts für ihn.

»Auf die richtigen Männer und die richtigen Frauen!« Morell hob sein Glas.

»Und auf Urlaub in Landau«, prostete Capelli zurück. »Jetzt, da wir hier gemeinsam eine Zwangs-WG bilden, könnten wir uns doch auch einfach duzen«, schlug sie vor. »Natürlich nur, sofern es Ihnen recht ist.«

»Sofern es *dir* recht ist«, sagte Morell. »Ich heiße Otto.«

»Nina.«

»Prost!«

Capelli roch an dem Wein und nahm einen großen Schluck. »Sogar dein Wein schmeckt ausgezeichnet.«

»Den hab ich zwar nicht selbst gemacht, aber trotzdem danke«, freute sich Morell.

»Oh! Verdammt!«, Capelli schlug sich mit der flachen Hand auf die Stirn. »Das habe ich ja ganz vergessen! Eine Frau hat vorhin nach dir gefragt. Sie wollte sich nach dem Stand der Ermittlungen erkundigen und sich für deine Fürsorge gestern bedanken. Im Büro hat sie dich anscheinend nicht mehr erwischt. Warte kurz.« Capelli durchsuchte die Taschen ihrer Jeans und fischte einen kleinen zerknitterten Zettel heraus. »Ich habe mir ihren Namen notiert.« Sie faltete das Blatt auseinander und versuchte, es auf der Tischplatte glatt zu streichen. »Frau Agnes Schubert«, las sie vor.

Morell verdrehte die Augen und gab ein Geräusch von sich, das ganz offensichtlich ein Ausdruck von Unmut sein sollte.

»Sie hat ein paar Mal geklingelt, und da habe ich halt die Tür aufgemacht«, sagte Capelli schuldbewusst, als sie das offensichtliche Missfallen des Chefinspektors sah. »Um ganz ehrlich zu sein, wirkte Frau Schubert ein wenig konsterniert, als sie mich sah. Ich hoffe, ich habe dir nicht die Tour vermasselt.«

»Keine Sorge«, beruhigte sie Morell. »Es wäre mir sogar sehr recht, wenn du sie abgeschreckt hättest. Frau Schubert versucht schon seit längerem, meine Aufmerksamkeit auf sich zu ziehen. Leider ist sie dabei oft ziemlich aufdringlich.«

Capelli lachte erleichtert. »Das hätte ich ihr gar nicht zugetraut. Auf den ersten Blick wirkte sie so …«, sie suchte nach dem richtigen Wort, »… so anständig. Sie machte eher den Eindruck einer braven, ordentlichen Kirchgängerin als den einer liebestollen, hormongesteuerten Verführerin.«

»Mit der Kirchgängerin liegst du gar nicht mal so weit daneben. Frau Schubert ist Küsterin und leider auch diejenige, die gestern Morgen die Leiche gefunden hat. Da habe ich wohl Pech gehabt, denn jetzt hat sie endlich einen Grund, mir noch mehr auf die Pelle zu rücken.« Morell vergrub sein Gesicht in den Händen und rieb seine Augen.

»Ist sie wirklich so eine Plage?«

»Leider. Agnes Schubert ist manchmal wirklich ... wie hast du sie genannt? Ach ja, liebestoll und hormongesteuert.« Morell nahm noch einen Schluck Wein. »Sie hat zum Beispiel einmal behauptet, ein Fremder hätte ihr Fahrrad geklaut, nur damit sie einen Grund hatte, um in mein Büro zu kommen.«

»Oh je, das scheint ja fast so, als hättest du ihr ordentlich den Kopf verdreht.«

Morell verzog das Gesicht. »Ich gebe dir hundert Euro, wenn du ihr erzählst, dass du meine neue Freundin bist«, sagte er, und Capelli konnte sich vor lauter Lachen kaum mehr halten.

Beim Dessert wurde die Stimmung dann wieder ernst.

»Ich hatte heute Zeit, um über deinen Fall nachzudenken«, erklärte Capelli. »Dieses Zeichen, das so aussieht wie eine römische Zwölf, hat mir einfach keine Ruhe gelassen. Ich habe darum ein wenig im Internet recherchiert.«

»Und? Hast du irgendetwas Interessantes herausgefunden?«, fragte Morell.

»Ich habe bei Google die Wörter ›Zwölf‹ und ›Mord‹ eingegeben.«

»Und was hat es ausgespuckt?« Morell war neugierig. Auf diese einfache Idee war er heute vor lauter Stress gar nicht gekommen.

»Beim ersten Treffer ging es um das Buch ›Mord im Orientexpress‹ von Agatha Christie. Kennst du das?«

»Ich denke schon. Warte kurz, ich glaube, dass ich es sogar habe.« Morell stand auf und ging zum Bücherregal. Er streckte sich und griff nach einem Taschenbuch, das etwas weiter oben stand.

»Ich glaube zwar nicht, dass das Buch irgendetwas mit deinem Fall zu tun hat«, meinte Capelli, »aber ich fand die Parallele ganz interessant: In der Story wird ein Mann, genauso wie Josef Anders, durch zwölf Stiche getötet. Der Detektiv findet am Ende heraus, dass zwölf der Mitreisenden auf irgendeine Art und Weise unter dem Ermordeten gelitten haben. Sie brachten ihn gemeinsam um, indem jeder von ihnen einmal zustach.«

»Interessant«, sagte Morell und setzte sich wieder.

»Leider nicht für uns. Da zwölf verschieden starke Menschen auf das Opfer eingestochen hatten, waren alle Stichwunden unterschiedlich tief. Nicht so bei unserer Leiche. Soweit ich das nach der äußeren Leichenbeschau beurteilen kann, wurden Josef Anders alle Stichverletzungen von ein und derselben Person zugefügt. Alle Wunden schienen ungefähr gleich tief zu sein und hatten einen ähnlichen Winkel. Ich denke mal, dass die Obduktion meine Annahmen bestätigen wird. Wie schon gesagt, ich bin sicher, dass das Buch keine Bedeutung für deinen Fall hat.« Capelli seufzte.

»Das Internet hat auch sonst nichts Wichtiges mehr ergeben. Es gab nur noch einen einzigen Artikel, den ich interessant fand. Erinnerst du dich an den Skandal mit den Mohammed-Karikaturen?«

Morell überlegte kurz, dann nickte er. »In einer Zeitung wurden Karikaturen abgedruckt, die den Propheten Mohammed darstellten. Die islamische Welt war nicht sehr angetan davon.«

»Genau. Gegen die Zeichner gab es mehrfach Morddrohungen. Und jetzt rate mal, wie viele Karikaturisten die Zeitung mit den Zeichnungen beauftragt hatte.«

»Zwölf?«

»Ganz genau!«

Morell schüttelte den Kopf. »Völlig abwegig, außerdem würden islamische Fundamentalisten anders vorgehen.« Er musste lächeln. »Aber ich bin mir sicher, dass diese Theorie einigen Landauern recht gut gefallen würde.«

Capelli nickte. »Denen, die glauben, dass die Ausländer an allem schuld sind.«

»Genau denen«, stimmte Morell zu. »Die jüngere Generation weiß, wie wichtig der Tourismus für uns ist, aber die Alten haben etwas gegen die fremden Gäste. Völlig zu Unrecht übrigens, den meisten Ärger verursachen nämlich definitiv die Einheimischen.« Morell überlegte kurz. »Die Art, wie der Mord begangen und der Leichnam arrangiert wurde, spricht eher für ein persönliches Motiv. Bender hat heute alle Touristen im Ort überprüft, und es sieht nicht so aus, als ob einer von ihnen Josef Anders persönlich gekannt hätte. Natürlich dürfen wir keine voreiligen Schlüsse ziehen, aber ich glaube, dass wir den Täter unter den Landauern finden werden.«

»So etwas in die Richtung habe ich mir fast schon gedacht«, sagte Capelli. »Aber ich wollte keine Möglichkeit außer Acht lassen. Vielleicht übertreibe ich auch einfach ein wenig, und diese komische Ritzung auf der Stirn des Toten hat überhaupt keine Bedeutung.«

»Schon möglich«, sagte Morell und starrte in seine Kaffeetasse. »Und die Tatsache, dass der Mord am 12. 12. entdeckt und durch zwölf Stiche geschehen ist, ist einfach nur ein ausgesprochen seltsamer Zufall.«

Sie sahen sich beide an und wussten, dass dem nicht so war.

> »Sie hatte eine große und hohe Mauer und hatte zwölf Tore
> und auf den Toren zwölf Engel und Namen darauf geschrieben,
> nämlich die Namen der zwölf Stämme der Israeliten …
> … und die Mauer hatte zwölf Grundsteine
> und auf ihnen die zwölf Namen
> der zwölf Apostel des Lammes.«
>
> Offenbarung des Johannes, 21, 12–14

Am nächsten Morgen tauchte Chefinspektor Morell schon sehr früh im Polizeirevier auf.

Normalerweise ging er gerne zur Arbeit. Er mochte sein helles Büro, seinen etwas gelangweilten Assistenten und die Fälle, an denen er arbeitete.

Aber heute war es anders. Von dem Moment an, an dem der Wecker ihn aus dem Schlaf gerissen hatte, merkte Morell, dass er absolut keine Lust hatte aufzustehen. Er quälte sich aus dem Bett, quetschte sich in seine Uniform und ging lustlos in die Küche.

Das erste Mal seit einer Magen-Darm-Grippe vor zwei Jahren verspürte er keinen Appetit. Er musste sich überwinden, die Fahrt ins Büro anzutreten, und jetzt, als er die Tür zum Revier öffnete, fühlte es sich so an, als würde jede einzelne Faser in seinem Körper sich dagegen sträuben, das Gebäude zu betreten.

Sehr zu seiner Verwunderung war Bender bereits da. Der Junge schien den Fall wirklich ernst zu nehmen und hart daran zu arbeiten. »Guten Morgen«, sagte er.

»Morgen, Chef!«

»Du bist heute aber schon früh da, Robert.« Der Chefinspektor musterte seinen Assistenten. »Oder warst du erst gar nicht daheim?«

Tatsächlich sah Bender nicht sehr ausgeschlafen aus. Unter seinen geröteten Augen machten sich dunkle Schatten breit, und sein Hemd war so zerknittert wie der Hintern von Liz Taylor. Als Morell genauer hinsah, konnte er sogar den Abdruck einer Büroklammer auf Benders Wange erkennen.

»Ich bin noch einmal alle Protokolle durchgegangen und dabei wohl eingenickt. Das war wohl keine so gute Idee.« Der junge Inspektor streckte sich und rieb sich die Schultern. »Ich glaube, ich war noch nie in meinem Leben so verspannt.«

»Und?«, wollte Morell wissen, »hat sich die Nachtschicht wenigstens rentiert? Hast du etwas Wichtiges entdecken können?«

»Leider nein«, entgegnete Bender. »Die meisten Anrufer haben sich nur aus Neugier gemeldet. Der Großteil hat mehr Fragen gestellt als beantwortet.«

»Ja, das habe ich mir schon gedacht.« Morell starrte ratlos auf den riesigen Berg Papier, der innerhalb der letzten 24 Stunden auf dem Schreibtisch seines Assistenten in die Höhe geschossen war.

»Soweit ich das beurteilen kann, ist kein einziger Hinweis dabei, der uns irgendwie weiterbringen könnte«, verschlechterte Bender die Laune seines Vorgesetzten noch mehr.

Morell ging in sein Büro und fühlte wieder, wie Verzweiflung und Unlust in ihm hochstiegen. Nicht genug damit, dass er einen Mordfall an der Backe hatte – er hatte keinerlei brauchbare Hinweise, lediglich diese dubiose Zahl, die ihm keine Ruhe ließ. Dazu kamen ein unerwarteter Gast, eine aufdringliche Verehrerin und ein völlig übermüdeter Assistent. Er war wieder schwer versucht, sich krankzumelden und den Fall einfach abzugeben, und verfluchte sein Pflichtbewusstsein, das ihn davon abhielt.

Er musste jetzt endlich noch einmal mit der Witwe Iris Anders und Josefs Mutter sprechen. Nachdem er Iris am Sonntag die schreckliche Nachricht überbracht hatte, war sie völlig zusammengebrochen, und es war praktisch nicht mehr möglich gewesen, ruhig und sachlich mit ihr zu reden. Nun aber war die Schonzeit für die Familie vorbei, fand er.

»Ich habe die Fotos vom Tatort entwickeln lassen – keine schönen Bilder, kann ich Ihnen sagen«, unterbrach Bender Morells Grübelei.

»Gut, zeig mal her.« Morell streckte die Hand aus, und Bender reichte seinem Vorgesetzten die Abzüge, der sie sich schweigend einen nach dem anderen ansah. Selbst hier auf sterilem Fotopapier war der Anblick immer noch erschreckend. Obwohl es in seinem Büro gemütlich warm war, fröstelte der Chefinspektor bei der Durchsicht. »Schrecklich«, murmelte er und schüttelte den Kopf. »Wer macht denn nur so etwas?«

»Chef?«, Bender blickte Morell an. »Dieses Zeichen auf seiner Stirn. Dieses X und die zwei Striche, was glauben Sie, was das zu bedeuten hat?«

»Keine Ahnung, Robert. Ich denke, dass es eine römische Zwölf sein könnte. Etwas anderes ist mir bisher noch nicht dazu eingefallen, und Dr. Capelli war der gleichen Meinung. Was meinst du? Irgendwelche Vorschläge?«

Bender setzte sich auf den Stuhl, der vor Morells Schreibtisch stand, und wirkte auf einmal wieder hellwach. »Ich dachte erst, dass es so eine Art Unterschrift des Mörders sein könnte. Xaver Ingo Igelmann oder so, aber leider konnte ich im Zentralregister niemanden mit diesen Initialen finden. Also habe ich als Nächstes eines der Fotos eingescannt und es an die Kriminalpolizei nach Wien geschickt. Ich habe die Jungs dort gebeten, es mit anderen Fällen zu vergleichen, nur um sicherzugehen, dass es sich nicht um einen Serienmörder handelt.«

»Ein Serienmörder?«, Morell runzelte die Stirn. »Das klingt, als hättest du zu viele amerikanische Psychothriller gesehen. Trotzdem kein schlechter Einfall«, fügte er schnell hinzu, als er das zerknautschte Gesicht seines Inspektors sah. »Und, was haben die Kollegen in der Hauptstadt gemeint?«

»Die sahen so etwas leider auch zum ersten Mal ...«

»Ich würde eher sagen, dass sie so etwas *zum Glück* das erste Mal sahen«, fiel Morell seinem Assistenten ins Wort. Er dachte an den Anblick von Josefs schrecklich zugerichteter Leiche und schauderte. Es war an der Zeit, dass jemand ein Gerät erfand, mit dem man gezielt Erinnerungen löschen konnte. Eine Art Korrekturstift fürs Gehirn. Einen Mind-Eraser! Er schob die Fotos vom Tatort an den Rand seines Schreibtisches und legte ein Blatt Papier darauf.

»Nachdem die Kriminalbeamten die Fotos gesehen hatten«, fuhr Bender unbeirrt fort, »kamen sie zu dem gleichen Schluss wie Sie. Sie meinten, dass es sich bei den Schnitten wohl um die römische Zahl Zwölf handelt.«

»Und?«, wollte Morell wissen. »Ist dir oder den Jungs in Wien irgendetwas Sinnvolles zum Thema Zwölf eingefallen?«

»Nicht wirklich, aber ich war gerade dabei, ein wenig nachzuforschen«, erklärte Bender. »Warten Sie.« Er rannte in Windeseile aus Morells Büro und kam wenige Augenblicke später mit einem Blatt Papier in der Hand zurück. »In Landau gibt es 88 Straßen, Gassen und Wege und daher auch 88 Häuser mit der Hausnummer Zwölf.«

»Josef Anders lebte in der Sonnblickstraße 14«, warf Morell ein, »aber egal, erzähl weiter.«

»Wir haben im Ort 32 Wohn- oder Appartementhäuser, in denen sich zwölf Wohnungen oder mehr befinden.«

»Also 32-mal Tür, Wohnung oder Top Nummer Zwölf.«

»Genau«, sagte Bender. »In den Hotels gibt es je ein Zimmer Nummer Zwölf; bei den drei Banken je ein Schließfach mit der Nummer; am Golfplatz gibt es das Loch mit der Nummer Zwölf, und natürlich gibt es im Ort viele Kfz- und Telefonnummern, die die Zahl enthalten könnten.«

Morell atmete tief ein und schaute aus dem Fenster, in dessen oberer linken Ecke ein Stück grauer Himmel zu sehen war. Einerseits freute er sich über die Energie und den Enthusiasmus, mit denen sein Assistent an den Fall heranging, andererseits fand er, dass Bender weit übers Ziel hinausschoss. Er überlegte kurz und entschloss sich dann, Benders Begeisterung noch nicht zu bremsen. Solange sie keine besseren Anhaltspunkte hatten, konnte es ja nicht schaden, wenn er Straßen, Wohnungen und die Löcher im Golfplatz zählte.

»Gut gemacht!«, sagte Morell deshalb und nickte dem jungen Kollegen anerkennend zu. »An dir ist wirklich ein Kriminalpolizist verlorengegangen.«

Bender errötete leicht aufgrund des unerwarteten Kompliments und versuchte, so unberührt und cool wie möglich dreinzublicken.

»Mach mir doch bitte eine Liste mit allen Menschen, die in einem Haus oder einem Zimmer mit der Nummer Zwölf wohnen«, sagte Morell. »Finde auch heraus, wer die Schließfächer bei den Banken gemietet hat, und schau nach, ob es vielleicht eine Telefon- oder Autonummer gibt, die auffällig viele Zwölfen enthält.«

»Wird erledigt«, sagte Bender und stand mit stolzgeblähter Brust auf.

Der Chefinspektor schaltete seinen Computer ein und öffnete seine Schreibtischschublade, um sich aus den zwanzig verschiedenen Teesorten, die sich darin befanden, eine auszuwählen. Er griff gerade nach einem Teebeutel der Sorte ›Griechische Bergkräuter‹, als Bender sich räusperte.

»Da ist noch etwas, Chef. Sie werden jetzt wahrscheinlich wieder sagen, ich hätte zu viele schlechte Filme gesehen, aber ich habe mir überlegt, ob ich nicht einmal in der Bibel nachschlagen soll. Sie wissen schon, so etwa in die Richtung Kapitel 12, Vers 12. Weil der Tote doch an der Kirche aufgehängt worden ist.«

Morell war überrascht, auf diese Idee war er noch gar nicht gekommen. Er gab den Teebeutel in seine Lieblingstasse und schaltete den Wasserkocher, der auf dem Fensterbrett stand, ein.

»Es gibt im Ort einige Leute, die katholischer sind als der Papst«, redete Bender weiter. »Es wäre doch möglich, dass einer von ihnen durch die Bibel zu dem Mord inspiriert wurde.«

»Und was ist mit ›Du sollst nicht töten‹?«, warf Morell ein.

Bender, der die Möglichkeit eines religiös angehauchten Mordes wahnsinnig spannend fand, wollte sich so schnell nicht von seiner Theorie abbringen lassen. Er dachte kurz nach. »Vielleicht war es ein fehlgeschlagener Exorzismus?«

Morell fand, dass dieses Gespräch nun doch wieder langsam ins Absurde abglitt. Wie hatte sich sein schönes Leben nur so wahnsinnig schnell in diese Farce verwandeln können? Vor einer Woche war er noch damit beschäftigt gewesen herauszufinden, wer den Engeln, die als Weihnachtsdekoration vor dem Rathaus standen, Bärte aufgemalt hatte. Jetzt musste er mit einem halb verwesten, grausam abgeschlachteten Mordopfer klarkommen, und Bender, der normalerweise unmotiviert hinter seinem Schreibtisch herumlungerte und gähnend die Stunden bis zum Feierabend zählte, übernachtete im Büro und legte eine unerwartet blühende Phantasie an den Tag. Wo war denn nur der Umschaltknopf? Er war definitiv im falschen Film.

»Gut, Robert, dann schau halt mal in der Bibel nach«, sagte der Chefinspektor und atmete tief ein. »Sag mir Bescheid, falls du etwas Brauchbares entdeckst.« ›Was ich aber zu bezweifeln wage‹, fügte er im Stillen hinzu.

»Wird erledigt«, sagte Bender und verließ das Büro seines Vorgesetzten, der mit heißem Wasser seinen Tee aufgoss, ausgiebig gähnte und sich wunderte, wo sein Assistent nach einer durchgearbeiteten Nacht noch so viel Energie hernahm.

»Ach ja«, schrie Bender von draußen. »Sie sollen bitte Bürgermeister Endres anrufen.«

»In Ordnung«, sagte Morell. Zunächst goss er aber erst mal die

Pflanzen, die zuhauf in seinem Büro standen, und blickte dabei wehmütig auf seinen Schreibtisch. Normalerweise war er penibelst aufgeräumt, doch heute türmten sich ungeordnete Papiere und Notizen darauf. Außerdem hatte Bender Morells Computer in ein gelbes Kunstwerk, bestehend aus Post-it-Zetteln, verwandelt. Der Chefinspektor wusste, dass Jammern nichts half, nahm das Telefon zur Hand und wählte die Nummer des Rathauses.

»Bürgermeister Roland Endres' Büro«, meldete sich eine Frauenstimme.

»Chefinspektor Morell hier. Herr Endres wartet auf meinen Rückruf.« Er holte tief Luft und hoffte inständig, dass der Bürgermeister ihn nicht mit den bärtigen Engeln belästigen würde.

»Einen kleinen Moment bitte, ich stelle Sie durch.«

»Endres!«, meldete sich kurz darauf die sonore Stimme des Bürgermeisters.

»Guten Morgen! Hier spricht Morell. Sie baten um meinen Rückruf.«

»Guten Morgen, Morell. Sie können sich ja sicherlich denken, warum ich mit Ihnen sprechen möchte.« Der Bürgermeister war ungehalten und machte keinerlei Anstände, dies zu verbergen.

»Nein, aber Sie werden es mir gewiss gleich sagen.« Morell war durch den ruppigen Ton seines Gesprächspartners ein wenig verunsichert, was er aber halbwegs verbarg.

»Mir ist zu Ohren gekommen, dass irgendjemand den guten Josef Anders umgebracht und dann am Baugerüst hinter der Kirche aufgehängt hat. Ich will sofort wissen, was es mit der Sache auf sich hat! Es ist Ihr Job, für das Wohl der Gemeinde zu sorgen! Wie zur Hölle konnte so etwas nur passieren?« Endres' Stimme war zu einem Donnerwetter angeschwollen.

›Krankmelden‹, schoss es Morell durch den Kopf. ›Ich lege mich zwei Wochen ins Bett und lasse die Innsbrucker Kollegen die Drecksarbeit machen. Sollen die sich doch mit der ganzen Sache und dem aufgebrachten Bürgermeister herumschlagen.‹ »Nun ja,

Herr Endres«, sagte er und hustete schon einmal vorsorglich. »Sie verstehen sicherlich, dass ich über eine laufende Ermittlung keine Auskünfte geben kann.«

»Umso besser«, schnaubte der Bürgermeister. »Ich will nicht, dass irgendetwas von dem, was vorgefallen ist, an die Öffentlichkeit dringt. Ein Mord in Landau! Sie können sich ja ausmalen, was das für uns bedeuten kann.«

»Nicht wirklich.« Morell wusste, was der Mord für *ihn* bedeutete, konnte sich aber nicht wirklich vorstellen, warum der Bürgermeister deswegen so ausrastete.

»Stellen Sie sich nicht so blöd an!«, brüllte Endres. »Der Tourismus ist dieses Jahr schon wieder zurückgegangen. Wir können auf keinen einzigen Feriengast verzichten!«

»Natürlich«, sagte Morell und hustete noch einmal.

»Ich wünsche so schnell wie möglich eine Aufklärung dieser unangenehmen Sache, und bis dahin nehmen Sie in der Öffentlichkeit das Wort ›Mord‹ nicht in den Mund.«

»Natürlich«, Morell verlor langsam die Nerven. Wie sollte er einen Mörder finden, wenn es offiziell gar keinen Mord gab? War die ganze Situation denn nicht schon schlimm genug?

»Ich werde die lokalen Medien, das Landesreisebüro und das Tourismusamt in Innsbruck informieren«, fuhr der Bürgermeister fort. »Wir werden die Sache als bedauerlichen Unfall deklarieren, dessen genaue Umstände noch nicht geklärt sind. Ich bestehe darauf, dass auch Sie diesen Terminus verwenden.«

»Es war aber kein bedauerlicher Unfall, sondern ein eiskalter Mord«, erklärte Morell genervt und simulierte erneut einen Hustenanfall. Er musste sich schwer zusammenreißen, keinen Streit vom Zaun zu brechen.

Die Stimme des Bürgermeisters begann zu vibrieren. »Solange wir keinen Täter vorweisen können, will ich das Wort ›Mord‹ gefälligst nicht mehr hören! Kein Mensch will seinen Urlaub in einem Ort verbringen, in dem ein Mörder frei herumläuft. Stellen

Sie sich verdammt nochmal nicht dümmer, als Sie sind!« Endres klang so, als würde ihm gleich ein Magengeschwür aufplatzen, und Morell stellte sich vor, wie der Bürgermeister rot anlief und sich auf seiner Knollennase kleine Schweißperlen bildeten. »Ich werde auch Frau Schubert instruieren«, knurrte Endres. »Es scheint mir nämlich so, als wären die meisten dieser unangenehmen Informationen von ihr ausgegangen.«

»In Ordnung«, gab Morell nach, der wusste, wie stur der Bürgermeister sein konnte. »Ich werde versuchen, das Wort ›Mord‹ in der Öffentlichkeit nicht zu verwenden.«

»Sehr gut.« Der Sturm in Endres' Stimme flaute langsam wieder ab. »Ich wusste, dass ich mich auf Sie verlassen kann.«

»Ich muss jetzt wieder zurück an meine Ermittlungen«, versuchte Morell das Gespräch zu beenden. »Wie Sie ja wissen, habe ich einen bedauerlichen Unfall aufzuklären.«

»Sehr gut, dann sind wir uns ja einig. Ich vertraue auf Ihre Diskretion. Bitte führen Sie Ihre Ermittlungen so unauffällig wie möglich durch. Keine Verstärkung, wenn es nicht unbedingt nötig ist – zum Glück sind wir eh eingeschneit, und den Hubschrauber wollen wir auch nicht bemühen, nicht wahr? Sollten Sie also etwas brauchen, dann kommen Sie zu mir. Ich habe auch nichts dagegen, wenn Sie die Uniform daheim lassen und in Zivil ermitteln. Undercover sozusagen.« Der Bürgermeister musste über seinen Witz lachen.

Morell verdrehte die Augen, hatte aber keine Lust auf weitere Diskussionen. Endres würde keine Ruhe geben, bevor er nicht das zu hören bekam, was er wollte.

»Wir werden bei unseren Ermittlungen so unauffällig wie nur möglich sein«, sagte er daher mürrisch, bezweifelte aber, dass er es mit seiner Statur schaffen würde, unbemerkt zu bleiben.

»Apropos Ermittlungen«, sagte Endres. »Jetzt nochmal unter uns: Wie weit sind Sie denn damit schon?«

»Wir tun, was wir können«, entgegnete der Chefinspektor, der nicht zugeben wollte, dass er noch ganz am Anfang stand und überhaupt keine Ahnung hatte, in welche Richtung er ermitteln sollte. »Sie verstehen ja sicher, dass ich in so einem frühen Stadium noch nicht viel sagen kann. Aber wir kommen voran.«

»Sehr gut, Morell«, brummte der Bürgermeister zufrieden, »sehr gut! Rufen Sie mich an, sobald Sie das Schwein erwischt haben. Und gehen Sie mal zu unserem neuen Arzt, dem Nachfolger von Dr. Hintermayer, Ihr Husten klingt nicht sehr gut. Sie wollen doch nicht krank werden, jetzt, wo Sie endlich einmal etwas zu tun haben. Ach ja«, fügte Endres noch hinzu, »wenn Sie schon dabei sind, sich nützlich zu machen, finden Sie endlich die Idioten, die meinen Engeln den Bartwuchs beschert haben. Viele Touristen sind nach Landau gekommen, um die romantische, ländliche Vorweihnachtszeit zu genießen. Da passen Engel mit Hormonstörungen absolut nicht ins Bild!«

»Natürlich!« Morell legte auf und lehnte sich entnervt in seinem Sessel zurück. Das hatte ihm gerade noch gefehlt. Während er sich mit einer halb verwesten Leiche, einem brutalen Mörder und einer mysteriösen Zahl herumschlagen musste, sorgte sich Bürgermeister Endres um den Tourismus.

Er beschloss, sich nicht länger zu ärgern, sondern sich stattdessen lieber an die Arbeit zu machen. Hungrig biss er in sein Ruccola-Parmesan-Sandwich und griff zum Telefon. Er würde jetzt Iris Anders anrufen, so wie er es sich vorgenommen hatte. Hoffentlich hatte sie sich mittlerweile wieder ein wenig gefangen. Er wählte die Nummer und musste dabei wieder an das Opfer denken. Josef Anders war, soweit er das beurteilen konnte, kein sehr beliebter Zeitgenosse gewesen. Er war schroff und oft unhöflich, aber das war noch lange kein Grund, jemanden so brutal abzuschlachten. Dennoch: Vielleicht hatte er ja Feinde im Ort.

»Bei Anders«, meldete sich nach einigem Klingeln eine Stimme, die Morell nicht kannte.

»Hier Chefinspektor Morell. Mit wem spreche ich?«

»Grüß dich, Otto, hier spricht Maria Zieher, ich bin hier, um Iris ein wenig zur Seite zu stehen.«

»Ach du bist es, Maria. Gut zu wissen, dass sich jemand um Iris kümmert. Kannst du sie bitte an den Apparat holen?«

»Einen kleinen Moment bitte.«

Morell nestelte nervös an den Knöpfen seines Hemds herum. Er hatte es immer gehasst, mit den Hinterbliebenen von Mordopfern zu sprechen. Jedes Gespräch war eine Gratwanderung. Einerseits musste er seine Arbeit erledigen und so viele Informationen wie möglich aus ihnen herausfiltern, andererseits wollte er aber auch niemandem zu nahe treten und in offenen Wunden herumstochern.

»Hallo?«, meldete sich ein Stimmchen so dünn wie Butterbrotpapier und beendete damit Morells Grübelei.

»Tut mir leid, dass ich dich in dieser schweren Zeit belästigen muss, Iris«, sagte er und versuchte dabei so einfühlsam wie möglich zu klingen, »aber wir sollten dringend noch einmal miteinander reden.«

»Um ehrlich zu sein, fühle ich mich noch nicht in der Lage dazu«, sagte das Stimmchen und wurde von einem Weinkrampf erschüttert.

Morell hörte, wie Maria auf Iris einredete, dann krachte es in seinem Ohr – sie hatte wohl den Hörer fallen gelassen.

»Hallo? Otto? Bist du noch da? Hier ist noch einmal Maria. Es tut mir leid, aber Iris steht unter Schock und ist einfach noch nicht in der Lage, über das Geschehene zu sprechen.«

Schon wieder jemand, der das Wort ›Mord‹ nicht in den Mund nehmen wollte, dachte Morell. »Wann wird sie denn so weit sein?«, fragte er. »Du verstehst doch sicher, dass ich nicht anrufen würde, wenn es nicht ausgesprochen wichtig wäre.«

»Schon klar«, sagte Maria. »Der Arzt hat Iris Beruhigungsmittel verschrieben, vielleicht kann sie mit dir sprechen, sobald die ein wenig wirken.«

»Verstehe«, Morell konnte sein Pech nicht fassen. Er hatte nicht den Hauch einer Ahnung, wie er mit seinen Ermittlungen weitermachen sollte, und die wahrscheinlich einzige Person, die vielleicht ein wenig Licht in die Sache bringen konnte, stand unter Drogen.

»Josefs Mutter möchte übermorgen eine Trauerfeier abhalten, damit die Seele ihres Sohnes ein wenig Ruhe findet«, unterbrach Maria Morells Gedanken. Da waren sie wieder, die strenggläubigen Katholiken, dachte er.

»Sie will nicht so lange warten, bis der Leichnam endlich zur Bestattung freigegeben wird. Das kann nämlich noch einige Zeit dauern, aber wem erzähle ich das. Vielleicht kommst du einfach auch in die Kirche. Der Pfarrer wird ein paar tröstende Worte sprechen und einen Gottesdienst in Josefs Namen abhalten. Anschließend gibt es ein paar Erfrischungen beim Kirchenwirt.«

»Gut«, sagte Morell, der es eigentlich gar nicht gut fand, noch zwei Tage warten zu müssen. Er räusperte sich. »Maria, ich muss dich das jetzt leider fragen, aber weißt du, ob es in der Ehe von Iris und Josef Probleme gab?«

»Oh nein, du denkst doch nicht etwa, dass …?« Ihre Stimme überschlug sich. »Ich halte es für eine bodenlose Frechheit, so etwas auch nur anzudeuten! Wie kannst du bloß so gemein sein. Als wenn die arme Iris nicht schon gestraft genug wäre!«

»Bitte versteh mich doch«, versuchte Morell seine aufgebrachte Gesprächspartnerin wieder zu beschwichtigen. »Ich wollte auf keinen Fall taktlos wirken, aber bei so einem Fall sind zunächst einmal alle Menschen aus dem näheren Umfeld des Opfers verdächtig. Ich muss einen nach dem anderen ausschließen.«

»Gut! Dann schließ Iris jetzt gleich aus!«, forderte die entrüstete Maria. »Sie und Joe führten eine gute Ehe. Streit gab es nur ganz selten. Was bist du nur für ein herzloser Mensch! Iris hat ihren Joe über alles geliebt, das kannst du mir glauben!« Marias Stimme hatte mittlerweile unerwartete Höhen erklommen.

»Schon gut, schon gut«, sagte Morell, der befürchtet hatte, dass so etwas geschehen würde. Gab es denn keine normalen Frauen mehr? Entweder sie bedrängten ihn, nahmen Beruhigungsmittel, schrien ihn an oder schnitten tote Menschen auf. Und da sollte noch einmal jemand fragen, warum er alleine lebte. Er schüttelte den Kopf und fuhr sich mit der Hand übers Gesicht.

»Du darfst nicht einmal im Traum daran denken, dass Iris etwas mit der Sache zu tun hat! Joe hatte keine Lebensversicherung oder ein großes Vermögen. Sein Tod beschert seiner Familie nur Trauer und Leid und bringt ihr überhaupt keinen Nutzen. Und nein, Otto, es gibt auch keinen anderen Mann in Iris' Leben, du musst also deine dreckige Phantasie erst gar nicht bemühen. Wirf doch lieber einmal ein Auge auf die Russen, die im Hotel Berghof wohnen, anstatt anständige Leute zu belästigen.«

»Ich danke dir, Maria«, sagte Morell, dessen einziger Wunsch nur noch darin bestand, das Gespräch so schnell wie möglich zu beenden.

»Oder, besser noch, nimm doch mal Karl Kaiser ins Visier, den Besitzer vom ›Hype‹«, meldete sich Maria wieder zu Wort. »Der hatte nämlich Streit mit dem Josef.«

Morell horchte auf. »Worum ging's denn da bei dem Streit?«

»Ach, das frag den Herrn Kaiser am besten selbst«, wich Maria aus. »Hast du denn überhaupt keine Spur oder einen Verdacht, wer es gewesen sein könnte?«

›Ich habe nicht die geringste Ahnung, und alles, was ich weiß, ist, dass es ganz sicher nicht die Russen waren‹, dachte Morell. Immerhin war der Tipp mit Karl Kaiser schon einmal etwas, dem er nachgehen konnte. »Du musst verstehen, dass ich über die laufenden Ermittlungen leider keine Auskunft geben kann«, sagte er. »Du hast mir aber schon sehr geholfen. Richte der Familie bitte noch einmal mein aufrichtiges Beileid aus.«

»Werde ich machen, Otto.«

Als Morell den Hörer aufgelegt hatte, vergrub er sein Gesicht in den Händen, fuhr mit den Fingern durch seine Haare und fragte sich, was er denn verbrochen hatte, um so etwas zu verdienen. Wenigstens hatte er nun jemanden, den er befragen konnte. Morell kannte Karl Kaiser, den Betreiber des sehr gut besuchten Etablissements namens ›Hype‹, nur zu gut. Er hatte einige Beschwerden von besorgten Müttern vorliegen. Diese warfen Kaiser vor, dass es in seiner Bar Sex für Geld zu kaufen gab und dass er Alkohol an Jugendliche ausschenken würde. Der Chefinspektor hatte dem Barbesitzer aber nie etwas nachweisen können. Seine Bücher waren sauber geführt, er hielt sich an die Hygienevorschriften, und die Mädchen, die bei ihm arbeiteten, waren alle volljährig. Dass die eine oder andere manchmal einen Gast mit auf ihr Zimmer nahm, konnte Morell nicht verbieten. Die Jungs, die er des Öfteren in der Nähe von Kaisers Club betrunken aufgabelte, schworen stets Stein und Bein, dass sie den Alkohol im Supermarkt gekauft hatten.

Morell beschloss, dass er Herrn Kaiser jetzt sofort einen Besuch abstatten würde. Er trank seinen Tee aus und machte sich auf den Weg.

Karl Kaiser öffnete die Tür in einem seidenen Morgenmantel, der mit chinesischen Motiven bedruckt war. Das Klischee des schmierigen Zuhälters hätte er nicht besser erfüllen können, dachte sich Morell. »Habe ich Sie geweckt?«, fragte er.

»Nein«, entgegnete Kaiser, der ausgesprochen müde dreinblickte. Seine Augen waren zu kleinen Schlitzen verengt, und sein sonst so gepflegtes Gesicht war unrasiert und aufgequollen. »Ich wollte gerade ins Bett gehen. Ich habe eine lange Nacht hinter mir. Sie haben Glück, Herr Chefinspektor, denn sobald ich erst einmal an der Matratze horche, können Sie das Haus um mich herum abreißen und ich würde es nicht merken. Kommen Sie!« Er machte einen Schritt zur Seite und winkte den Polizisten mit einer schwungvollen Geste herein.

Morell betrat das Haus. Hätte er die Einrichtung mit drei Worten beschreiben sollen, hätte er ›überladen, schwülstig und protzig‹ gewählt. Das Haus war ein Albtraum in Rot und Gold. Überall, wo Morell hinsah, erblickte er Spiegel, Lüster, Tierfelle, Leder und viel überflüssigen Schnickschnack, wie zum Beispiel einen Zimmerbrunnen oder einen Servierwagen. Komischerweise hatte er nichts anderes erwartet. Es war schon lustig, wie manche Menschen die Vorurteile erfüllten, die man über sie hatte.

Kaiser führte Morell in die Küche, in der man, so wie im Rest des Hauses, eher das Gefühl hatte, sich in einem barocken Schloss als in einem Einfamilienhaus zu befinden.

»Kaffee, Tee, Saft oder einen kleinen Prosecco?«, fragte Kaiser, nachdem Morell sich an den Küchentisch gesetzt hatte.

»Ich nehme einen Tee, wenn es keine Umstände macht.«

»Aber keineswegs«, sagte Kaiser und öffnete einen Küchenschrank. »Welche Sorte darf es denn sein? Ich habe alles hier, was das Herz begehrt.« Er grinste selbstsicher.

»Wirklich alles? Dann nehme ich einen Rotbusch-Rosmarin-Tee«, sagte Morell, der sich sicher war, dass Kaiser den nicht hatte.

»Mit oder ohne Zucker?«, fragte der aber nur. »Oder nehmen Sie Süßstoff?«

»Ohne alles«, sagte Morell und war ein kleines bisschen enttäuscht. Er hätte so gerne das süffisante Grinsen von Kaisers Gesicht verschwinden gesehen.

»Nun, was führt Sie zu mir, Herr Chefinspektor?«, wollte Kaiser wissen, als er eine dampfende Tasse vor Morell stellte, die tatsächlich Rotbusch-Rosmarin-Tee enthielt. »Welche Mutter gibt mir denn diesmal die Schuld an der Entjungferung ihres Sprösslings?«

Kaiser hatte sich ein Glas Prosecco eingeschenkt und setzte sich gegenüber von Morell an den Tisch. »Wenn diese dummen Glucken nur nicht so blind wären. Die Jugend hier auf dem Land ist alles andere als unschuldig und unverdorben. Die brauchen das ›Hype‹ nicht, um sich zu betrinken und rumzuvögeln, das schaffen die schon ganz gut alleine.«

»Ich bin nicht wegen dem ›Hype‹ da«, sagte Morell und betrachtete die Tasse, die der Hausherr vor ihn auf den Tisch gestellt hatte. Es war ein Ungetüm in Weinrot mit einem aufwendig geschwungenen goldenen Henkel. Er nahm einen Schluck und stellte fest, dass die Tasse zwar geschmacklos und hässlich, der Tee aber ausgezeichnet war. »Ich komme wegen Josef Anders«, sagte er. »Ich habe gehört, Sie hatten Streit mit ihm.«

»Nun ja, als Streit würde ich das nicht unbedingt bezeichnen.« Kaiser nippte an seiner Sektflöte. »Ich würde es eher einen kleinen Disput nennen.«

»Und worum drehte sich dieser kleine Disput?«

»Sie kennen doch das Grundstück neben Anders' Autohaus.«

Morell nickte. »Sie reden von der Wiese, die dem alten Herrn Sobernicz gehört hat.«

»Genau die«, sagte Kaiser. »Als der gute Herr Sobernicz im Frühjahr gestorben ist, haben seine Kinder das Stück Land geerbt. Ich hatte schon lange Interesse an dem Grundstück – es ist gut gelegen und groß genug für eine nette, kleine Bar. Aber der Alte wollte ja um keinen Preis verkaufen.«

»Ein zweites ›Hype‹?«, wollte Morell wissen.

»So etwas in die Richtung, aber eher gehobene Klasse.« Kaiser wischte sich eine gegelte Haarsträhne aus dem Gesicht. »Nichts für die Kids, eher etwas für die Erwachsenen. Natürlich nichts Verbotenes. Alles schön legal, Sie wissen ja, dass ich ein gesetzestreuer Bürger bin.« Er zwinkerte Morell zu.

»Und wo lag das Problem?«

»Ich habe gleich nach dem Tod vom alten Sobernicz mit seinem Sohn verhandelt. Ich habe ihm einen guten Preis gemacht, er war einverstanden und wollte an mich verkaufen. Alles war schon unter Dach und Fach, nur die Unterschrift auf dem Kaufvertrag hat noch gefehlt. Da kommt diese Sau, Joe Anders, und macht mir einen Strich durch die Rechnung.«

»Warum? War er dagegen, dass in seiner Nachbarschaft eine Bar eröffnet wird?«

»Ach was«, Karl Kaiser winkte ab und zündete sich eine Zigarette an. »Eine Bar in der Nachbarschaft wäre dem guten Anders mehr als nur recht gewesen. Sehr wahrscheinlich wäre er sogar mein erster Stammkunde geworden. Nein, darum ging es nicht. Er hatte sich anscheinend in den Kopf gesetzt, sein Autohaus zu erweitern. Er wollte expandieren.«

»Genauso wie Sie«, stellte Morell fest.

»Ja, aber ich war zuerst da.« Kaisers Augen blitzten. »Außerdem hat Anders versucht, mich mit unfairen Mitteln aus dem Rennen zu werfen, dieses heimtückische Schwein. Er war zu feige, die ganze Sache von Mann zu Mann mit mir zu regeln. Wissen Sie, was dieser Hurensohn getan hat?« Kaiser nahm einen tiefen Zug von seiner Zigarette und blies eine große Wolke grauen Rauch aus.

»Nein«, sagte Morell, »aber Sie werden es mir sicher gleich erzählen.«

»Eine Nachbarschaftsinitiative hat er gegründet – Sie müssten's eigentlich mitbekommen haben. Gegen den moralischen Verfall von Landau. Wir brauchen hier keinen Puff, hat er gesagt.« Kaisers Stimme bebte. Er schenkte sich Prosecco nach. »Wollen Sie wirklich kein Gläschen trinken?«, fragte er.

Morell verneinte. Kaiser nahm einen Schluck und redete weiter. »Einen Puff. Herrgott, ich will eine Bar eröffnen. Drinks, Zigarren, gute Musik und ein paar hübsche, junge Ladys. Aber doch kein Bordell.« Er drückte seine Zigarette aus und zündete sich sofort eine neue an. »Gerade der, der die ganze Zeit am Saufen und Rumhuren war, will für den Erhalt moralischer Werte eintreten. Dass ich nicht lache! Er wollte schlicht und ergreifend das Grundstück, und genau das hätte er mit seiner Hinterhältigkeit auch beinahe bekommen. Der junge Sobernicz hatte nämlich plötzlich beschlos-

83

sen, doch lieber an Anders anstatt an mich zu verkaufen. Dem haben einige der Nachbarn so lange in seinen feigen Hintern getreten, bis er mir abgesagt hat.« Kaisers Gesicht war hochrot. »Ich hätte Joe Anders am liebsten die Fresse poliert, das kann ich Ihnen sagen.«

»Das kann ich mir vorstellen. Und, haben Sie ihm die Fresse poliert und dabei ein wenig übertrieben?«

»Bei Gott, nein! Ich bin vielleicht manchmal ein wenig impulsiv, aber ein Mörder bin ich keiner. Bevor ich dazu kam, Joe auch nur ein Haar zu krümmen, hat sich irgendjemand anderes schon um ihn gekümmert.«

»Derjenige hat ihm leider mehr als nur ein Haar gekrümmt«, sagte Morell und nahm noch einen Schluck Tee.

»Also, mich wundert das nicht. Anders war eine unfreundliche, stinkende Schmeißfliege. Und das ist nicht nur meine Meinung. Es gibt jede Menge andere Leute hier im Ort, die mindestens genauso sauer auf ihn waren wie ich.«

»Zum Beispiel?«, wollte Morell wissen und zückte seinen Notizblock.

»Fragen Sie doch einmal Sascha Genz, was er von Anders hält«, sagte Kaiser und nahm noch einen Zug von seiner Zigarette, wobei er seinen Mund wie eine Staubsaugerdüse formte. »Oder besser gesagt: was er von Anders hielt«, fügte er hämisch hinzu.

Morell nickte. »Das werde ich machen«, sagte er und sah Karl Kaiser an. »Haben Sie ein Alibi für Samstagnacht?«

Kaiser grinste wieder. »Fragen Sie doch die kleine Becky, die im ›Hype‹ arbeitet. Sie wird Ihnen bestätigen, dass ich die ganze Zeit schwer beschäftigt war.«

»Das werde ich machen«, sagte Morell und trank seinen Tee aus. »Was passiert jetzt mit dem Grundstück?«, fragte er, als er aufstand.

»Soweit ich weiß, gibt es außer mir zurzeit keinen anderen Interessenten, und unter uns gesagt, ich weiß, dass der junge Sobernicz ein paar Spielschulden hat und mein Geld darum gut gebrauchen kann.« Kaiser zwinkerte Morell erneut zu, der so tat, als hätte er es nicht gesehen.

Vor der Tür blieb Morell kurz stehen. »Eine Frage habe ich noch.«

»Nur keine Scheu, Herr Chefinspektor. Immer nur heraus mit der Sprache. Sie wissen ja – ich habe nichts zu verbergen.«

»Die kleine Becky ist doch nicht mehr minderjährig? Sie ist doch hoffentlich schon achtzehn?«

»Vor zwei Monaten geworden«, grinste Kaiser und wischte sich wieder die gegelte Haarsträhne aus dem Gesicht.

Morell drehte sich um und ging zu seinem Wagen. »Was für ein Arschloch«, murmelte er.

Aus dem Auto funkte er Bender an. »Hallo, Robert, hier Morell, du musst noch ein wenig die Stellung halten, ich habe gerade einen Hinweis bekommen und fahre deshalb rüber zu Sascha Genz. Ach ja, und ruf doch bitte dringend die kleine Becky aus dem ›Hype‹ an und frag sie, was sie Samstagnacht gemacht hat.«

»Becky Hagen?«, wollte Bender wissen.

»Keine Ahnung wie sie heißt«, sagte Morell. »Ich dachte, du seiest öfters mal in der Spelunke?«

Bender schwieg, was Morell in seiner Annahme bestätigte.

»Sie arbeitet dort an der Bar. Du findest ihren Nachnamen sicher irgendwie heraus.«

»Wird gemacht, Chef!«

»Gut, und frag sie bitte auch gleich, ob irgendwer ihre Aussage bestätigen kann.«

»In Ordnung«, sagte Bender. »Wird sofort erledigt!«

Morell war zufrieden. Bender schien unter Druck wirklich brauchbar zu sein, und es gab endlich einen ersten Verdächtigen. Karl Kaiser hatte ein Motiv, ein schlechtes Alibi und das nötige Aggressionspotenzial für so ein Verbrechen. Vielleicht hatte er sogar seine Jungs, die solche schmutzigen Sachen für ihn erledigten.

Der Chefinspektor trat aufs Gaspedal. Was wohl der nette Familienvater Sascha Genz mit der Sache zu tun hatte?

Er fuhr an den Ortsrand, wo das kleine, weiße Einfamilienhaus der Familie Genz stand.

Sascha Genz, ein alter Freund von Morell, war ein freundlicher, ruhiger Mann, der vor einiger Zeit einen schweren Schicksalsschlag hatte hinnehmen müssen. Bei einem Autounfall, den er selbst ohne den geringsten Kratzer überstanden hatte, wurde seine kleine Tochter querschnittsgelähmt.

Früher schaute Genz öfters mal auf ein Bier im Wirtshaus vorbei und versäumte auch kein Treffen des Gartenbauvereins, aber seit dem Unfall drehte sich sein ganzes Leben nur noch um sein Kind. Alles andere war ihm egal. Er verließ das Haus kaum noch und wollte auch niemanden mehr sehen.

Der Chefinspektor parkte seinen Wagen in der Einfahrt.

An der Haustür hing selbst gebastelter Weihnachtsschmuck. Morell mochte solche Dinge. Er dachte gerade daran, wie schön es doch wäre, eine Frau und Kinder zu haben, die Weihnachtsdekoration für ihn basteln würden, als Genz die Tür öffnete.

Morell erschrak. Es war ihm sehr wohl bewusst gewesen, dass es Sascha nicht sehr gut ging, aber dass es so schlimm war, hatte er nicht erwartet. Sein alter Freund sah schlecht aus. Seine Haut war grau und seine Wangen eingefallen – ein gebrochener Mann. Er war Anfang 40, sah aber mindestens zehn Jahre älter aus.

»Servus Otto«, sagte Genz. »Ich habe mich schon gefragt, wie lange es dauern wird, bis es dich her verschlägt. Komm rein.«

Als Morell an Genz vorbeiging, fiel ihm auf, dass dieser wahnsinnig viel abgenommen hatte. Zudem trug er einen verwaschenen, viel zu großen Trainingsanzug, der lose um seine Beine flatterte und ihn noch dünner wirken ließ, als er ohnehin schon war.

Im Haus roch es ungelüftet, nach altem Bratenfett und Zigarettenqualm.

»Ich habe seit dem Unfall ziemliche Konzentrationsschwierigkeiten und kann darum nicht mehr arbeiten. Seitdem geht Ilse jobben, und ich kümmere mich um Bea und den Haushalt. Scheint so, als müsste ich als Hausmann noch einiges dazulernen«, sagte Genz, als hätte er Morells Gedanken erraten.

Sie gingen ins Wohnzimmer, wo sich Morell auf eine fleckige Couch setzte. »Du hast mich erwartet?«, fragte er.

»Ja. Du kommst doch wegen dem Mord an Joe Anders, oder?«

»Genau, und es würde mich brennend interessieren, was ausgerechnet du damit zu tun hast.«

»Mit dem Mord selbst nichts«, sagte Genz, und Morell spürte, wie eine Welle der Erleichterung ihn durchfuhr. Er hätte sein Haus darauf verwettet, dass Genz kein Mörder war, aber das komische Verhalten seines alten Freundes hatte ihn trotzdem beunruhigt.

»Aber ich bin froh, dass jemand Anders umgebracht hat, und es tut mir leid, dass ich es nicht war«, fuhr Genz fort und begann vor lauter Erregung leicht zu zittern.

Morell wusste nicht, was er sagen sollte. Er erkannte den ansonsten so ruhigen und freundlichen Mann nicht wieder. »Dann lass mal hören, wie es so weit kommen konnte.«

»Sieh dich doch um, wie es hier aussieht«, sagte Genz. »Sieh mich an, wie ich aussehe.« Er schaute Morell in die Augen. »Seit dem Unfall geht alles den Bach hinunter. Alles ist am Ende: Ich, meine Ehe, meine Familie. Und warum? Alles nur wegen Anders. Er war ein mieser Autohändler, der von den Wagen, die er verkaufte, keine Ahnung hatte. Und weißt du auch, warum? Weil ihn sein ganzes Geschäft und seine Kunden kein bisschen interessiert haben. Die ärgste Schrottkarre hat dieses verdammte Schwein mir angedreht, und jetzt können ich und meine Familie dafür büßen.«

Der Unfall war nicht in Landau, sondern in einem der benachbarten Orte geschehen. Morell hatte daher keine Ahnung, was an dem Tag genau passiert war.

»Ich sage dir eines, Otto, ich habe den Drecksack nicht umge-

87

bracht. Ich stecke schon tief genug in der Scheiße. Bea wird nie wieder laufen können, und meine Frau gibt mir die Schuld daran, weil die Kleine nicht angeschnallt war. Dabei war es diese Schrottkarre – die Bremsen waren nicht in Ordnung. Alles wie neu, hatte Anders gesagt. Dass ich nicht lache! Gib mir Bescheid, sobald du weißt, wer es war, damit ich dem Kerl einen Geschenkkorb schicken kann.«

»Aber ...«, wollte Morell ansetzen.

»Kein Aber«, sagte Genz. »Der Mörder hat vielen Menschen hier einen Gefallen getan. Frag doch zum Beispiel einmal Frau Vogelmann, wer ihren Hund mit Absicht überfahren oder regelmäßig Müll vor ihre Haustür gekippt hat.«

»Ich kenne die Geschichten. Frau Vogelmann war oft genug deswegen bei mir auf dem Revier.« Morell seufzte. »Es tut mir wirklich leid, Sascha, aber ich muss dich leider fragen, ob du für die Nacht von Samstag auf Sonntag ein Alibi hast.«

»Schon in Ordnung, du machst ja nur deinen Job. Ich war hier zu Hause – die ganze Nacht.«

»Kann Ilse das bestätigen?«

»Ich habe hier im Wohnzimmer auf der Couch geschlafen. Mit mir und Ilse läuft es nicht mehr gut. Ich glaube, sie wird mich bald verlassen.« Genz starrte ins Leere.

Morell hätte gerne etwas Aufmunterndes gesagt, aber ihm fiel nichts ein. Er klopfte Genz daher auf die Schulter und blieb schweigend neben ihm sitzen. »Danke für deine Ehrlichkeit«, sagte er nach einiger Zeit. »Es tut mir leid, was passiert ist. Wenn du möchtest, dann lasse ich mir den Unfallbericht und die Gutachten schicken und sehe mir das mal an.«

»Das wäre toll!«, sagte Genz und lächelte das erste Mal an diesem Morgen.

»Gut, dann werde ich das sofort veranlassen, und wenn ich sonst irgendetwas für dich tun kann, dann lass es mich wissen – ich bin immer für dich da.«

Genz nickte nur, und als Morell das kleine Haus verließ, war er sich nicht mehr ganz so sicher, ob es toll wäre, eine Frau und Kinder zu haben.

>»Die Mutter liegt mir stets im Sinn,
>zwölf lange Jahre flossen hin,
>zwölf lange Jahre sind verflossen,
>seit ich sie nicht ans Herz geschlossen.«
>
>Heinrich Heine, Nachtgedanken

Es war stockfinster, als Leander Lorentz sich in seine kleine Rostlaube setzte und in Richtung Innsbruck tuckerte. Herr Felber
wollte um sieben Uhr morgens mit dem Helikopter von Innsbruck
aus nach Landau losfliegen. Lorentz musste also gegen Mitter-
nacht in Wien losfahren, um rechtzeitig anzukommen.

Natürlich war er, wie immer, viel zu spät dran. Bevor er losfahren konnte, musste er außerdem noch die Scheiben seines Autos
freikratzen, und Benzin war auch zu wenig im Tank. Seine Reise
schien unter keinem guten Stern zu stehen. Lorentz war schlecht
gelaunt, fürchterlich müde, er fror, und ein schlechtes Gewissen
hatte er mittlerweile auch. Joe war tot. Ungern musste er seiner
Mutter recht geben – es sollte ihn eigentlich treffen.

Lorentz war früher ein sehr zarter, schüchterner Junge gewesen.
Mit den wilden Landkindern, die Räuber und Gendarm spielten,
Mutproben abhielten und dann beim Dorffest Bier tranken bis zum
Umfallen, konnte er sich nie wirklich anfreunden. Er wäre stets ein
Außenseiter geblieben, wäre da nicht dieser Nachbarsjunge, Josef
Anders, gewesen, der seit dem Kindergarten sein bester Freund war.

Im Laufe der Jahre wurde Lorentz mehr und mehr klar, dass er nicht für das Landleben geschaffen war. Er wollte etwas erleben und aus tausend Möglichkeiten auswählen können. Also beschlossen Joe und er, gleich nach dem Schulabschluss gemeinsam nach Wien zu ziehen, um dort das wilde Studentenleben zu genießen.

Der Plan war perfekt, aber kurz vor dem Abitur starb Josefs Vater, und für Lorentz brach eine Welt zusammen, als Joe ihm eröffnete, dass er den familieneigenen Autohandel übernehmen wollte und deshalb nicht Architektur studieren und mit in die Stadt ziehen würde.

In Lorentz' Augen stellte das den ultimativen Verrat dar. Ein Wort gab das andere, und nach einem heftigen Streit schwor er sich, nie wieder ein Wort mit Joe, diesem Feigling, zu wechseln, und ging allein nach Wien.

Während er langsam auf der vereisten Straße dahinfuhr, kroch Lorentz allmählich die Kälte in die Knochen. Es war typisch, dass die Heizung ausgerechnet heute nicht funktionierte. Er begann sich nun doch wieder darüber zu ärgern, dass er sich von seiner Mutter hatte überreden lassen, nach Landau zu kommen. Und schließlich dachte Lorentz wieder an Iris, seine Exfreundin, die jetzt Witwe war. Denn das war ein weiterer wunder Punkt, den es zwischen ihm und Joe gegeben hatte.

Er verzog das Gesicht, als er sich daran erinnerte, dass er tatsächlich einmal in diese blöde Kuh verliebt gewesen war. Iris, diese eitle Zicke, die schon in der Schulzeit nicht mehr wusste, was sie mit sich selbst anfangen sollte. Sie hatte keinerlei Ziele und interessierte sich einfach für nichts, außer für sich selbst. Aerobic, Gymnastik und so ein Zeug waren ihre einzigen Hobbys. Tussisport. Hier und da hatte sie auch mal ein Buch gelesen, aber nicht aus Interesse, sondern um nachher damit anzugeben. Die Leute sollten ja nicht denken, sie sei dumm, was sie in Lorentz' Augen aber war. Ihm konnte sie nichts vormachen.

Sie waren im Streit auseinandergegangen. Wie lange war das wohl schon her? Lorentz rechnete. Er war jetzt 33 Jahre alt, und sie hatten sich getrennt, als er 18 war. ›Oh, mein Gott‹, dachte er, ›das ist ja schon 15 Jahre her.‹

Als er kurz nach seinem Weggang erfuhr, dass Joe und Iris nun ein Paar waren, redete er sich so lange ein, dass es ihn nicht störe, bis er selbst daran glaubte. Irgendwann hatte er dann aufgehört, darüber nachzudenken, und das Thema einfach verdrängt. Die paar Male, die er seither in Landau zu Besuch gewesen war, hatte er es so gut es eben ging vermieden, Joe und Iris über den Weg zu laufen. Und nun war Joe tot, Iris war Witwe, und ihm war es egal.

Lorentz nahm die Hände kurz vom Steuer und rieb sie aneinander. Frierend fuhr er durch die sternenlose Nacht und war ganz allein mit seinen Gedanken. Sollte er nicht wenigstens ein kleines bisschen traurig sein? Zumindest betroffen? Nur ein klein wenig sentimental, um der guten alten Zeiten willen?

Irgendwo musste noch eine Kassette von Kathi, einer seiner Exfreundinnen, herumliegen. Sie hatte immer diese unmögliche Musik gehört, was auch einer der vielen Gründe dafür war, weshalb er sich von ihr getrennt hatte.

Kathi hatte sich manchmal sein Auto ausgeborgt und dann ihren ganzen Weiberkram drinnen liegen gelassen. Wie oft hatte er ihr gesagt, dass sie ihren Krempel doch bitte nicht in seinem Wagen liegen lassen sollte? War es denn so schwer zu verstehen, dass es Männer einfach irritierte, wenn sie auf der Suche nach Zigaretten Tampons im Handschuhfach fanden?

Er entdeckte die Kassette unter dem Beifahrersitz, zwischen einem Stadtplan von Rom und irgendetwas Steinhartem, das in einem früheren Leben wahrscheinlich einmal eine Semmel gewesen war. Er schob die Kassette ins Kassettendeck, kurbelte das Fenster ein wenig hinunter und zündete sich eine Zigarette an.

Jon Bon Jovi, der amerikanische Föhnfrisuren-Albtraum, sang ein fürchterliches Lied über die Liebe. Worüber denn sonst?

Außer der schleichenden Übelkeit, die er immer verspürte, wenn er Musik wie diese hörte, fühlte Lorentz nichts. Aber er wollte etwas empfinden: Trauer, Schmerz, zumindest ein wenig Sentimentalität, irgendetwas, damit er sich nicht mehr wie ein herzloser, unsensibler Lump vorkam.

Er mochte seine Familie, war ein guter Freund und Mitbewohner, war nett zu Kindern und Tieren, und seinen Müll trennte er auch. Er war ein feiner Kerl! Jawohl, das war er, und daran würde auch die Tatsache, dass die Nachricht von Joes Tod ihm keinen depressiven Schub bescherte, nichts ändern! Er war einer von den Guten!

Mit dieser Überzeugung fuhr er durch die Nacht und ertappte sich selbst dabei, wie er bei einem Song des personifizierten Wischmobs mitsang. Aber weil er ja ein netter, sensibler Kerl war, war das schon in Ordnung.

Es war bereits kurz vor sieben Uhr, als Leander Lorentz ziemlich erschöpft in Innsbruck ankam. Die Stadt am Inn war im Vergleich zu Wien ein unbedeutendes Nest, aber früher, als er noch in Landau wohnte, war sie ihm wie eine Weltmetropole vorgekommen.

Er erinnerte sich an die vielen Abende, an denen er mit dem Mofa den Berg hinuntergefahren war, um sich die Nächte in den Bars und Discotheken der Stadt um die Ohren zu schlagen. Was war er doch damals für ein naiver Trottel gewesen.

Lorentz parkte sein Auto hinter dem kleinen Hangar des Hubschrauber Shuttle Service und holte seine Tasche aus dem Kofferraum.

Der Wind blies ihm eisig ins Gesicht, und es fühlte sich an, als würde er durch Rasierklingen gehen. Die Kälte und den beißenden Wind, der vor allem weiter oben oft wehte, hatte er noch nie ausstehen können. Er fischte seine Handschuhe aus der Jackentasche, zog seine Mütze ins Gesicht und schaute in die Höhe. Dort oben auf dem Berg lag er, sein Heimatort Landau.

Lorentz bezeichnete sich als Stadtmenschen und konnte mit den kleinbürgerlichen Landeiern, die in Landau wohnten, denkbar wenig anfangen. Dort zu hausen, wo sich Fuchs und Hase Gute Nacht sagten und jeder mit jedem irgendwie verwandt war – das war doch keine Art, ein Leben zu führen. Für die älteren Generationen vielleicht schon, aber was war mit den Jungen? Wie konnten sie freiwillig in solch einem Kaff wohnen und auf alles verzichten, das irgendwie Spaß machte? Theater, Museen, Bars, Konzerte …

Die meisten seiner ehemaligen Freunde hatten früh Kinder bekommen – anscheinend war die Aufzucht des Nachwuchses der einzige Zeitvertreib, dem man in dem Kuhdorf nachgehen konnte. Die Frauen erweiterten ihre Gespräche irgendwann um die Themen Diät und Kochrezepte, die Männer um die Bereiche Eigenheimfinanzierung und Auto. Das war es. Mehr gab es nicht.

Er würde darum die Trauerfeier absitzen, ein wenig Zeit mit seinen Eltern und seiner Großmutter verbringen und dann so schnell wie möglich wieder von dort abhauen.

»Grüß dich, Leander, da bist du ja!«, Herr Felber kam um die Ecke gebogen. »Wir haben schon auf dich gewartet. Wenn du so weit bist, können wir sofort losfliegen.«

»Servus, Herr Felber. Kann ich mein Auto hier stehen lassen?«

»Als Auto würde ich dieses Ding ja nicht bezeichnen. Aber ja, du kannst es hier stehen lassen. Am besten, du lässt mir den Schlüssel hier, damit ich es umparken kann, falls die Müllabfuhr es mitnehmen möchte.« Herr Felber zwinkerte.

Lorentz betrachtete seinen weißen Renault. Herr Felber hatte wohl recht, die Bezeichnung Sperrmüll war treffender als das Wort Auto. Er würde sich wohl bald von seiner kleinen Rostlaube trennen müssen. Der Gedanke daran versetzte ihm einen Stich ins Herz. Er hing an dem Wagen anscheinend mehr als an alten Freunden. Vielleicht war er doch keiner von den Guten?

»In Ordnung.« Lorentz wollte nicht mehr weiter nachdenken,

reichte Herrn Felber seine Autoschlüssel und folgte ihm zum Hubschrauber.

Während des Fluges starrte er zum Fenster hinaus und betrachtete die Landschaft. Landau lag auf einem Hochplateau, eingebettet zwischen den umliegenden Bergen. Von oben sah der Ort ruhig und idyllisch aus. Er konnte die Touristen verstehen, die Jahr für Jahr ein paar Tage oder sogar Wochen zum Skifahren und Erholen herkamen. Urlaub ja, aber hier leben? Auf keinen Fall!

Die Landung verlief ziemlich unruhig, und so war Lorentz noch ein wenig wackelig auf den Beinen, als er aus dem Helikopter sprang. Der Himmel war mit dicken, grauen Wolken bedeckt und hatte die Farbe von schmutzigem Spülwasser.

»Da braut sich schon wieder was zusammen«, schrie Herr Felber und zeigte nach oben.

Lorentz nickte und bedankte sich nochmal fürs Mitnehmen. Er ging ein paar Schritte und spürte sofort wieder den scharfen Wind, den er so verabscheute. Der Wind zerrte an ihm und peitschte ihm Schneeregen in die Augen – kein sehr schöner Empfang.

Als er sich umdrehte, entdeckte er seinen Vater, der ihm mit gesenktem Kopf, um dem eisigen Wind zu entgehen, entgegenlief.

›Jetzt sitze ich hier fest‹, ging es Lorentz durch den Kopf. Der Pass war gesperrt, sein Auto stand unten im Tal, und der Hubschrauber hatte wahrscheinlich auch nicht so schnell wieder einen Platz für ihn frei.«

»Servus, Sohnemann, schön dich zu sehen. Wie war der Flug?«, begrüßte ihn sein Vater.

»Servus, Papa!« Lorentz freute sich, seinen alten Herrn wiederzusehen. »Der Flug war ziemlich unruhig, darum ist mir ein wenig mulmig im Magen.«

»Da wird sich deine Mutter aber nicht freuen. Sie hat extra ein Riesenfrühstück für dich gemacht.«

Lorentz folgte seinem Vater bis zum Parkplatz, dort klopfte er sich den Schnee von der Kleidung und stieg in den geräumigen

Mercedes ein, den sein Vater schon seit einigen Jahren fuhr. »Was für ein Sauwetter«, fluchte er.

»Für dich ist doch jedes Wetter schlecht«, sagte sein Vater. »Im Sommer ist es dir zu heiß, im Herbst zu verregnet und im Winter zu kalt.«

»Frühling ist okay«, sagte Lorentz.

Sein Vater lachte. »Als du im Mai hier warst, hast du dich eine ganze Woche darüber aufgeregt, dass du von den Gräserpollen Heuschnupfen kriegst.«

Lorentz sagte nichts dazu. Er wusste, dass sein Vater recht hatte. Jedes Mal, wenn er in Landau war, fand er etwas, worüber er sich beschweren konnte.

»Ich weiß, dass dir Josefs Tod ziemlich egal ist«, unterbrach sein Vater das Schweigen. »Aber ich finde es sehr nett von dir, dass du trotzdem gekommen bist. Für deine Mutter bedeutet es wirklich viel. Wie lange hast du vor zu bleiben?«

Gute Frage. So konkret hatte sich Lorentz noch keine großen Gedanken darüber gemacht. Er würde bleiben, bis das alte Generve über Job, Zukunft und so weiter wieder anfangen oder bis die Langeweile in diesem Kaff ihn wieder zurücktreiben würde.

»Nun ja«, sagte er. »Im Moment kann ich hier so oder so nicht weg. Mal sehen, wie lange es dauert, bis Landau nicht mehr von der Außenwelt abgeschnitten ist. Aber ich dachte, bis zum Wochenende.«

Ja, drei Tage waren realistisch. Spätestens am Samstag würde seine Schmerzgrenze erreicht sein. Dann dürfte auch der Pass wieder frei sein.

»Was gibt's Neues bei dir und Mama, und was macht Oma?«, wollte Lorentz wissen.

»Alles beim Alten. Es gibt, bis auf den Tod von Josef, keine großartigen Neuigkeiten. Du weißt ja, dass hier im Ort nicht viel los ist. Deine Mutter hat sich die letzten Tage sehr intensiv um Josefs Familie gekümmert und bei den Vorbereitungen für den Gedenkgottesdienst morgen geholfen. Sie hat versucht, so viele nette Leute wie möglich aufzutreiben, damit die Feier nicht so trist wird.«

Warum seine Mutter glaubte, dass eine Trauerfeier weniger deprimierend war, wenn viele Leute anwesend waren, blieb Lorentz ein Rätsel. Der Name allein sagte doch schon alles. Es war eine *Trauer*feier und keine Party. Außerdem war die Hauptperson, nämlich Joe, schon tot. Dem war es also egal, wie viele Menschen kamen. Aber wenn seine Mutter sich irgendetwas in den Kopf gesetzt hatte, dann hatte es keinen Sinn, sie von etwas anderem überzeugen zu wollen.

Sein Vater parkte den Wagen vor dem Haus, und Lorentz stieg aus. ›Da wären wir also‹, dachte er und wurde sofort von einem unangenehmen Gefühl beschlichen. Er drehte sich um und konnte gerade noch sehen, wie im Haus vis-à-vis schnell ein Vorhang zugezogen wurde.

»Die alte Frau Vogelmann lebt also auch noch«, stellte er fest. Frau Vogelmann, eine Nachbarin der Familie Lorentz, war steinalt und nicht mehr ganz richtig im Kopf. »Erzählt sie immer noch überall herum, ich sei vom Teufel besessen?« Lorentz hatte Frau Vogelmann als Kind häufig Streiche gespielt, und das hatte sie ihm nie verziehen.

Sein Vater lachte nur. »Was heißt hier ›vom Teufel besessen‹? In ihren Augen bist du der Beelzebub höchstpersönlich.«

Im Haus wartete seine Mutter bereits. Sie umarmte ihn heftig und küsste ihn auf die Wangen, was er fürchterlich hasste.

Beim Frühstück mit Rührei und Speck unterhielten sie sich über seine Schwester Claudia, die in Paris Kunst studierte, und darüber, wie teuer doch Beerdigungen heutzutage waren. Lorentz genoss das erste Essen seit Wochen, das nicht aus einer Tüte stammte und dessen Zubereitung länger als fünf Minuten gedauert hatte. Anschließend gähnte er ausgiebig und ging auf sein Zimmer. Eigentlich war es doch herrlich. Sein Bauch war voll, gleich würde er ein kleines Erholungsschläfchen machen und danach auf der Couch im Wohnzimmer fernsehen. Die Bettwäsche war kuschelig und duftete nach Weichspüler, und nirgendwo rannte eine verflixte Katze herum, die seine Sachen anpinkelte.

Ja, das war das bisschen Heuchelei auf der Trauerfeier schon wert!

> **»Zwölf seiner Anführer und unzählige seiner Kriegerscharen
> waren schon gefallen, da bestieg er seinen goldfunkelnden Streitwagen,
> um selbst den Kampf mit dem Unüberwindlichen zu wagen.«**
>
> Rama und Ravana, Indisches Märchen

»Jammern nutzt nichts«, sagte Morell am Mittwochmorgen laut vor sich hin, öffnete seine Tupperware-Dose, steckte sich eine Pumpernickel-Cheddar-Schnitte in den Mund und brühte sich erst mal einen Johanniskrauttee auf. Der würde ihn hoffentlich ein wenig beruhigen.

Bender hatte Becky aus dem ›Hype‹ befragt, und sie hatte bestätigt, dass sie die Nacht mit Karl Kaiser verbracht hatte. Auf die Frage, ob sie nicht vielleicht eingeschlafen sei und es darum möglich wäre, dass Kaiser unbemerkt das Haus verlassen hatte, hatte sie nur gegrinst und gemeint, »wir war'n die ganze Nacht lang beschäftigt«. Morell bezweifelte das zwar, konnte aber leider nicht das Gegenteil beweisen. Verdammter Karl Kaiser. Es würde ihn nicht wundern, wenn der schmierige Kerl irgendwie in die Sache verwickelt war.

Sascha Genz hatte zwar kein wirkliches Alibi, da seine Frau ja nicht im selben Zimmer geschlafen hatte, aber Morell war nach wie vor sicher, dass sein alter Freund nichts mit dem Mord zu tun hatte. Apropos Sascha. Er hatte ganz vergessen, den Unfallbericht wie versprochen anzufordern.

»Verflixt«, sagte er leise. »Wo hab ich nur mein Hirn gelassen?«
Er nahm einen großen Schluck Tee und rief dann nach Bender.

Es dauerte einige Augenblicke, bis die Tür aufging und Morells
Assistent seinen Kopf ins Zimmer hereinstreckte. »Was denn,
Chef?«

»Sei bitte so gut und besorg mir den Bericht über den Autounfall von Sascha Genz. Du weißt schon, bei dem sich seine Tochter
so schwer verletzt hat.«

»Okay«, meinte Bender und verschwand wieder ins Vorzimmer,
wo das Telefon Sturm läutete.

Morell seufzte und fuhr sich mit den Fingern durchs Haar. Er
musste handeln. Irgendetwas unternehmen, um mehr Hinweise
zu bekommen. Nach reiflicher Überlegung griff er nach dem Telefon und wählte die Nummer von Capellis Handy. »Verdammt«,
fluchte er erneut. Durch den starken Schneefall waren immer noch
einige Sendemasten beeinträchtigt, sodass keine Verbindung zustande kam. Also versuchte er es auf seiner privaten Festnetzlei-
tung.

»Hier bei Morell«, meldete sich Capellis Stimme.

»Ich bin's, Otto. Ich wollte nur ...«

»Ich hoffe, es stört dich nicht, dass ich dein Telefon abgehoben
habe«, unterbrach sie ihn. »Aber ich habe ein paar Freunden gesagt, dass sie mich unter deiner Nummer erreichen können, weil
mein Handy die meiste Zeit keinen Empfang hat.«

»Schon in Ordnung«, sagte Morell. Alles, was eine potenzielle
Abschreckung für Agnes Schubert darstellte, war mehr als nur
willkommen. »Ein paar Gemeindebedienstete sind übrigens gerade unterwegs und schaufeln die Sendemasten frei, Mobiltelefone
sollten also bald wieder funktionieren. Bis dahin ist es absolut
okay, wenn du meinen Festnetzanschluss benutzt.«

»Super, danke! Was gibt's denn?«

»Ähm ja, genau. Warum ich eigentlich anrufe ...« Morell überlegte, wie er seine Bitte am besten formulieren konnte. »Nun ja ...«

»Was denn? Immer nur heraus mit der Sprache!«

»Ich stecke mit meinen Ermittlungen ein wenig fest. Darum bräuchte ich ganz dringend die Ergebnisse der Obduktion, und da wir das Opfer ja in den nächsten Tagen nicht in die Gerichtsmedizin fahren können, dachte ich …«

»Dachtest du was?«

»Du hast doch am Sonntag gemeint, dass du die Obduktion hier vor Ort vornehmen könntest, wenn du einen zweiten Arzt und die nötigen Instrumente dazu hättest. Wenn ich dir das alles besorgen würde, glaubst du, dass du dann …«

Capelli überlegte keine Sekunde. »Du, das ist kein Problem«, sagte sie. »Ich habe so oder so nichts Besseres vor, und Sezieren ist wahrscheinlich das Einzige, was ich hier an Unterhaltungsprogramm geboten bekomme. Wenn du mir einen Arzt, ein Skalpell, eine kleine Säge, eine Rippenschere, einen Rippenspreizer, eine lange Pinzette und ein Nähset besorgst, dann sehe ich mir deine Leiche gerne noch einmal genauer an.«

Morell nickte dankbar und notierte sich die gewünschten Instrumente. »Prima, ich ruf dich an, sobald ich alles beisammen habe. Also bis dann – und vielen Dank!«

Er legte auf und wählte die Nummer des neuen Gemeindearztes. Leider war der gerade außer Haus, allerdings bekam Morell von der netten Sprechstundenhilfe dessen Handynummer. Da er dort nur die Mailbox erreichte, hinterließ er eine Nachricht, lehnte sich in seinem Sessel zurück und versuchte noch einmal, den Tathergang zu rekonstruieren.

Der Täter hatte mit dem Friedhof einen für seine Zwecke denkbar günstigen Platz ausgesucht. Der Ort war nachts nicht beleuchtet, und die meisten Kerzen, die normalerweise für ein wenig Helligkeit sorgten, waren vom Schnee oder dem Wind ausgelöscht worden. Außerdem war der Himmel in jener Nacht durch dicke Schneewolken verhangen, deshalb konnte auch der Mond kein Licht spenden.

Die Temperaturen in Landau fielen im Dezember oft weit unter null Grad, sodass sich kein Mensch am Abend noch freiwillig draußen herumtrieb. Im Sommer fanden es Jugendliche oft aufregend, Mutproben zu veranstalten und in der Nacht über den Friedhof zu huschen, oder sie saßen am Abend zwischen den Grabsteinen und tranken Bier, in der Hoffnung, dass ihre Eltern sie nicht entdeckten. Im Winter aber war der Friedhof im wahrsten Sinne des Wortes wie ausgestorben.

Ein weiterer Vorteil, den der Fundort mit sich brachte, war der Kies auf den Fußwegen. Es war unmöglich zu rekonstruieren, wie der Täter den Körper bis zum Baugerüst gebracht hatte. Hatte er ihn getragen, hinter sich hergeschleift, geschoben oder mit Hilfe eines Sackkarrens oder einem Rodel transportiert? Von welcher Seite war der Mörder mit seinem Opfer gekommen? Wenn man mit einem Besen oder Rechen die kleinen Steinchen wieder ebnete, konnte man damit wunderbar alle Spuren beseitigen. Den Rest hatte der Schneefall erledigt.

Ein dritter Punkt war die Tatsache, dass der Friedhof Tausende von Verstecken bot. Wäre der Täter gestört worden, hätte er sich hinter einem der Grabsteine verbergen können. Außerdem gab es nicht nur einfache Gräber, sondern auch einige Gruften. Ein geschickter Mensch hätte sich sicherlich ohne Probleme Zugang zu einer von ihnen verschaffen können. Es war sogar denkbar, dass der Täter die Leiche schon vorher auf dem Friedhof versteckt hatte und sie in besagter Nacht nur noch bis zum Baugerüst transportieren musste, um dort dann sein schauriges Werk zu vollenden.

Je mehr Morell darüber nachdachte, desto mehr war er davon überzeugt, dass es dem Täter bei der Wahl des Fundortes nicht darum gegangen war, einen Bezug zur Kirche herzustellen, wie Bender vermutet hatte. Der Friedhof war unbeleuchtet, menschenleer, bot viele Verstecke und gab dem Mörder trotzdem die Sicherheit, dass sein Opfer am nächsten Tag von vielen Menschen gesehen wurde.

Er rief erneut nach seinem Assistenten. »Du, Robert, hast du eigentlich schon etwas Interessantes zum Thema Zwölf und Kirche gefunden?«, fragte er.

Bender wirkte sofort ganz aufgekratzt. »Da gibt es tatsächlich einiges.«

»Dann zeig mal her«, sagte Morell, obwohl er sicher war, dass Bender mit seiner Vermutung danebenlag.

Der junge Inspektor düste zurück zu seinem Arbeitsplatz und kam nur wenige Augenblicke später mit einem Stapel Papier wieder zurück. »Im Alten Testament gibt es etwas, das sich das ›Zwölfprophetenbuch‹ nennt«, fing er sofort an zu erzählen und setzte sich hin. »Das ist eine Sammlung von zwölf Schriften.«

»Und worum geht es da«, fragte Morell und lehnte sich zurück.

»Im ersten Buch geht es um Gottes erbarmende Liebe«, las Bender ab.

»Gottes erbarmende Liebe stelle ich mir anders vor.« Morell schaute zum Fenster hinaus und betrachtete die dicken, grauen Schneewolken, die vom Wind am Himmel entlanggetrieben wurden.

Bender ließ sich von dem plötzlichen Sarkasmus seines Vorgesetzten nicht beirren und trug weiter seine Ergebnisse vor. »Im nächsten Buch geht es um eine Heuschreckenplage und das Letzte Gericht«, las er.

»Letztes Gericht passt schon besser, ist mir aber immer noch zu weit hergeholt. Geh doch bitte noch einmal die Aussage von Frau Schubert durch und finde heraus …«

»Das war noch nicht alles«, sagte Bender und fuchtelte mit dem Packen Papier vor Morell herum. »In der Bibel gibt es noch mehr Zwölfen!«

Morell atmete tief ein. Um ehrlich zu sein, fand er Benders Ausführungen mehr als nur sinnlos. Aber er wollte kein Spielverderber sein.

»Dann schieß mal los, aber fass dich kurz«, sagte er deshalb. »Ich bin nämlich zu dem Schluss gekommen, dass unser Täter den Friedhof und die Kirche aus taktischen, nicht aus symbolischen Gründen gewählt hat. Ich erkläre dir später, warum. Aber jetzt lass erst einmal hören«, sagte Morell, der den Inspektor nicht vor den Kopf stoßen wollte.

»Außer den zwölf kleinen Propheten werden im Alten Testament noch die zwölf Stämme Israels erwähnt.« Bender fischte einen Zettel aus seinem Stapel und begann vorzulesen: »Abrahams Enkel Jakob, der von Gott in Israel umbenannt wurde, hatte zwölf Söhne, aus denen die zwölf Stämme Israels hervorgingen. In der Reihenfolge ihrer Geburt sind das …«

»Ich glaube, das bringt nichts«, unterbrach ihn Morell. »Du solltest lieber noch einmal die Aussage von Frau Schubert …«

»Das war erst das Alte Testament«, sagte Bender, der nicht glauben wollte, dass seine ganzen Recherchen umsonst gewesen waren. »Es gibt auch noch das Neue.«

Morell blickte verzweifelt, aber der junge Inspektor ließ sich davon nicht beirren und präsentierte weiter seine Ergebnisse. »Jesus hatte zwölf Apostel.«

Morell gähnte.

»Warten Sie es ab, es könnte gleich spannend werden. Der Apostel Petrus soll nämlich darum gebeten haben, mit dem Kopf nach unten gekreuzigt zu werden, da er sich unwürdig fühlte, auf die gleiche Art zu sterben wie Christus. Andreas wiederum wurde auf einem x-förmigen Kreuz gekreuzigt.« Benders Wangen waren vor lauter Eifer gerötet. Er sah den Chefinspektor triumphierend an.

»Ach so«, sagte Morell, dem der Übereifer seines Schützlings langsam ein wenig lästig wurde. »Du meinst, der eine Apostel an einem x-förmigen Kreuz und der andere kopfüber gibt zusammen eine x-förmige-kopfüber-Kreuzigung wie bei Josef Anders?« Er schüttelte den Kopf. »Du musst schon zugeben, dass das sehr weit hergeholt ist.«

Bender wirkte plötzlich ein wenig zerknautscht. »Ich dachte, solange wir keinen besseren Ansatz haben, ist eine absurde Theorie besser als gar keine.«

»Und wie viele von diesen absurden Theorien hast du noch auf Lager?«

»Keine mehr.«

Morell atmete innerlich auf. »Da hast du dir ja einiges angetan, gestern Nachmittag.«

Bender nickte.

»Lass mir deine Aufzeichnungen einfach auf dem Schreibtisch liegen. Ich sehe mir die Sachen noch einmal durch, sobald ich Zeit dafür finde. Vielleicht haben wir ja etwas übersehen.«

Bender öffnete die Tür und wollte Morells Büro verlassen.

»Ach, Robert«, hielt Morell ihn zurück. »Trotzdem gute Arbeit.« Er nickte seinem Inspektor aufmunternd zu.

»Danke, Chef«, sagte Bender und verließ ein wenig verlegen den Raum.

Als Bender die Tür hinter sich schloss, wussten beide, dass sie sich in einer Sackgasse befanden.

›Irgendwo muss es doch einen Hinweis geben‹, dachte Morell und steckte sich noch eine Pumpernickel-Cheddar-Schnitte in den Mund. ›Irgendwo muss ein Punkt sein, an dem wir ansetzen können.‹ Er entschloss sich – nur der Vollständigkeit halber –, zu Frau Vogelmann zu fahren, die ja von Genz gestern ins Spiel gebracht worden war. Zwar hatte er überhaupt keine Lust dazu, aber ihm war klar, dass er selbst der kleinsten Spur nachgehen musste.

Er hatte mit der alten Frau leider viel zu oft zu tun. Sie kam ständig zu ihm aufs Revier gerannt und beschwerte sich über jede auch noch so unwichtige Kleinigkeit. Die meisten Leute in Landau hielten sie für verrückt – nicht verrückt im Sinne von liebenswert und schrullig, sondern eher in Richtung boshaft und zum Fürchten. Sie war eine richtige Hexe. Ein Kinderschreck. Leider wusste

Morell nur zu gut, dass sie nicht so senil war, wie alle dachten. Es kam zwar oft vor, dass sie wirres Zeug daherredete, aber sie kannte alle ihre Rechte. Trotz ihres Alters trug sie keine Brille, und ihre kleinen, listigen Augen sahen einfach alles. Sie wusste, welches Kind bei der Sonntagsmesse in der Nase bohrte, in welchen Haushalten der Müll nicht richtig getrennt wurde und wer die Hundehaufen am Gehsteig nicht wegmachte.

Frau Vogelmanns Haus war, genauso wie seine Bewohnerin, alt und ein wenig windschief.

Als sie die Tür öffnete, sah Morell in ihr runzliges, von tiefen Furchen durchzogenes Gesicht. Es erinnerte ihn an eine Landkarte, die von Flussläufen durchzogen war. Nur dass diese Flüsse nicht frisch und blau, sondern braun und ausgetrocknet waren.

Obwohl sie eigentlich sehr rüstig war, hatte Frau Vogelmann immer einen Stock bei sich. Er war wohl mehr als Waffe denn als Gehhilfe gedacht.

»Na, das wird aber auch endlich Zeit, dass du hier auftauchst, Bua! Obwohl es jetzt eigentlich zu spät ist«, sagte sie keifend.

Morell hatte schon hundertmal versucht ihr klarzumachen, dass er ein erwachsener Mann und noch dazu der oberste Gesetzeshüter in Landau war. Trotzdem bestand sie darauf, ihn als ›Bub‹ zu titulieren.

»Ich wollte mit Ihnen über Josef Anders sprechen«, sagte er.

»Natürlich, natürlich«, krächzte Frau Vogelmann. »Worüber denn sonst? Komm rein, Bua!« Sie drehte sich um und schlurfte langsam in ihr Haus.

Bisher hatte sie Morell immer auf dem Revier aufgesucht. Er war noch nie bei ihr daheim gewesen.

Als er noch klein war, erzählten die älteren Kinder Gruselgeschichten über Frau Vogelmann. Sie sagten, dass sie Babys kochte und aus Kröten und Schlangen grausige Elixiere braute, durch die man blind oder lahm werden konnte. Als Morell jetzt, so viele

Jahre später, das erste Mal einen Fuß in das vermeintliche Hexenhaus setzte, musste er sich eingestehen, dass er dabei ein mulmiges Gefühl hatte.

Sehr zu seiner Überraschung sah es im Haus von Frau Vogelmann so wie im Haus einer ganz normalen alten Dame aus. Es roch nach Kölnischwasser und Gebäck, und es gab alte Fotos, Kruzifixe und Spitzendeckchen, wohin man auch sah.

Morell atmete erleichtert auf. Als hätte Frau Vogelmann seine Gedanken erraten, sagte sie: »Was hast du erwartet, Bua? Schrumpfköpfe und einen brodelnden Hexenkessel?«

Morell fühlte sich ertappt und wusste wieder einmal nicht, was er sagen sollte.

»Ich bin vielleicht alt, Jungchen«, krächzte sie, »aber hier oben bin ich noch sehr fit.« Dabei klopfte sie sich mit dem Finger an die Stirn. »Ich weiß, was die Leute von mir denken.«

»Und das stört Sie gar nicht?«, wollte Morell wissen.

»Im Gegenteil«, sagte Frau Vogelmann. »So habe ich wenigstens meine Ruhe. Vor allem vor den Kindern, diesem ungezogenen Rotzpack! Wie die sich teilweise aufführen. Ich kann nur sagen, so etwas hätte es in meiner Jugend nicht gegeben. Meine Eltern hätten mir ganz schön den Hosenboden strammgezogen.«

Morell setzte sich auf einen kleinen, wackligen und sehr filigranen Stuhl, auf den Frau Vogelmann mit ihrem Finger zeigte. Er war nicht sicher, ob der Stuhl, der den knochigen, ausgemergelten Hintern der alten Frau gewohnt war, sein Gewicht aushalten konnte, und erlebte schon wieder eine Überraschung. Der Stuhl gab zwar ein verdächtiges Knacken von sich, war seiner Fülle aber anscheinend gewachsen.

»Sie wissen also, dass Josef Anders ermordet wurde?«, fragte Morell.

»Natürlich, ich sagte dir doch schon, dass ich hier oben noch sehr gut beieinander bin.« Sie tippte sich wieder an den Kopf. »Auge um Auge, Zahn um Zahn, so steht es geschrieben. Kaffee?«

»Was meinen Sie damit?«, fragte Morell und ruckelte nervös auf dem viel zu kleinen Stuhl herum.

»Ob du eine Tasse Kaffee möchtest, Bua.«

»Nein, das heißt doch. Ich möchte sehr gerne eine Tasse Kaffee«, sagte Morell, »aber ich wollte eigentlich wissen, was Sie mit dem Ausspruch ›Auge um Auge, Zahn um Zahn‹ sagen wollten.«

»Damit will ich sagen, dass Josef Anders ein schlechter Mensch war. Er hat meinen Walti umgebracht, und nun hat er die gerechte Strafe dafür bekommen. Darum bist du doch da, Bua, nicht wahr? Du kannst endlich beweisen, dass die Sache mit Walti kein Unfall war.«

Morell schluckte. Darum ging es also. Josef hatte vor ungefähr acht Wochen beim Rückwärtsfahren aus seiner Ausfahrt Frau Vogelmanns Kläffer Walti überrollt. Frau Vogelmann behauptete, es sei Mord gewesen, während Joe von einem bedauerlichen Unfall gesprochen hatte.

Morell glaubte an die Unfallversion. Josefs Ausfahrt war sehr schmal und unübersichtlich, und Walti war so klein gewesen, dass es gut vorstellbar war, dass Josef ihn einfach übersehen hatte. Zeugen, die das Gegenteil hätten beweisen können, gab es keine, daher konnte und wollte Morell nichts weiter unternehmen.

Frau Vogelmann wischte sich eine Träne aus dem Augenwinkel. »Ich mache dir jetzt deinen Kaffee. Es dauert nur einen Moment.«

Als sie langsam und leicht gebeugt das Zimmer verließ, murmelte sie ganz leise vor sich hin. »Ach, Walti, mein armer kleiner Walti, mein guter, süßer Walti …«

Es dauerte eine kleine Ewigkeit, bis sie zurück ins Wohnzimmer kam. Morell hatte sich schon ernsthafte Sorgen gemacht und war mehrmals kurz davor gewesen, in der Küche nach dem Rechten zu sehen. Frau Vogelmann hatte ihm in den letzten Monaten genug Ärger gemacht – da traute er ihr ohne weiteres zu, dass sie ihm jetzt aus purer Gehässigkeit vor den Augen wegsterben würde.

Morell war daher umso froher, als sie mit zwei Tassen Kaffee ins

Wohnzimmer kam. Ihre Hände zitterten dabei so sehr, dass ein Großteil der braunen Flüssigkeit auf den Teppich tropfte. Der Chefinspektor sprang auf, nahm ihr die Tassen aus der Hand und stellte sie auf den Tisch. Anscheinend hatte sie geweint, denn ihre Augen waren feucht und sie schniefte.

»Mein kleiner Walti war ein schlauer Hund«, sagte sie und stellte eine Zuckerdose neben die Tassen. »Niemals wäre er so leichtsinnig gewesen, einfach vor ein Auto zu rennen. Ich habe ihm so oft gesagt, er müsse aufpassen, und er hat mir fest versprochen, dass er nur im Garten spielen und nicht auf die Straße gehen würde. Anders hat ihn mit Absicht überfahren. Ich habe es die ganze Zeit über gewusst!«

Morell, dem schon wieder die Worte fehlten, rührte geschäftig Zucker in seinen Kaffee.

»Du bist doch hier, um mir das zu sagen, oder? Du weißt doch, dass ich recht habe.«

»Sie haben recht«, sagte Morell und wusste nicht genau, warum er das tat. »Walti wurde ermordet.« Er hoffte, dass er sie damit ein wenig aufmuntern konnte, und nachdem Joe nun tot war, war es sowieso egal. Frau Vogelmanns Augen begannen zu leuchten. »Ich wusste es«, sagte sie. »Trink deinen Kaffee, bevor er kalt wird.«

Morell nahm einen Schluck und überlegte, wie er sie weiter ausfragen konnte, ohne sie traurig zu machen oder zu verärgern.

»Frau Vogelmann«, begann er vorsichtig. »In der Nacht von Samstag auf Sonntag, was haben Sie da gemacht?«

»Sapperlot! Du willst mich doch nicht etwa verdächtigen? Mich, eine arme, gebrechliche Frau?« Sie kniff die Augen zusammen und starrte ihn an. Die alte, einsame Frau, die noch vor einem Augenblick hier gesessen hatte, war wieder zu einer runzligen Furie mutiert.

›Oh Gott, sie war es‹, schoss es Morell durch den Kopf, als er ihren Blick sah. Er dachte an Tee mit Beruhigungstropfen, Hebebühnen, Sackkarren, Wagenheber und andere Dinge, die es der al-

109

ten Frau ermöglicht haben könnten, den Mord zu begehen. Horteten alte Menschen nicht oft riesige Mengen an Spritzen und Medikamenten? War es für so eine kleine, schrumpelige Dame nicht sicher sehr einfach, ein ahnungsloses Opfer in ihre Falle zu locken? Der Schein trügt! Stille Wasser sind tief!

»Natürlich sind Sie nicht verdächtig«, versuchte er sie zu beruhigen. »Ich dachte eher daran, dass Sie vielleicht etwas gesehen haben?«, probierte er sich aus der Affäre zu ziehen.

»Wo denkst du hin, Bua! Ich bin eine alte Frau und brauche meine Ruhe. Ich war die ganze Nacht in meinem Bett und habe geschlafen.«

Die Frage, ob irgendwer diese Aussage bestätigen konnte, schenkte sich Morell.

»Josef Anders war ein böser Mensch. Ständig hat er seinen Müll in meinen Garten geworfen, und gegrüßt hat er mich auch nicht. Du willst wissen, wer ihn umgebracht hat? Ich kann es dir sagen, Bua. Der Teufel war es höchstpersönlich.«

Morell starrte sie fassungslos an. Anscheinend driftete sie wieder in eine ihrer wirren Phasen ab. Bevor er etwas sagen konnte, sprach sie weiter.

»Ich bin nicht verkalkt. Hier oben ist alles in bester Ordnung.« Sie tippte sich wieder gegen die Stirn, und Morell fürchtete, dass sie sich bald ein Loch in den Kopf klopfen würde, wenn sie so weitermachte.

»Und die hier«, sie zeigte auf ihre Ohren, »funktionieren auch noch bestens. Ich habe die Leute tuscheln gehört, und es hat mich nicht gewundert, als ich das mit der Zwölf vernommen habe.«

Verdammt, jetzt hatte sich das mit der Zwölf auch schon herumgesprochen! Sicher hatte die Schubert ihren Mund nicht halten können. »Und warum nicht?«, fragte Morell und bemühte sich, seine Überraschung zu verbergen. »Was hat es Ihrer Meinung nach mit dieser Zahl auf sich?«

Frau Vogelmann bedachte ihn wieder mit einem dieser Blicke,

die Morell dazu brachten, ihr einfach alles zuzutrauen. »Sapperlot, das ist wieder typisch Jugend«, fauchte sie. »Keine Ahnung von den wichtigen Dingen. Ihr habt keine Werte und keine Moral, und Gott und die Kirche kennt ihr auch nur noch vom Hörensagen.«

Morell hatte ganz vergessen, dass Frau Vogelmann strenggläubig war. Sie war so sehr vom Katholizismus überzeugt, dass sie wahrscheinlich die Inquisition wieder einführen würde, wenn sie könnte.

»Im Christentum ist die Zwölf eine heilige Zahl, denn sie besteht aus drei mal vier«, belehrte sie Morell. »Drei ist die Zahl von Gott. Sie steht für die Heilige Dreifaltigkeit: den Vater, den Sohn und den Heiligen Geist. Vier ist die Zahl der Welt. Sie steht für die Jahreszeiten, die Elemente und die Himmelsrichtungen. Zwölf ist deshalb auch die Grundmaßzahl des Himmlischen Jerusalem, und Jesus kam mit zwölf Jahren das erste Mal in den Tempel ...«

»Und warum bedient sich Satan dann dieser heiligen Zahl? Warum nimmt er nicht seine eigene Nummer, die 666?«

»Na, weil er Gott und die Engel verspotten wollte. Er hat die heilige Zahl entweiht. Das war es, was er wollte.«

Morell trank den letzten Schluck Kaffee und stand auf. Es war an der Zeit zu gehen. Die alte Frau machte ihm Angst, und außerdem bohrte sich ihr Stuhl unangenehm in sein Hinterteil.

Als der Chefinspektor wieder zurück aufs Revier kam, stand Bender am Rande eines Nervenzusammenbruchs.

»Bitte lassen Sie mich nie wieder allein hier«, flehte er. »Sie können sich gar nicht vorstellen, was in der Zwischenzeit alles los war!«

Morell betrachtete das Wirrwarr aus Zetteln, Stiften und Tassen, das auf Benders Schreibtisch herrschte. Er konnte sich sehr wohl ausmalen, was im Büro los gewesen war. Das war nun einmal der Alltag bei einer Mordermittlung. Er hatte gehofft, nie wieder diesen Druck und diese Hektik zu erfahren, aber sein Wunsch war leider unerfüllt geblieben.

»Agnes Schubert ist wieder einmal da gewesen und hat sich beschwert, dass irgendwer den Weihnachtsschmuck von ihrer Tür gestohlen hat. Sie hat Ihnen außerdem ein Stück Kuchen mitgebracht. ›Zur Stärkung‹, wie sie gesagt hat.« Bender rollte mit den Augen. »Außerdem gab es weitere Anrufe von Menschen, die meinen, etwas zur Klärung des Falles beitragen zu können.« Er hielt einen ganzen Stapel von Notizen hoch.

»Irgendetwas Interessantes dabei?«

»Soweit ich es beurteilen kann, nicht«, sagte Bender. »Aber ich dachte, Sie sollten trotzdem alles noch einmal durchlesen. Schließlich sind Sie der Experte.«

›Oh je‹, dachte Morell. Vielleicht war er zu seinem Assistenten heute Morgen doch etwas zu schroff gewesen. Hinzu kam, dass Benders Enthusiasmus wohl langsam, aber sicher dem Stress zum Opfer fiel. Diese Entwicklung hatte er schon bei vielen jungen Polizisten gesehen. Er war gespannt, ob Bender dem Druck gewachsen war.

»Hat sich denn der Arzt gemeldet«, fragte er.

»Ach ja, richtig, der hat auch angerufen. Er bittet um Ihren Rückruf.«

Na, das war doch wenigstens etwas. Immerhin wurde Morell dank dieser Nachricht von der denkbar schlechtesten Meldung des Tages zumindest für ein Weilchen abgelenkt: Der Mitteilung, dass Agnes Schubert wieder einmal bei ihm aufgekreuzt war.

> **»Die Lösungen lassen sich den angegebenen**
> **Gesichtspunkten – zwölf an der Zahl – entnehmen.«**
>
> Aristoteles, Die Probleme und ihre Lösung

Kurz nach sechzehn Uhr läutete im Haus des Chefinspektors das Telefon. Es war Morell selbst, der es geschafft hatte, den Gemeindearzt von der Dringlichkeit einer Obduktion zu überzeugen. Dass dieser sogar alle nötigen Utensilien für eine Leichenöffnung besaß, war ein Riesenglück gewesen.

»Servus, Nina, kannst du in einer halben Stunde in der Leichenhalle sein? Dr. Levi, unser neuer Gemeindearzt, wird dort auf dich warten. Er hat einen Schlüssel und wird alles Erforderliche mitbringen.«

»In Ordnung«, sagte Capelli, legte auf und schaute aus dem Fenster. Der Himmel war grau, und das Wetter mehr als nur unfreundlich. Um ehrlich zu sein, hatte sie überhaupt keine Lust, das gemütliche, warme Wohnzimmer des Chefinspektors zu verlassen, aber versprochen war nun einmal versprochen. »Sorry, Dickerchen«, sagte sie zu Fred und wälzte den übergewichtigen Kater von ihrem Schoß, »aber die Arbeit ruft.«

Dr. Levi kam zwanzig Minuten zu spät.

»Tut mir leid«, sagte er und nahm seine Mütze ab, »aber

113

ich hatte noch einen Notfall zu behandeln.« Er lächelte Capelli an.

»Und wenn wir nicht sofort das Gebäude betreten, dann werde ich Ihr nächster Notfall sein«, schlotterte Capelli, die schon ziemlich durchgefroren war. »Ist da Kaffee drin?« Sie zeigte auf die Thermoskanne, die Dr. Levi in der Hand hielt.

»Ja, und er gehört ganz alleine Ihnen, wenn Sie mir dafür verzeihen, dass ich Sie hier draußen habe warten lassen.«

»Entschuldigung angenommen«, sagte Capelli und griff nach der Kanne. »Ich heiße übrigens Nina Capelli.« Sie streckte ihm die Hand hin.

»Markus Levi«, sagte der Gemeindearzt. »Es freut mich sehr, Sie kennenzulernen.«

»Freuen Sie sich nicht zu früh«, warnte ihn die Gerichtsmedizinerin. »Wenn Sie sehen, was da drinnen liegt, könnte es durchaus sein, dass Sie lieber auf meine Bekanntschaft verzichten würden.«

»Schaun wir mal«, sagte Dr. Levi und schloss die Tür auf.

Nachdem Capelli die Leichenhalle betreten hatte, streifte sie sich einen Plastikkittel und Gummihandschuhe über und zog behutsam das Tuch beiseite, das den Leichnam von Josef Anders bedeckte.

»Oh, mein Gott!« Dr. Levi hielt sich am Türrahmen fest und rang nach Luft. »Herr Morell hatte mich zwar vorgewarnt, dass die Leiche kein schöner Anblick sein würde, aber das …«

»Kaffee?« Capelli hielt ihm einen dampfenden Plastikbecher unter die Nase, aber der Arzt schüttelte nur den Kopf. »Sieht so aus, als hätten Sie noch nie eine Obduktion durchgeführt«, stellte sie fest und nahm einen Schluck.

»Nun ja«, sagte Dr. Levi, der langsam seine Fassung wiedergewann. »Ich bin Allgemeinmediziner. Seit dem Studium hatte ich es hauptsächlich mit lebenden Menschen zu tun.« Er lächelte verlegen. »Tut mir leid, dass ich Ihnen keine große Hilfe sein kann.«

»Kein Problem«, sagte Capelli und reichte ihm ein Paar Gummihandschuhe. »Ich werde die Hauptarbeit machen. Sie müssen mir nur ein wenig assistieren, und ich werde Sie Schritt für Schritt durch den Prozess führen.« Sie schenkte Dr. Levi ein Lächeln. Wenn man einmal von der leicht grünlichen Gesichtsfärbung absah, war der junge Gemeindearzt gar nicht so unattraktiv. ›Dann wollen wir mal sehen, was der Gute so alles aushält‹, dachte sie. »Bitte reichen Sie mir das Skalpell.«

Morell hatte überbackene Zucchini zum Abendessen gemacht und dazu eine gute Flasche Wein geöffnet.

»Nochmals danke, dass du heute für mich die Obduktion durchgeführt hast«, sagte er und schenkte Capelli Wein nach.

»Ich werde den Bericht morgen fertigstellen«, sagte die Gerichtsmedizinerin und nahm einen großen Schluck. »Mmmh, du hast ja richtige Schätze in deinem Weinkeller gelagert.« Sie lächelte. »Wenn du möchtest, können wir aber schon jetzt über die Ergebnisse sprechen, oder willst du damit bis nach dem Essen warten?«

Morell schüttelte den Kopf. »Passt schon«, sagte er und schielte auf seinen Teller. »Ich halte das schon aus.«

»Dann bist du zäher als Dr. Levi. Dem wäre heute ein paar Mal fast schlecht geworden, und einmal wäre er mir sogar beinahe umgekippt«, sagte Capelli und seufzte. »Warum müssen die attraktiven Männer nur immer solche Waschlappen sein?«

»Bei dem Anblick hätte der hartgesottenste Kerl weiche Knie bekommen«, versuchte Morell den Arzt in Schutz zu nehmen. »Aber jetzt erzähl, was hat die Obduktion ergeben?«

»Wie ich bereits angenommen hatte, ist der Tote innerlich verblutet. Der Mörder hat zwölfmal auf ihn eingestochen, wobei drei dieser Stiche – zwei davon in die Lunge und einer in die Leber – alleine schon tödlich gewesen wären. Die Tatwaffe war ein circa zwanzig Zentimeter langes und drei Zentimeter breites Messer mit gewellter Schneide. Ich tippe auf ein einfaches Küchenmesser.«

Morell seufzte. »Wahrscheinlich besitzt jeder Haushalt hier in Landau mindestens ein Messer dieser Sorte. Sonst noch etwas, das du herausgefunden hast?«

Capelli nickte. »Der Mörder ist höchstwahrscheinlich Rechtshänder, und es könnte sein, dass er das Opfer vor dem Mord betäubt oder irgendwie gelähmt hat.«

»Das ist ein äußerst interessanter Punkt. Wie kommst du darauf?«

»Ich habe am Oberschenkel des Toten ein kleines Einstichloch entdeckt, das so aussieht, als wäre es durch eine Spritze verursacht worden. Es kann natürlich sein, dass ich mich täusche. Das Opfer befindet sich ja schon im fortgeschrittenen Verwesungszustand, und die Oberhaut hat bereits begonnen, sich vom Muskelgewebe zu lösen – von den Faulwasserblasen ganz zu schweigen. Äh, soll ich lieber aufhören?« Capelli schaute Morell an, der angewidert auf seine Zucchini starrte. An einigen Stellen hatte der Käse, den er zum Überbacken verwendet hatte, kleine Blasen geworfen.

»Schon gut, erzähl ruhig weiter«, sagte der Chefinspektor und schob sich demonstrativ ein Stück Gemüse in den Mund.

»Ich habe Organ-, Blut- und Urinproben genommen. Vielleicht kann der nächste Hubschrauber, der hinunter ins Tal fliegt, diese Proben mitnehmen und ins Labor bringen. Nach den toxikologisch-chemischen Untersuchungen wissen wir dann mehr.«

Morell nickte. »Ich werde mich erkundigen, wie wir die Proben so schnell wie möglich nach Innsbruck befördern können.« Er überlegte. »Josef Anders war groß und kräftig. Es hätte schon einen Sinn, wenn der Mörder ihn irgendwie außer Gefecht gesetzt hat.«

Erneut betrachtete er sein Abendessen. Er würde in der nächsten Zeit wohl keine Gerichte mehr mit Käse überbacken.

> **»Unter zwölf Aposteln muß immer einer hart wie Stein sein,
> damit auf ihm die neue Kirche gebaut werden könne.«**
>
> Friedrich Nietzsche, Der Wanderer und sein Schatten

Es ist so kalt in der Kirche, dass ich meinen Atem sehen kann. Die harten, unbequemen Holzbänke sind voll besetzt. Mein Blick gleitet über ein Meer aus schwarzen Mänteln und Hüten. Diese Heuchler sind aus purer Sensationslust gekommen. Nicht, weil sie Josef mochten und sich von ihm verabschieden wollen. Nein, ihre Trauer und Bestürzung ist, außer bei wenigen Ausnahmen, nur gespielt. Die meisten sind aus Neugierde hier, manche aus Höflichkeit, einige aus Pflichtgefühl.

Die ganze Kirche riecht nach Weihrauch, Blumen und Mottenkugeln. Der Gestank der Frömmelei, der Mief der Bigotterie. Er nimmt mir beinahe den Atem.

Sie loben den Toten, trauen sich nicht, etwas Schlechtes über ihn zu sagen. Wenn sie nur gehört hätten, wie er gequiekt, gewinselt und geschrien hat. Wenn sie sie doch nur gerochen hätten, die Ausdünstungen, die Josef in seinen letzten Minuten verströmt hat – den Gestank von Angst und Tod. Wenn sie nur das viele Blut gesehen hätten. Purpurfarben, warm und klebrig. Wie Ungeziefer hat es sich in allen möglichen Ritzen und Spalten verkrochen. Es war schwer, den Boden wieder sauber zu bekommen und die letzten Reste von Joe aus meinem Keller zu tilgen.

Wenn sie doch nur dabei gewesen wären und die Wahrheit über seinen Tod kennen würden! Dann würden sie nicht mehr so ruhig hier sitzen und bedächtig der monotonen Predigt lauschen.

Am liebsten würde ich laut aufschreien. Ihr kranken Idioten! Warum könnt ihr denn nicht endlich eure Augen öffnen und sehen, was ich getan habe? Ich habe es für euch gemacht! Es war doch alles nur zu eurem Besten! Wie die Lämmer sitzt ihr hier, klein und unschuldig wartet ihr darauf, auf die Schlachtbank geführt zu werden, um dort dasselbe Ende zu nehmen wie Joe. Was ist los mit euch? Wollt ihr euch denn nicht helfen lassen? Wollt ihr nicht gerettet werden?

Zu dumm, dass die verdammte Schubert meine Botschaft fand, bevor ihr sie sehen konntet. Damit hatte ich natürlich nicht gerechnet. Es sieht fast so aus, als müsste ich ein weiteres Exempel statuieren.

Dort hinten steht Otto Morell, der dicke Polizist. Sieh sich doch nur mal einer sein angespanntes Gesicht an. Wenn er versucht, sich zu konzentrieren und dabei seine Augen zusammenkneift, sieht er aus wie ein kleines Schweinchen. Er überlegt sicher, ob einer der hier Anwesenden der Mörder ist. Ja, Otto, hier bin ich! Komm doch und hol mich! Du wirst es nie schaffen, mich zu finden. Dazu bist du viel zu dumm und zu träge. Du wirst wahrscheinlich nie kapieren, was hier eigentlich passiert.

Was für eine Überraschung! Sogar Leander Lorentz ist gekommen. Dieser eingebildete Idiot. Er hält sich für etwas Besseres, glaubt, er sei ein Geschenk Gottes an die Menschheit. Sieh ihn sich doch einmal einer an, wie er dasitzt, mit seinem gelangweilten Gesicht, der hochgezogenen Oberlippe, der stocksteifen Haltung – gerade so, als hätte er einen Besen verschluckt.

Dass sich dieser ewige Besserwisser hier blicken lässt, hätte ich nicht gedacht. Wahrscheinlich wird er gleich nach dem Gottesdienst wieder nach Hause gehen und sich unter Mamas Rock verkriechen. Wie immer, wenn er zu Besuch kommt, wird er sich zu fein sein, um sich unter uns, das gemeine Volk, zu mischen.

Mal sehen, vielleicht ist es ja gar keine so schlechte Sache, dass er hier ist. Womöglich könnte er mir für meine Zwecke sogar noch nützlich sein.

Die Predigt ist langweilig und einschläfernd. Ich bin müde und kann meine Augen kaum mehr offen halten. Ich bin erschöpft von der Last, die ich zu tragen habe – wird es denn nie leichter werden?

$$\bullet \quad \bullet \quad \bullet$$

Lorentz fand es unmöglich! Ein kurzer Blick in die Kirche hatte genügt, um seine schlimmsten Befürchtungen zu bestätigen. Der halbe Ort saß wie aufgefädelt in den Bänken und wartete ungeduldig auf den Beginn der Show. Von A wie Altenpfleger bis Z wie Zahnarzt – sie waren alle gekommen: sensationsgierige Aasgeier.

Seine Mutter hatte doch tatsächlich Angst gehabt, dass sich in einer geringen Anzahl von Trauergästen die Unbeliebtheit von Joe widerspiegeln könnte, aber er hatte ganz genau gewusst, dass sie sich diese Sorge hätte sparen können. Die beschränkten Landeier waren doch froh über jede Abwechslung, die in ihr tristes, blasses Leben trat, und da kam die Verabschiedung eines Mordopfers gerade recht.

Beinahe alle Bänke der Kirche waren vollgestopft mit Schaulustigen. Sie saßen da, starrten auf das blumengeschmückte Foto von Josef, das vor dem Altar stand, tuschelten und warteten auf den Beginn der Totenfeier. Es hatte etwas von Kino – ein Wunder, dass sie kein Popcorn mitgebracht hatten.

Die Polizei war da, der Metzger, der Bäcker, Freunde seiner Eltern, ein paar alte Damen aus Omas Bridge-Club und viele andere Gesichter, die Lorentz irgendwie bekannt vorkamen – Leute aus seiner ehemaligen Schulklasse, dem Schwimmverein und seiner alten Pfadfindergruppe.

Er hätte alles gegeben, um von hier fortzukommen. Verkrustete Teller, ein leerer Kühlschrank, schmutzige Wäsche – alles war besser, als hier und jetzt, zwischen all diesen Deppen, in dieser Kirche sitzen zu müssen! Aber nein! Er hatte seine Seele verkauft für ein gutes Essen und saubere Bettwäsche. Das hatte er nun davon und musste es jetzt wohl oder übel ausbaden.

Auftritt des Pfarrers. Die Messe begann, und Lorentz fadisierte sich jetzt schon.

Er hatte nichts gegen Religion, ganz im Gegenteil. Er glaubte an Gott. Er war davon überzeugt, dass Gott ein cooler Typ war, der sich hier bestimmt auch gelangweilt hätte.

Lorentz sagte in Gedanken alle römischen Kaiser in der richtigen Reihenfolge auf und versuchte sich anschließend an den ägyptischen Pharaonen. Er schaffte die Reihe bis Ramses II., dann wusste er nicht mehr weiter. Also schlug er die Zeit tot, indem er Baustile chronologisch ordnete und versuchte, sich an die Namen der sieben Zwerge zu erinnern. Chef, Hatschi, Brummbär, Happy, Seppl, Pimpel, Schlafmütz, AMEN!

Endlich war es vorbei, und er konnte aufstehen. Sein linkes Bein war schon vor Stunden eingeschlafen, zumindest fühlte es sich so an. Die Kirchgänger trabten brav, wie eine Herde von Schafen, in einer langen Prozession an der Familie des Toten vorbei, kondolierten und verließen das schlecht beheizte Gotteshaus, um endlich zum Kirchenwirt zu gehen.

Lorentz sah viele Gesichter, die ihm irgendwie bekannt vorkamen, denen er aber keinen Namen zuordnen konnte. Eine Blondine winkte ihm zu, und es dauerte einige Zeit, bis ihm einfiel, wer sie war. Sie hieß Tanja, und sie hatten gemeinsam ein Jahr lang Blockflötenunterricht gehabt. Sie hatte sich nicht gerade sehr zu ihrem Vorteil entwickelt. Aber was hatte er erwartet? Sie war eine Landauerin – es war also ihr Schicksal, vorzeitig alt und bieder zu werden. Lorentz konnte außerdem Thomas, Georg, Stefan und Luise aus seiner alten Klasse erkennen, zwei Typen aus dem

Schwimmkurs, an deren Namen er sich aber beim besten Willen nicht mehr erinnern konnte, und er sah Iris, die trauernde Witwe, die sich, vor Selbstmitleid triefend, am fetten, alten Arm der fetten, alten Mutter des fetten, toten Josef festklammerte.

Sie sah gut aus, das musste er ihr lassen.

Da er nicht die geringste Lust hatte, mit irgendjemandem zu sprechen, hielt Lorentz sich so gut wie möglich zwischen seinen Eltern und seiner Großmutter. Doch dann tauchte neben ihm plötzlich die alte Frau Vogelmann auf.

»Satan«, zischte sie und drängte sich an ihm vorbei. Sofort drehten sich einige Köpfe um und starrten ihn an.

Er hasste es! Er fror, die Leute glotzten ihn an, und er musste aufs Klo. Dringend!

»Leander, hör bitte auf so herumzuzappeln!«, fauchte seine Mutter und zupfte ein paar unsichtbare Flusen von seinem Kragen.

Sie würde wahrscheinlich nie akzeptieren, dass er ein erwachsener Mann war. Solange er kein Enkelkind produzierte, das sie bevormunden konnte, würde er ihr Opfer bleiben.

Lorentz entschied sich, nicht auf den Kommentar seiner Mutter einzugehen, denn seine Blase war kurz davor zu explodieren. Da der Kirchenwirt der mit Abstand nächste Ort war, an dem er aufs Klo gehen konnte, folgte er ohne zu jammern seinen Eltern in Richtung Hölle.

• • •

Morell sah sich um und seufzte. Die kleine Kirche von Landau platzte aus allen Nähten. Er schüttelte ungläubig den Kopf, normalerweise kamen hier so viele Besucher nur bei der Kirchweih oder der Weihnachtsmette zusammen.

Er stand im hinteren Teil des Gotteshauses und wartete auf eine Erleuchtung. Immerhin befand er sich hier auf geweihtem Boden. Der aber vor kurzem entweiht worden ist, erinnerte ihn eine kleine Stimme in seinem Kopf.

Er würde die Sache also alleine, ohne Hilfe von oben, in die Hand nehmen müssen.

Er ließ seinen Blick über die voll besetzten Bänke schweifen.

Der Mörder kehrt immer an den Schauplatz seines Verbrechens zurück, hieß es doch so schön in vielen Krimis. Es waren mindestens 200 Menschen gekommen. Etwas weniger potenzielle Rückkehrer wären Morell sehr recht gewesen.

Er tat so, als müsse er husten.

Der Strom der Leute, die die Kirche betraten, wollte nicht abreißen. Einige hatten Blumen mitgebracht, andere zündeten vor dem Altar kleine Gebetskerzen an.

Es war kein schöner Tag für eine Andacht. Es war viel zu kalt, und durch die bunten Glasfenster drang nur wenig Licht.

Morell stand da, beobachtete, nickte einigen Menschen zur Begrüßung zu und merkte wieder einmal, wie sehr ihn die Situation überforderte. Es waren einfach zu viele – zu viele potenzielle Mörder, zu viele Verdächtige. Wieder und wieder ließ er seinen Blick über die Gesichter der Trauergäste wandern. Er kannte so gut wie jeden von ihnen.

Er fröstelte, und das lag nicht nur an der unangenehmen Temperatur, die in der Kirche herrschte, sondern auch an dem Gedanken, dass wahrscheinlich einer der Anwesenden ein kaltblütiger Mörder war.

Er traute es keinem von ihnen zu. Die Menschen in dieser Gemeinde waren irgendwie auch seine Schäfchen. Während Pfarrer Gieselbrecht sich um ihre Seelen kümmerte, war er für den Rest verantwortlich. Es konnte, nein, es durfte einfach nicht sein, dass einer der Einheimischen ein Wolf im Schafspelz war, der sich hier in der Masse der Trauergäste versteckt hielt.

Es war Morell sehr wohl bewusst, dass die Landauer keine Heiligen waren, jeder von ihnen hatte seine kleinen Geheimnisse und ein paar schlechte Eigenschaften.

Es gab im Ort viel Neid, viele kleine Streitereien, manch einer trank zu viel oder betrog seine Frau, es gab Verkehrsdelikte und hie und da ein paar kleine Diebstähle. Aber Mord? Niemals!

Er musste das Verbrechen aufklären! Er würde sonst nicht mehr ruhig schlafen und keinem mehr in die Augen sehen können, ohne dass sich dabei ein fahler Geschmack in seinem Mund oder unangenehme Hintergedanken in seinem Kopf bildeten.

Sehr wahrscheinlich ging es den anderen Einwohnern auch so. Es würde nicht mehr lange dauern, bis die ersten Hexenjagden begannen. Er musste den Fall aufklären, damit wieder Ruhe herrschte – in Landau und in seinem Kopf.

Morell ließ seinen Blick weiter über die Trauergemeinde wandern und hoffte, nach wie vor vergeblich, auf einen Wink von oben.

Ganz vorne, in der ersten Reihe, saß Iris Anders, die wie ein kleines Häuflein Elend vor sich hin schluchzte. Hinter ihr saß eine dicke Frau, die Iris' Schulter tätschelte und zu der sich die Witwe nun umdrehte, um ein paar Worte mit ihr zu wechseln. Das war Maria Zieher, Iris' Freundin, die ihn vor zwei Tagen am Telefon so wüst beschimpft hatte. Morell wollte schon seine Hand zum Gruß heben und Iris auf diesem Wege Mut zusprechen. Doch sie hatte sich bereits wieder nach vorn gedreht, und er ließ seine Hand auf halbem Wege in der Hosentasche stecken. Verlegen betrachtete er weiter die Anwesenden.

Auf der linken Seite von Iris saß die Mutter des Opfers, die gerade von der netten Frau Lorentz getröstet wurde. Aber wer war der Mann, der neben Frau Lorentz saß?

»Ach du Schande«, murmelte Morell. Das war ja ihr Sohn, dieser affektierte Schnösel. Wie hieß der nochmal? Genau, Leander. Was machte der denn hier? Ach ja, fiel Morell ein, Leander und Josef waren ja früher einmal die besten Freunde gewesen.

Er versuchte die lästige Agnes Schubert, die ihm euphorisch zuwinkte, zu ignorieren und begrüßte Konrad Hirschmann, seinen Nachbarn.

Der 75-jährige Witwer besuchte Morell häufig, um ein wenig Gesellschaft zu haben. Da der Chefinspektor nicht gerne für sich alleine kochte, freute er sich immer, wenn Konrad mitaß. Er schüttelte die pergamentartige Hand seines Freundes und winkte Erich, einem anderen guten Bekannten, zu, der gerade versuchte, seinen Bierbauch zwischen zwei Kirchenbänken hindurchzuquetschen.

Erich Altmann war von Beruf Förster und ein passionierter Jäger. Er hatte deswegen schon viele nächtelange Diskussionen mit dem Chefinspektor gehabt, der keiner Fliege etwas zuleide tun konnte. Wenn Morell Raupen oder andere Schädlinge auf seinen Blumen fand, dann steckte er sie in ein großes Einmachglas und setzte sie später auf einer wilden Wiese in der Nähe seines Hauses wieder aus.

Ganz hinten, in der letzten Reihe, saß Dr. Capelli, die ein wenig verloren zwischen all den Einheimischen wirkte. Sofort überkam Morell wieder eine Welle von schlechtem Gewissen. Schließlich hatte sie es ihm zu verdanken, dass sie jetzt in Landau festsaß.

Der Chefinspektor schüttelte den Kopf und versuchte, das üble Gefühl wieder loszuwerden. Er hatte nach bestem Wissen und Gewissen gehandelt. Es war seine Pflicht, einen Gerichtsmediziner anzufordern, und für das Wetter konnte er nun wohl wirklich nichts.

Pfarrer Gieselbrecht und die Messdiener betraten die Kirche und unterbrachen Morells Gedanken. Das monotone Murmeln, das die Kirche bisher erfüllt hatte, verstummte, und die versammelte Gesellschaft erhob sich. Ein kleiner Moment der Stille trat ein, der nur kurz durch einen unterdrückten Schluchzer, der irgendwo aus den vorderen Reihen kam, gestört wurde.

Morell war zwar nicht sehr gläubig, aber er war stets gerne in die Kirche gegangen. Für ihn war das alte Gebäude ein Ort der Ruhe gewesen, an den er sich manchmal zurückzog.

Das alles war durch einen einzigen Vorfall zerstört worden. Dieser friedvolle Platz hatte sich plötzlich in einen Ort des Grauens verwandelt. Und nicht nur die Kirche hatte für Morell eine ganz neue Bedeutung bekommen. Erneut überkam ihn der traurige Gedanke, dass er auch Landau und die Menschen, die hier lebten, in einem anderen Licht sah. Es konnte doch nicht sein, dass er sich in einem von ihnen so sehr getäuscht hatte?!

Er musste es herausfinden. Er brauchte Klarheit. Ganz gleich, was es kostete.

Morell fand die Zeremonie sehr bewegend. Pfarrer Gieselbrecht hatte sich große Mühe gegeben, die Feier so einfühlsam wie möglich zu gestalten. Das einzig Störende war der verschwenderische Umgang mit dem Weihrauch. Sogar hier hinten wurde er von dem strengen, beißenden Geruch umhüllt. Es schien beinahe so, als versuchte der alte Priester, das Böse auszuräuchern.

Als er die Kirche verließ, spürte Morell Trauer, Bestürzung und Mitleid mit Josefs Angehörigen. Morells Eltern hatten immer mit dem Schlimmsten gerechnet, als er noch bei der Kriminalpolizei in Wien war. »Kein Elternteil sollte seine Kinder überleben müssen«, hatte seine Mutter manchmal gesagt. Zum Glück war ihr das erspart geblieben.

Draußen auf der Straße bemerkte Morell, dass auch die Wut, die er bereits am Sonntag gespürt hatte, wiedergekommen war. Er war voller Zorn und Hass auf denjenigen, der seine heile Welt zerstört und dafür gesorgt hatte, dass nichts mehr so war wie vor ein paar Tagen.

Und dann war da noch ein Gefühl. Ganz schwach und klein hatte es sich in Morells Magen eingenistet. Ein kleiner Samen, der langsam wuchs, der immer größer wurde und in Richtung Kopf wanderte. Das war die Angst vor dem, was noch kommen würde.

»Ich beschloß noch zwölf Vorübergehende
abzuwarten, und mich dann,
wenn mir von diesen keiner etwas mitteile,
in den Strom zu stürzen.«
Ludwig Tieck, William Lovell

Als Leander von der Toilette kam, dachte er kurz daran, die Flucht
anzutreten, entschied sich dann aber dagegen, da er es sich nicht
mit seiner Mutter verscherzen wollte. Er hatte keine Ahnung, wie
sie das machte, aber auf jeden Fall hatte sie ihn voll im Griff. Ein
Trick, den wohl die meisten Mütter draufhatten. Er warf also einen
wehmütigen Blick in Richtung Notausgang und betrat dann
schweren Herzens die Gaststube des Kirchenwirts.

Er schaute sich mit zusammengepressten Lippen in dem ver-
rauchten, rustikal eingerichteten Raum um, in dem sich die Trauergäste versammelt hatten. Mindestens 40 Tische standen hier eng
beieinander, und Lorentz versuchte verzweifelt, in der Masse von
schwarz gekleideten Menschen seine Erzeuger zu finden.

Er fühlte sich unwohl, fremd, irgendwie fehl am Platz. Er gehörte nicht hierher. Vor ihm saßen die Einwohner von Landau,
eine eingeschworene Gemeinschaft, und er war der Außenseiter,
der Fremde, der andere. Er bildete sich ein, dass alle ihn anstarrten, und war daher sehr erleichtert, als er endlich seine Eltern
fand.

Er steuerte auf ihren Tisch zu und stöhnte innerlich, als er sah, dass dort nicht nur seine Eltern und seine Großmutter, sondern auch zwei ehemalige Nachbarjungs saßen: Andreas Adam und Stefan de Vries – zwei typische Vertreter der Gattung langweiliger, konservativer Spießer. Wahrscheinlich arbeiteten sie jetzt in einer Bank oder einer Versicherung, schätzte Lorentz.

Missmutig setzte er sich zu ihnen. »Servus«, raunzte er und hoffte, dass seine Mutter ihn irgendwie retten würde, was sie aber natürlich nicht tat.

»Grüß dich, Leander«, sagte Andreas. »Das ist aber eine Überraschung, dass du dich wieder einmal hier blicken lässt. Wie lange haben wir uns nicht mehr gesehen?«

»Ich glaube, seit ich weggezogen bin.« Lorentz zog die Mundwinkel hoch und simulierte ein Lächeln. »Ist auf jeden Fall schon ein paar Jahre her.« Er hoffte, dass der Smalltalk damit beendet war, und zündete sich eine Zigarette an, was ihm vorwurfsvolle Blicke von seiner Mutter einbrachte. Er ignorierte sie geflissentlich und nahm einen tiefen Zug. Peinliches Schweigen machte sich breit.

»Deine Mutter hat erzählt, dass du Archäologe geworden bist«, unterbrach Andreas die unangenehme Stille.

»Stimmt«, antwortete Lorentz und machte sich auf unverständliche Blicke und abfälliges Grinsen gefasst. Womit er überhaupt nicht gerechnet hatte, war das enthusiastische Kopfnicken seiner Tischnachbarn. Andreas beugte sich sogar nach vorne und meinte: »Oh Mann, das finde ich total spannend! Ich wollte früher auch immer Archäologe werden – im Freien arbeiten, fremde Länder sehen, Schätze entdecken … Erzähl doch mal!«

Lorentz war erstaunt. Er hatte eigentlich damit gerechnet, dass die Bauerntrampel nicht einmal wussten, was Archäologie überhaupt war. Nun ja, das Leben hatte hie und da doch noch eine Überraschung auf Lager.

Er lehnte sich zurück, winkte dem Kellner und bestellte ein Bier. »Erzählt ihr doch erst mal, was aus euch geworden ist.«

»Ich habe die Steuerberatungskanzlei meiner Eltern übernommen«, sagte Stefan.

»Und ich arbeite in der neuen Filiale der Volksbank«, sagte Andreas.

›BINGO‹, dachte sich Lorentz. Er hatte mit seiner Einschätzung der beiden also doch nicht ganz danebengelegen.

Das Mittagessen verlief überraschend angenehm. Lorentz plauderte angeregt mit Andreas und Stefan und musste sich eingestehen, dass zumindest einige der Hinterwäldler nicht ganz so blöd waren, wie er immer gedacht hatte. Seine Mutter war zufrieden und somit ruhiggestellt, und das Essen selbst war wirklich gut.

»Das ist jetzt schon der Fünfte in zwei Jahren«, stellte Andreas beim Kaffee nachdenklich fest.

Lorentz schaute ihn fragend an. »Der Fünfte von was?«

»Du weißt doch das von Raimund«, sagte Stefan, aber Lorentz schüttelte nur den Kopf.

»Raimund Schelling, der ein paar Straßen weiter gewohnt hat«, half Andreas ihm auf die Sprünge. »Wir haben manchmal zusammen Fußball gespielt.«

Lorentz erinnerte sich dunkel an einen pickeligen, rothaarigen Jungen. »Was ist mit ihm?«

»Er ist auch tot – er hat sich diesen Sommer eine Überdosis Tabletten genehmigt. Und im Sommer letzten Jahres hat es Thomas erwischt.«

Lorentz nickte. »Das von Thomas Liebenknecht weiß ich«, sagte er. »Meine Mutter hat mir etwas von einem Feuer erzählt.«

»Stimmt«, sagte Andreas. »Es gab einen Brand in seiner Tankstelle – es war ein Wunder, dass nicht mehr geschehen ist.«

»Und wer noch?«, fragte Lorentz, den das anscheinende Massensterben seiner ehemaligen Spezis mehr amüsierte als traurig stimmte.

»Ich weiß nicht, ob du dich noch an Linda Frank erinnern

kannst«, sagte Stefan. »Sie war ein Jahr jünger als wir. So eine zierliche, dünne mit Zahnspange.«

»Irgendwo klingelt da etwas bei mir«, sagte Lorentz, nachdem er ein paar Momente überlegt hatte. »Das war doch so eine kleine Klugscheißerin. War bei mir in der Parallelklasse. Was ist mit der passiert?«

»Das ist eine ziemlich wilde Geschichte, es wundert mich, dass du nichts davon gehört hast. Linda hat unten in Innsbruck als Psychiaterin gearbeitet. Eines Abends hat einer ihrer Patienten, ein alter, geistig anscheinend völlig verwirrter Kerl, ihr daheim aufgelauert und sie erwürgt«, erzählte Stefan.

Andreas nickte. »Der Typ muss völlig hinüber gewesen sein. Er hat irgendwelche komischen Zeichen an die Wände gepinselt.«

Stefan sah Lorentz an. »Du hast sicher geglaubt, dass wir in Landau vor Langeweile fast eingehen, aber wie du siehst, ist hier in der Umgebung fast mehr los als bei dir in der großen Stadt.«

»Das ist wirklich ziemlich aufregend«, gab Lorentz zu. »Ich habe von dem Fall etwas in der Zeitung gelesen, aber nicht realisiert, dass das Ganze in Innsbruck geschehen ist und es sich dabei um Linda handelte.«

»Das kommt davon, weil du mir nie richtig zuhörst«, meldete sich Lorentz' Großmutter zu Wort. »Ich habe dich damals angerufen und dir von dem armen Mädchen erzählt.«

›Erwischt‹, dachte Lorentz. Im Laufe der Jahre hatte er gelernt, Omas Geschichten über Krampfadern, Gicht und den Zweiten Weltkrieg beim einen Ohr hinein und dem anderen wieder hinauszumanövrieren, ohne dass auch nur der kleinste Funken Information sein Hirn berührte. Seine Schwester Claudia beneidete ihn sehr um diese Fähigkeit. »Nein, Oma«, sagte Lorentz, »ich höre dir immer ganz genau zu. Ich habe das von dem armen Mädchen nur wieder vergessen, weil ich so viel zu tun hatte.« Seine Mutter kommentierte die Lüge mit ihrem Was-habe-ich-nur-bei-deiner-Erziehung-falsch-gemacht-Blick.

129

»Zum Glück hat die Innsbrucker Polizei den Irren gleich erwischt und wieder weggesperrt«, lenkte Stefan ab und konnte dadurch einige Sympathiepunkte bei Lorentz ernten.

»Und wer ist noch gestorben?«, fragte der, um die Aufmerksamkeit endgültig von sich und seinen Qualitäten als Sohn und Enkel abzuwenden.

»Susanne«, sagte Andreas.

»Susanne Simonis?«, fragte Lorentz entgeistert. »Die süße Susanne Simonis?«

»Genau die. Sie war die Erste.«

»In die war ich in der Unterstufe bis über beide Ohren verknallt«, gestand Lorentz.

Andreas lachte. »Wer war das nicht?« Er hielt kurz inne und wurde wieder ernst. »Sie hat sich vor zwei Jahren aus dem Fenster gestürzt.«

Lorentz nickte ein wenig betrübt und dachte an seine Schulzeit zurück. Er versuchte, sich die Gesichter von Linda Frank und Susanne Simonis ins Gedächtnis zu rufen.

»Kennt ihr schon das neueste Gerücht?«, riss ihn Stefan aus seinen Gedanken. Er senkte seine Stimme und sprach, ohne eine Antwort abzuwarten, weiter. »Anscheinend hat jemand die Zahl Zwölf in Joes Leichnam eingeritzt«, flüsterte er und sah sich verschwörerisch um.

»Ach was! Wo hast du denn den Blödsinn her?«, wollte Andreas wissen.

»Aus einer sicheren Quelle«, verteidigte sich Stefan. »Nämlich von der Schubert. Sie war immerhin diejenige, die die Leiche gefunden hat.«

Lorentz und Andreas schauten ihn mit großen Augen an.

»Und es kommt noch besser«, fuhr Stefan fort. »Die Schubert hat beim dicken Otto auf der Wache einen Bericht gesehen, in dem stand, dass Joe mit zwölf Messerstichen getötet wurde. Gruselig, findet ihr nicht? Sie hat auch gemeint ...« Stefan hörte abrupt auf zu erzählen, als er sah, dass Iris sich näherte. Er räusperte sich und versuchte schnell ein anderes Thema aufzubringen. »Also, Indiana Jones, erzähl uns doch einmal etwas über deinen letzten großen Fund.«

»Servus ihr drei«, sagte Iris mit dünner Stimme. »Es freut mich, dass ihr da seid.« Sie lächelte, und Lorentz stellte noch einmal fest, dass sie trotz der verweinten Augen ausgesprochen gut aussah.

»Tut mir leid, das mit Joe«, murmelte er verlegen, weil er nicht wusste, was er sonst sagen sollte.

»Es ist sehr schön, dass du gekommen bist«, sagte Iris. »Joe hat oft von dir gesprochen.« Sie schaute ihm in die Augen, und Lorentz fühlte, wie er erstarrte.

»Ehrlich?«, fragte er.

»Ja«, sagte Iris. »Joe war nicht sehr glücklich in letzter Zeit, musst du wissen. Er hat öfter davon gesprochen, wie lustig und schön eure gemeinsame Zeit war. Ich glaube, er hat es oft bereut, dass er damals nicht mit dir gegangen ist. Es freut mich darum wirklich sehr, dass du hier bist.«

In Lorentz' Hals bildete sich ein Kloß. Die blöde, affektierte Kuh war doch tatsächlich nett. Sie fand es schön, dass er da war. Er, der ihr jahrelang die Pest an den Hals gewünscht hatte.

»Er hat sich sogar ein paar Mal überlegt, sich bei dir zu melden. Leider ist es nicht mehr dazu gekommen.« Iris sah ihn dabei mit einem solchen Verletzten-Reh-Blick an, dass er sich sofort unendlich mies fühlte.

Lorentz spürte, wie der Kloß in seinem Hals immer größer wurde. Er war verwirrt und durcheinander. Joe hatte ihn nicht vergessen, hatte sich sogar bei ihm melden wollen, und die eitle Zicke Iris entpuppte sich als menschliches Wesen. Es wurde ihm gerade bewusst, dass er wirklich und wahrhaftig ein unsensibler Mistkerl war.

»Ich werde dann mal langsam nach Hause gehen«, sagte er, weil er einfach nur noch weit weg wollte.

»Ja, ich auch«, sagte Iris und rieb sich die Augen. »Ich bin ziemlich erschöpft und müde.«

Lorentz fiel auf, dass sie tatsächlich ein wenig weggetreten wirkte. Da hatte wohl jemand Beruhigungsmittel geschluckt! Vielleicht war sie ja nur deshalb so nett? Womöglich lag es an den Drogen?

»Vielleicht möchtest du mich ein Stück begleiten?«, fragte sie und schaute Lorentz an.

Er wollte nicht, aber was blieb ihm anderes übrig? Er konnte der Witwe seines ehemals besten Freundes so eine Kleinigkeit doch nicht abschlagen. Außerdem spürte er den bohrenden Blick seiner Mutter im Nacken. ›Einmal Kind, immer Kind‹, dachte er. Wahrscheinlich würde sie ihn auch noch so im Griff haben, wenn er in Pension ging.

Lorentz und Iris spazierten wortlos nebeneinander her. Der Schnee knirschte unter ihren Schuhen, und die kalte Luft stach wie tausend kleine Nadeln in ihren Lungen. Der Himmel war noch immer so dreckig und grau wie ein alter Straßenköter, aber zumindest hatte es aufgehört zu schneien. Lorentz wusste nicht, was er sagen sollte. Er war schlapp und ausgelaugt. Der Tag war schon jetzt definitiv zu viel für ihn. Seine Sicht der Dinge wurde gerade auf den Kopf gestellt, und seine Gefühle spielten verrückt. Er war hin und her gerissen zwischen Überraschung, schlechtem Gewissen, Abneigung und dem dringenden Wunsch, so schnell wie möglich zurück nach Wien zu fahren. Vor Iris' Haus blieben sie stehen.

»Komm doch noch auf einen kurzen Sprung mit hinein«, sagte sie.

Lorentz versprach im Geiste dem Teufel seine Seele für eine gute Ausrede. Leider wollte nicht einmal Satan persönlich dieses schwarze, verschrumpelte Stück Dreck haben.

Es blieb ihm also nichts anderes übrig, als ihr ins Haus zu folgen.

»Setz dich doch bitte. Kann ich dir irgendetwas anbieten? Kaffee, Tee, einen Cognac?«

Lorentz entschied sich für den Cognac, und während Iris in der Küche verschwand, sah er sich ein wenig um.

Das Haus war ganz anders, als er es sich vorgestellt hatte. Er hatte einen durchgestylten Schickeria-Schuppen erwartet, eine Bude wie frisch aus einem Szenemagazin für schöneres Wohnen. Aber was er hier sah, entsprach ganz und gar nicht seinen Erwartungen. Das Wohnzimmer war düster, wirkte irgendwie schmuddelig, und die Möbel waren alles andere als neu. Als ein wenig Licht es schaffte, den Dreck auf den Fensterscheiben zu durchdringen, konnte Lorentz viele Tausende Staubpartikel sehen, die durch die Luft wirbelten und dann auf dem ziemlich durchgetretenen Teppich landeten, wo sie von vielen ihrer Artgenossen und sicherlich einigen Hausstaubmilben in Empfang genommen wurden. Bereits im Hausflur waren Lorentz die vergilbten Tapeten und die altmodischen Fliesen aufgefallen.

Da saß er nun und fühlte sich wahnsinnig unwohl. Was war nur mit Iris und Joe geschehen? Waren sie verarmt oder einfach nur schlampig? Das passte alles nicht in das Bild, das er von ihnen hatte. Wo war das versnobte Möchtegern-High-Society-Paar geblieben, das er so verabscheut hatte? Hatte er ihnen wirklich so unrecht getan? Hatte er mit seiner Meinung wirklich so danebengelegen?

Iris kam wieder aus der Küche zurück. Sie trug ein großes Tablett, das sie auf dem Tisch vor Lorentz abstellte.

»Hier«, unterbrach sie seine Grübelei und drückte ihm einen bauchigen Cognacschwenker in die Hand. Dann setzte sie sich auf einen Stuhl rechts von ihm. Sie sah jetzt müde aus mit ihren vom Weinen verquollenen Augen und der blassen Haut. Trotzdem war sie immer noch schön.

Es herrschte peinliches Schweigen, und Lorentz wäre am liebsten sofort im Boden versunken. Doch da weder der Himmel noch die Hölle ihn erhörten und ihm ein Loch schenkten, in das er sich verkriechen konnte, musste er selbst dem Schweigen ein Ende bereiten. Er starrte in das große, gut gefüllte Glas.

»Und, Iris, wie geht's dir denn so?«, fragte er und wollte sich für diesen Satz im selben Moment, da er ihn ausgesprochen hatte, am liebsten selber ohrfeigen. »Ich meine natürlich unter diesen Umständen.« Was redete er denn nur für einen Stuss daher? »Nettes Haus.«

»Ist schon gut«, sagte Iris. »Die meisten Leute wissen nicht, was sie sagen sollen. Die Situation ist ihnen unangenehm und peinlich. Sie bedauern mich und sagen mir, wie leid ihnen alles tut, aber in Wirklichkeit sind sie einfach nur froh, dass es nicht ihnen passiert ist.« Sie starrte durch Lorentz hindurch, der zutiefst hoffte, dass sie jetzt nicht anfing zu weinen. »Ich weiß nicht, ob es an den Sternen liegt oder ob irgendwer diesen Ort verflucht hat«, redete Iris weiter, »aber es passieren in letzter Zeit so viele schlimme Dinge.«

Es schien so, als würde sich zumindest einer von Lorentz' Wünschen erfüllen. Iris heulte nämlich nicht los, sondern versuchte zu lächeln.

So viele Stunden seines Lebens hatte er damit verbracht, diese Frau abgrundtief zu verabscheuen, und jetzt, da sie wirklich und wahrhaftig vor ihm saß, verspürte er nur Mitleid für sie und – ganz versteckt – vielleicht sogar ein klein wenig Sympathie.

»Ich hoffe, ich mache dir keine Umstände«, sagte er. »Wenn ich dich bei irgendetwas störe oder dich von etwas abhalte, dann kann ich auch wieder gehen.« ›Bitte sag ja und schick mich weg‹, flehte er im Geiste, da ihn die ganze Situation nach wie vor peinlich berührte und verwirrte.

»Nein, Leander, ganz im Gegenteil«, sagte Iris und sah ihn mit großen Augen an. »Ich freu mich sehr, dass du da bist.« Sie kippte ihren Cognac auf ex und schenkte sich sofort ein neues Glas ein. Lorentz machte es ihr nach.

Auf einem kleinen Tischchen neben der Couch entdeckte er

einige Fotos. Eines davon zeigte Joe und ihn am Strand – es musste bei einem ihrer gemeinsamen Urlaube aufgenommen worden sein. Lorentz konnte sich nicht mehr erinnern, wann und wo das Foto entstanden war. Hätte er das Bild noch ein wenig länger betrachtet, wäre er vielleicht noch draufgekommen, aber er sah plötzlich alles verschwommen, da sich seine Augen mit Tränen füllten.

Er hasste sich dafür, dass er es nicht unterdrücken konnte, er hasste Iris, weil sie ihn so sah, und Joe hasste er dafür, dass er tot war.

Iris zündete sich eine Zigarette an und hielt Lorentz die Packung unter die Nase. Er nahm sich eine heraus, und nachdem er den ersten Zug genommen hatte, spürte er erleichtert, wie das Nikotin durch seinen Körper strömte und ihn beruhigte.

Als Lorentz sich ein wenig später von Iris verabschiedete, fühlte er sich so mies und verwirrt wie schon lange nicht mehr. Er war anscheinend doch keiner von den Guten. Jahrelang hatte er nur schlecht von Joe gedacht. Und dabei war er es doch gewesen, der seiner Mutter gedroht hatte, er würde als Transvestit verkleidet zu Omas 80. Geburtstag erscheinen, wenn sie irgendwem in Landau seine neue Telefonnummer verriet.

Während Joe sogar ein Foto von ihm in seinem Wohnzimmer stehen hatte und nur nett über ihn sprach, hatte Lorentz kein gutes Haar an seinem ehemaligen Freund gelassen.

Auf dem Weg nach Hause überlegte er fieberhaft, was er nur tun könnte, um seine Gewissensbisse loszuwerden und einiges bei Joe wiedergutzumachen – post mortem sozusagen. Er musste handeln, irgendetwas tun. Aber was?

Die Idee traf ihn wie ein Blitz. Hatte Stefan ihm nicht erzählt, dass Otto Morell die Ermittlungen zum Tod von Joe leitete? Lorentz war zwar ein paar Jahre jünger als der Chefinspektor, aber er konnte sich noch sehr gut an den dicken, unbeholfenen Jungen erinnern, der bei den Pfadfindern der totale Oberversager gewesen war. Ob dieser träge Fleischklops der Situation gewachsen war? Vielleicht konnte er ja ein bisschen Hilfe gebrauchen. Schließlich war Lorentz es als Archäologe gewohnt, Spuren zu sichern und zu interpretieren. Das war es! Er würde dabei helfen, denjenigen zu finden, der Joe und Iris das angetan hatte.

Lorentz bog also kurz vor seinem Elternhaus rechts ab und marschierte schnurstracks in Richtung Polizeirevier.

Er klopfte sich ein paar Schneeflocken von den Schultern und nahm seine Mütze ab, als er die Wachstube betrat. Draußen hatte es wieder begonnen zu schneien.

Morell stand gerade im Vorzimmer und versuchte Bender, der schon mindestens zwei Kannen Kaffee intus hatte, davon abzuhalten, eine dritte aufzubrühen. Er war erstaunt, als ausgerechnet Lorentz zur Tür hereinkam. »Hallo«, sagte er, während er sich die Dose mit dem Kaffee schnappte und Bender stattdessen eine Packung Rotbuschtee hinstellte. »Ist besser für deinen Magen«, belehrte er seinen Assistenten, der ihn mit offenem Mund anstarrte. Dann wandte er seinen Blick wieder Lorentz zu. »Kann ich was für dich tun?«

»Na ja, ich glaube eher, dass ich was für dich tun kann«, entgegnete der und war ein wenig enttäuscht, als weder der dicke Polizist noch das Babyface, das anscheinend sein Assistent war, in Jubel ausbrachen.

»Da bin ich aber schon gespannt«, sagte Morell und deutete auf die Tür zu seinem Büro.

Bender wollte protestieren und griff nach der Kaffeedose, die der Chefinspektor immer noch fest umklammert hielt. Ohne Erfolg – Morell zog seine Hand weg und bedachte Bender mit einem väterlichen Blick. »Denk an deinen Magen«, sagte er und drehte sich um.

Als Morell die Tür hinter sich schloss, konnte er hören, wie sein

136

Inspektor draußen leise herumfluchte. Er zeigte sich von Benders Schimpftiraden unbeeindruckt, setzte sich hin und wies auf einen Stuhl, der vor seinem Schreibtisch stand.

Lorentz ließ sich auf den zugewiesenen Sitzplatz fallen und sah sich im Zimmer um. So stellte er sich einen Aufenthaltsraum im Altersheim vor, aber nicht das Büro eines Chefinspektors. Überall standen Pflanzen. Der Rest der Inneneinrichtung bestand aus einem Aktenschrank, der nicht einmal zur Hälfte gefüllt war, einem Foto, das Morell mit einem überdimensionalen Kürbis zeigte, einem Wasserkocher und einer Tasse mit der Aufschrift ›Gartenbauverein Landau‹. Das Einzige, das darauf schließen ließ, dass hier eine Mordermittlung im Gange war, war der mit Papieren zugemüllte Schreibtisch. Seine Hilfe war hier anscheinend mehr als nötig.

»Ich möchte dir anbieten, euch bei den Ermittlungen im Fall Joe Anders zu helfen«, sagte Lorentz und sah Morell triumphierend an. Dabei versprühte er so viel Selbstbewusstsein, dass es für einen ganzen Schulbus voller pubertierender Jugendlicher gereicht hätte.

»Aha. Und wie kommst du auf die Idee, dass wir hier Hilfe benötigen?«, fragte Morell und runzelte seine Stirn. Er war noch unentschlossen, ob er auf Lorentz' Antrag amüsiert oder entrüstet reagieren sollte.

»Ich habe mir sagen lassen, dass es hier zurzeit nur dich und den kleinen Frischling da draußen gibt. Da kannst du doch sicherlich Unterstützung gebrauchen.«

»Nun ja«, sagte Morell und tat so, als würde er überlegen. »Wir könnten tatsächlich jemanden brauchen, der das Telefon abhebt, Tee kocht, Protokolle abtippt, Faxe verschickt, einkaufen geht ...«

»Nein, nein, ich will nicht eure Sekretärin spielen«, fiel Lorentz ihm ins Wort. »Ich will richtige Polizeiarbeit machen. Spuren sichern, Profile auswerten und solche Dinge.«

Morell sah ihn ungläubig an und brauchte einige Augenblicke, bis er seine Sprache wiederfand. Dieser überhebliche kleine Wichtigtuer meinte das, was er hier von sich gab, anscheinend wirklich ernst. Es war ihm stets bewusst gewesen, dass Lorentz ziemlich abgehoben war, aber diese Aktion schlug dem Fass doch den Boden aus. »Du willst mich wohl verarschen?«, fragte er ungehalten.

»Auf gar keinen Fall – das ist mein absoluter Ernst«, sagte Lorentz in einem Tonfall, der den Chefinspektor vollends davon überzeugte, dass es sich um keinen Scherz handelte. »Joe war doch mein bester Freund! Ich bin es ihm schuldig, dass ich dabei mithelfe, seinen Mörder zu finden.«

»Komisch«, entgegnete Morell und lehnte sich nach vorn. »Wenn ihr beide so dicke Spezis wart, warum hast du dich dann in den letzten paar Jahren so gut wie nie hier bei uns blicken lassen? Was ich so gehört habe, soll Josef ziemlich darunter gelitten haben, dass du ihm die Freundschaft gekündigt hast.«

Damit hatte Morell genau ins Schwarze getroffen und Lorentz' wunden Punkt erwischt. Der wusste überhaupt nicht, was er darauf antworten sollte, und starrte den Chefinspektor fassungslos an. Er wartete darauf, dass Morell noch etwas sagen würde, als der aber schwieg, stand Lorentz auf, ging zur Tür und ließ sie mit einem beleidigten »Na, dann halt nicht!« hinter sich zufallen.

Morell schüttelte den Kopf. War denn die ganze Welt verrückt geworden? Er machte sich einen Kamillentee und wandte sich wieder seinen Unterlagen zu.

> **»Da entsprangen ihm zwölf Quellen:**
> **so kannte jeder Stamm seinen Trinkplatz.«**
> Koran, Die Höhen (Al-Araf) 160

Es war schon recht spät, als Andreas Adam und Stefan de Vries den Kirchenwirt verließen. Um genau zu sein, war es bereits kurz nach zwölf, und sie gingen nicht freiwillig aus der gemütlichen Gaststube. Christian hatte sie rausgeworfen. »Sperrstunde«, hatte er zum wiederholten Mal gesagt und irgendwann einfach das Licht abgedreht.

Andreas und Stefan waren den ganzen Nachmittag und Abend im Wirtshaus klebengeblieben. Sie hatten nett geplaudert, Karten gespielt, ein Bier nach dem anderen gekippt und darüber ganz die Zeit vergessen.

Als sie endlich einsahen, dass Christian nicht mehr zu überreden war, noch einen letzten Schnaps auszuschenken, machten sie sich, ein wenig wackelig auf den Beinen, auf den Weg nach Hause.

Draußen war es stockdunkel. Die Luft war klirrend kalt, und es schneite große, schwere Flocken, die wie zuckerglasierte Cornflakes vom Himmel fielen.

»Verfluchtes Sauwetter«, schimpfte Andreas und sah zu, wie Stefan langsam heimwärts schwankte. Er selbst blieb vor dem Kirchenwirt stehen und zündete sich noch eine letzte Zigarette an. Er hatte keine Lust, nach Hause zu gehen. Beate würde dort auf ihn warten. Und sie würde sauer sein – sehr sauer. Wie oft hatte sie schon herumgekeift, er solle nicht so viel trinken, sich mehr um die Familie und weniger um seine Freunde kümmern.

Zum Glück hatte der viele Schnee einen Großteil der Funkmasten außer Gefecht gesetzt, sodass sein Mobiltelefon die meiste Zeit nicht funktionierte. Ansonsten hätte Beate ihn sicherlich schon zigmal angerufen. So konnte er zumindest die Tatsache entschuldigen, dass er sich nicht gemeldet hatte. Ich wollte dich ja anrufen, um dir zu sagen, dass ich ein wenig später heimkomme, aber das Handy hat leider nicht funktioniert.

Andreas machte einige Schritte und merkte, dass er sehr unsicher auf den Beinen war. Ihm war ein wenig schwindelig – alles drehte sich leicht. Er hatte eindeutig zu viel getrunken! Das Auto würde er stehen lassen und zu Fuß nach Hause laufen müssen. Glücklicherweise war es nicht weit.

Er würde den kleinen Fußweg nehmen, der durch ein paar Wiesen am Bach entlangführte. Die frische Luft und ein wenig Bewegung taten ihm sicherlich gut, und er konnte ein wenig ausnüchtern, bevor er Beate gegenübertreten musste.

Er nahm einen letzten Zug von seiner Zigarette, überquerte die Straße und begann langsam durch den tiefen Schnee zu stapfen.

Der kleine Pfad war vom Schneepflug nicht geräumt worden und zudem auch nicht beleuchtet. Aber es war eine Abkürzung, und Andreas war diesen Weg schon so oft gegangen, dass er jede Biegung und jede Abzweigung wie seine Westentasche kannte und darum auch um diese Zeit und in diesem Zustand ohne Probleme nach Hause finden würde.

Es herrschte absolute Stille, und abgesehen von dem Knirschen, das seine Schritte verursachten, durchbrach kein einziges Geräusch das Dunkel. Nicht nur die Natur hielt ihren Winterschlaf. Seit Landau eingeschneit war, war in dem kleinen Ort noch viel weniger los als sonst. Sowohl die Einheimischen als auch die Touristen blieben bei den Temperaturen, die draußen herrschten, lieber daheim, kuschelten sich ins Bett, lagen vor dem Kamin, nahmen ein heißes Bad oder sahen fern. Niemand ging nachts nach draußen, sofern er nicht musste.

Andreas hasste diese Kälte. Er war ein Sommertyp und liebte die Sonne. Wie gerne hätte er diese Schneemassen gegen ein paar Sanddünen und die dicken Winterklamotten gegen ein paar Shorts getauscht.

Er fröstelte, verkroch sich noch tiefer in seiner dicken Felljacke, rieb seine klammen Finger gegeneinander, wickelte den Schal, den Beate ihm gestrickt hatte, über Mund und Nase und zog die Mütze tiefer in die Stirn.

So dick eingemummt konnte er die Gestalt, die plötzlich hinter ihm auftauchte, unmöglich sehen oder hören. Was er aber sehr wohl wahrnahm, war der dumpfe Schlag, der seinen Hinterkopf mit ziemlicher Wucht traf.

Andreas taumelte und versuchte verzweifelt, nicht zu fallen, konnte den Sturz aber nicht verhindern. Zum Glück wurde der Aufprall ein wenig durch den tiefen Schnee gemildert. Er fand sich völlig desorientiert am Boden liegend wieder und war sich nicht sicher, ob der Schlag den Sturz oder der Sturz den Schlag verursacht hatte. Sein Hirn arbeitete zu langsam. Er fühlte sich wie betäubt, konnte aber nicht einordnen, ob dieser Dämmerzustand vom Alkohol oder dem stechenden Schmerz an seinem Hinterkopf hervorgerufen wurde.

Er fühlte sich benebelt und verwirrt, und alles wurde noch viel schlimmer, als er von ein paar starken Händen an den Füßen gepackt und langsam weggeschleift wurde.

Schnee drang in seinen Kragen und an seinem Hosenbund ein. Es fühlte sich kalt und widerlich an. Andreas versuchte zu schreien, aber aus seiner Kehle drang nur ein erbärmliches Krächzen.

Seine Verstörtheit wandelte sich langsam in Panik. Er wollte die

Arme bewegen, versuchen, seinen Entführer zu stoppen, aber es gelang ihm nicht. Sein ganzer Körper war wie gelähmt.»Aus«, rief er. »Aufhören! Loslassen! Was zur Hölle willst du von mir?«

Aber diese Schreie hallten nur in seinem Kopf wider. Lautlos. Für niemanden sonst zu hören.

Wohin brachte ihn dieser Verrückte? Was hatte er mit ihm vor? Andreas öffnete seine Augen einen kleinen Spalt breit, aber sofort machte der Schnee, der hineinfiel, seinen bereits verschwommenen Blick noch viel unschärfer.

Er versuchte zu erkennen, wer ihn durch die eiskalte Nacht zog, konnte aber nur die schemenhaften Konturen einer dick vermummten Gestalt sehen.

Womöglich hatte Beate diese ganze Aktion organisiert, um ihm eins auszuwischen, oder ein paar seiner Freunde wollten ihm einen Streich spielen. Nur dass das hier nicht lustig war!

Andreas konnte nicht mehr weiterdenken, dazu war er viel zu benommen. Er kämpfte gegen die Düsternis, die sich in seinem Kopf ausbreitete. Er wollte nicht ohnmächtig werden, nicht bevor er sicher sein konnte, dass das kein böser Traum oder ein schlechter Scherz war.

Aber dafür war es zu spät. Alles um ihn herum wurde schwarz.

>**Am 28. August 1749, mittags mit dem Glockenschlage zwölf,**
kam ich in Frankfurt am Main auf die Welt.«

J. W. Goethe, Dichtung und Wahrheit

»Guten Morgen, mein Schatz!« Lorentz' Mutter drückte ihrem Sohn einen fetten Kuss auf die Wange. »Komm, du Faulpelz, aufstehen!« Sie zog die Jalousien hoch.

Lorentz zerrte sich die Decke über den Kopf. »Sag mal, wie spät ist es?«, murmelte er. Seine innere Uhr sagte ihm, dass es mitten in der Nacht sein musste.

»Es ist neun Uhr, und das Frühstück ist auch schon fertig.«

Es *war* mitten in der Nacht! All die Jahre an der Universität hatte Lorentz es sowohl als Student als auch als Dozent geschafft, keine Vorlesung vor elf Uhr zu haben. »Nur noch fünf Minuten!« Er wartete, bis seine Mutter das Zimmer verlassen hatte, zog sich die Decke wieder vom Gesicht, starrte an die Wand und dachte an gestern – an die wirren Gefühle Iris gegenüber, an das schlechte Gewissen, das ihn überkam, wenn er an Joe dachte und an die Abfuhr, die er auf der Polizeiwache hatte einstecken müssen.

Er war sauer. Der dicke Bulle hatte ihn eiskalt abblitzen lassen. Dabei wollte er ihm doch nur helfen. Lorentz schloss die Augen wieder.

Die Wahrheit schlich sich langsam in sein Bewusstsein, und wie so oft war sie ziemlich unangenehm. Er wollte Morell doch gar nicht helfen. Wenn er ehrlich war, dann wollte er einzig und allein sich selbst retten und die miesen Gefühle, die sich gestern in seinem Bauch und seiner Brust eingenistet hatten, wieder loswerden. Schamgefühl überkam ihn. Er hatte sich bloßgestellt, sich unmöglich gemacht.

Lorentz stöhnte und bedeckte sein Gesicht mit den Händen. »Ich muss so schnell wie möglich wieder weg von hier!«

Er quälte sich aus dem Bett, zog sich an und ging zum Fenster. Draußen schien die Sonne, und weit und breit war keine Schneeflocke zu sehen. Wenigstens das Wetter war auf seiner Seite. Wenn es nicht wieder anfing zu schneien, war er übermorgen von hier weg. Solange würde er sich verwöhnen lassen und nicht aus dem Haus gehen. Er ging runter in den Wintergarten, wo sein Vater und seine Oma bereits beim Frühstück saßen.

»Guten Morgen«, sagte seine Großmutter, »setz dich her und iss etwas.« Sie schob ihm einen Teller hin. »Mein Gott, ohne den dicken Pulli, den du gestern getragen hast, siehst du aber furchtbar dünn aus.«

Lorentz bedachte sie mit einem bösen Blick.

Er beschloss, sich gleich nach dem Frühstück noch einmal aufs Ohr zu legen.

Er wollte gerade zurück in sein Zimmer gehen, als seine Mutter auf ihn zugesteuert kam. Lorentz ächzte. Sie würde ihm bestimmt wieder von den Kindern und Errungenschaften seiner ehemaligen Mitschüler und Sandkastenfreunde erzählen, von denen sie ja einige gestern bei der Trauerfeier gesehen hatte. Diese Geschichten waren immer auch unterschwellige Vorwürfe. Warum war er kein erfolgreicher Geschäftsmann, mit dessen Erfolgen sie angeben konnte? Warum war sie die Einzige in ihrem Freundeskreis, die noch kein süßes, kleines Enkelkind hatte?

Aber Lorentz hatte sich getäuscht. »Ich bin ein wenig in Eile«, sagte sie. »Ich treff mich gleich mit Elise aus meinem Gymnastikkurs, und meine Haare sehen fürchterlich aus.« Sie fuhr sich durch ihre blond gefärbten Locken. »Ach ja, bevor ich es vergesse«, sie kramte in ihrer Handtasche herum. »Das ist für dich gekommen.« Sie drückte Lorentz ein Kuvert in die Hand und sauste ins Badezimmer.

Auf dem Umschlag stand Lorentz' Name und darunter die Anschrift seiner Eltern. Wer kam denn bitte auf die Idee, ihm einen Brief an diese Adresse zu schicken? Immerhin wohnte er seit 15 Jahren nicht mehr hier. Es gab keinen Absender und auch keine Briefmarke. Irgendjemand musste den Umschlag also persönlich in den Briefkasten geworfen haben. Sehr komisch. Lorentz runzelte die Stirn und öffnete das Kuvert. Darin steckte ein einfacher, weißer Papierbogen, der zweimal gefaltet war.

Irgendein Scherzkeks hatte ein paar komische Wörter auf das Blatt gestempelt. Die Buchstaben sahen so aus wie jene, die man im Schreibwarenladen kaufen konnte, um dann im Büro Stempel mit so tollen Aussagen wie ›Eingegangen‹, ›Gebucht‹, oder ›Streng vertraulich‹ zu basteln. Die ganze Nachricht bestand aus vier Zeilen, in denen je drei Begriffe standen:

Stab – Schmetterling – Blatt
Aida – Antigone – Quin Shi Huang Di
Robur – Pendula – Aucuparia
Leonidas – Astylos – Koroibos

Lorentz starrte den Brief an. Was sollte der Quatsch? Das ergab ja wohl überhaupt keinen Sinn! Irgendeiner von diesen komischen Dorftrotteln wollte ihn wohl auf den Arm nehmen!

Aber was hatte er denn erwartet? Jahrhundertelanger Inzest, wie er in abgelegenen Bergdörfern oft vorkam, hinterließ eben seine Spuren.

Lorentz warf das dubiose Blatt in den Papierkorb, zog sich aus und kroch ins Bett. Er fühlte sich schlecht und hatte Kopfschmerzen. Ein, zwei Stunden Schlaf würden ihm guttun.

Er schloss die Augen und versuchte einzuschlafen, aber es ging nicht. Irgendetwas war hier faul. Sosehr er sich auch bemühte, sein Hirn auszuschalten, die erste Zeile der mysteriösen Nachricht lief wie eine Dauerschleife durch seinen Kopf:

Stab – Schmetterling – Blatt; Stab – Schmetterling –
Blatt; Stab – Schmetterling – Blatt; Stab –
Schmetterling – Blatt; Stab – Schmetterling – Blatt;
Stab – Schmetterling – Blatt ...

Es gab einen Zusammenhang zwischen diesen drei Wörtern, da war er sicher. Sie hatten einen gemeinsamen Nenner, der aber irgendwo in den unendlichen Tiefen seines Hirns verschüttet lag, und je mehr er versuchte, ihn an die Oberfläche zu bekommen, desto tiefer schien er zu versinken.

»Einfach nicht daran denken, dann fällt es dir von selber ein«, sagte er sich und döste langsam ein.

Die Erkenntnis kam schlagartig ungefähr eine halbe Stunde später und ließ Lorentz aus seinem Dämmerzustand hochschrecken.

»Scheiße«, sagte er. »Scheiße, Scheiße, Scheiße! Das kann nicht sein!« Rasch griff er in den Abfalleimer, schnappte sich das Papier und las die Nachricht noch einmal. Er glaubte zu wissen, was die erste Zeile zu bedeuten hatte. Und da war noch etwas.

Es dauerte ein paar Augenblicke, bis ihm bewusst wurde, was ihn noch beunruhigte.

Der Brief bestand aus zwölf Begriffen.

Und Stefan hatte gestern erzählt, dass jemand Joe mit zwölf Messerstichen getötet und genau diese Zahl in seinen Körper geritzt hatte.

Während er das Papier anstarrte, krampfte sich sein Magen zusammen und ihn überkam eine Gänsehaut. Hastig zog er sich seine Klamotten an und düste nach unten. »Ich muss schnell mal weg«, rief er in Richtung Wohnzimmer, wo er seinen Vater vermutete. »Hab keine Ahnung, wann ich wieder zurück bin.« Ohne eine Antwort abzuwarten, stolperte er in die Küche, steckte den Brief in einen Frischhaltebeutel und raste dann zur Haustür hinaus.

Während er die Straße entlanghastete, überschlugen sich seine Gedanken. Er ignorierte das Stechen, das die kalte Luft in seinen Lungen verursachte, und als er auf dem vereisten Gehsteig ausrutschte und hinfiel, kümmerte er sich nicht weiter um den pochenden Schmerz in seiner Hand und den Schnee auf seinem Hosenboden, sondern stand einfach wieder auf und sprintete weiter.

Als er endlich die Polizeiwache erreichte, war er völlig außer Atem. Ohne sich um Bender zu kümmern, der ihn fassungslos anstarrte, raste er direkt in Morells Büro.

Der Chefinspektor, der gerade dabei war, ein Crostini mit Feigenmus und Brie zu essen, sah ihn verärgert an. »Wir haben das doch gestern schon besprochen, Leander«, sagte er, und in seiner Stimme schwang ein bedrohlicher Unterton. »Wir können hier sehr gut auf deine Hilfe verzichten.«

Lorentz wollte etwas entgegnen, brachte aber nur ein Keuchen zustande.

Hinter ihm erschien Bender in der Tür. »Tut mir leid, Chef, aber er ist einfach an mir vorbeigerannt.« Er machte eine entschuldigende Geste. »Ich hatte keine Chance, ihn aufzuhalten. Soll ich ihn rauswerfen?«

»Nein, ist schon in Ordnung«, sagte Morell zu seinem Assistenten. »Ich kümmere mich um ihn. Geh ruhig wieder zurück an deine Arbeit.«

Bender nickte. »Rufen Sie mich, wenn Sie Hilfe brauchen.« Er deutete auf Lorentz.

»Danke, Robert«, sagte Morell und wartete, bis Bender die Tür hinter sich geschlossen hatte. »Du hast fünf Minuten«, sagte er zu

Lorentz. »Und ich warne dich – wenn du wieder gekommen bist, um meine Zeit zu verschwenden, dann lasse ich dich von meinem Inspektor rauswerfen und hänge dir ein Bußgeld wegen Behinderung der Polizeiarbeit an.« Morell schaute Lorentz direkt in die Augen. »Haben wir uns verstanden?«

Lorentz, der noch immer so außer Atem war, dass er kaum sprechen konnte, legte dem Chefinspektor den Frischhaltebeutel samt Brief auf den Tisch. »Irgendwer will mich umbringen«, japste er.

›Wen wundert's? Da fallen mir gleich mehrere Personen ein, die dafür in Frage kommen würden‹, dachte Morell, sagte aber nichts. Stattdessen nahm er den Beutel und sah sich das Schreiben an.

»Na, dann lass mal hören«, sagte er. »Ich bin schon sehr gespannt zu erfahren, was das hier sein soll«, er zeigte auf das eingetütete Blatt Papier. »Wie kommst du darauf, dass das eine Morddrohung ist?« Er sah Lorentz, der sich keuchend das Handgelenk rieb, fragend an. »Und wehe, wenn ich draufkomme, dass du dir hier nur einen blöden Scherz erlaubst! Mir ist nämlich gerade gar nicht nach Schabernack zumute. Hast du das kapiert?«

Lorentz setzte sich und rang nach Luft. »Diese Nachricht wurde heute Morgen in den Briefkasten meiner Eltern gesteckt. Sie war an mich adressiert.«

»Und wo liegt das Problem?«, fragte Morell, der nicht verstehen konnte, warum Lorentz wegen eines bestempelten Stück Papiers so einen Aufstand machte. »Ich kann hier kein einziges Mal das Wort ›Mord‹ entdecken«, sagte er und legte den Brief wieder auf den Tisch.

»Genau das ist es eben«, sagte Lorentz, der langsam wieder zu Atem kam. »Da hat sich jemand wirklich Mühe gegeben.«

Morell verstand zwar nur Bahnhof, aber die Panik in Lorentz' Gesicht schien echt zu sein. Daher beschloss er, ihm weiter zuzuhören. »Dann mal raus mit der Sprache. Wie kommst du darauf, dass dich jemand umbringen will?« Als Lorentz nicht sofort antwortete, wurde er ungeduldig. »Mach schon, ich hab noch einen Mordfall zu bearbeiten und nicht den ganzen Tag Zeit.«

»Hier«, Lorentz nahm den Beutel vom Tisch und zeigte auf die erste Zeile des Briefes. »Stab – Schmetterling – Blatt.« Er sah Morell an. »Für einen normalen Menschen sind das nur drei wahllose Begriffe, aber jemand, der ein wenig geisteswissenschaftlich gebildet ist, weiß, dass das Todessymbole sind. Verstehst du jetzt?«

»Nein«, sagte Morell und musterte Lorentz. Er war sich nicht sicher, ob dieser Angeber sich nur wichtig machen wollte oder ob er den Blödsinn, den er da von sich gab, tatsächlich glaubte. Er entschied sich, Lorentz zumindest eine Chance zu geben. »Erklär' es mir.«

»Was diese drei Begriffe gemeinsam haben, ist der Tod.«

»Jetzt sei nicht so melodramatisch«, sagte Morell.

»Und fällt dir noch etwas auf?«, unterbrach ihn Lorentz und schob dem Chefinspektor die Nachricht zu.

Morell nahm die Tüte und sah sich das Papier noch einmal an.

»Na?«, fragte Lorentz.

»Keine Ahnung«, sagte Morell und zuckte mit den Schultern. »Aida ist eine Oper, und der Rest sagt mir ehrlich gesagt nicht wirklich viel.«

»Zähl nach!«, forderte Lorentz ihn auf. »Es sind genau zwölf Begriffe, und die Zahl Zwölf sollte dir etwas sagen, soweit ich informiert bin.«

Morell wurde schlagartig rot im Gesicht. »Woher weißt du das mit der Zwölf?«, zischte er zornig, obwohl ihm nach dem Gespräch mit Frau Vogelmann ziemlich klar war, dass Agnes Schubert ihr Plappermaul nicht hatte halten können. »Das sind polizeiinterne Informationen, die nicht für die Öffentlichkeit bestimmt sind.«

Lorentz zuckte zusammen. »Das weiß doch mittlerweile jeder im Ort«, sagte er kleinlaut.

»Und woher weißt du es?«, hakte Morell nach, um jetzt ein für alle Mal Gewissheit zu haben.

»Stefan de Vries hat es mir nach der Trauerfeier erzählt, und soweit ich das mitbekommen habe, hatte er es von Frau Schubert.«

Morell schnaubte. Diese fürchterliche Frau raubte ihm wirklich noch den letzten Nerv.

»Es ist doch ganz egal, woher ich die Information habe. Fakt ist, dass ich es weiß«, fuhr Lorentz fort, holte tief Luft und sah Morell an. »Also, Joe und ich waren früher die besten Freunde, vor ein paar Tagen wurde er in Zusammenhang mit der Zahl Zwölf ermordet, und ich kriege kurz darauf einen Brief, auf dem zwölf komische Begriffe stehen, von denen die ersten drei Todessymbole sind.«

»Und die anderen neun?«, wollte Morell wissen. »Wofür stehen die?«

»Keine Ahnung. Die anderen drei Reihen passen nicht zu der ersten. Ich glaube, dass jede Zeile für einen Begriff steht.«

»Na gut«, sagte Morell und schüttelte ungläubig den Kopf. »Nur einmal angenommen, du hättest damit recht, wie kommst du darauf, dass die erste Zeile für ›Tod‹ steht?«

»Ich erkläre es dir«, sagte Lorentz, der mittlerweile seine Selbstsicherheit wiedererlangt hatte. »Im Mittelalter war es Brauch, vor der Vollstreckung eines Todesurteils einen Stab über dem Verurteilten auseinanderzubrechen. Das sollte ein Zeichen dafür sein, dass er sein Leben verwirkt hatte. So weit klar?«

Morell nickte.

»Der Schmetterling ist ein sogenanntes ›Memento Mori‹. Das ist Latein und heißt übersetzt so viel wie ›Bedenke, dass du sterben musst‹. Memento Mori sind Symbole in Bildern oder Skulpturen, die an den Tod und die Vergänglichkeit der Menschen erinnern sollen. Es gibt viele verschiedene Motive: Seifenblasen, Sanduhren, abgebrannte Kerzen, faules Obst oder eben Schmetterlinge.«

»Und was ist mit dem Blatt?«

»In der islamischen Mythologie bestimmt Allah jeden Tag, welche Menschen sterben sollen. Sobald er das getan hat, fallen vom sogenannten Weltenbaum jene Blätter ab, auf denen die Namen dieser Auserwählten stehen.«

Morell kratzte sich am Kopf. »Man könnte das Ganze doch auch als heimlichen Liebesbrief deuten, der dir zum Beispiel sagen will ›Du bist ein schöner Schmetterling, lass mich das Blatt sein, auf dem du landest‹.« Er kramte in seiner Schublade. Die Rolle des Stabes wollte er lieber nicht weiter ausführen. »Tee?«, fragte er.

Lorentz verneinte und starrte den Chefinspektor mit offenem Mund an. »Ich glaube, dass ›Das Urteil ist gefallen, Menschen sind vergänglich, der Tag des Todes ist gekommen‹ es besser trifft«, sagte er, als er die Sprache wiedergefunden hatte.

»Du übertreibst maßlos. Ich bin sicher, dass das alles nur ein böser Scherz ist.«

»Und wenn mir was passiert?! Krieg ich gar keinen Polizeischutz?«

»Dir wird schon nichts geschehen. Irgendjemand will dich auf den Arm nehmen, das ist alles. Ich bin mir sicher, dass es in Landau mehr als nur einen Menschen gibt, den du im Laufe der Jahre vor den Kopf gestoßen hast.« Der Chefinspektor gab Lorentz durch einen eindeutigen Blick zu verstehen, dass das Gespräch hiermit beendet war, und wandte sich wieder seinem Crostini zu. Leander stapfte beleidigt aus dem Büro.

Morell nahm gerade einen letzten Bissen und gratulierte sich innerlich zu dem wirklich guten Feigenmus, das er in mühevoller Arbeit selbst eingekocht hatte, als ein lautes ›Haaalllöööcheeen‹ aus dem Vorzimmer dazu führte, dass ihm sein Snack regelrecht im Hals steckenblieb – Agnes Schubert war auf dem Revier eingefallen.

Morells erste Reaktion war die instinktive Suche nach einem Fluchtweg. Sein Büro hatte nur eine Tür, und die führte direkt in den Vorraum, in dem sein ganz persönlicher Albtraum gerade stand. Blieb also nur noch das Fenster. Das Polizeirevier war ein kleiner, ebenerdiger Bau. Was die Höhe betraf, wäre es für den

Chefinspektor also kein Problem gewesen, sich aus dem Fenster zu quetschen. Nur dumm, dass dieser Fluchtweg direkt auf die Straße führte. Was sollte er also etwaigen Passanten erzählen?

Nein! Er war ein ganzer Mann, redete Morell sich ein. Er wollte seine Würde bewahren und sich dem Feind stellen. Er hatte so oder so noch ein Hühnchen mit der Schubert zu rupfen. Sie hatte ihm hoch und heilig versprochen, ihr dummes Plappermaul zu halten und keine Details über den Mordfall weiterzuerzählen – und jetzt kannte das ganze Dorf jede auch noch so kleine Einzelheit. Er holte tief Luft, setzte sich aufrecht hin und wartete darauf, dass die Tür aufging.

• • •

Bender war gerade dabei, ein paar Aktenstapel zu ordnen, als Agnes Schubert mit einer Schachtel in der Hand die Polizeistation stürmte.

»Haaalllöööcheeen«, rief sie, wobei es aus ihrem Mund eher wie ein Kampfschrei als eine Begrüßung klang. Ein Blick auf den Eindringling bestätigte Benders Verdacht: Frau Schubert hatte Kriegsbemalung aufgetragen, sich mit viel Parfüm besprüht und ihren voluminösen Busen, trotz der draußen vorherrschenden Minusgrade, mit einem sehr tiefen Ausschnitt in Szene gesetzt.

Sie war gekommen, um zu jagen. Ihre Beute befand sich nur wenige Meter entfernt, und Bender war der Einzige, der noch zwischen ihr und dem Objekt ihrer Begierde stand.

»Halt!«, rief er tapfer, als sie einfach an ihm vorbeispazierte und direkten Kurs auf Morells Büro nahm. »Der Chef ist beschäftigt und will niemanden sehen.«

Frau Schubert starrte ihn verständnislos an. »Ich bin ja wohl nicht irgendwer«, fauchte sie ihm entgegen. »Ich habe immerhin das Mordopfer gefunden und bin somit eine wichtige Zeugin.« Das Häuflein Elend vom Sonntag hatte sich wieder in eine hormongesteuerte Sirene zurückverwandelt.

»Wenn Sie eine Aussage machen wollen, kann ich die gerne aufnehmen«, sagte Bender und zeigte auf einen freien Stuhl.

»Nein, ich muss den Herrn Kommissar persönlich sprechen. Es ist dringend.« Sie setzte ihren Marsch auf Morells Büro fort.

Bender zögerte kurz und stellte sich dann mutig zwischen Frau Schubert und die Tür zum Büro seines Vorgesetzten. »Ich habe Ihnen gesagt, dass der Chefinspektor sehr beschäftigt ist. Alles, was mit dem Fall zu tun hat, können Sie auch mit mir besprechen.«

Agnes Schuberts Busen vibrierte. Sie starrte feindselig auf den jungen Inspektor, der zwischen ihr und ihrem Angebeteten stand. Als dieser ihrem Blick nicht auswich, beschloss sie, die Strategie zu wechseln.

»Es geht nicht um den Fall. Ich muss etwas Persönliches mit dem Herrn Kommissar besprechen.« Sie schenkte Bender ein zuckersüßes Lächeln.

»Gut«, entgegnete der, »dann setzen Sie sich doch bitte auf den Stuhl da, und ich frage den Chefinspektor, ob er kurz Zeit für Sie hat.«

»Ich bin mir sicher, dass er ein paar Minuten erübrigen kann. Ich bin hier, um ihm eine kleine Stärkung zu bringen.« Sie wedelte mit der Schachtel vor Benders Nase herum und versuchte, sich an ihm vorbeizudrängen.

Bender stellte sich aufrecht hin und verschränkte die Arme vor der Brust. »Schon wieder etwas zur Stärkung für den Chefinspektor? Gut, wenn Sie sich jetzt bitte kurz setzen würden. Ich sage dem Chef, dass Sie da sind.«

Dieser junge Inspektor war ein stures, kleines Kerlchen. Agnes Schubert musste tiefer in ihre Trickkiste greifen. »Hmmmm«, sagte sie und trat, sehr zu Benders Erleichterung, einen Schritt auf den ihr zugewiesenen Stuhl zu. »Die Kekse duften ja immer noch ganz wunderbar.« Sie öffnete die Schachtel und hielt sie Bender unter die Nase. »Mögen Sie auch so gerne selbst gebackene Weihnachtskekse? Hier, bitte sehr!« Sie streckte ihm das Gebäck hin.

Bender griff nach der Schachtel und sog den Duft von selbst gemachten Zimtsternen und Vanillekipferln ein. Er schob sich einen Stern in den Mund und schloss genießerisch die Augen. Das Weibsbild war wirklich eine Pest, aber backen konnte sie. Das musste man ihr lassen.

Agnes Schubert nahm sich ein Vanillekipferl aus der Schachtel und setzte sich. »Könnte ich vielleicht eine Tasse Kaffee dazu bekommen?«, fragte sie.

»Ähm, Kaffee ist leider aus, aber vielleicht möchten Sie eine Tasse Tee?«

Frau Schubert nickte. Bender drehte ihr den Rücken zu, suchte im Schränkchen nach einer Tasse und griff dann nach der Teekanne. »Die Zimtsterne sind wirklich lecker«, sagte er. »Trinken Sie Ihren Tee mit Milch und Zucker?«

Er bekam keine Antwort, sondern hörte nur, wie hinter seinem Rücken die Tür zum Chefbüro geöffnet und gleich wieder geschlossen wurde.

$$\bullet \quad \bullet \quad \bullet$$

»Servus, Herr Kommissar!« Agnes Schubert betrat das Büro, lächelte Morell an und setzte sich unaufgefordert auf den Stuhl vor seinem Schreibtisch.

»Servus, Frau Schu …«

Sie ließ ihn nicht ausreden. »Also, ich muss schon sagen, Ihr kleiner Helfer da draußen hat überhaupt keine Manieren. Er wollte mich warten lassen. Können Sie sich das vorstellen?« Sie schüttelte den Kopf und zupfte an ihrem Ausschnitt herum.

»Frau Schu …«

»Und dabei wollte ich Ihnen nur mal wieder eine kleine Stärkung vorbeibringen und kurz ›Grüß Gott‹ sagen. So eine Frechheit.«

»Frau Schu …«, versuchte Morell erneut, ihren Redefluss zu unterbrechen. Er hatte sich während der Wartezeit Wort für Wort

154

zurechtgelegt, wie er ihr wegen der Tratscherei gehörig die Meinung geigen würde.

»Nun ja, ich habe extra ein paar Weihnachtskekse für Sie mitgebacken.« Sie nestelte wieder an ihrem Dekolleté herum. »Ich war mir sicher, dass Sie bei dem ganzen Ermittlungsstress keine Zeit für Weihnachtsbäckerei haben.«

»Frau Schubert!« Morell starrte die ehemalige Handarbeitslehrerin grimmig an.

»Nein, Herr Kommissar, Sie müssen mich jetzt gar nicht so böse anschauen! Ich werde Ihnen das Rezept für meine preisgekrönten Zitronenherzen nicht verraten. Vielleicht ein andermal, wenn Sie ganz, ganz lieb darum bitten.« Sie zwinkerte ihm erneut zu und sah dann auf die Uhr.

»Frau ...«

»Oh je, ich muss dringend los, ich habe noch einen Mohnkuchen im Backrohr, der muss gleich raus.« Sie stand auf und öffnete die Tür.

»Warten Sie!«, rief Morell.

»Ja?«, sie drehte sich lächelnd um.

»Es geht um den Fall.«

»Nein«, sie winkte ab. »Ich kann und will nicht mehr über diese schreckliche Sache reden. Das können Sie sicherlich verstehen. Dieser Vorfall bereitet mir Albträume, und ich will mich der Erinnerung nicht mehr weiter aussetzen.«

»Aber Frau Schu ...«

»Nichts zu danken, Herr Kommissar. Ich habe die Kekse gerne für Sie gebacken. Ich kann Sie arme, kleine Naschkatze doch nicht ganz ohne ein paar weihnachtliche Leckereien hier ausharren lassen. Probieren Sie unbedingt meine Krokantecken. Die werden Sie lieben!«

»Frau ...«

»Ich bringe Ihnen dann morgen ein Stück von meinem Mohnkuchen vorbei. Ich backe ihn nach einem Rezept von meiner

155

Urgroßmutter. Er schmeckt zum Sterben gut! Also bis morgen dann!«

»Frau Schu...«

Aber da hatte sie die Tür zu seinem Büro auch schon wieder geschlossen.

• • •

Im Vorzimmer riss Frau Schubert Robert Bender die Schachtel mit den Keksen aus der Hand und stellte sie zur Seite.

»Unterstehen Sie sich, alle Kekse aufzuessen!«, zischte sie. »Die sind für den Herrn Kommissar!«

Bender, der gerade ein Zitronenherz im Mund hatte, starrte sie fassungslos an.

»Ich werde ihn morgen fragen«, drohte sie. »Wehe, er erzählt mir, dass er keinen Keks abbekommen hat!«

Noch bevor Bender schlucken konnte, war sie auch schon wieder zur Tür hinaus. Es war wichtig, dass Morell ihr Gebäck aß. Immerhin ging Liebe durch den Magen. Sie würde Otto Morell, diesen Prachtkerl, schon noch rumkriegen, dafür würden sie und die Rezeptsammlung ihrer Urgroßmutter schon sorgen.

> »Da hab ich kleine Windbüchsen, sein zwölf Geister drinnen,
> wie ich losschieß, fahrt einer nach dem anderen heraus.«
>
> Ferdinand Raimund, Das Mädchen aus der Feenwelt

»Hallo, Nina«, sagte Morell, als er am Abend nach Hause kam, und schaute ziemlich ungehalten auf den Saustall, der früher einmal seine Küche gewesen war.

»Hallo, Otto«, lachte seine Besucherin. »Du bist zu früh dran. Ich wollte dich eigentlich überraschen!«

»Das ist dir wirklich gelungen«, sagte Morell und ließ seinen Blick über das Schlachtfeld wandern.

»Ich werde heute das Abendessen kochen«, verkündete Capelli. »Ich weiß zwar, dass es so gut wie unmöglich sein wird, sich mit deinen Kochkünsten zu messen, aber ich dachte, du wärest vielleicht ganz froh, wenn du nach einem anstrengenden Arbeitstag nichts mehr tun musst.«

Morell schwieg. Einerseits hatte Capelli es ja nur gut gemeint, aber andererseits hatte sie sein Heiligtum entweiht. Sie hatte seine Küche geschändet, und zwar ordentlich. Überall war Mehl verstreut, und am Boden lagen Reste von Gemüse. Sie hatte so gut wie jeden Topf schmutzig gemacht, und mittendrin in der Sauerei saß Fred und kaute.

Morell wollte am liebsten heulen. Seit dem Mord an Josef Anders war sein ganzes Leben ein einziger schrecklicher Albtraum. Das Allerletzte, was er jetzt gebrauchen konnte, war eine spleenige Gerichtsmedizinerin, die sein Haus in Beschlag nahm und versuchte – ähnlich wie die Schubert –, für ihn zu kochen. Apropos kochen, was sollte das eigentlich werden?

Als hätte sie seine Gedanken gelesen, verkündete sie: »Es gibt Zwiebelrostbraten à la Capelli, dazu buntes Mischgemüse und zum Nachtisch Kaiserschmarren.«

»Wie oft soll ich es noch sagen – ich esse kein Fleisch«, stöhnte Morell, der kurz vor einem Nervenzusammenbruch stand.

»Ja, ja, genau«, zwinkerte Capelli, »und der Braten lag nur rein zufällig in deiner Gefriertruhe.«

Als wäre das alles nicht schon schlimm genug, klingelte es jetzt auch noch an der Haustür. Morell öffnete, und niemand anderes als Leander Lorentz drängte sich hektisch an ihm vorbei. Der Chefinspektor wollte weinen.

»Ich weiß jetzt, was die zweite Zeile bedeuten soll«, sagte Lorentz und schielte durch das kleine Fenster neben der Tür. »Ich glaube, mir ist keiner gefolgt, und zur Sicherheit habe ich das hier dabei«, er zog ein großes Küchenmesser aus seiner Jackentasche.

»Mein Gott«, stöhnte Morell. »Hast du deinen Verstand etwa in Wien vergessen? Stell dir doch nur mal vor, du wärst ausgerutscht und da draufgefallen«, er zeigte auf die scharfe Klinge. »Dann hätte ich jetzt den nächsten Toten am Hals.«

»Was hätte ich denn tun sollen?«, motzte Lorentz zurück. »Ich sitze in diesem verfluchten Kaff fest, in dem ein durchgeknallter Mörder herumrennt, der mir eine Morddrohung geschickt hat. Und nachdem du nicht gerade hilfreich bist, muss ich wohl oder übel auf mich selbst aufpassen.« Er sah den Polizisten vorwurfsvoll an. »Mann, ist das kalt da draußen. Steht das Angebot von vorhin mit dem Tee noch?«

»Von mir aus, drin bist du ja bereits. Und mein Abend ist sowieso schon ruiniert.«

»Gar nicht mal übel, deine Bude«, sagte Lorentz, als sie die Treppe hinaufgegangen waren und er Morell in Richtung Wohnzimmer folgte. »Vielleicht ein wenig zu konservativ eingerichtet für meinen Geschmack, aber nicht so schlimm, wie ich es mir vorgestellt habe.«

›Mich würde es nicht wundern, wenn es sich bei der komischen Nachricht tatsächlich um eine Morddrohung handelt‹, dachte Morell.

»Ich wusste gar nicht, dass du verheiratet bist«, sagte Lorentz, als er hörte wie Capelli in der Küche mit Fred redete.

»Bin ich auch nicht. Das ist die Gerichtsmedizinerin, die die Leichenschau vorgenommen hat. Sie wurde leider eingeschneit, und da kein Hotelzimmer mehr frei war, bleibt sie solange hier wohnen.«

»Oh, wir haben Besuch!« Capelli kam aus der Küche und musterte Lorentz. »Und dann auch noch einen so gut aussehenden«, murmelte sie leise und ärgerte sich. Das war wieder einmal typisch. Ausgerechnet heute hatte sie sich zum Kochen ein ausgewaschenes T-Shirt und eine sehr bequeme, aber leider auch sehr unvorteilhafte Hose angezogen. Sie sah furchtbar aus.

»Was hast du gemeint?«, fragte Morell.

»Äh, ich sagte, was für ein Glück, dass ich so viel gekocht habe.«

»Das ist Dr. Nina Capelli«, stellte Morell die Gerichtsmedizinerin vor.

»Dr. Leander Lorentz«, entgegnete dieser und schüttelte ihre Hand.

Capelli wollte gerade etwas sagen, aber Lorentz beachtete sie nicht länger und wandte sich wieder dem Chefinspektor zu. »Also«, begann er.

»Das Essen ist gleich fertig«, wurde er von Capelli unterbrochen, die ein wenig verärgert über seine Unhöflichkeit war. »Ihr könnt das sicher auch beim Essen besprechen.«

159

»Also«, begann Lorentz erneut, als sie alle drei am Esstisch saßen. »Der erste Begriff in der zweiten Zeile lautet Aida.«

»Welche Zeile?«, unterbrach ihn Capelli schon wieder.

Lorentz warf ihr einen genervten Blick zu. Die Frau war ein bisschen lästig, fand er.

Nachdem Morell ihr den Sachverhalt kurz erklärt hatte, versuchte Lorentz es zum dritten Mal. »Der erste Begriff in der zweiten Zeile lautet Aida. Ich habe die Oper nie gesehen, aber meine Mutter hat einen Opernführer, in dem ich nachschlagen konnte.« Er holte ein sorgfältig gefaltetes Blatt Papier aus seiner Hosentasche. »Die Inhaltsangabe lautet folgendermaßen«, er räusperte sich und begann vorzulesen: »Aida, die Tochter des Königs von Äthiopien, lebt als Gefangene und Sklavin in Ägypten und liebt den ägyptischen Feldherrn Radames. Als dieser siegreich von einem Feldzug zurückkehrt, soll er als Belohnung die Hand der Pharaonentochter erhalten. Da er aber Aida liebt, beschließt er, mit ihr zu fliehen. Ein Gespräch der beiden, in dem Radames die Kriegspläne des Pharaos preisgibt, wird heimlich belauscht und Radames wird unfreiwillig zum Verräter am ägyptischen Volk. Der Verrat wird bekannt, Radames wird gefangen genommen und soll zur Strafe lebendig in einer Gruft eingemauert werden. Als das Urteil vollzogen wird, entdeckt er in seinem Kerker Aida, die gemeinsam mit ihm in den Tod gehen will.«

»Und was soll das jetzt heißen?«, wollte Capelli wissen.

»Jetzt warten Sie doch einmal ab!« Die Frau nervte. Lorentz warf Morell einen verschwörerischen Blick zu. »Der zweite Begriff lautet Antigone.« Er wartete darauf, dass Capelli ihm wieder ins Wort fiel. Nachdem sie aber nichts sagte, machte er weiter. »Antigone ist eine Gestalt aus der griechischen Mythologie. Als ihr Bruder starb, verbot König Kreon, dass man ihn begrub, aber Antigone widersetzte sich dem Befehl. Sie wurde erwischt und vor den König geschleppt. Dieser tobte und verurteilte Antigone zum Tode: Sie sollte lebendig begraben werden. Sein eigener Sohn flehte um Antigones Leben, da er in sie verliebt war, aber der König blieb stur und ließ sie einmauern. Erst als ihm prophezeit wurde, dass zwei Mitglieder seiner eigenen Familie umkommen würden, wenn er Antigone nicht freiließe, änderte Kreon seine Meinung – aber es war zu spät. Antigone hatte sich mit ihrem Schleier erhängt. Kreons Sohn war so traurig, dass er sich selbst tötete, und als seine Mutter, die Königin, das erfuhr, brachte sie sich ebenfalls um.«

»Und was soll nun der gemeinsame Nenner sein?«, fragte Morell und aß ein wenig Gemüse, das, wie er zugeben musste, gar nicht einmal so übel schmeckte.

»Traurige Geschichten von unerfüllter Liebe«, sagte Capelli und erntete dafür abschätzige Blicke von beiden Männern.

»Kommen wir zum dritten Begriff«, sagte Lorentz. »Der war ziemlich knifflig.« Man konnte den Stolz in seiner Stimme nicht überhören. »Ich habe ewig lange recherchieren müssen, bis ich draufgekommen bin. Qin Shi Huang Di war der Gründer des Kaiserreichs China. Das Wort China kommt übrigens von Qin.« Manchmal konnte er diesen Drang, andere Menschen zu belehren, einfach nicht unterdrücken. »Diesem Qin verdankt China unter anderem den Bau der Chinesischen Mauer und die Vereinheitlichung des Münz- und Schriftsystems.«

»Ja, ja, schon okay«, sagte Morell. »Komm zum Punkt. Geschichte können wir ein anderes Mal lernen.«

»Schon gut, schon gut. Ich kann manchmal einfach nicht aus meiner Haut. Qin Shi Huang Di war wegen seiner Härte sehr unbeliebt. Seine Grausamkeit gipfelte darin, dass er 460 Gelehrte bei lebendigem Leibe begraben ließ, nur weil sie gegen eine Buchverbrennung demonstriert hatten.« Lorentz sah seine beiden Tischnachbarn erwartungsvoll an.

»Es geht also darum, lebendig begraben zu werden«, sagte Morell und spielte mit seiner Gabel herum.

»Genau das denke ich auch«, stimmte Lorentz zu. »Die erste

Zeile sagt uns, dass der Killer mich umbringen will, und die zweite Zeile weist darauf hin, dass es durch Begraben bei lebendigem Leib geschehen soll.«

Jetzt, wo er seinen Verdacht das erste Mal laut ausgesprochen hatte, stieg wieder Panik in ihm hoch. Die Ruhe, die er bisher bewahren konnte, war mit einem Schlag verflogen. Er starrte Morell an. »Tu endlich was, verdammt nochmal.« Seine Stimme bebte. »Während du den ganzen Tag Tee trinkst und mit Frau Leichenfledderin Essen kochst, habe ich daran gearbeitet, die zweite Zeile zu entschlüsseln.« Lorentz' Hände zitterten. »Bin ich denn der Einzige, der hier etwas tut? Du solltest auf dem Revier sein und versuchen, den Verrückten zu schnappen!«

›Das reicht‹, dachte Capelli. Wie hatte dieser arrogante Kerl sie gerade genannt? Frau Leichenfledderin?! Und wie redete er überhaupt mit ihrem Gastgeber! Na warte. »Was meinst du dazu, Otto?«, fragte sie gespielt. »Wie fühlt es sich wohl an, lebendig begraben zu werden?«

Morell, der ebenfalls der Meinung war, dass Lorentz zu weit gegangen war und einen kleinen Dämpfer bitter nötig hatte, spielte mit. »Ich weiß nicht, aber es ist auf keinen Fall angenehm«, sagte er. »Ich habe ein Buch über Rechtsgeschichte, vielleicht steht da etwas mehr drin.«

»Ausgezeichnet«, sagte Capelli. »Nachdem unser Gast meint, dass er der Einzige ist, der arbeitet, werden wir ihm beweisen, dass wir sehr wohl willig und fähig sind, auch ein wenig zu recherchieren.«

Morell ging zum Bücherregal und suchte herum. »Da haben wir es ja«, sagte er und kam mit einem dicken Wälzer zurück an den Tisch. Er blätterte und begann vorzulesen. »Das Lebendig-begraben-Werden wurde schon im alten Rom praktiziert. Hiermit bestrafte man Priesterinnen, die gegen das Gelübde der Keuschheit verstoßen hatten.« Er sah Lorentz an und konnte sich ein Schmunzeln nicht verkneifen.

»Ha, ha, sehr witzig«, sagte Lorentz. »Du hast gut lachen. Du bist ja nicht betroffen.«

»Sie mussten in eine eigens zu diesem Zweck gebaute unterirdische Kammer steigen«, las Morell weiter. »Diese wurde dann verschlossen und die Tür mit Erde zugeschüttet. Im Mittelalter war diese Hinrichtungsart unter dem Hochadel sehr verbreitet, und zwar bei Fällen von Ehebruch und Kindesmord. Der Verurteilte musste sich in eine Mauernische setzen, die danach mit Ziegeln zugemauert wurde. Der Tod war meist qualvoll. Man verdurstete beziehungsweise verhungerte.« Morell überflog ein paar Absätze und las dann weiter. »Es gab auch andere Formen des Begrabens. So wurde der Delinquent gefesselt in eine Grube gestellt und mit Erde zugeschüttet, bis nur noch der Kopf herausragte. Eine Verschärfung der Exekution bestand darin, dem Verurteilten einen Schlauch in den Mund zu stecken und dann auch noch seinen Kopf mit Erde zu bedecken. In Italien wurde der Verurteilte mit dem Kopf nach unten lebendig eingegraben, man ließ nur die Knöchel aus der Erde schauen.«

»Das wusste ich gar nicht«, sagte Capelli und schaute Lorentz an, der plötzlich ganz still geworden war. »Sehr interessant!«

Morell fuhr fort. »Die Angst vor dem Scheintod und dem damit verbundenen Lebendig-begraben-Werden ist ein Phänomen, das in sämtlichen Kulturnationen zwischen 1750 und 1890 umging. Es gab in London sogar eine eigene ›Gesellschaft zur Verhinderung der voreiligen Begräbnisse‹. Diese Gesellschaft hat einmal eine Statistik herausgebracht.« Morell fing an zu lachen. »Weißt du, was hier steht?«, er sah Capelli an, die den Kopf schüttelte. »Im Jahr 1905 wurden zehn Menschen bei lebendigem Leib seziert.«

Capelli schenkte Morell ein Naserümpfen.

Lorentz war ganz bleich geworden, er zitterte, und auf seiner Stirn hatten sich Schweißperlen gebildet.

Morell hatte nun doch Mitleid. Er wollte Lorentz nur ein wenig von seinem hohen Ross herunterholen, stattdessen hatte er ihm

163

offensichtlich Todesangst eingejagt. »Ich glaube nicht, dass du dir Sorgen machen musst«, sagte er daher versöhnlich. »Ganz sicher wollte irgendein Scherzkeks dich einmal ordentlich auf den Arm nehmen. Irgendjemand, den du früher nicht hast abschreiben lassen.« Er sah Lorentz an, der von der Theorie nicht sehr überzeugt zu sein schien.

»Vielleicht wissen wir, was hier gespielt wird, wenn wir das ganze Rätsel gelöst haben«, sagte Capelli, die ebenfalls einsah, dass sie mit ihrem Scherz ein wenig übertrieben hatten. »Ich heiße übrigens Nina«, sagte sie zu Lorentz und reichte ihm zur Aussöhnung die Hand.

»Und ich heiße Leander. Es tut mir leid, dass ich euch so angemacht habe«, entschuldigte er sich. »Ich bin einfach mit den Nerven ein bisschen runter.«

»Entschuldigung angenommen«, sagte Morell und stellte Lorentz ein kleines Glas Schnaps vor die Nase. »Trink das, dann geht es dir gleich besser.«

Lorentz nickte und kippte die klare Flüssigkeit hinunter. »Schauen wir uns also mal die dritte Zeile an.«

»Zwölf Steine über Dir! – Ei, dies und das!
Geh sag ich, geh!
Ich will nicht weiter sprechen!«
Franz Grillparzer, Ein treuer Diener seines Herrn

Auch Andreas ist krank. Er hat versucht, es zu verheimlichen, aber mir kann er nichts vormachen!

Ich kann die Fäulnis nämlich riechen, die er ausströmt. Sie dringt aus jeder einzelnen seiner Poren und verpestet die Luft. Es ist widerlich und ekelerregend, ihm dabei zuzusehen, wie er leidet. Tag für Tag, ohne Hoffnung auf Besserung.

Es ist an der Zeit, ihn zu erlösen und dafür zu sorgen, dass er niemanden mehr ansteckt und mit in sein Unglück hineinzieht.

Es ist keine angenehme Sache, aber es muss getan werden!

• • •

Andreas Adam schlug die Augen auf. Sein Schädel war in eine Wolke von Schmerz gehüllt.

Etwas Warmes rann von seiner Stirn in seine Augen. Blut? Instinktiv wollte er sich an den Kopf greifen, musste aber verwundert feststellen, dass das nicht ging. Er konnte seine Hände nicht bewegen. Was war passiert?

Wie ein Blitzschlag kam die Erinnerung an das, was geschehen war. Irgendwer hatte ihn auf dem Weg nach Hause niedergeschlagen und fortgeschleift. Aber wohin?

Er glaubte, sich daran zu erinnern, dass er kurz einmal in einem dunklen, modrigen Raum zu sich gekommen war. Einem Keller? Einem Kerker? Aber wo war er jetzt? Er musste irgendwo im Freien sein, denn die Kälte war beinahe unerträglich. Seine Finger, seine Ohren und seine Zehen waren klamm, und er konnte sie kaum mehr spüren. Sie fühlten sich hart an, steif, blau, tiefgefroren.

Er lag einfach nur da, bewegungslos. Konnte nichts tun, außer zu schreien, zu weinen, zu schluchzen und am Ende leise zu wimmern. Er spürte gefrorene Tränen auf seinen Wangen und vereisten Rotz in seinem Bart.

Sehr wahrscheinlich lag er irgendwo im Schnee, denn er spürte ihn überall an seinem Körper. Im Nacken, an den Knöcheln. Die weiße Kälte drang durch jede Ritze seiner Kleidung. Seine Muskeln zogen sich zusammen, verkrampften. Verzweiflung durchströmte ihn – er würde hier draußen nicht lange überleben.

Das Allerschlimmste war die Stille; das Alleinsein; die Einsamkeit. Er fühlte sich vergessen, verloren, abgelegt wie ein Stück Müll, ausgesetzt wie ein ungewolltes Haustier.

Jemand hatte ihn niedergeschlagen, gefesselt und seinem Schicksal überlassen. Das einzige Geräusch, das er hören konnte, war das Klappern seiner Zähne und das Schlagen seines Herzens. Er hatte Angst. Aber wovor? Was war überhaupt geschehen? Wie spät war es? Wie lange lag er hier schon? Wer hatte ihm das angetan? Und vor allem: Warum?

Wohlige feuchte Wärme breitete sich zwischen seinen Beinen aus. Er hatte sich in die Hosen gemacht. Bald würde sich diese Wärme in beißende Kälte verwandeln. Er schloss die Augen, versuchte ruhig zu bleiben und einen klaren Kopf zu bekommen.

Als er sie wieder öffnete und nach oben blickte, sah er einen wunderschönen, klaren Nachthimmel. Die Sterne glitzerten, und der Mond leuchtete hell und voll. So hatte er den Himmel schon lange nicht mehr gesehen. Links und rechts von seinem Blickfeld ragten Bäume empor, deren Wipfel sich ganz langsam und leise im Wind wiegten.

Er empfand die Stille, die ihm noch vor wenigen Augenblicken so schreckliche Angst gemacht hatte, plötzlich als angenehm und friedlich. Er fühlte sich ruhig, dämmrig und schummrig. Er war müde, und immer öfter wurde ihm schwarz vor Augen.

Nicht eindösen, rief eine kleine Stimme in seinem Kopf. Schlaf nicht ein, du wirst sonst erfrieren. Er wusste, dass die Stimme recht hatte, aber er wollte weg, wollte keinen Schmerz, keine Angst und keine Kälte mehr spüren.

Mit einem Schlag wurde ihm klar, dass er heute sterben würde. Der Gedanke an seinen bevorstehenden Tod versetzte ihn seltsamerweise nicht in Panik. Andreas blieb ganz ruhig. Alles, was er wollte, war zu wissen, warum. Was hatte er verbrochen? Womit hatte er das verdient? Hatte er denn nicht das Recht, das zu erfahren?

Er begann zu beten – richtig zu beten. Nicht das Herunterleiern von auswendig gelernten Versen, sondern ein Gespräch mit Gott aus dem tiefsten Inneren seines Herzens. Trotzdem bekam er keine Antwort auf seine Fragen.

· · ·

Die dick vermummte Gestalt sah in das Loch hinunter, in dem Andreas lag. Ein leises Wimmern war zu hören, als sie langsam begann, Erde und Schnee in die Grube zu schaufeln. »Es tut mir leid«, murmelte sie, »aber es ist besser so, glaub mir!« Das Stöhnen von unten wurde immer intensiver. »Du bist krank und ansteckend! Es ist das Beste für dich, wenn dein Leid beendet wird.« Eine weitere Schaufel voller Schnee verursachte ein dumpfes Geräusch, als sie auf den Unglückseligen traf und sein Schluchzen dämpfte.

· · ·

Der Schnee traf Andreas erst am Bauch, dann im Gesicht. Er wollte wissen, weshalb, aber er konnte die Worte nicht aussprechen, brachte nur ein Stöhnen zustande. Irgendwo sprach ein Mensch zu ihm, aber die Worte ergaben keinen Sinn.

Er spürte plötzlich Wärme. Jemand deckte ihn zu. Hüllte ihn ein in einen Kokon aus Schnee. Er würde jetzt schlafen, ein wenig Ruhe würde ihm guttun. Er ließ los, ergab sich. Aber es war nicht der Schlaf, der zu ihm kam, sondern dessen Bruder – der Tod.

● ● ●

Andreas' Mörder schaufelte das Loch zu, wischte sich eine Träne aus dem Augenwinkel, packte die Schaufel und ging langsam zu seinem Auto, das auf dem nahegelegenen Waldweg, versteckt unter den Zweigen einer großen Tanne, geparkt war. Nicht dass sich irgendwer mitten in der Nacht an diesen abgelegenen Ort verirrt hätte – aber es war nun einmal wichtig, vorsichtig zu sein und die Mission auf keinen Fall zu gefährden.

> »Zwölf Jungfraun hold und minnig, zwölf Knaben zart und fein
> Bekränzten ihre Häupter, kredenzten ihnen Wein.«
>
> Carl Spitteler, Balladen

Die Stimmung hatte sich wieder beruhigt und die Gemüter hatten sich abgekühlt. Lorentz war nicht mehr ganz so blass um die Nase, und Capelli hatte Gnade vor Recht ergehen lassen und ihm voll und ganz verziehen.

Morell hatte beschlossen, den Waffenstillstand mit einem guten Tropfen zu besiegeln, und war deshalb in Richtung Keller verschwunden, um dort eine Flasche Wein zu holen. Vorher hatte er im offenen Kamin ein Feuer gemacht, sodass es jetzt wohlig warm im Wohnzimmer war.

»Du bist wohl auch hier eingeschneit«, fragte Capelli und musterte Lorentz, der in Morells Bücherregal herumstöberte.

»Ganz richtig«, antwortete er. »Genau wie du, oder?«

»Leider«, stöhnte Capelli. »Eigentlich sollte ich jetzt in Italien sein und mir die Sonne auf den Bauch scheinen lassen, aber stattdessen sitze ich in eurem Kaff fest und drehe Däumchen.«

»Du hast es doch gar nicht so schlecht getroffen.« Lorentz zog ein Buch über biologische Schädlingsbekämpfung aus dem Regal. »Hier bei Otto ist es doch sehr nett. Er hat ein großes Haus, und meine Mutter hat mir einmal erzählt, dass an ihm ein Haubenkoch verlorengegangen ist.« Lorentz stellte das Buch zurück und setzte sich neben Capelli aufs Sofa. »Und außerdem«, er sah sie mit einem verschwörerischen Grinsen an.

»Was außerdem?«

»Na ja, läuft da was zwischen euch?«

»NEIN!« Capelli boxte ihm auf den Oberarm. »Natürlich nicht!« Ihre Reaktion war vielleicht ein wenig übertrieben, aber den Schlag hatte er auf jeden Fall verdient, fand sie.

»Warum denn nicht? Der Chefinspektor ist doch eine gute Partie!« Lorentz rieb sich den Arm.

»Er ist furchtbar nett, und das mit dem Kochen stimmt auch, aber ich stelle mir meinen Zukünftigen eher ein wenig, na ja ...«, sie suchte nach dem richtigen Wort, »... ein wenig athletischer vor.«

»Das ist so typisch bei euch Frauen«, motzte Lorentz unversehens. »Ihr fordert uns Männer immer auf, auch auf die inneren Werte zu achten – aber haltet euch selbst nicht dran!« Eigentlich hatte er sich vorgenommen, sich den Rest des Abends in vornehmer Zurückhaltung zu üben, aber er konnte sich einfach nicht zusammenreißen.

»Natürlich sind die inneren Werte am wichtigsten«, protestierte Capelli, »aber ...«

»Aber was?«, fragte Lorentz im selben Augenblick, in dem Morell das Wohnzimmer betrat.

»AUS«, sagte der Chefinspektor energisch. »Ich dachte, wir hätten das geklärt und alle Streitereien beigelegt.«

Als sowohl Capelli als auch Lorentz kleinlaut nickten, stellte er den Wein und drei Kristallgläser auf den Tisch, ließ sich in einen dick gepolsterten Sessel fallen und schenkte ein. Er musterte seine beiden Gäste. Da saß er nun am offenen Kamin mit einer guten Flasche Wein und verbrachte den Abend mit einer kauzigen Gerichtsmedizinerin und einem überheblichen Forscher. Es war tatsächlich nichts mehr beim Alten. Er schüttelte den Kopf. »Na dann

Prost, auf dass wir das Rätsel lösen und herausfinden, wer unserem Herrn Lorentz hier so einen bösen Streich gespielt hat.«

»Also, dann ans Werk«, sagte Lorentz und las vor: »Robur – Pendula – Aucuparia. Klingt wie Latein. Hast du irgendwo ein Wörterbuch?«

»Ja«, sagte Morell. »Ich hab noch irgendwo auf dem Speicher einen alten Stowasser aus der Unterstufe.« Er quälte sich aus seinem bequemen Sessel und verließ erneut das Zimmer.

Zwischen Capelli und Lorentz herrschte eisiges Schweigen, und beide waren froh, als Morell einige Minuten später mit einem ziemlich abgegriffenen Buch wieder zurück ins Wohnzimmer kam.

»Gut, ich schlage nach.« Lorentz griff nach dem Wälzer. »Wie war das erste Wort?«

»Robur«, sagte Capelli.

»Ri … Roba … Robe … Robur – hier haben wir es ja. Robur bedeutet übersetzt so viel wie ›Kern, Kraft, Stärke, Festigkeit‹. Also bei mir klingelt noch nichts«, sagte Lorentz. »Bei euch?«

Beide schüttelten den Kopf.

»Ich sehe einmal nach, was der zweite Begriff bedeuten soll. Pendula, oder?«

»Genau«, sagte Morell. »Wen hattest du in Latein?«

»Melitzer«, sagte Lorentz, während er blätterte. »Der hat mir das Leben echt zur Hölle gemacht.«

Morell lachte. »Den hatte ich zum Glück nur ein Jahr lang, dann haben wir die alte Bernauer gekriegt.«

»Ah, hier haben wir es ja schon«, unterbrach Lorentz das Geplänkel über ehemalige Lehrer. »Pendula kann man mit ›hängend, geneigt, schief, schwankend, ungewiss‹ übersetzen.«

»Sagt mir auch nichts«, meinte Morell.

»Na ja«, warf Capelli ein. »Wenn du stark oder kräftig bist, dann ist die Zukunft noch schwankend oder ungewiss. Vielleicht soll es heißen, dass man sein Schicksal noch wenden kann.«

171

Lorentz runzelte die Stirn. »Na ja, nicht schlecht. Aber wenn ich daran erinnern darf: Wir suchen nach einer Verbindung, einem gemeinsamen Nenner. Genauso wie bei den vorherigen Zeilen.«

»Ist ja schon gut, Herr Oberlehrer«, gab Capelli pikiert zurück. »Ich wollte ja nur helfen!« Sie lehnte sich zurück und verschränkte die Arme.

»Ruhe, Kinder«, sagte Morell, der sich in der Zwischenzeit das Wörterbuch genommen hatte. »Ich habe den dritten Begriff. Aucupor: ›Jagd machen, nach etwas haschen, lauern‹.«

Alle drei schwiegen. Lorentz schluckte schwer, Capelli nippte an ihrem Weinglas, und Morell lehnte sich in seinem Sessel zurück.

»Klingt irgendwie bedrohlich«, brach Capelli das Schweigen.

»Da muss ich dir recht geben«, sagte Morell, und auch Lorentz, der wieder ganz blass geworden war, nickte.

In der Küche ertönte ein Poltern.

»Scheiße«, schrie Lorentz. »Was war das?«

»Das war sicher nur Fred«, meinte Morell und ging zur Tür. Als er sie öffnete, spazierte tatsächlich der Kater seelenruhig ins Wohnzimmer.

»Oh je, ich hätte mir vor Schreck fast in die Hose gemacht! Komm her, du Bösewicht.« Capelli hiefte Fred auf ihren Schoß. Während sie ihn kraulte, begann er laut zu schnurren.

»So, Leute«, sagte Morell, »zurück zum Rätsel.«

»Ich kann beim besten Willen keinen gemeinsamen Nenner erkennen«, sagte Capelli. »Vielleicht gibt es einfach keinen.«

»Ich bin mit meinem Latein auch am Ende – im wahrsten Sinne des Wortes«, meinte Lorentz.

»Pst«, zischte Morell und hob eine Hand, um die beiden zum Schweigen zu bringen. »Mir kommen die Begriffe auf einmal irgendwie bekannt vor. Irgendwo habe ich sie vor kurzem schon einmal gehört, mir fällt aber nicht ein, wo.«

»Bei der alten Bernauer im Lateinunterricht?«, fragte Lorentz.

»Ich sagte ›vor kurzem‹, nicht vor einhundert Jahren.« Der Chefinspektor nahm noch einen Schluck Wein und massierte seine Schläfen. Capelli und Lorentz sahen ihn erwartungsvoll an.

»Wenn ihr mich weiter so anstarrt, dann fällt es mir ganz bestimmt nicht ein!«

»Gut«, sagte Capelli, »dann räume ich jetzt die Küche auf, und unser Herr Doktor hier wird mir dabei helfen.«

Noch bevor Lorentz protestieren konnte, hatte sie ihn schon am Ärmel gepackt und hochgezogen.

»Au, vorsichtig«, jammerte er. »Ich bin heute auf meine Hand gefallen, das tut noch ganz schön weh.«

»Sei doch nicht so wehleidig«, sagte Capelli. Da sie nicht schon wieder streiten wollte, schob sie ein Friedensangebot nach. »Ich bin ja Medizinerin. Wenn du magst, kann ich mir deine Hand nachher einmal ansehen.«

»Medizinerin ja – aber keine Ärztin«, neckte Lorentz, der mit der direkten Art von Capelli einfach nicht klarkam.

»Jetzt halt aber den Mund«, entfuhr es ihr. »Und überhaupt: Otto braucht Ruhe, und du kannst dich ruhig ein wenig nützlich machen.«

Lorentz schaute Capelli an und verdrehte die Augen. Kein Wunder, dass sie Gerichtsmedizinerin geworden war. So eine kleine Zicke auf lebende Patienten loszulassen, wäre ein Verstoß gegen die Menschenrechte gewesen.

Er folgte ihr in die Küche, wo er widerstrebend anfing, den Geschirrspülautomaten einzuräumen. ›Frauen‹, dachte Lorentz, ›machen nichts als Ärger.‹ Dabei musste er unvermittelt wieder an Iris denken. Er hatte immer noch ein schlechtes Gewissen ihr gegenüber, aber da war noch etwas anderes. Da war dieser kurze Moment der Vertrautheit gewesen. Es war so wie vor vielen Jahren gewesen, bevor sich alles zwischen ihnen zum Schlechten gewandt hatte. Er würde morgen einmal bei ihr vorbeischauen und nach dem Rechten sehen.

173

»Kanntest du den Toten gut?«, riss Capelli ihn aus seinen Gedanken.

Lorentz nickte. »Ja, wir waren sogar einmal die besten Freunde, aber er wollte nach dem Abitur lieber hierbleiben, und ich bin nach Wien gezogen, na ja …«

»Ja, ich kenn das«, sagte Capelli, während sie den Tisch abwischte. »Ich bin selbst in einem kleinen Dorf aufgewachsen und erst spät nach Innsbruck gezogen. Das Leben in der Stadt verändert einen, und irgendwann hat man den Leuten, die daheimgeblieben sind, nichts mehr zu sagen.«

Lorentz nickte zustimmend, konnte aber nichts mehr erwidern, da Morell plötzlich in die Küche gerannt kam, wobei sein voluminöser Bauch auf und ab hüpfte. Ohne die beiden zu beachten, riss er ein Türchen unter der Spüle auf und holte einen Stapel Altpapier heraus. Er begann, die verschiedensten Zeitungen und Zeitschriften wild auseinanderzupflücken.

»Was machst du da?«, wollte Capelli wissen, aber Morell gab ihr mit einem Wink zu verstehen, dass er nicht gestört werden wollte. Einige Augenblicke später hielt er triumphierend ein buntes Heft in die Höhe.

»Was soll denn das sein?« Lorentz trat einen Schritt näher. »Eine Zeitschrift über Gartenbau?«

»Genau«, sagte Morell stolz. »Ich bin Mitglied im Gartenbauverein und bekomme die darum jeden Monat zugeschickt.«

»Und was hat das mit unserem Rätsel zu tun?«

»Kommt mit, dann zeige ich es euch.« Morell ging zurück ins Wohnzimmer.

»Hier«, sagte er, als sie sich wieder gesetzt hatten. Er schlug die Zeitschrift auf und blätterte, bis er den Artikel über Baumpflege gefunden hatte. Er zeigte auf ein Bild. »Das ist eine Eiche, und hier steht ihr lateinischer Name ›Quercus Robur‹ und hier«, er zeigte auf ein anderes Bild, »›Betulus Pendula‹, die Birke, und gleich daneben ›Sorbus Aucuparia‹, besser bekannt als Eberesche.«

»Nicht schlecht!« So viel Gehirnakrobatik hätte Lorentz dem korpulenten Hausherrn gar nicht zugetraut. »Es sind also Bäume.«

»Ganz genau«, entgegnete Morell. »Und mehrere Bäume ...«

»... sind ein Wald«, vervollständigte Capelli den Satz.

»Könnte stimmen«, sagte Lorentz. »Jemand wird bei lebendigem Leib im Wald begraben.« Er schauderte.

»Ich halte es nach wie vor für einen dummen Scherz«, sagte Morell, der verhindern wollte, dass Lorentz wieder in Panik geriet. »Es ist vielleicht kein sehr lustiger Witz, aber trotzdem sollten wir jetzt nicht hysterisch werden. Schauen wir mal, was uns die letzte Zeile sagen will. Leonidas – Astylos – Koroibos.«

»Klingt griechisch«, sagte Capelli.

»Ist es auch«, entgegnete Lorentz. »Ich habe mich zwar bisher nur auf die ersten drei Zeilen konzentriert, aber ich weiß, dass das hier Namen aus der klassischen Antike sind.«

»Na, dann belehr uns mal, Herr Dozent.« Morell schenkte Wein nach und ließ sich wieder in seinen Sessel fallen. »Aber fasse dich kurz.«

»Gut, ich werde es versuchen. Es gibt eine sehr bekannte Schlacht, die sogenannte ›Schlacht bei den Thermophylen‹. 300 Spartaner standen 200 000 Persern gegenüber. Die Spartaner hatten also ganz offensichtlich keine Chance, aber sie kämpften trotzdem und starben alle, bis auf den letzten Mann. Ihr Anführer hieß Leonidas.«

»Schöne Geschichte«, sagte Morell. »Und wer ist Astylos?«

»Ehrlich gesagt, keine Ahnung. Erst der letzte Name, ›Koroibos‹, sagt mir wieder etwas. Koroibos von Elis war der erste Olympiasieger, den es gab.«

»Könnte etwas mit Kampf zu tun haben«, meinte Capelli. »Kampf bei den Thermophylen, Kampf um die Medaille ...«

»Möglich«, sagte Morell und gähnte. »Am besten, ihr zwei Hübschen recherchiert den Begriff im Internet, dürfte ja kein Problem sein. Ich werde jetzt ins Bett gehen. Ich muss nämlich, im Gegensatz zu euch, morgen früh aufstehen und arbeiten. Obwohl's Samstag ist ...«

»Ich werde auch schlafen gehen«, sagte Capelli, die keine große Lust darauf hatte, den Abend allein mit Lorentz ausklingen zu lassen. »Ich spüre den Wein schon ziemlich.« Sie griff sich an die Wangen. »Und glaubt mir, ihr wollt mich nicht betrunken sehen.«

»In diesem Fall werde ich am besten sofort den Rückzug antreten«, sagte Lorentz. »Ich versuche etwas über Astylos herauszufinden und melde mich, wenn ich mehr weiß.«

Auf dem Weg nach Hause hielt Lorentz das Messer, das er aus der Küche seiner Mutter genommen hatte, so fest umklammert, dass ihm daheim die Finger wehtaten. Und damit nicht genug. Lorentz wollte gerade die Haustüre öffnen, als ein eisiger Windstoß ihm ein paar große Schneeflocken ins Gesicht wehte.

»Nicht schon wieder«, fluchte er leise und schaute in den Himmel, wo sich gerade eine dicke Wolke vor den Mond schob.

>»Gunther, der König der Franken, versuchte mit zwölf seiner
Mannen einen Überfall auf den Heimkehrer Walther.«
>
> Waltharius

Chefinspektor Morell machte sich ein bisschen später als sonst auf
den Weg ins Büro. Er fluchte. Es waren nur noch sechs Tage bis
Weihnachten. Während die halbe Welt mit Festtagsvorbereitun-
gen beschäftigt war und sich auf die Feiertage einstimmte, musste
er sogar sein Wochenende für den verdammten Fall opfern. Bisher
hatte er nicht einmal Zeit gehabt, einen Baum zu besorgen und den
Weihnachtsschmuck aus dem Keller zu holen.

Zum Trost hatte er sich ein extra großes Frühstück mit Rührei,
gebratenen Tomaten, Bruschetta und Marmeladenbrot gegönnt.
Bei der Gelegenheit hatte er auch genauestens seine Küche inspi-
ziert. Capelli hatte die Sauerei, die sie gestern verursacht hatte,
brav wieder aufgeräumt. Im Putzen war sie anscheinend besser als
im Kochen. Er war zufrieden.

Bevor er mit Bender, der bereits im Vorzimmer an seinem
Schreibtisch saß, die alltägliche Morgenbesprechung abhielt,
machte er sich als Erstes eine Tasse Tee. Pfefferminz: heiß, stark
und süß. Er ließ sich in seinen großen Sessel fallen und sah sich
seufzend den Berg Akten an, der sich auf seinem Schreibtisch
türmte.

Bender hatte ganze Arbeit geleistet und sämtliche Aussagen der Landauer Dorfbewohner zu Papier gebracht. Morell nahm eine der Aufzeichnungen zur Hand, las ein paar Sätze und seufzte. Der pensionierte Grundschullehrer, Herr Lechleitner, hatte eine Liste mit allen ehemaligen Schülern gemacht, denen er den Mord zutraute. Diese Aufstellung umfasste mehr als fünf Seiten, und Morell schüttelte den Kopf, als er neben einigen seiner ehemaligen Klassenkameraden nicht nur den Namen Leander Lorentz, sondern auch Robert Bender entdeckte. Er legte die Akte wieder zurück auf den Stapel. Für diesen Mist hatte ein Baum sterben müssen. Was für eine Schande! Er nahm einen großen Schluck Tee und verbrannte sich prompt die Zunge.

»Au, verdammt!«, fluchte er und versuchte einen freien Platz auf seinem Tisch zu finden, um die Tasse abzustellen. »Das fängt heute ja schon wieder gut an.«

Zumindest hatte es aufgehört zu schneien. Seit heute Morgen war keine einzige Schneeflocke mehr gefallen.

Morell dachte an gestern Abend. Lorentz konnte unter Umständen sogar ganz umgänglich sein. Wahrscheinlich lag das daran, dass er durch den Tod von Josef und den dummen Brief ein wenig eingeschüchtert war. Die Angst hatte ihn Demut gelehrt – zumindest vorübergehend. Sobald Lorentz sicher sein konnte, dass das Schreiben nur ein schlechter Scherz gewesen war, würde er wieder ein eingebildeter Lackl werden, da war sich Morell sicher. Er war immer noch davon überzeugt, dass irgendwer Lorentz einen bösen Streich gespielt hatte. Es gab genügend Leute im Dorf, denen er mit seiner Arroganz auf den Schlips getreten war. Lorentz war ja der Meinung, dass alle Menschen in Landau Dorftrottel waren – aber da täuschte er sich. Morell wusste, dass viele von ihnen so schlau waren, dass sie sich ohne Probleme so ein Rätsel hätten ausdenken können. Und einer von ihnen war sogar so gerissen, dass er es geschafft hatte, einen grausamen Mord zu verüben, ohne dabei Spuren zu hinterlassen oder von jemandem gesehen zu werden.

›Aber warte nur‹, dachte Morell. ›Dich krieg ich schon! Du bist vielleicht ein schlaues Kerlchen, aber ich bin auch nicht auf den Kopf gefallen.‹

Er hatte Leander und Nina gestern Abend noch gebeten, nach der Auflösung des Begriffs ›Astylos‹ die vierte Zeile und damit gleich das ganze Rätsel zu lösen – und somit zwei Fliegen mit einer Klappe geschlagen. Capelli hatte etwas zu tun und würde deshalb hoffentlich seine Küche in Ruhe lassen, und Lorentz würde ihm nicht weiter auf den Geist gehen. Er betete, dass die beiden sich zusammenraufen und sich nicht gegenseitig an die Gurgel gehen würden. Ein Mordopfer war mehr als genug.

Morell nahm die Teetasse und schickte sich an, zu seinem Assistenten ins Vorzimmer zu gehen. »Na gut, dann mal los«, sagte er zu sich selbst. »Es gibt viel zu tun.«

Er betrat das Vorzimmer und setzte sich Bender gegenüber. »Und, gibt's was Neues, Robert?«, fragte er.

Bender sah von seiner PC-Tastatur auf und unterbrach das Tippen. »Ja, Chef!« Er nahm ein Blatt, das auf dem Papierberg neben ihm lag, und verdrehte die Augen. »Sind Sie sicher, dass Sie es hören wollen?«

›Nicht schon wieder Agnes Schubert!‹, schoss es Morell durch den Kopf. Er nickte trotzdem tapfer.

»Also«, Bender machte es spannend. »Frau Vogelmann hat gestern Abend noch angerufen. Sie hat gefragt, ob man jemanden posthum wegen seelischer Grausamkeit auf Schmerzensgeld verklagen kann. Sie hat gemeint, dass Sie schon wissen, worum es geht. Ach ja, und ich soll Ihnen ausrichten, dass Sie wieder einmal zum Kaffeetrinken vorbeikommen dürfen.« Bender starrte seinen Vorgesetzten böse an. Während er hier im Polizeirevier die ganze Arbeit machte, verbrachte sein Chef seine Zeit beim Kaffeekränzchen mit alten Damen.

Morell stöhnte. Da hatte er ja wieder etwas angezettelt. »Was gibt's noch?«

»Eine weitere Sache.« Bender nahm noch ein Blatt Papier von seinem Schreibtisch. »Beate Adam war heute ganz früh hier und hat ihren Mann, den Andreas, als vermisst gemeldet. Er ist vorgestern Nacht nicht nach Hause gekommen. Sie war sich sicher, dass er im Wirtshaus versumpft ist, und hat sich darum in der Nacht von Donnerstag auf Freitag nicht viel dabei gedacht, aber als er dann gestern Abend wieder nicht daheim aufgetaucht ist, hat sie begonnen, sich Sorgen zu machen.«

»Dass er vorgestern im Wirtshaus hängengeblieben ist, habe ich mir schon gedacht«, sagte Morell. »Als ich den Kirchenwirt verlassen habe, war er bereits ziemlich lustig drauf. Hat sie bei Freunden und Bekannten angerufen?«

»Das hat sie anscheinend versucht, aber durch das Schneechaos sind viele Leitungen noch beeinträchtigt. Sie hat darum noch nicht alle erreicht.«

»Was denkst du? Müssen wir uns Sorgen machen?«

Bender schüttelte den Kopf. »Ich denke, er hat sich mal wieder betrunken und sich dann nicht nach Hause getraut, weil er gewusst hat, dass er Ärger kriegen würde. Er hat bei einem Bekannten übernachtet und sich am nächsten Tag noch viel weniger getraut heimzugehen. Jetzt wartet er, bis Beate sich so große Sorgen macht, dass sie froh ist, ihn wiederzusehen.«

»Das würde zu Andreas passen«, nickte Morell. »Was hast du zu Beate gesagt?«

»Ich habe ihr gesagt, sie solle irgendwie versuchen, alle seine Freunde und Bekannten zu erreichen. Sollte er bei keinem von denen sein, dann soll sie wiederkommen.«

»Sehr gut.«

»Wir sind außerdem noch eingeschneit«, stellte Bender fest. »Weit weg kann der Gute also ohnehin nicht sein.«

Morell stutzte kurz. Für den Bruchteil einer Sekunde überkam ihn ein schrecklicher Verdacht. Den verbannte er jedoch gleich wieder aus seinem Kopf, während er seinem Assistenten dabei zusah, wie er eine lange Papierwurst aus dem Chaos auf seinem Tisch zog. »Der Unfallbericht für den Fall Genz, den Sie haben wollten, ist gestern auch noch per Fax gekommen«, sagte Bender und reichte Morell die aufgerollten Seiten.

»Ach ja, richtig. Danke, Robert.« Der Chefinspektor schnupperte – es roch hier eindeutig nach Kaffee. »Sag mal, habe ich dir nicht gesagt, dass Kaffee fürchterlich schlecht für deinen Magen ist?«, fragte er. »Du wärst nicht der erste Polizist, der sich bei einer Mordermittlung ein Magengeschwür einfängt.«

Bender zeigte unschuldig auf seine Tasse, in der ein Teebeutel schwamm.

»Entschuldige«, sagte Morell und schüttelte den Kopf. »Da habe ich mich wohl getäuscht.«

Morell ging zurück in sein Büro, wo er all die neuen Unterlagen studieren und sich überlegen wollte, wie er seine Unbedachtheit bei Frau Vogelmann wieder ausbügeln könnte. Währenddessen zog Bender einen Becher voll mit dampfendem Kaffee unter dem Schreibtisch hervor und nahm genüsslich einen Schluck. Seine Alibitasse, in der schon seit gestern ein Teebeutel schwamm, stellte er zur Seite.

181

**»Der Poet hatte zu bedenken gegeben,
dass sie zwölf sein müssten.«**
Umberto Eco, Baudolino

Lorentz klingelte pünktlich um zehn Uhr an der Tür von Morells
Haus. Schließlich hatte er ja dem Chefinspektor versprochen, dass
er und Capelli das Rätsel lösen würden. Und nachdem Lorentz
mehrfach betont hatte, dass er seine Eltern nicht in die ganze Sache
mit hineinziehen wolle, hatte Morell sich damit einverstanden erklärt, das Raten bei ihm zu Hause stattfinden zu lassen.

Der Weg von daheim zum Haus des Chefinspektors war bei Tageslicht weit weniger bedrohlich und beängstigend gewesen, als
gestern Nacht im Dunkeln. Da es außerdem der erste freundliche
Tag seit langem war und der Schnee im Sonnenlicht glitzerte, hatte
Lorentz das große Filetiermesser zu Hause gelassen und nur ein
kleines Steakmesser mitgenommen.

Der Himmel war blau und beinahe wolkenlos. Dieser schöne
Anblick und der Gedanke daran, bald nicht mehr in Landau eingesperrt zu sein, lösten bei ihm eine Welle von guter Laune aus.
Wahrscheinlich hatte Morell recht, und der Brief war nur ein böser
Scherz. Jemand wollte ihn auf den Arm nehmen oder ihm beweisen, dass er auch ein wenig Bildung besaß. ›Na warte‹, dachte er
sich. Wenn er denjenigen in die Finger kriegte, der ihm so einen

Schrecken eingejagt hatte, dann würde der so schnell keine Nachrichten mehr stempeln.

Lorentz tat es leid, dass er gestern die Nerven verloren und sich vor dem dicken Morell und der kleinen Gerichtsmedizinerin so hysterisch benommen hatte. Er würde zum Ausgleich Joes Mörder finden, das Rätsel lösen und dem Verfasser des Briefes ordentlich die Meinung geigen.

Capelli öffnete die Tür. »Na, hast du dich heute mit Büchern bewaffnet anstatt mit Muttis Küchenmesser?«, fragte sie, als sie einen Blick in die prallgefüllte Tasche warf, die Lorentz zur Tür hereinbugsierte.

»Ha, ha, sehr witzig, Frau Doktor«, gab dieser zurück. Irgendwie sah die Leichenfledderin heute anders aus. Er konnte aber beim besten Willen nicht sagen, woran das lag. »Zum Glück ist meine Wohnung in Wien irgendwann zu klein für alle meine Bücher geworden, und ich musste einige zu meinen Eltern auf den Dachboden stellen.« Er keuchte, als er den schweren Beutel die Treppe hochzerrte. »Ich glaube, ich habe ein paar gefunden, die uns vielleicht weiterhelfen könnten.«

Lorentz schleppte die Tasche ins Wohnzimmer, wo er sie auspackte und ihren Inhalt auf dem Tisch ausbreitete.

»Hast du schon gefrühstückt?«, wollte Capelli wissen.

»Eine gute Mutter, wie die meine, lässt doch ihren Sohnemann nicht ohne eine ordentliche Grundlage aus dem Haus«, sagte Lorentz.

»Mamasöhnchen«, lästerte Capelli und rieb sich die Augen.

»Was im Auge, Frau Totendoktor?«, gab Lorentz zurück.

»Ja, Kontaktlinsen, du Totengräber!« Capelli bedauerte immer noch, dass sie gestern so unvorteilhaft ausgesehen hatte. Lorentz war zwar ein fürchterlicher Depp, aber er sah verdammt gut aus, und sie wollte sich neben ihm nicht wie eine hässliche, graue Maus fühlen. Sie hatte sich daher ein wenig zurechtgemacht.

›Ah‹, dachte sich Lorentz. Das war es also – sie trug heute keine

Brille. Er schaute sich Capelli genauer an. Eine Miss Austria war sie zwar nicht, aber man konnte sie ansehen, ohne davon blind zu werden. Bei genauerer Betrachtung konnte man sie, wenn man großzügig war, sogar als niedlich bezeichnen.

»Von wegen ›Totengräber‹«, entgegnete er. »Erstens grabe ich meistens Scherben und Gemäuer aus, und zweitens ist an meinen Toten wenigstens nichts mehr dran. Die Knochen, die ich ausgrabe, sind trocken und geruchsneutral.«

Capelli ging nicht darauf ein, sondern rieb sich weiter die Augen, was dazu führte, dass sich Wimperntusche in ihrem Gesicht verschmierte. Lorentz beschloss lächelnd, diesen Anblick noch ein wenig länger zu genießen und es ihr erst zu sagen, wenn er einen guten Konter nötig hatte.

Die beiden setzten sich auf die Couch im Wohnzimmer, und Lorentz begann die Bücher zu sortieren.

»Und? Hast du etwas über diesen Astylos rausgefunden?«, fragte Capelli.

»Das war im Internet kein Problem. Also: Leonidas war ein berühmter griechischer Feldherr im Kampf gegen die Perser, Koroibos aus Elis war der erste Olympiasieger – und bei Astylos muss es sich um Astylos von Kroton handeln. Er war achtfacher Olympiasieger zurzeit der Perserkriege.«

»Dann haben wir also die Perser, die Astylos und Leonidas verbinden, und die Olympischen Spiele, die Astylos und Koroibos gemeinsam haben.«

»Genau«, stimmte ihr Lorentz zu. »Wir brauchen aber etwas, das alle drei verbindet. Ich hab lange gegrübelt, es hat aber nichts gebracht.«

»Hm, da bin ich ehrlich gesagt auch überfragt.«

»Dafür habe ich noch ziemlich viel über die Zahl Zwölf herausgefunden«, sagte Lorentz und hielt Capelli ein Buch unter die Nase. »Vielleicht bringt uns das ja weiter. Also, die Zahl hat schon was.«

»Na dann, erzählen Sie mal, Herr Grabräuber!«

»Aber gerne, Frau Leichenschänderin.« Lorentz lachte heimlich in sich hinein, als er in Capellis schwarz verschmiertes Gesicht schaute. »Erstens ist die Zwölf die einzige Zahl, die einen eigenen Namen bekommen hat – nämlich das Dutzend«, begann er seinen Vortrag. »Was ich außerdem wahnsinnig spannend finde, ist, dass die Zahl Zwölf in so gut wie jeder Kultur und in fast allen bekannten Religionen eine wichtige Rolle spielt. Nenn mir einfach irgendeine Kultur oder eine Religion!«, forderte er Capelli auf.

»Hmmm«, überlegte sie, »dann nehme ich einfach einmal die alten Griechen, mit denen habe ich mich ja gerade schon wegen der vierten Rätselzeile herumgeschlagen.«

»Gute Wahl! Das griechische Göttergeschlecht, das auf dem Olymp wohnte, bestand aus zwölf Göttern. Allen voran Zeus, der Göttervater, und seine Frau Hera. Daneben gab es noch Poseidon, den Gott des Meeres; Hades, den Gott der Unterwelt; die kriegerische Göttin Athene; Apollon, der die Sonne und das Licht beherrschte – er hat übrigens einen Strahlenkranz, von dem zwölf Strahlen abgehen; Artemis, die Göttin der Jagd; die schöne Aphrodite; Hermes, der Schutzgott der Reisenden und Händler; den Kriegsgott Ares; Hephaistos, den Gott, der das Feuer und die Schmiedekunst beherrschte, und last but not least gab es da noch Hestia, die Göttin des häuslichen Herdes. Diese Götter waren übrigens nicht von Anfang an da. Vor ihnen gab es noch ein älteres Göttergeschlecht, die sogenannten Titanen, und jetzt rate mal, wie viele das waren.«

»Zwölf.«

»Bingo!« Lorentz war ganz in seinem Element. »Soll ich weitermachen?«

»Wenn's sein muss.«

Anscheinend musste es sein, denn Lorentz fuhr ohne zu zögern fort. »Du kennst doch sicher einen der bekanntesten griechischen

Helden, nämlich Herkules. Er musste eine Reihe von Prüfungen bestehen, und zwar genau zwölf an der Zahl.«

Capelli nickte, und noch bevor sie etwas sagen konnte, redete Lorentz schon weiter.

»Wer war der berühmteste aller griechischen Dichter?«, fragte er und sah Capelli erwartungsvoll an.

»Mann, ich bin Gerichtsmedizinerin und keine Philologin. Außerdem, was ist das hier? Eine Quizshow?« Sie hasste ihn! Nicht nur, dass sie sich neben ihm wie ein hässliches Entlein fühlte, jetzt kam sie sich auch noch dumm und ungebildet vor.

»Sein Name ist Homer. Das gehört doch zur Allgemeinbildung«, sagte Lorentz vorwurfsvoll. »Auch bei ihm finden sich auffällig viele Zwölfen. Die *Odyssee* zum Beispiel ist in zweimal zwölf Verse aufgeteilt. Die ersten zwölf handeln von der Irrfahrt und die anderen zwölf von der Heimkehr. Und auch sonst wimmelt es nur so von Zwölfen. Odysseus startet seine Fahrt nach Troja mit zwölf Schiffen. Homer schreibt weiter von zwölf gewölbten Gemächern aus Marmor, zwölf stattlichen Kühen in einem Tempel und zwölf gehenkelten Krügen Wein, Odysseus geht mit zwölf Männern an Land und muss einen Pfeil durch zwölf Äxte schießen. In der *Ilias* tötet Achilles zwölf Jünglinge als Sühneopfer für seinen Freund Patroklos. Er misshandelt zwölf Tage lang den Leichnam von Hektor und bewilligt später zu dessen Bestattung eine zwölftägige Waffenruhe. Warum lächelst du so selig?«, fragte Lorentz irritiert.

»Ich dachte gerade an Brad Pitt, wie er den Achilles im Film ›Troja‹ gespielt hat.«

»So ein alberner Film!«, ärgerte sich Lorentz. »Wo war ich stehen geblieben ...«

»Halt! Schon in Ordnung«, unterbrach ihn Capelli. »Ich nehme dir die Griechen ab. Wie sieht es in anderen Kulturen aus, bei den Römern zum Beispiel?«, fragte sie und hoffte, Lorentz' Redefluss ein wenig zu bremsen. Aber Fehlanzeige!

»Auch die Römer hatten zwölf Götter. Jeder griechische Gott hatte ein römisches Gegenüber. Der Göttervater Zeus hieß bei den Römern Jupiter, der Kriegsgott trug nicht den Namen Ares, sondern Mars, Aphrodite steht Venus gegenüber und so weiter.«

»Und die Ägypter?«

»Halt, das war noch nicht alles. Die Römer waren es zum Beispiel, die zwölf Monate einführten. Und bei den antiken Römern findet sich noch eine wichtige Zwölf. Das sogenannte Zwölftafelgesetz. Das ist eine sehr wichtige Gesetzessammlung, die unter anderem eine der Grundlagen für unser heutiges Rechtssystem ist.«

»Ich wollte ein Beispiel aus Ägypten«, sagte Capelli und wünschte, dass es im Reich der Pharaonen nicht so viele Zwölfen gab.

»Fein, dann sollst du eines kriegen. Was konnten die Ägypter denn besonders gut?«, fragte er.

Capelli überlegte. Sie wollte sich nicht schon wieder eine Blöße geben. »Bauen?«, fragte sie verunsichert.

»Kluges Mädchen! Ein unverzichtbares Werkzeug der Baumeister war ein Seil, das in zwölf Teile unterteilt war. Bildete man damit ein Dreieck mit den Seitenlängen drei, vier und fünf, ergab das einen rechten Winkel zwischen den beiden kürzeren Seiten. Außerdem waren die Ägypter eine der ersten Kulturen, die die Tage in zwölf Tag- und zwölf Nachtstunden unterteilten.«

Capelli blinzelte. Lorentz war zwar unglaublich arrogant – aber irgendwie auch anziehend, wenn er gute Laune hatte. Sie wollte lieber einen guten Kaffee mit ihm trinken und ein wenig herumflirten, aber stattdessen musste sie sich von ihm belehren lassen. Sie gähnte.

»Fein«, sagte Lorentz. »Wenn dich das langweilt, dann nenn mir eine andere Kultur oder Religion.«

»Christentum.«

Der zufriedene Ausdruck auf Lorentz' Gesicht verhieß nichts

Gutes. »Auch hier wimmelt es nur so von Zwölfen. Erstens gilt die Zwölf im Christentum als heilige Zahl. Sie steht für Vollkommenheit und Vollständigkeit. Die vier Evangelien bestehen alle aus drei Teilen, das ergibt ...«

»Zwölf.«

»Jesus hatte zwölf Apostel und war im Alter von zwölf Jahren das erste Mal im Tempel, und es gibt zwölf kleine Propheten.«

Capelli war gelangweilt. Es musste doch eine Kultur, eine Religion oder zumindest einen Stamm im Urwald geben, bei dem die Zahl unbekannt war.

»China«, sagte sie auf gut Glück.

»Die Chinesen sehen die Zwölf als kosmische Zahl«, sprudelte Lorentz sofort drauflos. »In der chinesischen Heilkunde hat die Lebensenergie den Namen ›Chi‹. Dieses Chi fließt in Energiebahnen, sogenannten Meridianen, durch unseren Körper. Damit jedes Organ mit Lebensenergie versorgt wird, benötigt jeder Mensch zwölf Meridiane. Und das ist noch lange nicht alles. Das chinesische Horoskop besteht aus zwölf Tierkreiszeichen, die nach Jahren, nicht wie bei uns nach Monaten, eingeteilt werden. Und apropos Astrologie. Die westliche Welt teilt ihre Horoskope auch in zwölf Sternzeichen, und im Horoskop gibt es außerdem noch zwölf Häuser ...«

»Islam«, sagte Capelli, als Lorentz gerade Luft holte.

»Auch da gibt es Zwölfen en masse. Der sogenannte Imam ist der oberste religiöse Führer im Islam. Die Mehrheit der Schiiten erkennt zwölf Imame als legitime Nachfolger des Propheten Mohammed an.«

»Judentum.« Der Islam war eine so große Religion, dass Capelli sich fürchtete, Lorentz könnte Stunden über die dort vorkommenden Zwölfen reden.

»Es gibt die zwölf Stämme Israels, im Alter von zwölf Jahren wird bei den Juden die Bar-Mizwa, die feierliche Einführung in die jüdische Gemeinschaft gefeiert, zwölf Brote ...«

»AUS«, rief Capelli. »Wenn ich noch mehr Zwölfen zu hören bekomme, dann werde ich noch paranoid. Muss denn diese Zahl überall sein?!«

»Du hast ja keine Ahnung, wo die noch überall steckt«, entgegnete Lorentz. »Ich hab die halbe Nacht recherchiert und konnte kaum glauben, wo die Zwölf überall vorkommt.« Lorentz kramte ein paar andere Bücher heraus, aus denen überall bunte Zettelchen schauten.

»Zwischen dem Heiligen Abend am 24. Dezember und dem Tag der Heiligen Drei Könige am 6. Januar liegen zwölf Nächte. Diese werden ›Raunächte‹ oder auch ›Zwölfte‹ genannt. In diesen Nächten steht nach dem Volksglauben das Geisterreich offen, dämonische Wesen und die Seelen Verstorbener erscheinen und halten Umzüge. Schon die Germanen feierten die Zwölften.«

Lorentz schaute Capelli triumphierend an. »Und wo wir schon bei den alten Germanen sind, rate doch mal, wie viele Götter sie verehrten.«

»Elf?«

»Scherzkeks! Die Zwölf findet sich einfach überall. Sogar in den Naturwissenschaften, in der Wirtschaft, der Esoterik, der Politik und dem Alltagsleben. Es ist kaum zu glauben. Die Zwölfen sind so selbstverständlich, dass wir sie gar nicht mehr wahrnehmen. Denn wir sind nicht nur von lauter Zwölfen umgeben, wir bestehen auch aus ihnen.«

»Das klingt schon viel interessanter als der ganze Götter- und Dichterkram«, sagte Capelli und beugte sich ein wenig nach vorn. »Erzähl!«

»Es ist nicht zu fassen, aber die gesamte sichtbare Materie ist aus zwölf Elementarbausteinen aufgebaut. Sie wurden nach einem italienischen Physiker, einem gewissen Herrn Enrico Fermi, benannt und heißen deswegen Fermionen. Atome bestehen aus Elektronen, Protonen und Neutronen. Man dachte lange Zeit, dass dies die kleinste Einheit sei. Heute weiß man, dass das nicht stimmt und eben diese Fermionen die Elementarbausteine unserer Materie sind.«

»Die Zwölf wird mir langsam unheimlich.«

»Wem sagst du das. Es scheint fast so, als würde die ganze Welt nur aus Zwölfen bestehen, darauf beruhen oder sich von ihnen ableiten. In der Musik gibt es sogar eine eigene Kompositionsweise, die sich Zwölftonmusik nennt. Und die indogermanische Sprachfamilie, die fast alle europäischen Sprachen umfasst, hat zwölf Stämme. Oder hier, ein Beispiel aus dem Bereich der Astronomie: Der Planet Jupiter braucht genau zwölf Jahre, um die Sonne zu umkreisen.«

Für Capellis Geschmack war es nun wirklich genug. »Haaalt!«, rief sie. »Ich schaffe heut echt keine Zwölfen mehr. Ich glaube dir, dass Zwölf die ultimative Topzahl ist! Die einzig wahre, grenzüberschreitende, Nationen und Religionen verbindende Überzahl. Die Zahl der Dichter und Denker, der Götter und Esoteriker, der Musiker ...«

»... und die Zahl eines durchgeknallten Verrückten, der sie Joe Anders in die Stirn geschnitten hat«, unterbrach Lorentz.

Capelli schluckte. Den Fall hatte sie ganz vergessen. »Tut mir leid«, sagte sie. »Ich wollte mich nicht darüber lustig machen.«

»Schon in Ordnung. Mir tut's leid, dass ich dich so zugetextet habe. Manchmal geht halt einfach meine Dozentennatur mit mir durch. Weißt du was? Dafür, dass du mein Geschwafel ertragen hast, mache ich uns einen Kaffee.«

»Gute Idee. Du findest alles, was du brauchst, in dem kleinen Schränkchen über der Kaffeemaschine. Und bring Milch mit, Maulwurf.«

Das konnte Lorentz natürlich nicht auf sich sitzen lassen.

»Pseudo Quincy.«

»Totengräber.«

»Bauchaufschlitzerin.«

»Scherbenklauer.«

»Metzgersfrau.«

»Mini Indiana Jones.«

»Leichenbegrapscherin.«

»Museumsheini.«

Lorentz stockte. Verflucht! Was die spitze Zunge betraf, war sie ihm wirklich überlegen, das musste er zugeben. Es fiel ihm tatsächlich kein Konter mehr ein. Also spielte er seinen Trumpf aus: »Du hattest heute wohl einen kleinen Schminkunfall?«

Capelli erstarrte und rannte ins Vorzimmer, wo ein großer Spiegel hing. »Du Wappler«, rief sie. »Ich seh aus wie ein Pandabär, und du hältst es die ganze Zeit nicht für nötig, auch nur ein Sterbenswörtchen zu sagen.«

»Sah irgendwie süß aus«, versuchte sich Lorentz aus der Affäre zu ziehen.

»Wart nur, bis ich dich in die Finger kriege.«

»Was dann?« Lorentz stand jetzt direkt hinter ihr.

»Dann ... das!« Capelli boxte ihm auf den Oberarm.

»Au!«, schrie er. »Das tat weh! Das war genau dieselbe Stelle, auf die du gestern schon gehauen hast.«

»Das war auch Absicht. Vergiss nicht, ich habe Medizin studiert, ich kenne darum Punkte, an denen es noch viel mehr wehtut. Sag also nachher nicht, ich hätte dich nicht gewarnt.«

»Jetzt komm, du Pandabär, der Kaffee ist gleich fertig. Wir trinken erst mal eine Tasse und nehmen uns dann die vierte Zeile vor«, versuchte Lorentz die schmollende Gerichtsmedizinerin zu motivieren.

Capelli mühte sich noch ein bisschen, ihr Gesicht mit einem Taschentuch sauber zu kriegen, dann folgte sie Lorentz zurück ins Wohnzimmer. »Hm«, sagte sie. »Nachdem das absolut nicht mein Gebiet ist, bin ich sicherlich die falsche Person, um diese Zeile zu lösen. Bist du dir denn sicher, dass du die richtigen Typen meinst?«

Lorentz sah sie verständnislos an.

»Na ja, ich meine damit, ob du den richtigen Leonidas, den richtigen Koroibos und den richtigen Astylos hast. Vielleicht gibt es ja einen Koroibos, der auch gegen die Perser gekämpft hat?«

»Und dann?«, fragte Lorentz. »Willst du nach einem Perserteppich im Wald suchen? Das ergibt doch keinen Sinn. Genauso wenig wie die Olympischen Spiele.«

Bevor er weiternörgeln konnte, klingelte sein Handy. Es war Iris, die ihn zu Kaffee und Kuchen einlud. Lorentz überlegte kurz, sagte dann zu und legte wieder auf.

»Können wir weitermachen?«, fragte Capelli.

Lorentz nickte, war aber mit den Gedanken noch bei seiner Exfreundin. Im Nachhinein betrachtet fand er ihr Beisammensein nach der Beerdigung wirklich nett. Sie war so wie damals gewesen, als sie noch ein Paar waren. Lorentz erinnerte sich an ihre gemeinsame Zeit, bevor sie sich so auseinandergelebt hatten. Iris war wirklich wunderschön gewesen. Und er fand, dass sie das auch heute noch war. Er würde doch nicht etwa rückfällig werden?! Als Teenager war sie lustig gewesen, nett, klug, eine Frau zum Pferdestehlen und dazu wahnsinnig gut im Bett. Ob sie sich wirklich wieder zurückverwandelt hatte? Oder hatte der Schock bei ihr nur eine kurzfristige Persönlichkeitsverschiebung ausgelöst? Was, wenn diese Veränderung von Dauer war? Er konnte Iris jetzt doch wohl unmöglich anmachen, oder? Wollte er das überhaupt? Und wenn ja, wie lange musste er dann warten, um den nötigen Anstand zu wahren? Sollte er ein wenig vorbauen? Die Fühler ein wenig ausstrecken? Schaden konnte es ja nicht!

»AU!« Capelli hatte ihn erneut auf den Oberarm geboxt.

»Erde an Lorentz! Wir haben hier etwas Wichtiges zu tun.«

»Schon gut«, ächzte er und rieb sich den Arm. »Ich habe mich auf das Rätsel konzentriert!«

»Matratzensport ist aber keine olympische Disziplin«, lästerte Capelli. »Ich habe es doch an deinem Gesichtsausdruck gesehen, dass du an die Frau gedacht hast, die dich gerade angerufen hat, und nicht an die Perser oder irgendwelche Athleten.«

Lorentz fühlte sich ertappt und war kurz davor, etwas Fieses zu sagen. Er hielt sich dann aber doch zurück, da er einsah, dass diese Sticheleien zwischen ihm und Capelli zu nichts führten. Sie vertrödelten damit nur wichtige Zeit. Er beschloss, vernünftig zu sein.

»Okay, ich gebe zu, dass ich mich bei der vierten Zeile geschlagen geben muss. Ich kenne aber jemanden, der die Antwort eventuell wissen könnte.«

»Na, dann ran ans Telefon!«, sagte Capelli und drückte ihm sein Handy in die Hand, das auf dem Tisch gelegen hatte. Lorentz wählte die Nummer des Archäologischen Instituts der Universität Wien.

»Martin Frisch ist Professor für Antikenforschung«, erzählte er Capelli, während er darauf wartete, dass jemand abhob. »Es ist zwar Samstag, aber vielleicht … Martin? Hallo? Kannst du mich hören? Hier ist Leander Lorentz. Ja, die Verbindung ist schlecht, aber es ist dringend!«

Lorentz stellte sich direkt ans Fenster, in der Hoffnung, dort einen besseren Empfang zu haben.

»Was sagen dir die Namen Leonidas, Astylos und Koroibos?« Ein paar Minuten lang sagte Lorentz nichts, sondern nickte nur. »Echt? Aha! Ist gut! Vielen Dank, ich schulde dir ein Bier! Ciao, Martin.« Er legte auf und setzte sich wieder auf die Couch. »Ich bin ein Idiot«, sagte er und klatschte sich auf die Stirn. »Ich habe an den falschen Leonidas gedacht!«

»Habe ich doch gesagt!«

Lorentz ignorierte sie.

»Leonidas von Rhodos war anscheinend einer der berühmtesten griechischen Athleten. Laut Martin gelangen ihm zwölf Olympiasiege.«

»Oh nein«, jammerte Capelli. »Schon wieder zwölf!«

»Die Gemeinsamkeit ist tatsächlich die Olympiade, aber was hat das mit unserem Rätsel zu tun? Der Tod, lebendig begraben werden und ein Wald passen ja noch irgendwie zusammen, aber was ist mit den Olympischen Spielen?« Er kratzte sich am Kopf.

»Ich weiß auch nicht. Am besten rufen wir mal bei Otto an und sagen ihm Bescheid. Vielleicht kann er ja etwas damit anfangen.«

»Ist okay.« Lorentz begann hektisch seine Bücher wieder einzupacken. »Ähm, kannst du das übernehmen? Ich muss nämlich dringend los. Ich habe heute noch was Wichtiges vor. Ruf mich an, wenn sich was tut, ja?«

Er musste sich beeilen, denn er wollte Iris nicht warten lassen.

>»Es war einmal ein König, der hatte zwölf Töchter,
eine immer schöner als die andere.«

Gebrüder Grimm, Die zertanzten Schuhe

Nachdem Lorentz gegangen war, wusch sich Capelli im Badezimmer die letzten Reste ihres Schminkunfalls vom Gesicht, nahm die Kontaktlinsen heraus und setzte ihre Brille auf. »Fühlt sich doch schon gleich viel besser an«, sagte sie und schloss die Augen.

Wie war sie nur auf die hirnrissige Idee gekommen, sich für Lorentz aufzubrezeln? Sie schüttelte den Kopf über ihre eigene Dummheit. Was hatte sie erwartet? Dass er sie beachten, nicht mehr ignorieren und sie mit ein wenig mehr Respekt behandeln würde? Warum wurde sie im Laufe der Zeit nur nicht klüger? Sie war wütend auf sich selbst. Sie hatte tatsächlich versucht, sich mit Kontaktlinsen und Wimperntusche ein wenig Anerkennung zu verschaffen.

Nun gut, sie war freilich keine Schönheitskönigin, aber sie hatte andere Dinge zu bieten. Wenn Lorentz das nicht sah, dann war er selber schuld. Sie zuckte mit den Achseln. Warum wollte sie überhaupt von ihm beachtet werden? Sie kannte diese Art von Männern doch nur zu gut.

Lorentz war ein Filou, und daran würde weder sie noch sonst eine Frau etwas ändern können. Sie würde also keinen Gedanken

195

mehr an sein hübsches Gesicht und seinen gut gebauten Körper verschwenden. »Gut, dass wir das geklärt haben«, sagte sie zu ihrem Spiegelbild und warf sich selbst eine Kusshand zu.

Da sie ein wenig Zeit totschlagen wollte, beschloss sie, Morell nicht anzurufen, sondern persönlich bei ihm im Revier vorbeizuschauen. Draußen war strahlender Sonnenschein, und ein kleiner Spaziergang würde ihr guttun.

Landau präsentierte sich heute wirklich von seiner besten Seite. Der Schnee glitzerte im Sonnenlicht, und in einigen Gärten hatten Kinder Schneemänner in allen möglichen Größen und Formen gebaut. An vielen Fenstern und Türen hing Weihnachtsschmuck, und die Luft war klar und rein.

Der Ort wirkte wie ein idyllisches Postkartenmotiv und verströmte eine friedliche, verschlafene Aura. Wenn sie es nicht besser gewusst hätte, dann wäre Capelli niemals auf die Idee gekommen, dass in dieser malerischen Umgebung so ein grausamer Mord geschehen war.

Sie stapfte gemütlich durch den Schnee und genoss die Landschaft. Wenn die nächsten Tage genauso schön blieben, dann würde sie ihren unfreiwilligen Aufenthalt nicht bereuen.

• • •

Lorentz fand das Kaffeetrinken am Nachmittag bei Iris nett – zu nett. Sie hatten sich toll unterhalten, über Gott und die Welt geplaudert und sich sogar einige kleine Momente gegönnt, in denen sie gemeinsam gelacht hatten.

Iris war wieder die Iris von früher. Die Iris, in die er einmal verliebt gewesen war. Nicht die langweilige Tussi, die sich für nichts interessierte. Seine Gefühle tanzten Rock 'n' Roll. Sie war schön, sie war begehrenswert, und sie war die Witwe seines besten Jugendfreundes.

Er wollte kein schmieriger Witwentröster sein, kein anstandsloser Casanova. Abgesehen davon, würde er bald wieder von hier weggehen. Diese Verwirrung konnte er jetzt gar nicht gebrauchen. Er hatte daheim in Wien schon genügend Ärger mit seiner Arbeit und dem Leben an sich.

Hoffentlich würde der Schnee bald schmelzen, sodass er wieder nach Hause fahren konnte. Zum Glück schien heute die Sonne – es konnte sich also nur noch um wenige Tage drehen.

Wenn er Glück hatte, dann konnte er vielleicht schon morgen oder übermorgen von hier verschwinden und sein Gefühlschaos einfach zurücklassen.

• • •

Mit einem fröhlichen ›Hallo‹ betrat Capelli die Wachstube. »Ist Chefinspektor Morell zu sprechen?«, fragte sie.

Bender blickte von seinen Unterlagen auf. »Servus, Frau Dr. Capelli«, sagte er und wirkte sichtlich angespannt. »Der Chef ist nur schnell einkaufen gegangen, er müsste eigentlich jede Sekunde wieder zurückkommen. Sie können in seinem Büro auf ihn warten, wenn Sie wollen.«

»Gerne«, sagte Capelli.

Bender stand auf und führte den Gast in Morells Büro. »Sie sehen gut aus heute«, sagte er beherzt und musterte die Gerichtsmedizinerin aufmerksam. »Sie haben Ihr Haar hochgesteckt, das steht Ihnen gut.«

Capelli wurde rot. Sie hatte nicht damit gerechnet, dass es irgendjemandem auffallen würde – Lorentz jedenfalls nicht. Verlegen griff sie sich an den Kopf.

»Danke«, sagte sie und suchte nach einer Sitzgelegenheit.

»Kann ich Ihnen etwas bringen, Frau Doktor? Einen Kaffee vielleicht? Vom Chef werden Sie nur Tee kriegen.«

Bender hatte die neue Packung Kaffee, die er heimlich gekauft hatte, in seinem Papierkorb unter einem Berg von zerknüllten Zetteln versteckt.

»Gerne«, sagte Capelli und war froh, als der Inspektor den

Raum verließ. Sie war es nicht gewohnt, Komplimente zu bekommen.

Bender betrat wenige Minuten später den Raum mit einer dampfenden Tasse in der Hand. »Bitte sehr«, sagte er und stellte den Kaffee vor der Gerichtsmedizinerin auf den Tisch. »Ich hoffe, es stört Sie nicht, ihn schwarz zu trinken. Die Milch ist leider alle.«

»Kein Problem«, sagte Capelli und nahm einen Schluck. »Puh, der ist aber stark.«

Bender wollte gerade etwas sagen, als mit viel Gepolter die Eingangstür geöffnet wurde. Er steckte seinen Kopf zur Tür hinaus, um zu sehen, wer es war. »Schauen Sie nur, wer da gerade vom Einkaufen zurückgekommen ist«, sagte er und betonte das Wort ›Einkaufen‹, als würde es sich dabei um eine tödliche Seuche handeln.

Hinter ihm tauchte Morell in seiner vollen Größe auf. »Wenn du nachher Hunger bekommst und feststellst, dass Brot und Käse im Kühlschrank sind, wirst du mir noch dankbar sein«, sagte er. »Außerdem war ich mir sicher, dass du das für deine Kaffeeorgien brauchen kannst.« Er drückte Bender eine Packung Milch in die Hand.

Bender nahm verlegen die Milch, murmelte etwas, das wohl ein Dankeschön sein sollte, und verzog sich kleinlaut wieder hinter seinen Schreibtisch.

Morell betrat sein Büro und schloss die Tür hinter sich. »Hallo, Nina, ist irgendetwas passiert?« Er dachte voller Besorgnis an seine Küche.

»Nein«, sagte sie, »das heißt eigentlich doch. Leander und ich haben die vierte Zeile des Rätsels entschlüsselt. Ich wollte dir das gleich mitteilen und dachte, dass bei diesem Wetter ein kleiner Spaziergang ganz nett wäre.«

»Und worum geht es?«, fragte Morell und stellte seine Einkaufstüten neben Capelli auf den Boden.

»Was hast du denn da Leckeres eingekauft?« Sie begann in den Tüten herumzuwühlen.

»Nudeln, getrocknete Pilze und italienischen Ricotta-Käse. Das wird unser Abendessen.«

»Mmmh«, sagte Capelli. »Und das ist wohl für Fred«, sie hob ein großes Stück Schweinebraten in die Höhe.

Morell nahm es ihr aus der Hand und steckte es zurück in die Einkaufstasche.

»Warum kaufst du dir bloß ständig Fleisch, wenn du es dann doch nicht isst? Da stimmt doch was nicht. Otto Morell, der Vegetarier und große Tierfreund, der keiner Fliege etwas zuleide tun kann, lässt zu, dass arme kleine Kälber und süße Schweinchen ganz umsonst sterben müssen.«

Morell versuchte sie nicht anzusehen. »Ich erklär dir das ein anderes Mal, okay? Jetzt will ich erst mal wissen, was die vierte Zeile des Rätsels zu bedeuten hat.«

»Nur wenn du versprichst, mir wirklich zu verraten, warum du immer Fleisch kaufst.«

Morell suchte nach einer Ausrede.

»Arme kleine Ferkelchen, haben keine Mama und keinen Papa mehr, weil der böse Morell …«

»Ist ja schon in Ordnung, hör auf damit! Ich werde es dir erzählen – aber nicht jetzt.«

»Aber bald!«

»Ja doch«, sagte Morell und versuchte das Bild von den armen, kleinen Schweinchen aus seinen Gedanken zu verbannen.

»Gut«, meinte Capelli. »Vorweg sage ich dir gleich, dass weder ich noch Leander eine Ahnung haben, was die Lösung zu bedeuten hat. Es geht anscheinend um die Olympischen Spiele. Die drei Begriffe der vierten Zeile sind die Namen von berühmten antiken Olympiasiegern.«

Aus Morells Gesichtsausdruck konnte Capelli ablesen, dass er genauso wenig Ahnung hatte, was das bedeuten sollte, wie sie.

199

Noch bevor er etwas sagen konnte, wurde im Vorzimmer lautes Geschrei hörbar. Wenige Sekunden später wurde die Tür aufgerissen, und eine aufgebrachte Frau stand im Türrahmen. Hinter ihr tauchte Bender auf. »Tut mir echt leid, Chef, aber ich konnte sie nicht bremsen«, sagte er und zuckte mit den Achseln.

Die Frau war Mitte 30, groß, vollbusig, hatte dickes, schwarzes Haar, das ungekämmt auf ihre Schultern fiel, und ein vor Zorn gerötetes Gesicht. Capelli duckte sich instinktiv, als die Furie einen Schritt auf Morells Schreibtisch zu machte.

»Ich will wissen, wo Andreas steckt!«, schrie die Frau. »Ich bin den ganzen Vormittag bei allen möglichen Freunden und Bekannten vorbeigefahren, so wie dein kleiner Freund da draußen gesagt hat, aber er war bei keinem von denen!«

»Jetzt beruhige dich erst einmal, Beate«, sagte Morell.

»Mich beruhigen?«, schrie sie noch lauter. »Ich soll mich beruhigen? Ich möchte sehen, wie ruhig du wärst, wenn deine Frau seit zwei Tagen verschwunden wäre. Draußen rennt ein Mörder herum.« Ihre Stimme überschlug sich.

»Bitte, Beate, beruhige dich doch«, bat Morell noch einmal.

»Ich will mich aber gar nicht beruhigen«, schrie der Drachen weiter. »Da draußen herrschen Temperaturen wie in der Antarktis. Wenn mein Andreas irgendwo da draußen liegt, dann ist er sicher schon tot, und was tust du?« Sie zeigte mit dem Finger auf Morell. »Du sitzt in deinem warmen Büro, trinkst Tee und flirtest mit, mit … ja, wer ist die Frau überhaupt?« Sie funkelte Capelli, die sich am liebsten hinter Morell versteckt hätte, mit ihren zornigen Augen an.

»Das ist Frau Dr. Capelli. Sie ist Gerichtsmedizinerin und kommt aus Innsbruck.« Noch bevor Morell den Satz ganz ausgesprochen hatte, hätte er ihn am liebsten wieder zurückgenommen. Das Wort ›Gerichtsmedizinerin‹ löste bei Beate Adam nämlich einen Heulkrampf aus, aber wenigstens hörte sie dadurch auf zu schreien.

Capelli wusste nicht, was sie sagen sollte, und starrte deshalb Morell und die Furie fassungslos an.

»Hör mal, Beate«, versuchte Morell die schluchzende Frau zu beruhigen. »Wenn Andreas auf dem Weg nach Hause irgendetwas zugestoßen wäre, dann hätte ihn schon längst jemand gefunden.«

Morell kam hinter seinem Schreibtisch hervor und reichte ihr ein Taschentuch. »Bist du sicher, dass du bei allen Bekannten nachgefragt hast, bei denen er untergekommen sein könnte?«

Sie nickte. »Wir sind doch eingeschneit, er muss also hier in Landau sein.«

»Wir werden ihn schon finden«, sagte Morell und tätschelte ihre Schulter. »Hattet ihr vielleicht Streit?«, fragte er und provozierte einen erneuten Heulkrampf. »Könnte er in einem Hotel sein?«

»Nein, ganz sicher nicht«, sie schüttelte ihren ungekämmten Haarberg. »Er ist einfach verschwunden.«

»Niemand verschwindet einfach so«, sagte Morell. »Wir werden den Andreas finden, das verspreche ich dir. Jetzt geh erst einmal schön nach Hause und trink dort eine Tasse Tee. Hast du vielleicht eine Freundin oder Verwandte, die sich ein wenig um dich kümmern könnte? Deine Schwester, zum Beispiel.«

Beate Adam nickte. »Ja, ich werde zu meiner Schwester gehen«, sagte sie schluchzend.

»In Ordnung. Gib Robert bitte die Telefonnummer deiner Schwester, und sobald wir etwas in Erfahrung bringen, rufe ich dich an, okay?«

Sie nickte und schnäuzte sich. Ohne ein Wort zu sagen, drehte sie sich um und verließ das Büro.

»Was war denn das?«, fragte Capelli verstört.

»Das«, sagte Morell, »war Beate Adam. Sie hat heute früh ihren Mann als vermisst gemeldet. Er ist seit zwei Tagen nicht mehr nach Hause gekommen.«

»Wen wundert das? Wenn ich so eine Frau daheim hätte, würde

ich auch nicht nach Hause gehen wollen«, stellte Capelli trocken fest. »Passiert so etwas hier häufiger?«

»Eigentlich nicht«, Morell kratzte sich am Kopf. »Vor ein paar Stunden habe ich zwar zu Bender gesagt, dass ich es Andreas Adam durchaus zutrauen würde, dass er bei irgendeinem Bekannten ist und sich nicht nach Hause traut, aber irgendetwas schmeckt mir an der ganzen Sache nicht.« Er rieb sein Kinn. »Ich gebe es nicht gerne zu, aber ich habe ein mulmiges Gefühl im Bauch, das nichts Gutes verheißt – und meinem Bauch kann ich normalerweise vertrauen.« Er tätschelte seine Wampe.

Capelli schluckte, und ihre Nackenhaare sträubten sich. Innerhalb von wenigen Augenblicken war die Stimmung gekippt. »Du glaubst doch nicht etwa ...«

Morell schüttelte abwehrend den Kopf. »Nein, wir dürfen uns nicht verrückt machen«, sagte er und zauberte aus seiner Einkaufstüte eine Käsesemmel. »Magst du abbeißen?«

»Nein, danke. Leander hat den ominösen Brief gestern erhalten. Also einen Tag, nachdem Andreas Adam verschwunden ist.«

Morell setzte sich, biss in seine Semmel und starrte plötzlich in den Raum. Es war derselbe Blick, den er gestern Abend hatte, als er über die lateinischen Baumnamen nachgedacht hatte. Capelli konnte förmlich sehen, wie die Gedanken durch sein Hirn rasten.

»Ich ...«

Mit einer Handbewegung gab er ihr zu verstehen, dass sie ruhig sein sollte.

Capelli trank also ihren viel zu starken Kaffee und schaute dem Chefinspektor beim Essen und Grübeln zu. Hunderte von schrecklichen Gedanken gingen ihr durch den Kopf: Ein grausamer Mord, ein komischer Brief und jetzt noch ein verschwundener Mann?

»Worin haben die Männer gewonnen?«, riss Morell sie aus ihren Gedanken.

»Wie bitte?«

»Du hast gesagt, dass die Begriffe in der vierten Zeile Namen von Olympiasiegern sind. In welchen Disziplinen haben sie gewonnen?«

»Keine Ahnung, aber wir können versuchen, Leander zu erreichen, der weiß das sicher.«

Mit einer Geschwindigkeit, die sie ihm nie im Leben zugetraut hätte, stand Morell auf und rannte aus dem Raum.

»Ruf du ihn an«, rief er ihr zu. »Seine Handynummer muss irgendwo auf meinem Schreibtisch liegen.«

Capelli entdeckte die Nummer auf einem gelben Post-it und wählte. Während sie wartete, dass Lorentz abhob, beobachtete sie Morell durch die offene Tür. Er wühlte wie ein Wilder in einer Schublade herum und wurde dabei von einem entgeisterten Bender mit offenem Mund angestarrt.

Endlich ging Lorentz ans Handy, und Capelli erklärte ihm die Situation.

»Was sagt er?«, schrie Morell aus dem Vorzimmer.

»Läufer«, rief Capelli zurück. »Sie sind alle Läufer gewesen.«

Sie hörte, wie Morell fluchte. Er kam ins Zimmer zurück und knallte eine Landkarte auf den Tisch. »Verdammt! Das hatte ich befürchtet.«

»Ich versteh nur Bahnhof. Könntest du bitte so nett sein und mich aufklären?«

Morell sah von der Karte hoch. »Du weißt das wahrscheinlich nicht«, sagte er, »aber in Landau findet jedes Jahr ein traditioneller Herbstlauf statt. Die Athleten laufen dabei durch die große Schlucht, durch einige Waldstücke und am Wasserfall vorbei. Weil die Strecke so schön ist und es attraktive Preise gibt, ist das Landauer Herbstrennen hier im Umkreis ziemlich bekannt.«

Capelli schluckte schwer. »Du glaubst also, dass jemand Andreas Adam irgendwo auf der Strecke lebendig begraben hat?«

»Ich weiß, das klingt verrückt. Aber seit der Ermordung von Joe Anders wundert mich gar nichts mehr.«

203

»Und wo sollen wir jetzt suchen?«, fragte Capelli und schaute auf den Plan. »Die Strecke scheint mir ziemlich lang zu sein.«

»Genau hier«, sagte Morell und zeigte auf einen Punkt auf der Karte. »Streckenposten Zwölf.«

»An zwölf Tagen bei uns der Opferaltar dampft.«

Vergil, Hirtengedicht

Morell und Capelli saßen schweigend nebeneinander im Auto. Bender war von der Idee, schon wieder alleine im Revier bleiben zu müssen, alles andere als begeistert gewesen, hatte aber seinen Mund gehalten, als er das angespannte Gesicht seines Vorgesetzten sah.

»Was ist los?«, fragte Capelli, als Morell kurz vor dem Waldrand in einen kleinen Weg abbog. »Fahren wir nicht in den Wald?«

»Doch, doch, aber ich habe keine Ahnung, in welchem Zustand die Zufahrtswege sind. Wir werden vielleicht einen Geländewagen brauchen«, Morell stockte kurz, »und Schaufeln.«

»Und das kriegen wir alles hier?« Capelli deutete auf den alten Bauernhof, den Morell ansteuerte.

»Ja, hier wohnt Erich Altmann, ein Freund von mir. Er ist Jäger und Förster und hat alles, was wir benötigen.« Morell parkte seinen Golf und stieg aus.

Capelli folgte ihm zu der großen hölzernen Haustür, die mit schweren Eisenscharnieren beschlagen war. Der Chefinspektor läutete.

»Grüß dich, Otto, na das ist aber eine Überraschung«, sagte Altmann sichtlich erfreut, als er die Tür öffnete. »Und in charmanter Begleitung bist du auch.« Er zwinkerte Capelli zu.

»Dr. Nina Capelli – Erich Altmann«, stellte Morell die beiden kurz vor. »Erich, ich bräuchte …«

»Aber kommt doch erst einmal ins Warme!« Der Förster trat einen Schritt zur Seite. »Immer nur rein mit euch.«

»Es tut mir leid, Erich, aber wir haben keine Zeit«, sagte Morell. »Ich erkläre dir ein anderes Mal, was los ist.«

»Otto Morell im Stress, das erlebt man auch nicht alle Tage«, sagte Altmann sichtlich verwundert. »Was kann ich für dich tun?«

»Ich muss dringend in die Nähe der Sebastianswiese. Warst du in letzter Zeit mal dort?«

Altmann schüttelte den Kopf. »Nicht in dieser Jahreszeit. Das ist doch ein recht abgelegenes Fleckchen. Ich war in den letzten Tagen öfters am Hochstand beim Aussichtspunkt und drüben an der großen Lichtung, um die Tröge für die Wildfütterung aufzufüllen, aber in der Nähe der Sebastianswiese war ich nicht. Was willst du denn da draußen?«

Morell überlegte kurz, ob er seinem Freund die Wahrheit sagen sollte, entschloss sich dann aber, seine Befürchtungen lieber für sich zu behalten. Sehr wahrscheinlich war es sowieso nur falscher Alarm. »Ich muss nur etwas nachsehen«, sagte er daher.

»Da draußen gibt es aber außer Bäumen und Schnee nichts zu sehen.« Altmann schaute Morell verschwörerisch an. »Du willst doch wohl nicht heimlich wildern gehen?«

Morell konnte über den Scherz nicht lachen. »Bitte, Erich, ich habe es wirklich eilig. Frag einfach nicht.«

Der Förster war ein wenig verwundert über die plötzliche Hast seines ansonsten so gemütlichen Freundes. »Schon gut, schon gut, ich weiß ja, dass du der Letzte bist, der mir da draußen etwas anstellt.« Er wandte seinen Blick zu Capelli. »Unser Otto hier ist nämlich Vegetarier.« Er sprach das Wort ›Vegetarier‹ mit so viel Abscheu aus, wie es nur ein passionierter Jäger tun konnte.

»Können wir deinen Wagen nehmen?«, fragte Morell.

»Herrgottsakrament! Na, du bist mir ja einer. Erst erzählst du mir nicht, was du da draußen vorhast, und dann willst du für deine Missetaten auch noch mein Auto.« Altmann schüttelte den Kopf. »Aber gut, komm mit!«

Morell folgte ihm, während Capelli in der Einfahrt wartete.

»Die borge ich mir auch noch aus, ja?« Morell griff nach zwei Schaufeln, die an einer Wand in der Garage lehnten.

»Ich frage jetzt nicht, wofür du die brauchst«, sagte Altmann, »obwohl es mich saumäßig interessieren würde.«

Morell nickte dankbar. Er lud die Schaufeln in den Kofferraum, nahm von seinem Freund den Schlüssel in Empfang, fuhr langsam aus der Garage und ließ Capelli einsteigen.

»Dem Herrgott sollen seine drei besten Erzengel verrecken, wenn da nicht was faul ist«, murmelte Erich Altmann, schaute dem Wagen nach und ging zurück ins Haus.

Nach nur wenigen Minuten Fahrt waren die letzten Häuser von Landau verschwunden, und Morell steuerte den Wagen durch eine menschenleere Schneelandschaft.

Die Straße verengte sich bald zu einem holprigen, kleinen Weg, der leicht bergauf durch einen Wald führte. Obwohl sehr viel Schnee lag, war der kurvige Pfad relativ gut befahrbar. Allerdings hatten Neuschnee und Wind dafür gesorgt, dass man nicht mehr erkennen konnte, ob hier vor kurzem ein Auto gefahren war.

Im Wagen herrschte eine bedrückende Stille. Weder die Gerichtsmedizinerin noch der Chefinspektor sprachen ein Wort.

Morell betete im Stillen, dass alles nur ein dummer Verdacht war, nichts als ein blödes Hirngespinst. Er war nervös und schwitzte trotz der Kälte, die im Auto herrschte. ›Bitte nicht‹, dachte er. ›Bitte nicht, bitte nicht, bitte nicht. Alles, nur das nicht.‹ Ein Mörder in Landau war schon schlimm genug, aber der Gedanke an einen Serienkiller überstieg Morells Vorstellungskraft.

Er umklammerte das Lenkrad so heftig, dass sich seine Fingerknöchel weiß abhoben, und presste seine Lippen so stark zusammen, dass jegliche Farbe aus ihnen wich.

Josef Anders' Tod hatte alles verändert. Die Stimmung im Ort war angespannt, und der Chefinspektor spürte, wie die Last, die auf ihm lag, immer schwerer wurde. Er wusste nicht, ob er dem steigenden Druck im Falle eines weiteren Mordes gewachsen war.

Sosehr er auch versuchte, die Gedanken aus seinem Kopf zu verdrängen, einfach an nichts zu denken, es gelang ihm nicht. Seine Nerven waren bis zum Zerreißen gespannt, sein Atem ging schwer, und es fühlte sich an, als ob ein großer Felsbrocken in seinem Magen liegen würde. Sein Nacken war mittlerweile so verspannt, dass es wehtat.

Capelli studierte die Karte und sah immer wieder zum Fenster hinaus. Es war wunderschön. Ein verschneiter Wintertraum, ein Märchenwald. Ob die Schönheit trügerisch war?

»Ich glaube, wir müssen hier rechts abbiegen«, sagte sie und zeigte auf eine Abzweigung. »Zumindest steht es so auf deiner Karte.«

Morell nickte. »Ich hoffe, wir finden die richtige Stelle. Alles sieht so anders aus als im Oktober. Es ist so gleich und einheitlich. Im Herbst haben die Bäume verschiedene Blätter und verschiedene Farben. Man kann sich an Büschen, Steinen oder Ästen orientieren. Aber jetzt ist alles einfach nur weiß. Ich hasse diesen Winter.«

»Da muss es sein«, rief Capelli plötzlich. »Wenn der Plan hier stimmt, dann sind wir da.«

Morell hielt den Wagen an und schaute zum Fenster hinaus. Auf den ersten Blick wirkte alles ganz normal. Vorsichtig stiegen sie aus und schauten umher. Sollte es hier tatsächlich Spuren gegeben haben, so hatte sie der Schnee wieder zugedeckt. Außer einer harmonisch gewellten Schneedecke gab es nichts zu sehen.

»Also, ich kann nichts Auffälliges erkennen«, sagte Capelli.

»Soweit ich das beurteilen kann, ist hier alles recht friedlich und naturbelassen. Für mich sieht es nicht so aus, als hätte hier jemand vor kurzem eine Grube gegraben und irgendwen bei lebendigem Leib verscharrt – oder so was Ähnliches.«

Morell musste ihr recht geben. Ihm fiel ein Stein vom Herzen. »Verdammter Leander Lorentz und sein doofer Brief«, sagte er. »Wahrscheinlich sitzt der Verfasser hinter irgendeinem Stein oder auf einem Baum und lacht sich kaputt über uns.« Er atmete auf und sah sich um. »Vielleicht hat Leander die Nachricht sogar selbst verfasst, um wieder einmal zu beweisen, wie schlau er ist.«

Capelli stimmte ihm zu und begann zu lachen. »Oder es war dieser Andreas Adam selbst, der die Wörter gestempelt hat. Er wollte seine Frau verlassen und hat zu viele schlechte Filme gesehen.«

Morell schmunzelte, doch dann verdüsterte sich seine Miene schlagartig und das Lachen blieb ihm im Halse stecken. Auf der verschneiten Lichtung vor ihnen hatte er einen kleinen dunklen Fleck entdeckt.

Er rannte darauf zu. Capelli folgte ihm, ohne zu wissen, was den sonst so trägen Chefinspektor zu einer solchen sprinttechnischen Meisterleistung angetrieben hatte.

»Was ist das?«, rief sie ein wenig außer Atem, als Morell plötzlich stehen blieb und sich nach etwas bückte.

Er sagte nichts und hielt ihr stattdessen eine dunkelbraune Mütze entgegen. Morell und Capelli starrten sich erst gegenseitig an, dann sahen sie auf den Boden. Voller Entsetzen wurde ihnen klar, dass dort, wo sie jetzt standen, der Schnee nicht ganz so hoch war wie ringsherum.

Ohne ein Wort zu sagen, rannte Capelli zum Auto und kam wenige Augenblicke später mit den Schaufeln wieder zurück.

Beide gruben wie verrückt – immer tiefer, immer tiefer. Es ging nicht darum, Andreas Adam zu retten. Wenn er wirklich dort unten lag, dann war er mit Sicherheit tot. Es ging darum, Gewissheit zu erlangen.

Morell wusste in seinem Inneren, dass es doch kein Scherz gewesen war. Er ahnte, was auf ihn zukommen würde. Trotzdem bekam er einen Riesenschreck, als Capelli ein rotes Stück Stoff freilegte.

Sie buddelten mit den Händen weiter. Versuchten das, was auch immer hier vergraben lag, ans Tageslicht zu bringen, und klammerten sich an den Gedanken, dass es etwas anderes als ein Mensch sein könnte.

Dieser letzte Funke Hoffnung verglühte, als Morell eine gefesselte Hand entdeckte. Er hatte das Gefühl, dass sein Herz kurz stehen blieb.

»Verdammt«, schrie er. »So eine verdammte Scheiße!« Er entfernte sich einige Schritte von der Grube, warf die Schaufel weg und ließ sich einfach in den Schnee fallen. »Was soll dieser Mist«, brüllte er. »So ein elender Dreck!« Dann legte er die Hände aufs Gesicht und fing an zu schluchzen. Als wäre ein Damm gebrochen, ließ er all die Anspannung und den Druck, der sich in den letzten Tagen angestaut hatte, einfach herausfließen.

Capelli wusste nicht, was sie tun sollte, darum machte sie kurzerhand damit weiter, den Leichnam von Andreas Adam freizulegen. Sie fing bei den Beinen an und arbeitete sich bis zum Hals vor. Dann begann sie langsam, auch den Kopf vom Schnee zu befreien.

Der Körper des Opfers war gefroren, hart und steif. Das Gesicht, vor allem die Lippen, war blau angelaufen, und im Bart des Mannes, der vor ihr lag, hatten sich kleine Eiskristalle gebildet.

Viele Tote, mit denen sie zu tun hatte, kamen aus der Kühlkammer. Sie war den Anblick von gefrorenem Fleisch daher gewohnt. Ihre Ötzis, wie sie sie nannte, erinnerten sie immer an Schneewittchen in ihrem Glassarg. Sie waren wie Statuen, gefangen in einem Meer aus Eis: schockgefroren und konserviert. Ein Augenblick, festgehalten durch die Kälte – ein verewigter Moment fast wie ein Schnappschuss. Mit ruhiger Hand entfernte sie den Schnee vom Antlitz des Toten und erstarrte.

Auf der Stirn des Mannes prangten ein riesiges X und zwei II.
Da war sie wieder, die verdammte Zwölf.

Morell versuchte verzweifelt, sich wieder einzukriegen. Aber er
schaffte es nicht.

Er war so überwältigt von Angst, Wut und Hass, dass er am
liebsten alles hinschmeißen und weit wegrennen wollte. Er wollte
diesen Fall nicht, sondern Ruhe und Frieden. Er wollte aus diesem
Albtraum aufwachen, ins Revier fahren und in aller Gelassenheit
herausfinden, wer den Engeln vor dem Rathaus einen Bart gemalt
hatte.

Diese elende Leiche sollte verschwinden, sich in Luft auflösen.
Wenn er das nächste Mal hinsah, dann würde sie einfach nicht
mehr da sein. Also schloss Morell seine Augen und öffnete sie wieder.

Alles war unverändert. Vor ihm war die Grube, in der Andreas
Adam lag, und daneben stand Capelli, die sich nicht traute, zu ihm
herüberzuschauen.

Er wischte sich den Rotz aus dem Gesicht und ging langsam zu
ihr. Bei dem Anblick der Zwölf auf Adams Stirn wollte er am liebsten gleich wieder losschreien. Er hatte zwar mit so etwas gerechnet, aber die Gewissheit war trotzdem furchtbar.

»Er hat eine Wunde am Hinterkopf, die von einem Schlag mit
einem stumpfen Gegenstand kommen könnte«, sagte Capelli, die
versuchte, den Anfall des Chefinspektors zu ignorieren. »Soweit
ich das auf den ersten Blick beurteilen kann, ist die Todesursache
aber Ersticken.« Sie zeigte auf Adams Gesicht. »Diese kleinen Flecken sind sogenannte Stauungsblutungen, die sind typisch bei dieser Art des Todes. Ich bin sicher, ich werde noch mehr davon in den
Augenbindehäuten und der Mundschleimhaut finden.«

»Er wurde also wirklich lebendig begraben?«, fragte Morell, der
wegen der Nüchternheit der Gerichtsmedizinerin langsam seine
Fassung wiedergewann.

Capelli nickte. »Wir brauchen einen großen Wagen, um die Leiche ins Dorf zu transportieren. Am besten, wir sagen deinem Assistenten Bescheid.«

»Ja, ich ruf ihn an.« Morell war dankbar, dass die kleine, zierliche Frau die Nerven nicht verloren hatte und einen klaren Kopf behielt.

»Falls das Handy keinen Empfang hat, fährst du einfach aufs Revier und veranlasst alles. Ich werde solange hier warten.«

»Ist gut«, sagte Morell.

»Wie kann man eigentlich bei diesen Temperaturen ein Loch graben? Ist der Boden nicht total vereist?«

»Doch, der Boden ist pickelhart, aber da, wo die Leiche liegt, ist eine kleine Senke. Der Mörder musste Andreas einfach nur hineinlegen und Schnee auf ihn draufschaufeln. Ein sehr geschützter Platz. Wenn wir ihn nicht gefunden hätten, dann wäre er sicher bis zum Frühling dort liegen geblieben.«

»Verstehe. Aber irgendwer wollte, dass wir die Leiche finden.«

»Stimmt.« Morell fischte sein Handy aus dem Mantel. »Und dieser Jemand wollte auch, dass wir unbedingt das da sehen.« Er zeigte auf die Stirn des Opfers. »Der Mörder will uns damit irgendetwas sagen, aber wir verstehen es nicht.«

Der Chefinspektor wählte die Nummer vom Revier, doch die Leitung blieb tot. »Funktioniert nicht«, sagte er mit Blick aufs Handy. »Dann fahr ich mal los. Bist du sicher, dass du allein hier warten willst?«

Capelli nickte forsch. Langsam ging Morell zum Auto. Kurz davor drehte er sich noch einmal um. »Tut mir leid wegen gerade«, sagte er. »Kommt nicht wieder vor.«

»Schon in Ordnung. Von mir erfährt keiner was.«

»Ich bin froh, dass du da bist. Du hast im richtigen Moment die Ruhe bewahrt.«

»Ich bin ja auch eine Leichenfledderin«, zitierte Capelli Lorentz. »Ich bin den Anblick gewohnt. Und ich komme ja auch nicht aus

Landau, da sehe ich alles etwas nüchterner. Wenn du möchtest, dann kann ich noch ein paar Tage bleiben, auch wenn der Pass wieder frei ist – als Rückendeckung sozusagen. Ich habe ja noch ein paar Urlaubstage, und es lohnt sich für mich sowieso nicht mehr, nach Italien zu fahren.«

»Das wäre eine große Hilfe«, sagte Morell dankbar. Am liebsten hätte er Capelli in den Arm genommen und an sich gedrückt. Stattdessen setzte er sich ins Auto und wischte sich eine Träne aus dem Gesicht.

»Kein Schall von Flöten oder Lauten töne mehr im Land, bis zwölfmal sich des Mondes Scheibe füllt.«
Euripides, Alkestis

Sehr zu Morells Missfallen hatte Bender sich den Lieferwagen des Bäckers ausgeborgt, um den Leichnam von Andreas Adam in die kleine Friedhofskapelle zu transportieren.

»Was hätte ich denn tun sollen?«, fragte Bender genervt, als er von seinem Vorgesetzten mit einem bösen Blick bedacht wurde. »Der Streifenwagen ist zu klein, und sonst war auf die Schnelle kein großes Auto aufzutreiben.« Er zuckte mit den Schultern.

»Ich weiß nicht«, brummte Morell, »aber ich werde jetzt jedes Mal an die Leiche denken, wenn ich mir ein Brot oder Croissant kaufe. Und sehr dezent und pietätvoll ist der Wagen auch nicht unbedingt.« Er starrte auf die bunten Törtchen und tanzenden Brezen, die den Wagen zierten. ›Guter Geschmack – etwas anderes kommt uns nicht in die Tüte!‹ war der Slogan der Bäckerei Hausegger. Nun ja, da hatte sich dann wohl doch etwas anderes in die Tüte verirrt oder besser gesagt in den Leichensack.

• • •

Dr. Levi wartete bereits vor der Leichenhalle und rauchte eine Zigarette.

»Ich wusste gar nicht, dass Sie rauchen«, sagte Capelli kurz nach der Begrüßung, als sie die Rollbahre, auf der Andreas Adam lag, an ihm vorbeischob und neben der von Josef Anders parkte.

Morell, der ebenfalls erschienen war, starrte wieder den Fußboden an und vermied es tunlichst, einen Blick auf die beiden Toten zu werfen, die nun nebeneinander in dem kalten Raum lagen.

»Eigentlich habe ich das Rauchen vor fünf Jahren aufgegeben«, sagte Dr. Levi und folgte Capelli. »Aber besondere Anlässe erfordern besondere Maßnahmen. Hier«, er hielt Capelli eine Schachtel Zigaretten hin, »möchten Sie auch eine?«

»Gerne«, sagte Capelli und bediente sich.

»Möchten Sie auch, Herr Morell?«, fragte Dr. Levi.

Der Chefinspektor winkte ab. »Nein, danke.« Und fügte murmelnd hinzu: »Dann wird mir womöglich noch schlechter.«

»Sie können die Schachtel gerne behalten, Frau Capelli«, bot Dr. Levi an, nachdem sie vor die Tür getreten waren, um zu rauchen. »Ich habe nicht vor, wieder damit anzufangen. Als Herr Morell mich vorhin angerufen hat, brauchte ich einfach etwas, um mich zu beruhigen, und da habe ich mir beim Automaten schnell eine Packung gezogen.«

»Danke«, sagte Capelli und nahm das Päckchen. »Falls Sie in den nächsten Tagen wieder etwas für Ihre Nerven brauchen, dann wissen Sie ja, wo Sie mich finden.«

»Wenn Sie richtige Nervennahrung brauchen, habe ich im Auto was für Sie«, sagte Morell, der froh war, dass er nicht mehr in dem unbehaglichen Raum stehen musste.

»Baldrian, Valium, Tranxilium oder doch ein paar Gramm Haschisch?«, scherzte Dr. Levi.

»Nichts davon.« Morell konnte über den dummen Witz gar nicht lachen. »Aber ich habe Pistazien-Ziegenkäse-Bällchen, Pumpernickeltaler mit Mango-Lachs-Creme und eine große Tafel Schokolade …«

»Danke, Herr Morell«, lächelte Dr. Levi, »aber Appetit habe ich gerade überhaupt keinen.« Er schielte durch die offene Tür ins Leichenhaus.

»Gut«, sagte Capelli und trat ihre Zigarettenkippe aus. »Dann mal ran ans Werk.«

Sie ging gemeinsam mit Dr. Levi wieder hinein, zog sich einen Plastikkittel über und reichte dem Kollegen ebenfalls einen grünen Kittel und ein Paar Gummihandschuhe. Morell blieb weiterhin an der Tür stehen und sah kurz dabei zu, wie sich die beiden Mediziner für ihren Job fertig machten.

»So, dann breche ich mal auf«, rief er schließlich durch die offene Tür.

»Was denn, leisten Sie uns gar keine Gesellschaft?«, fragte Dr. Levi.

»Die Pflicht ruft.« Morell starrte auf die Obduktionsinstrumente, die Capelli gerade fein säuberlich aufreihte. »Ich muss die Angehörigen benachrichtigen. In spätestens einer Stunde bin ich wieder da«, sagte er und stapfte über den Friedhof in Richtung Auto. »Bis dahin seid ihr hoffentlich schon fertig«, ergänzte er still für sich.

»Keine Sorge«, versuchte Capelli ihren Zweitobduzenten zu beruhigen. »Es ist dieses Mal nicht so schlimm wie bei Josef Anders.« Sie deutete mit dem Kopf auf die Bahre, die direkt an der Wand stand und mit einem weißen Tuch zugedeckt war. »Das Opfer kann nicht länger als eineinhalb Tage tot sein und weist deshalb auch keine Verwesungsspuren auf.«

»Trotzdem kann ich mir gerade schönere Dinge vorstellen, als einen Toten aufzuschneiden.«

»Hey«, Capelli knuffte ihm mit dem Ellenbogen aufmunternd in die Seite. »Sie haben sich letztes Mal ganz tapfer geschlagen. Ich kenne viele Ärzte, die das nicht so locker weggesteckt hätten wie Sie.«

»Das ist nett, dass Sie das sagen, aber ich bin mir sicher, dass ich mich letztes Mal ziemlich blamiert habe.« Er streifte sich langsam die Gummihandschuhe über.

»Nein, Sie haben das wirklich toll gemacht«, versicherte die Gerichtsmedizinerin noch einmal. »Sie waren vielleicht ein wenig grün im Gesicht und ein bisschen wackelig auf den Beinen, aber alles in allem haben Sie eine saubere Leistung hingelegt.«

»Ein wenig grün im Gesicht ist gut – ich wäre um ein Haar ohnmächtig geworden. Aber zum Glück waren Sie ja dabei.« Er lächelte verlegen, und Capelli stellte erneut fest, dass der junge Arzt irgendwie süß war.

»Was hat das denn mit mir zu tun?«, fragte sie.

Dr. Levi wurde ein wenig rot im Gesicht. »Nun ja«, stammelte er. »Ich, äh, fand Sie sehr sympathisch und wollte mir keine Blöße geben. Ich habe mich wirklich enorm zusammengerissen. Nun ja, ich war wahrscheinlich … ähm … nun ja … wahrscheinlich trotzdem ziemlich unmännlich.«

Capelli, die nicht wusste, wie sie auf das unerwartete Kompliment reagieren sollte, zupfte nervös an dem Tuch herum, das die Leiche von Josef Anders bedeckte. »Na ja, sie waren vielleicht ein bisschen unentspannt, aber auf keinen Fall unmännlich«, sagte sie und musterte Dr. Levi. Er war nicht so anziehend und attraktiv wie Leander Lorentz, aber er war höflich und nett, und im Gegensatz zu Lorentz schien er sie wirklich zu mögen.

»Das heißt, Sie halten mich nicht für ein Weichei?«

Capelli schüttelte den Kopf. »Bisher nicht – aber schauen wir mal, wie Sie sich heute so machen.« Sie zwinkerte und reichte Dr. Levi ein Skalpell.

Er holte tief Luft. »Wenn ich heute eine gute Vorstellung hinlege, würden Sie dann vielleicht, ähm, mit mir essen gehen?«

»Wenn Sie hier und jetzt eine gute Vorstellung abliefern, dann werde ich es in Betracht ziehen.« Sie öffnete den Leichensack. »Aber jetzt wollen wir doch als Erstes mal sehen, was der Bäcker uns hier gebacken hat.«

217

Die Obduktion bestätigte den ersten Eindruck der Gerichtsmedizinerin. Andreas Adam war durch einen Schlag auf den Hinterkopf außer Gefecht gesetzt, danach bei lebendigem Leib begraben und durch den Schnee erstickt worden.

»Kommen Sie«, Capelli hielt Dr. Levi, der wieder furchtbar blass war, die Zigarettenschachtel unter die Nase. »Gehen wir raus und rauchen eine, das haben wir uns verdient.«

»Wenn Sie meinen«, erwiderte Dr. Levi und folgte Capelli leicht schwankend nach draußen, wo Morell bereits auf die beiden wartete.

»Hallo, Otto. Stehst du schon lange hier?«, begrüßte Capelli den Chefinspektor, der ziemlich durchgefroren aussah.

»Nein«, log Morell, der schon seit mindestens fünfzehn Minuten auf dem Friedhof herumstand, »ich bin gerade erst gekommen. Perfektes Timing.« Er wollte nicht zugeben, dass er lieber erfrieren würde, als einer Obduktion beizuwohnen. »Und? Kannst du mir irgendetwas Neues erzählen.«

»Nicht wirklich. Die Obduktion hat meine Vermutungen bestätigt. Tod durch Ersticken.« Sie zog an ihrer Zigarette und blies den Rauch aus.

»Du, Nina, es ist verdammt kalt hier draußen. Können wir den Rest vielleicht im Auto besprechen?« Morell trippelte hin und her, zog sich seinen dicken Wollschal noch fester um den Hals und schaute den Arzt an, der mit seiner Zigarette ein wenig abseits stand und ziemlich verloren wirkte. »Vielen Dank nochmal für Ihre Hilfe, Herr Dr. Levi. Können wir Sie noch ein Stück mitnehmen?«

»Danke, Herr Morell, ich bin selber mit dem Auto da.« Er schielte zu Capelli. »Ähm, ich glaube, ich habe mich heute ganz wacker geschlagen, oder?«

»Ja, das stimmt. Für jemanden, der normalerweise nur Pflaster aufklebt, Gipsverbände anlegt und Schutzimpfungen durchführt, war das heute eine reife Leistung.« Capelli grinste.

»Würden Sie es also immer noch in Betracht ziehen, mit mir essen zu gehen?«

»Also, ich wäre über ein wenig Abwechslung ganz froh. Bisher habe ich von Landau ja nur Herrn Morells Haus, das Polizeirevier und die Friedhofskapelle gesehen.«

»Wunderbar!«, lachte Dr. Levi. »Wie wäre es mit morgen Abend? Bis dahin sollte mein Magen sich wieder ein wenig erholt haben.« Er zwinkerte.

»Können wir jetzt bitte endlich losfahren«, nörgelte Morell, der bis auf die Knochen durchgefroren war und unruhig von einem Bein aufs andere hüpfte.

»Gleich, Otto«, sagte Capelli. »Geh doch schon mal vor und wirf die Autoheizung an. Ich bin in einer Minute bei dir.«

»Na gut, aber beeil dich bitte.« Er wandte seinen Blick Dr. Levi zu. »Nochmals vielen Dank für Ihre Hilfe.«

Der Gemeindearzt nickte. »Gern geschehen. Ich hoffe, es war das letzte Mal, dass ich Ihnen in so einer Sache aushelfen musste.« Er musterte den Chefinspektor. »Sie sind ein wenig blass um die Nase. Kommen Sie doch einmal bei mir in der Praxis vorbei, dann können wir Ihren Blutzucker und Cholesterinspiegel messen.«

Morell verdrehte die Augen. »Nachdem dieser Fall gelöst ist, vielleicht. Bis dahin habe ich keine Zeit. Kommst du, Nina?« Er stapfte in Richtung Auto und bedeutete der Gerichtsmedizinerin, ihm zu folgen.

»Morgen Abend klingt gut«, sagte Capelli schnell, holte ihr kleines Notizbuch aus der Jackentasche und riss eine Seite heraus. »Ich gebe Ihnen meine Nummer – rufen Sie mich an, dann können wir etwas Genaues ausmachen, ja?« Sie drückte Dr. Levi den Zettel in die Hand und rannte dem Chefinspektor hinterher. »Bis morgen!«, rief sie dem jungen Arzt zu.

»Bis morgen dann«, sagte Dr. Levi leise und lächelte.

»Von wegen Blutzucker und Cholesterinspiegel messen«, grummelte Morell im Auto. »Wenn Dr. Levi findet, dass ich zu dick bin, dann soll er mir das ins Gesicht sagen und nicht so scheinheilig um den heißen Brei herumreden.«

»Ach komm schon, Otto. Er ist der Landauer Gemeindearzt, und du bist hier der oberste Polizeibeamte. Du fällst also sozusagen in seinen Zuständigkeitsbereich. Außerdem bin ich mir sicher, dass er es nur gut gemeint hat, ohne irgendwelche bösen Absichten«, nahm Capelli Dr. Levi in Schutz.

»Von wegen keine bösen Absichten«, widersprach ihr Morell. »Ich habe doch genau gesehen, wie er vorhin verstohlen meinen Bauch gemustert hat. Der will mich sicher auf Diät setzen oder mir irgendeine dumme Entschlackungskur verordnen.«

»Er ist Arzt. Wenn er dir eine Diät vorschlägt, dann wird das schon seine Gründe haben. Er tut so etwas nicht, um dich zu ärgern, sondern um dich vor Dingen wie Herzinfarkten, Schlaganfällen, Gicht oder Diabetes zu bewahren.« Capelli, die selbst fand, dass Morells Gewicht sich in einem bedenklichen Bereich befand, war froh, dass das Thema endlich mal zur Sprache kam.

»Können wir dieses Gespräch bitte beenden?«, sagte Morell. »Bis dieser Fall erledigt ist, will ich Wörter wie Diät, Entschlackung, Kur und dergleichen nicht hören. Wir werden so weiterleben wie bisher. Wenn du das für mich machst, dann verspreche ich, dass ich mich, sobald der Fall abgeschlossen ist, ordentlich durchchecken lasse. Okay?«

»Okay. Damit bin ich einverstanden.«

»Fein. Dann gib mir jetzt doch bitte ein Stück Schokolade aus dem Handschuhfach.«

Capelli holte tief Luft und schaute den Chefinspektor vorwurfsvoll an.

»Sobald der Fall abgeschlossen ist. Versprochen ist versprochen. Und jetzt her mit der Schoko.«

»Na gut«, antwortete die Gerichtsmedizinerin und öffnete das Handschuhfach. »Kann ich mir auch ein Stück abbrechen?«

»Klar, iss so viel du willst. Im Kofferraum ist noch mehr. Ich muss übrigens wieder zurück aufs Revier. Wenn es dir recht ist, setze ich dich bei mir daheim ab. Kannst du mich auf dem Weg noch schnell mit den wichtigsten Einzelheiten vertraut machen?«

»Kein Problem. Also, ich gehe davon aus, dass der Tod irgendwann zwischen 21:00 Uhr und 24:00 Uhr der vergangenen Nacht eingetreten ist«, sagte Capelli.

»Er ist aber bereits vorgestern verschwunden.«

»Dann hat ihn der Mörder vielleicht zwischengelagert und gewartet, bis ein guter Zeitpunkt gekommen war, um ihn zu vergraben«, spekulierte Capelli. »Bei Josef Anders war es ja ähnlich.«

»Oder der Mörder wollte uns eine Chance geben, Andreas zu finden. Er hat ja die Nachricht bereits gestern Vormittag in den Briefkasten von Leanders Eltern geworfen. Vielleicht hat er das Rätsel als eine Art Spiel angesehen, und der Einsatz war Andreas' Leben.« Morell schaute Capelli an. »Ja, so könnte es gewesen sein. Er hat den Brief geschickt und dann ein paar Stunden gewartet – wahrscheinlich waren es sogar zwölf –, und nach Ablauf dieser Zeit hat er Andreas eingegraben. Gibst du mir noch ein Stück?«

Capelli brach ein kleines Stück Schokolade ab und reichte es ihm. »Du meinst, wir hätten Andreas retten können, wenn wir den Brief nur ein wenig ernster genommen hätten?«

Morell nickte. Er hatte sich diese Frage schon gestellt, und wie er es auch drehte und wendete, die Antwort lautete stets ›Ja‹.

»Das konnte man aber beim besten Willen nicht wissen, dass dieser irrwitzige Brief mit seinem verfluchten Rätsel tatsächlich vom Mörder stammte«, sagte Capelli, als sie die Verzweiflung in Morells Gesicht sah. »Wir dürfen uns keine Vorwürfe machen.«

»Was sollen wir nur tun?«, fragte Morell mit verzagter Stimme.

»Weitermachen, ermitteln, die Ruhe bewahren«, antwortete sie nüchtern.

Er atmete tief durch. Sie hatte recht. Er musste ruhig bleiben. Es brachte niemandem etwas, wenn er jetzt seine Nerven verlor. »Okay«, sagte er mehr zu sich selbst als zu der Gerichtsmedizinerin. »Vielleicht gibt's ja für diesen Mordfall Zeugen. Und dann werde ich noch einmal mit beiden Familien der Opfer sprechen – möglich, dass Joe und Andreas irgendwas gemeinsam hatten. Aber als Erstes werde ich mal mit Leander reden.«

»Ist er verdächtig?«, fragte Capelli erstaunt.

»Nein, das nicht. Aber immerhin war er es, der den Brief bekommen hat, und nicht etwa die Polizei oder Andreas' Frau – was doch eigentlich viel naheliegender gewesen wäre.«

Capelli nickte. »Bei dem Mord an Joe Anders gab es gar keinen Brief, oder?«, fragte sie.

»Eben. Anscheinend hat das Auftauchen von Leander bei dem Mörder eine Art Spieltrieb ausgelöst.«

»Ich habe da noch eine Idee«, warf Capelli ein, »und sie wird dir nicht gefallen.« Sie sah zu ihm hinüber.

»Ich glaube nicht, dass mein Tag noch schlimmer werden kann. Also schieß los!«

»Soweit ich das beurteilen kann, war der Täter bei diesem Verbrechen viel risikobereiter als bei Anders. Erstens hat er den Mord relativ kurz nach dem ersten begangen. Das heißt, er hat zu einem Zeitpunkt zugeschlagen, an dem alle Einwohner von Landau in höchster Alarmbereitschaft waren. Und zweitens hat er eine Botschaft geschickt.«

»Das war mir klar«, nickte Morell. »Und warum soll mir das den Tag versauen?«

»Weil es sein könnte, dass Anders nicht das erste Opfer gewesen ist.«

Morell verschluckte sich an seiner Schokolade und musste vor lauter Husten rechts ranfahren. Capelli klopfte ihm auf den Rücken. Der Chefinspektor hustete so heftig, dass ihm Tränen in die Augen stiegen. »Was soll das heißen?«, fragte er und bemühte sich, nicht zu hyperventilieren.

»Normalerweise fangen Serienmörder klein an. Sie müssen sich erst ausprobieren, lernen, sich selbst zu trauen, und entwickeln Selbstbewusstsein. Aber schon der Mord an Joe Anders sah aus wie der eines Profis. Es gehört sehr viel Planung und Kaltblütigkeit dazu, solch eine Tat auszuüben.«

Morell hustete noch einmal und holte dann tief Luft. Ihm schwante, dass da etwas dran sein könnte.

Capelli fuhr fort: »Es könnte sein, dass er vorher schon einmal getötet hat, dass der Mord aber nicht als ein solcher erkannt wurde. Vielleicht deshalb auch diese übertriebene Inszenierung der letzten beiden Morde.«

»Mhm, mhm«, nickte Morell, der sich wieder ein wenig gefangen hatte. Er startete den Wagen und fuhr weiter. »Der Mörder will also durch seine Taten etwas ausdrücken, und nachdem ihn bisher anscheinend keiner verstanden hat, muss er deutlicher werden.«

»Genau das habe ich gemeint. Sag Bender doch bitte, er möge mir eine Liste aller Todesfälle aus den letzten drei Jahren im Ort machen und, wenn möglich, die medizinischen Gutachten dazu heraussuchen. Ich werde sie mir dann durchsehen. Vielleicht fällt mir ja was auf.«

»In Ordnung«, sagte Morell und bog auf den Parkplatz vor seinem Haus. »Ich werde Robert am besten bitten, auch die Toten aus den Nachbarorten mit einzubeziehen.« Er ließ Capelli aussteigen, verabschiedete sich und fuhr zurück aufs Revier.

Capelli hatte es tatsächlich geschafft, seinen Tag noch mehr zu versauen.

Als Morell zurück in sein Büro kam, wartete dort bereits Lorentz auf ihn.

»Ich hab's schon gehört«, sagte Lorentz. »So ein Wahnsinn! Ich habe mich mit Andreas nach Joes Trauerfeier noch sehr nett unterhalten.« Er lehnte sich in seinem Stuhl zurück. »Der arme Kerl.«

Morell setzte sich ebenfalls hin. »Tja, war wohl doch etwas dran an deinem Brief«, sagte er und beschloss, erst gar nicht darüber nachzudenken, wie es möglich war, dass die Nachricht von Andreas' Tod sich so schnell verbreitet hatte.

Lorentz nickte, und da Morell so fertig aussah, verkniff er sich das obligatorische ›Habe ich es euch nicht gesagt?‹.

Morell wunderte sich. Er hatte eigentlich ein ›Ich hab's ja gleich gewusst‹ erwartet. »Was glaubst du, warum ausgerechnet du diese Nachricht bekommen hast?«, fragte er.

»Wenn ich das wüsste. Dann könnte ich sicher um einiges besser schlafen.«

»Wieso? Eigentlich müsstest du doch total erleichtert sein. Du dachtest ja erst, dass es sich bei dem Rätsel um eine Morddrohung gegen dich handelt. Was – wie wir jetzt wissen – eine falsche Annahme war.«

Lorentz wollte lieber nicht zugeben, dass Morell den Nagel auf den Kopf getroffen hatte. Es war ihm ein wenig unangenehm, dass er über Andreas' Tod mehr erleichtert als erschüttert war. »Um ehrlich zu sein, habe ich ein ziemlich mulmiges Gefühl. Immerhin hat ein psychopathischer Mörder mit mir Kontakt aufgenommen.« Er schauderte.

»Und du hast keine Ahnung, warum er sich dafür ausgerechnet dich ausgesucht hat?« Morell griff nach seiner Tupperdose. Er hatte zwar überhaupt keinen Hunger und ein Blick auf seinen Bauch sagte ihm, dass er lieber auf seine Zwischenmahlzeiten verzichten sollte, aber er brauchte dringend etwas, um sich zu beruhigen.

Lorentz zuckte mit den Schultern.

»Denk noch einmal nach!«, forderte Morell und schob sich ein Pistazien-Ziegenkäse-Bällchen in den Mund.

Lorentz schüttelte den Kopf. »Ich habe wirklich keinen blassen Schimmer. Schließlich habe ich schon seit Ewigkeiten keinen Kontakt mehr mit Andreas gehabt.«

»Na gut. Ruf mich bitte an, sobald dir noch etwas einfällt.«

»Werde ich machen«, sagte Lorentz und wollte gehen.

»Ach, da ist noch etwas«, sagte Morell.

»Ja?« Lorentz drehte sich um.

»Der Fall hat sich ausgeweitet, und wir könnten ein wenig Unterstützung gebrauchen. Wenn dein Angebot also noch steht und du noch immer helfen möchtest ...«

Lorentz wollte eigentlich am liebsten nach Hause gehen, sich dort die Bettdecke über den Kopf ziehen und warten, bis er endlich von hier abhauen konnte. Aber dann dachte er an Joe, daran, dass er etwas wiedergutmachen wollte, und er dachte an Iris. »Okay«, sagte er nicht gerade enthusiastisch und setzte sich wieder hin. »Was kann ich tun?«

»Nina hat den Verdacht, dass Joe nicht das erste Opfer war. Sie will ein paar Listen mit den Todesfällen der letzten drei Jahre in der Region durchsehen. Es ist ziemlich viel Papierkram, und du könntest ihr dabei helfen. Sobald die Unterlagen hier eintreffen, sage ich dir Bescheid.«

»Ich bin dabei«, sagte er und stand auf.

»Ach ja«, stoppte Morell ihn erneut. »Ich brauche noch die Fingerabdrücke von dir und deiner Mutter fürs Labor. Außer euch hat sonst keiner den Brief angefasst, oder?«

Lorentz schüttelte den Kopf und schluckte. »Nein, niemand. Aber ... ähm ... könnten wir bitte meine Mutter aus dem Spiel lassen? Wenn die draufkommt, was hier los ist und dass ich mittendrin stecke, dann habe ich ab sofort keine ruhige Minute mehr.«

»Das Labor muss deine Mutter aber ausschließen können«, stellte Morell fest und zuckte mit den Schultern. »Wir werden also nicht drum herumkommen, ihre Abdrücke zu nehmen.«

Lorentz überlegte kurz. »Ich könnte dir ein Glas besorgen, das sie angefasst hat«, sagte er und schaute Morell erwartungsvoll an. »Bitte«, drängte er, als der Chefinspektor nicht sofort auf seinen Vorschlag reagierte.

»Na gut, dann bring mir halt ein Glas vorbei.«

»Wunderbar«, sagte Lorentz und verließ schleunigst das Revier.

> **»König Laurin band sich den Wundergürtel um,**
> **der ihm die Kraft von zwölf Männern verlieh,**
> **und stellte sich dem Kampf.«**
> Die Sage von König Laurin und seinem Rosengarten

Die erste Aufgabe am Sonntagmorgen kostete Morell wieder allergrößte Überwindung. Er musste noch einmal zu Beate Adam fahren.

Morell hätte heulen können. Es war der 19. Dezember, der letzte Sonntag vor Weihnachten, der vierte Advent. Normalerweise würde er den Tag mit einem ausgiebigen Frühstück und dem Lesen der Sonntagszeitung beginnen. Anschließend würde er Kekse, Lebkuchen und Weihnachtsstollen backen, Weihnachtsgrüße an Freunde und Verwandte schreiben, den Baum schmücken, Eierlikör zubereiten und am Abend mit Fred auf dem Schoß und einem guten Glas Wein in der Hand ein wenig fernsehen. Aber nein! Stattdessen musste er nicht nur einen, sondern mittlerweile zwei grausame Morde aufklären. Er musste sein heimeliges Haus verlassen, um sich genau mit den Dingen zu beschäftigen, vor denen er vor ein paar Jahren aus Wien geflüchtet war.

Der Chefinspektor merkte, wie ihm tatsächlich die Tränen in die Augen stiegen. Er musste einen Weg finden, die nächsten Stunden und Tage ohne einen hysterischen Anfall durchzustehen. Seine Nerven brauchten Nahrung. Er ging in die Küche und holte eine

Tupperdose aus dem Schrank. Dann öffnete er den Kühlschrank und machte sich daran, sie zu füllen.

Als er Beate gestern die Nachricht vom Tod ihres Mannes überbracht hatte, war er auf alles vorbereitet gewesen. Er war davon ausgegangen, dass sie ihn anschreien und ihm den Kopf abreißen würde. Er war auf Schläge, Beschimpfungen und wüstes Gekreische gefasst gewesen. Stattdessen hatte sie die Nachricht sehr gefasst und mit stoischer Miene aufgenommen. Keine hysterischen Heulkrämpfe und kein Haareraufen. Sie hatte einfach nur dagestanden und genickt.

Morell hatte das Gefühl gehabt, dass er selbst den Tränen viel näher gewesen war als die frischgebackene Witwe.

Dieser Mord war für ihn noch schlimmer als der an Josef. Denn ihm ging ständig im Kopf herum, dass er den Tod von Andreas vielleicht hätte verhindern können, wenn er diesen Brief ein wenig ernster genommen hätte. Er fühlte sich überfordert, inkompetent und absolut nicht in der Lage, diesen Fall zu lösen. Und er war sich sicher, dass es nur noch eine Frage von ein paar Tagen war, bis auch andere Menschen das erkannten. Genau aus diesem Grund hatte Morell überhaupt keine Lust, sich mit irgendjemandem zu unterhalten. Am allerwenigsten mit der Familie des Opfers. Aber es musste sein. Er schloss den Deckel seiner Tupperdose, steckte sich schnell ein paar karamellisierte Walnüsse in den Mund und machte sich auf den Weg.

Beate Adam öffnete die Tür. Ihre Augen waren rot vom Weinen, und ihre dicken schwarzen Locken waren zerzaust, so als hätte sie sich doch noch die Haare gerauft. Ansonsten machte sie nach wie vor einen stabilen Eindruck. Der Chefinspektor folgte ihr ins Wohnzimmer, in dem Beates Schwester, Silvia Messner, auf dem Sofa saß.

»Es tut mir sehr leid, wenn ich störe«, sagte Morell. »Aber ich muss dir leider noch ein paar Fragen stellen, Beate.«

Beate nickte.

»Gibt es irgendjemanden, der einen Grund gehabt hätte, Andreas das anzutun?«

»Kein Grund kann schwerwiegend genug sein, um jemanden umzubringen«, sagte die Schwester. »Natürlich gab es Menschen, mit denen sich der Andreas nicht gut verstand, aber das ist doch normal.«

»Nun ja, für Menschen wie dich und mich ist ein kleiner Streit oder eine Meinungsverschiedenheit kein Grund, jemanden zu töten, aber ...«, Morell suchte nach den richtigen Worten, »... aber leider ist nicht jeder so wie wir.«

»Du meinst, ein G'störter hat den Andreas ermordet?«, sagte Beate und atmete schwer. Ihr voluminöser Busen hob und senkte sich dabei.

»Für mich ist jeder Mensch, der in der Lage ist, einem anderen das Leben zu nehmen, ein Verrückter. Bitte nennt mir jeden, der euch einfällt, mit dem Andreas in letzter Zeit Unstimmigkeiten hatte.«

Beate Adam schnäuzte sich. »Karl Kaiser, dieser widerliche Hurentreiber, hat meinen Mann vor ein paar Wochen schrecklich beschimpft und ihm gedroht.«

›Sehr interessant‹, dachte Morell. »Und warum, wenn ich fragen darf?«

»Andreas und ich sind Joes Nachbarschaftsinitiative gegen den Bau von Kaisers Puff beigetreten und haben eine Unterschriftenliste ins Leben gerufen. Und das hat diesem Widerling natürlich überhaupt nicht gepasst.« Sie schnäuzte sich noch einmal. »Dieser Hanswurst soll seinen Sexclub gefälligst irgendwo anders hinbauen, aber nicht hierher. Wir sind schließlich anständige Leut'.«

Morell machte sich Notizen. Er konnte sich bildlich vorstellen, was vorgefallen war. Beate Adam hatte eine Protestliste erstellt, und ihr Mann hatte wohl oder übel unterschreiben müssen. Kein Wunder, dass Kaiser ausgerastet war, als er auf der Liste den Namen einer seiner Stammkunden las. »Gab es sonst noch irgendeine

Gemeinsamkeit zwischen Andreas und Josef, unabhängig von der Initiative? Waren die beiden enge Freunde?«

»Eigentlich nicht. Im Grunde haben sie sich nur gelegentlich mal im Wirtshaus getroffen, und das dann wohl auch eher zufällig.«

»Mhm. Wen gibt's denn noch, mit dem der Andreas Ärger hatte?«, fragte Morell weiter.

Die Witwe überlegte und strich sich eine Strähne ihres wirren Haars aus dem Gesicht. »Vor kurzem hatte er Streit mit Margarethe aus der Bäckerei, weil sie ihm alte Semmeln verkauft hatte, und Erich Altmann hat Ärger gemacht und behauptet, Andreas habe einen Wildhasen totgefahren. So ein Blödsinn.«

Morell bezweifelte das. Er hatte Andreas Adam nicht nur einmal einen Strafzettel wegen Raserei und Gefährdung des Straßenverkehrs ausgestellt.

»Fällt dir sonst noch jemand ein, der nicht gut auf Andreas zu sprechen war?«

Beate schnäuzte sich wieder. Ihr Papiertaschentuch war mittlerweile schon völlig zerfleddert. »Der alte Herr Jentsch hat einmal behauptet, dass Andreas ihm zu wenig Rente ausbezahlt hatte.« Sie schüttelte den Kopf. »Und dann war da noch Sascha Genz. Der Vollidiot ist seit dem Unfall seiner Tochter total durchgeknallt.«

»Wo lag das Problem zwischen den beiden?«, wollte Morell wissen, der alles andere als erfreut darüber war, schon wieder den Namen seines Freundes zu hören.

»Andreas hat in der Bank auch Versicherungen verkauft. Da Genz schuld an den Verletzungen seiner Tochter war – er hatte sie nämlich nicht angeschnallt –, wollte die Versicherung verschiedene Arzt- und Reha-Rechnungen nicht bezahlen. Genz hat Andreas die ganze Schuld daran gegeben. Dieser Depp hat behauptet, er habe ihm eine schlechte Versicherung verkauft.« Sie schaute das löchrige Ding in ihrer Hand an. Ihre Schwester nahm es ihr zuvorkommend ab und reichte ihr ein frisches Taschentuch.

»Gibt es sonst noch jemanden?«, fragte Morell, der sich wieder ein paar Stichworte notiert hatte. »Es ist wichtig, dass du dich an jede Kleinigkeit erinnerst, auch wenn sie dir noch so unwichtig erscheint.«

»Nein«, sagte Beate und schüttelte den Kopf. »Ich glaube, das waren alle.«

Morell stand auf und wollte sich gerade bedanken, als Silvia das Wort ergriff. »Warte noch«, sagte sie und drehte sich dann zu ihrer Schwester. Sie strich ihr über die Haare und wischte eine Träne aus ihrem Gesicht. »Du musst es ihm erzählen«, sagte sie.

Morell setzte sich wieder hin.

Beate atmete tief ein. »Es gab da eine Geschichte mit dieser kleinen Schlampe Becky. Die Hur' aus dem ›Hype‹. Sie hat vor ein paar Wochen behauptet, mein Andreas habe sie angegrapscht, woraufhin irgendein Typ dem Andreas ein blaues Auge verpasst hat.«

Morell war gerade klar geworden, warum Beate Adam sich so sehr gegen den Bau von Kaisers neuer Bar wehrte. Es ging ihr nicht um den moralischen Verfall des Ortes, sondern um den ihres Gatten. »Du weißt nicht zufällig, wer der Kerl war, der ihm das Veilchen verpasst hat?«

Sie schüttelte den Kopf.

»Na, ich werde es schon herausfinden.« Morell holte Luft. »Es tut mir sehr leid, aber ich muss dir diese Frage jetzt stellen.«

»Du willst doch nicht etwa wissen, wo ich zum Zeitpunkt der Tat war?«, ereiferte sich Beate.

»Doch«, antwortete Morell. »Aber glaub mir, das ist eine reine Routinefrage.« Wobei er, um ehrlich zu sein, schon kurz mit Bender überlegt hatte, Beate zu verdächtigen. Sie war im ganzen Ort als leicht reizbare Furie bekannt, und jeder wusste auch, wie oft der Haussegen bei den Adams schief hing.

»Schon gut«, sie schnäuzte sich wieder. »Ich war hier zu Hause. Sabine, unsere Jüngste, hat Grippe. Ich habe mich die ganze Nacht um sie gekümmert.«

»Gibt es sonst noch etwas, das du mir sagen könntest? Hat sich Andreas in den letzten Tagen irgendwie komisch verhalten? War irgendetwas an ihm auffällig?«

Die Antwort war wieder ›Nein‹. Morell sah ein, dass er hier nichts Interessantes mehr herausfinden würde, und beschloss zu fahren.

»Auf Wiedersehen«, sagte er, »und nochmals mein herzliches Beileid.«

»Otto?«

»Ja?« Was kam denn nun noch?

»Finde das Schwein. Bitte!«

»Ich werde mein Bestes tun«, sagte Morell und ließ sich von Silvia zur Haustür begleiten.

»Man soll nicht schlecht über Tote reden«, sagte Silvia leise an der Tür, »aber um ehrlich zu sein, glaube ich, dass meine Schwester ohne den alten Suffkopf besser dran ist. Er war nie daheim, hat sich weder um sie noch um die Kinder gekümmert, sondern stattdessen lieber im Gasthof das Haushaltsgeld versoffen.«

Morell sah sie an und zog eine Augenbraue hoch.

»Du musst mich gar nicht so ansehen«, sagte Silvia. »Und um es gleich vorwegzunehmen – ich war zur Tatzeit auf der Geburtstagsfeier einer Freundin, und ich kann dir mindestens zehn Personen nennen, die das bestätigen können.«

Morell nickte müde und verließ das Haus.

»Interessant«, murmelte er, als er ins Auto stieg. Karl Kaiser und Sascha Genz hatten nicht nur mit Josef, sondern auch mit Andreas Streit. Zwei seiner Verdächtigen aus der ersten Untersuchung tauchten also auch in diesem Fall auf.

»Und Frau Vogelmann?«, überlegte er und öffnete seine Tupperdose. Quatsch, Frau Vogelmann hatte Streit mit allen Menschen – und überhaupt war der Verdacht ein Schmarrn. Er würde jetzt gleich noch einmal auf einen Sprung bei Kaiser und Genz vorbeischauen. Schließlich waren im Wald keinerlei Spuren gefunden worden, und auch die Anrufe, die bisher im Revier eingegangen waren, hatten sich als falsche Fährten herausgestellt. Er biss in ein Brot mit Ei und Tofuwurst. Während er kaute, musste er unweigerlich an die zwei Toten in der Friedhofskapelle und die tanzenden Brezen auf dem Lieferwagen der Bäckerei denken. Diese verdammten Morde!

Der Verdacht gegen Kaiser war alles, was Morell hatte. Er sträubte sich noch immer dagegen, Genz als Verdächtigen zu bezeichnen. Es stimmte, dass er seit dem Unfall völlig durchgedreht war, aber Morell kannte ihn schon so lange und war sich sicher, dass der Mann von Grund auf gut war. Bender hatte ja vorgeschlagen, auch Beate Adam in den Kreis der Verdächtigen aufzunehmen, doch Morell hielt das mittlerweile für vollkommen abwegig. Andreas war ein Nichtsnutz gewesen, und seine Ehe stand sicherlich unter keinem guten Stern, aber Beate hatte keinerlei bekannte Probleme mit Josef gehabt. Außerdem war die Lebensversicherung, die Andreas abgeschlossen hatte, nicht wirklich hoch und würde sicherlich bald aufgebraucht sein. Und schließlich saß sie jetzt alleine mit zwei kleinen Kindern da.

Morell erreichte das protzige Haus von Karl Kaiser, und obwohl es schon Mittag war, musste er den Barbesitzer aus dem Bett klingeln.

»Sie sehen so aus, als hätten Sie eine lange Nacht hinter sich?«, stellte Morell fest, als Kaiser nur mit Shorts bekleidet, zerzaustem Haar und verquollenen Augen die Tür öffnete.

»Was denken denn Sie, Herr Chefinspektor?«, sagte Kaiser und gähnte. »Ich bin Gastronom. Ich arbeite in der Nacht, und wenn meine Gäste gut drauf sind, dann ist es ihnen egal, ob ich gerne schlafen gehen möchte oder nicht.«

Morell nickte. Sein Mitleid hielt sich in Grenzen. »Sie haben es sicher schon gehört«, sagte er.

»Dass Adam besoffen im Wald herumgerannt und dort erfroren ist?« Der Hausherr trat einen Schritt zur Seite und bedeutete Morell einzutreten.

»Das wird erzählt?«, wunderte sich der.

»So habe ich es zumindest gehört, und ich muss gestehen, dass es mich nicht verwundert hat.« Kaiser führte den Polizisten wieder in seine Küche, wo sie sich auch das letzte Mal schon unterhalten hatten. »Adam war ein kleiner Schluckspecht«, fuhr er fort, »und hat oft nicht gewusst, wann er genug hatte.«

»So einfach ist das leider nicht«, sagte Morell und ließ seinen Hintern auf einen roten Sessel fallen. »Leider hat beim Erfrieren jemand nachgeholfen.«

»Sie meinen, er wurde gekillt?«, fragte Kaiser und machte eine eindeutige Handbewegung, indem er sich mit der Handkante über den Kehlkopf fuhr.

»Genau das meine ich«, sagte Morell und berührte mit den Fingerspitzen den Sitzbezug. Er fühlte sich an wie Latex. Konnte man im Sexshop denn jetzt auch schon Möbel kaufen?

»Da haben Sie ja ganz schön viel zu tun – sogar sonntags müssen Sie ran.« Kaiser fing an, an der Kaffeemaschine zu hantieren. »Für Sie wieder einen Tee?«

»Gerne«, sagte Morell und überlegte kurz. Er versuchte eine Sorte zu finden, die sehr schwer zu bekommen war. »Haben Sie Holunderblüte-Vanille?«

»Ich habe Ihnen doch letztes Mal schon gesagt, dass ich an Getränken alles hier habe, was das Herz begehrt. Sie sollten erst einmal die kleine Bar sehen, die ich mir in meinem Wintergarten eingerichtet habe.« Er schenkte dem Chefinspektor ein Perlweißlächeln. »Wie ist aus Ihnen nur so ein stattlicher Mann geworden, wenn Sie ständig solche Weibersachen trinken?«, fragte er, als er den Tee schließlich vor Morell abstellte. Er setzte sich hin und betrachtete den Milchschaum auf seinem Cappuccino. »Den guten Andreas Adam hat es also auch erwischt!«

»Ganz genau«, sagte Morell und pustete in die Tasse, um den heißen Tee ein wenig abzukühlen.

»Und was habe ich damit zu tun?«

»Ich habe gehofft, dass Sie mir diese Frage beantworten können.« Morell nahm vorsichtig einen kleinen Schluck. »Bei der Befragung der Angehörigen ist jedenfalls Ihr Name gefallen.«

»Ah geh«, fluchte Kaiser und stellte seine Tasse so heftig auf dem Tisch ab, dass ein Großteil der braunen Flüssigkeit auf die Tischplatte schwappte. »Das was sicher seine Frau, diese verklemmte Hausfrauenschlampe.«

Kaiser hatte sich die Zähne noch nicht geputzt, und Morell konnte seinen faulen, säuerlichen Atem riechen. Außerdem drang der scharfe Geruch von Alkohol aus jeder seiner Poren, und in seinen Haaren hing der Gestank von abgestandenem Zigarettenrauch. Morell wich instinktiv zurück.

Der Gastronom stand auf und holte aus einem Schrank unter der Spüle ein Geschirrtuch hervor. Er begann, den verschütteten Cappuccino aufzuwischen. »Adam war so ein Schlappschwanz«, sagte er. »Dieser Schlapfenwappler hat sich doch von seiner Frau, dieser Furie, total unterbuttern lassen. Sie hat befohlen, er ist gesprungen.« Er stopfte das dreckige Geschirrtuch in den Abfalleimer.

»Was soll das konkret heißen?«, fragte Morell und überlegte, ob Kaiser seine Handtücher und Hemden auch einfach wegwarf, anstatt sie zu waschen.

Kaiser machte sich einen neuen Cappuccino und kam zurück an den Tisch. »Ich habe Ihnen doch von dieser lächerlichen Nachbarschaftsinitiative gegen mein neues Lokal erzählt«, sagte er und nahm einen Schluck.

»Ich kann mich daran erinnern.«

»Beate Adam, die verklemmte Keifkuh, hat natürlich gleich eine Unterschriftenaktion organisiert und ihren Mann dazu gezwungen mitzumachen.«

»Und warum hatten Sie dann einen Streit mit Andreas Adam und nicht mit seiner Frau, wenn sie doch schuld an allem war?«

»Na, weil Adam ein lächerlicher Heuchler war, ein feiges Würstchen, ein Hosenscheißer. Er hing doch ständig im ›Hype‹ herum – heimlich natürlich. ›Kein Wort zu meiner Frau‹, hat er ständig gesagt. ›Sie würde mich erschlagen, wenn sie wüsste, dass ich hier bin.‹ Dieses Weichei wäre mein erster Stammkunde geworden. Und dann lässt er sich dazu zwingen, die Petition gegen die Bar zu unterschreiben. So eine Memme! Noch einen Tee?« Kaiser deutete auf Morells leere Tasse, aber der schüttelte den Kopf.

»Ich habe nichts gegen Leute, die ihre Meinung vertreten«, fuhr Kaiser fort. »Aber solche Waschlappen wie Adam einer war, kann ich auf den Tod nicht ausstehen.«

»Interessant«, murmelte Morell.

»Mei, Herr Chefinspektor, jetzt nehmen Sie doch nicht gleich alles so wörtlich. Glauben Sie mir, ich habe keinerlei Grund, irgendwen umzubringen. Vor allem nicht Anders oder Adam. Sie können sich gar nicht vorstellen, was mir diese beiden Morde an Umsatzeinbußen bescheren. Ich bin doch nicht so blöd und kille meine eigenen Stammkunden.« Kaiser griff nach einer Schachtel Zigaretten, die auf dem Tisch lag.

»Können Sie das auch irgendwie beweisen?«

»Klar«, grinste Kaiser, zündete sich eine Zigarette an und nahm einen genüsslichen Zug. »Nachdem Joe Anders tot war und der junge Sobernicz dringend Kohle brauchte, hat er sich doch noch entschlossen, an mich zu verkaufen. Die Papiere sind schon fertig und werden morgen Nachmittag unterschrieben. Meiner kleinen Bar steht also nichts mehr im Wege. Sie sind jederzeit herzlich eingeladen.«

»Und die Petition?«

Kaiser bekam vor lauter Lachen einen Hustenanfall. »Sie kennen doch unseren Herrn Bürgermeister. Was ist für ihn das Wichtigste in Landau? Natürlich die Touristen. Und was wollen die Touristen? Natürlich unterhalten werden.«

Morell nickte. Das hätte er sich gleich denken können, dass Bürgermeister Endres die neue Bar mit allen Mitteln unterstützen würde.

»Diese lächerliche Petition ist gerade gut genug, um sich damit den Hintern abzuwischen.« Kaiser verschränkte die Arme hinter dem Kopf und lehnte sich zurück. »Sie sehen also, ich habe keinen Grund, irgendwen aus dem Weg zu räumen, außerdem habe ich gar nicht die Zeit dazu. Ich bin mit dem ›Hype‹ und der Planung der neuen Bar so im Stress, dass für einen Mord keine Zeit bleibt, geschweige denn für zwei.«

»Haben Sie ein Alibi für die Nächte von Donnerstag auf Freitag und Freitag auf Samstag?«

»Aber Herr Chefinspektor. Sie sollten doch mittlerweile wissen, dass ich meine Nächte nicht alleine verbringe.« Kaiser zwinkerte.

Morell wurde langsam ungeduldig. Die Ereignisse der letzten Tage hatten an seinen Nerven gezehrt. »Eine letzte Frage habe ich noch.«

»Immer nur heraus damit, Inspektor Columbo.«

»Sie wissen nicht zufällig, wer Andreas Adam ein Veilchen verpasst hat? Seine Frau hat mir nämlich …«

Morells Frage wurde durch ein Klingeln an der Tür unterbrochen.

»Einen Moment bitte, Herr Chefinspektor«, sagte Kaiser und stand auf. »Ich bin gleich wieder bei Ihnen.«

Morell hörte, wie die Haustür geöffnet wurde und Kaiser recht unfreundlich jemanden anfauchte. Der Chefinspektor schlich zur halb geöffneten Küchentür und schielte durch den Türspalt. Morell konnte einige Wortfetzen aufschnappen.

»Nicht jetzt! Der fette Polizist hockt in meiner Küche. Ich hab dir doch gesagt, du sollst dich hier nicht blicken lassen, du Trottel! Wir checken das heute Abend.«

237

Das war ja interessant. Morell wollte so unauffällig wie möglich noch mehr von dem Gespräch mitbekommen. Langsam und behutsam öffnete er die Tür ein wenig mehr und spähte um die Ecke. Erst als das Gespräch abrupt abbrach, bemerkte Morell, dass er im Spiegel neben der Garderobe in voller Pracht zu sehen war.

»Kruzifix«, sagte er leise zu sich selbst und beschloss die Flucht nach vorne anzutreten. »Ich bin auf der Suche nach der Toilette«, verkündete er und trat in den Flur. »Mein Name ist Chefinspektor Morell«, sagte er zu dem Mann, der mit gesenktem Kopf draußen stand und auf den Boden starrte.

»Das ist mein Cousin Bert«, antwortete Kaiser.

»Nett, Sie kennenzulernen«, sagte Morell und streckte Kaisers Cousin seine Hand hin. »Ich habe Sie bisher noch nie im Ort gesehen, sind Sie neu hier?«

»Ja«, stammelte Bert und schaute dabei nicht Morell, sondern Karl Kaiser an. »Ich bin vor vier Wochen hergezogen. Aber ich war vorher schon einige Male auf Besuch da. Es ist sehr schön hier.«

»Bert hilft mir ein wenig im ›Hype‹«, sagte Kaiser und kratzte sich am Kopf. »Er sorgt dafür, dass keiner der Gäste Ärger macht.«

So etwas hatte Morell sich beinahe schon gedacht. Bert war prädestiniert für den Job als Rausschmeißer. Er war ein Schrank von einem Mann, mindestens so groß wie Morell, hatte aber Muskelpakete an den Stellen, an denen beim Chefinspektor Speckrollen wabbelten. Seine Nase sah so aus, als wäre sie mehr als nur einmal gebrochen worden, und sein Gesichtsausdruck erweckte den Eindruck, als hätte er schon öfter ein paar Schläge auf den Kopf abbekommen.

»Ich muss jetzt gehen«, murmelte Bert, drehte sich ohne weiteren Kommentar um und ging.

Morell schaute ihm ein wenig verwundert hinterher.

»Sie müssen meinen Cousin entschuldigen«, sagte Kaiser und schloss die Haustür. »Er ist geistig zurückgeblieben, wenn Sie verstehen.«

»Oh«, sagte Morell, der sich so etwas schon beinahe gedacht hatte. »Wie schlimm ist es denn?«

»Bert ist nicht behindert, zumindest nicht schwer. Er ist geistig einfach nur nicht ganz auf der Höhe. Man könnte sagen, dass er leichte intellektuelle Mangelerscheinungen aufweist. In Landeck, wo er bisher gewohnt hat, hat er sich ein wenig Ärger eingefangen und seinen Job verloren. Meine Tante hat mich drum gebeten, ihm ein wenig unter die Arme zu greifen.«

»Alles klar, und seitdem arbeitet er im ›Hype‹ als Rausschmei-ßer.«

»Sozusagen«, Kaiser nickte. »Nicht dass ich unbedingt einen Rausschmeißer gebraucht hätte – die paar Störenfriede habe ich immer noch selber in den Griff bekommen. Aber Bert ist Familie, und da muss man halt manchmal Opfer bringen. Abgesehen davon macht er seinen Job gar nicht mal schlecht.«

Morell dachte kurz nach. »Wegen meiner Frage von vorhin …«

»Ja, schon gut!« Kaiser zuckte mit den Achseln und nickte. »Es war Berts Faust …«

»… die zufällig in Adams Gesicht gerutscht ist«, vervollstän-digte Morell den Satz und folgte seinem Gastgeber wieder zurück in die Küche.

»Nicht zufällig«, entgegnete Kaiser. »Den Schlag hatte Adam absolut verdient. Er hatte Becky den ganzen Abend schon beläs-tigt, hat ihr ständig irgendwelchen perversen Kram ins Ohr ge-flüstert und ihr dauernd am Hintern herumgefummelt. Als sie sich gewehrt hat, hat er sie als Dorfmatratze und Nudelfriedhof beschimpft.«

»Und dann hat Bert ihm ein Veilchen verpasst«, stellte Morell fest.

»Wie schon gesagt, das blaue Aug' hat Adam mehr als nur ver-dient. Das kann Ihnen jeder bestätigen, der an dem Abend im ›Hype‹ war. Glauben Sie mir – Adam hatte Glück, dass er an so einen gutmütigen Idioten wie Bert geraten ist. Manch anderer hier im Dorf wäre nicht so sanft mit ihm umgegangen, sondern hätte noch eins draufgesetzt.«

»Trotzdem hätte ich jetzt gerne Berts vollen Namen und seine Adresse.«

»Sie müssen mir glauben, Herr Chefinspektor, Bert ist ein herzensguter Mensch. Der kann keiner Fliege etwas zuleide tun. Ich weiß, er wirkt auf den ersten Blick nicht unbedingt so, aber er ist wirklich eine gute Seele.«

»Den vollen Namen und seine Adresse«, wiederholte Morell.

Kaiser seufzte. »Hubert Kröpfl. Zurzeit wohnt er im Hinterzimmer vom ›Hype‹.«

Morell starrte Kaiser mit großen Augen an.

»Ja, ich weiß schon, was Sie denken. Aber es ist nicht so, wie Sie vielleicht glauben. Ich habe meinem Cousin angeboten, bei mir zu wohnen, aber er wollte lieber seine eigenen vier Wände haben. In Landeck hatte er keine eigene Wohnung, sondern hat bei seiner Mutter gelebt. Glauben Sie mir – meine Tante Martha führt ein ziemlich strenges Regiment. Kein Wunder, dass Bert nun ein wenig Freiraum haben will.« Kaiser musterte Morell, der sich Notizen in seinem kleinen Buch machte. »Die Toilette ist übrigens um die Ecke links. Die dritte Tür auf der rechten Seite.«

»Wie bitte?«, fragte Morell und schloss sein Notizbuch. Es dauerte einen Moment, bis ihm seine Ausrede von vorhin wieder einfiel. Er lachte verlegen und stand auf. »Ich glaube, es ist doch nicht so dringend. Herzlichen Dank für die Gastfreundschaft.«

Kaiser funkelte ihn böse an.

Im Auto schnappte sich Morell das Funkgerät und funkte Bender an.

»Robert? Hier Morell! Ich hätte gerne, dass du für mich einen gewissen Herrn Hubert Kröpfl aus Landeck überprüfst. Ich will jede Information, die du finden kannst. Es sieht nämlich so aus, als hätte unser Kaiser einen kleinen Hofstaat.«

»Ich versteh nur Bahnhof, Chef.«

»Karl Kaiser hat einen kleinen Handlanger.«

»Ach so«, sagte der Inspektor. »Sie glauben, dass Kaiser einen Mörder engagiert hat?« An Benders Tonfall konnte Morell erkennen, dass seinem Assistenten die Möglichkeit eines Auftragskillers fast so gut gefiel wie die Idee mit dem Ritualmord. Er musste Bender unbedingt dazu bringen, sich weniger Schund im Fernsehen anzuschauen.

»Ich glaube nicht, dass Kaiser die Morde in Auftrag gegeben hat, aber ich will keine Möglichkeit außer Acht lassen. Außerdem bin ich mir ganz sicher, dass die beiden Dreck am Stecken haben. Irgendetwas führen die zwei im Schilde, und ich will wissen, was.«

»Alles klar, Chef!« Bender war hörbar aufgekratzt. »Dann bis später. Ich mach mich gleich an die Arbeit!«

»Bis später«, sagte Morell, schaute enttäuscht in seine leere Tupperdose, startete den Wagen und fuhr zu Sascha Genz.

Im Haus von Genz sah es heute sogar noch schlimmer aus als bei Morells letztem Besuch. Wie vor ein paar Tagen kam Morell ein Schwall abgestandener Luft entgegen, als er den Flur betrat. Doch als sie in die Küche gingen, verschlug es ihm beinahe den Atem. Der Mülleimer quoll über und war anscheinend schon seit Tagen nicht mehr geleert worden. Einige Konservendosen, die in dem Kübel keinen Platz mehr gefunden hatten, standen einfach daneben.

»Na«, sagte Morell und versuchte dabei so unbekümmert wie möglich zu klingen, »wie geht es dir heute?«

»Den Umständen entsprechend«, sagte Genz, und Morell überlegte, von welchen Umständen er wohl sprach.

»Tut mir leid, dass ich dich schon wieder stören muss, aber du hast sicher schon von Andreas Adams Tod gehört.«

»Wir leben in einem sehr kleinen Ort«, sagte Genz und räumte dreckige Gläser von einem kleinen Tisch. Da die Spüle mit Tellern vollgestellt war, auf denen angekrustete Essensreste klebten, stellte er sie einfach auf das Fensterbrett. »Setz dich doch«, sagte er und zeigte auf einen Stuhl voller alter Zeitungen.

Morell legte das Altpapier auf den Boden und setzte sich hin, während Genz stehen blieb. »Ich habe gehört, ihr beide hattet ein paar kleine Probleme, du und Andreas.«

»Oh ja, das hatten wir«, gab Genz ohne Umschweife zu. »Dieser schmierige Versicherungsvertreter hat mir eine teure Versicherung angedreht, die nichts getaugt hat.«

Morell beschloss, das Thema Verkehrssicherheit nicht weiter zu kommentieren und die Tatsache, dass Genz vergessen hatte, seine Tochter anzuschnallen, nicht zu erwähnen. »Findest du es gut, über ein Mordopfer herzuziehen, wenn der ermittelnde Chefinspektor vor dir sitzt?«, fragte er. »Du solltest ein wenig vorsichtiger sein, was du den Leuten erzählst.«

»Warum?«, fragte Genz voller Trotz. »Ich habe eine Meinung, und zu der stehe ich auch. Wenn mich das in irgendeiner Weise verdächtig macht, dann bitte. Mir ist zurzeit alles egal!«

Morell starrte seinen Freund fassungslos an.

»Joe und Andreas waren beide Schweinehunde«, machte Genz weiter. »Dass sie tot sind, ist mir völlig egal. Beziehungsweise nein«, er hielt inne und sah Morell ins Gesicht. »Es ist mir nicht egal. Ich finde sogar, dass sie es verdient haben. Das kannst du von mir aus auch gerne schriftlich haben.«

Sascha Genz war nicht wiederzuerkennen. Aus dem freundlichen Familienvater war ein verbitterter alter Mann geworden.

»Dann frage ich dich jetzt, was du in der Nacht von Donnerstag auf Freitag gemacht hast?«, sagte Morell.

»Mei, dasselbe wie jede Nacht.« Genz öffnete den Kühlschrank und nahm sich eine Dose Bier heraus. »Im Wohnzimmer auf der Couch geschlafen.«

»Und vorgestern Nacht?«

»Dito«, sagte Genz trocken, nahm einen kräftigen Schluck und stellte die Bierdose auf den Tisch. »Ich glaube, du musst jetzt gehen, Otto. Ich muss mich um meine Tochter kümmern.«

»Na gut«, sagte Morell, »lassen wir's für heute dabei. Aber ich werde vielleicht noch einmal wiederkommen.« Er erhob sich und war froh, die trostlose Umgebung verlassen zu können.

**»Der Jäger gab zwölf Flaschen von demselben Getränk,
bei dem der Handel geschlossen worden –
der Vagabund gab den Hund.«**

Marie von Ebner-Eschenbach, Krambambuli

Capelli saß in Morells Wohnzimmer und tippte den Obduktions-
bericht, als ihr Handy klingelte.

»Capelli.«

»Hallo, Frau Capelli, ich bin's, Markus Levi.«

»Hallo, Herr Kollege«, sagte sie. »Wie nett, dass Sie anrufen.«

»Ich wollte eigentlich nur kurz nachfragen, ob unsere Verabredung zum Essen heute Abend noch steht.«

»Natürlich. Sehr gern sogar.«

»Na wunderbar. Sagen wir so gegen acht Uhr? Ich hole Sie ab.«

»Na gut, acht Uhr«, sagte sie, gab Dr. Levi Morells Adresse und
verabschiedete sich.

Gegen sieben Uhr kam der Chefinspektor nach Hause.

»Was für ein schrecklicher Tag«, seufzte er und ließ sich auf die
Couch fallen. »Ich muss gleich etwas kochen!«

»Du wirst heute wohl leider einmal ohne mich essen müssen«,
sagte Capelli und wurde dabei ein wenig rot.

»Warum das?«, wollte Morell wissen und ächzte, als Fred sich
auf seinen Schoß setzte.

»Ich bin doch mit Dr. Levi zum Essen verabredet.« Sie betrachtete Morell und Fred, die in trauter, dicker Zweisamkeit auf dem Sofa saßen.

»Ach so ist das. Dann habe ich gestern also doch richtig gehört«, grinste Morell. »Und ich dachte immer, du hättest ein Auge auf unsern Dr. Lorentz geworfen.«

»Leander? Auf gar keinen Fall!« Capelli war noch viel röter im Gesicht geworden. »Leander ist ein eingebildeter, überheblicher Macho ohne Manieren und Niveau.« Sie schnaubte, drehte sich um und verließ leicht eingeschnappt das Wohnzimmer.

Morell starrte ihr nach. »Sie steht eindeutig auf ihn«, stellte er fest und kraulte Fred hinter den Ohren. »Komm, mein Dickerchen! Wir schauen mal, was der Kühlschrank so hergibt.«

Capelli war in ihr Zimmer gegangen und hatte sich aufs Bett gesetzt. Sie schämte sich über ihre heftige Reaktion. Was war nur in sie gefahren? Warum hatte sie sich über Morells dumme Bemerkung nur so aufgeregt? Sie seufzte und ließ sich auf ihr Kissen fallen. Morell hatte völlig recht: Ja, sie war ein bisschen in Lorentz verschossen – und das war ihr mehr als nur peinlich. Sie musste Morell und vor allem sich selbst beweisen, dass sie eine erwachsene, gebildete Frau war. Heute Abend hatte sie eine Verabredung mit einem charmanten, kultivierten Arzt. Zum Teufel also mit der selbstzerstörerischen, erniedrigenden Schwärmerei für Leander Loser Lorentz. Sie war ein klar denkender, intelligenter Mensch, und das würde sie heute Abend demonstrieren.

Anstelle des Ärgers, den sie noch vor wenigen Minuten verspürt hatte, war auf einen Schlag Nervosität getreten. Schließlich war es schon eine kleine Ewigkeit her, seit sie das letzte Mal eine Verabredung mit einem Mann hatte.

»Oh mein Gott, oh mein Gott, was soll ich nur anziehen?«, murmelte sie und wühlte in ihrem Koffer herum.

Pünktlich um acht Uhr läutete es an der Haustür.

»Das ist Dr. Levi«, rief Capelli in die Küche, in der Morell gerade nachschaute, wie weit seine Kohlrabi-Spinat-Lasagne mit Brunnenkresse und grünem Spargel schon war. »Oh Mann, riecht das gut. Sieht ganz so aus, als würde ich heute Abend ein gutes Essen versäumen.«

»Schon möglich«, stellte Morell fest. »Aber ich bin mir sicher, dass Levi dich in ein gutes Restaurant ausführen wird. Außerdem kannst du dir morgen ja die Reste aufwärmen. Lasagne schmeckt aufgewärmt eh am besten.«

Capelli lächelte. »Du, tut mir leid wegen vorhin. Ich habe ein wenig überreagiert.«

»Kein Thema. Ich glaube, unser aller Nerven liegen zurzeit ein bisschen blank.« Er zwinkerte. »Du siehst übrigens ausgesprochen hübsch aus heute Abend. Diese rote Seidenbluse steht dir gut.«

Capelli lächelte verlegen und wurde wieder ein wenig rot. Sie hatte die Bluse extra eingepackt, weil Rot Paolos Lieblingsfarbe war. Den italienischen Macho hatte sie schon völlig vergessen. »Danke«, sagte sie und ging zur Eingangstür.

»Ach ja«, rief Morell ihr nach. »Wenn Levi noch einmal Bemerkungen über mein Gewicht macht ...«

»Ja, ja«, rief Capelli, die bereits auf der Stiege war, »dann werde ich ihm sagen, dass er dich damit bis zum Abschluss des Falls in Ruhe lassen soll.«

»So ist es richtig«, murmelte Morell und schielte noch einmal ins Backrohr.

»Lass doch erst die zwölf zu mir herein!«

H. C. Andersen, Zwölf mit der Post

Morell musste wieder einmal über seinen Assistenten staunen. Dieser Fall ließ ihn wirklich zu Hochtouren auflaufen. Bereits Montagmittag hatte Bender es geschafft, von den Polizeistationen und Amtsärzten der umliegenden Orte alle Unterlagen zu den Todesfällen der letzten drei Jahre zu bekommen.

Da es sehr viele Akten waren, hatte er sie, sozusagen als Fleißaufgabe, zusätzlich noch geordnet.

»Ich habe vier Stapel gemacht, Chef«, verkündete er stolz zur Mittagspause. »Einen für alte Menschen, die an Altersschwäche gestorben sind, dann einen für Ski- und Autounfälle, einen für Selbstmorde und einen für anderes.«

»Sehr fein, Robert«, lobte ihn Morell. »Ich erkenne dich ja kaum wieder. Dann werde ich mal Herrn Lorentz und Dr. Capelli anrufen, damit sie sich die Unterlagen gleich durchsehen können.«

Er verstaute mit Benders Hilfe die Aktenstapel in vier Plastiktüten und wollte gerade zum Hörer greifen, um Lorentz anzurufen, als das Telefon klingelte.

»Wie gut, dass ich Sie persönlich erwische«, grollte die Stimme von Bürgermeister Endres. »Wie konnten Sie nur zulassen, dass

247

irgendein Irrer Andreas Adam ermordet?! Sehen Sie denn nicht, dass die Existenz des Dorfes gefährdet ist? Niemand will seinen Urlaub in einem Ort verbringen, in dem ein Killer umgeht. Was zur Hölle gedenken Sie zu tun, um diesem Spuk ein Ende zu setzen?!«

»Na ja«, setzte Morell an. »Wir verhören Verdächtige, verfolgen Spuren … «

»Sie sollen den Mörder zur Strecke bringen! Das ist Ihr Job.«

»Ja«, seufzte Morell, der keine Lust auf eine Diskussion hatte. »Ich habe verstanden.«

»Und zwar pronto! Ich will, dass Sie den Killer fassen und zwar noch vor Weihnachten!«

»Ich tue mein Bestes«, grummelte Morell.

»Gut. Übrigens: Die offizielle Version lautet, dass Adam einen bedauerlichen Unfall hatte. Er war betrunken, ist auf dem Weg nach Hause gefallen und erfroren. Sollte ich erfahren, dass Sie irgendwem eine andere Version erzählen, dann haben Sie großen Ärger am Hals. Und dass Sie mir ja nicht auf die Idee kommen, Verstärkung anzufordern! Das fehlte gerade noch, dass Horden von Kriminalern unseren schönen Ort heimsuchen. Sie vergraulen mir hier nicht die Touristen!«

»Ich muss mich jetzt wieder an die Arbeit machen«, sagte Morell und hoffte, dass dieses Argument den Bürgermeister überzeugte.

»Gut, ich will am Freitag unbekümmert und sorgenfrei Weihnachten feiern! Ach, und finden Sie endlich die Kerle, die unser Krippenspiel verschandelt haben!«

Morell holte tief Luft. »Einen schönen Tag noch«, sagte er, legte auf und wählte die Nummer von Leander Lorentz.

• • •

Bevor er die Akten bei Morell abholen würde, wollte Lorentz nur noch kurz in die örtliche Bibliothek gehen, um sich dort einmal die Bücher anzusehen. Er bezweifelte zwar, dass es in der kleinen Sammlung mehr als ein paar billige Kitsch- und Kriminalromane gab, aber es war einen Versuch wert. Immerhin hatte der Mörder auch Zugriff auf die Literatur vor Ort und hatte sich vielleicht hier zu dem Geheimnis um die Zahl Zwölf inspirieren lassen.

Lorentz zog seine Winterjacke an, wickelte sich einen Schal um den Hals und verließ das Haus.

Auf dem Weg dorthin grübelte er. Es war schon seltsam, so viele Tage wieder hier zu sein. Er empfand so viel Abscheu für diesen Ort, der einmal seine Heimat gewesen war. Diese Enge, diese Beschränktheit. Und nun auch noch die Morde! Von hier wegzuziehen war die beste Entscheidung gewesen, die er jemals getroffen hatte. Aber immerhin hatte er wieder Kontakt zu Iris bekommen. Und auf die kommenden Stunden, in denen er gemeinsam mit der niedlichen Nina Capelli die Akten durchforsten würde, freute er sich insgeheim sogar ein bisschen. Dennoch: Er vermisste Wien. Die Stadt war nun einmal sein neues Zuhause. Aber aller Wahrscheinlichkeit nach war der Pass morgen wieder frei, und dann könnte er in Ruhe nach Wien zurückfahren und seine Vergangenheit wieder hinter sich lassen.

»Leander«, holte ihn eine vertraute Stimme aus seinen Gedanken. Es war Iris, die ihm von der anderen Straßenseite aus zuwinkte.

Lorentz ging ihr entgegen. »Wie nett dich zu sehen.«

Sie lächelte verlegen. »Ich war gerade einkaufen«, sagte sie und zeigte auf eine Tasche voll mit Lebensmitteln. »Ich hatte überhaupt nichts mehr zu essen daheim.«

Lorentz stellte fest, dass sie blass aussah. Sie wirkte verletzlich und zerbrechlich, und da er seine Beschützerinstinkte nicht unterdrücken konnte, strich er ihr eine blonde Haarsträhne aus dem Gesicht. »Soll ich dir tragen helfen?«, fragte er.

»Sehr gerne«, antwortete Iris. »Ich will dich aber auf keinen Fall von irgendetwas Wichtigem abhalten«, fügte sie hinzu.

»Keine Sorge! Für einen kleinen Umweg habe ich allemal Zeit.« Lorentz streckte seine Hand nach der Einkaufstasche aus. »Wow, die ist aber schwer, scheint so, als hättest du großen Hunger.«

Iris nickte. »Ich hatte in den letzten Tagen keinen großen Appetit, aber irgendwann muss ich ja wieder anfangen ordentlich zu essen. Und da heute so ein schöner Tag ist, dachte ich, es wäre ein guter Moment, damit zu beginnen.«

»Das ist ein guter Vorsatz, finde ich«, sagte Lorentz.

Sie gingen den Rest des Weges schweigend nebeneinander her. Lorentz dachte an ihre gemeinsame Zeit zurück und das unschöne Ende ihrer Liebe. Seitdem hatte er keine wirklich ernste Beziehung mehr gehabt. Das Maximum waren die zwei Jahre mit Lena gewesen. Als diese aber irgendwann begann, ihn zu drängen, mit ihr zusammenzuziehen, hatte er die Flucht ergriffen. Er brauchte seinen Freiraum, wollte keine zu enge Bindung. Nach und nach hatten viele seiner Freunde geheiratet und Kinder bekommen. Lorentz hatte sie meistens ausgelacht und war froh gewesen, dass nicht er es war, der vor dem Traualtar stand oder den Kinderwagen schob.

Vielleicht hatte er falschgelegen? Vielleicht waren ein wenig Sicherheit und Nähe doch gar nicht so übel. Er schielte zu Iris hinüber und lächelte.

»Möchtest du noch auf einen Sprung mit reinkommen?«, fragte sie, als sie vor ihrer Haustür angekommen waren.

»Würde ich wirklich gerne. Aber ich muss noch in die Bibliothek.«

Sie lächelte, und Lorentz fand, dass ihr das sehr gut stand.

»Du bist immer noch derselbe Bücherwurm wie früher«, sagte Iris.

»Manche Dinge ändern sich eben nie«, antwortete er.

• • •

»Ah, Leander, ich habe dich schon erwartet«, sagte Capelli, als sie Morells Haustür öffnete. Sie nahm ihm zwei der vier schweren Plastiktüten ab, die er mitgeschleppt hatte. »Otto hat gerade angerufen und gesagt, dass du unterwegs bist.«

Gemeinsam packten sie die Tüten aus, und Lorentz erklärte ihr, was es mit den vier Stapeln auf sich hatte. Dann ging er kurz in die Küche, um sich ein Glas Mineralwasser zu holen. Als er zurück ins Wohnzimmer kam, hatte Capelli bereits die erste aufgeschlagene Akte vor sich liegen.

»Du, als ich hergelaufen bin, ist mir etwas eingefallen, das ich nach der Trauerfeier gehört habe«, sagte Lorentz und nahm einen großen Schluck. Die Kohlensäurebläschen kratzten in seinem Hals. »Ich weiß nicht mehr genau, ob es Stefan oder Andreas war, aber einer von den beiden hat gemeint, dass Joe jetzt schon der Fünfte in zwei Jahren gewesen sei.«

»Der Fünfte von was?«

»Der Fünfte aus unserem direkten Umfeld, der in den letzten Jahren gestorben ist. Warte, lass mich überlegen … also, da war Raimund Schelling. Er wohnte früher ein paar Häuser weiter und war ein oder zwei Jahre älter. Er hat sich anscheinend selber umgebracht.«

Capelli suchte in dem von Bender geschaffenen Selbstmord-Stapel und legte die Akte neben sich. »Wer noch?«, fragte sie.

»Thomas Liebenknecht, auch ein Junge aus der Nachbarschaft, starb, als seine Tankstelle in die Luft flog.«

Capelli suchte kurz und fischte dann eine Akte aus dem Anderes-Stapel. »Fehlen uns noch zwei«, stellte sie fest.

»Dann war da noch Susanne Simonis, der Schwarm aller Jungs auf unserer Schule. Sie hat sich aus dem Fenster gestürzt. Ach ja, und natürlich noch der spektakulärste Fall: Linda Frank, damals ein zierliches Mädchen mit Zahnspange. Sie war Psychiaterin und wurde von einem ihrer Patienten umgebracht.«

»Ich kann mich erinnern, die Zeitungen waren voll davon.«

»Ich glaube, Linda Frank können wir aber weglassen«, sagte Lorentz. »Die Polizei hat ihren Mörder damals gefasst und weggesperrt.«

»Wir dürfen nichts auslassen. Sicher ist sicher.«

Sie begannen mit Susanne Simonis, da sie seinerzeit die erste Tote gewesen war.

»Fällt dir was auf?«, fragte Lorentz.

Capelli nickte. »Das Datum. Susanne Simonis starb am 12. 12., irgendwie unheimlich.« Sie blätterte die Akte durch und las den Bericht. »Ansonsten kann ich nichts Auffälliges finden, aber das Datum gibt mir schon sehr zu denken.«

»Verdammte Zwölf«, sagte Lorentz. »Hier«, er reichte Capelli die Akte von Thomas Liebenknecht. »Er war als Nächster dran.«

Capelli nahm die Unterlagen. »Auch an einem Zwölften«, sagte sie. »Am 12. Juni. Das kann natürlich ein Zufall sein.«

»Oder auch nicht. Laut dem Bericht der Feuerwehr hier war die Ursache des Brandes unklar. Eventuell Brandstiftung. Es war aber nicht möglich, einen Schuldigen zu identifizieren, da die Flammen alle Beweise vernichtet hatten.«

»Wie praktisch«, stellte Capelli fest.

Lorentz schaute kurz in die nächste Akte und reichte sie dann der Gerichtsmedizinerin. »Raimund Schelling – und du wirst nie erraten, wann er starb.«

»Ah geh – auch an einem Zwölften?«

»Genau. Er starb wie Thomas Liebenknecht am 12. Juni, nur eben ein Jahr später.«

»Verdammt«, sagte Capelli und fing an zu blättern. »Er hat eine Überdosis Tabletten genommen und jede Menge Alkohol getrunken. Laut einem Bericht seines Hausarztes wurden bei ihm schwere Depressionen diagnostiziert, und er musste verschreibungspflichtige Antidepressiva nehmen. Könnte also tatsächlich ein Selbstmord gewesen sein. Hier steht außerdem, dass er Pfleger im Landeskrankenhaus Breitenberg war, wo immer das auch sein mag.«

»Breitenberg ist nur eine halbe Stunde von Landau entfernt«, klärte Lorentz die Gerichtsmedizinerin auf. »Meine Mutter ist früher, als es in Landau noch nicht so viele Geschäfte gab, immer mit mir und meiner Schwester dorthin gefahren, um Klamotten zu kaufen.«

»Verstehe. Nochmal zurück zu Raimund Schelling: Nachdem er in einem Krankenhaus gearbeitet hat, hatte er also auch Zugang zu allen möglichen Medikamenten. Es war wohl kein Problem für ihn, sich die Überdosis zu besorgen.«

»Klingt gut«, sagte Lorentz. »Das heißt, es klingt natürlich gar nicht gut für ihn, aber gut für uns, weil es sehr wahrscheinlich kein Mord war.«

Capelli sah ihn an, und ihr Blick verhieß nichts Gutes. »Doch, war es«, sagte sie. »Bei den anderen beiden bin ich mir nicht sicher, aber Raimund Schelling wurde auf jeden Fall von derselben Person umgebracht, die auch Joe Anders und Andreas Adam getötet hat.« Sie hielt ihm ein Foto unter die Nase.

»Was zur Hölle ist das?«

»Im Rachen des Toten wurde bei der Obduktion ein kleiner Zettel gefunden. Mein Kollege Dr. Hegel hat damals die Obduktion vorgenommen, ein ausgesprochen genauer Mediziner. Und das hier sind seine Aufzeichnungen. Anscheinend nahm Hegel an, dass der Tote den Zettel verschluckt hatte. Da er sich keinen Reim darauf machen konnte, hat er ihn fotografiert und das Bild zu den Akten dazugelegt.«

»Verdammte Scheiße!«, murmelte Lorentz. Auf den kleinen Papierschnipsel hatte jemand mit einem schwarzen Stift eine römische Zwölf geschrieben. »Warum wurde das nicht näher untersucht?«, wollte er wissen.

»Alle Anzeichen sprachen für einen Selbstmord. Die Depressionen, der Zugang zu den Medikamenten. Es gab anscheinend sogar einen Abschiedsbrief.«

»Der könnte aber auch gefälscht gewesen sein.«

»Klar, aber wenn so viele Hinweise für einen Selbstmord sprechen, dann kommt niemand auf die Idee, dass es Mord gewesen sein könnte. Alle seine Freunde und Verwandten wussten wahrscheinlich von seinem labilen Gemütszustand. Sein Tod hat keinen überrascht, ganz im Gegenteil. Warum sollte da jemand wegen so einem kleinen Zettelchen Verdacht schöpfen?«

»Wir haben es also tatsächlich mit einem Serienkiller zu tun.« Lorentz nahm noch einen großen Schluck von seinem Wasser, lehnte sich zurück und presste das kalte Glas gegen seine glühende Stirn.

»Sieht so aus. Drei Opfer gibt es bisher mit absoluter Sicherheit, vielleicht sogar mehr.«

Lorentz stellte das Glas auf den Tisch und griff nach der letzten Akte. »Nein«, sagte er, nachdem er ein paar Augenblicke darin geblättert hatte. »Es sind sogar ganz sicher mehr – mindestens vier.« Er hielt Capelli ein Tatortfoto hin, das in der Wohnung von Linda Frank gemacht worden war. Hinter der Toten prangte eine riesige Zwölf an der Wand, die jemand mit roter Farbe dorthin gemalt hatte.

»Und das ist noch nicht alles.« Lorentz brach nun vollends der Schweiß aus. »Die Tat geschah auch an einem Zwölften. Dieses Mal am 12. September.«

»Zeig her!« Capelli griff nach der Akte und studierte sie Blatt für Blatt.

»Ich verstehe das nicht«, sagte Lorentz, während er auf das Tatortfoto starrte. »Der Täter wurde doch gefasst. In der Zeitung stand, dass Lindas Mörder in einer psychiatrischen Anstalt sitzt. Er ist doch wohl nicht ausgebrochen?«

Capelli schwieg und las weiter in den Unterlagen. »Ich habe hier das psychologische Gutachten des Mannes. Er hat offenbar eine multiple Persönlichkeitsstörung. Solche Patienten sind häufig verwirrt und leiden unter Wahnvorstellungen, Halluzinationen und Realitätsentfremdung. Ich kann mir gut vorstellen, dass er gestanden hat, ohne dass ihm dabei die Tragweite dieser Aussage bewusst war. Vielleicht hat er sich auch nur eingebildet, die Tat wirklich begangen zu haben.«

»Aber … aber …«, stotterte Lorentz. »Wie kann das passieren, dass einfach der Falsche eingesperrt wird?«

»Ganz einfach. Die Polizei braucht dringend einen Täter, den sie der Öffentlichkeit präsentieren kann, und dann kommt plötzlich ein Kerl daher, der kein Alibi hat, in direkter Verbindung zum Opfer stand und offensichtlich verrückt ist. Klarer Fall. Du musst den Mord einmal gesondert betrachten, und zwar ohne die Informationen, die wir heute haben. Mit dem damaligen Wissensstand hättest du wahrscheinlich genauso gehandelt wie die Polizei damals.«

»Kann schon sein«, gab Lorentz zu.

»Es ist genauso, wie ich es mir gedacht habe«, sagte Capelli. »Der Mörder will eine Botschaft loswerden, aber keiner versteht sie. Also muss er immer direkter werden. Die ersten Morde, sofern es welche waren, waren wie ein Flüstern. Der Mörder versucht, über das Datum eine Nachricht zu senden. Nachdem keiner darauf eingeht, wird er direkter. Er steckt Raimund einen Zettel in den Mund. Aber auch dieser Hinweis wird offenbar ignoriert. Also wird der Mörder immer lauter, bis hin zu den Morden von Joe und Andreas, die im Gegensatz zu den ersten Taten wie regelrechte Schreie wirken.«

Lorentz' Hemd war mittlerweile klitschnass. »Hoffentlich hört er bald auf zu schreien.«

Die Gerichtsmedizinerin schüttelte den Kopf. »Wenn wir es nicht schaffen herauszufinden, was die Zwölf bedeutet, dann wird es bald ein weiteres Opfer geben.«

Lorentz betrachtete das Glas Wasser in seiner Hand. »Ich glaube, ich brauche jetzt was Stärkeres«, sagte er.

»Kein Problem«, erwiderte Capelli und griff nach der Flasche mit Morells gutem Schnaps.

**»Als er nun hundert Stunden weit geritten war,
kam er an das Schloss, und kaum sahen ihn die zwölf Riesen,
als sie hervorstürzten, ihn zu töten.«**
Johann Wilhelm Wolf, Der Kaiserssohn und sein Pate

Morell kam um halb acht, schwer mit Einkaufstüten bepackt, nach
Hause. Er fühlte sich müde und ausgebrannt. Der zweite Mord,
das durchgearbeitete Wochenende und der wütende Anruf des
Bürgermeisters hatten an seinen Nerven gezehrt. Er würde jetzt
ein leckeres Nudelgratin mit Ruccola und Pinienkernen zubereiten
und zum Nachtisch Germknödel mit Mohn und Vanillesauce machen. Danach würde es ihm sicher besser gehen.

»Hallo, Nina«, begrüßte er seinen Gast. »Ich hoffe, dein Tag war
besser als meiner.«

Capelli schaute auf die Einkaufstüten. »Dein Tag war anscheinend wirklich ziemlich mies. Du hast wohl versucht, mit einer
kleinen Einkaufsorgie deine Nerven zu beruhigen, was?«

Morell nickte nur und wollte sich gerade in Richtung Küche be-
geben, als sein Blick auf Lorentz fiel. »Ach, du bist auch noch da.
Na, dann kann ich ja gleich für drei kochen.«

Lorentz grinste verlegen und zeigte auf die Akten. »Ähm, es
gibt da ein kleines Problem«, sagte er und schielte zu Capelli.

»Ein kleines Problem ist noch ein wenig untertrieben«, stellte
diese fest und sah Lorentz an.

256

»Was denn für ein Problem?«

Lorentz blickte auf den Boden und tat so, als hätte er die Frage des Chefinspektors nicht gehört, und Capelli wühlte plötzlich in den Einkaufstüten.

»Was für ein Problem?«, fragte Morell noch einmal. Dieses Mal um einiges energischer als zuvor.

»Es wird dir nicht gefallen«, sagte Capelli, nachdem Lorentz keine Anstände machte zu antworten. »Vielleicht sollten wir das lieber nach dem Essen besprechen.«

»Nein«, sagte Morell entschieden und schaute Capelli in die Augen. »Wir besprechen das hier und jetzt. Was gibt es für ein Problem?«

»Problem ist vielleicht der falsche Ausdruck. Es ist etwas, auf das wir vorhin gestoßen sind.«

»Kruzifix nochmal!«, fluchte Morell. »Wenn ihr jetzt nicht gleich mit der Sprache rausrückt, dann habt ihr beide ein ziemlich großes Problem.« Er stampfte mit dem Fuß so heftig auf den Boden, dass Fred, der sich gerade an das Bein seines Herrchens schmiegen wollte, erschrocken unter die Couch flüchtete.

»Na gut«, sagte Capelli. »Aber sag nicht, ich hätte dich nicht gewarnt. Da«, sie zeigte auf die Couch, »setz dich lieber hin.«

Morell schüttelte den Kopf. »Ich bleibe stehen und will jetzt sofort wissen, worum es geht.«

»Also schön, machen wir es kurz und schmerzlos: Joe Anders und Andreas Adam sind bei weitem nicht die ersten Opfer unseres Killers.«

Morell hatte das Gefühl, dass seine Beine seinem Gewicht nicht mehr gewachsen waren, und musste sich hinsetzen.

»Das ist heute einer der schlimmsten Tage meiner Karriere, wenn nicht gar der schlimmste«, jammerte der Chefinspektor, nachdem er alles erfahren hatte. »Ich habe extra den Dienst bei der Kriminalpolizei in Wien quittiert, weil es mir dort zu brutal war – und jetzt habe ich einen Serienkiller hier in Landau am Hals.«

»Nun ja«, sagte Capelli und tätschelte beruhigend seine Schulter. »Die Verrückten machen auch vor einer Insel der Seligen nicht halt.«

»Scheint so«, stöhnte Morell. »Mei, wie konnte es nur so weit kommen«, sagte er mehr zu sich selbst als zu den anderen. »Die letzten zwei Jahre hat ein Irrer vor meiner Nase Menschen umgebracht, und ich habe nichts davon bemerkt.« Er stand auf, ging auf wackeligen Beinen in die Küche und kam mit einer Flasche Schnaps zurück.

»Den kann ich jetzt dringend gebrauchen«, sagte er. »Sonst noch wer?« Beide Besucher nickten.

»Du darfst dir keine Vorwürfe machen«, sagte Capelli. »Wenn man die Akten ohne Hintergrundwissen ansieht, kann einem nicht mal der leiseste Verdacht kommen. Abgesehen davon ist es bei Susanne Simonis und Thomas Liebenknecht noch lange nicht erwiesen, dass es tatsächlich Mord war.« Sie trank ihren Schnaps auf ex und stellte das Glas wieder auf den Tisch.

Morell, der sich wunderte, warum in der Flasche nur noch so wenig Inhalt war, schenkte noch einmal ein.

»Gutes Zeug«, sagte Capelli und griff nach dem frisch aufgefüllten Glas.

»Den hat Erich Altmann gebrannt«, sagte Morell abwesend. Er konnte es immer noch nicht fassen. Während er sich um Gartenzwerge und bärtige Engel gekümmert hatte und Bender vor lauter Langeweile fast umgekommen war, hatte ein Serienkiller unbemerkt vor sich hin gemordet. Er musste dem ein Ende bereiten, ansonsten würde er nie wieder in den Spiegel schauen können. Dies hier war sein Fall, das war er seinem Stolz schuldig.

»Was machen wir denn jetzt?«, wollte Lorentz wissen.

»Das einzig Richtige«, sagte Morell. »Wir werden etwas essen. Eine ordentliche Mahlzeit stärkt nicht nur den Körper, sondern auch den Geist. Und ich habe jetzt dringend ein bisschen Nervennahrung nötig.« Er stapfte in die Küche und schloss die Tür hinter sich.

Lorentz wollte ihm folgen, wurde aber von Capelli am Ärmel festgehalten. »Lass ihn«, sagte sie und dachte an Morells Zusammenbruch, als sie Adams Leiche entdeckt hatten. »Er ist mit den Nerven total am Ende. Und die Küche ist sein Rückzugsgebiet. Ich glaube, es ist das Beste für Otto, wenn er dort ein wenig allein sein kann.«

»Verstehe. Und was sollen wir solange tun?«

»Wir können die Akten im Wohnzimmer wieder zusammenräumen und den Tisch decken«, sagte Capelli.

Aus der Küche war das Geklapper von Geschirr zu hören.

»Der Otto ist schon ein komischer Kauz«, stellte Lorentz fest, während er die Akten ordnete.

»Er hätte lieber Koch werden sollen, anstatt Polizist. Ich war gestern in einem ziemlich teuren Restaurant essen, und es hat nicht halb so gut geschmeckt wie hier.«

»Warum warst du denn auswärts essen? Wolltest du ein bisschen mehr von unserem tollen Kuhkaff sehen?«

»Nein, ich war zum Abendessen eingeladen.« Capelli sah Lorentz triumphierend an.

»Du warst aus?« Die Verwunderung war Lorentz ins Gesicht geschrieben. »Mit wem? Du hast dir doch wohl nicht irgendeinen Bauern aufgerissen.«

»Nein«, sagte Capelli und grinste Lorentz ins Gesicht. »Keinen Bauern, sondern einen jungen, knackigen Arzt.«

Lorentz verzog die Miene. »Na ja, in Landau geht sogar unser Dorfsheriff da drüben«, er deutete mit dem Kopf Richtung Küche, »als jung und knackig durch.«

»Ich kann dir versichern, dass Dr. Levi sogar in Wien als durchaus attraktiv gelten würde. Ich habe selten so einen gut aussehenden Mann gesehen.«

259

»Sie sollten sich mal wieder die Brille putzen, Frau Leichendoktor. Wir befinden uns hier am Ende der Welt, in einem ausschließlich von Evolutionsbremsen bevölkerten Kaff.«

»So so. Ich bin mir sicher, dass Otto und deine Eltern sich sehr freuen werden, von deinen Theorien zu hören.«

»Ausnahmen bestätigen die Regel«, sagte Lorentz entschlossen. »Und ich kann mir ehrlich gesagt nur schwer vorstellen, dass dein Dr. Levi eine Ausnahme sein soll.«

Capelli schnaubte. »Er ist gut aussehend, charmant und sehr intelligent. Wir haben uns blendend über einige höchst interessante wissenschaftliche Themen unterhalten. Außerdem ist er erst vor kurzem nach Landau gezogen. Wenn hier einer eine Evolutionsbremse ist, dann schon eher du!«

Lorentz starrte Capelli an und griff sich an die Stirn. »Er ist erst vor kurzem hierhergezogen? Das sagt ja wohl alles. Es ist ja noch halbwegs verständlich, dass einige Landauer wegen ihren Eltern oder Freunden dableiben oder aus irgendeinem anderen doofen Grund den Absprung nicht schaffen – aber freiwillig hierherziehen? Nur ein völliger Bergdepp ist zu so einem Schritt fähig.«

»Wart nur ab, bis du ihn kennenlernst. Dann wirst du ganz schön blöd aus der Wäsche schauen. Der Mann ist dir haushoch überlegen.«

Lorentz wandte sich wieder den Akten zu. »Na, dann bin ich ja gespannt«, sagte er und erklärte Dr. Levi innerlich zu seinem persönlichen Feind des Monats.

»Ja genau! Du wirst es schon sehen«, sagte Capelli und musste sich eingestehen, dass sie von ihren Worten selbst nicht ganz überzeugt war.

Etwa eine Stunde später kam Morell wieder aus der Küche heraus. Er hatte das Nudelgratin gerade aus dem Ofen geholt und sah schon um einiges relaxter aus.

»Das, was ihr herausgefunden habt, gefällt mir gar nicht«, sagte er und schöpfte Essen auf die Teller. »Wenn deine Theorie stimmt«, er schaute Capelli an, »dann heißt das nämlich, dass der Mörder weitermachen wird, bis irgendwer seine Botschaft versteht.«

Capelli nickte. »Das haben wir vorhin auch schon gesagt.«

Morell setzte sich an den Tisch. »Wir müssen jetzt so schnell wie möglich herausfinden, welche Verbindung es zwischen den Opfern gibt. Klar, sie kommen alle aus Landau und sind etwa gleich alt, aber vielleicht gibt es noch eine Gemeinsamkeit, die entscheidend ist.«

»Wie es scheint, ist die Zahl Zwölf die einzige Gemeinsamkeit, die wir haben«, sagte Lorentz mit vollem Mund. »Susanne Simonis arbeitete in einem Reisebüro, Thomas Liebenknecht hatte die Tankstelle gepachtet, Raimund Schelling war Krankenpfleger, Linda Frank Psychologin, Joe verkaufte Autos, und Andreas war Bankangestellter.«

»Vielleicht ein gemeinsames Hobby?«, warf Capelli ein.

»Genau, das müssen wir überprüfen«, sagte Morell. »Guten Appetit übrigens. Ich werde Bender morgen bitten, das zu recherchieren.«

»Und dann sind sie doch alle auch in Landau zur Volksschule gegangen«, stellte Capelli fest.

»Jeder Landauer ist in diese Schule gegangen. Wir haben ja nur diese eine«, klärte Lorentz sie auf. »Wenn das der gemeinsame Nenner ist, dann ist bald das ganze Dorf tot, inklusive mir und Otto.«

»Vielleicht nur ein bestimmter Jahrgang«, meinte Capelli.

»Nein, nur Joe, Thomas und Andreas waren gleich alt. Linda war ein Jahr jünger und Susanne und Raimund ein wenig älter.« Lorentz wandte sich an Morell. »Hast du denn gar keine Verdächtigen?«

»Doch, das schon. Es gibt einige Leute, die mit Andreas und Josef im Streit lagen, aber gegen die habe ich so gut wie nichts in der Hand.«

»Und wer sind die?«

»Sascha Genz, Karl Kaiser und Hubert Kröpfl, Kaisers Cousin und Türsteher im ›Hype‹.«

»Nur die drei?« Lorentz überlegte. »Soweit ich gehört habe, ist Joe in den letzten Jahren zu einem ziemlichen Miesepeter mutiert, und Andreas war eine alte Saufnase. Da müsste es doch eigentlich noch mehr Menschen geben, die auf die beiden nicht gut zu sprechen waren.«

Morell seufzte. »Natürlich gibt es da noch den einen oder anderen. Aber entweder haben die ein Alibi oder ich kann sie von vornherein ausschließen. Zum Beispiel Frau Vogelmann. Sie ist viel zu klein und zu gebrechlich, um einen Mord zu begehen.«

»Aber sie ist verrückt!« Lorentz dachte mit Abscheu an seine ehemalige Nachbarin. »Und Verrückte entwickeln manchmal Superkräfte. Beziehungsweise sind Irre oft mit einem sehr hohen IQ ausgestattet und können deshalb Mittel und Wege finden, um ihre körperliche Unterlegenheit wettzumachen.« Er konnte sich Frau Vogelmann sehr gut als psychopathische Massenmörderin vorstellen. Als er Morells rollende Augen sah, ruderte er jedoch wieder zurück. »Na ja, war nur so 'ne Idee ...«

»Wie sieht's denn eigentlich mit unserer mörderischen Zahl aus?«, fragte Morell. »Nina hat mir erzählt, dass du ziemlich viel über die Zwölf herausgefunden hast.«

»Ach ja, richtig. Und bevor ich's vergesse: Ich war heute auch nochmal in der Bücherei und habe nachgeschaut, zu welcher Literatur unser Mörder Zugriff hatte. Außer den Werken von Homer und Vergil konnte ich kein Buch finden, das sich mit der Zahl Zwölf oder Zahlen an sich beschäftigt. Was ich sonst alles über die Zwölf herausgefunden habe, habe ich zusammengefasst und ausgedruckt.« Lorentz stand auf, holte aus dem Vorzimmer eine Tüte und zog einen Papierstapel heraus.

Morell nahm die Aufzeichnungen entgegen. »Oh je«, sagte er, nachdem er die Unterlagen kurz durchgeblättert hatte. »Das ist aber ganz schön viel.«

Capelli sah Morell verschwörerisch an. »Du bezeichnest das als viel? Du hättest dabei sein sollen, als unser kleiner Professor hier lang und breit versucht hat, mich über die kulturgeschichtliche Bedeutung der Zahl Zwölf zu belehren.«

»Aber ich habe dir doch noch nicht einmal alles erzählt«, sagte Lorentz ein bisschen beleidigt. Er wandte sich Morell zu, der angefangen hatte, die Notizen durchzulesen. »Die Zwölf ist wirklich faszinierend. Sie spielt in jeder Religion und in jedem Kulturkreis zu jeder Zeit eine wichtige Rolle. Sag mir irgendein Land oder eine Epoche, und ich kann dir mindestens ein Beispiel nennen, wo die Zahl Zwölf von großer Bedeutung ist.«

»Tu es nicht«, warnte Capelli den Chefinspektor. »Sonst sitzen wir im Sommer noch hier.«

Lorentz bedachte sie mit einem bösen Blick. »Du kannst ja schon einmal das Geschirr wegräumen und anfangen abzuwaschen, wenn dich das Thema so sehr langweilt«, sagte er und wandte seine Aufmerksamkeit wieder Morell zu. »Die Zahl ist wirklich wahnsinnig interessant«, machte er weiter. »Bei den Römern, den Griechen, den Germanen, den Wikingern, den Ägyptern und Babyloniern, bei den Inkas, Mayas und den Azteken, bei den Maori und den Aborigines, bei allen afrikanischen Völkern, den amerikanischen Ureinwohnern, den Inuit, den Kulturen des alten Japans und Indiens ...«

»Ja, ja, Herr Privatdozent«, mischte sich Capelli wieder ein. »Das ist ja alles schön und gut, aber wir müssen herausfinden, was die Zwölf für diesen Fall bedeutet und nicht für irgendeinen Kannibalenstamm in Zentralafrika.«

»Das ist mir wohl bewusst, Frau Leichenschnipplerin.« Lorentz sah Capelli genervt an. »Du, könnte ich wohl ein Bier haben?«, fragte er in Morells Richtung.

»Klar, ich hole dir eines.« Der Chefinspektor war froh, die beiden Streithähne allein lassen zu können. »Komm, Fred«, sagte er zu dem Kater, der schon seit einiger Zeit gierig auf die Essensreste schielte. »Wir bringen die Teller in die Küche und holen dann eine Flasche Bier aus dem Keller.«

»Das hat übrigens phantastisch geschmeckt«, rief Capelli ihm nach, als er gefolgt von Fred das Zimmer verließ.

»Nina, ich glaube, dass es uns ohne genaue Kenntnis der Materie nicht möglich ist, irgendwelche Interpretationen bezüglich der Zwölf vorzunehmen«, sagte Lorentz, als sie alleine waren. »Wir müssen die Tragweite dieser Zahl erfassen. Immerhin sind wir umgeben von Zwölfen, ja, wir richten unser Leben nach der Zwölf, wir bestehen sogar aus Zwölfen. Wir müssen zuerst alle Möglichkeiten kennen, und erst dann können wir beginnen, eine nach der anderen auszuschließen.«

Capelli wollte etwas sagen, aber Lorentz redete einfach weiter.

»Der Killer könnte die Morde an irgendeine Stelle in einem antiken Epos anlehnen, oder er will mit den Opfern die Elementarbausteine des Lebens verdeutlichen, oder, oder … hier«, er hielt Capelli den dicken Packen Papier unter die Nase. »In einem kranken Hirn kann jeder dieser Punkte die Grundlage für einen Mord darstellen.«

»Nein«, sagte Capelli entschieden und schob den Papierstapel, mit dem Lorentz immer noch vor ihr herumwedelte, zur Seite. »Ich glaube, es gibt eine ganz simple Erklärung. Wir haben sie nur noch nicht gefunden, weil wir viel zu kompliziert denken.« Sie verschränkte die Arme und lehnte sich zurück.

Als Morell zurückkam, spekulierten sie noch ein bisschen über die Zwölf herum, aber es kam nichts Gescheites dabei heraus.

»Ich werde jetzt nach Hause gehen«, gähnte Lorentz schließlich und stand auf. »Das bringt heute nichts mehr. Ich bin hundemüde.«

»Ist in Ordnung«, sagte Morell. »Wir sehen uns dann ja morgen in der Kirche.«

»Kirche?«

»Die Totenwache für Andreas.«

»Ach du Schande, das habe ich gar nicht gewusst.« Lorentz musste schon wieder gähnen.

»Um zehn Uhr«, sagte Morell.

»Ist gut, ich werde hingehen. Ciao, Nina, ciao, Otto.«

• • •

Schlapp und müde machte sich Lorentz auf den Heimweg. Komisch, wie ruhig es hier in der Nacht war. Es war kein Auto auf der Straße unterwegs, aus keinem Haus drang mehr Musik oder lautes Geschrei, und auch keine betrunkenen Nachtschwärmer wankten nach Hause. Das Einzige, was die Nachtruhe störte, war das monotone Knirschen des Schnees unter seinen Füßen.

Der Himmel war klar, und Lorentz konnte das erste Mal seit langer Zeit wieder die Sterne sehen – in der Stadt war es dafür zu hell. Er hatte nie bemerkt, dass ihm die Sterne fehlten, aber jetzt, da er am Firmament sogar die Milchstraße erkennen konnte, wurde ihm bewusst, dass es doch tatsächlich etwas am Land gab, das er vermisst hatte. Er atmete tief ein. Die kühle, klare Luft roch nach Winter – Erinnerungen an früher kamen in ihm hoch. Während er weiter dahinstapfte, genoss er für einige Minuten die Landidylle und wurde ein wenig sentimental. Er dachte an Iris, an seine Eltern, seine Oma. Könnte er wieder hier leben? Ein Haus bauen, Kinder bekommen, einen seriösen Job annehmen?

Um Gottes willen! Was war nur los mit ihm? Irgendwer hatte ihm etwas ins Wasser gemischt. Er sollte es lieber abkochen oder vielleicht gar kein Wasser mehr aus der Leitung trinken.

Egal! In wenigen Tagen würde er wieder von hier verschwinden. Dachte er …

In Wien würde er sich dann in Ruhe ein paar Gedanken über sein Leben machen. Dachte er …

Alles wird gut! Dachte er …

>»Es ging zwar zu einem Abschied auf Nimmerwiedersehen –
aber zuweilen spielt das Schicksal gerade
in der zwölften Stunde seltsam.«
Johann Richard zur Megede, Modeste

Lorentz fand die Trauerfeier für Andreas genauso unerträglich wie
die für Joe.

In der Kirche war es nach wie vor eiskalt, und es waren dieselben
Einfaltspinsel anwesend wie schon beim letzten Mal. Tuschelnd saßen sie in den Bänken, spekulierten über den Mörder, begutachte-
ten die anderen Besucher und tauschten den neuesten Dorfklatsch
aus.

Lorentz war sich sicher, dass für mehr als die Hälfte der Anwesenden diese Messe nichts anderes war als eine weitere willkom-
mene Abwechslung mit hohem Unterhaltungsfaktor. Dass dafür
ein Mensch ins Gras beziehungsweise in den Schnee hatte beißen
müssen, nahmen die meisten von ihnen sicherlich gerne in Kauf.

Es gab endlich wieder ein Thema, über das man mit den Nachbarn tratschen konnte, und vor allem hatten die Leute nun die
Gelegenheit, sich gegenseitig zu verdächtigen und wilde Spekula-
tionen darüber anzustellen, wer denn wohl der psychopathische
Killer war. Herrlich! Was konnte es in einem so langweiligen Ort
denn Schöneres geben als ein paar tragische Tode?

Lieber Andreas, wir danken dir, dass du dein Leben heldenhaft hingegeben hast, um das soziale Leben in Landau aufrechtzuerhalten! AMEN!

Heute war Lorentz besser vorbereitet als beim letzten Mal. Er hatte sich extra warm angezogen und einen großen Schluck von Papas Whiskey genommen. Der Pass war nun schon seit mehr als einer Woche zugeschneit. Das war auch für Landauer Verhältnisse ziemlich lang. Es konnte also nicht mehr lange dauern, bis die Durchfahrt wieder frei war. Es durfte nur nicht wieder anfangen zu schneien, dann wäre dieser furchtbare Aufenthalt in Landau bald überstanden.

Als die Menge nach dem Gottesdienst die Kirche verließ, bekam Lorentz eine Gänsehaut.

Es war ein widerlicher, kalter Dezembertag, und kein Bühnenbildner hätte die Kulisse für einen unheimlichen Gruselfilm besser hinkriegen können. Obwohl es gestern Nacht noch so klar gewesen war, hing nun feuchter Nebel in der Luft, die Bäume standen kahl und knorrig in der Landschaft herum, und überall sah man die kleinen Flammen von Totenlichtern leise vor sich hin flackern. Es war schlichtweg schaurig. Was für Lorentz aber noch viel schlimmer war, waren die dicken, grauen Schneewolken, die den Himmel bedeckten.

»Verdammter Schnee!«, fluchte er und verabschiedete sich innerlich von dem Gedanken an baldige Freiheit.

Er sah viele bekannte Gesichter, darunter Andreas' Freunde wie Stefan de Vries, außerdem Bürgermeister Endres und die unvermeidliche Frau Vogelmann. Schließlich entdeckte er auch Morell und Capelli in der Menge. Aber wer war der Kerl, der neben den beiden stand und die Gerichtsmedizinerin dämlich grinsend anhimmelte? Ach, das musste wohl der berühmte Dr. Levi sein.

»Was für ein langweiliges Nudlaug«, sagte er leise zu sich selbst. Was sie an dem nur attraktiv fand? Zugegeben, Levi war nicht so hässlich, wie Lorentz ihn sich vorgestellt hatte, aber er war auch nicht mehr als durchschnittlich. In Lorentz' Augen sah der Arzt wie ein typischer Schluffi aus. Ein bausparender, Birkenstock tragender Schattenparker. Einer, der Kebap nur ohne scharfe Soße aß, seine Socken bügelte und in der Sauna immer unten saß. Außerdem lebte Levi hier in Landau. So viele wahnsinnig interessante Dinge hatte er also sicherlich auch nicht zu erzählen. Es sei denn, man fand Krampfadern und Hämorrhoiden spannend.

Morell deutete durch ein Kopfnicken an, dass er Lorentz gesehen hatte. Der wollte gerade zu den Dreien hinübergehen, um Dr. Levi genauer zu begutachten, als er Iris erblickte, die beim Friedhofstor stand. Sie hatte sich zurechtgemacht, trug dezentes Make-up und hatte einen wunderschönen, schwarzen, eng anliegenden Mantel an, der ihre perfekte Figur betonte. Keine Spur mehr von Zerbrechlichkeit, sie sah fabelhaft aus. Vielleicht könnte er sie ja zum Kirchenwirt begleiten.

»Ciao«, rief er schnell in Richtung Morell und Capelli. »Wir sehen uns nachher.« Er winkte flüchtig und machte sich dann im Laufschritt auf zu Iris.

• • •

Morell hob kurz den Arm, um den Gruß des davoneilenden Lorentz rasch zu erwidern. »Alte Liebe rostet anscheinend wirklich nicht«, stellte er fest.

Capelli spürte einen kleinen Stich im Herzen, obwohl Markus Levi neben ihr stand. »Wohl nicht«, murmelte sie und starrte auf die große, schlanke Iris mit ihrer blonden Wallemähne, die sich bereits bei Lorentz eingehakt hatte und nun langsam an seiner Seite den Friedhof verließ.

> **»Wenn ich bis zwölf gezählt, und es steht noch Unrat da,**
> **blitz' ich los. Treffe es, wen's trifft.«**
>
> Willibald Alexis, Isegrimm

Leander Lorentz, eigentlich hätte ich mehr von dir erwartet!

Das Rätsel war doch wirklich nicht so schwer. Habe ich mich so sehr in dir getäuscht? Steckt hinter deiner Fassade doch weniger, als ich vermutet habe? Ich hatte dich anders in Erinnerung. Wo waren dein Verstand und deine so viel gerühmte Bildung, als du sie hättest einsetzen können, um ein Menschenleben zu retten?

Der arme Andreas! Draufgehen lassen hast du ihn. Heute muss seine Familie Abschied von ihm nehmen, und du hättest es verhindern können. Oder hast du die ganze Sache etwa nicht ernst genommen?

Na, du sollst noch eine Chance kriegen. Enttäusche mich aber nicht, sonst wird es diesmal Konsequenzen für dich haben. Und dann können dir auch deine Freunde, der dicke Morell und die kleine Medizinerin, nicht mehr helfen.

Und all ihr anderen! Ihr blinden Ratten! Warum nur? Warum tut ihr mir das an? Ich kann euch nicht mehr ertragen!

»... und man konnte deutlich die drohenden Schlünde
von zwölf Kanonen unterscheiden,
die bereit waren, Feuer zu geben.«
Honoré de Balzac, Die Frau von dreißig Jahren

Morell hatte so schlechte Laune wie schon lange nicht mehr. Vor
zwei Jahren hatte er einmal versucht, ein wenig abzunehmen. Eine
Bekannte hatte ihm die F. X. Mayer-Kur zur Entschlackung emp-
fohlen – und nachdem er sich drei Tage lang nur von Milch und
Semmeln ernährt hatte, hatte er die Kur abgebrochen, da er zu
einer tickenden Zeitbombe geworden war. Zu einer Gefahr für sich
und seine Umgebung. Und genauso wie damals fühlte er sich auch
heute. Dr. Levi hatte nach der Trauerfeier zwar nichts gesagt, aber
seine erneuten abschätzigen Blicke auf Morells Bauch hatten als
Anspielung völlig ausgereicht. Es war eine bodenlose Unver-
schämtheit!

Zurück auf dem Revier beschloss er daher, seine Stimmung ein
wenig aufzuhellen, und machte sich ein zweites Frühstück: Bir-
chermüsli und Belgische Waffeln. Bender hatte seinem Vorgesetzten letztes Jahr zu Weihnachten ein Waffeleisen geschenkt, und da
Morell schon eines besaß, wurde das Weihnachtsgeschenk einfach
zum Revereisen umfunktioniert. Der Chefinspektor hatte auf
dem Weg ins Büro Milch, Mehl, Eier, Zucker und Ahornsirup gekauft und stand nun in der kleinen Küche des Reviers.

»Hast du schon etwas über Kaisers Cousin herausfinden können?«, fragte er Bender und ertränkte sein Frühstück in Ahornsirup.

Bender starrte kurz auf den Teller seines Vorgesetzten. »Jep«, sagte er schließlich und holte ein Fax aus dem Vorzimmer. »Die Kollegen aus Landeck waren sehr freundlich und kooperativ. Hier steht, dass Bert Kröpfl, voller Name Hubert Josef Kröpfl Junior, als ältestes von fünf Kindern am 21. Februar 1975 zur Welt kam. Seine Eltern betreiben eine Landwirtschaft mit dem Schwerpunkt Schweinezucht. Er zeigte bereits als Kleinkind Anzeichen deutlich unterdurchschnittlicher kognitiver Fähigkeiten. Er hat eine Sonderschule besucht und anschließend begonnen, auf dem Hof der Eltern mitzuarbeiten ...«

»Ja, ja, ich weiß«, Morell fuchtelte ungeduldig mit seiner Gabel herum. »Dass Bert Kröpfl ein wenig zurückgeblieben ist, ist nichts Neues ... Kruzifix!« Jetzt war ihm auch noch Sirup von der Gabel auf die Hose getropft.

Bender reichte dem sichtlich gereizten Chefinspektor vorsichtig ein Taschentuch. Er fand es nach wie vor befremdend, den sonst so ruhigen und freundlichen Morell fluchen zu hören.

»So ein elender Mist«, schimpfte der weiter und versuchte den Fleck wegzureiben – ohne Erfolg. Das war die letzte Hose, die ihm noch halbwegs passte. Alle anderen waren in den letzten Tagen auf wundersame Weise ein klein wenig zu eng geworden. Er musste den Tatsachen ins Auge schauen – er hatte zugenommen. Dieser verfluchte Fall kostete ihn nicht nur seinen letzten Nerv, sondern auch noch seine Würde.

»Also«, Bender überflog das Fax. »Hier ist sein Strafregisterauszug. Das erste Mal Ärger mit der Polizei hatte er, als er 13 Jahre alt war. Er ist mit dem Traktor seines Vaters im Ort herumgefahren und hat ein paar parkende Autos beschädigt. Es folgten einige Verwarnungen wegen Schlägereien, Sachbeschädigung und Trunkenheit in der Öffentlichkeit.«

»Nichts Schlimmeres?« Morell rubbelte weiter an dem Fleck, der immer größer zu werden schien. »Kaiser hat erzählt, dass sein Cousin nach Landau gezogen ist, weil er sich in Landeck einigen Ärger eingefangen hat.«

»Damit muss er den letzten Eintrag hier meinen. Kröpfl wurde wegen schwerer Körperverletzung angezeigt.«

»Und warum sitzt er dann nicht im Gefängnis?«

»Anscheinend hat der Kerl, den er verprügelt hat, angefangen, und aufgrund seines geistigen Zustands und einem extrem hohen Alkoholwert im Blut kam auch noch verminderte Straffähigkeit dazu.«

»Verstehe«, sagte Morell, ließ von der Hose ab und goss nochmals Teig ins Waffeleisen – er würde sich ein paar frische Waffeln als Wegzehrung für einen erneuten Besuch bei Kaiser mitnehmen. »Ein zurückgebliebener Muskelprotz, bei dem man jederzeit auf verminderte Straffähigkeit plädieren kann – wie praktisch.«

Noch bevor Bender etwas dazu sagen konnte, wurde die Tür des Polizeireviers geöffnet.

»Juhuuu – irgendwer hier?«, tönte eine Stimme, deren Klang dazu führte, dass Morell auf einen Schlag alle Haare zu Berge standen.

Er schnappte Benders Arm, riss seinen Assistenten so heftig zu sich in die Küche, dass dieser laut aufschrie, und schloss die Tür.

»Au, Chef, Sie tun mir weh!«

Morell ging nicht darauf ein und zog stattdessen Benders Kopf näher zu sich. »Hör zu«, flüsterte er ihm ins Ohr. »Wenn ich Agnes Schubert heute zu Gesicht bekomme, dann wird sie diese Begegnung nicht heil überstehen. Wenn ich diese auftoupierte Dumpfnudl jetzt sehen, hören oder riechen muss, dann könnte es sein, dass bei mir eine Sicherung durchbrennt und ich nicht mehr weiß, was ich tue.«

Bender starrte seinen Vorgesetzten mit offenem Mund an.

»Du weißt, dass ich ein guter, netter Mensch bin«, fuhr der Chefinspektor fort. »Du weißt, dass ich unter normalen Umständen niemals einem Lebewesen ein Haar krümmen würde.«

Bender erinnerte sich an die vielen vorwurfsvollen Blicke, die er schon kassiert hatte, weil er Fliegen oder Mücken im Revier erschlagen hatte, und nickte.

»Heute ist leider kein normaler Tag. Ich bin übermüdet, stehe unter Druck und kann mich nicht daran erinnern, wann ich das letzte Mal so schlechte Laune hatte.«

»Die Entschlackungskur«, flüsterte Bender, der sich noch genau an damals erinnern konnte.

»Nein«, sagte Morell, »diesmal ist es sogar noch schlimmer. Und deshalb darf ich jetzt auf gar keinen Fall in ein und demselben Raum wie Frau Schubert sein. Wenn du es schaffst, sie loszuwerden, dann rettest du damit nicht nur mich, sondern ersparst auch der Schubert einiges an Kummer und Schmerzen.«

Bender, der seinen Chef noch nie zuvor so erlebt hatte, nickte wortlos.

»Gut, dann geh jetzt da raus und werd sie bitte, bitte los!«

Bender nickte erneut und griff zur Türklinke.

»Noch was, Robert«, sagte Morell.

»Ja?«

»Vielen Dank – ich stehe für immer in deiner Schuld.«

Bender öffnete die Tür einen Spalt breit und schlüpfte ins Vorzimmer.

»Nein, es ist dringend!«, hörte Morell Agnes Schubert kreischen, als er sein Ohr an die Tür legte. »Ich werde auf gar keinen Fall wieder nach Hause gehen. Ich bestehe darauf, jetzt sofort mit dem Kommissar zu sprechen. Es ist wichtig!«

Es folgte ein Wortwechsel, den Morell nicht verstehen konnte, aber nach einiger Zeit fing Agnes Schubert wieder an, so laut zu schreien, dass er jedes Wort verstand, ohne an der Tür lauschen zu müssen.

»Lassen Sie mich los, Sie Grobian!«, rief sie. »Ich werde mich beim Kommissar über Sie beschweren!«

»Wie oft soll ich es Ihnen noch sagen«, jetzt war es Bender, der schrie. »Der Chefinspektor ist verdammt nochmal nicht hier!«

»Davon möchte ich mich lieber selber überzeugen! Ich habe doch genau gesehen, dass der Streifenwagen auf dem Parkplatz steht.«

Das Nächste, was Morell mitbekam, war das Geräusch von entschlossenen Schritten in Richtung Chefbüro.

»Halt, Sie dürfen da nicht rein!«, rief Bender. »Sie ... Sie ... Sie Stalkerin!«

Die Tür zu Morells Büro wurde geöffnet und wieder geschlossen.

»Ich habe Ihnen doch gesagt, dass er nicht da ist«, sagte Bender triumphierend.

»Das werden wir ja sehen.«

Die Schritte kamen nun näher, und schließlich hörte Morell Frau Schuberts Stimme nur wenige Zentimeter vor der Küchentür. »Diese Tür gibt's ja auch noch. Vielleicht ist er ja in der Küche.«

»Stopp, Sie dürfen die Tür nicht öffnen!«, schrie Bender, und seine Stimme war voller Verzweiflung. »Das ist privat!«

»Ich bin ja auch privat hier«, sagte Frau Schubert.

Es vergingen ein paar Sekunden, die von einem Handgemenge akustisch untermalt wurden, dann wurde die Tür aufgerissen.

• • •

Die Küche war leer. Ein kalter Windhauch und der Gestank von angebrannten Waffeln schlugen Agnes Schubert ins Gesicht.

»Wer lässt denn bei so einem Wetter das Fenster offen stehen?«, fragte sie und sah sich in dem Raum um. Sie schloss das Fenster, drehte das Waffeleisen ab und hiefte das dunkelbraune Gebäck auf einen Teller. »Männer sind ohne Frauen einfach aufgeschmissen«, murmelte sie leise und war mehr denn je davon überzeugt, dass Otto Morell unter die Haube musste.

• • •

Der Chefinspektor rannte fluchend um das Polizeirevier herum. Er musste den Streifenwagen erreichen und wegfahren, bevor die Schubert aus dem Gebäude kam. Er dankte innerlich dem Architekten, der das Küchenfenster so groß geplant hatte, dass sogar sein Hintern durchpasste.

Tatsächlich erreichte er das Auto, ohne von ihr entdeckt zu werden. Er startete den Motor und fuhr laut fluchend und schimpfend los. Bei seiner Flucht hatte er sowohl seine Jacke als auch seine Waffeln zurücklassen müssen. Er hätte heulen können.

Nachdem er nur ein paar hundert Meter gefahren war, fing es zu allem Unglück auch schon wieder an zu schneien. Große, dicke Schneeflocken segelten auf seine Windschutzscheibe.

»Verdammter Schnee«, murmelte er. Normalerweise freute er sich jedes Jahr über weiße Weihnachten, aber seit dem Fund von Andreas Adam hatte sich sein Verhältnis zu der weißen Pracht geändert. Schnee war zu etwas Bösem geworden, zu einer Mordwaffe!

Er schaltete die Scheibenwischer ein und fuhr mit der miesesten Laune seines Lebens zu Kaisers Haus.

Es schien, als würde Morell tatsächlich vom Pech verfolgt. Direkt in Kaisers Einfahrt stand ein Wagen und blockierte die Zufahrt. Er musste wohl oder übel auf der Straße parken und, nur mit einem Hemd und einem dünnen Pullunder bekleidet, durch den dichten Schneefall gehen. Es waren zwar nur wenige Meter bis zum Haus, aber als er die Eingangstür erreichte, hatte er bereits eine dicke Schicht Schnee auf Kopf und Schultern, die er nicht vollständig herunterbekam und die nun langsam zu schmelzen begann. Er läutete und sah kurz darauf, wie der Vorhang in der Küche langsam ein kleines Stückchen beiseitegeschoben wurde. Er klingelte nochmal. Der Vorhang fiel auf seinen ursprünglichen Platz zurück, aber niemand öffnete die Tür.

Morell wurde langsam ungeduldig. Er fror, Eiswasser tropfte in seinen Kragen, und er hatte das ungute Gefühl, dass Kaiser ihn nicht ohne Grund warten ließ. Er stellte sich vor, wie der Barbesitzer gerade breit grinsend alle restlichen Spuren der beiden Morde vernichtete, während er hier wie ein begossener Pudel vor der Haustür stand.

Der Chefinspektor läutete erneut und begann, als er immer noch keine Reaktion erhielt, gegen die Tür zu hämmern. »Polizei!«, schrie er. »Machen Sie sofort auf.« Er wollte gerade zurück zum Auto laufen, um Bender anzurufen, als die Haustür mit einem Ruck aufging.

»Aber, aber, Chefinspektor, was ist denn in Sie gefahren?«, fragte Kaiser. »Was sind Sie denn so stürmisch heute?«

Morell antwortete nicht, sondern bahnte sich seinen Weg an Kaiser vorbei ins Innere des Hauses.

»Jetzt warten Sie doch mal«, sagte der und hielt Morell am Hosenbund fest. »Setzen wir uns doch ins Wohnzimmer und bereden alles in Ruhe.« Er deutete mit einer Hand auf die Wohnzimmertür.

»Was haben Sie gemacht? Warum hat es so lange gedauert, bis Sie die Tür geöffnet haben?«, fragte Morell und stapfte unbeirrt in Richtung Küche, wobei er eine Spur aus Schneematsch hinter sich herzog.

»Ich habe die ganze Nacht gearbeitet«, sagte Kaiser, überholte den Chefinspektor und versuchte erneut, ihn zu bremsen. »Nach einer langen Nacht bin ich manchmal eben ein wenig langsam. Das würde Ihnen sicherlich genauso gehen. Und jetzt folgen Sie mir doch bitte ins Wohnzimmer. Ich werde den Kamin anfeuern und Ihnen eine schöne Tasse heißen Tee aufbrühen. Na, was sagen Sie dazu?«

»Sie waren vorhin in der Küche – ich habe gesehen, wie der Vorhang sich bewegt hat. Ich will wissen, was Sie dort getan haben.« Morell sah vor seinem inneren Auge, wie der Gastronom Beweismittel mit Hilfe von Müllschlucker, Backofen und Mikrowelle zerstörte, walzte an Kaiser vorbei und riss die Küchentür auf. Am Küchentisch saß Hubert Kröpfl und starrte ihn mit aufgerissenen Augen an.

»Herr Kröpfl, was für eine Überraschung. Wieder einmal auf Besuch bei Ihrem Herrn Cousin?«

Kröpfl nickte nur und starrte auf den Tisch.

»Sind Sie jetzt zufrieden, Herr Chefinspektor?«, bellte Kaiser.

Morell schaute von Kaiser zu Kröpfl, und wieder zurück und fühlte sich plötzlich wahnsinnig unwohl. Wenn die beiden tatsächlich etwas mit den Morden zu tun hatten, dann war es eine extrem dumme Idee gewesen, allein und unbewaffnet ins Haus zu marschieren. Er war daher sehr erleichtert, als Bert aufstand und »Ich wollte eh gerade gehen« nuschelte.

»Na, dann Servus und bis bald«, sagte Morell nur.

Bert antwortete nicht, sondern ging mit gesenktem Kopf an den beiden Männern vorbei. Wenige Augenblicke später fiel die Haustür mit einem großen Krach ins Schloss.

»So, so«, sagte Morell und funkelte Kaiser böse an. »Ihr Cousin wollte also gerade gehen. Das sieht mir aber ehrlich gesagt gar nicht danach aus.« Er zeigte auf den Tisch, auf dem ein Teller mit Croissants und zwei Tassen Kaffee standen.

»Was soll ich sagen«, Kaiser zuckte mit den Schultern. »Mein Cousin ist halt manchmal ein wenig sonderbar.«

»Es reicht!« Morell schlug mit der flachen Hand so heftig auf den Tisch, dass der Kaffee aus einer der Tassen überschwappte. »Ich will mir Ihre Ausflüchte und Lügen nicht mehr länger anhören. Ich will auf der Stelle wissen, was hier gespielt wird. Irgendetwas ist hier faul.«

»Ich habe keinen blassen Schimmer, wovon Sie sprechen«, sagte Kaiser und starrte angewidert auf den Ahornsirupfleck auf Morells

Hose. »Mein Cousin war hier, um mit mir ein spätes Frühstück einzunehmen. Was soll denn daran verwerflich sein? Darf man mittlerweile nicht einmal mehr Besuch von der eigenen Familie bekommen?«

Morell wusste nicht, was er darauf antworten sollte. Sein Bauch sagte ihm, dass Kaiser und sein Cousin Dreck am Stecken hatten, und sein Bauch irrte sich nie. Aber er hatte nichts gegen die beiden in der Hand. Was sollte er nur tun?

»Kann ich Ihnen einen Tee anbieten?«, riss Kaiser ihn aus seinen Gedanken.

»Nein danke. Aber ich nehme mir eins von denen, wenn's recht ist.« Morell griff nach den Croissants.

»Die sind mit Mandelfüllung«, sagte Kaiser. »Ich hab auch noch Nuss da, wenn Sie wollen.«

Morell schüttelte den Kopf. »Mandel ist ganz wunderbar.« Er biss ab und spürte gerade, wie er sich wieder ein wenig beruhigte, als draußen ein Auto gestartet wurde. Er ging zum Küchenfenster und sah, wie der Wagen, der vorhin die Einfahrt blockiert hatte, wegfuhr.

»Das war doch wohl nicht Ihr Cousin, der da gerade weggefahren ist?«

Kaiser zögerte kurz. »Ähm, nein, natürlich nicht. Bert darf doch kein Auto fahren.«

Morell glaubte ihm kein einziges Wort. Er schlug wieder auf den Tisch. Diesmal so fest, dass eine der Tassen umkippte und sich ein riesiger Kaffeefleck auf dem Tischtuch ausbreitete. »Herrgottsakrament! Jetzt reicht's!«, schrie er und marschierte wutschnaubend aus dem Haus.

Im Auto griff er sich das Funkgerät und funkte Bender an. »Kaisers Cousin fährt mit einem roten Toyota Corolla Kombi in Landau herum, dabei hat er gar keinen Führerschein. Ich hätte gern, dass du ihn findest und stoppst. Schau doch als Erstes mal in der Umgebung vom ›Hype‹ nach.«

»Ja, Chef«, sagte Bender begeistert. Die Aussicht auf eine wilde Verfolgungsjagd ließ ihn den Vorfall mit Agnes Schubert völlig vergessen.

»Anschließend wäre es nett von dir, wenn du mir einen Durchsuchungsbeschluss für Karl Kaisers Haus und das ›Hype‹ besorgst, samt Unterkunft von Bert Kröpfl. Grundlage: dringender Tatverdacht in sechs Mordfällen.«

»Geht klar!«

»Ach, Robert ...«

»Ja, Chef?«

»Wegen vorhin – ich bin dir was schuldig. Ich hoffe, die Schubert war nicht allzu heftig.«

»Na ja, sie hat mich an der Hand gekratzt, als ich sie davon abhalten wollte, nach Ihnen zu suchen, und beschimpft hat sie mich auch ziemlich arg, aber ich werde es überleben.«

»Dann bin ich ja beruhigt«, sagte Morell und schob sich den Rest des Croissants in den Mund. »Ich hatte mir schon kurz Sorgen um dich gemacht.«

»Ich mir auch um Sie, Chef. Sie sind ja ohne Jacke, Mütze und Handschuhe in die Kälte geflüchtet, und dann hat es auch noch angefangen zu schneien.«

»Ich komm gleich im Revier vorbei und hol mir meine Sachen, danach will ich nochmal kurz zu Sascha Genz fahren. Mir ist eingefallen, dass ich den auch nochmal mit den Namen der ersten vier Mordopfer konfrontieren sollte. Besser ist besser.« Er fasste sich an die Stirn, weil ihm in diesem Moment bewusst wurde, dass er vor lauter Aufregung ganz vergessen hatte, Kaiser nach Raimund Schelling, Thomas Liebenknecht, Susanne Simonis und Linda Frank zu fragen. Und jetzt nochmal zu klingeln, war ihm zu peinlich. Na, das würde er bei der Hausdurchsuchung nachholen. »Kümmer du dich bitte in der Zwischenzeit um Bert und den Durchsuchungsbeschluss, ja?«, fügte er noch hinzu.

»Alles klar, Chef, dann bis später.«

Morell fuhr zurück aufs Revier, wo er sich als Erstes einen heißen Tee und eine weitere Ladung Waffeln machte. So gestärkt und aufgewärmt, machte er sich erneut auf den Weg.

Bei Sascha Genz musste Morell nicht lange vor der Tür warten. Genz öffnete bereits nach dem ersten Läuten.

»Du schon wieder«, sagte er und schlurfte zurück ins Haus.

Morell folgte ihm in Richtung Küche. Es roch nach wie vor muffig und sah immer noch so aus, als hätte eine Bombe eingeschlagen.

»Ich wollte eigentlich nur mal sehen, wie es dir geht«, sagte Morell und stellte sich in die Mitte der Küche. Er wollte nichts in diesem Raum berühren. Weder den zugemüllten Tisch noch die mit einer dicken Staubschicht bedeckten Regale oder das Fensterbrett, auf dem sich klebrige Bierglasränder aneinanderreihten. Er verschränkte die Arme vor der Brust und blickte Genz an, der sich auf einen Stuhl gesetzt hatte.

»Was für eine blöde Frage«, sagte der. »Wie soll es mir denn schon gehen? Beschissen, wie immer!«

»Das tut mir leid.«

»Spar dir dein Mitleid!«

»Hör zu«, versuchte Morell noch einmal einen Draht zu seinem alten Freund zu finden. »Das Leben muss weitergehen. Du kannst nicht für immer so weitermachen. Irgendwann musst du auch wieder beginnen, ein wenig positiver zu denken.«

»Positiv denken? Dass ich nicht lache. Das einzig Positive, das mir in der letzten Zeit passiert ist, war der Tod von Anders und Adam, den beiden miesen Schweinen.«

»Und was ist mit Susanne Simonis, Thomas Liebenknecht, Raimund Schelling und Linda Frank?«, wollte Morell wissen. »Waren sie auch miese Schweine, die den Tod verdient hatten?«

Genz sah in verständnislos an. »Wie kommst du jetzt auf die?«, fragte er.

»Hast du sie gekannt?«, hakte Morell nach und starrte voller

Abscheu auf den stinkenden Mistkübel, der in der Ecke des Zimmers überquoll. Wie konnte man sich denn nur so gehen lassen?

»Mei, jeder hier hat sie gekannt. Sie kamen schließlich aus Landau. Und wie du ja weißt, kennt hier jeder jeden.«

»Ich meine, ob du öfters mit ihnen zu tun hattest?«

»Nein. Warum interessiert dich das?«

»Nur so«, sagte Morell. Ihm kam ein kurzer Gedanke, den er sofort wieder wegschob. »Ich finde, dass ...« Er wurde durch das Klingeln seines Handys unterbrochen.

»Geh ruhig ran«, sagte Genz. »Wahrscheinlich ist es wichtiger, als ich es bin.« Er holte sich eine Dose Bier aus dem Kühlschrank und verließ die Küche.

Morell starrte Genz nach, schüttelte den Kopf und hob ab. »Ah, Robert. Was gibt's?«

»Ich wollte Ihnen nur kurz Bescheid sagen, dass ich mit Kröpfl gesprochen habe.«

»Sehr gut, Robert. Und?«

»Nun, ich bin zum ›Hype‹ gefahren, und da stand der rote Kombi auf dem Parkplatz. Kröpfl hat behauptet, er sei nicht damit gefahren, sondern ein Freund habe ihn hergebracht.«

»Das ist erstunken und erlogen«, schimpfte Morell. »Ich bin mir sicher, dass er es war, der gefahren ist.«

»Tja, das Problem ist, dass wir es ihm nicht beweisen können. Ich habe ihm aber gesagt, dass wir wissen, dass er keinen Führerschein hat und ein Auge auf ihn werfen werden und er sich besser nicht hinterm Steuer von uns erwischen lassen soll.«

»Gut. Und dann? Hat er noch was gesagt?«

»Nein, nicht wirklich. Er wirkte ziemlich eingeschüchtert und hat die ganze Zeit auf den Boden gestarrt. Irgendwie tat mir der arme Kerl richtig leid. Er hatte seine Jacke verkehrt herum an, und sein Hemd war falsch zugeknöpft.«

»Ach du Schande«, grollte Morell. »Nicht in der Lage, sich selbst ordentlich anzuziehen, aber ein Auto fahren wollen.«

»Ich kann ja mal schauen, auf wen der Corolla zugelassen ist«, schlug Bender vor. »Ich habe mir das Kennzeichen aufgeschrieben.«

»Mhm«, nickte Morell. »Ich möchte wetten, dass der Wagen auf Kaiser zugelassen ist. Gut, Robert, dann bis später.«

»Da ist noch was, Chef.«

»Ja, ich höre.«

»Das Auto wurde bei Joe Anders gekauft. Als ich das Kennzeichen aufgeschrieben habe, ist mir ein Aufkleber aufgefallen, auf dem ›Autohaus Anders‹ stand. Ich weiß nicht, ob das irgendetwas zu bedeuten hat, aber ich dachte, jedes Detail ist wichtig.«

Morell nickte. »Gut gemacht, Robert. Wie sieht's denn mit dem Durchsuchungsbeschluss aus?«

»Ich habe alles in die Wege geleitet. Wir sollten ihn heute oder spätestens morgen bekommen.«

»Prima. Hör zu, Robert. Ich hätte gern, dass du Kaiser observierst. Ich möchte verhindern, dass er womöglich noch irgendwelche Beweise vernichtet. Postier dich bitte vor seinem Haus und ruf mich sofort an, wenn er es verlässt oder Besuch bekommt, okay?«

»Soll ich ihn denn auch nachts observieren? Ich weiß nicht, ob ich so lange wach bleiben kann. Zumal Sie mir ja verboten haben, Kaffee zu trinken.«

»Nein, natürlich nicht. Ich werde dich um elf Uhr ablösen. Und das Kaffeeverbot ist für heute mal aufgehoben.«

»Na, dann mach ich mich gleich mal auf den Weg. Servus, Chef.«

»Servus, Robert.« Morell legte auf und schaute, wohin Genz gegangen war. Er fand ihn im Wohnzimmer. Dort lag er auf der Couch und schlief mit weit aufgerissenem Mund. Aus der Dose, die er immer noch in der Hand hielt, tropfte das Bier langsam auf den Teppich.

Der Chefinspektor schüttelte resigniert den Kopf. Er nahm ihm vorsichtig die Bierdose aus der Hand und stellte sie auf den Tisch. Leise ging er zur Haustür.

>»Der, welcher bedeckt von der großen Haube,
wird zu einigen tödlichen Taten verleitet;
Die zwölf Roten kommen, das Tuch zu besudeln,
mit Mordtaten wird sich das Morden immerwährend fortsetzen.«
>
> Nostradamus

Maria Zieher verließ ihr Haus kurz nach fünf Uhr und freute sich darauf, im Hallenbad des Hotels ›Alpenrose‹ ein paar Bahnen zu schwimmen.

Früher war sie Leistungssportlerin gewesen. Ihr Körper war hartes Training gewohnt. Umso schlimmer hatte er auf den ungewohnten Bewegungsentzug reagiert, als sie sich nach der Geburt ihres ersten Kindes auf die Rolle der Hausfrau und Mutter konzentriert hatte. Sie hatte innerhalb weniger Monate mehrere Kleidergrößen zugelegt und litt darunter schon seit Jahren.

Es folgten noch zwei Kinder und unzählige Diäten, die jedes Mal mit einer großen Enttäuschung endeten. Aber dieses Mal würde sie erfolgreich sein.

Die Kinder waren mittlerweile alt genug, um für sich selbst zu sorgen. Das gab ihr die erforderliche Zeit und den Freiraum, den sie brauchte. Das Schwimmen war da nur der Anfang. Sie hatte beschlossen, sich endlich ein paar langgehegte Träume zu erfüllen. Da sie nicht wusste, wie ihre Familie darauf reagieren würde, hatte sie es noch keinem erzählt, aber sie würde es durchziehen. Sie hatte sich lange genug für sie aufgeopfert.

Die Haut an ihren Oberarmen hing schlaff und pickelig herab wie Hühnerflügel, und ihre Schenkel waren so voller Cellulitis, dass sie einer Mondlandschaft glichen. Maria fühlte sich deshalb im Badeanzug immer noch alles andere als wohl und hatte ihre Schwimmeinheiten daher auf den frühen Abend gelegt. Um diese Zeit waren die meisten Hotelgäste beim Après-Ski, und das Hotelpersonal musste sich um das Abendessen kümmern. So konnte sie ungestört und ohne höhnische Blicke ihre Bahnen drehen.

Das Hotel ›Alpenrose‹ lag ein wenig außerhalb und war relativ abgeschieden, dafür hatte man einen Skilift direkt vor der Tür und einen phantastischen Ausblick über das Tal.

Maria parkte den Wagen in der Tiefgarage des Hotels und griff nach der Sporttasche, die auf dem Beifahrersitz stand.

»Hallo, Maria!«, hörte sie eine bekannte Stimme, als sie ausstieg. Sie drehte sich um und lächelte.

»Hallo, das ist aber eine Überraschung, was machst du denn hier?«, fragte sie erstaunt.

»Das wirst du gleich sehen.«

Sie spürte einen kleinen Stich in ihrem Oberschenkel. »Au! Was sollte das denn?« Sie rieb sich über die Stelle, an der die kleine Nadel sie gestochen hatte. »Was war das?«, fragte sie. Sie fühlte sich benommen, wusste nicht, was vor sich ging.

»Du wirst ja ganz blass«, sagte die Stimme. »Du solltest dich ein wenig hinlegen.«

Maria spürte, wie sie auf die Rückbank ihres eigenen Autos gestoßen wurde.

»Aber, aber …«, mehr brachte sie nicht mehr heraus. Alles um sie herum verschwamm. Das Letzte, was sie wahrnahm, bevor sie in einen dunklen, traumlosen Schlaf versank, war, dass jemand das Auto startete und wieder aus der Tiefgarage hinausfuhr.

> »Und jene sind versammelt zwölf an Zahl.
> Nachts schrein im Schlaf sie unter Ölbaumzweigen;
> Sankt Thomas taucht die Hand ins Wundenmal.«
>
> Georg Trakl, Menschheit

Am Abend trafen sich Morell, Capelli und Lorentz wieder zu einer informellen Lagebesprechung. Als Lorentz ankam, bemerkte er, dass ein wunderbarer Geruch das ganze Haus durchströmte.

»Otto ist heute wieder einmal in Hochform«, sagte Capelli. »Seit Ewigkeiten steht er schon in der Küche, schneidet Gemüse, raspelt Käse und rührt an irgendwelchen Saucen herum.«

»Das ist anscheinend seine Art, mit dem Druck der Ermittlungen umzugehen«, stellte Lorentz fest und hob Fred hoch, der neugierig an seinem Hosenbein geschnuppert hatte. »Uff, bist du schwer«, sagte er und kraulte den Kater hinter den Ohren. »Dieses Viech wiegt ja mindestens eine Tonne.«

Sie gingen ins Wohnzimmer, wo überall Totenscheine, Akten und Unfallberichte herumlagen.

»Du warst anscheinend heute wieder ganz in deinem Element, Nina«, konnte sich Lorentz die Spitze nicht verkneifen und schob angewidert ein Foto von einem Unfallschauplatz zur Seite.

»Und du bist so charmant wie eh und je.« Die Gerichtsmedizinerin legte das Bild zurück auf seinen Platz.

»Sorry. Aber ich bin heute nicht wirklich gut drauf – wegen des verdammten Schnees. Es sieht ganz so aus, als würde ich noch länger hier feststecken. Verfluchte weiße Pest.«

»Erstens bist du nicht der Einzige, der wegen des Schnees zu einem Zwangsaufenthalt in Landau genötigt wird, und zweitens ist ›weiße Pest‹ eine Bezeichnung für Tuberkulose.«

»Dann halt kalte Pest«, sagte Lorentz und schaute aus dem Fenster. Draußen schneite es immer noch. »Wenn das so weitergeht, dann können wir bald nicht mal mehr das Haus verlassen.«

»Cholera morbus«, sagte Capelli und lehnte sich zurück.

»Hä?« Lorentz drehte sich zu ihr um.

»Cholera morbus«, wiederholte die Gerichtsmedizinerin. »Auch bekannt unter dem Namen ›kalte Pest‹.«

»Oh, ich glaube, ich bleibe doch besser bei dem Begriff ›Schnee‹. Ist noch ein bisschen von Morells gutem Schnaps da?«

»Hinter dir auf dem Regal. Bringst du mir auch ein Glas mit?«

Lorentz schenkte zwei Gläser ein und reichte Capelli eines davon. »Prost!«, sagte er. »Auf eine baldige Schneeschmelze.«

»Könnt ihr bitte den Tisch freiräumen? Das Essen ist gleich fertig«, rief Morell aus der Küche.

»Wir können die Unterlagen so lange in mein Zimmer legen«, schlug Capelli vor. »Dort drin steht ein großer Schreibtisch.«

Lorentz nickte und half ihr, die Aktenstapel ins Gästezimmer zu tragen, ohne dabei etwas durcheinanderzubringen. Er bemühte sich, nur ja kein Unfallfoto mehr zu Gesicht zu bekommen. »Was ist denn das?«, fragte er plötzlich und zog unter dem Bett eine verwaschene Pyjamahose hervor, die mit kleinen Bärchen bedruckt war.

»Gib das sofort her«, rief Capelli und wurde dabei knallrot im Gesicht.

Lorentz warf ihr grinsend die Hose zu. Capelli fing sie wutschnaubend auf und verstaute sie so schnell es ging in der nächstbesten Schublade.

»Aber die kleinen Bärchen waren doch ganz süß«, sagte Lorentz und schaute so unschuldig wie nur möglich.

Capelli antwortete nicht und presste stattdessen wütend die Lippen aufeinander.

»Ach, komm schon«, sagte Lorentz. »Es war doch nicht böse gemeint.«

»Essen ist fertig!«, kam es von Morell aus der Küche.

»Na, dann mal los«, sagte Capelli schnell. Innerlich schüttelte sie den Kopf. Lorentz war wirklich ein Idiot. Er konnte so nett sein – um dann gleich durch irgendeine Gemeinheit alles wieder kaputt zu machen. Warum interessierte sie sich bloß immer nur für Kerle wie ihn? War sie etwa masochistisch veranlagt? Je schlechter die Männer für sie waren, desto mehr fühlte sie sich zu ihnen hingezogen. Es war ein Drama. Sie sollte sich zusammenreißen und ihre Gedanken mehr Markus Levi zuwenden. Levi war ein guter Fang. Ein junger Arzt, gebildet, höflich und mit tadellosem Benehmen. Im Gegensatz zu Lorentz hätte er niemals unter ihr Bett gegriffen und sich über ihre Sachen lustig gemacht. Sie würde ihm eine Chance geben.

Morell hatte Unmengen an Essen aufgetischt. Salate, Saucen, Brot, Aufstriche, einen marokkanischen Gemüseeintopf und überbackenen Tofu.

»Ich musste dringend nachdenken«, sagte er und deutete auf das opulente Mahl. »Das kann ich beim Kochen einfach am besten.«

»Und was ist beim Nachdenken herausgekommen?«, fragte Lorentz neugierig und begann ringsum Eintopf aufzutun.

»Dass ich heute richtig entschieden und eine Hausdurchsuchung bei Karl Kaiser und seinem Cousin Bert beantragt habe. Beide haben ein Motiv und kein wirklich gutes Alibi – na ja, für eine Untersuchungshaft reicht's nicht, aber ich muss ja endlich mal irgendetwas unternehmen. Kruzifix, am liebsten würde ich jedes verdammte Haus in Landau durchsuchen lassen!« Morells Stimme zitterte leicht.

»Und was erhoffst du dir von der Hausdurchsuchung?«, wollte

Lorentz wissen. »Kaiser wird doch wohl nicht so dumm sein, irgendwelche Spuren oder Beweise in seinem Haus zu haben.«

»Kaiser wohl nicht«, sagte Morell und schob sich ein großes Stück Tofu in den Mund. »Aber sein Cousin vielleicht. Deshalb werde ich nicht nur Kaisers Zuhause, sondern auch das ›Hype‹ durchsuchen, wo Bert anscheinend seit einiger Zeit lebt.«

»Na, hoffentlich findet ihr auch wirklich was.«

»Darauf wette ich. Kaiser hatte sowohl mit Joe Anders als auch mit Andreas Adam Streit. Er hat einen zurückgebliebenen Cousin, der ihm ziemlich hörig zu sein scheint, heimlich mit einem bei Joe gekauften Auto herumfährt und bereits in zahlreiche Schlägereien verwickelt war. Und selbst wenn die beiden nichts mit den Morden zu tun haben sollten, die beiden haben Dreck am Stecken, das spüre ich.«

»Glaubst du nicht, dass du dich zu sehr auf Kaiser und seinen Cousin fixierst?«, warf Capelli ein. »Was ist mit Sascha Genz? Warum lässt du sein Haus nicht auch durchsuchen?«

»Ich habe nicht genügend Verdachtsmomente gegen ihn. Er ist einfach nur ein armer, abgewrackter Kerl, der in seinem Schmerz hier und da den Mund ein wenig zu weit aufreißt.«

»Ich würde ihn trotzdem auf keinen Fall von der Liste der Verdächtigen streichen«, meinte Capelli und schöpfte sich Eintopf nach.

»Da muss ich Nina zustimmen«, sagte Lorentz. »Fixier dich nicht zu sehr auf Kaiser. Wahrscheinlich plant der einfach nur, das ›Hype‹ tatsächlich zu einem Puff umzufunktionieren.«

Morell seufzte. »Vielleicht habt ihr recht. Ich bin wahrscheinlich ein bisschen befangen. Bender könnte sich von nun an um Sascha kümmern, der kann sicherlich objektiver an die Sache herangehen als ich.«

»Gibt es denn keine weiteren Verdächtigen?«

Morell schüttelte den Kopf. »Bisher noch nicht. Ich habe heute Nachmittag versucht, Gemeinsamkeiten zwischen den Opfern zu finden – Fehlanzeige. Ich habe fleißig recherchiert, aber die Opfer waren weder in einem gemeinsamen Verein, noch hatten sie irgendwelche gemeinsamen Vorlieben oder Hobbys. Susanne, Thomas und Andreas hatten Kinder, während Raimund, Linda und Joe kinderlos waren. Sie waren alle unterschiedlich groß, hatten verschiedene Haar- und Augenfarben und an anderen Tagen Geburtstag. Sie fuhren verschiedene Autos, beziehungsweise Susanne und Linda hatten gar kein Auto. Ihre Gehälter waren unterschiedlich, genauso wie ihre politischen Einstellungen. Ich habe jede noch so kleine Möglichkeit überprüft und auch mit den Angehörigen der ersten vier Opfer gesprochen. Nichts. Die sechs waren sich so unähnlich, wie man nur sein kann, und niemand hat auch nur den geringsten Verdacht geäußert, wer der Täter sein könnte. Klar ist nur, dass es jemand aus Landau oder den umliegenden Orten sein muss.« Morell stöhnte und fügte dann hinzu: »Ich habe keine Ahnung, wie das alles weitergehen soll. Zusätzlich sitzt mir nämlich noch der Bürgermeister im Nacken, und die Schubert wird auch immer verrückter. Mein Leben ist gerade ein Albtraum.« Er schaufelte sich mehr Essen auf den Teller. »Möchte sonst noch jemand Nachschlag?«

Lorentz und Capelli streckten ihm beide ihre Teller entgegen.

»Schmeckt wie immer ausgezeichnet«, sagte Capelli, um ihren Gastgeber ein bisschen aufzumuntern.

»Dem schließ ich mich an«, meinte Lorentz. »Ich hätte mir nie vorstellen können, dass Tofu so gut schmecken kann. Ich hatte da mal eine Affäre mit so einer Öko-Braut, und die hat mir den immer vorgesetzt, bis ich eines Tages …«

Capelli trat Lorentz unter dem Tisch gegen das Schienbein. »Ich glaube nicht, dass Otto gerade in der Stimmung ist, sich Storys über deine ehemaligen Affären anzuhören«, zischte sie ihm zu.

»Es ging doch nicht um Affären, sondern um Tofu«, verteidigte sich Lorentz. »Aber wenn du meine Geschichte nicht hören willst, dann halt nicht.«

»Ich habe mir zur Sicherheit nochmal die Akten vorgenommen und alle Todesfälle der letzten drei Jahre angesehen«, versuchte Capelli das Thema zurück auf den Fall zu lenken, »konnte aber in keinem weiteren einen Zusammenhang mit der aktuellen Mordserie entdecken.«

»Zum Glück«, atmete Morell auf. »Ich bin froh, dass es nicht noch mehr Morde gibt. Wisst ihr, meine größte Angst ist, dass der Mörder wieder zuschlägt und ich danebenstehen und zusehen muss und nichts dagegen unternehmen kann.«

Capelli und Lorentz schwiegen betreten. Morell sah wirklich ziemlich mitgenommen aus, und sie hatten beide keine Ahnung, wie sie die Last auf seinen Schultern ein wenig leichter machen konnten. Und irgendwie hatten sie auch ein schlechtes Gewissen: Sobald der Pass wieder frei war, konnten sie von hier abhauen und die grausamen Geschehnisse hinter sich lassen, während der Chefinspektor mit der ganzen Verantwortung hierbleiben musste.

Schließlich stand Morell auf und stapelte das dreckige Geschirr. »Ich hole mal den Nachtisch, bleibt ihr ruhig sitzen.« Er ging in die Küche und räumte Teller und Besteck in die Spülmaschine.

Während Capelli ihm dabei durch die Küchentür zusah, begannen ihre Gedanken wieder wie von selbst um die Mordserie zu kreisen. Irgendwie wurde es langsam unheimlich in Landau, fand sie.

»Wie lange wirst du noch hierbleiben?«, fragte sie Lorentz, um das Schweigen mit ein wenig Smalltalk aufzulockern.

»Ich weiß nicht.« Lorentz zuckte mit den Schultern. »Im Prinzip will ich, sobald der Pass wieder frei ist, fahren, was sich ja nach dem Schneetreiben nochmal hinziehen kann. Aber ich bin ohnehin gerade völlig unabhängig: Ich habe mich nämlich vor kurzem für unbestimmte Zeit beurlauben lassen und kann darum rein theoretisch bleiben, so lange ich will.«

»Wie bitte?« Capelli war erstaunt. »Ich dachte, die Dozentenstelle wäre so wichtig für dich!«

290

»Tja, so kann man sich täuschen«, sagte Lorentz und kratzte sich an der Nase. »Ehrlich gesagt, hat mich die Arbeit nie hundertprozentig glücklich gemacht. Ich bin nur mittelmäßig begabt, außerdem habe ich aus den falschen Motiven heraus Archäologie studiert und war dann zu feige, es zuzugeben und abzubrechen. Aber ich will dich nicht schon wieder zutexten ...« Er lächelte. »Jedenfalls bin ich an keine Verpflichtungen gebunden. Außer Peter, meinem Mitbewohner, gibt es in Wien derzeit niemanden, der auf mich wartet.«

Er dachte kurz darüber nach, was er gerade gesagt hatte. Es gab außer Peter und der verflixten Katze tatsächlich niemanden, der auf ihn wartete. Keine Frau, keine Kinder, keine heimelige Wohnung, keine erfüllende Arbeit, kein spannendes Projekt. Nichts. Niemand. Mit einem Mal überkam Lorentz eine Woge von Selbstmitleid. War das wirklich das Leben, das er wollte? Er sah Capelli an. »Und du? Bist du zufrieden mit deiner Arbeit und so?«

Sie hatte mit dieser Frage nicht gerechnet und musste erst nachdenken. »Im Großen und Ganzen schon, würde ich sagen. Viele Menschen finden meinen Job ganz furchtbar, aber ich mache ihn gerne. So komisch es auch klingen mag: Ich habe Spaß daran, und er gibt meinem Leben einen Sinn. Ich habe jeden Tag das Gefühl, dass ich etwas erreichen kann, dass meine Arbeit hilft, Verbrechen zu bekämpfen und Menschen zu helfen.« Sie hielt kurz inne und dachte daran, wie schmerzlich ihr vorhin bewusst geworden war, dass sie bei den Landauer Morden noch nicht wirklich hatte helfen können. Und es gab noch etwas, das sie an ihrem Job wurmte: Die meisten Männer, die sie kennenlernte, nahmen Reißaus, wenn sie erfuhren, was sie beruflich machte. Kein Typ fand es sehr sexy, mit einer Frau im Bett zu liegen, die vor ein paar Stunden noch in den Eingeweiden eines anderen herumgewühlt hatte.

»Und mit dem Rest bin ich auch sehr zufrieden«, log sie. Lorentz war der mit Abstand letzte Mensch auf der Welt, dem sie von ihrem verkorksten Liebesleben erzählen würde.

»Beneidenswert, Frau Leichenschnipplerin«, griente Lorentz und prostete Capelli mit seinem Weinglas zu.

»Vielen Dank, Herr Scherbenklauer.« Capelli erhob ebenfalls schmunzelnd ihr Glas.

»Schluss mit der Zankerei!«, ermahnte Morell, der mit drei vollen Tellern ins Wohnzimmer kam. »Schaut mal, ich habe Kaiserschmarrn mit Zwetschgenröster gemacht.« Er stellte die Teller auf den Tisch. »In der Küche ist noch mehr, also langt ruhig zu.«

Er schaute auf die Uhr und seufzte. »Ich muss bald los – Bender ablösen. Das wird eine lange Nacht werden.« Er dachte mit Widerwillen an die Stunden, die vor ihm lagen.

»Wieso ablösen?«, frage Capelli.

»Und wieso lange Nacht?«, fügte Lorentz hinzu.

»Weil wir Kaiser observieren und ich die Nachtschicht übernehme«, sagte Morell und streute sich eine riesige Ladung Puderzucker auf den Kaiserschmarrn.

>**Einen elften und zwölften Tag liegt er da,
Enkidu liegt auf dem Lager des Todes.**«

Gilgamesch-Epos

Es war, als würde sie aus einem tiefen, dunklen Wasser auftauchen. So, als würde sie aus einem schwarzen, traumlosen Schlaf erwachen. Der dicke Nebel in ihrem Kopf begann sich langsam zu lichten. Hatte sie zu viel getrunken? Alle Zeichen sprachen dafür. Das schmerzhafte Pochen in ihrem Kopf, genau hinter den Augen. Der Schwindel, die Benommenheit, das pelzige Gefühl auf der Zunge und die leichte Übelkeit. Genauso fühlte sich ein Kater an.

Ihre Sinne arbeiteten viel zu langsam. Wo war sie? Was war geschehen? Sie öffnete die Augen, aber alles, was sie sah, war Dunkelheit. Sie blinzelte, doch nichts geschah – alles um sie herum blieb schwarz.

Ihr Schädel fühlte sich dumpf an, und als sie den Kopf leicht bewegte, spürte sie eine schmerzhafte Verspannung im Nacken und in den Schultern. Sie musste gestern völlig verdreht eingeschlafen sein. Ihre Klamotten hatte sie auch noch an. Wo war sie nur gewesen? So wie sie sich jetzt fühlte, musste sie sich bis zur Bewusstlosigkeit betrunken haben. Sie konnte sich nicht erinnern. Ein typischer Fall von Filmriss.

Sie wollte wieder schlafen, aber etwas sagte ihr, dass irgendetwas hier nicht stimmte. Das hier war nicht ihr Bett. Das, worauf sie lag, war nicht kuschelig und warm, sondern kalt und hart. Außerdem roch es hier komisch. Modrig, muffig und alt wie in einem feuchten Keller.

Maria schrak hoch. Langsam kam die Erinnerung zurück, tröpfelte in ihr Bewusstsein wie ein undichter Wasserhahn.

Sie wollte schwimmen gehen und war deshalb ins Hotel gefahren. Dann waren da eine bekannte Stimme gewesen und ein Stich. Sie rieb sich den Oberschenkel an der Stelle, wo die Nadel eingedrungen war.

Sie war betäubt worden. Aber warum? Und wo war sie jetzt? Nach und nach begannen ihre Sinne wieder zu funktionieren, und sie konnte ihren Körper und die Kälte, der er ausgesetzt war, spüren. Zitternd schlang sie die Arme um ihren Leib und vergrub das Kinn im Kragen ihrer Jacke. Zum Glück war sie dick angezogen.

Langsam streckte sie einen Arm aus und griff in die Dunkelheit. Sie konnte etwas Kaltes, Feuchtes spüren. Eine Mauer direkt neben ihr. Sie tastete weiter. Auch vor und hinter ihr war eine Wand. Der Raum war zu klein und zu schmal für einen Keller. Sie saß also irgendwo in einem Schacht fest, in einer Art Verlies.

Maria schauderte. Angst durchflutete sie, lähmte ihren Körper. Was sollte das? Was geschah hier mit ihr? Wie ein Stromschlag durchfuhr sie ein schrecklicher Gedanke. Sie dachte an das, was mit Joe Anders und Andreas Adam geschehen war. Sollte sie …? NEIN! Das konnte nicht sein, das durfte nicht sein!

Sie begann zu schreien, rief so laut sie nur konnte. Der ganze Raum, in dem sie sich befand, war voll von ihrer Stimme. Laut und intensiv hallte ihr ihre eigene Verzweiflung entgegen. Ihre Angst prallte von den Wänden ab und traf sie wieder und wieder. Außer, dass ihre Panik immer größer wurde, geschah nichts. War denn da keiner? Hörte sie denn niemand?

Maria kauerte sich auf den Boden und begann zu weinen. Dicke Tränen rannen über ihre Wangen. Sie fuhr sich mit dem Ärmel ihrer Jacke über das Gesicht und verschmierte Dreck, Rotz und Tränen. Es war ihr egal. Sie musste irgendetwas tun. Sie musste hier weg, und zwar schnell. Sie stand auf und wollte einen Schritt auf die Wand zu machen. Irgendwo musste es ja einen Ausgang geben. Erst jetzt bemerkte sie die Gewichte, die an ihren Beinen befestigt waren. Sie war angekettet. Eine zum Tode verurteilte Gefangene. Sie begann an den Ketten zu zerren und zu rütteln und hörte erst auf, als sie spürte, wie warmes Blut an ihrem Knöchel hinunterrann.

Wieder begann sie zu schreien. Sie brüllte, bis ihre Stimme zu einem heiseren Wimmern erstarb. Verzweifelt begann sie zu beten. Sie wollte hier raus, weg, nach Hause!

Erschöpft ließ sie sich auf den Boden fallen. Was hatte man mit ihr vor? Sollte sie hier unten vielleicht verhungern? Sie begann hysterisch zu lachen. Was für eine Ironie des Schicksals. Auf ihrem Hintern und ihren Oberschenkeln waren so viele Fettreserven gelagert, dass sie wochenlang davon zehren könnte. Noch vor ein paar Stunden wollte sie dieses Fett unbedingt loswerden, und jetzt war sie dankbar dafür. Es würde sie nähren und wärmen, bis jemand sie hier fand. Und man würde sie finden. Sicher suchten Lars und die Kinder schon nach ihr. Sicher hatten sie der Polizei Bescheid gesagt. Sie musste nur ein wenig durchhalten. Die Wände waren feucht. Sie konnte daran lecken und würde somit nicht verdursten.

Maria schloss die Augen. »Bitte, lieber Gott, gib mir die Kraft hier auszuharren, ohne dabei verrückt zu werden.«

**»Mein Bruder blieb zwölf Jahre in Sibirien
und kehrte niemals nach Rußland zurück.«**

Heinrich Conrad, Eingekerkerte und Ausbrecher

»Ihr könnt gerne noch ein bisschen sitzen bleiben«, sagte Morell, nachdem er aufgegessen hatte. »Aber ich muss mich jetzt leider langsam auf den Weg machen.« Er wuchtete sich aus seinem Sessel und streckte sich.

»Danke«, sagte Lorentz, »aber ich geh auch gleich.« Er schüttelte sich. »Brrr, ich habe zwar überhaupt keine Lust, in dieser Kälte heimzulaufen, aber ich bin hundemüde und freu mich schon auf mein Bett.«

Morell sah ihn böse an.

»Oh, entschuldige.« Lorentz lächelte verlegen. »Das war wohl ein wenig rücksichtslos.«

Morell sagte nichts und stapfte missmutig in sein Schlafzimmer. Dort holte er einen extra warmen Pulli und dicke, selbst gestrickte Socken aus dem Schrank. Die Nacht würde lang und kalt werden. Er betrachtete wehmütig sein großes, weiches Bett und die flauschige, kuschelige Flanellbettwäsche. »Mist! Mist! Mist!«, murmelte er, während er sich eine Wolldecke schnappte und in die Küche ging. Dort füllte er eine große Thermoskanne mit heißem Pfefferminztee und bereitete sich dann eine Jause zu. Brote mit verschiedensten Belägen und Aufstrichen, eine Tafel Schokolade und ein paar Müsliriegel. Blöder Dr. Levi – von wegen zu dick! In dieser Nacht würde ihn seine Fettschicht warm halten. Alles hatte auch seine guten Seiten, da konnte Levi von Cholesterin- und Blutzuckerwerten faseln, so lange er wollte.

Morell kontrollierte noch schnell, ob der Akku seines Handys und die Batterien in seiner Taschenlampe voll aufgeladen waren, und verabschiedete sich. Widerwillig stieg er in der Garage ins Auto. Er musste da jetzt einfach durch. Er musste hoffen. Hoffen auf ein Weihnachtswunder.

Er nahm sein Handy und rief Bender an.

»Ich bin's, Morell. Wie sieht's aus bei dir?«

»Kalt und langweilig. Kaiser hat vor ungefähr einer Stunde sein Haus verlassen und ist ins ›Hype‹ gefahren. Ich bin ihm unauffällig gefolgt und stehe seitdem vor dem Lokal.«

»Gar nichts Auffälliges?«

»Nein, nichts! Hier ist nur wenig los. Ist ja auch Dienstag. Die meisten Leute müssen morgen arbeiten, und von Kaiser und seinem Cousin habe ich auch seit einer Stunde nichts mehr gesehen. Wie lange wird es denn ungefähr dauern, bis Sie mich ablösen kommen, Chef? Um ehrlich zu sein, bin ich ziemlich müde, und kalt ist mir auch.«

»Ich bin in zehn Minuten bei dir«, seufzte Morell, drehte den Zündschlüssel um und fuhr los.

Benders Auto stand direkt vis-à-vis vom Eingang des ›Hype‹. Morell parkte hinter seinem Assistenten und stieg aus. Eisiger Wind blies ihm ins Gesicht, und er fluchte innerlich.

Bender kurbelte die Scheibe runter, noch bevor Morell dagegenklopfen konnte. »Da sind Sie ja endlich, Chef.«

Morell schielte in das Wageninnere. Zwischen mehreren Wolldecken standen zwei riesige Thermoskannen, und er hätte sein Haus darauf verwettet, dass Kaffee drinnen beziehungsweise gewesen war. Er verkniff sich eine böse Bemerkung, sondern nickte nur. »Du kannst jetzt heimfahren, Robert. Ich übernehme. Gibt es noch irgendetwas, das ich wissen sollte?«

»Nicht wirklich. Kaiser hat, wie gesagt, vor ungefähr einer Stunde das ›Hype‹ betreten. Soweit ich das beurteilen kann, war Kröpfl zu der Zeit schon drinnen. Und wenn man nach den parkenden Fahrzeugen gehen kann, dürften ungefähr zwanzig Gäste in der Bar sein.«

»Wäre es möglich, dass Kaiser oder Kröpfl das Lokal durch einen anderen Ausgang verlassen haben?«

»Nein, es gibt zwar eine Tür, die nach hinten rausgeht, aber die führt nur in einen Innenhof. Jeder, der die Bar verlassen will, muss da drüben raus.« Bender deutete auf die Eingangstür.

»Gut«, nickte Morell. »Und Kaiser hat auch wirklich nichts von der Observierung bemerkt?«

»Natürlich nicht, Chef«, sagte Bender. »Ich bin mir aber nicht ganz sicher, ob das auch so bleiben wird.« Er starrte in den Rückspiegel.

Morell verstand nur Bahnhof. »Und warum?«, wollte er wissen.

»Na, Chef, Sie können sich nicht einfach mit dem Polizeiauto gegenüber vom ›Hype‹ platzieren und dann hoffen, dass keiner bemerkt, dass Sie da sind.«

Morell griff sich an den Kopf. »Ach du Schande, daran habe ich gar nicht gedacht.«

»Kein Problem. Wir tauschen einfach. Ich fahre mit dem Streifenwagen nach Hause, und Sie nehmen heute Nacht mein Auto.«

Morell nicke, holte seine Sachen und verstaute sie in Benders kleinem blauen Fiat Panda. Er quetschte sich in den Fahrersitz und schaute wehmütig seinem Assistenten nach, der langsam in Richtung Wärme und Schlaf fuhr.

Es war noch schlimmer, als Morell es sich vorgestellt hatte. Er war hundemüde, es war bitterkalt, und noch dazu war Benders Auto viel zu klein für ihn. Er schob den Fahrersitz so weit nach hinten, wie es möglich war, trotzdem stießen seine Knie gegen das Lenkrad. Und damit nicht genug. Der Schaltknüppel bohrte sich in seine rechte Seite, und wenn er versuchte, ein wenig nach links auszuweichen, dann piekste ihn der Türgriff. War es denn nicht genug, dass seine Hosen ihm zu eng waren, musste er jetzt auch schon zu massig für diverse Automarken werden? Er griff frustriert nach seiner Tupperdose auf dem Rücksitz und biss in ein Brot mit Camembert und Nüssen.

Die Zeit kroch dahin wie eine gelähmte Weinbergschnecke auf einem Kiesweg. Morell starrte alle paar Minuten auf seine Uhr und hatte schon den Verdacht, dass sie nicht ganz richtig funktionierte, was aber leider nicht der Fall war.

Bereits nach einer halben Stunde hatte der Chefinspektor die Schnauze voll. Sein Nacken tat weh, seine Schultern waren verspannt, und seine Beine schliefen in regelmäßigen Abständen ein.

Fast genauso schlimm, wenn nicht gar schlimmer als der Ganzkörperschmerz, war die Langeweile. Hie und da verließ ein Gast das ›Hype‹, oder ein anderer kam. Morell versuchte, sich so klein und unscheinbar wie möglich zu machen, und verkroch sich tief in seiner Decke.

Er merkte, wie die Müdigkeit ihn langsam überkam. Seine Augenlider wurden immer schwerer und begannen von Zeit zu Zeit zuzufallen. Er gähnte und trank einen Schluck Tee. »Nicht einschlafen«, sagte er leise zu sich selbst. »Nur noch ein paar Stunden.« Er starrte auf die Schneeflocken, die langsam auf seine Windschutzscheibe rieselten, und summte leise eine Melodie. »Nur noch ein paar Stunden«, murmelte er. »Nur noch ein paar …«

**»Sie ging hinein und sah darin
zwölf schöne, junge Männer sitzen.«**
Die zwölf Monate, Russisches Märchen

Es dämmerte bereits, als fünf angetrunkene Jugendliche auf wackeligen Beinen das ›Hype‹ verließen.

»Brrr«, lallte der größte von ihnen und zog sich seine Mütze tief ins Gesicht. »Was für ein Scheißwetter.«

»Hör auf zu jammern«, schimpfte ein etwas dickerer Junge mit Akne im Gesicht und suchte in den Taschen seines Anoraks nach dem Schlüssel für sein Mofa. »Es nutzt ja doch nix. Lass uns lieber heimfahren.« Er setzte sich schwankend Richtung Parkplatz in Bewegung.

»Scheiße«, fluchte der Große und hielt seinen pickligen Freund an der Kapuze fest.

»Was denn?«, knurrte der.

»Da!« Der Große deutete auf die andere Straßenseite, wo mittlerweile nur noch Benders kleiner Fiat stand. »Schau nur, da drinnen sitzt der fette Bulle, der schon ein paar Mal Ärger gemacht hat, von wegen Alkohol und so.«

»Verdammt, du hast recht«, stimmte ein anderer zu. »Das ist Morell. Der ist sicher hier, um uns die Hölle heiß zu machen.«

Die fünf drängten sich zurück in den Vorraum des Lokals und überlegten, was sie nun unternehmen sollten.

»Wir können hier nicht weg, solange der da draußen hockt«, sagte ein Junge mit langen, strähnigen Haaren, die ihm ständig ins Gesicht fielen. »Der fette Bulle weiß ganz genau, dass wir hier um diese Zeit nichts mehr zu suchen haben, und wenn er uns ins Röhrchen blasen lässt, dann sind wir sowieso dran.«

»Genau«, stimmte ihm der Große zu. »Ich habe mindestens drei Bier und vier Wodka Red Bull getrunken.«

»Es reicht«, sagte der Kleinste und Vorlauteste in der Gruppe. »Ihr könnt von mir aus noch bis Weihnachten hier rumstehen und jammern. Ich geh jetzt nach Hause. Ich muss daheim im Bett sein, bevor meine Mutter aufsteht und merkt, dass ich weg war.«

»Deine Alte merkt doch eh, dass du unterwegs warst«, stellte der Pickelige fest. »Du stinkst viel zu sehr nach Tschick und Alk.«

»Darum wird es jetzt auch höchste Zeit, dass ich nach Hause komme. Ich muss noch duschen, Haare waschen und Zähne putzen, bevor ich mich hinlege und so tue, als hätte ich die ganze Nacht selig in meinem Bettchen geschlummert. Also: Ich werde jetzt da rausgehen.«

»Bist du wahnsinnig?«, wollte der Große wissen. »Du hast lieber Ärger mit dem fetten Dorfsheriff als mit deiner Mutter?«

»Du kennst meine Alte nicht!«, sagte der Kleine und öffnete die Tür einen Spaltbreit. »Ich lass das Mofa einfach stehen und lauf nach Hause. Was soll der alte Sack denn tun? Es ist ja wohl nicht verboten, einen kleinen Morgenspaziergang zu machen, oder?«

Der Kleine schwankte durch den frischgefallenen Schnee, während die anderen vier ihm ungläubig hinterherstarrten. Sollten sie ihm folgen? Keiner wollte als Feigling dastehen, aber sich mit der Polizei anlegen ...? Die Entscheidung fiel schwer.

Noch während sie hektisch von einem Fuß auf den anderen trippelten und sich gegenseitig nervöse Blicke zuwarfen, kam der Kleine wieder zurückgerannt. Der angespannte Gesichtsausdruck

301

von vorhin war einem breiten Grinsen gewichen. Er lachte schelmisch und bedeutete den anderen rauszukommen.

»Was denn?«, wollte der mit den langen Haaren wissen und machte ein paar zögerliche Schritte nach draußen.

»Das müsst ihr euch ansehen«, rief der Kleine und wedelte weiter mit den Armen. »Morell pennt mit weit aufgerissenem Mund und schnarcht vor sich hin.«

Die anderen vier lachten erleichtert und folgten dem Kleinen. Auf dem Weg zu ihren Mofas hielt der mit den langen Haaren plötzlich inne. »Ich hab da eine Idee ...«, sagte er und grinste verschwörerisch.

• • •

Etwa eine halbe Stunde später verließ Karl Kaiser gemeinsam mit Becky Hagen sein Lokal, um sich auf den Weg nach Hause zu machen. Hand in Hand wollten die beiden gerade zu Kaisers Auto gehen, als etwas auf der anderen Straßenseite die Aufmerksamkeit des Barbesitzers weckte. Gemeinsam überquerten sie die Straße, musterten den komischen Anblick und konnten sich gerade noch die Hände vor den Mund halten, um nicht in schallendes Gelächter auszubrechen. Kopfschüttelnd und kichernd gingen sie zu Kaisers Wagen, stiegen ein und fuhren los.

Kaiser setzte seine Freundin vor ihrer Wohnung ab und fuhr dann selbst nach Hause. Bevor er ins Bett stieg, hatte er einen Geistesblitz. Er holte das Telefonbuch und suchte nach einer Nummer. Nachdem er das Gespräch beendet und den Hörer wieder aufgelegt hatte, klopfte er sich auf die Schenkel und brach nun tatsächlich in lautes Lachen aus.

>»Und er sah sich schon an irgendeiner Mauer lehnen,
zwölf Gewehrläufe ihm gegenüber, deren kleine,
runde, schwarze Löcher ihn anstarrten.«
>
> Guy de Maupassant, Die Schnepfe

Morell schreckte durch ein Klopfgeräusch hoch. Wo war er? Er blinzelte und versuchte sich zu orientieren. Das Erste, was er bemerkte, war der Schmerz, der von seinem Nacken und den Schultern aus bis in seinen Kopf kroch. Er saß in einem Auto. In Benders Auto. Langsam kam die Erinnerung wieder zurück: Die Observierung. Er war kurz eingenickt, verdammt! Wie spät war es? Wie lange hatte er geschlafen? Er starrte zur Windschutzscheibe hinaus, konnte aber nichts sehen. Was war das? Er beugte sich nach vorne, bis sein Bauch durch das Lenkrad gebremst wurde. Irgendetwas klebte auf der Scheibe. Aber was war das? War das etwa ... Morell drehte den Zündschlüssel und betätigte die Scheibenwischer.

Verflucht, irgendjemand hatte Benders Auto mit Klopapier umwickelt. Was sollte das? Die Scheibenwischer arbeiteten weiter, und je mehr sie Papier und Schnee zur Seite schoben, desto größer wurde Morells Unbehagen. Allmählich wurde die Windschutzscheibe frei, und Sonnenlicht drang nun ins Innere des Wagens. Außerdem hatten irgendwelche Scherzkekse ihre leeren Bierflaschen und anderen Müll auf der Kühlerhaube abgestellt.

Morell schaute auf die Uhr und stöhnte. Es war bereits halb acht! Er hatte also die letzten sieben Stunden geschlafen, und damit nicht genug. Irgendwer hatte ihn entdeckt und sich einen bösen Scherz mit ihm erlaubt.

Ein weiteres Klopfen an der Fahrertür riss ihn aus seinen Gedanken. Er drehte seinen Kopf nach links und erstarrte. Das musste ein Albtraum sein! »Das ist alles nur ein schlechter Traum«, murmelte er. »Ich werde gleich aufwachen, also nur nicht durchdrehen.« Er schloss die Augen und öffnete sie wieder. Es war kein Traum, denn immer noch starrte er direkt in das grell geschminkte Grinsen von Agnes Schubert.

»Guten Morgen, Sie Schlafmütze«, kicherte sie und wedelte mit einer Papiertüte vor Morells Nase herum.

Der Chefinspektor starrte fassungslos aus dem Fenster und sagte kein Wort.

»Hallo! Aufwachen!« Sie klopfte noch einmal gegen die Scheibe, dieses Mal so heftig, dass Morell befürchtete, Frau Schubert könne mit ihren dicken Ringen, die sie an den Fingern trug, Benders Auto zerkratzen. Als sie nicht damit aufhörte, kurbelte er widerwillig die Scheibe ein paar Zentimeter hinunter.

»Na, Sie machen mir aber Sachen, Sie hätten hier draußen erfrieren können«, sagte sie vorwurfsvoll und schüttelte den Kopf. »Einfach bei dieser Kälte im Auto einschlafen – das ist nicht ganz ungefährlich.« Sie kuschelte sich in ihren Pelzmantel, den Morell angewidert anstarrte. Er seufzte. Dieser Morgen war der Tiefpunkt seines Lebens: In Landau trieb ein Serienkiller sein Unwesen, er war bei der Observierung eingeschlafen, jemand hatte das Auto mit Klopapier umwickelt, und nun wurde er von einer Stalker-Furie geweckt, die sich in einen Pelzalbtraum gewickelt hatte, für den mindestens vier niedliche Luchse ihr Leben hatten lassen müssen. Wenigstens konnte es nicht mehr schlimmer werden.

»Es hat Minusgrade, Herr Kommissar«, kreischte die Schubert. »Nicht auszudenken, was Ihnen alles hätte passieren können. So ein Glück, dass ich diesen Anruf bekommen und Sie geweckt habe. Ich will mir gar nicht vorstellen, was passiert wäre, wenn Sie noch länger hier in der Kälte gelegen hätten.«

»Was für einen Anruf?«, wollte Morell wissen.

»Na, einen Anruf halt. Irgendein besorgter Bürger hat gesehen, dass Sie hier schlafen, und mich angerufen, damit ich Sie rette.«

»Wer zum Teufel …«, begann Morell, aber wie immer ließ Agnes Schubert ihn nicht zu Wort kommen.

»Ich habe Ihnen Frühstück mitgebracht. Croissants und Semmel, frisch aus dem Ofen. Die sind sogar noch warm.« Sie hielt die Tüte vor die Scheibe und wartete, dass Morell das Fenster ganz aufmachte.

Morell starrte auf die Tüte: tanzende Brezen. Das war zu viel für ihn. Er drehte den Zündschlüssel und stieg aufs Gaspedal. Er hörte, wie die Flaschen klirrten, als sie von der Kühlerhaube fielen, und im Rückspiegel konnte er Agnes Schubert sehen, die ihm fassungslos nachstarrte.

Bei der nächsten Kreuzung wurde dem Chefinspektor bewusst, dass er keine Ahnung hatte, wohin er überhaupt fuhr. Als er losgebraust war, hatte er kein bestimmtes Ziel vor Augen gehabt, sondern er wollte einfach nur weg.

An und für sich gab es nur zwei Orte, die zur Auswahl standen: das Revier oder sein Zuhause. Morell tendierte schwer zu Letzterem. Er wollte ein warmes Bad nehmen, etwas frühstücken, sich dann in sein großes, flauschiges Bett legen und dort schlafen. Er wollte einschlafen und vergessen, die Schmach und Schande der vergangenen Nacht einfach wegschlafen.

Er setzte den Blinker, um rechts abzubiegen, als eine Welle von Wut, Zorn und Erregung ihn überkam. Er war müde, jeder einzelne Muskel in seinem Körper war verspannt, er hatte Hunger und Kopfschmerzen – und was am allerschlimmsten war: Er hatte versagt. Wie hatte er nur einschlafen können? Früher, bei der

Kripo in Wien, hatte er solche Fehler nicht gemacht. Er hatte viele Nacht- und auch Doppelschichten geschoben und war kein einziges Mal dabei eingenickt. Wie sollte er denn ab heute noch in den Spiegel schauen? Und damit nicht genug. Jemand hatte sein Scheitern mitgekriegt und ihn gedemütigt. Jemand hatte ihn lächerlich gemacht, indem er sein Auto mit Klopapier umwickelt, Müll auf die Kühlerhaube gekippt und ihm Agnes Schubert auf den Hals gehetzt hatte. Er presste seine Lippen zusammen und schlug aufs Lenkrad. »Kruzifix!«, schrie er. Dieser Jemand war eindeutig zu weit gegangen, und Morell war sich zu einhundert Prozent sicher, dass er wusste, wer dieser Jemand war – Karl Kaiser. Dieser schmierige Zuhälter war schuld an allem. Sicher war er es gewesen, der die Papierattacke veranstaltet hatte, und sicherlich hatte er Agnes Schubert angerufen. Wahrscheinlich wusste das ganze Dorf von der Obsession der Küsterin, warum also nicht auch Karl Kaiser. »Na warte«, murmelte Morell, riss das Lenkrad herum und fuhr nach links. »Dafür wirst du büßen!« Wutschnaubend zog er sein Handy aus der Tasche und rief Bender an.

»Morgen, Robert, hier ist Morell. Wir treffen uns in zehn Minuten vor Kaisers Haus und nehmen die Hausdurchsuchung vor.«

»Aber, Chef ...«

»Kein aber! In zehn Minuten vor Kaisers Haus.«

»Aber, Chef ...«, versuchte Bender seinen Vorgesetzten zu bremsen, doch da hatte Morell schon aufgelegt.

> »Weiter kam er an einen klaren Teich, in dem schwammen
> zwölf Enten. Helmerich lockte sie ans Ufer und tötete
> deren elf, nur die zwölfte entkam.«
>
> Ludwig Bechstein, Die verzauberte Prinzessin

Maria wusste nicht, wie viel Zeit vergangen war. Sie hatte in einem dämmerartigen Zustand vor sich hin gedöst und wurde plötzlich von einem Geräusch aus ihrer Lethargie gerissen. Es war eine Art Scharren oder Kratzen direkt über ihr. Sie erschrak und presste sich gegen die Wand.

Was war das? Ein Tier? Oder vielleicht doch ein Mensch? War das die Rettung? Oder das Ende? Sie schwankte zwischen Hoffen und Bangen. Das Geräusch veränderte sich und wurde zu einem Knacken. Zögerlich sah sie nach oben. Einige Meter über ihr hatte jemand eine Art Deckel oder Verschluss ein kleines bisschen zur Seite geschoben. Ein dünner Lichtstrahl durchdrang das Dunkel.

Da oben war also jemand. »Hallooooo!«, schrie Maria. »Ich bin hiiiiieeeeer! Kann mich irgendwer hören?«

Keine Antwort. »Holt mich hier raus!«, brüllte sie weiter. »Halloooooo!« Immer noch keine Rückmeldung. Sie starrte auf den kleinen Spalt hoch über ihr. Dort oben ging es also hinaus. Dort oben war der Ausgang. Der Fluchtweg. Die Freiheit. Das Leben. Doch es war zu hoch. Viel zu hoch. Zu weit entfernt. Unerreichbar.

Durch das kleine Quäntchen Licht, das in ihren Kerker drang, konnte Maria ein wenig von ihrem Gefängnis sehen. Rund um sie herum ragten alte Mauern in die Höhe, dreckig und mit Moos bewachsen.

Warum antwortete die Person da oben nicht? Warum ging die Abdeckung nicht weiter auf?

»Hallooo«, rief sie noch einmal. Dort draußen war ganz sicher irgendwer. Sie konnte den Wechsel von Licht und Schatten erkennen. »Hol mich hier raus!«

Endlich tat sich etwas. Sie sah, wie etwas durch den kleinen Spalt geschoben wurde. Ein Strick!

Eine Welle der Erleichterung überkam sie, und Maria fing vor lauter Freude an zu schluchzen. Man würde sie hier rausholen. Sie retten.

Sie reckte sich, streckte ihren Arm nach dem vermeintlichen Seil aus, das langsam heruntergelassen wurde. Tiefer und tiefer. Gleich würde es in ihrer Reichweite sein.

Doch dann hielt es still und kam nicht mehr näher. Nur wenige Zentimeter von ihrer ausgestreckten Hand entfernt blieb es hängen und spuckte sie an.

Erst ein kleines Tröpfchen, dann einen ganzen Schwall Wasser spie es ihr ins Gesicht. Das, was sie für ein Seil gehalten hatte, war ein Schlauch. Und dieser Schlauch hatte gerade begonnen, Wasser in den Schacht zu pumpen, in dem sie gefangen saß.

Maria begann zu kreischen. Sie schrie so laut, wie sie noch nie in ihrem Leben geschrien hatte. Sie schrie sich die Lunge aus dem Leib, schrie um ihr Leben, um all die Dinge, die sie versäumt hatte, um ihre Kinder und all die Möglichkeiten, die nun nicht mehr kommen würden.

Der kleine Spalt über ihr wurde zugedeckt, und mit dem Licht erstarben auch Marias Schreie.

»Stolz war sein Ingesinde: Zwölf hochgeborne Kinde ...«

Wolfram von Eschenbach, Parzival und Titurel

»Chefinspektor Morell, langsam habe ich das Gefühl, dass Sie ohne mich nicht mehr leben können«, grinste Karl Kaiser, als er die Tür öffnete. »Oder was verschafft mir schon wieder die Ehre Ihres Besuchs?«

»Wir sind hier, um Ihr Haus zu durchsuchen«, erwiderte Morell und drängte sich an Kaiser vorbei in den Flur.

»Moment mal, Herr Morell, brauchen Sie dazu nicht einen Durchsuchungsbeschluss?«

»Nein«, stellte Morell kurz und knapp fest und zog sich Gummihandschuhe an, die Bender aus dem Revier mitgebracht hatte.

»Der Durchsuchungsbeschluss ist unterwegs«, klärte Bender den Barbesitzer auf. »Wenn Gefahr in Verzug ist, darf eine Hausdurchsuchung auch ohne amtliches Papier durchgeführt werden. Sofern Sie uns nicht behindern, haben Sie das Recht, bei der Durchsuchung anwesend zu sein.«

»Gefahr in Verzug?«, fragte Kaiser nun gereizt und zog seinen Morgenmantel fester zu. »Welche Gefahr geht denn von mir aus?«

»Sie werden verdächtigt, etwas mit den Morden an Josef Anders und Andreas Adam zu tun zu haben«, sagte Morell und schaute Kaiser böse an.

»Jetzt lassen Sie doch endlich diesen Quatsch! Sie waren doch in den letzten Tagen so oft bei mir, da sollten Sie mich besser kennen.«

»Eben darum«, sagte Morell, drehte sich um und marschierte schnurstracks ins Wohnzimmer.

Kaiser folgte ihm. »Ich erhebe Einspruch! Ich werde das nicht akzeptieren! Sie haben ja nicht einmal einen gültigen Durchsuchungsbeschluss. Das wird Sie noch teuer zu stehen kommen. Das wird Sie ihren Posten kosten!«

»Wissen Sie was«, sagte Morell, baute sich breitbeinig vor Kaiser auf und streckte sich, sodass seine ganze Masse voll zur Geltung kam. »Tun Sie doch, was Sie wollen. Es ist mir egal. Haben Sie das verstanden? E-G-A-L!«

»Was soll denn das? Wollen Sie mir etwa Angst machen?«

»Ich bin normalerweise ein friedliebender, netter Mensch«, grollte Morell und starrte Kaiser an. »Aber ich kann auch anders. Also lassen Sie meinen Kollegen und mich nun endlich unsere Arbeit tun!« Er bedeutete Bender mit einer Kopfbewegung, ihm ins Wohnzimmer zu folgen. Dort öffnete er ohne Umschweife eine Schublade und begann deren Inhalt durchzusehen.

»Kann ich Ihnen denn irgendwie behilflich sein? Je schneller wir diese Farce hier hinter uns bringen, desto eher kann ich ins Bett gehen und bekomme meinen wohlverdienten Schlaf.«

»Wir schaffen das ganz gut auch ohne Sie«, sagte Morell und las ein paar Zettel durch.

»Das sind doch bloß meine Telefonrechnungen«, entrüstete sich Kaiser.

»Wenn Sie hier die Ermittlungen behindern, dann muss ich Sie bitten, den Raum zu verlassen!«

»Ist ja schon gut, ich habe nichts zu verbergen. Ich geh dann mal in die Küche und hole mir ein Glas Prosecco, nur dass Sie nicht glauben, ich wolle flüchten.« Kaiser verließ grantig das Wohnzimmer.

»Wonach suchen wir eigentlich?«, flüsterte Bender seinem Vorgesetzten zu, als Kaiser den Raum verlassen hatte.

»Keine Ahnung. Aber ich weiß hundertprozentig, dass Kaiser Dreck am Stecken hat. Mein Bauch sagt mir das, und mein Bauch irrt sich nie.«

Bender schielte auf Morells Wampe. »Kann Ihr Bauch uns nicht zumindest einen kleinen Hinweis geben?«

»Vertrau mir«, sagte Morell, während er sich durch einen Stapel Urlaubskataloge arbeitete. »Das perfekte Verbrechen gibt es nicht. Irgendwo finden sich immer Hinweise und Spuren. Kaiser und sein Cousin haben etwas zu verbergen, und wir werden herausfinden, was das ist.« Er griff nach einem Fotoalbum und begann, es durchzublättern.

»Aber, Chef, was wenn …« Bender verstummte, als Kaiser wieder zurückkam.

»Nehmen Sie wegen mir kein Blatt vor den Mund«, sagte der Barbesitzer, setzte sich auf die Couch und schlug die Beine übereinander.

»War nicht so wichtig«, murmelte Bender und zog einen Stapel CDs aus einem Regal.

Nachdem sie das Wohnzimmer ohne Erfolg durchsucht hatten, zogen die beiden Polizisten ins Schlafzimmer. Mit großen Augen bestaunte Bender Kaisers riesiges Messingbett mit der dunkelroten Seidenbettwäsche samt dem darüber angebrachten Spiegel. Wieder einmal wunderte sich der Chefinspektor, wie jemand so sehr einem Klischee entsprechen konnte. Als sie auch dort nichts fanden, nahmen sie sich das Arbeitszimmer vor. Morell wurde mit jeder Schublade, in der sie keinen Hinweis fanden, und mit jedem Schrank, der keine Spuren enthielt, noch schlechter gelaunt.

> **»Hier und da standen prächtige Blumen sternengleich auf der Wiese,
> außerdem zwölf Pfirsichbäume, die im Frühjahr zarte Blüten in
> rosa und perlweiß hervorbrachten und im Herbst reiche Frucht trugen.«**
> Oscar Wilde, Der selbstsüchtige Riese

Bevor er aufstand, blieb Lorentz noch ein bisschen im kuscheligen Bett liegen und dachte wieder einmal an Iris. Wenn er ehrlich war, war sie genau die Art von Frau, die er brauchte. Sie war schön, elegant, stolz und sexy. Iris erregte ihn, ihr Duft, ihre Stimme, ihre Silhouette, ihr dichtes, wildes Haar.

Auf dem Weg gestern zum Kirchenwirt hatte er ihr gesagt, wie gut sie aussehe.

»Nein, ich sehe furchtbar aus«, hatte sie ihm widersprochen und war sich mit der Hand durch die Haare gefahren.

»Überhaupt nicht, du siehst toll aus. Vor allem in Anbetracht dessen, was du in den letzten Tagen alles hast durchmachen müssen.« Das stimmte. Iris hatte tatsächlich fabelhaft ausgesehen. Außerdem hatte Lorentz den Duft ihres Shampoos riechen können, der von ihren glänzenden blonden Haaren ausging. »Ich weiß nicht, wie lange ich noch hier in Landau bleiben werde, aber vielleicht kommst du mich einmal in Wien besuchen«, hatte er gesagt.

»Gerne«, hatte sie geantwortet und ihm dabei in die Augen geblickt.

Er erinnerte sich daran, wie weich sich damals ihre Haut angefühlt hatte, wie sie sich vor Lust unter ihm gewunden hatte. Er hatte den Schweiß von ihrem festen, durchtrainierten Körper geleckt, ihre kleinen, harten Brüste massiert und war mit seiner Zunge zwischen ihre schlanken Beine gewandert. Sie war wild gewesen, neugierig und einfallsreich.

Vielleicht sollte er es wieder einmal mit einer festen Beziehung probieren. Dann würde es jemanden geben, der auf ihn wartete, der ihn vermisste und der ganz einfach zu ihm hielt. Der Gedanke gefiel ihm gut.

»Guten Morgen, Mama!«, strahlte er, als er nach unten kam.

»Guten Morgen, Leander.« Seine Mutter war von der ausgesprochen guten Laune ihres Sprösslings überrascht. »Wir essen heute bei Oma zu Mittag. Iss also bitte nicht zu viel zum Frühstück, damit du dir nicht den Appetit verdirbst. Du weißt ja, dass sie es nicht mag, wenn du nicht ordentlich zulangst.«

Lorentz nickte. Seine Großmutter nörgelte immer herum, wenn man weniger als zwei Teller voll aß.

Der Frühstückstisch war wieder reich gedeckt, und weil das seine gute Laune noch steigerte, gab er seiner Mutter rasch ein Bussi auf die Wange, die ihn dafür mit offenem Mund anstarrte.

»Hauch mich mal an«, forderte sie ihn auf. »Du hast doch wohl nicht schon am Vormittag etwas getrunken?«

»Komm schon, Mama. Darf ich nicht einmal mehr gute Laune haben, ohne dass du gleich etwas Schlimmes dahinter vermutest?«

»Das liegt daran, dass du normalerweise nie gute Laune hast, wenn du in Landau zu Besuch bist.«

»Dann ist es heute halt einmal anders als normalerweise.« Lorentz grinste seine Mutter an.

»Na gut. Aber sei vorsichtig, sonst gewöhne ich mich daran, dass du ein kleiner Sonnenschein geworden bist, und will dich jeden Tag so haben.«

Eigentlich war es gar nicht so schwer, seine Mutter zufriedenzustellen, dachte sich Lorentz.

»Ach«, hielt Frau Lorentz ihren Sohn zurück, der sich gerade hinsetzen wollte, »der hier ist für dich gekommen.« Sie hielt ihm einen Brief unter die Nase. »Wer schreibt dir denn an unsere Adresse?«, wollte sie wissen, aber Lorentz antwortete nicht. Er starrte den Umschlag an, der ihm nur allzu bekannt vorkam. Sein Puls raste.

»Keine Ahnung«, log er und riss seiner Mutter den Brief aus der Hand. »Ich kann heute leider nicht zum Mittagessen kommen. Ich habe ganz vergessen, dass ich verabredet bin.« Er nahm seine Jacke von der Garderobe und joggte zur Tür hinaus. »Sag Oma bitte, dass es mir leid tut«, schrie er, während er in Richtung Polizeirevier losrannte.

»Wie gut, dass ich mich nicht daran gewöhnt habe«, murmelte seine Mutter leise und schüttelte den Kopf.

»Ich werde wiederkommen und dir zwölf Rätsel aufgeben.«

Der Erbsenmillionär, Griechisches Märchen

Morell war mittlerweile richtig sauer. Nichts, aber auch gar nichts hatten sie gefunden. Kruzifix, es musste Kaiser sein! Er hatte ein Motiv, ein wackeliges Alibi und einen miesen Charakter obendrein. Doch was, wenn Kaiser es nicht war? Dann käme wieder jeder einzelne Dorfbewohner als potenzieller Täter in Frage. Aber er konnte ja nicht einfach hergehen und jedes Haus in Landau durchsuchen: jede Wohnung, jede Scheune, jeden Dachboden, jeden Keller …

»Komm, Robert«, unterbrach er hastig seinen Assistenten, der gerade dabei war zu überprüfen, ob sich hinter einem kitschigen Aktgemälde im Arbeitszimmer ein Wandtresor befand, »wir nehmen uns jetzt mal den Keller vor.«

»Na gut, Chef, wie Sie meinen«, sagte Bender und versuchte das Bild wieder geradezurücken. Wenn es nach ihm gegangen wäre, dann hätten sie das Arbeitszimmer noch weiter durchsucht, aber wenn Morell lieber in den Keller gehen wollte, dann sollte er seinen Willen bekommen. Heute war es nämlich eindeutig besser, einfach den Mund zu halten und dem Chefinspektor nicht zu widersprechen.

»Zeigen Sie uns bitte den Zugang zu Ihrem Keller!«, verlangte Morell von Kaiser, der ihn mit großen Augen anstarrte.

»Den Keller? Was wollen Sie denn in meinem Keller? Da unten gibt es, abgesehen von meiner Waschmaschine und einer Menge altem Krempel, nichts zu sehen! Sie vergeuden hier Ihre und auch meine Zeit.« Er stemmte seine Hände in die Hüften.

»Niemand zwingt Sie dazu, mit uns nach unten zu gehen«, klärte Morell ihn auf. »Wenn Sie unsere Durchsuchung als Zeitvergeudung betrachten, dann beschäftigen Sie sich doch einfach mit etwas Wichtigerem. Lassen Sie sich von uns nicht aufhalten.« Der Chefinspektor ignorierte Kaiser, verließ das Arbeitszimmer und sah sich um. »Ich nehme mal an, dass es dort zum Keller geht.« Er zeigte auf eine Tür am Ende des Flurs und setzte sich in Bewegung. Bender folgte ihm.

»Halt!«, rief Kaiser und stellte sich den beiden Polizisten in den Weg. »Jetzt reicht's aber. In meinem Keller haben Sie wirklich nichts zu suchen!«

»Ach, und warum nicht? Ich dachte, Sie hätten nichts zu verbergen?«

»Das habe ich auch nicht!«, sagte Kaiser empört und verschränkte die Arme vor der Brust. »Aber ich finde, es ist jetzt langsam genug. Ich habe bisher beide Augen zugedrückt, dass Sie ohne jeglichen Grund mein Haus durchsuchen, aber jetzt hat meine Geduld ein Ende. Das ist doch alles völlig sinnlos!«

»Ob sinnlos oder nicht, werden wir ja noch sehen«, sagte der Chefinspektor und versuchte, sich an Kaiser vorbeizudrängeln. Doch der blockierte weiterhin den Weg.

»Das, was Sie hier gerade aufführen, nennt sich Widerstand gegen die Staatsgewalt«, warnte Morell und streckte sich, sodass seine ganze Größe und Masse wieder voll zur Geltung kamen.

Kaiser zuckte zurück und starrte zu dem Berg von Mann, der sich vor ihm aufgebaut hatte, empor.

»Gehen Sie mir aus dem Weg, oder ...«, drohte Morell und

machte einen entschlossenen Schritt auf den sturen Gastronomen zu, der instinktiv einen Schritt zur Seite wich. »Na also, geht doch«, murmelte er, öffnete die Tür zum Keller und stieg die Treppe hinunter.

Das Erste, was ihm auffiel, war eine riesige Kühltruhe, in der locker ein Mensch Platz gehabt hätte und die mit einem robusten Vorhängeschloss gesichert war. Sie nahm den größten Teil des kleinen Kellerraums ein. Der Anblick ließ Morell, der mittlerweile auf alles gefasst war, das Blut in den Adern gefrieren.

»Was zum Teufel ist das?«, rief er.

»Eine Kühltruhe, das sieht man doch«, sagte Kaiser und warf dem Polizisten einen abfälligen Blick zu.

Morell musste sich sehr zusammenreißen, um Kaiser nicht auf der Stelle an die Gurgel zu springen. »Und warum ist die so groß und noch dazu gesichert? Aufmachen, und zwar sofort!«

»Ich friere halt öfters mal was ein, dann muss ich nicht immer extra in den Laden rennen, wenn ich Hunger habe«, sagte Kaiser und fuhr sich durch die Haare.

»Und warum das Schloss?«

»Damit Bert sich nicht ständig bedient.« Kaiser zuckte mit den Achseln.

»Wenn das ganze Ding hier voll mit Tiefkühlpizza, Fischstäbchen und Mikrowellenknödeln ist, dann haben Sie ja sicherlich nichts dagegen, wenn wir einen kurzen Blick hineinwerfen.«

»Natürlich nicht«, sagte Kaiser, der mittlerweile ziemlich nervös wirkte. »Ich weiß nur leider nicht mehr, wo der Schlüssel ist. Ich bin manchmal ein wenig schusselig. Ich überlege mal, wo er sein könnte, schauen Sie sich doch solange den Rest des Kellers an.«

»Der Rest des Kellers interessiert mich im Moment aber nicht«, grollte Morell. »Ich will in diese Truhe schauen, und zwar sofort!«

»Aber ...«, entgegnete Kaiser.

»Kein aber!« Morell stand kurz davor zu explodieren. Sein Gesicht war rot angelaufen, und auf seiner Stirn bildeten sich kleine

Schweißperlen. »Ich will jetzt sehen, was sich IN DIESER TRUHE BEFINDET!«

Bender, der befürchtete, dass sein Vorgesetzter gleich eine Herzattacke bekommen könnte, trat einen Schritt vor und legte Morell beruhigend eine Hand auf die Schulter. »Das ist ein einfaches Vorhängeschloss«, flüsterte er. »Ich kann es ohne Probleme mit meinem Taschenmesser öffnen.«

Morell starrte seinen Assistenten mit offenem Mund an. »Wo hast du denn das gelernt?«

»Äh, habe ich mal im Fernsehen gesehen«, antwortete Bender verlegen und kramte in seiner Hosentasche nach dem Taschenmesser.

»Im Fernsehen also«, murmelte Morell. Er trat einen Schritt zur Seite. »Das hätte ich mir ja denken können! Schaun wir also, ob dir die Flimmerkiste ausnahmsweise mal etwas Brauchbares beigebracht hat.«

Es dauerte einige Minuten, dann hatte Bender es tatsächlich geschafft, das Schloss zu öffnen. Stolz hielt er es seinem Vorgesetzen hin. Kaiser, der während der vergangenen Minuten einfach nur wortlos dagestanden hatte, starrte auf den Boden und fluchte nun leise vor sich hin.

»Gut gemacht«, sagte Morell und nickte seinem Assistenten zu. Er holte tief Luft. An seinem inneren Auge zogen etliche Horrorszenarien bezüglich des Inhalts der Truhe vorbei. Langsam öffnete er den Deckel. Und blickte auf mehrere kleinere Behälter.

Das war so ziemlich das Letzte, was er erwartet hatte. Er hatte mit Leichenteilen, Mordwerkzeugen oder sonst etwas Schrecklichem gerechnet. Er hatte sogar kurz mit dem Gedanken gespielt, dass Kaiser womöglich doch nicht gelogen hatte und sich in der Truhe tatsächlich nur Lebensmittel befanden. Aber das? Was konnte das sein? Er starrte auf die Behälter und wusste nicht, was er davon halten sollte.

»Das könnten Stickstoffcontainer sein«, unterbrach Bender die

Grübelei des Chefinspektors. »Ich habe so was schon mal im Fern …«, er hielt inne. »Ich habe so was schon mal gesehen«, sagte er, fasste in die Truhe und zog einen der Behälter heraus. Noch bevor Morell etwas sagen konnte, hatte er den kleinen Container auch schon geöffnet. Drinnen befanden sich mehrere kleine Röhrchen, die mit einer weißen Substanz gefüllt waren.

»Ich bin nicht sicher, aber das könnten Drogen sein«, sagte Bender und schaute erst seinen Vorgesetzten und dann Kaiser an.

»Zeig mal her«, sagte Morell und griff sich eines der Röhrchen. Er hielt es gegen das Licht, konnte aber auch nicht sagen, worum genau es sich bei dem Inhalt handelte. »Wahrscheinlich hast du recht«, meinte er mit bebender Stimme und drehte sich zu Kaiser, der mit gesenktem Kopf an die Wand gelehnt stand. »Drogen!«, schrie er. »Die ganze Zeit ging es also nur um Drogen! Alles nur wegen Drogen!« Morell hatte vor lauter Zorn schon wieder einen hochroten Kopf bekommen.

»Das sind doch keine Drogen«, sagte Kaiser leise.

»Und mir jetzt auch noch frech ins Gesicht lügen. Na warte …« Morell machte einen Schritt auf Kaiser zu, der sich noch enger an die Wand drängte.

Bender hielt seinen Vorgesetzten am Hosenbund fest. »Nicht, Chef«, flüsterte er. »Wenn wir ihn schlagen, kriegen wir Ärger bei der Verhandlung, und er könnte freikommen.«

»Du hast recht«, sagte Morell und holte tief Luft. »Dieser Abschaum ist es nicht wert. Karl Kaiser, Sie sind hiermit verhaftet.« Morell zückte seine Handschellen, um sie Kaiser anzulegen.

»Verdammt nochmal, Morell, das sind keine … Aua!« Morell hatte die Handschellen ein wenig zu fest angezogen.

»Die Rechte«, flüsterte Bender. »Sie müssen ihn über seine Rechte aufklären.«

Morell grummelte irgendetwas Unverständliches.

»Sie haben das Recht zu schweigen, und Sie haben das Recht auf einen Anwalt. Sollten Sie sich keinen Anwalt leisten können,

319

dann wird Ihnen ein Pflichtverteidiger gestellt«, sagte Bender also.

»Ich kann mir einen Anwalt leisten«, schrie Kaiser und starrte den Chefinspektor an. »Und ich werde mir den besten nehmen, den es für Geld zu kaufen gibt. Und der wird Sie dann in Grund und Boden stampfen. Das sind keine Drogen. Der Einzige, der hier ein wenig high wirkt, sind Sie ...« Ein Blick in Morells Gesicht ließ ihn verstummen.

»Vielleicht sind das tatsächlich keine Drogen«, spekulierte Bender und öffnete eines der Röhrchen. Er roch daran. »Riecht nach nix«, sagte er. Dann kratzte er ein wenig von der gefrorenen Substanz heraus und leckte daran.

»Spinnst du!«, rief Morell und riss ihm das Röhrchen aus der Hand. »Das könnte giftig sein!«

»So machen es die Drogenfahnder im Fernsehen auch immer«, verteidigte sich Bender.

Morell schwor sich, seinem Assistenten bei der nächsten Gelegenheit den Fernseher wegzunehmen. »Also«, sagte er so sachlich wie möglich. »Wir bekommen das eh raus, wenn wir's analysieren lassen. Wenn's keine Drogen sind, was ist es dann?!«

»Bullensperma«, sagte Kaiser kleinlaut.

»Wie bitte? Wollen Sie uns ...«

»Nein, nein, es hat nichts mit euch Polizisten zu tun«, bemühte sich Kaiser das peinliche Missverständnis schnell aufzuklären. »Es ist schlicht und einfach der Samen von einem Bullen, ich meine einem Stier, in tiefgefrorenem Zustand.«

Bender blickte fassungslos zwischen Kaiser und Morell hin und her, dann rannte er nach oben in die Küche und wusch sich hastig den Mund aus.

Kopfschüttelnd wandte sich der Chefinspektor wieder an Kaiser. »Was zur Hölle tun Sie mit tiefgefrorenem Bullensamen?«

»Was man mit dem Zeug halt so tut«, antwortete der und zuckte mit den Schultern. »Man besamt Kühe.«

Morell starrte ihn ungläubig an. Er hatte mit vielem gerechnet – aber damit nicht. »Aber Sie sind doch gar kein Veterinär und haben keine Konzession, um Kühe zu besamen«, sagte er endlich.

»Was glauben Sie, warum mir so viel daran gelegen war, dass keiner von Berts kleinem Nebengeschäft erfährt?«

»Ach. Jetzt ist es also Berts kleines Nebengeschäft, und Sie hatten natürlich von all dem keine Ahnung.«

»Sozusagen«, sagte Kaiser und verschränkte die Arme vor der Brust. »Wie Sie ja sicherlich schon wissen, stammt Bert aus einer Bauernfamilie. Er ist praktisch mit Kühen und Bullen aufgewachsen und hat von klein an zugesehen, wie so etwas funktioniert.«

»Ah ja, und ihr hochintelligenter Cousin ist dann eines Tages ganz von alleine auf die Idee gekommen, sich ein zweites Standbein zu schaffen, indem er illegal Kühe besamt.«

»So würde ich es ausdrücken.«

»Und woher stammt das Zeug?«

»Woher soll ich das wissen? Wahrscheinlich von dem alten Bullen, den seine Eltern in Landeck unten halten.«

»Verstehe. Sie und Ihr Cousin haben also den Bullen von Berts Eltern angezapft und das Zeug anschließend als hochqualitativen Bullensamen verkauft. So etwas nennt man Betrug.«

»Ich habe davon keine Ahnung. Ich habe die ganze Sache auch nur durch Zufall vor ein paar Tagen entdeckt. Was hätte ich denn tun sollen? Meinen eigenen Cousin anzeigen?«

»Durch Zufall, natürlich. Deshalb steht die Kühltruhe ja auch bei Ihnen im Kell ...« Das Klingeln seines Handys unterbrach den Chefinspektor. »Morell«, meldete er sich. »Was? Moment, der Empfang ist schlecht.« Er quetschte sich an Bender vorbei, der mittlerweile kreidebleich wieder im Türrahmen stand, lief die Treppe hinauf und ging ins Wohnzimmer. »So, Leander, jetzt müsste es gehen ... Was, verdammt, das gibt's doch nicht! Bleib wo du bist, ich bin gleich da.«

Der Chefinspektor, aus dessen Gesicht nun ebenfalls jegliche

Farbe gewichen war, legte auf. Es gab also einen neuen Brief! Und er, Morell, hatte angeblich den Hauptverdächtigen observiert, war aber eingeschlafen. Kaiser konnte es also im Prinzip immer noch gewesen sein … Aber ergab das wirklich noch einen Sinn, nachdem sie gerade diesen Fund im Keller gemacht hatten? Sollte er das ›Hype‹ etwa auch noch durchsuchen? Morell atmete tief durch und überlegte. Er musste jetzt eine Entscheidung treffen. Nein, beschloss er, er war hier auf der falschen Spur, Kaiser hatte mit all den Morden nichts zu tun. Immerhin war er dem Barbesitzer aufgrund seiner Ermittlungen anderweitig auf die Schliche gekommen. Und selbst, wenn er sich irrte: Landau war immer noch zugeschneit und von der Außenwelt abgeschnitten, es bestand also ohnehin keine Fluchtgefahr.

Morell stieg wieder die schmale Kellertreppe hinab. »Wir müssen auf der Stelle weg, es gibt einen neuen Brief«, raunte er seinem Assistenten zu. Dann ging er zu Kaiser und nahm ihm die Handschellen ab. »Das Zeug hier ist beschlagnahmt«, sagte er und deutete auf die Kühltruhe. »In Ihrer Haut möchte ich nicht stecken. Was glauben Sie, was geschehen wird, wenn die Bauern aus der Umgebung erfahren, dass der überteuerte Supersamen nicht von einem preisgekrönten Zuchtbullen, sondern von einem alten Rindvieh stammt? Sie können froh sein, wenn die nicht mit Mistgabeln und Traktoren vor Ihrem Haus auftauchen.«

>**»Nun sind wir alle, sprach ein Schildbürger,**
>**ja große Narren und doppelte Zwölf-Esel ...«**
>Karl Simrock, Die Schildbürger

Zeitgleich mit den beiden Polizisten traf auch Nina Capelli im Revier ein. Offensichtlich hatte Lorentz ihr ebenfalls Bescheid gesagt.

»Servus«, grüßte sie in die Runde. »Mein Gott, schon wieder ein Brief. Immerhin haben wir zwei Verdächtige weniger, Otto, denn Kaiser und sein Cousin können es ja nicht gewesen sein, die hast du ja die ganze Nacht observiert.«

»Ähm ... ja ... äh, stimmt«, stammelte Morell, der seinen Fauxpas auf gar keinen Fall in Gegenwart seines Assistenten zugeben wollte.

»Na dann los«, sagte Capelli. »Wir müssen uns sofort daranmachen, das Rätsel zu lösen. Wie lautet es denn?«

»Ich hab noch gar nicht reingeschaut«, sagte Lorentz und legte den Brief auf Morells Schreibtisch.

Alle vier starrten auf den weißen Umschlag, aber keiner wagte es, ihn zu öffnen, geschweige denn, ihn anzufassen.

»Feiglinge«, fluchte Capelli endlich und griff sich den Brief. »Die Zeit läuft. Wir haben wahrscheinlich weniger als zwölf Stunden. Der Mörder hat den Brief ja sicher irgendwann in der Nacht eingeworfen, also ist es schon eine ganze Weile her. Wir dürfen keine Sekunde verschwenden!«

»Hier!« Morell reichte ihr ein paar Gummihandschuhe. »Zieh die lieber über. Auf dem letzten Brief waren zwar keine Fingerabdrücke – abgesehen von Leanders und denen seiner Mutter –, aber wir sollten auf Nummer Sicher gehen.«

Capelli nickte, zog sich die Handschuhe über, öffnete mit zittrigen Händen das Kuvert und zog vorsichtig ein gefaltetes Blatt Papier heraus. Wie schon beim vorigen Schreiben waren vier Zeilen zu je drei Wörtern draufgestempelt:

Gjöll – Acheron – Styx
Wolf – Rot – Märchen
Pyramid – Castor – Puschkin
Strawinsky – Buckingham – Kybele

Morell schaute Lorentz entgeistert an. »Das Rätselraten geht also genauso weiter. Kannst du damit etwas anfangen?«

»Mit der ersten Zeile schon. Aber ich habe keine Ahnung, was die anderen bedeuten sollen.«

»Besser als nichts. Dann erklär uns mal die ersten drei Wörter.«

»Für viele Kulturen bedeutet ›Jenseits‹ so viel wie ›am anderen Ufer‹. Sie glauben daran, dass ein Fluss die Grenze zwischen dem Reich der Lebenden und der der Toten bildet. Darum wurde früher den Verstorbenen oft eine Münze mitgegeben, damit sie den Fährmann bezahlen konnten, der sie über den Fluss brachte.«

»Und weiter?«, fragte Morell.

»Bei den Nordgermanen hieß dieser Grenzfluss Gjöll, bei den Griechen beziehungsweise den Römern wurde er Acheron oder Styx genannt.«

Capelli überlegte. »Wenn dieser Brief genauso aufgebaut ist, wie der letzte, dann ist die erste Zeile wieder die Ankündigung eines bevorstehenden Todes ...«

»... und gibt noch keinen Hinweis darauf, wie oder wo das nächste Opfer ums Leben kommen wird«, vervollständigte Morell den Satz.

»Verdammt, wir müssen schnell sein! Ich will mir gar nicht vorstellen, welche Ängste der oder die Entführte gerade durchmachen muss.« Capelli stiegen Tränen in die Augen. Sie konnte sehr gut mit Leichen umgehen, aber die Vorstellung, dass gerade ein lebender Mensch Todesängste ausstehen musste und sein Leben einzig und allein von einem dummen Rätsel abhing, war zu viel für sie. »Ich glaube, wir könnten Hilfe gebrauchen«, fügte sie hinzu.

»Ja«, stimmte Lorentz ihr bei. »Für das letzte Rätsel haben wir viel zu lange gebraucht.«

»Ich weiß«, stöhnte Morell, »aber ich habe keinen blassen Schimmer, wo ich in so kurzer Zeit kompetente Hilfe anfordern soll. Mal ganz abgesehen davon, dass wir nicht wissen, ob wir einen Historiker, Biologen oder Sprachwissenschaftler brauchen. Uns rennt einfach die Zeit davon.«

»Dann hören wir jetzt auf zu reden und fangen an zu handeln«, sagte Capelli entschlossen. Der Gedanke an das wehrlose Opfer, dessen Leben allein von ihrer Denkfähigkeit abhing, machte sie fast wahnsinnig. »Wolf – Rot – Märchen. Was fällt euch dazu ein?«

»Rotkäppchen«, sagte Lorentz. »Das ist ein Märchen und darin kommt ein böser Wolf vor.«

»Zu offensichtlich«, sagte Capelli. »Denk weiter!«

»Ich kann mich nicht konzentrieren. Außerdem müssen wir ins Internet, sonst wird das nichts.«

»Gut«, sagte Morell. »Ihr fahrt den Computer hoch, und ich mach mir ganz schnell was zu essen. Ich kann mit leerem Magen nämlich nicht gut nachdenken.« Er ging in die Revierküche und schmierte sich ein Marmeladenbrot.

Wer war denn überhaupt entführt worden? Sie hatten bisher noch keine Vermisstenmeldung bekommen. Vielleicht gab es diesmal gar kein Opfer und der Brief war nur ein Scherz? Ein fieser

Streich, genauso wie die Klopapiersache und der Anruf bei Agnes Schubert heute Morgen. Morell biss herzhaft ins Brot und spürte mit jedem Happen, wie seine Lebensgeister langsam wieder geweckt wurden. Kauend ging er ins Vorzimmer und setzte sich zu Bender, der gerade ein Telefonat beendete.

»Wir haben soeben eine Vermisstenmeldung reinbekommen«, sagte Bender aufgeregt.

Morell atmete tief durch und lehnte sich zurück. »Wer?«, fragte er.

»Lars Zieher hat seine Frau Maria als vermisst gemeldet. Als er gestern Abend nach Hause kam, war sie nicht da, und über Nacht ist sie auch nicht wieder aufgetaucht.«

»Dieser Idiot!«, schimpfte Morell. »Warum kommt er denn erst jetzt auf die Idee, eine Meldung zu machen?« Es war also höchstwahrscheinlich Maria Zieher, die das nächste Opfer werden sollte.

»Lars dachte, dass Marias Verschwinden sicherlich nichts mit dem Killer zu tun hat – weil doch die beiden letzten Opfer Männer waren. Von den Opfern davor wusste er ja nichts.«

Morell holte tief Luft und legte die Stirn auf die Tischplatte. »Verdammt! Verdammt! Verdammt!«, murmelte er.

»Hier, Chef.« Bender hielt Morell eine Schachtel Kekse hin. »Sie sollten etwas essen, und wenn Sie wollen, dann mache ich Ihnen einen Tee.«

»Danke, Robert«, sagte Morell und nahm die Kekse entgegen.

Während Bender in der Küche herumwerkelte, griff Morell zum Hörer und rief bei Haug in Innsbruck an. Haug hob schon nach dem zweiten Klingelton ab.

»Grüß dich, Ralph, hier spricht Otto. Bei mir hat sich was getan. Ich werde dir per Helikopter einige Proben und einen weiteren Brief zukommen lassen. Bitte ordne diesen Dingen oberste Priorität zu!«

»Ist in Ordnung«, sagte Haug. »Und wie sieht es sonst so mit deinem Fall aus?«

In aller Kürze brachte Morell seinen Freund auf den neuesten Stand. Haug bot ihm darauf an, dass sich einige Experten dem Thema Zwölf und dem neuen Rätsel annehmen und ein Täterprofil erstellen würden, mehr könne er aber im Moment wirklich nicht für Morell tun.

Als Morell das Gespräch beendet hatte, legte er die Hände auf den Kopf und schaute nachdenklich aus dem Fenster.

»Männer, Frauen und kleine Kinder zusammengerechnet, waren es zwölf, die wir ins Wasser oder ins Feuer geworfen haben.«
Prosper Mérimée, Die Bartholomäusnacht

Das Wasser war eiskalt. Tausend Nadelstiche betäubten alles, was sie streiften. Maria konnte ihre Füße nicht mehr spüren. Sie versuchte in Bewegung zu bleiben, irgendwie Wärme zu erzeugen. Sie zitterte, bibberte, schlotterte, ihre Zähne klapperten. Wenn das so weiterging, dann würde sie hier drinnen nicht ertrinken, sondern erfrieren. Sie wusste nicht, was schlimmer war.

Langsam, aber stetig stieg das Wasser. Es hatte fast ihren Gürtel erreicht, durchnässte bereits Hose und Slip, und als Nächstes würde sich auch ihr Pullover mit Kälte vollsaugen.

Sie schrie, brüllte so laut sie konnte. Ihre Stimme war schrill, und das Echo, das von den Wänden kam, tat in ihren Ohren weh. Sie wollte nicht sterben. Nicht hier. Nicht jetzt. Und vor allem nicht auf diese Art und Weise. Es war würdelos, in einem modrigen Loch zu ertrinken. Wenn man sie fand, wäre sie aufgeschwemmt wie eine tote Ratte, ihr Gesicht aufgedunsen und ihre Haut weiß und schrumpelig. Es durfte nicht passieren. Nicht so. Es gab so viele Dinge, die sie noch machen wollte. So viele Träume, die sie im Laufe der letzten Jahre begraben hatte.

Maria ballte ihre Hände zu Fäusten. »NEIN«, kreischte sie und schlug in das Wasser, das ihr mittlerweile bis zum Bauchnabel ging. »NEIN!« Sie boxte gegen die Wände, die rund um sie herum emporragten, bis sie spürte wie Blut an ihren Fingerknöcheln herunterrann. Kaltes Wasser. Warmes Blut.

Tränen kullerten über ihre Wangen. Sie hatte nicht bemerkt, dass sie weinte. Dicke Tropfen rannen über ihr Gesicht und fielen ins Wasser, vermischten sich damit. ›Was für eine Ironie‹, dachte sie. ›Ich werde unter anderem in meinen eigenen Tränen ertrinken.‹

Über ihr war ein Geräusch zu hören, und nur wenige Momente später wurde der Deckel wieder zur Seite geschoben. »HILFE«, schrie sie mit letzter Kraft. »HILFE!«

Wasser spritzte in ihr Gesicht. Jemand hatte etwas heruntergeworfen. Es war ein kleines Segelboot.

Und plötzlich verstand sie.

**»Gehn wir aber wieder in unser Land
und nehmen zwölf Hammel mit,
mit eldoradischen Kieselsteinen beladen,
so sind wir reicher als alle Könige auf Erden ...«**
Voltaire, Candide

»Warum du?«, fragte Capelli. »Warum schickt er ausgerechnet dir diese Briefe?«

Lorentz zuckte mit den Schultern, während er wie wild auf der Maus herumklickte und auf den Bildschirm starrte. »Ich habe keine Ahnung.«

»Nicht einmal eine Vermutung?«

Lorentz dachte kurz nach und schüttelte dann den Kopf. »Absolut nicht.« Er schaute Capelli mit großen Augen an und zog dann sein Handy aus der Tasche. »Aber mir ist gerade jemand eingefallen, der vielleicht das Rätsel lösen könnte.« Er begann zu wählen.

»Wer denn?«

»Mein Mitbewohner, Peter. Er ist einer von diesen Dauerstudenten und hat schon mindestens fünfmal das Studienfach gewechselt. Im Moment studiert er Psychologie, davor waren es unter anderem schon Geschichte, Medizin, Germanistik und Literaturwissenschaften. Er ist ziemlich intelligent. Wenn er nicht so viel saufen und feiern würde, könnte er es weit bringen. Er interessiert sich auch für Denksport, Quizshows und solche Dinge. Wäre also möglich, dass er uns weiterhelfen kann.«

Obwohl es bereits Mittag war, hatte Peter noch geschlafen und war nicht sehr begeistert darüber, geweckt zu werden. Seiner Stimme nach zu urteilen, hatte er eine feuchtfröhliche Nacht hinter sich.

Lorentz schwor bei allem, was ihm heilig war, dass es sich um einen absolut lebenswichtigen Notfall handelte. Also erklärte Peter sich bereit, sein Hirn einzuschalten.

»Ein Rätsel also, da bin ich ja schon mal gespannt.«

Lorentz sagte langsam die drei noch nicht gelösten Wortreihen, sodass Peter sie mitschreiben konnte, und erklärte ihm anschließend das Prinzip der Aufgabe.

»Interessant«, sagte Peter. »Ich werde sehen, was sich machen lässt, und melde mich bei dir, sobald ich was weiß. Wie lange wirst du denn noch in deinem Heimatkaff bleiben?«

»So lange wie nötig. Ich kann jetzt hier nicht einfach abhauen. Außerdem sind wir noch eingeschneit.«

»Na, dann werde ich solange noch die sturmfreie Bude genießen.«

»Tu das. Aber mach dich bitte sofort an das Rätsel. Es ist wirklich wichtig.«

»Ist doch klar. Ciao, Leander.«

Capelli und Lorentz machten sich wieder ans Werk und suchten im Internet nach verschiedenen Möglichkeiten, die drei Begriffe miteinander zu kombinieren. »Wolf – Rot – Märchen, Wolf – Rot – Märchen ...«, wiederholte Lorentz leise. »Irgendetwas muss es doch geben, das diese Begriffe verbindet.«

Ein schriller Ton riss die beiden aus ihren Gedanken.

»Mein Handy«, sagte Lorentz und sprang auf. »Hallo, Peter ... Was? ... Im Ernst? ... Du bist ein Genie! ... Dann erklär mal!« Er bedeutete Capelli, dass sie ihm etwas zu schreiben geben solle. »Peter sagt, er hat die zweite Zeile gelöst«, flüsterte er ihr zu.

»Jemand soll ertrinken«, sagte Lorentz, nachdem er aufgelegt hatte, und hielt Capelli den Zettel hin. »Die zweite Zeile hat mit den Bereichen Geschichte und Literatur zu tun. Wolf steht für Virginia Woolf, sie hat sich umgebracht, indem sie sich Steine in die Taschen füllte und in den Fluss Ouse in Sussex gewatet ist. Rot könnte für Friedrich I. stehen, auch besser bekannt als Barbarossa, also Rotbart. Er ertrank im zwölften Jahrhundert im Fluss Saleph in der Türkei. Die genauen Umstände seines Todes sind ungeklärt. Teils wird berichtet, er habe sich durch ein Bad abkühlen wollen, nach einer anderen Überlieferung wurde er bei der Flussüberquerung vom Pferd geworfen und durch das Gewicht seiner Rüstung unter Wasser gezogen. Man spekuliert auch, dass er angesichts der Sommerhitze und seines Alters im eiskalten Gebirgswasser einen Herzschlag erlitt.«

»Du schwafelst schon wieder«, sagte Capelli ungeduldig. »Was ist mit dem Märchen?«

»König Ludwig II. wurde auch der ›Märchenkönig‹ genannt. Er ertrank im seichten Uferwasser des Starnberger Sees – obwohl er als vortrefflicher Schwimmer galt.«

Capelli überlegte kurz. »Das klingt überzeugend. Wir müssen sofort Otto Bescheid sagen.«

• • •

Nachdem Morell in Kenntnis gesetzt worden war, fing er sofort an, sämtliche Seen, Flüsse, Bäche und Teiche in und um Landau auf einer Karte einzuzeichnen. Er war in Panik. Er musste schnell sein und konnte dabei nur hoffen, dass es Lorentz und Capelli gelingen würde, die beiden letzten Zeilen des Rätsels zu lösen, die die Stelle genauer bezeichnen würden.

»Und was jetzt?«, fragte Bender.

»Jetzt lässt du alles stehen und liegen und fährst alle diese Orte hier ab.« Morell gab Bender die Karte, auf der er eine Hälfte der Wasserstellen rot und die andere grün markiert hatte. »Du nimmst die Roten. Kontrolliere jeden Bach, jeden Tümpel, jeden Weiher und jedes noch so kleine mit Wasser gefüllte Loch, das dir in den

Sinn kommt. Ich bin in der Zwischenzeit unterwegs und kontrolliere die grün eingezeichneten Stellen.«

»Alles klar!« Bender nahm die Karte und wollte den Raum verlassen.

»Robert«, rief Morell ihm nach.

»Ja?«

»Sei bitte vorsichtig! Tu nichts Unüberlegtes. Wenn irgendetwas Verdächtiges passiert, dann rufst du mich sofort an und wartest, okay?«

• • •

»Otto kümmert sich darum, dass alle Gewässer kontrolliert werden«, sagte Lorentz, der kurz ins Vorzimmer gegangen war. »Mehr kann er im Moment nicht tun. Jetzt müssen wir so schnell wie möglich die anderen Zeilen lösen.«

»Pyramid – Castor – Puschkin«, zitierte Capelli die dritte Zeile. »Irgendwelche Ideen dazu?«

»Leider immer noch nicht. Zu den einzelnen Begriffen fällt mir einiges ein, aber ich sehe keine Verbindung. Bei Pyramid denke ich natürlich als Erstes an die Pyramiden von Gizeh. Es gibt aber auch andere Völker, die Pyramiden gebaut haben, zum Beispiel die alten Kulturen in Lateinamerika.«

»Wir bräuchten also einen Ägyptologen, einen Altertumsforscher oder einen Südamerika-Kenner.«

»Oder einen Architekten.«

»Gute Idee«, sagte Capelli und notierte das. »Wie sieht es mit dem Begriff ›Castor‹ aus. Mir fallen da sofort die Castor-Transporte ein.«

»Stimmt«, nickte Lorentz und deutete auf den Computerbildschirm. »Hier steht, dass Castor ein Spezialbehälter zur Lagerung und zum Transport hochradioaktiver Stoffe ist.«

»Wir müssten also einen Atomphysiker oder Nuklearforscher befragen.«

»Castor ist aber auch eine Figur aus der griechischen Mythologie«, klärte Lorentz Capelli auf. »Der sterbliche Castor hatte einen Zwillingsbruder, den Halbgott Pollux. Als Castor starb, wollte Pollux nicht ohne seinen geliebten Bruder sein, und deshalb verwandelte Zeus die beiden in ein Sternbild.«

»Verstehe. Wir bräuchten also einen Altertumsforscher oder einen Astronomen.«

Lorentz nickte und befragte weiter das Internet. »Alexander Puschkin war ja ein sehr bekannter russischer Schriftsteller. Es gibt aber auch eine Wodkamarke, die so heißt, und eine Stadt südlich von Sankt Petersburg.« Er schüttelte den Kopf. »Literatur, Alkohol und Geographie. Ich werde einfach nicht schlau daraus. Egal, ich rufe jetzt einfach mal ein paar Leute an. Schaden kann es ja nicht.«

»Hier«, Capelli drückte ihm das Telefon in die Hand.

Das Wort ›Pyramid‹ brachte Lorentz dazu, als Erstes Dr. Sameis, einen befreundeten Ägyptologen, anzurufen. Der konnte ihm jedoch nicht weiterhelfen. Weder Castor noch Puschkin hatten etwas mit dem Fachgebiet des alten Professors zu tun.

»Versuch es doch bei einem Literaturwissenschaftler«, schlug er vor.

»Kennst du da jemanden? Seit ein paar Tagen sind doch Ferien, und ich habe von den wenigsten Uni-Angestellten die Privatnummern.«

Sameis dachte kurz nach. »Ich kann dir die Nummer von Professor Schneider geben. Der alte Fuchs ist für ein kniffliges Rätsel immer schon zu haben gewesen. Sag ihm schöne Grüße von mir.«

»Werd ich machen, vielen Dank.« Sofort nachdem er aufgelegt hatte, wählte Lorentz Schneiders Nummer.

»Schneider«, meldete sich eine Stimme.

»Grüß Gott, Herr Professor, mein Name ist Dr. Lorentz vom Institut für Ur- und Frühgeschichte. Ich habe Ihre Nummer von Professor Sameis bekommen. Ich soll Ihnen übrigens schöne Grüße ausrichten.«

»Sameis, der alte Knacker«, lachte Schneider. »Sagen Sie ihm auch schöne Grüße und dass er sich mal wieder melden soll. Und womit kann ich Ihnen dienen, Dr. Lorentz?«

»Es könnte sein, dass meine Bitte für Sie ein wenig komisch klingen mag, aber ich muss dringend ein Rätsel lösen, und es wäre möglich, dass Sie mir dabei helfen können.«

Der Mann am anderen Ende der Leitung schmunzelte. »So eine Anfrage kann ja nur von euch Archäologen kommen«, sagte er. »Wie lautet denn die Frage?«

»Ich habe drei Worte: Pyramid, Castor und Puschkin, und muss nun herausfinden, worum es sich bei den drei Begriffen handelt.«

»Berge«, sagte Professor Schneider.

Lorentz war perplex. Eine so schnelle und einfache Antwort hatte er nicht erwartet.

»Sind Sie sicher?«, fragte er daher. »Einfach nur Berge?«

»Ganz sicher. Sie haben großes Glück, junger Freund. Die Bergsteigerei war früher, als meine Knochen noch nicht so alt und brüchig waren, meine große Leidenschaft. Wahrscheinlich haben Sie mich angerufen, weil Sie bei Puschkin an den großen russischen Schriftsteller gedacht haben, aber der Puschkin ist auch ein Fünftausender im Zentralkaukasus. Der Castor ist ein Viertausender in den Alpen, er steht gleich neben dem Pollux. Der Pyramid, den ich leider nie bestiegen habe, ist ein Siebentausender in Nepal.«

»Vielen, vielen Dank!«, rief Lorentz ins Telefon.

»Gerne«, sagte der Professor, aber da hatte Lorentz schon aufgelegt.

»Berge!«, schrie Lorentz. »Es sind Berge«.

»Na super«, sagte Capelli. »Sieh doch mal zum Fenster hinaus. Berge, so weit das Auge reicht.«

»P. Crassus erhielt den Auftrag, mit zwölf Legionskohorten und einer großen Anzahl Reiter nach Aquitanien aufzubrechen ...«
Caesar, De Bello Gallico

Morell und Bender suchten alle Bäche, jeden kleinen See, alle Wasserlöcher und Tümpel auf den umliegenden Bergen ab. Benders Bruder, seine Cousins, Erich Altmann, Morells alter Nachbar Konrad, Lars Zieher und einige andere Freiwillige aus dem Ort halfen ihnen dabei.

»Wir haben jetzt so gut wie alle Stellen abgesucht.« Altmann stellte sich neben Morell. »Es sieht nicht gut aus, Otto.«

»Ja, aber wir können nicht aufhören. Wir müssen weitermachen«, sagte Morell, dem die Strapazen des heutigen Tages und die unbequeme Nacht ordentlich zugesetzt hatten. »Hast du denn nochmal mit den anderen Gruppen telefoniert?«

»Gerade eben – nichts!« Erich fasste Morell an der Schulter. »Ich mache mir ehrlich gesagt auch ein bisschen Sorgen um den Trupp, der jetzt am Walznersee sucht. Die Wege sind vereist, und überall liegen Tonnen von Schnee, die sich jederzeit von den Hängen lösen können ...«

Morell stierte abwesend in die Gegend. Sein Gesicht war gerötet, auf seiner Stirn standen Schweißperlen. Er nahm sein Handy und rief Capelli an. »Habt ihr was über die vierte Zeile rausgefunden?«, fragte er und zog sich seine Mütze tiefer in die Stirn, da ein eisiger Wind wehte.

»Tut mir leid, wir sind noch nicht weitergekommen. Wie sieht's bei euch aus?«

»Keine Spur«, sagte Morell resigniert. »Wir haben Gruppen gebildet und alle uns bekannten Wasserstellen abgesucht. Nichts!«

»Wir haben das Rätsel in ein paar Internetforen gestellt, und demjenigen, der es lösen kann, einen Preis versprochen. Leander ruft auch alle möglichen Leute von der Uni an.«

»Gut. Macht weiter!«

»Werden wir«, versprach Capelli.

Morell legte auf. »Verdammt«, fluchte er und rief auch Bender zu sich. »Ganz kurze Pause, wer möchte einen Müsliriegel?«

• • •

Es war zum Verrückwerden: Niemand konnte mit der vierten Zeile irgendetwas anfangen.

Igor Strawinsky war ein berühmter Komponist und Dirigent.

Buckingham war ein Ort in England, und der Buckingham Palace war die Residenz des Englischen Königshauses in London.

Kybele war eine römische Göttin, die für Fruchtbarkeit, Wohlstand und Gesundheit stand.

»Check bitte nochmal die Internetforen«, bat Lorentz und kratzte sich am Kopf. »Vielleicht hat ja schon jemand eine Lösung oder zumindest einen Lösungsansatz gepostet.«

»Leider nicht«, sagte Capelli. »Ich hab grad vor einer Minute überall nachgesehen.«

»Ich glaube, ich werde mal die Morell-Methode zur Stressbewältigung ausprobieren und mir etwas zu Essen machen. Möchtest du auch was?«

»Gerne. Vielleicht ein Käsebrot, oder so.«

Lorentz ging in die Küche, schnitt ein paar Scheiben Brot ab und öffnete dann den Kühlschrank. Eine riesige Auswahl an Aufstrichen, Käsesorten, eingelegtem Gemüse, Marmeladen – und Wurst lachten ihn an. »Ich fresse einen Besen, wenn dein Herrchen wirklich Vegetarier ist«, sagte er zu Fred, der sich an sein Bein schmiegte, und steckte sich eine Scheibe Salami in den Mund. Er machte Capelli ein Käsebrot und war gerade dabei, sich ein Brot mit Tomaten-Basilikum-Aufstrich zu schmieren, als Capelli in die Küche gestürmt kam.

»Ich hab's«, rief sie und wedelte mit einem Blatt Papier in der Luft herum. Vor lauter Aufregung hatte sie ganz rote Wangen bekommen. »Wir haben eine Mail bekommen, und der Typ kannte die Lösung: Es sind Brunnen.«

»Brunnen?«, fragte Lorentz ungläubig.

Capelli zog ihr Handy aus der Hosentasche und tippte auf Morells eingespeicherte Nummer. »Der Strawinsky-Brunnen ist ein Brunnen am Centre Georges Pompidou in Paris«, las sie vor, während sie sich das Handy ans Ohr hielt. »In einem flachen Becken stehen 16 wasserspeiende Skulpturen. Ihre Gestaltung bezieht sich auf die wichtigsten Kompositionen Igor Strawinskys. Der Buckingham-Brunnen, dessen offizieller Name ›Clarence Buckingham Erinnerungs-Brunnen‹ lautet, ist eine der populärsten Sehenswürdigkeiten in Chicago. Er ist mit 85 Kubikmetern einer der größten Brunnen der Welt. Der Kybele-Brunnen, in der Landessprache ›Fuente de le Cibeles‹ genannt, ist einer der bekanntesten Brunnen Spaniens und eines der Wahrzeichen von Madr ... Hallo Otto? Wir haben die Zeile entschlüsselt, ihr müsst nach einem Brunnen suchen ... Ja, wir sind sicher ... Wirklich nicht? ... Aber wir sind uns sicher! ... Ja, ich frag Leander ... Bis gleich.«

»Was ist los?«, fragte Lorentz.

»Otto weiß von keinem Brunnen auf einem der Berge. Das Einzige, was ihm zu dem Thema in den Sinn kommt, sind Viehtränken. Er hat gesagt, du sollst nochmal überlegen.«

»Hmm, Brunnen auf dem Berg«, murmelte Lorentz und rieb

sich die Schläfen. »Otto hat schon recht, normalerweise gibt es auf Bergen keine Brunnen, da man in den felsigen Boden keine so tiefen Löcher graben kann. Die Menschen holten früher ihr Wasser aus den Bächen und Seen.«

»Vielleicht ist es eine mögliche Lösung, aber in diesem Fall die falsche ... Ich checke nochmal die Mails.«

»Die Landauer Burg«, sagte Lorentz plötzlich.

»Was?«

»Auf Bergen gibt es normalerweise keine Brunnen, aber auf Burgen gibt es Zisternen, brunnenartige Schächte, in denen Regenwasser aufgefangen wurde, damit die Bewohner während einer Belagerung genügend zu trinken hatten. Die einzige Burg, die es hier in der Gegend gibt, ist die Landauer Burgruine. Sie wurde vor ein paar Jahren restauriert und beherbergt nun ein kleines Museum und ein Gasthaus, in dem Ritteressen veranstaltet werden. Von April bis Oktober ist sie ein beliebtes Ausflugsziel, aber im Winter hat sie geschlossen.«

»Ich ruf Otto an«, sagte Capelli aufgeregt und fuchtelte hektisch mit ihren Armen in der Luft herum. »Zieh dir schnell was an, wir fahren sofort dorthin. Ich kann auf gar keinen Fall hier herumsitzen und die Hände in den Schoß legen.«

Sie rasten mit Capellis kleinem Auto den Gotthardsberg hinauf, und der Wagen kam einige Male gefährlich ins Schlingern, sodass sich Lorentz krampfhaft am Türgriff festhielt.

»Stopp!« Er zeigte auf eine Stelle am Straßenrand. »Wenn ich mich recht erinnere, müssen wir ab hier zu Fuß gehen. Es gibt einen kleinen Weg, der durch den Wald führt.«

Sie stiegen aus und sahen sofort, dass der Schnee auf dem Weg plattgedrückt war. Von Fußspuren war jedoch nichts zu sehen, der Mörder musste auf seinem Weg zurück von der Burg etwas hinter sich hergezogen haben, um seine Spuren zu verwischen. Schweigend stapften sie durch den Schnee, bis irgendwann die Überreste

339

der alten Burg vor ihnen aufragten. Die starken mittelalterlichen Mauern hoben sich dunkelgrau vom Schnee ab.

»Komm«, rief Capelli und begann schneller zu gehen, »vielleicht lebt sie ja noch.«

Als sie die Burg endlich erreichten, mussten sie entlang der Befestigungsmauer noch einige Meter der Spur folgen, bis sie an den Durchgang gelangten.

»Nicht so schnell!«, schrie Lorentz Capelli hinterher, die flink wie ein Wiesel ins Innere der Burganlage rannte.

Doch die Gerichtsmedizinerin ignorierte ihn und hetzte weiter, während Lorentz, mit dessen Kondition es nicht weit her war, erst noch durchschnaufte.

»Hier ist der Brunnen«, rief sie, als Lorentz nur wenige Sekunden später in ihrem Blickfeld auftauchte. »Du musst mir helfen.« Sie versuchte, die Holzplatte, die die Zisterne bedeckte, wegzuschieben.

Mit vereinten Kräften zerrten sie an der Holzabdeckung, die sich knirschend verschob.

»Hallo«, schrie Capelli in die Finsternis, die sich unter der Spalte erstreckte. »Ist da unten jemand?«

»Warte!« Lorentz schob die Abdeckung noch ein wenig weiter zur Seite.

Capelli zog eine Taschenlampe aus ihrer Jacke. Sie leuchtete in den Schacht.

»Scheiße!« Lorentz war der Erste, der wieder Worte fand. »So eine verdammte Scheiße, verflucht nochmal.« Er setzte sich einfach auf den eiskalten Boden, sprang aber nur wenige Sekunden später wieder auf, weil aus dem Wald Geräusche kamen.

»Hast du das auch gehört?«

»Ja«, sagte Capelli und wischte sich eine Träne von der Wange. »Keine Panik, ich glaube, das ist Otto. HIER!«, schrie sie und winkte. »Wir sind hier!«

Eine Minute später tauchte Morells fülliger Körper zwischen

den Bäumen auf. Er trug eine dicke, orangefarbene Daunenjacke, in der er wie ein überdimensionales Michelin-Männchen aussah. Sein Kopf war rot angelaufen, und er war völlig außer Atem. Hinter ihm erschienen Altmann und Bender.

»Wir sind zu spät gekommen«, schluchzte Capelli und reichte dem Chefinspektor die Taschenlampe.

Jemand hatte einen Schlauch an die Leitung geschraubt, die das Museum und das Gasthaus der Burg mit Wasser versorgte, und die Zisterne geflutet. Als er hineinleuchtete, sah Morell das helle Haar von Maria Zieher, das an der Wasseroberfläche leise hin- und herwogte. Was auch ihm nicht auffiel, war das kleine Spielzeug-Segelboot, das einsam und verlassen am Rand des Brunnens schaukelte und auf dessen Segel mit rotem wasserfestem Stift eine große XII gemalt war.

**»Zwölf Tage laßt den Henker mit ihm spielen,
er schrieb mit fremden Federkielen!«**

Arno Holz, Die Blechschmiede

Konnte es noch schlimmer kommen? Und das, obwohl Haug ihm
nun endlich vier Männer von der Spurensicherung geschickt hatte.
Leider war der Hubschrauber erst in der Dämmerung gelandet, sodass sich die Besichtigung des Fundorts im Dunklen als problema-
tisch herausstellte und nach kurzer Zeit abgebrochen werden
musste. Erst morgen früh würden die Männer wieder an die Arbeit
gehen – und wie die Chancen standen, würde bis dahin der nächt-
liche Neuschnee die kümmerlichen Spuren unter sich begraben
haben.

Ein Problem türmte sich auf das nächste. Sein größtes Problem
aber, das war er selbst. Er war völlig fertig, in jeder Hinsicht. Was
für ein verdammter Tag! Morell träumte davon, endlich nach
Hause fahren zu können. Bender hatte er bereits nach Hause geschickt, so geknickt wie der war. Er gähnte. Diese Müdigkeit. Und
dieser Hunger. Dazu kam die Tatsache, dass er furchtbar stank. Er
trug immer noch dieselben Klamotten, mit denen er sich gestern
Abend zur Observierung aufgemacht hatte. Er hatte mit diesen
Sachen im Auto geschlafen und war anschließend den ganzen Tag
darin herumgerannt. Morell schnüffelte unter seiner Achsel,

rümpfte die Nase und schüttelte sich. Er brauchte dringend eine Dusche. Zu seiner Müdigkeit gesellten sich immer wieder Frust und Verzweiflung darüber, dass Maria Zieher tot war und er es nicht hatte verhindern können. Lars Zieher war nach der Schreckensmeldung zusammengebrochen und hatte geweint wie ein kleines Kind. Wie so oft in den letzten Tagen hatte Morell sich am liebsten dazusetzen und mitweinen wollen. Wahrscheinlich würde es bald wieder eine Entführung geben, und er hatte keine Ahnung, was er tun konnte, um den Killer zu stoppen. Er legte den Kopf auf den Tisch, müde, hungrig, verzweifelt, frustriert. Weihnachten war verdorben, Landau war verdorben, sein Leben war verdorben, alles war verdorben.

Als Morell die Reviertür zusperrte, schneite es schon wieder. Würde das denn nie ein Ende nehmen? Es wäre ein Wunder, würden sich morgen noch irgendwelche Spuren am Fundort finden. Er schaute in den schwarzen Himmel und beobachtete die dicken, schweren, weißen Flocken, die auf ihn herabfielen.

»Leise rieselt der Schnee«, sang er. »Still und starr ruht der See.«

Er schlug den Kragen seiner Jacke hoch und betrachtete die Atemwolken vor seinem Mund.

»Weihnachtlich glänzet der Wald, freue dich, 's Christkind kommt bald!«

»Drauf auch droheten Häupter unnennbar gräßlicher Schlangen,
Zwölf umher, zu erschrecken die sterblichen Erdbewohner,
Alle, so viel feindselig zum Kampf Zeus' Sohne sich nahten.«
Hesiod, Der Schild des Herakles

Am nächsten Tag war die Atmosphäre im Ort so trüb wie das Wetter, das einfach nicht besser werden wollte. Schneeregen prasselte seit den frühen Morgenstunden auf das kleine Dorf nieder und drückte die Stimmung noch mehr. Kein einziger Sonnenstrahl wollte diesen unheilvollen Ort besuchen, um ihn ein wenig wärmer, heller und lebenswerter zu machen.

Morell stellte sich vor, wie überall die Sonne schien und einzig über Landau eine schwere, dunkle Gewitterwolke hing – so wie in einem alten Comic, den er einmal gelesen hatte, nur dass die Regenwolke dort über dem Haus einer bösen, alten Hexe schwebte.

Hier gab es zwar keine Hexe, dafür aber einen Mörder – vielleicht sollte er einmal nachsehen, über welchem Haus die Wolken am schwärzesten waren. Möglicherweise brachte das ja mehr, als noch einmal die Angehörigen von Maria Zieher und potenzielle Zeugen aus dem Hotel ›Alpenrose‹ zu befragen.

• • •

Zum dritten Mal stand Capelli nun mit Dr. Levi in der Totenkapelle. Die ersten beiden Leichen waren bereits mit dem Hubschrauber nach Innsbruck gebracht worden, es war also nicht mehr ganz so eng wie beim letzten Mal.

Capelli, die mit Dr. Levi seit dem Dinner per du war, bemerkte den gequälten Blick des Arztes. »Alles in Ordnung mit dir?«, fragte sie besorgt.

»Ja, ja«, nickte der. »Leichen sezieren wird für mich bald zur Routine. Du brauchst nicht zufällig einen Assistenten?«

Capelli musste schmunzeln. »Na, das ist erst deine dritte Leiche. Von Routine würde ich da noch nicht sprechen. Aber wenn bei uns in der Gerichtsmedizin das nächste Mal eine Stelle frei wird, werde ich an dich denken.« Sie griff zum Skalpell.

»Äh, ich wollte dich übrigens noch was fragen«, sagte Dr. Levi verlegen und starrte auf den Boden.

»Immer nur heraus mit der Sprache.« Capelli setzte das Skalpell zum Y-Schnitt an.

»Hättest du Lust, heute Abend wieder mit mir essen zu gehen? Ein kleines Weihnachtsessen sozusagen.« Er starrte weiter auf den Boden, als die scharfe Klinge des Skalpells die weiße, aufgedunsene Haut von Maria Zieher durchschnitt und eine klaffende Wunde hinterließ.

»Gern«, sagte Capelli und griff zur Knochenschere. »Unser letztes Essen war ja sehr nett.«

»Nett? Wenn ihr Frauen das Wort ›nett‹ in den Mund nehmt, dann hat das meistens nichts Gutes zu bedeuten. Nett kann ja so gut wie alles sein.«

»Mei, dann halt nicht nett, sondern …«, Capelli überlegte, »… amüsant. Ich fand unser letztes Essen sehr amüsant.«

»Nun ja, das war zwar auch nicht unbedingt das Wort, das ich mir erhofft hatte, aber ich habe ja noch eine Chance, um einen besseren Eindruck als ›nett‹ oder ›amüsant‹ zu hinterlassen.«

»Genau«, sagte Capelli und nahm die Leber heraus.

• • •

Morell stand in seinem Büro und goss noch rasch die Pflanzen, während Capelli und Lorentz vor seinem Schreibtisch Platz nahmen. »Schieß bitte los, Nina«, sagte er. »Was gibt's Neues?«

»Die Obduktion hat ergeben, dass Maria Zieher ertrunken ist«, begann Capelli. »Sie muss versucht haben, sich zu befreien – an ihren Händen und an den Beinen fanden sich viele Kratzspuren und Schürfungen.«

Alle drei schwiegen kurz und versuchten, das schreckliche Bild, das sich vor ihrem inneren Auge bildete, zu verdrängen.

»Auch bei Maria habe ich einen kleinen Einstich gefunden«, brach Capelli das Schweigen. »Auch diesmal hat der Mörder sein Opfer mit einem Betäubungsmittel ruhiggestellt. Es wird sicher dasselbe sein, das meine Kollegen in den Proben von Joe und Andreas gefunden haben. Ich habe wieder Gewebe-, Blut- und Urinproben genommen, die das Labor in Innsbruck untersuchen soll.«

Morell nickte. »Ich werde gleich einen Helikopter anfordern, der die Leiche abholt. Die Proben können die Jungs von der Spurensicherung mitnehmen. Die haben übrigens noch nichts gefunden, haben mich gerade angerufen. Wie hat denn Dr. Levi die Obduktion weggesteckt?«

»Der packt das mittlerweile ganz gut. Ich bin ihm sehr dankbar, dass er uns hilft.«

»Was ist denn das da eigentlich?«, fragte Lorentz unvermittelt und deutete auf das kleine Segelboot, das hinter Morells Schreibtisch im Regal stand.

»Beweismaterial. Wir haben das aus dem Brunnen geborgen, in dem Maria ertrunken ist.« Der Chefinspektor zog ein paar Gummihandschuhe und einen Plastikbeutel aus einer Schublade und machte sich daran, das kleine Spielzeug einzupacken. »Hier, du kannst es dir ansehen«, sagte er und reichte Lorentz die Tüte.

Lorentz drehte das Schiffchen hin und her und begutachtete es.

»Bei keinem der anderen Tatorte gab es etwas Vergleichbares«, erklärte Morell.

»Vielleicht wollte der Mörder ganz sichergehen, dass die XII nicht durch das Wasser zerstört wird«, meinte Lorentz und stellte das Schiff zurück auf den Schreibtisch.

»Ich weiß nicht. Lars Zieher hat gemeint, dass Segeln früher ein Hobby von Maria war. Das kann natürlich ein Zufall sein …«

»Oder es heißt, dass der Täter das Opfer sehr, sehr gut kannte«, vervollständigte Capelli Morells Gedankengang.

»Ich weiß nicht mehr, was ich von all dem halten soll«, sagte Morell und steckte das eingetütete Schiff in eine Pappschachtel. Er seufzte und schrieb die Adresse des Kriminaltechnischen Labors Innsbruck auf den Deckel.

»Gibt es eigentlich keinen anderen Arzt hier, mit dem du die Obduktion machen könntest, außer diesem komischen Levi?«, fragte Lorentz, kaum dass er mit Capelli das Revier verlassen hatte.

»Markus ist nicht komisch!«

»Ach, ihr duzt euch schon?!« Lorentz schüttelte den Kopf.

»Nicht nur das, heute Abend gehen wir auch wieder zusammen essen«, konterte Capelli triumphierend.

Lorentz starrte sie an. »Du gehst schon wieder mit ihm essen? Du warst doch erst letzten Sonntag mit ihm aus.«

»Ja und? Markus ist ein netter, gut aussehender Kerl. Warum sollte ich also nicht nochmal mit ihm essen gehen?«

»Ich glaub's nicht! Das liegt sicher alles nur an diesem Arzt-Syndrom, das ihr Frauen habt. Kaum kommt ein Kerl in einem weißen Kittel daher, schmelzt ihr dahin!«

Capelli blieb stehen und sah Lorentz in die Augen. »Kann es sein, dass da jemand eifersüchtig ist?«

»Eifersüchtig? Ich doch nicht!«, sagte Lorentz entrüstet, drehte sich weg und stapfte mit schnellen Schritten davon. »Von mir aus könnt ihr jeden Abend essen gehen, ist mir doch völlig egal!«, rief er der verdutzten Gerichtsmedizinerin über die Schulter zu.

**»Oh Gott, hat er wirklich alles vertrunken?
Es lagen doch noch zwölf Rubel im Kasten!«**

Fjodor Dostojewski, Schuld und Sühne

Lorentz saß zu Hause und schmollte. Was wollte Capelli bloß von diesem Wichtigtuer Levi? Der Kerl war ihm vom ersten Moment an unsympathisch gewesen, Ärzte mochte er ohnehin nicht. Capelli war jedenfalls viel zu gut für diesen Kurpfuscher.

Aber bitte schön, wenn sie unbedingt mit dem Herrn Doktor essen gehen wollte, würde er eben zu Iris gehen!

Erst als er vor ihrer Tür stand, kam ihm in den Sinn, dass es vielleicht keine schlechte Idee gewesen wäre, Iris vorher kurz anzurufen. »Was soll's«, sagte er sich und drückte auf die Klingel. »Wenn ich ungelegen komme, geh ich halt wieder nach Haus.«

Iris lächelte, als sie die Tür öffnete. »Was für eine nette Überraschung«, sagte sie und führte Lorentz ins Wohnzimmer. »Kann ich dir etwas anbieten? Möchtest du was trinken?«

»Ein Wasser wäre schön.«

»Nur ein Wasser? Keinen Wein oder vielleicht ein Bier?«

»Okay, einen Rotwein vielleicht«, sagte Lorentz und war froh, dass Iris Zeit für ihn hatte. Daheim wäre ihm heute Abend sicherlich die Decke auf den Kopf gefallen.

348

»Hast du eigentlich schon was gegessen? Ich habe Rindsrouladen gekocht und noch welche übrig. Die könnte ich dir noch schnell warm machen.«

»Das wäre toll, ich habe ziemlichen Hunger.« Lorentz konnte sich noch gut an Iris' vorzügliche Rouladen erinnern.

Als Iris mit einem Tablett in der Hand und einem Lächeln auf den Lippen wieder ins Wohnzimmer kam, fiel Lorentz wieder auf, wie schön sie war. Sie war allerdings ein bisschen dünner geworden, die Trauer setzte ihr offenbar doch noch sehr zu. Am liebsten hätte er sie einfach in den Arm genommen und gedrückt.

»Hmm, die riechen gut.« Lorentz goss Soße über die Roulade. »Nimm du doch auch noch eine.«

»Danke, ich habe keinen Hunger mehr. Ich habe zurzeit ohnehin nicht so richtig Appetit. Der Kummer und die Aufregung der letzten Tage schlagen mir ein wenig auf den Magen.«

»Das ist aber nicht gut. Du brauchst doch ein wenig Substanz, um das alles durchzustehen.« Er nahm ihre Hand und schaute ihr in die Augen. »Versprich mir, dass du auf dich achtgibst.«

Iris lächelte. »Keine Sorge. Ich habe mir vom Arzt schon ein paar homöopathische Tropfen verschreiben lassen. Es ist ja ein Glück, dass Markus Levi wieder da ist, der wendet viel fortschrittlichere Behandlungsmethoden an als der alte Dr. Hintermayer.«

Lorentz stutzte. »Wieder? Wieso ist Levi *wieder* da? War der denn vorher schon mal im Ort?«

»Du hast ihn also auch nicht wiedererkannt? Markus war in unserer Parallelklasse in der Volksschule. Damals hieß er allerdings nicht Levi, sondern Steigenberger.«

»Was?!« Lorentz konnte es nicht fassen. »Er war in unserer Parallelklasse?«

»Ja, sag ich doch. Sein Vater war anscheinend ein ziemlich arger Kerl. Hat gesoffen, die Mutter betrogen, wann immer es nur ging, und öfter auch mal zugeschlagen. Irgendwann hat sich die Mutter dann ihren Sohn geschnappt und ist wieder zu ihren Eltern ins

349

Burgenland gezogen. Der alte Steigenberger hat sich kurz darauf im Kuhstall erhängt. Anscheinend wollte Markus jede Beziehung zu seinem Vater auslöschen und hat darum den Mädchennamen seiner Mutter angenommen.«

»Ich fasse es nicht. Der kleine Steigenberger, dieser schmächtige, blasse Kerl, der immer ein bisschen nach Kuhmist roch, soll jetzt Dr. Levi sein?!«

»Ganz genau. Ich bin auch nur durch Zufall draufgekommen. Bei meiner letzten Vorsorgeuntersuchung hat er sich versehentlich verplappert. Ich hab ihm eigentlich versprochen, es nicht weiterzuerzählen. Er redet nicht gern über die Vergangenheit, also bitte, sprich ihn nicht darauf an. Und erzähl es bitte auch nicht weiter. Er will nicht, dass es die Leute hier in Landau wissen und dann wieder all die alten Geschichten über seinen Vater aufwärmen.«

»Unglaublich. Der kleine Steigenberger ...«

»Ihr habt ihm damals als Buben ganz schön zugesetzt. Lass ihn jetzt bitte in Ruhe«, bat Iris noch einmal. »Er ist ein anständiger Kerl.«

Lorentz erinnerte sich. Der kleine Markus Steigenberger war das unbeliebteste Kind in seinem Jahrgang gewesen. Er war still und verschlossen. Oft kam er ungekämmt und mit dreckigen Klamotten in die Schule, und immer haftete ihm ein gewisser Kuhstallgeruch an. Die meisten Kinder machten einen großen Bogen um ihn, aber es gab auch einige, denen das nicht genug war und die ständig auf dem kleinen Außenseiter herumhacken mussten. Plötzlich kam Lorentz eine schreckliche Erkenntnis: Soweit er sich erinnern konnte, hatten Joe, Andreas und auch Raimund Schelling zu jenen Kindern gehört! Markus Steigenberger, oder Dr. Levi, wie er sich jetzt nannte, hatte allen Grund, einige Einwohner von Landau zu hassen.

Lorentz sprang auf. »Tut mir leid, aber ich muss dringend los. Vielen Dank für die leckeren Rouladen.« Er griff nach seiner Jacke.

Iris starrte ihn mit großen Augen an. »Was ist denn mit dir los? Habe ich irgendetwas Falsches gesagt?«

»Nein, nein«, antwortete Lorentz und gab ihr zum Abschied ein Bussi auf die Wange. »Mir ist nur gerade was eingefallen, das nicht warten kann. Ich melde mich morgen, dann erklär ich dir alles, ja?«

Auf der Straße versuchte Lorentz Capelli zu erreichen, aber ihr Handy war ausgeschaltet. »Nina, Nina«, murmelte er aufgeregt und wählte Morells Nummer.

»Servus, Otto, hier ist Leander. Du wirst nicht glauben, was ich gerade herausgefunden habe.«

»Was denn?« Morell klang müde.

»Dr. Levi ist Markus Steigenberger.«

»Tut mir leid, aber ich versteh gar nix. Kannst du mir das bitte genauer erklären?«

»Okay, hör zu. Dr. Levi hat schon einmal hier in Landau gelebt, aber damals hieß er noch Steigenberger. Er ist hier in die Volksschule gegangen. Gemeinsam mit mir und all den Opfern.«

»Interessant. Erzähl weiter.«

»Er war ein kleiner, schmächtiger, stinkender Kerl, auf dem ständig alle rumgehackt haben. Die haben ihm das Leben zur Hölle gemacht. Verstehst du?«

»Das ist wirklich sehr interessant!«

»Das ist mehr als interessant. Denn er hat nicht nur Rache als Motiv, er hat auch Zugriff zu Betäubungsmitteln und Spritzen!«

»Mein Gott, der ist doch heute mit Nina essen gegangen! Den knöpf ich mir vor, bin schon unterwegs!«

»Nimmst du mich mit? Ich steh vorm Bäcker … Prima, bis gleich.«

»Hoffentlich kommen wir nicht zu spät«, sagte Lorentz, während er sich anschnallte.

»Eigentlich hat Levi keinen Grund, Nina was anzutun«, versuchte Morell Lorentz und sich selbst ein wenig zu beruhigen. »Nina stammt ja nicht aus Landau. Sie war also auch keines der Kinder, die ihn gehänselt haben.«

»Wer weiß, vielleicht hat Nina ja bei der Obduktion etwas entdeckt, und er will sie jetzt ausschalten.«

Morell schluckte schwer. »Lass uns trotzdem Ruhe bewahren. Wir dürfen jetzt nicht in Panik verfallen. Ich werde als Erstes überprüfen, ob Levi Alibis für die betreffenden Nächte hat. Wenn nicht, nehme ich ihn gleich mit aufs Revier.«

»Geht in Ordnung. Aber kannst du vielleicht ein bisschen schneller fahren?«

Capelli sah die beiden zuerst. Mit offenem Mund und großen Augen starrte sie Morell an, der, dicht gefolgt von Lorentz, wie eine Dampfwalze auf ihren Tisch zugestapft kam.

»Was soll denn das jetzt?«, begrüßte sie die beiden. »Was macht ihr hier? Spioniert ihr mir etwa nach?!« Sie presste die Lippen aufeinander und verengte ihre Augen, bis nur noch kleine Schlitze zu sehen waren.

Lorentz registrierte, dass sie sich ordentlich herausgeputzt hatte. Sie trug ein Kleid aus dunkelgrünem Samt, hatte ein wenig Make-up aufgetragen und es offenbar geschafft, ihre Kontaktlinsen in die Augen zu bekommen.

Morell, der nicht wusste, wie er mit der offensichtlich sehr verärgerten Gerichtsmedizinerin umgehen sollte, beschloss, sie einfach zu ignorieren, und wandte sich Dr. Levi zu.

»Dr. Levi, es tut mir sehr leid, dass ich Sie hier beim Essen stören muss, aber ich muss Ihnen dringend ein paar Fragen stellen.«

Dr. Levi, der völlig ruhig geblieben war, musterte den Chefinspektor. »Aber gerne«, sagte er. »Wollen Sie sich nicht setzen?«

»Nein danke«, antwortete Lorentz für Morell. »Wir stehen lieber.«

Capelli, deren Gesicht sich vor Zorn gerötet hatte, boxte Lorentz auf den Oberschenkel. »Setzt euch gefälligst hin«, zischte sie. »Das ganze Lokal starrt uns an!«

Lorentz und Morell sahen sich um. Capelli hatte recht. Sämtliche Augen im Raum waren auf sie gerichtet. Sie setzten sich.

»Also, Herr Morell«, fing Dr. Levi an. »Was haben Sie auf dem Herzen?«

»Ich muss Sie bitten, mir mitzuteilen, wo Sie sich vorgestern Nacht aufgehalten haben.«

»Was soll denn das jetzt!?«, rief Capelli entrüstet und klopfte auf den Tisch, sodass die Gläser klirrten.

»Schon in Ordnung«, sagte Dr. Levi und griff nach ihrer Hand. Dann wandte er seinen Blick wieder Morell zu. »Da war ich zu Hause und habe geschlafen.«

»Und es gibt niemanden, der das bestätigen kann?«

»Nein, tut mir leid. Ich war die ganze Nacht alleine.«

»Und wie sieht es mit der Nacht vom Donnerstag auf den Freitag letzter Woche aus?«

»Dasselbe«, antwortete Dr. Levi kurz und bündig.

»Und in der Nacht vom 11. auf den 12. Dezember sieht es wahrscheinlich auch nicht besser aus, oder?«

Dr. Levi dachte kurz nach. »Herr Morell, was erwarten Sie?«, fragte er. »Ich bin Single und lebe in einem kleinen Ort. Es gibt hier nicht sehr viele Möglichkeiten zur Abendgestaltung. Außerdem gehe ich vor allem unter der Woche eher früh schlafen, da ich ja eine Praxis zu führen habe, und als Arzt sollte man ausgeschlafen sein.«

»Ich werte das als ein Nein«, stellte Morell fest.

»Wenn Sie so wollen.« Dr. Levi sah den Chefinspektor ruhig an. »Sagen Sie, Sie glauben doch nicht etwa im Ernst, dass ich der gesuchte Mörder bin.«

»Ähm, doch … das heißt, ich weiß nicht … möglich wäre es«, stammelte Morell, den die Gelassenheit des jungen Arztes ein wenig verunsicherte. »Sie haben Ihre Kindheit hier verbracht, und

353

einige der anderen Kinder, darunter auch Josef Anders, Andreas Adam und Raimund Schelling, haben Ihnen ziemlich übel mitgespielt. Außerdem haben Sie als Arzt Zugriff auf Betäubungsmittel. Sie haben also ein Motiv, die Gelegenheit und kein Alibi.«

»Außerdem hat die Mordserie begonnen, kurz nachdem Sie unter einem anderen Namen wieder hierhergezogen sind«, ergänzte Lorentz.

»Dürfte ich Sie bitten, mit aufs Revier zu kommen?«, sagte Morell und wollte aufstehen, aber Capelli, die bis dahin wortlos der Unterhaltung gefolgt war, hielt ihn zurück.

»Sagt mal, spinnt ihr?«, rief sie. »Setzt euch sofort wieder hin.« Augenblicklich drehten sich alle Köpfe im Raum wieder ihr zu, sodass sie etwas leiser weitersprach. »Was ist mit den Morden davor, da war Markus doch noch gar nicht hier in Landau.«

»Das bedeutet ja nicht, dass ...«

»Was für Morde davor?«, unterbrach Dr. Levi den Chefinspektor und schaute ihn fragend an.

»Na gut«, Morell zog sein Notizbuch aus der Jackentasche. »Können Sie mir vielleicht sagen, was Sie am 12. Juni und am 12. Dezember letzten Jahres und am 12. Juni und am 12. September dieses Jahres gemacht haben?«

»Woher soll er das denn noch wissen?«, zischte Capelli. »Das ist doch schon ewig her. Du weißt wahrscheinlich auch nicht mehr, was du an den Tagen gemacht hast.«

»Also ich war ...«, setzte Lorentz an.

»Du hältst gefälligst deine Klappe«, fauchte Capelli.

»Einen kleinen Moment bitte«, sagte Dr. Levi und zauberte einen Blackberry aus der Innentasche seines Sakkos. »Wer hätte gedacht, dass mir diese kleine technische Spielerei tatsächlich noch irgendwann nützlich sein würde.« Er tippte ein bisschen darauf herum. »Da haben wir es ja«, sagte er mit strahlenden Augen. »Sie können getrost wieder fahren, und zwar alleine! Ich war nämlich dieses Jahr vom 10. bis zum 13. Juni auf einem Ärztekongress in Zürich.«

»Nicht so schnell«, sagte Lorentz. »Sie glauben doch nicht im Ernst, dass sich noch irgendwer an Ihre Anwesenheit bei diesem Kongress erinnern kann.«

»Ich glaube sehr wohl, dass sich noch sehr viele Menschen an mich erinnern können. Ich war nämlich Gastredner zum Thema Arthrose-Vorbeugung. Ich kann Ihnen gerne auch die Nummer des Veranstalters geben.«

»Äh, das wäre sehr nett«, sagte Morell ein wenig verlegen.

»Hier, die Nummer des Schweizer Arthrose-Forums.« Dr. Levi reichte Morell eine Serviette, auf der er die Nummer notiert hatte. »Ach, und jetzt seh ich noch, dass ich ja über den 12. September im Urlaub war«, fuhr Dr. Levi mit einem Blick auf den Blackberry fort, »und zwar mit Freunden in der Provence.«

»Ähm ja, danke.« Morell räusperte sich und stand auf. »Dann entschuldigen Sie bitte die Störung.« Er wandte sich zu Lorentz, doch der hatte sich schon heimlich, still und leise mit gesenktem Kopf aus dem Staub gemacht.

»Ach, und Herr Chefinspektor«, rief Dr. Levi.

Morell drehte sich um. »Ja?«

»Kommen Sie doch nach den Feiertagen mal bei mir in der Praxis vorbei. Dann schauen wir uns mal Ihre Blutwerte genauer an.«

Morell deutete mit säuerlichem Lächeln ein Nicken an, dann hastete er hochroten Kopfes hinter Lorentz her.

**»Ich habe zwölf Kinder auf einmal verloren.
Sie wurden vom höllischen Feuer verzehrt.«**

Theodor Däubler, Das Nordlicht

Morell schlug auf den Wecker. »Kruzifix, gib endlich Ruh«, murmelte er und starrte an die Decke. Er war unausgeschlafen, verspannt und fühlte sich hundeelend. Heute war der 24. Dezember –
Weihnachten, der Heilige Abend, und was hatte er? Nichts! Er
hatte keinen Baum, keine Weihnachtsdekoration, keinen selbst
gemachten Eierlikör, und Capelli hatte gestern das letzte Weih-
nachtsplätzchen vertilgt. Es gab für ihn dieses Jahr keine Weih-
nachtsstimmung, keine Weihnachtslieder, kein Weihnachtsessen,
keine Geschenke und auch keinen Mörder. Die gestrige Spurensicherung hatte nichts gebracht, die Männer waren abends wieder
nach Innsbruck geflogen. Dafür hatte er sich wie erwartet mächtig
Ärger vom Bürgermeister eingefangen, der natürlich vom Besuch
der Innsbrucker Kollegen Wind bekommen hatte und Morell einmal mehr die Schuld an der ganzen Mordserie und am Imagescha-
den für Landau gab. Wenn er Pech hatte, würde auch Capelli auf
ihn sauer sein, nach seinem peinlichen Auftritt gestern. Und damit
nicht genug. Im Revier wartete so viel Papierkram auf ihn, dass er
sogar den ganzen Tag und wahrscheinlich auch die halbe Nacht mit
Büroarbeit beschäftigt sein würde. Morell wischte sich eine Träne

aus dem Augenwinkel und ging in die Küche, um dort ein wenig Trost zu finden.

• • •

Capelli hatte schlecht und unruhig geschlafen. Sie hatte wirres Zeug von Zwölfen, dem Michelin-Männchen, Leander und Markus Levi geträumt. Als sie am Morgen erwachte, war sie völlig gerädert.

Sie dachte an den gestrigen Abend. Nach dem kleinen Zwischenfall war das Dinner trotzdem noch ganz nett verlaufen. Markus hatte die unbegründete Verdächtigung mit Humor genommen und war ein vollkommener Gentleman gewesen. Er hatte die Rechnung übernommen, ihr in den Mantel geholfen und sie dann zu Morells Haus gefahren, wo er sich mit einem Küsschen auf jede Wange verabschiedet hatte.

Dennoch hatte sie nicht einschlafen können. Irgendetwas hatte sie wach gehalten. Aber was nur? War es der Auftritt von Morell und Lorentz? Lorentz hatte sich unmöglich benommen, irgendwie fühlte sie sich aber auch geschmeichelt, dass er Morell begleitet hatte. Offenbar hatte er sich große Sorgen um sie gemacht.

Ein bisschen spürte sie ihren Kopf brummen. Ein kleiner Rotweinkater. Sie versuchte sich daran zu erinnern, wie viele Gläser sie gestern getrunken hatte. Und plötzlich fiel es ihr wieder ein. Wie aus heiterem Himmel wusste sie wieder, was Markus gestern gesagt hatte und woran sie sich beim Einschlafen nicht mehr genau erinnern konnte.

Sie traf Morell im Flur.

»Guten Morgen. Du, ich bin schon auf dem Weg ins Büro«, sagte er etwas verlegen. »Es ist noch Toast und Rührei da.«

»Ich muss dir noch rasch was erzählen«, hielt Capelli ihn auf. »Es könnte wichtig sein.«

»Gut«, sagte Morell und sah auf die Uhr, »ein paar Minuten habe ich noch.«

Sie setzten sich an den Tisch in der Küche, und Capelli lud sich eine große Portion Rührei auf einen Teller.

»Ähm, ich möchte mich übrigens noch wegen gestern entschuldigen, unser Auftritt war wohl ein bisschen daneben«, sagte Morell und griff nach einer Scheibe Toast.

»Schon verziehen. Ihr habt es ja nur gut gemeint.«

»Uff, da bin ich aber erleichtert. Erzähl, was ist dir eingefallen?«

»Du hast einmal von einem Verdächtigen erzählt, dessen Tochter einen Autounfall hatte.«

Morell nickte. »Sascha Genz.«

»Markus hat gestern so eine Bemerkung gemacht. Wir haben unter anderem über alle möglichen medizinischen Dinge gefachsimpelt. Er hat mir von einer seiner Cousinen erzählt, die sich den TH 12 gebrochen hat und seitdem querschnittsgelähmt ist.«

»Was ist ein TH 12?« Morell schmierte sich Butter und Marmelade auf den Toast.

»Von oben nach unten wird die Wirbelsäule in fünf einzelne Abschnitte unterteilt: Halswirbelsäule, Brustwirbelsäule, Lendenwirbelsäule, Kreuzbein und Steißbein. Jeder dieser Abschnitte setzt sich aus einzelnen Wirbeln zusammen. Die Brustwirbelsäule besteht aus zwölf Wirbeln, die auch Thorakale Wirbel genannt werden. In der Medizin nennen wir sie kurz TH 1 bis TH 12. Wenn man sich einen von ihnen bricht, dann kommt es zu einer Querschnittslähmung.«

»Verstehe«, sagte Morell und kaute. »Du glaubst also, dass sich Saschas Tochter den zwölften Brustwirbel gebrochen hat und dass das der Bezug zur Zahl Zwölf ist.«

»Es könnte doch sein. Du hast doch erzählt, dass dieser Genz ziemlich fertig ist und unter anderem Joe Anders und Andreas Adam die Schuld an seiner Misere gibt.«

»Ein interessanter Ansatz. Es stimmt tatsächlich, dass seit dem Unfall bei ihm alles den Bach runtergeht. Die Versicherung ist ausgestiegen, weil er seine Tochter nicht angeschnallt hatte. Er sitzt deshalb auf einem riesigen Schuldenberg, und seine Ehe steht kurz vor dem Aus.« Morell, dem diese Theorie überhaupt nicht gefiel, seufzte. »Ich werde der Sache nachgehen. Ich sage Bender gleich Bescheid, damit er sich die Krankenhausakten von Saschas Tochter faxen lässt. Am besten, du kommst gleich mit ins Revier, dann kannst du dir die Unterlagen dort ansehen.«

Capelli hatte überhaupt keine Lust, das Haus schon zu verlassen. Verkatert wie sie war, hätte sie sich am liebsten wieder ins Bett gelegt. Doch dieser Fall war wichtiger als ihre Befindlichkeiten, und so ging sie zurück ins Zimmer, um sich anzuziehen. Im Flur warf sie einen kurzen Blick in den Spiegel. Sie sah furchtbar aus. Blass, mit tiefen Ringen unter den Augen, die Haare strubbelig und ungekämmt.

»Komm schon«, rief Morell, als er sah, dass Capelli noch kurz ins Badezimmer schleichen wollte. »Das hat Zeit!«

Mürrisch folgte sie ihm und hoffte, dass ihr weder Leander noch Markus über den Weg laufen würden.

Im Polizeirevier mussten sie auf die Akten warten. Capelli nutzte die Zeit, sich auf der Toilette des Reviers ein wenig frisch zu machen, Morell kramte währenddessen den Genz'schen Unfallbericht hervor. Er wollte gerade zurück in sein Büro gehen, als die Eingangstür energisch aufgerissen wurde. Morell musste den Blick nicht heben, um zu wissen, dass es Agnes Schubert war. Er konnte ihr aufdringliches Parfum riechen, noch bevor sie die Amtsstube ganz betreten hatte.

»Herr Kommissar«, rief sie. »Was für ein Glück, dass Sie da sind. Es ist schrecklich! Sie müssen sofort mit mir in die Kirche kommen.«

Bei den Worten ›schrecklich‹ und ›Kirche‹ musste Morell sofort an den unheilvollen Morgen vor zwölf Tagen denken. »Bitte nicht schon wieder«, stammelte er.

359

»Doch«, sagte die Küsterin. »Schon wieder! Also, heute früh, da komm ich in die Kirche, und was seh ich da? Ein Bild des Grauens.«

Erst jetzt realisierte Morell, dass Frau Schubert alles andere als mitgenommen wirkte. Sie war so resolut und aufgekratzt wie immer. Heute gab es kein Zittern und keine Tränen.

»Was ist passiert?«, unterbrach der Chefinspektor sie daher schroff.

»Irgendein Rüpel hat dem Jesuskind, dem armen kleinen Zwutschgerl, eine Brille aufgemalt und die Maria mit Koteletten beschmiert.«

Morell bedachte die Küsterin mit einem bösen Blick. »Und deswegen machen Sie hier so einen Aufstand? Glauben Sie, ich hätte nichts Besseres zu tun?«

»Aber heute ist immerhin Weihnachten. Und der Bürgermeister hält die Sache auch für ausgesprochen wichtig.« Sie packte Morell am Ärmel. »Kommen Sie, Herr Kommissar, gehen wir in die Kirche.«

Morell erstarrte. Frau Schuberts Dreistigkeit erschütterte ihn immer wieder.

»Pssst«, hörte er neben sich etwas zischen. »Pssssst, Chef. Da«, flüsterte Bender und deutete auf Frau Schuberts Hand, die den Arm des Chefinspektors fest umklammert hielt.

Morell musste zweimal hinsehen, um zu erkennen, was Bender andeuten wollte. An Frau Schuberts Fingern klebten Reste von schwarzer Farbe.

»Was ist denn das?«, fragte er und löste ihre Hand von seinem Arm. »Sieht fast so aus, als hätten Sie selbst heute schon mit schwarzer Farbe hantiert.« Das hätte er sich eigentlich gleich denken können! Frau Schubert hatte die Schlüssel zur Kirche und sie würde alles tun, um seine Aufmerksamkeit zu gewinnen. Wenn es um ihn ging, war ihr nichts heilig. Und jetzt dämmerte ihm außerdem, dass mit Sicherheit auch das beschmierte Krippenspiel auf ihr Konto ging.

»Na gut«, sagte Frau Schubert. »Ich gestehe.« Sie streckte dem Chefinspektor theatralisch die Hände entgegen, als würde sie erwarten, dass er ihr Handschellen anlegte. »Ich werde keinen Widerstand leisten.«

Morell hatte große Lust, ihr irgendetwas anzutun, aber wenn er ihr nur irgendeine Form von Aufmerksamkeit schenkte, dann hatte sie, was sie wollte. Er atmete ein und aus und ein und aus. ›Keine Aufmerksamkeit‹, redete er sich im Stillen gut zu, ›schenk ihr keine Aufmerksamkeit.‹ Er holte noch einmal tief Luft. »Ich habe Wichtigeres zu tun, als mich jetzt um Sie zu kümmern. Gehen Sie in die Kirche und zum Krippenspiel und reinigen Sie alles, dann werde ich ein Auge zudrücken.«

Frau Schubert war völlig verdattert. »Sie müssen doch wenigstens ein Protokoll aufnehmen. Ich bestehe … «

Morell platzte der Kragen. »Gar nichts tun Sie«, schrie er. »Der Einzige, der hier auf etwas besteht, bin ich, und ich bestehe darauf, dass Sie sofort verschwinden! Und wenn nicht, dann werde ich eine Unterlassungsklage gegen Sie erwirken. Dann dürfen Sie sich mir nicht mehr als hundert Meter nähern.«

Diese Drohung zeigte endlich Wirkung. »So etwas würden Sie wirklich tun?«

»Jawohl.« Morell zeigte auf die Tür.

Tatsächlich drehte sich Frau Schubert um und ging in Richtung Ausgang. »Das ist ja sooo lieb von Ihnen, Kommissar Morell«, rief sie und drehte sich noch einmal um. »Dass Sie mich decken und nicht bestrafen. Sie sind ein echter Gentleman.« Sie schenkte ihm ein Lächeln.

Morell verdrehte die Augen und schlug sich gegen die Stirn. Irgendwann musste er dieses Problem lösen, aber nicht hier und nicht heute. Es gab Wichtigeres zu tun.

»Ist die Luft rein?«, rief Capelli und steckte ihren Kopf zur Klotür heraus.

»Ja«, grummelte Morell. »Und vielen Dank für deine Hilfe.«

»Ich hab mich nicht getraut«, sagte Capelli schmunzelnd.
»Komm, ich mach uns allen eine schöne Tasse Tee.«

»Und, schon was gefunden?«, fragte Capelli, als sie mit zwei Tassen in Morells Büro kam und ihn über den Unfallbericht gebeugt vorfand.

»Es sieht so aus, als hätten wir einen weiteren Treffer. Raimund Schelling war einer der Rettungssanitäter, die als Erste am Unfallort waren. Weißt du, was das heißt?«

»Wenn man einen Verletzten nur einen Millimeter falsch bewegt, kann das zu bleibenden Schäden führen. Genz könnte also Schelling die Schuld an der Querschnittslähmung gegeben haben.«

»Genau, und sieh dir das an.« Morell zeigte auf den Unfallbericht, der vor ihm lag.

»Maria Zieher«, las Capelli laut vor.

»Sie war eine der Zeugen, die aussagten, dass Sascha zu schnell gefahren war.«

»Heiß. Wir kommen der Sache immer näher. Was ist mit den anderen Opfern?«

»Zu Susanne, Linda und Thomas habe ich noch keinen Bezug herstellen können.«

»Trotzdem sind das schon vier von sieben. Und das nur beim ersten Mal drübersehen.«

»Stimmt. Sobald wir die Patientenunterlagen bekommen, können wir überprüfen, ob deine Vermutung mit der Zwölf richtig war.«

Als wäre das das Stichwort gewesen, kam Bender herein und legte die gefaxten Seiten auf den Tisch. Capelli brauchte nur wenige Sekunden, um zu finden, wonach sie suchte.

»Irreparable Quetschung des TH 12«, las sie vor.

»Verdammt«, sagte Morell. »Sascha Genz. Das hätte ich nie gedacht. Er war immer so ein ruhiger, netter Kerl. Ein treuer Ehemann und fürsorglicher Vater.« Er schüttelte den Kopf.

»Es sind meistens diejenigen, von denen man es am wenigsten erwartet«, sagte Capelli und tätschelte die Schulter des Chefinspektors. »Genz hat einen schweren Schicksalsschlag erlitten. So etwas kann einen Menschen komplett verändern. Sein Kind wird für den Rest des Lebens gelähmt sein, und zu einem gewissen Teil ist das seine Schuld. Viele Menschen zerbrechen an so etwas. Er hat versucht, die Schuld bei anderen zu suchen. Beim Sanitäter, der zwar das Leben des Kindes gerettet, aber dafür eine Lähmung riskiert hat. Bei der Zeugin, deren Aussage ein Grund dafür war, warum die Versicherung kein Geld bezahlt hat. Bei dem Makler, der ihm die Versicherung verkauft hat, und dem Autohändler, von dem er das Auto hatte. Susanne, Linda und Thomas spielen da sicher auch eine Rolle, die wir erst noch finden müssen.«

»Trotzdem, ich kenne Sascha doch schon so lange. Ich hätte eigentlich was merken müssen …«

»Du kennst ihn vielleicht schon lange, aber wie gut kennst du ihn? Manchmal werden Menschen zu Mördern, und nicht einmal ihre Ehepartner, mit denen sie unter einem Dach leben, merken was davon.«

Morell nickte traurig. Er dachte zurück an seine Zeit bei der Kriminalpolizei in Wien. Oft gab es nichtigere Gründe, einen Mord zu begehen. Er erinnerte sich an eine Frau, die ihren Mann erstach, weil er ihre Lieblings-CD versehentlich zerkratzt hatte.

»Dann werde ich mal zu Sascha fahren und ihn mir vornehmen«, sagte er, zog einen kleinen Schlüssel aus der Hosentasche und schloss die unterste Schublade seines Schreibtisches auf. Er nahm ein schwarzes Kästchen heraus und öffnete es behutsam. »Meine Dienstwaffe. Ich habe sie seit Jahren nicht mehr getragen.« Wehmütig dachte er an seine bisherige Dienstzeit in Landau zurück. »Da muss ich jetzt wohl durch.« Er stand auf, schnallte sich seine Glock um und ging zu Bender ins Vorzimmer.

»Sieht so aus, als hätten wir den Mörder«, sagte er. »Komm bitte mit, ich erklär dir alles Nötige im Auto.«

In Genz' Haus herrschte ein noch größeres Chaos als zuvor. Es stank fürchterlich, und überall lagen Schuhe, Kleider, Zeitungen, Geschirr, Essensreste und leere Bierdosen herum. Vergeblich sah sich Morell nach einem freien Stuhl oder einer anderen Sitzgelegenheit um. Inmitten des ganzen Wirrwarrs standen einige Umzugskartons.

»Sie hat mich endgültig verlassen«, sagte Sascha, »und Bea hat sie mitgenommen.«

»Das tut mir leid«, sagte Morell. Wenn er ehrlich war, konnte er Ilse gut verstehen. Genz war nur noch ein Wrack, ein Schatten seiner selbst. So wie er jetzt vor Morell und Bender stand, war er wirklich mitleiderregend. Seine Wangen waren eingefallen, die Klamotten schlabberten um seinen knochigen Körper. Er erinnerte Morell an die Nachher-Bilder aus der Diätwerbung, in denen sich die Kandidaten stolz in ihren alten Kleidern zeigten, die ihnen mittlerweile viel zu weit geworden waren.

Der Chefinspektor war schockiert. Er hatte seinen letzten Besuch bei Genz schon bedrückend gefunden, aber was er heute sah, hatte nochmal eine ganz andere Qualität. Offenbar hatte die Tatsache, dass ihn seine Frau verlassen hatte, Genz den letzten Rest an Energie und Selbstwertgefühl genommen. Sie hatten es hier mit einem gebrochenen Mann zu tun.

»Setzt euch«, sagte Genz.

»Wir bleiben lieber stehen«, nahm Bender seinem Chef das Wort aus dem Mund.

»Wir haben schon den ganzen Morgen im Büro gesessen, da tut ein wenig Stehen ganz gut«, fügte Morell hinzu und versuchte verkrampft zu lächeln.

Genz ließ sich auf einen Berg Schmutzwäsche, der auf der Couch lag, fallen. »Was verschafft mir die Ehre?«, lallte er. Erst jetzt realisierte Morell, dass der Mann, der vor ihm in diesem Dreckhaufen saß, betrunken war.

Als hätte Genz seine Gedanken erraten, zog er eine Flasche billigen Whiskey hinter einem Polster hervor und hielt sie den beiden Polizisten hin. »Na, auch ein Schlückchen gefällig?«

»Nein, danke«, sagte Bender.

»Wir sind im Dienst«, fügte Morell hinzu.

»Ja, ja, die Polizei, dein Freund und Helfer«, nuschelte Genz. »Immer fleißig, immer im Dienst.« Er lehnte sich zurück und nahm einen Schluck aus der Flasche. »Gibt's was Neues von der Versicherung?« Er sah Morell an. »Hast du dir den Unfallbericht nochmal angeschaut?«

Morell nickte. »Das habe ich getan. Leider sind mir einige Dinge aufgefallen, wegen denen wir dringend mit dir sprechen müssen.«

»Immer nur heraus mit der Sprache!«

»Maria Zieher war eine Zeugin, die gegen dich ausgesagt hat?«

»Ja, diese Schlampe hat behauptet, ich wäre zu schnell gefahren. Woher wollte sie das wissen? Hatte sie ein Radargerät dabei? Die fette Kuh ist mit ihrem eigenen Leben so unzufrieden, dass es nichts gibt, das ihr mehr Freude bereitet, als andere Menschen ins Unglück zu stürzen. Du hättest ihr dummes Grinsen sehen sollen, als sie mich bei der Anhörung reingeritten hat. Was ist mit ihr?« Genz nahm einen großen Schluck und sah die Polizisten fragend an.

»Sie wurde ermordet«, sagte Morell kurz und bündig.

Genz schaute erstaunt, dann fing er an zu lachen. Erst kicherte er nur wie ein kleines, schüchternes Kind, doch dann steigerte sich das Lachen immer mehr, wurde lauter und intensiver und gipfelte darin, dass er mit weit aufgerissenem Mund und tränenüberströmtem Gesicht auf dem Sofa saß und sich den Bauch hielt.

Den beiden Polizisten war das mehr als nur unheimlich. Sie sahen sich ratlos an und wussten nicht, was sie tun sollten. Bender verkroch sich unauffällig hinter seinem Vorgesetzten und beschloss, nichts mehr zu sagen und auch sonst in keinster Weise auf sich aufmerksam zu machen.

»Das ist ja toll«, gluckste Glenz. »Die Zieher hat also den Löffel abgeben müssen. Was für eine Ironie. Erst ruiniert sie mein Leben, dann wird das ihre zerstört. Das nenn ich endlich mal Gerechtigkeit. Hatte wohl ein schlechtes Karma, die Alte.« Er begann wieder zu lachen.

»Ich finde das ehrlich gesagt nicht so lustig«, sagte Morell.

»Was weißt denn du schon, Otto.«

»Ich weiß, dass alle Menschen umgebracht worden sind, die mit deinem Unfall etwas zu tun hatten. Du bist der Meinung, dass Joe Anders dir einen mangelhaften Wagen angedreht hat und dass er darum mit schuld an dem Unfall war – und schwuppdiwupp wird er ermordet. Die Versicherung, die du bei Andreas Adam abgeschlossen hast, weigert sich, die Kosten für die Behandlung deiner Tochter zu bezahlen, und was geschieht? Praktischerweise bringt ihn jemand um, genauso wie Maria Zieher, die eine Aussage gegen dich gemacht hat. Das ist es, was ich weiß.«

Genz hörte auf zu lachen und starrte Morell an. »Das ist also der Grund, warum du gekommen bist. Du bist nicht hier, um mir zu helfen. Nein, du bist hier, weil du einen Schuldigen brauchst, einen Sündenbock. Ja, warum nicht? Nehmen wir doch den Sascha, der hat ja nichts mehr zu verlieren, dessen Leben ist eh schon völlig kaputt. Darum hast du auch deinen kleinen Handlanger mitgebracht.« Er fixierte Bender, der sich von Sekunde zu Sekunde unwohler fühlte.

»So war das nicht gemeint, Sascha. Wir sind in erster Linie hier, um herauszufinden, was wirklich geschehen ist. Gibt es irgendetwas, das du mir sagen willst? Oder fällt dir vielleicht jemand ein, der dir ein Alibi für die Nacht von Dienstag auf Mittwoch geben kann?«

»Nein, verdammt«, schrie Genz. »Es gibt niemanden, der mir ein Alibi geben könnte. Das weißt du. Dienstagabend habe ich mich hier im Wohnzimmer betrunken und bin dann auf der Couch eingeschlafen.«

»Waren Ilse oder Bea nicht hier?«

»Nein, die waren bei Ilses Schwester.«

»Sascha«, versuchte Morell ihn zu beruhigen. »Ich bin auf deiner Seite. Ich will nicht glauben, dass du all diese schlimmen Dinge getan hast. Aber du musst mir helfen. Du musst mit mir zusammenarbeiten. Es sieht sonst gar nicht gut für dich aus.«

»Es sieht sonst gar nicht gut für dich aus«, machte Genz Morell nach. »Mei, du blinder Idiot! Sieh dich doch mal hier um. Es sieht verdammt nochmal sowieso nicht gut für mich aus. Glaubst du, ihr zwei Witzfiguren könnt mich erschrecken oder mir Angst einjagen? Nimm mich doch mit, Herr Chefinspektor. Steck mich doch in den Knast. Wenn du glaubst, das würde mein Leben schlimmer machen, dann hast du dich aber getäuscht. Mein Leben kann nicht mehr schlimmer werden. Der Nullpunkt ist erreicht. Tiefer geht's nicht mehr!«

»Keiner hat hier was von Gefängnis gesagt«, erklärte Morell beschwichtigend. »Wie ich dir schon vorher erklärt habe, sind wir nur hier um herauszufinden, was wirklich geschehen ist!«

»Lüg mich nicht an, Otto!« Genz war aufgesprungen und machte einen Schritt auf Morell zu, der instinktiv zurückwich und mit Bender zusammenstieß. »Ich dachte, wir wären Freunde, also lüg mich nicht an!«

»Du hast mich doch auch angelogen!« Morells Ton hatte jegliche Freundlichkeit verloren. »Hast du nicht gesagt, dass du nichts mit Raimund Schelling am Hut hast? Hä? Und dann muss ich dem Unfallbericht leider entnehmen, dass du sehr wohl etwas mit ihm zu tun hattest. Er war es doch, der Bea aus dem Auto geholt hat.«

»Ja, genau das hat er. Und wenn er dabei nicht so gepfuscht hätte, dann könnte sie heute noch gehen.«

»Woher willst du wissen, dass er etwas falsch gemacht hat?«

»Im Auto hat sie ihre Beine noch gespürt. Sie hat gesagt, dass ihre Knie wehtun. Verstehst du? Es muss geschehen sein, als er sie aus dem Auto rausgeholt hat.« Genz' Stimme zitterte.

»Er hat nur seinen Job gemacht. Wenn er sie nicht rausgeholt hätte, dann wäre Bea vielleicht tot. Warum hast du mir das nicht erzählt, als ich dich nach Schelling gefragt habe? Du verstehst, dass dich die Lüge in einem noch viel schlechteren Licht dastehen lässt.«

»Was hätte ich denn deiner Meinung nach sagen sollen? Ja, ich kenne Schelling, und ja, ich finde es toll, dass auch er abgekratzt ist? Und außerdem – was soll das? Willst du mir jetzt auch noch Raimunds Selbstmord in die Schuhe schieben? Verdammt, Otto, ich hätte mehr von dir erwartet.« Genz bedachte die Polizisten mit einem abfälligen Blick und ging einfach zur Tür hinaus.

»Halt!«, rief Morell ihm nach. »Bleib gefälligst hier!«

»Warum? Damit ich mir noch mehr von deinen fiesen Beschuldigungen anhören muss? Sicher nicht!« Er ging in die Küche, Morell und Bender folgten ihm.

»Ich möchte gerne glauben, dass du unschuldig bist, Sascha, aber du machst es mir nicht gerade leicht«, sagte Morell.

»Komm schon, Otto!« Genz drehte sich um. »Du an meiner Stelle hättest auch gelogen. Ich bin finanziell ruiniert, meine Tochter wird für immer gelähmt bleiben, und meine Ehe ist gescheitert, da wollte ich nicht noch mehr Ärger bekommen.«

»Den hast du jetzt aber, und durch die Lüge sind deine Probleme noch um einiges größer geworden.«

»Soll ich dir was sagen?« Genz baute sich vor Morell auf. »Das ist mir alles scheißegal. Ich bin am Ende, fertig, aus, finito. Mein Leben ist nichts mehr wert. Ich pfeif auf Raimund, Joe, Andreas und Maria! Ich pfeif auf die Schulden, meine Ehe, und am allermeisten pfeif ich auf dich, mein Freund!« Er sprach die letzten Worte mit so viel Abscheu aus, dass Morell schauderte. Er hatte Genz noch nie so erlebt und wusste nicht, wie er ihn einschätzen sollte. War er wirklich irre, war er gefährlich? Sein Instinkt sagte ihm, dass Genz eine tickende Zeitbombe war, ein Pulverfass. Und schon ein kleiner Funke genügte, um ihn explodieren zu lassen.

Bender sah die Lage anscheinend ähnlich, denn als Genz plötzlich einen Schritt auf den Messerblock zu machte, der neben der Spüle stand, zog er seine Waffe und richtete sie auf ihn.

»Ach, so ist das also«, stellte Genz fest. »Ihr haltet mich für so unberechenbar, dass ihr eure kleinen Pistolen mitgebracht habt.« Er hob seine Hand.

»Tu das nicht!«, sagte Morell und konnte die Anspannung in seiner Stimme nicht mehr verbergen.

»Schieß doch!« Genz fasste hinter den Messerblock und zog eine Flasche Schnaps hervor. »Schieß doch!«, wiederholte er.

Morell fiel ein Stein vom Herzen. Er fasste an Benders Ellenbogen und drückte seine Arme hinunter. »Schon in Ordnung, Robert. Steck die Waffe wieder weg.«

Genz nahm einen großen Schluck Schnaps.

»Ich glaube, du solltest das lassen«, sagte Morell. »Stell die Flasche weg und rede mit mir!«

»Worüber denn? Du hast dir deine Meinung ja schon gebildet. Für dich steht der Täter doch bereits fest.«

»Komm schon, Sascha. Du solltest mich eigentlich besser kennen. Ich werde dich unterstützen, wo ich nur kann, und wenn du unschuldig bist, dann werde ich dir helfen, das zu beweisen. Zieh dir bitte was Warmes an und komm mit uns aufs Revier.«

Genz zeigte keine Reaktion. Geistesabwesend starrte er aus dem dreckigen Fenster.

»Sascha?«

»Ich werde nicht mitkommen!«

»Bitte, Sascha. Sei doch vernünftig.«

»Nein!«, schrie Genz und griff sich ein großes Küchenmesser. Bender hob die Waffe wieder und zielte auf ihn. Dabei zitterten seine Hände so stark, dass Morell bezweifelte, dass er Genz auch nur streifen würde, obwohl der weniger als drei Meter von ihnen entfernt stand.

»Leg das Messer weg!«, rief Morell. Panik schwang in seiner

369

Stimme. Die Situation eskalierte gerade, und er musste sich zusammenreißen, um nicht die Nerven zu verlieren. »Bitte, Sascha«, versuchte er es mit einem etwas ruhigeren Tonfall, »tu mir das nicht an.«

»Ich habe es den anderen auch angetan, warum soll ich dich verschonen?«

»Du bist nicht bei Sinnen, du bist betrunken und weißt nicht, was du da sagst und tust.«

»Oh doch, ich weiß ganz genau, was ich tue. Das ist meine erste vernünftige Handlung seit Monaten.«

»Dann sag mir, warum! Warum diese Brutalität? Und was war mit Linda Frank, Thomas Liebenknecht und Susanne Simonis? Was hatten sie mit der ganzen Sache zu tun?«

Genz zögerte. »Sie haben zu viel gewusst«, sagte er dann und hob das Messer.

»Und warum die Briefe? Und warum ausgerechnet an Leander Lorentz?«, fragte Morell weiter. Er musste Zeit gewinnen, bis ihm ein Weg einfiel, wie er alle Beteiligten unbeschadet aus dieser Situation lotsen konnte.

»Das ist doch scheißegal«, schrie Genz. »Die haben alle den Tod verdient, und es war mir eine große Freude, sie in die Hölle zu schaffen!«

Dann ging alles ganz schnell. Genz machte einen Satz auf Morell zu, der wie gelähmt dastand und immer noch nicht fassen konnte, dass sein Freund der Mörder sein sollte. Sogar als er die Klinge des Messers vor sich aufblitzen sah, wollte er nicht glauben, was gerade passierte. Dann fühlte er einen dumpfen Stoß von rechts. Bender hatte ihn weggeschubst. Morell taumelte, verlor das Gleichgewicht, stürzte, stieß mit dem Kopf an eine Stuhlkante und landete unsanft auf dem Boden. Dann hörte er Bender aufschreien und in derselben Sekunde einen Schuss fallen. Dann war alles still.

Morell griff sich an den Kopf und betrachtete dann seine Hand. Sie war voller Blut. Als er mit dem Stuhl kollidiert war, musste er sich eine Platzwunde zugezogen haben. Er fühlte keinen Schmerz und war sich nicht ganz sicher, ob er diese Tatsache dem Schock oder den Unmengen an Adrenalin, die gerade durch seinen Körper gepumpt wurden, zu verdanken hatte.

»Robert«, ächzte er, »bist du in Ordnung?«

»Nein.« Benders Stimme hatte sich in ein Stimmchen verwandelt.

Trotz des Schwindels, den er spürte, versuchte sich Morell aufzurichten. Bender saß auf dem Boden und hatte sich gegen die Wand gelehnt. Aus seinem Gesicht war alle Farbe gewichen, und aus seiner rechten Schulter ragte der Griff des Messers. Mit dem linken Arm zielte er immer noch auf Sascha Genz, der vor ihm auf dem Boden lag.

»Verdammt«, murmelte Morell. »Das sieht schmerzhaft aus, aber es wird dich nicht umbringen.« Er taumelte zu Bender, kniete sich neben ihn und tätschelte seine Wange. »Gut gemacht, Robert. Ich glaube, du hast mir gerade das Leben gerettet.« Dann beugte er sich über Genz. Dessen Augen waren geschlossen, und neben seiner Hüfte breitete sich eine Blutlache aus. Bender hatte ihn anscheinend irgendwo in der Bauchgegend getroffen.

»Habe ich ihn umgebracht?«, piepste Benders Stimmchen leise.

Morell legte zwei Finger auf Genz' Halsschlagader. Er konnte einen Puls spüren. »Nein, er lebt noch, aber wenn nicht gleich Hilfe kommt, sehe ich schwarz für ihn.«

Er griff in seine Tasche, zog sein Handy heraus und wählte den Notruf.

**»Zwölf Winter sind wir traurig gewesen.
Zwölf Winter ist kein Tropfen Met getrunken worden,
in der Hirschhalle.«**
Hans Stanglmaier, Beowulf und die Moorungeheuer

Die Nachricht von Genz' Verhaftung hatte in Windeseile die Runde gemacht, und die kollektive Erleichterung war in ganz Landau zu spüren. Die Menschen, die kurz vor der Bescherung noch unterwegs waren, lächelten und genossen die Vorfreude auf den Heiligen Abend. Am Mittag kam außerdem die Meldung herein, dass der Pass und sämtliche Zufahrtsstraßen wieder frei waren. Die Landidylle und der Weihnachtsfrieden waren wiederhergestellt.

Der Tag hatte nicht nur das alte Leben zurückgebracht, sondern auch neue Helden geboren.

Morell hatte eine Platzwunde über der Schläfe, die mit ein paar Stichen in dem kleinen Spital im Nachbarort genäht werden musste. Nachdem festgestellt wurde, dass er auch eine leichte Gehirnerschütterung davongetragen hatte, wollte man ihn zur Sicherheit noch über Nacht dabehalten, doch das war mit Morell nicht zu machen.

»Schnell gesund werde ich nur in meinem eigenen Bett, und bei dem Fraß hier könnt ihr von Glück reden, wenn die Patienten nicht noch kranker werden«, hatte er gegrummelt.

Da er nicht verkehrstüchtig war, rief er Capelli an und bat sie, ihn abzuholen. Während er auf sie wartete, wollte er noch einmal kurz beim ›kleinen Robert‹, wie er ihn nun nannte, vorbeischauen und ihm zum hundertsten Mal erklären, wie stolz er auf ihn war. Auf dem Weg dorthin stieß er beinahe mit dem Bürgermeister zusammen, der schwungvoll um die Ecke bog.

»Ah, Morell, mein Lieber, zu Ihnen wollte ich gerade! Wie geht's denn unserem Helden?«

»Was, äh, tja, geht schon.«

»Wunderbar! Ich habe ja die ganze Zeit gewusst, dass ich mich auf Sie verlassen kann, Morell. Also, das mit Sascha Genz ist wirklich bedauerlich. Umso mehr freue ich mich, dass die Engel wie von Zauberhand gereinigt wurden. Ich weiß nicht, wie Sie das gemacht haben, aber da haben Sie wahrlich ein kleines Weihnachtswunder vollbracht.« Der Bürgermeister lachte selbstgefällig und klopfte dem Chefinspektor auf die Schulter.

Morell war sprachlos. Da hatte er soeben den Serienmörder dingfest gemacht, der ganz Landau in Angst und Schrecken versetzt hatte, und dem Bürgermeister schien es weitaus wichtiger zu sein, dass dem mysteriösen Schmierfink das Handwerk gelegt worden war.

»Und Sie wollen mir wirklich nicht verraten, wer der Übeltäter gewesen ist, Morell?«

Der Chefinspektor schüttelte den dick verbundenen Kopf.

»Mei, wie auch immer. Solange die Engel und der Rest der Dekoration sauber bleiben, können Sie von mir aus Ihre Weihnachtsamnestie durchziehen. Hauptsache, wir können den Heiligen Abend, die Feiertage und den Jahreswechsel in gewohnter Idylle verbringen. Sie wissen ja, das ist es, was die Touristen wollen. Und was gut für die Touristen ist, ist auch gut für uns Landauer, nicht wahr?« Er klopfte Morell noch einmal kräftig auf die Schulter. »So, ich muss weiter. Die Bescherung wartet.« Endres ging hinüber zum Lift, der soeben gekommen war. »Ein frohes Fest, mein

Lieber«, rief er, während sich die Lifttüren lautlos vor ihm schlossen.

Nachdem er bei Bender gewesen war, ging Morell noch auf die Intensivstation, wo Genz lag. Vor der Tür standen zwei Beamte Wache, die Haug schnell hatte einfliegen lassen. Er hatte außerdem weitere Beamte mitgeschickt, die sich um die laufende Arbeit kümmern sollten, während die beiden Landauer Polizisten im Krankenstand waren. »Gute Arbeit, Otto«, hatte Haug gemeint. »Ich habe dir ja gesagt, dass du das auch alleine schaffst! Ein guter Polizist bleibt ein guter Polizist. Die Fitness und die Routine können vergehen, aber der Instinkt bleibt!«

Benders Schuss hatte Genz' Leber durchdrungen. Er hatte viel Blut verloren, würde es aber schaffen. Bis er wieder ansprechbar oder gar vernehmbar war, würden aber noch einige Tage, wenn nicht gar Wochen vergehen.

Der Chefinspektor spähte durch die Glasscheibe, hinter der sein ehemaliger Freund lag. Er sah friedlich und so gar nicht wie ein Mörder aus, fand Morell und rief sich dann in Erinnerung, dass man Mördern ihre grausige Passion so gut wie nie ansah, genau wie es Capelli gesagt hatte.

Morell war froh, dass alles vorbei war. Er konnte sich endlich ausruhen und sein altes Leben weiterführen, sich um die kleinen Bagatelldelikte und Streitereien seiner Landauer Mitbürger kümmern, sich seinem Haus und der Kocherei widmen und gemütliche Abende mit Fred und einem Glas Rotwein verbringen. Das war es, wovon er die letzte Zeit geträumt hatte. Trotzdem konnte er sich nicht wirklich freuen.

War es das wirklich wert gewesen? Er hatte einen Mörder gefangen, aber dadurch einen Freund verloren. Das Gefühl, das er beim Anblick von Genz empfand, konnte er schwer einordnen. Es lag irgendwo zwischen Überraschung, Ungläubigkeit und Trauer. Sie waren Freunde gewesen, und trotzdem war Sascha mit dem

Messer auf ihn losgegangen. Was, wenn der kleine Robert sich nicht so mutig dazwischengeworfen hätte? Hätte ihm Sascha dann wirklich etwas angetan? Er war schließlich kein Mörder. Doch, rief sich Morell ins Gedächtnis. Genau das war er! Sein Freund Sascha Genz war ein berechnender, kaltblütiger Killer. Es würde noch einige Zeit dauern, bis er sich an den Gedanken gewöhnen würde.

Etwas in seinem Kopf pochte, aber durch die Schmerzmittel tat es nicht wirklich weh. Es fühlte sich an, als würde ein kleiner Zwerg mit einem großen Hammer von innen gegen seine mit Watte ausgepolsterte Schädeldecke hämmern. Er rieb sich die Schläfen.

»Sie sehen blass aus. Alles in Ordnung, Herr Chefinspektor?«, fragte einer der Beamten, die vor Genz' Zimmer Wache schoben.

Morell nickte. »Ja, es geht schon.«

»Soll ich einen Arzt holen oder ein Glas Wasser?«

»Nein, danke, es geht mir gut. Außerdem werde ich gleich abgeholt.«

Morell ging zum Lift, um hinunter in die Eingangshalle zu fahren. Während er auf den Aufzug wartete, dachte er weiter über den Vormittag nach. Irgendetwas kam ihm komisch vor. Irgendetwas stimmte nicht. Für seinen Geschmack gab es noch viel zu viele Ungereimtheiten. Was für eine Rolle spielten Linda Frank, Thomas Liebenknecht und Susanne Simonis? Und warum schickte Sascha die Briefe mit den Rätseln ausgerechnet an Leander? Er würde das klären, sobald der Zwerg aufhörte, gegen die Wattewand zu klopfen. Bestimmt gab es für jede offene Frage eine passende Lösung. Er würde diese Antworten finden. Aber sicher nicht hier, nicht jetzt und nicht in diesem Zustand.

»Da ist ja unser Held«, begrüßte ihn Capelli, die von Lorentz begleitet wurde.

»Na ja, der Held ist eher der kleine Robert.«

»Keine falsche Bescheidenheit. Robert hat die Sache in letzter

Sekunde rausgerissen, aber die ganze wichtige Vorarbeit hast ja wohl du geleistet.«

»Na, aber ohne eure Hilfe hätte ich es nicht geschafft.«

»Dann einigen wir uns doch darauf, dass wir alle Helden sind«, schlug Capelli vor.

»Abgemacht«, sagte Morell und strahlte zum ersten Mal seit langem übers ganze Gesicht.

> »Horch! Zwölffach ruft vom Hof metallner Böller Knall.
> Und geltendes Juchein dem fernen Widerhall.«
>
> Johann Heinrich Voss, Junker Kord

Capelli hatte das Regiment in Morells Haus übernommen und kümmerte sich rührend um ihren Gastgeber samt Haustier. Der Chefinspektor versuchte wieder zu Kräften zu kommen, indem er viel schlief und noch mehr aß. Bereits am Samstagabend ging es ihm schon um einiges besser. Er saß im Wohnzimmer, streichelte Fred und schaute aus dem Fenster auf sein Glashaus. Nächstes Jahr würde er wieder mehr Zeit haben, sich um seine Blumen zu kümmern. Nächstes Jahr. Das neue Jahr stand ja direkt vor der Tür, und er nahm sich fest vor, den ganzen Papierkram noch vor Silvester zu erledigen, damit er diesen verdammten Fall noch im alten Jahr abschließen und frei und unbelastet ins neue starten konnte.

Wie gut, dass nun alles vorbei war. Er konnte zwar immer noch nicht fassen, wie sehr er sich in Sascha Genz getäuscht hatte, und es war ihm außerdem ein wenig peinlich, wenn er an die öffentliche Befragung von Dr. Levi dachte, aber das würde sich schon wieder legen. Levi, dieser nervige Cholesterinwert-Apostel, hatte den kleinen Angriff letzten Endes irgendwie verdient.

Morell schob sich einen Keks, den Capelli mit Hilfe einer Backmischung gebacken hatte, in den Mund und versuchte, sich den Kopf unter dem Verband zu kratzen. Nina würde ihm fehlen. In den letzten Tagen war ihm die Gerichtsmedizinerin sehr ans Herz gewachsen, und auch Lorentz war zu so etwas wie einem Freund geworden. Wer hätte das gedacht?! Morell lehnte sich zurück und schloss die Augen. »Wir werden Nina einfach hierbehalten«, sagte er zu Fred. »Sofern sie die Macht über die Küche und den Haushalt wieder an mich abtritt, kann sie bleiben, solange sie möchte. Wir haben ja genug Platz.« Der Kater schnurrte und schien mit dem Vorschlag einverstanden zu sein.

Das Einzige, was Morells Ruhe ein wenig störte, waren die beinahe stündlichen Besuche von Agnes Schubert. Eigentlich waren es nur Besuchsversuche, da an Capelli ein perfekter Türsteher verlorengegangen war. Im Gegensatz zu Bender schaffte die Gerichtsmedizinerin es jedes Mal, die liebestolle Küsterin abzuwimmeln, die mit Weihnachts- und Genesungsgeschenken vor der Tür stand und Einlass verlangte. Und auch jetzt klingelte es wieder an der Tür.

»Du darfst nie wieder von hier weggehen«, seufzte Morell, der gerade in einem Kochbuch blätterte, als Capelli wieder mit einem neuen, farbenfrohen Päckchen in der Hand bei ihm im Zimmer auftauchte. »Niemand schafft es so gut wie du, diese Furie von mir fernzuhalten.«

»Was hast du denn jetzt wieder Schönes bekommen?«, fragte Capelli zwinkernd und gab Morell das Päckchen. Dann schielte sie auf den Papierkorb unter dem Tisch, in dem sich mittlerweile ein selbst gestrickter Schal, eine Schachtel Pralinen und ein Buch mit dem Titel »Jeder Mann braucht eine Frau – Über die Wichtigkeit von Beziehungen« befanden.

»Um ehrlich zu sein, will ich es gar nicht wissen«, sagte Morell und gab Capelli das Geschenk zurück.

Sie begann das bunte Papier aufzureißen und beförderte zwei kleine Porzellanengelchen zutage. »Ach, wie nett«, sagte sie und stellte die Engel vor Morell auf den Tisch. »Das eine sieht so aus wie du.«

»Blödsinn«, grummelte Morell und betrachtete die zwei kleinen Figürchen mit großer Abscheu. Dann griff er nach einem Stift und malte den beiden dicke, schwarze Bärte. Er wollte sich gerade wieder seinem Kochbuch zuwenden, als es abermals klingelte. Morell zuckte zusammen und stöhnte. Doch als Capelli wieder ins Wohnzimmer kam, hatte sie Lorentz im Schlepptau, der die beiden besuchen kam und einen Vorschlag machen wollte.

»Leute«, kam er gleich ohne Umschweife zur Sache, »ich habe eine Idee. Es ist so viel geschehen und wir haben zusammen so viele Dinge erlebt, da können wir doch nicht einfach so sang- und klanglos wieder auseinandergehen. Wir müssen unseren Helden hier doch noch einmal ordentlich hochleben lassen, immerhin fasst man ja nicht alle Tage einen Serienkiller. Ich schlage vor, wir besorgen ein paar Drinks, ein bisschen Deko, laden Freunde ein und geben eine kleine Party.«

»Und wo soll die, bitte schön, stattfinden?«, warf Morell ein.

»Äh, ich dachte eigentlich hier bei dir.«

»Na wunderbar, damit mir volltrunkene Partygäste die ganze Bude in Schutt und Asche legen? So weit kommt's noch!«

»Komm, Otto, ich finde die Idee klasse«, sprang Capelli Lorentz bei. »Wir würden uns auch um alles kümmern, einkaufen und so.«

»Hm, eine kleine Feier wäre schon nicht schlecht«, kam Morell ob Capellis Begeisterung ins Grübeln.

»Montagabend wäre doch ideal. Bis dahin bist du sicher auch schon wieder wohlauf«, versuchte Lorentz Morell zu überzeugen.

»Na schön. Einzige Bedingung ist, dass ich mich, außer um das Kochen, um nichts anderes kümmern muss. Ihr geht einkaufen, unterhaltet die Gäste – und was das Wichtigste ist: Ihr räumt danach wieder auf. Ich will, dass mein Haus am Dienstag in der Früh wieder genauso aussieht wie jetzt. Verstanden?«

»Versprochen«, Lorentz nickte. »Du bist ja noch ein Invalide und hast darum Schonzeit.«

»Zu gnädig, Lorentz, zu gnädig!«, sagte Morell und legte sich wieder auf die Couch.

> **»Seine Aufgabe war es, jeden Tag zwölf kleine Blumensträuße zu binden und sie den zwölf Töchtern des Königs zu überreichen.«**
> Die zwölf tanzenden Prinzessinnen, Rumänisches Märchen

Am Montagmorgen machte sich Lorentz mit einem ewig langen Einkaufszettel, den Morell geschrieben hatte, auf Einkaufstour.

»Fehlt nur noch der Speck«, murmelte er nach einer Stunde erleichtert und steuerte die Metzgerei an. Fleisch und Wurst musste er ja nicht mehr kaufen, davon war noch genug in Morells Kühltruhe. Wahrscheinlich hatte sich der Chefinspektor darum nicht gegen die Party gewehrt. So kriegte er endlich mal seine Truhe leer.

»Servus, was kann ich für Sie tun?« Hinter der Theke erschien eine freundliche, gut aussehende Verkäuferin.

»Ich bin hier, um für die Party zu Ehren von Chefinspektor Morell einzukaufen, und brauche fünfhundert Gramm Schinkenspeck«, sagte Lorentz festlich.

»Oh wie nett«, lächelte die Frau und griff nach einem Stück Speck. »Der Chefinspektor ist einer unserer Stammkunden. Diesmal geht's aber aufs Haus, Herr Morell hat von uns allen ja eine große Last genommen.«

»Vielen Dank, das ist sehr freundlich, ich werd's weitergeben.« Noch während Lorentz redete und der hübschen Verkäuferin dabei zusah, wie sie sich eine Haarsträhne hinters Ohr klemmte, fiel bei ihm ein riesengroßer Groschen. »Otto, du alter Schwerenöter«, murmelte er, grinste von einem Ohr zum anderen und sagte dann ohne nachzudenken: »Ähm, Sie sind übrigens herzlich eingeladen, soll ich Ihnen von ihm ausrichten. Heute Abend ab sieben Uhr bei ihm zu Hause in der Berggasse.«

Die Frau war sichtlich überrascht. »Damit habe ich jetzt aber nicht gerechnet«, sagte sie und überlegte. »Ich weiß nicht …«

»Geben Sie sich einen Ruck«, sagte Lorentz und setzte sein charmantestes Lächeln auf. »Der Chefinspektor würde sich sehr freuen.«

»Hat er das wirklich gesagt?«

»So wahr ich hier stehe.«

»Mei … warum eigentlich nicht? Na gut, ich komme.« Die Verkäuferin lächelte und schnitt den Speck in dünne Scheiben.

Als Lorentz voll bepackt vor Morells Haus stand und klingelte, kamen ihm leise Zweifel. Ob er mit der Einladung der Wurstverkäuferin vielleicht ein wenig seine Kompetenzen überschritten hatte? Nachdem Capelli ihm geöffnet hatte und sie die Tüten in die Küche getragen hatten, nahm er sie flüsternd beiseite.

»Du, Nina, ich brauche dringend deine Hilfe.«

»Ah geh, noch vor ein paar Tagen vermasselst du fast mein Date, und jetzt willst du schon wieder meine Hilfe«, sagte Capelli ironisch.

»Aber ich habe mich doch schon hundertmal bei dir entschuldigt. Meine Motive waren edel, nur das Resultat ist ein wenig in die Hose gegangen.«

Capelli schmunzelte. Die Umschreibung traf den Nagel auf den Kopf.

»Also: Ich weiß jetzt, warum unser Gemüsegourmet da drüben«, Lorentz deutete in Richtung Wohnzimmer, »ständig in die Metzgerei rennt und Fleisch kauft.«

»Erzähl!«

»Psst, nicht so laut! Ich war heute in der Metzgerei, und als ich die Verkäuferin hinter der Theke gesehen habe, war einfach alles klar. Unser Dickerchen ist verliebt in sie.«

Capelli klatschte sich gegen die Stirn. »Na klar, da hätte ich auch von allein draufkommen können. Hinter solchen Dingen steckt meistens eine Frau. Respekt, so viel Intuition hätte ich dir gar nicht zugetraut.« Sie zwinkerte und überlegte kurz. »Und wozu brauchst du jetzt meine Hilfe?«

»Na ja, ich war so angetan von meiner Erkenntnis, dass ich wieder einmal erst gehandelt und dann nachgedacht habe.«

»Und was heißt das im Klartext?«

»Ich habe die Wurstverkäuferin für heute Abend eingeladen, und sie will sogar kommen.«

»Mein Gott, Leander! Was hast du dir nur dabei gedacht?«

»Meine Motive waren edel ...«, setzte Lorentz an.

»Ja, ja«, unterbrach ihn Capelli, »aber das Resultat ist in die Hose gegangen. Na, wir werden sehen. Vielleicht tut es Otto ja tatsächlich gut, wenn du ihm in Sachen Liebe ein wenig auf die Sprünge hilfst, aber du darfst dich nicht wundern, wenn er böse wird.«

»Hilfst du mir, falls er ausrastet?«

»Klar. Ich werde dich mit viel Liebe und Sorgfalt sezieren.«

»Danke, du bist wirklich eine große Hilfe. Sag mal, kommt dein neuer Lover eigentlich auch?« Lorentz fragte so beiläufig wie möglich.

»Aber natürlich kommt Markus, ich freu mich schon riesig.« Capelli hätte sich eher die Zunge abgebissen, als Lorentz zu erzählen, dass sie Levi zwar gern mochte, der Funke aber nicht übergesprungen war. »Und wie sieht's bei dir aus, hast du deine Iris eingeladen?«

»Natürlich, was glaubst du denn ... Na, ich pack dann mal aus.« Lorentz bückte sich rasch und machte sich laut knisternd über eine der Tüten her.

»Zwölf Senatoren! Teuflisch! Faßt alle Schwerter auf!«
Friedrich Schiller, Die Verschwörung des Fiesco zu Genua

Fast alle waren der Einladung zur Party gefolgt. Die Stimmung war fabelhaft, und das Haus war voll von gut gelaunten Gästen, die Morells sonst so stilles Refugium mit Stimmengewirr und Gelächter erfüllten.

Einzig Morell selbst schien nicht sehr zufrieden zu sein und verzog sich in die Küche, wo er sich ganz dem Kochwahn hingab und Häppchen und Bowle en masse zubereitete. Er war so sehr in Gedanken vertieft, dass er nicht bemerkte, wie die Tür aufging und Capelli ihren Kopf hereinsteckte.

»Alles in Ordnung?«, fragte sie. »Willst du nicht mal aus der Küche kommen und ein bisschen mitfeiern? Die Party ist richtig gut.«

Morell schüttelte den Kopf. »Tut mir leid. Ich bin gerade nicht in Partystimmung.«

Capelli kam in die Küche und setzte sich auf einen Stuhl. »Ist es dir zu laut? Ich kann die Musik auch leiser machen.«

»Nein, das ist es nicht. Ich freu mich, dass die Leute Spaß haben. Ich muss nur die ganze Zeit an den Fall denken.«

»Aber der ist doch abgeschlossen.«

384

»Schon, aber es gibt da immer noch ein paar Ungereimtheiten. Mein Bauch sagt mir, dass da irgendetwas nicht stimmt, und das beunruhigt mich.«

»Was soll denn nicht stimmen? Sascha Genz hat ein Geständnis abgelegt. Was willst du denn noch mehr?«

»Keine Ahnung. Ich weiß nur, dass es sich so anfühlt, als ob einige Puzzlesteine nicht hundertprozentig zusammenpassen.«

»Das wird sich alles klären, sobald Genz seine Aussage gemacht hat. Du wirst schon sehen. Und jetzt komm mit! Du hast es doch am allermeisten verdient, ein wenig abzuschalten.« Capelli machte ein paar Schritte und nahm den Chefinspektor an der Hand. »Auf geht's.«

»Wahrscheinlich hast du recht. Ich mach nur noch schnell die Gemüsetaschen hier fertig und komm dann gleich.«

»Okay«, sagte Capelli und ließ seine Hand wieder los. »Aber wenn du nicht in spätestens einer Viertelstunde mit einem Glas Sekt da draußen stehst und dich amüsierst, dann komme ich und hole dich – wenn's sein muss mit Gewalt!«

Sie verließ die Küche mit dem festen Vorsatz, sich den ganzen Abend prächtig zu amüsieren, ohne dabei auch nur einen einzigen Gedanken an Leander Lorentz zu verschwenden.

• • •

Lorentz stand mit Iris im Flur und versuchte verzweifelt, nicht an Nina Capelli zu denken. Iris sah wie immer umwerfend aus, aber ihm fiel das heute gar nicht auf.

»Danke nochmals für die Einladung«, sagte Iris. »Ein wenig Ablenkung tut mir sehr gut. Ich habe das Gefühl, ich war schon ewig nicht mehr unter Menschen.«

»Freut mich sehr, dass du gekommen bist. Ich wollte dir übrigens sagen, dass es mir sehr leid tut, wie damals alles gelaufen ist.«

»Ist schon okay. Es war ja nicht alleine deine Schuld.«

»Zu einem großen Teil schon, und darum würde es mich umso

mehr freuen, wenn wir die Vergangenheit hinter uns lassen könnten.«

»Du willst eine zweite Chance?«, fragte Iris und lächelte.

»Nicht als Paar, aber als Freunde. Das würde mir sehr viel bedeuten.«

Lorentz starrte verärgert auf Dr. Levi, der gemeinsam mit Capelli an ihm und Iris vorbeiging.

»Eifersüchtig?«, riss Iris ihn aus seinen Gedanken.

»Was meinst du?« Lorentz tat so, als hätte er keine Ahnung, wovon seine Exfreundin redete.

»Du stehst wohl auf die kleine Gerichtsmedizinerin. Es war nicht zu übersehen, mit welchen Blicken du den armen Markus bedacht hast.«

Lorentz wurde ein wenig verlegen. »Da hast du mich wohl ertappt. Ist es so offensichtlich?«

»Nicht zu übersehen.« Sie musterte Lorentz. »Das hätte ich von dir nicht gedacht. Diese Kleine ist doch eigentlich gar nicht dein Typ. Sie ist ein wenig zu …«, Iris suchte nach dem richtigen Wort, »… gewöhnlich für dich. Frauen wie sie waren doch eigentlich nie dein Geschmack.«

»Geschmäcker ändern sich«, stellte Lorentz fest. »Menschen ändern sich.«

»Ich habe schon gemerkt, dass du nicht mehr ganz der Alte bist«, nickte Iris und rieb sich die Schläfen.

Lorentz lachte. »Ja, ich glaube, für mich ist die Zeit gekommen, endlich ein wenig vernünftiger und bodenständiger zu werden. Immerhin werde ich bald 34 – da ist ein bisschen Seriosität vielleicht ganz angebracht. Ich sollte mich von ein paar Spinnereien verabschieden und ein wenig mehr Sicherheit in mein Leben bringen.«

Iris nickte. »Sag, bist du mir böse, wenn ich schon nach Hause gehe? Ich fühl mich auf einmal ein wenig schlapp und habe ein bisschen Kopfweh.«

»Ich hoffe, das hat nichts mit mir zu tun.«

»Nein, nein«, winkte Iris ab. »Ich spüre nur den Alkohol ein wenig. Ich konnte Bowle noch nie vertragen. Mach dir keine Sorgen, es hat nichts mit dir zu tun.«

»Da bin ich aber erleichtert. Ich begleite dich noch hinaus.«

Iris holte ihren Mantel, und sie gingen gemeinsam vor die Haustür. »Schlaf gut«, sagte Lorentz. »Ich melde mich auf jeden Fall noch bei dir, bevor ich abreise.«

»Bis dann – und viel Glück mit deiner Kleinen.« Iris drückte Lorentz ein Küsschen auf die Wange und ging dann zu ihrem Wagen. Lorentz wollte gerade die Tür schließen, als ein kleines, rotes Auto vor dem Haus parkte. Es war die Verkäuferin aus der Metzgerei, die ausstieg. Sie lächelte, als sie Lorentz sah, und winkte ihm zu. Er fand, dass sie wirklich eine sehr sympathische Erscheinung war.

»Sie haben es also geschafft«, sagte er und hielt ihr die Haustür auf.

»Ich dachte, ich kann ja mal kurz vorbeischauen.«

Lorentz nahm ihr die Jacke ab. »Kennen Sie den Chefinspektor gut?«

»Jein«, sagte die Frau, deren Namen Lorentz noch immer nicht wusste. »Er kommt fast jeden Tag bei uns im Geschäft vorbei. Wenn nicht zu viele Kunden da sind, unterhalten wir uns manchmal. Ich finde, dass er ein wirklich netter Mann ist, und habe mich deshalb auch sehr über seine Einladung gefreut.«

Sie gingen die Treppe hoch. »Ich heiße übrigens Leander«, sagte Lorentz.

»Valerie«, sagte die Frau aus der Metzgerei.

• • •

Morell, der noch nicht wusste, was Lorentz angestellt hatte, saß derweil noch immer in der Küche und grübelte. Der Gedanke, dass er etwas vernachlässigt hatte, malträtierte ihn wie ein Sandkorn im Auge oder ein kleiner Kieselstein im Schuh. Es ließ ihm keine

Ruhe und brachte ihn dazu, unruhig herumzuzappeln. Er würde draufkommen. Das wusste er. Er war ganz nah dran.

»Ich habe gedroht, dass ich dich zur Not mit Gewalt hier rausschleppe.« Capelli hatte wieder ihren Kopf zur Tür hereingesteckt.

»Nur noch zehn Minuten«, bat Morell.

»Du hast es versprochen.«

»Na gut.« Widerwillig verließ Morell seine Küche und trat in den Flur, wo er gerade noch einen Blick auf Lorentz und Valerie werfen konnte, die gemeinsam das Wohnzimmer betraten.

Er blinzelte. Das konnte nicht wahr sein.

Seine erste Reaktion war Flucht. Er ließ die verdatterte Capelli einfach stehen, raste in sein Schlafzimmer und setzte sich aufs Bett. Seit Monaten ging er fast täglich in die Metzgerei, nur um dort einen Blick auf Valerie zu werfen oder hie und da ein paar Worte mit ihr zu wechseln. Seit Wochen traute er sich nicht zu fragen, ob sie einmal mit ihm ausgehen wollte, und ärgerte sich nachher daheim über seine Feigheit. Und jetzt stand sie hier in seinem Haus. Einfach so. Er sah in den Spiegel. Dieses Hemd konnte er unmöglich anbehalten. Er zog sich ein anderes an und atmete tief durch.

»Jetzt nur nicht die Nerven verlieren«, sagte er zu sich selbst. »Du hast in den letzten Tagen viel schlimmere Dinge durchgemacht. Jetzt wirst du es doch wohl auch schaffen, deiner Traumfrau entgegenzutreten.«

Er ging langsam ins Wohnzimmer. Sein Herz raste, und er spürte, wie seine Hände schwitzten. Da stand sie. Zusammen mit Lorentz. Das hätte er sich ja denken können, dass Lorentz etwas mit Valeries Erscheinen zu tun hatte. Morell wusste nicht, ob er ihn dafür umarmen oder verprügeln sollte. Fest stand, dass er am liebsten sofort wieder davonrennen würde. Er würde noch einmal ins Badezimmer gehen und sich ein wenig frisch machen. Aber da war es schon zu spät. Valerie hatte ihn entdeckt und kam lächelnd auf ihn zu.

»Herr Morell, da sind Sie ja. Vielen Dank, ich hab mich sehr über Ihre nette Einladung gefreut.«

Morell verstand nur Bahnhof. Hinter Valerie tauchte Lorentz auf und versuchte mit wilden Gesten, ihm etwas zu verstehen zu geben.

»Ähm, ja«, stotterte der Chefinspektor. »Gern geschehen. Ich freue mich, dass Sie kommen konnten.«

»Leander hat mir erzählt, dass Sie diese tollen gefüllten Teigtaschen selbst gemacht haben«, sagte Valerie und zeigte auf einen Teller, den sie in der Hand hielt.

Morells gerötete Wangen wurden noch einen Ton dunkler. »Äh, das stimmt. Aber sagen Sie doch bitte Otto zu mir.«

»Nur wenn Sie mich Valerie nennen.«

»Sehr gern, Valerie.«

»Die Teigtaschen sind einmalig. Was ist dein Geheimnis? Ist da Frischkäse drinnen?«

Morell lächelte. »Sie kochen, das heißt, ich meine, du kochst wohl auch gerne.«

»Für mein Leben gern.«

»Wenn du möchtest, kann ich dir das Rezept aufschreiben.«

»Wirklich? Das wäre phantastisch.«

Morell zog einen Stift aus seiner Brusttasche und suchte nach einem Stück Papier. Aus den Augenwinkeln sah er, wie Lorentz heimlich versuchte, sich aus dem Wohnzimmer zu schleichen. »Wir beide sprechen uns noch«, zischte er ihm zu. Aus Morells Gesichtsausdruck konnte Lorentz aber ablesen, dass die Standpauke nicht so schlimm ausfallen würde, wie er befürchtet hatte.

• • •

Lorentz holte sich seine Jacke und ging auf den Balkon, um dort eine Zigarette zu rauchen. Er hatte nicht damit gerechnet, dass er dort auf Capelli treffen würde.

»Du rauchst?«, fragte er.

Sie drehte sich um. »Gelegentlich. Was dagegen?«

»Nein, ich dachte nur, dass Ärzte gesundheitsbewusster wären.«

»Ich bin keine Ärztin, sondern eine Leichenschnibblerin. Schon vergessen?«

Lorentz zündete sich eine Zigarette an und nahm genüsslich einen tiefen Zug. »Die Party ist ganz nett, finde ich.«

Capelli nickte. »Wo hast du denn deine Iris gelassen?«

»Erstens ist sie nicht meine Iris, und zweitens ist sie nach Hause gegangen. Sie konnte Bowle noch nie vertragen. Warum?«

»Ach, nur so. Ich dachte eigentlich, dass heute euer großer Abend wird. Die große Wiedervereinigung des schönsten Paares von Landau.«

Lorentz blies eine Rauchwolke aus. »Nein, das war wohl nichts«, sagte er.

»Darf man fragen, warum? Es sah doch alles danach aus.«

»Ich finde sie immer noch sehr attraktiv, wenn du verstehst, was ich meine – aber ich bin einfach nicht in sie verliebt.«

Capelli lachte. »Das wäre für viele Männer aber trotzdem kein Hinderungsgrund.«

»Na ja, für mich aber schon.« Lorentz strich sich eine Strähne aus dem Gesicht. »Außerdem habe ich mich in eine andere Frau verliebt.«

Capelli sah Lorentz an und spürte, wie die Eifersucht an ihr nagte. »Oh je«, sagte sie. »Und, läuft was?«

Lorentz schaute in den Himmel. Es war eine sternenklare Nacht. Er nahm einen letzten Zug und schnippte die Kippe in Ottos Garten. »Leider nicht, ich glaube, sie steht auf einen anderen.«

»Das tut mir leid.«

»Ich hoffe, bei dir und Markus läuft es besser.« Lorentz fröstelte. »Brrr, es ist eisig hier draußen. Und ich will nicht an Unterkühlung sterben, sondern meinen Körper für den Lungenkrebs aufsparen. Ich geh wieder rein.« Er steckte sein Feuerzeug ein und drehte sich um.

»Da läuft nichts.«

»Wie?« Lorentz wandte sich ihr wieder zu.

»Zwischen Markus und mir läuft nichts. Ich finde ihn zwar nett, aber mehr auch nicht.«

»Hallelujah«, sagte Lorentz und trat einen Schritt auf Capelli zu. »Dieser Markus ist ja auch ein echter Schleimer! Ich hatte schon Angst, dass du auf diesen Dummkopf reinfällst.«

»Du kennst ihn doch überhaupt nicht!«

»Um das zu sehen, muss man ihn nicht kennen.«

»Du bist so ein ignoranter Idiot!«

»Und du bist so was von naiv!«

»Du glaubst wohl wirklich, du bist was Besseres.«

»Besser als der auf jeden Fall!«

»Du bist so unglaublich eingebildet. So toll wie du denkst, bist du nämlich lange nicht! Du Spinner!«

»Selber!«

»Blödmann!«

Lorentz packte Capelli und küsste sie. Ihre Lippen waren weich und warm, und der Kuss fühlte sich unendlich gut an.

»Warum nicht gleich so«, murmelte er.

»Halt den Mund, du Depp«, lächelte sie und küsste ihn noch einmal.

»Ich glaube, wir sollten langsam wieder reingehen«, sagte Capelli nach einiger Zeit. »Ich kann meine Nase vor lauter Kälte schon nicht mehr spüren.«

»Es wäre schade, wenn deine süße, kleine Nase abfrieren würde«, meinte Lorentz und gab Capelli einen Kuss darauf.

Sie gingen gerade Hand in Hand zur Garderobe, um ihre Jacken aufzuhängen, als Lorentz' Handy klingelte. Er zog es aus der Tasche.

»Unbekannter Teilnehmer«, sagte er. »Wer kann das sein?«

»Heb doch einfach ab und finde es heraus.«

»So was Dummes«, sagte Lorentz, als das Gespräch beendet war.

»Ich bin mit dem Auto meiner Mutter hier, und irgendwer hat da anscheinend eine Delle reingefahren.«

»Wer war das denn?«, Capelli zeigte auf das Handy.

»Ich habe den Namen nicht verstanden, die Verbindung war so schlecht, und der Anrufer hat ziemlich leise gesprochen. Ich schau am besten gleich mal kurz nach dem Rechten.«

»Soll ich mitkommen?«

»Nein, kleine Leichenschnibblerin«, sagte Lorentz und küsste Capelli. »Ich will nicht, dass du mir da draußen erfrierst. Bin gleich wieder da.«

»So gentlemanlike kenn ich dich ja gar nicht.«

»Ich spekuliere darauf, dass du mich nachher wärmen wirst.«

»Ah, daher weht also der Wind.« Capelli lachte. »Na, dann beeil dich mal.«

»Kannst du mir schon mal ein Glas Bowle besorgen?«

»Pascha!«

Lorentz lachte und zog sich seine Jacke wieder an. »Bis gleich.«

• • •

Morell hatte die störenden Gedanken von vorhin völlig vergessen und war mehr als nur zufrieden. Er saß mit Valerie und einem Glas Wein auf dem Sofa im Wohnzimmer und unterhielt sich prächtig. Aber plötzlich wurde Valerie ganz still.

»Ist etwas?«, wollte Morell verunsichert wissen.

»Nein – das heißt doch. Ich habe ein furchtbar schlechtes Gewissen, weil ich mich hier amüsiere und so viel lache, obwohl der armen Maria etwas so Schlimmes passiert ist.«

»Daran können wir nichts mehr ändern«, sagte Morell und war erleichtert, dass ihr Stimmungswechsel nichts mit ihm zu tun hatte. »Sascha wird seine verdiente Strafe bekommen. Das ist zwar nur ein schwacher Trost, aber besser als nichts. Warst du mit Maria befreundet?«

»Ich würde sagen, wir waren gute Bekannte. Was mich so trifft, ist, dass sie noch so viel vorhatte. Ihre Kinder waren aus dem Gröbsten raus, endlich hatte sie wieder mehr Zeit für sich. Sie musste damals für die Ehe und die Familie so viele Träume begraben. In ihrer Jugend war sie so ambitioniert und voller Energie. Kannst du dir vorstellen, dass sie früher einmal unbedingt die Welt umsegeln wollte?«

Morell horchte auf. Irgendetwas in seinem Hirn klingelte. Er dachte an das kleine Segelboot, das sie am Tatort gefunden hatten.

Die Leichtigkeit, die er die letzten paar Minuten verspürt hatte, war mit einem Schlag verflogen. Stattdessen breitete sich wieder das mulmige Gefühl aus, das ihn seit der Verhaftung von Genz nicht loslassen wollte. Nur, dass dieses Gefühl jetzt noch viel stärker war. Irgendetwas Bedrohliches lag in der Luft. Das sagte ihm sein Bauch, und sein Bauch irrte sich bekanntlich nie.

**»Man nahm ihn aus der Schlinge heraus:
zwölf Knoten waren im Strick.«**

Ivan Turgenjew, Drei Begegnungen

Nicht nur der ganze Parkplatz vor Morells Haus, sondern auch der Gehsteig und die Wiese vis-à-vis waren zugeparkt.

Lorentz zog den Reißverschluss seiner Jacke bis unters Kinn und stapfte zum Honda seiner Mutter. Vorne und an den Seiten war weder ein Kratzer noch eine Delle zu sehen. Er wollte darum gerade den hinteren Teil inspizieren, als er von einem Autoscheinwerfer angeleuchtet wurde. Er konnte den Wagen und den Fahrer darin nicht erkennen, da das Licht ihn blendete. Also wartete er darauf, dass es wieder ausging, aber nichts geschah.

»Wollen Sie etwas von mir?«, rief Lorentz und ging auf das Auto zu. Als er bei der Tür angelangt war, wurde das Beifahrerfenster hinuntergelassen, und er spähte in den Fahrerraum.

»Ach, du bist es«, sagte er verwundert. »Hast du ein neues Auto?«

»Nein, das habe ich schon länger.«

»Was machst du hier, ich ...«

»Ich muss mich kurz mit dir unterhalten«, wurde Lorentz unterbrochen.

»Können wir das nicht morgen machen? Ich muss wieder rein.«

»Es dauert nicht lange.«

»Na gut, dann schieß los!« Er fröstelte.

»Es ist kalt da draußen. Steig kurz ein, der Wagen hat eine Sitzheizung.«

»Na gut, aber wirklich nur ganz kurz.« Er öffnete die Autotür und setzte sich auf den Beifahrersitz. »Also, was gibt es?«

Lorentz bekam keine Antwort, dafür spürte er einen stechenden Schmerz in seinem Oberschenkel. »Au«, schrie er. »Spinnst du?« Er rieb sich die Stelle. »Du hast sie wohl nicht mehr alle? Was war das?« Er starrte auf die Spritze und wurde von Panik durchflutet. Instinktiv griff er an die Tür und wollte sie aufreißen, aber sie war verschlossen.

»Lass mich sofort raus«, sagte er und merkte, dass seine Zunge plötzlich schwer wie Blei war. Er wollte die Verriegelung lösen, aber seine Hand bewegte sich nicht. Lorentz wurde unendlich müde, und alles um ihn herum begann zu verschwimmen.

Das Letzte, was er mitbekam, war, dass das Auto startete und wegfuhr. Er hatte keine Ahnung, wohin und was das alles sollte. Er hatte auch keine Zeit, sich viele Gedanken darüber zu machen, da sein Bewusstsein in ein tiefes, schwarzes Loch abtauchte.

»Und sie zündet zwölf Kerzen. Ihr flackerndes Licht –
Es gab einen trüben Schein.
Und sie legt ein Gewebe, schwarz und dicht,
Auf den Stuhl von Elfenbein.«
Theodor Fontane, Gorm Grymme

Capelli wartete. Sie stand selig grinsend vor der Küche, hielt zwei
Gläser Bowle in ihren Händen und konnte es kaum erwarten, dass
Lorentz wieder auftauchte.

Leander Lorentz hatte der schönen Iris doch tatsächlich einen
Korb gegeben, das Wort ›verliebt‹ in den Mund genommen und sie
geküsst. Wie sie es erwartet hatte, war er ein phantastischer Küsser. Bei der Erinnerung daran wurde ihr Grinsen noch breiter.

Einige Minuten später war ihr Lächeln nicht mehr ganz so strahlend, und die Gläser in ihren Händen wurden langsam schwer.

Wo steckte der Kerl denn nur? Anscheinend war der Schaden
am Auto seiner Mutter doch keine Lappalie, sondern etwas Größeres. Sie stellte die beiden Gläser auf einem kleinen Tischchen ab,
ging zum Fenster und schaute hinaus. Von hier konnte sie nur
einen Teil des Parkplatzes und der Straße überblicken, außerdem
war es draußen sehr dunkel. Sie öffnete das Fenster und lehnte sich
weit hinaus. Aber auch so konnte sie nicht mehr erkennen.

»Vorsicht, Fräulein, dass sie mir da nicht rausfallen«, sagte ein
älterer Herr hinter ihr.

»Keine Angst.« Capelli schloss das Fenster wieder.

»Machen Sie sich Sorgen um Ihr Auto?«, fragte der Mann.

»Nein, um meinen Freund«, sagte Capelli und holte ihre Jacke. Hatte sie das gerade wirklich gesagt? Mein Freund? Der Gedanke gefiel ihr. Aber war er das jetzt wirklich? War Leander ihr fester Freund?

Sie zog sich die Jacke an und ging zur Haustür. »Leander«, rief sie, erhielt aber keine Antwort. »Leeeeaaaandeeeer?« Es war kalt, also schloss sie den Reißverschluss ihrer Jacke und trat auf den Vorplatz. Überall standen Autos und ein paar Fahrräder. Wo steckte er nur?

Der Platz war nicht beleuchtet. Nur das Licht, das aus den Fenstern des Hauses drang, und der Mond, der voll und groß am Himmel hing, erhellten die Nacht.

Capelli suchte das Auto von Lorentz' Mutter. Es stand ganz links außen. Soweit sie erkennen konnte, hatte es weder eine Delle noch sonst irgendetwas, das auf einen Schaden hindeutete. War der Anruf, den Lorentz bekommen hatte, nur falscher Alarm gewesen? Capelli überkam ein mulmiges Gefühl.

Sie beschloss, sich nicht verrückt zu machen und wieder ins Haus zu gehen. Wahrscheinlich hatten sie sich einfach nur verpasst. Wahrscheinlich wartete Lorentz drinnen auf sie oder suchte sogar schon nach ihr.

Im Haus ging Capelli noch einmal durch alle Räume. Kein Lorentz weit und breit. Das ungute Gefühl von vorhin machte sich wieder in ihr breit. Erst küsste er sie, und dann war er plötzlich wie vom Erdboden verschwunden. Na wunderbar! Das durfte doch nicht wahr sein. Was dachte er sich dabei? War er wirklich so ein feiger Mistkerl? Hatte er sie verarscht? Erst anmachen, dann fallen lassen, und sie war wie ein dummes Schaf auf ihn reingefallen. Das Lächeln war ihr vergangen.

Mit entschlossenen Schritten ging sie ins Wohnzimmer, wo Dr. Levi gerade mit einer jungen Frau flirtete. Irgendwer hatte den

Couchtisch zur Seite geschoben, und einige der Gäste hatten angefangen zu tanzen.

»Hast du Leander gesehen?«, fragte Capelli wütend.

»Nein, ich habe ihn schon länger nicht mehr gesehen.« Dr. Levi bewegte seine Hüften im Takt der Musik und lächelte seine Gesprächspartnerin an. »Irgendwo wird er schon sein«, sagte er, als Capelli keine Anstände machte, wieder zu gehen und ihn mit seiner neuen Flamme allein zu lassen.

»Ich habe aber schon überall gesucht. Wo kann er denn nur stecken?«

»Ich habe keine Ahnung, er taucht sicher bald wieder auf.«

Capelli konnte sich nur ein müdes Lächeln abringen. Wahrscheinlich hatte Markus recht. Sie konnte sich nicht so sehr in Lorentz getäuscht haben. Aber wo steckte er?

Sie holte sich ein frisches Glas Bowle und drehte noch eine Runde. Auf dem Sofa sah sie Morell und Valerie sitzen.

»Entschuldigt die Unterbrechung«, sagte sie. »Aber habt ihr Leander gesehen? Er ist verschwunden.«

Morells Gesicht wurde ernst. »Wann hast du ihn das letzte Mal gesehen?«, wollte er wissen.

»Das war vor ungefähr einer halben Stunde. Er hat einen Anruf bekommen, dass das Auto seiner Mutter eine Delle habe, und ist rausgegangen, um nachzusehen. Seitdem ist er wie vom Erdboden verschluckt.«

Morell sprang auf. »Wir werden ihn suchen«, sagte er.

»Nein, nein, so war das nicht gemeint. Ich wollte euch nicht stören. Ich dachte nur, ihr hättet ihn vielleicht gesehen.«

»Ich bestehe darauf!«

Die Entschlossenheit, mit der er das sagte, beunruhigte Capelli. »Ist irgendetwas?«, fragte sie.

»Nein«, sagte Morell, aber seine Mimik verriet etwas anderes.

»Wenn etwas mit Leander ist, dann musst du es mir sagen!« Capelli wurde immer unruhiger.

»Es ist wahrscheinlich eh nichts«, versuchte Morell sie zu beschwichtigen. »Er will dich sicher nur ärgern. Du weißt ja, wie er ist.« Er entschuldigte sich bei Valerie, fasste Capelli am Arm und steuerte sie Richtung Küche.

Capelli wurde langsam böse. »Da ist doch was. Sag es mir!«

»Es ist nur eine vage Vermutung.« Morell schloss die Küchentür hinter sich und legte eine Hand auf Capellis Schulter.

Capelli schob sie trotzig weg. »Ich will jetzt auf der Stelle wissen, was mit Leander los ist!« Ihre Stimme bebte, sie war kurz davor Morell anzuschreien.

»Ich will dir nicht unnötig Angst machen. Setz dich hin und trink einen Schluck Wein, ich sehe so lange nach, wo er stecken könnte.«

»Ich tue gar nichts, bevor du mir nicht sagst, was Sache ist!« Capelli schrie nun fast.

»Mach jetzt bitte keinen Aufstand«, flüsterte Morell.

»Doch, das werde ich machen, wenn du nicht auf der Stelle mit der Sprache rausrückst.

Morell atmete einmal tief aus. »Dreh jetzt bitte nicht durch«, sagte er leise, »aber ich habe die Befürchtung, dass Sascha Genz nicht unser Täter ist.«

»Und das alles besitzen Hilde und ihr Mann Grim;
der ist stark wie zwölf Männer,
aber sie ist noch stärker, und beide sind sie bös.«
Dietrich von Bern

Lorentz wachte langsam auf. Sein Kopf schmerzte, und er war völlig desorientiert. Irgendetwas war geschehen, aber er wusste nicht, was. Seine Augenlider waren so schwer, dass er es nicht schaffte, sie zu öffnen, aber er spürte, dass es rund um ihn herum warm war und er auf einem Teppich lag. Er erinnerte sich daran, dass er Capelli geküsst hatte. Zum Glück stand sie doch nicht auf Levi, diesen Schleimer. Er musste lächeln. Sie konnte gut küssen. »Nina?«, murmelte er leise.

Die Schwere seiner Zunge und die Trockenheit seines Mundes irritierten ihn. Mit viel Anstrengung schaffte er es, seine Augen einen kleinen Spalt weit zu öffnen. Links und rechts von ihm ragten Regale in die Höhe, die voll mit Büchern waren. Irgendwie kam ihm das alles hier bekannt vor. Er war an diesem Ort schon einmal gewesen, konnte sich aber nicht mehr erinnern, wann. Angestrengt dachte er nach. Sein Schädel brummte, seine Gedanken waren zäh wie Kaugummi.

Er versuchte sich aufzurichten, doch es ging nicht. Sein Körper war zu schwer. Es fühlte sich so an, als würde Blei durch seine Adern fließen. Was war nur los mit ihm? Wie in Zeitlupe drehte er seinen Kopf zur Seite und sah, dass seine Arme und Beine ausgestreckt und an die seitlichen Regale gebunden waren. Was war denn das für ein kranker Scherz?

Lorentz schloss die Augen wieder. Irgendwas war mit dem Auto seiner Mutter gewesen, und dann war da noch dieser andere Wagen, der ihn geblendet hatte ...

Ein Stechen in seinem Oberschenkel brachte mit einem Schlag die komplette Erinnerung zurück. Diese dumme Kuh hatte ihm etwas in den Oberschenkel gespritzt. Sie hatte ihn betäubt.

»IRIS!«, schrie er.

Zuerst klang es nur wie ein Röcheln, aber dann nahm Lorentz all seine Kraft zusammen. »IRIS!«, rief er noch einmal, und diesmal klang es schon besser.

Er konnte hören, wie Schritte auf ihn zukamen. »Sieh an, da ist jemand aufgewacht. Guten Morgen, Leander, gut geschlafen?«, hörte er die Stimme seiner Exfreundin fragen.

»Wie lange war ich weg?«, krächzte er.

»Nur ein paar Minuten. Aber das hat gereicht, um dich hierherzubringen und festzubinden.«

Lorentz versuchte seinen Kopf zu heben und sie anzusehen. Iris stand direkt vor ihm, zwischen seinen gespreizten Beinen. Sie hatte die Arme vor der Brust verschränkt und sah zu ihm hinunter.

»Spinnst du? Was soll das?«, fragte er. »Bist du völlig verrückt geworden?« Das Sprechen in dieser Haltung war zu anstrengend, also legte Lorentz seinen Kopf wieder auf den Boden.

»Ganz und gar nicht«, antwortete sie. »Ich war selten so klar im Kopf wie in diesem Moment.«

»Dann sei doch so nett, mach mich los und erklär mir, was das hier soll.« Lorentz spürte mehr Verärgerung als Angst.

»Dummer, kleiner Leander. Ich habe eigentlich mehr von dir erwartet. Zumindest, dass du von alleine draufkommst, warum du hier liegst.«

Lorentz dachte kurz nach. Sein Denkvermögen war zwar noch nicht ganz wiederhergestellt, aber langsam wurde er klarer im Kopf. »Okay, okay«, sagte er, wobei ihm das Sprechen immer noch schwerfiel. »Es tut mir leid! Ich war ein unsensibler Klotz. Erst musst du mit dem Tod von Joe fertig werden, und dann komme auch noch ich daher, flirte mit dir und entscheide mich dann für Nina. Das war wirklich nicht okay. Bitte entschuldige, ich wollte dich nicht verletzen.«

Sehr zu seiner Verwunderung begann Iris zu lachen – laut, grell und ganz und gar unnatürlich.

»Du erbärmlicher, arroganter Trottel. Ich bin wirklich enttäuscht von dir!«

»Ja, ja«, stotterte Lorentz, dem die Situation immer unheimlicher wurde. »Ich kann mir vorstellen, dass du enttäuscht bist. Mach mich doch bitte los, und wir reden darüber. In Ordnung?«

»Nichts ist in Ordnung«, zischte sie. »Du hast wohl echt keine Ahnung, worüber wir hier sprechen?!«

Lorentz zerrte und zog an den Stricken, mit denen Iris ihn festgebunden hatte. Sie gaben nicht nach und schnitten in seine Gelenke. »Du redest über uns«, sagte er und verzerrte sein Gesicht vor Schmerz. »Du redest darüber, dass ich mit deinen Gefühlen gespielt habe. Wenn du das wirklich so empfindest, dann tut es mir leid. Es war nie meine Absicht, dir wehzutun.«

»Mir wehtun?«, lachte Iris. »Was glaubst du denn, wer du bist? Hast du dir wirklich eingebildet, ich wäre eifersüchtig auf diese kleine, graue Maus? Hä? Hast du das wirklich gedacht?« Sie trat ihm zwischen die Beine. Lorentz wollte sich vor Schmerz krümmen, aber die Fesseln hinderten ihn daran. Ihm wurde abermals schwarz vor Augen.

Als er wieder erwachte, stellte Lorentz fest, dass Iris angefangen hatte, Bücher auf ihn drauf zu stapeln. Sie hatte bei seinen Beinen begonnen.

»Was soll denn das?«, ächzte er. »Willst du mich erdrücken?«

Iris sagte nichts und legte eine große, schwere Ausgabe von Grimmelshausens ›Der Abenteuerliche Simplicissimus‹ auf Lorentz' Brust. Das Gewicht des Buches schnürte ihm den Atem ab, und er rang nach Luft.

Panik stieg in ihm hoch. Anscheinend stimmte mit Iris wirklich etwas nicht. Sie schien verwirrt zu sein und hatte ein verrücktes Glitzern in den Augen. Er versuchte sich zu bewegen und die Last von sich zu werfen, aber die Fesseln an seinen Armen und Beinen waren zu straff gezogen. Er sah, dass sie nach einem weiteren Buch griff.

»›Auf der Suche nach der verlorenen Zeit‹ von Marcel Proust«, las sie. »Ich konnte das Buch noch nie leiden.« Sie legte es auf seinen Bauch.

»Warum tust du mir das an?«, röchelte Lorentz, dem es schwerfiel, unter dem Gewicht zu atmen.

»Rate doch mal!«

»Bitte, Iris, ich bin gerade nicht zu Scherzen aufgelegt und habe keine Lust auf blöde Ratespielchen.«

Iris kniete sich neben Lorentz' Kopf, sah ihn an und strich ihm eine Haarsträhne aus dem Gesicht. »Ich dachte eigentlich immer, du wärst etwas Besonderes«, sagte sie in einem traurigen Tonfall. »Aber da habe ich mich wohl sehr in dir getäuscht. Du bist genauso wie die anderen.«

»Welche anderen?«

»Wie Susanne, Thomas, Raimund, Linda, Andreas, Maria und natürlich Joe.«

Lorentz' Herz begann zu rasen. Er riss die Augen auf und starrte Iris an. »Du?«, flüsterte er. »Aber das kann doch gar nicht sein? Sascha hat doch …«

»Sascha ist ein verdammter Idiot. Ich habe keine Ahnung, was ihn da geritten hat.« Sie schüttelte verärgert den Kopf. »Ich würde ihm dafür am liebsten ordentlich in die Eier treten.«

Ein riesiger Schwall Adrenalin durchflutete Lorentz' Körper, mit einem Schlag war er völlig wach und klar im Kopf.

»Dann hast du mir also diese Briefe geschrieben? Warum? Warum ich?« Tausend Gedanken rasten gleichzeitig durch Lorentz' Hirn. Das musste ein Albtraum sein!

»Weil ich dachte, du wärest anders. Ich dachte, du könntest mich verstehen und in der Lage sein, meine Botschaft zu erkennen. Aber du bist genau wie alle anderen: Blind, faul und feige.«

»Ich verstehe nicht ...«, sagte Lorentz und stöhnte auf, als Iris ihm noch ein Buch auf die Brust legte.

»In den Botschaften, die ich dir geschickt habe, ging es um mehr, als nur die Tatorte zu finden. Es ging darum, den Hintergrund zu erkennen. Verstehst du?«

Lorentz schüttelte den Kopf.

»Keiner hier hat es geschafft, die Zeichen, die ich hinterlassen habe, zu deuten. Als du hier aufgetaucht bist, habe ich gedacht: Das ist deine Chance, Leander wird den Code schon knacken. Aber da habe ich mich wohl getäuscht.«

»Und dafür willst du mich jetzt umbringen? Weil ich deinen Code nicht geknackt habe?« Als er das Wort ›umbringen‹ laut ausgesprochen hatte, wurde ihm das erste Mal die Gefahr bewusst, in der er sich befand. Jede einzelne Faser in seinem Körper spannte sich an, und er spürte, wie kalter Schweiß seine Schläfen hinunterrann.

»Nein«, schrie Iris ihn an, wobei ein Regen von Speicheltropfen auf sein Gesicht nieselte. »Weil du genauso bist wie die anderen. Du bist krank! Du bist ein Mörder!«

Lorentz rang nach Luft. »Das ist doch Unsinn«, presste er heraus.

»Doch! Du hast deinen Traum getötet, ihn begraben unter einer

Schicht von Angepasstheit. Du hast ihn sterben lassen für ein wenig Geld und ein paar Annehmlichkeiten. Genau wie Joe, Andreas, Maria und die anderen bist du zu faul und zu feige, deinen eigenen Weg zu gehen.« Iris bespuckte ihn und versetzte ihm einen Tritt in die Rippen. »Wo sind sie denn geblieben, all die Dinge, die du im Leben erreichen wolltest? Wolltest du nicht Schriftsteller werden? Die Welt sehen und darüber schreiben? Ich kann mich noch genau daran erinnern, wie du mir vorgeschwärmt hast. Und jetzt? Wo sind sie, deine Visionen und Träume? Das Einzige, was du schreibst, sind die Benotungen deiner Studenten und deine Steuererklärung. Ich bin so enttäuscht, Leander. Gerade von dir hätte ich mehr erwartet. Ich habe immer gehofft, dass du dich von der Gesellschaft nicht unterkriegen lässt. Ich habe nicht geglaubt, dass aus dir einmal so ein schrecklicher Spießer werden würde. Du hast mich damals verlassen, weil ich keine Ziele und keine Träume hatte. Langweilig hast du mich genannt, leer, antriebs- und orientierungslos. Du hast behauptet, ich hätte kein Feuer in mir und ich könne daher auch für nichts brennen. Ständig hast du mir andere Menschen vorgeführt. Sieh dir nur Susanne an, sie wird einmal eine tolle Pilotin, und Maria wird einmal die Welt umsegeln, bla, bla, bla.« Sie lachte kurz auf. »Aber ich habe jetzt ein Ziel, eine Mission, einen Traum – und du? Du bist eine leere Hülle, ein ausgebrannter Dozent, der sich jeden Tag für eine Arbeit aufreibt, die ihn nicht erfüllt. Und wofür?« Sie seufzte. »In einem berühmten Roman von Paulo Coelho erzählt ein weiser Mann etwas sehr Kluges: Träume, die nicht ausgelebt, sondern weggeschoben und vergessen werden, sterben. Sie verwesen und vergiften dein Gemüt. Sie machen dich krank, verpesten deine Seele, lassen sie dahinsiechen, bis sie langsam und schleichend verdirbt und letztendlich stirbt.«

»Aber das ist doch nur ein Buch. Ein Roman. Reine Fiktion«, versuchte Lorentz Iris zur Vernunft zu bringen.

»Nein!«, schrie sie. »Es ist die Wahrheit.« Sie verschwand kurz aus seinem Blickfeld, und als sie wieder zurückkam, wedelte sie mit einem Buch über ihrem Kopf herum. »Hier«, rief sie und hielt Lorentz das Buch vor die Augen, damit er den Titel erkennen konnte.

»›Klingsors letzter Sommer‹«, las er keuchend vor.

»Genau, Hermann Hesse. War das nicht einmal dein Idol? Ich weiß noch, wie sehr du seine Bücher geliebt hast. Und ich wette, dass du sie auch heute noch gut findest, nicht wahr?« Sie packte Lorentz' Haare und bewegte seinen Kopf auf und ab, so als würde er nicken. »Gut, dann lese ich dir jetzt mal ein paar Stellen aus seinem Buch hier vor.« Sie räusperte sich. »›Sie leben meist im Dunkeln und an sich selber vorbei, irgendeinem Zweck, einer Pflicht, einer Absicht nach. Das tun fast alle Menschen, daran ist die ganze Welt krank, daran wird sie auch untergehen.‹« Iris hielt inne, legte das Buch in ihren Schoß und sah Lorentz an. »Du hättest seine Bücher nicht nur lesen sollen«, sagte sie, »sondern auch versuchen sollen zu verstehen, was wirklich drinnensteht.«

»Du bist tatsächlich irre! Du willst doch wohl nicht im Ernst behaupten, dass Coelho und Hesse dir eingeredet haben, diese schrecklichen Dinge zu tun.«

Iris lachte. »Sie haben es mir nicht eingeredet, aber sie und einige andere Autoren haben mir die Augen geöffnet. Was in den Büchern steht, ist die Wahrheit. Ich habe das bei Joe die ganzen Jahre über mit verfolgen müssen. Aus falschem Pflichtgefühl heraus ist er hier in Landau geblieben und hat das Autohaus seines Vaters übernommen. Er hat das getan, was unsere Gesellschaft von einem guten Sohn erwartet. Joe war immer schon anders als du, Leander. Für ihn war es immer wichtig, was andere über ihn denken. Dafür hat er seinen Traum sterben lassen. Er wäre so gerne mit dir nach Wien gezogen, um dort das Leben zu genießen und Architektur zu studieren. Stattdessen hat er sich in einen Anzug gezwängt und Autos verkauft. Ich habe den Verfall seiner Seele mit ansehen müssen. Er war so unglücklich, so unzufrieden. Tag für Tag, Monat für Monat, Jahr für Jahr hat er sich als Autohändler verkleidet und in einem Ort, den er nicht mochte, Menschen, die ihm egal waren, Autos, die ihn nicht interessierten, verkauft. Sein Leben hat ihm so viel Kraft abverlangt. Er hat den Menschen, der ihm jeden Tag aus dem Spiegel entgegensah, gehasst. Er hat sich verabscheut, sich verachtet für das, was er sich selbst angetan hatte. Sein Leben war so sinnlos. Er hatte keine Freude mehr. An nichts. Weißt du, wie es ist, mit so jemandem verheiratet zu sein? Kannst du dir vorstellen, jeden Tag in dieses graue Gesicht mit den Zornesfalten sehen zu müssen? Alles war ihm zuwider. Ich, unsere Ehe, unsere Freunde, das Haus und am allermeisten er selbst. Als er starb, war er doch schon längst tot! Sein Tod war eine Erlösung. Für ihn und für alle Menschen in seiner Umgebung. Er hatte schon begonnen, andere mit in sein Unglück hineinzuziehen.«

»Du lügst«, japste Lorentz.

»Oh nein, ich sage die Wahrheit und das weißt du! Du hattest sicher auch schon mit Menschen zu tun, die grundlos gemein zu dir waren. So einer war Joe. So waren auch die anderen. Sie haben sich selbst schon so sehr verabscheut, dass sie auch für andere Menschen nichts als Verachtung übrighatten.«

Lorentz versuchte Luft zu holen, seine Atmung ging sehr flach. »Aber nicht jeder kann seine Träume erfüllen. Nicht jeder kann ein Superstar oder ein Nobelpreisträger werden.«

Iris verschwand und tauchte einige Sekunden später wieder auf. In ihren Händen hielt sie ein großes, in schwarzes Leder gebundenes Buch. »Eine Bibel«, sagte sie. »Im Evangelium von Matthäus gibt es ein schönes Gleichnis, warte kurz …« Sie begann zu blättern. »Ah, ich habe es gefunden, es heißt ›Das Gleichnis vom anvertrauten Geld‹. ›Es ist wie mit einem Mann, der auf Reisen ging‹«, begann sie vorzulesen. »›Er rief seine Diener und vertraute ihnen sein Vermögen an. Dem einen gab er fünf Talente Silbergeld, einem anderen zwei, wieder einem anderen eines, jedem nach seinen Fähigkeiten. Dann reiste er ab. Sofort begann der Diener, der fünf Talente erhalten hatte, mit ihnen zu wirtschaften, und er gewann noch fünf dazu. Ebenso gewann der, der zwei erhalten hatte, noch zwei dazu. Der aber, der das eine Talent erhalten hatte, ging und grub ein Loch in die Erde und versteckte das Geld seines Herrn. Nach langer Zeit kehrte der Herr zurück, um von den Dienern Rechenschaft zu verlangen.‹«

»Ich kriege kaum noch Luft«, keuchte Lorentz.

»Na gut, dann werde ich es für dich ein bisschen abkürzen. Die Moral von der Geschichte ist, dass der Herr jenen Diener aus seinem Haus werfen lässt, der das Geld in der Erde begraben hatte. Er bestraft ihn dafür, dass er nicht einmal versucht hat, sein Talent einzusetzen und mehr daraus zu machen. Darum geht es. Es ist in Ordnung, das Ziel nicht ganz zu erreichen oder gar zu scheitern. Rückblickend kann man trotzdem stolz und zufrieden mit sich sein. Denn man hat es wenigstens versucht.« Iris schloss die Bibel und legte sie auf die anderen Bücher. Lorentz stöhnte unter dem Gewicht der neuen Last.

»Tu mir das nicht an«, flehte er.

»Ich habe es den anderen auch angetan, und es war gut so. Warum soll ich bei dir eine Ausnahme machen? Du wirst an deinen geliebten Büchern ersticken. Ist das nicht eine wunderbare Ironie?«

»Warum die Zwölf?«, versuchte Lorentz Zeit zu gewinnen.

Anscheinend hatte er genau ins Schwarze getroffen, denn Iris hörte auf, Bücher aus dem Regal zu holen, und setzte sich im Schneidersitz neben ihn.

»Sie ist ein Zeichen, das mir gegeben wurde. Alles begann am 12. 12. vor zwei Jahren. Ich war bei Susanne zu Besuch.« Iris verdrehte die Augen. »Ständig hat sie nur gejammert. ›Mir geht's nicht gut; ich bin so arm; ich hasse meinen Job; meine Kollegen sind so blöd.‹ Die ganze Zeit über hat sie sich beklagt. Über die Arbeit, das Wetter, die Nachbarn, das Fernsehprogramm. Immer hatte sie diesen weinerlichen Tonfall in ihrer Stimme, andauernd war sie nur auf der Suche nach Mitleid für ihre kleinen, blöden,

408

unwichtigen Problemchen. Es war zum Kotzen. Sie hat die Menschen in ihrer Umgebung als emotionale Mistkübel benutzt, ihnen ihre Zeit gestohlen und die Energie ausgesaugt. Nehmen war alles, was sie konnte. Die Probleme von anderen hat sie komplett ignoriert. Und weißt du, was das Allerschlimmste war? Dieses ständige ›hätte ich doch nur‹, ›wenn ich damals doch nur‹ …«

Lorentz röchelte.

»Oh, ich rede hier und rede, dabei hast du ja nicht mehr viel Zeit. Wie konnte ich das nur vergessen? Ich werde mich kürzer fassen. Ich hatte die Schnauze voll von Susanne. Ich bin an dem Tag zu ihr gefahren, um ihr einmal ordentlich den Kopf zu waschen. Das Gespräch ist in einen Streit ausgeartet, und sie hat mir eine Ohrfeige gegeben. Na ja, was soll ich sagen – dann kam das Schicksal ins Spiel. Wir standen in der Küche, und die Tür zum Balkon war offen. Susanne wollte kurz lüften, weil sie vorher Zwiebeln gebraten hatte. Verstehst du? Wie groß ist die Chance, dass mitten im Dezember die Balkontür offen steht? Wir haben gerangelt, ich wollte sie von mir wegstoßen, und sie ist über das Geländer gefallen. Einfach so. Vier Stockwerke tief. Ich bin nach Hause gefahren und habe darauf gewartet, dass die Polizei mich holen kommt, aber nichts geschah. Keiner hatte mich gesehen, und alle dachten, dass Susanne sich umgebracht hätte. Niemanden hat es nach ihrem ewigen Klagen und Quengeln gewundert, dass sie ihrem Leben ein Ende gesetzt hatte.« Iris grinste.

»Hast du denn überhaupt kein schlechtes Gewissen? Keine Schuldgefühle?« Lorentz wollte nicht, dass sie aufhörte zu reden. Solange sie erzählte, stapelte sie keine Bücher auf ihn. Er musste auf Zeit spielen, vielleicht würden sich ja die Partygäste auf die Suche nach ihm machen.

»Natürlich hatte ich die am Anfang, aber dann bekam ich all diese Zeichen.«

»Was für Zeichen?« Lorentz' Worte waren kaum mehr zu verstehen.

»Ich habe mir die Tarotkarten gelegt. Und zwar dreimal. Jedes Mal war die XII, der Gehängte, meine Schicksalskarte.« Iris griff nach einem Buch über den Tarot, das bereits neben ihr lag. Sie blätterte kurz darin und hielt es Lorentz dann unter die Nase, sodass er die Abbildung der Karte XII sehen konnte. Auf der Illustration war ein Mann mit dem Kopf nach unten aufgehängt.

»Der Gehängte steht für die Sackgasse, in der wir stecken bleiben, oder für die Falle, in die wir treten, wenn wir auf dem falschen Weg sind‹«, fing Iris an vorzulesen. »›Er steht für große Krisen und ausweisloses Festsitzen, sich selbst im Weg stehen, sinnlosen Leerlauf und für Zermürbung. Im Mittelalter war das umgekehrte Aufhängen die Strafe für Verräter, und die Bedeutung der Karte ist tatsächlich Verrat: Verrat an der eigenen Sache, Verrat an sich selbst.‹« Iris schloss das Buch und legte es auf Lorentz. »Und das alles geschah am 12. Dezember. Am zwölften Tag des zwölften Monats. Das war kein Zufall. Das war Schicksal. Verstehst du jetzt?«

Lorentz bekam kaum mehr Luft. Er fühlte, wie ihm langsam schwindelig wurde, versuchte aber trotzdem zu sprechen. »Du hattest gerade deine Freundin umgebracht. Das war ein riesiger Schock für dich. Deine Schuldgefühle müssen überwältigend gewesen sein, darum hast du verzweifelt versucht, eine Rechtfertigung für die Tat zu finden. Das waren keine Zeichen. Das waren Zufälle. Wenn es nicht eine Tarotkarte gewesen wäre, hättest du etwas anderes gefunden.«

»Nein!« Iris' schönes Gesicht verzerrte sich zu einer grausigen Fratze. »Du wolltest es ja nie einsehen, aber ich bin etwas ganz Besonderes. Ich habe ein Ziel, eine Mission.«

»Du machst einen Riesenfehler! Lass mich gehen«, bat Lorentz leise. Er spürte, dass er kurz davor war, bewusstlos zu werden.

»Ja, fang nur an zu betteln und zu wimmern. Joe hat sich in die Hosen geschissen vor lauter Angst. Also nur zu!«

»Bitte, komm zur Vernunft!« Lorentz wollte sie umstimmen,

aber innerlich wusste er, dass Appelle an ihre Vernunft sinnlos waren. Iris war völlig durchgedreht. Warum war ihm das vorher nicht aufgefallen? Sie war irre, klammerte sich an irgendwelche Hirngespinste und hatte sich in ihre ganz eigene Welt zurückgezogen. Eine Welt, in der sie Richter, Henker und Rettung der Menschheit zugleich war.

»Halt endlich den Mund!«, sagte sie und begann, Bücher auf sein Gesicht zu stapeln.

**»Einen Stein, den zwölf Männer mühlich trügen,
wirft sie zwölf Klafter weit.«**

Nibelungenlied

»Was?« Capelli wollte ihren Ohren nicht trauen. »Was hast du da gerade gesagt?«

»Pssst«, Morell hob beschwichtigend die Hände. »Du hast versprochen, keinen Aufstand zu machen.«

»Das war, bevor du mir erzählt hast, dass Leander womöglich in Lebensgefahr schwebt.«

»Bitte beruhige dich.« Er schob Capelli einen Stuhl hin und brachte sie mit sanftem Druck dazu, sich zu setzen.

»Aber Sascha hat doch gestanden«, stammelte sie und blickte zu ihm hoch.

»Ja, das stimmt schon, aber es gibt da einige Ungereimtheiten, die mir schon den ganzen Tag nicht aus dem Kopf gehen wollen.«

»Und die wären?«

»Das Offensichtlichste zuerst: Sascha hat überhaupt keinen Bezug zu Leander. Warum also die Briefe?«

»Ist doch ganz logisch. Er wollte gestoppt werden.«

»Aber warum Leander? Warum nicht ich? Oder Bender? Oder der Bürgermeister?«

Capelli überlegte, aber ihr fiel keine Antwort ein. »Wir müssen

Leander finden«, sagte sie und spürte, wie ihre Augen sich langsam mit Tränen füllten.

»Ja, natürlich«, versuchte Morell sie ein wenig zu beruhigen und tätschelte ihren Kopf. »Dann zweitens: Die Hausdurchsuchung bei Sascha hat nichts ergeben, gar nix. Es wurden keine Blutspuren gefunden, keine Haare der Opfer, kein Betäubungsmittel, keine Spritzen – absolut nichts. Ist doch merkwürdig, wo doch die Opfer derart gequält wurden.« Morell wurde durch das Klingeln seines Handys unterbrochen. Er sah kurz auf das Display und hob dann ab. »Nein, Sie stören nicht … ja, ich habe diese Anweisung gegeben … bitte.« Er hörte kurz zu, schließlich sagte er »vielen Dank« und legte auf. »Das war das Krankenhaus – Sascha ist aufgewacht.«

»Und?«

»Anscheinend hat er sich nicht sehr darüber gefreut, dass die Ärzte sein Leben gerettet haben. Er hat angefangen zu weinen und versucht, die Schläuche aus seinen Armen zu reißen. Die Krankenschwester hat zum Glück schnell reagiert und ihm gleich eine Beruhigungsspritze verpasst. Es geht ihm den Umständen entsprechend gut.«

Capelli begann vor lauter Nervosität zu zittern. »Hat er etwas gesagt?«

»Ja«, Morell setzte sich neben sie und nahm ihre Hand. »Er hat anscheinend mehrmals etwas von einer Lebensversicherung gestammelt, die seine Frau und seine Tochter jetzt nicht mehr kriegen würden.«

»Oh nein!« Capellis Herz begann schneller zu schlagen, und ihre Hände wurden feucht. »Er konnte sich nicht selber umbringen, weil Lebensversicherungen bei Selbstmord nicht ausgezahlt werden …«

»… und darum kamen ihm zwei nervöse Polizisten mit Pistolen gerade recht«, vervollständigte Morell. »Er hat darauf spekuliert, dass wir ihn erschießen und seine Familie das Geld aus der Lebensversicherung bekommt. Das passt viel besser zu dem Sascha, den ich kenne, als die Theorie vom kaltblütigen Serienkiller.«

»Okay, dein Freund ist wahrscheinlich aus dem Schneider, aber wo ist Leander?« Capelli war aufgesprungen und wischte sich Tränen aus den Augen. »Gibt es ein Rätsel? Einen Hinweis? Irgendetwas, das uns hilft herauszufinden, wo wir ihn suchen müssen?«

»Beruhige dich. Leander ist ein zäher Kerl, der lässt sich nicht so leicht unterkriegen.« Morell war aufgestanden und drückte sie zurück auf den Stuhl. »Ich habe da so einen Verdacht. Wir haben doch dieses kleine Segelschiff im Brunnen gefunden.«

»Ja, der Mörder hat darauf die Zwölf hinterlassen.« Capelli wollte sich ein Glas Wasser einschenken, aber sie zitterte zu sehr.

»Ich dachte zuerst, dass das Schiff ein Mittel war, die Zwölf gut sichtbar zu platzieren – ein passendes Mittel, denn Maria segelte früher ja gern, wie mir ihr Mann erzählt hat. Aber heute hat Valerie etwas zu mir gesagt, das mich aufhorchen ließ.« Morell nahm Capelli das Glas aus der Hand, füllte es und reichte es ihr.

»Und das wäre?«, Capellis Hände bebten so stark, dass ein Großteil des Wassers aus dem Glas schwappte. Sie schien es nicht zu bemerken und starrte Morell an.

»Valerie hat gesagt, dass es immer Marias größter Traum war, einmal die Welt zu umsegeln. Das hat mich auf eine Idee gebracht.«

»Otto, bitte beeil dich. Wir haben vielleicht nicht mehr viel Zeit.«

»Eine Sache, über die ich mich die ganze Zeit gewundert habe, war, dass alle Opfer auf eine andere Art ums Leben gekommen sind. Normalerweise morden Serienkiller auf ein und dieselbe Weise. Außerdem waren die Tatorte, wie soll ich es sagen …«, Morell suchte nach dem richtigen Wort, »… inszeniert, als wollte der Täter – ganz unabhängig von der Zwölf – durch den Ort und die Art des Todes etwas ausdrücken. Verstehst du, was ich meine?«

Capelli nickte. »Du meinst, Sascha hätte seine Opfer auch auf der Straße erschießen oder in ihrem Bett erstechen können.«

»Genau. Das wäre doch viel einfacher gewesen.«

»Hm, vielleicht wollte Sascha auch zu verstehen geben: Diese Leute haben die Träume meiner Tochter zerstört, jetzt zerstöre ich ihre.«

»Habe ich auch schon dran gedacht, aber mir ist das viel zu … intellektuell. Ich kenne Sascha, der ist anders gestrickt.«

»Marias Leidenschaft war also das Segeln. Der Mörder hat sie ertränkt und ein Segelschiff hinterlassen. Wie sieht es bei den anderen Opfern aus? Joe zum Beispiel oder Andreas?«

»Keine Ahnung. Ich kannte sie nicht so gut, aber ich habe gesehen, dass Stefan da ist. Er war ein Freund von Andreas.«

Capelli stand auf und zerrte an Morells Arm. »Worauf wartest du dann noch?«

Morell fand Stefan im Flur, wo er sich, lässig an eine Kommode gelehnt, mit Julia, der Floristin, unterhielt.

»Na, wen haben wir denn da?«, fragte er. »Der Held des Tages kommt endlich wieder aus der Küche.«

»Ich muss dich dringend was fragen«, sagte Morell und zog Stefan zur Seite. »Ich muss wissen, ob Andreas irgendwelche Leidenschaften oder Träume hatte. Irgendetwas, das er schon immer einmal gerne tun wollte.«

Stefan überlegte. »Warum …«

»Bitte keine Fragen. Denk einfach nach.«

»Na ja, er hat gerne mal einen über den Durst gekippt. Wie die meisten Männer mochte er Fußball und schnelle Autos.«

»Da muss noch mehr sein. Denk nach«, drängte Morell.

»Er wollte früher mal Archäologe werden. Das ist aber schon ziemlich lange her. Ich erinnere mich nur daran, weil er so begeistert davon war, Leander zu treffen und mit ihm darüber zu reden.«

Morell nickte. »Vielen Dank, lasst euch nicht weiter stören«, sagte er und rannte zurück in die Küche.

Stefan schüttelte den Kopf und sah dem Chefinspektor verwundert nach. »Man merkt, dass er sich den Kopf gestoßen hat«, sagte er zu seiner Gesprächspartnerin und trank einen Schluck Wein.

»Es könnte tatsächlich ein Muster sein«, sagte Morell zu Capelli, die nervös begonnen hatte, an ihren Nägeln zu kauen.

»Andreas wollte früher Archäologe werden …«

»… und wurde eingegraben.«

»Ich kann mich auch dunkel erinnern, dass Thomas gerne Berufsfeuerwehrmann geworden wäre. Hier in Landau gibt es aber nur eine Freiwillige, und seine Frau wollte nicht von hier wegziehen …«

»… und er starb bei einem Brand.« Capelli sprang auf und hastete zur Tür.

»Wo willst du hin?«

»Ich rufe Leanders Mitbewohner an. Er hat uns damals bei einem der Rätsel geholfen. Irgendwo in meinen Unterlagen habe ich seine Nummer notiert. Wir müssen ganz schnell herausfinden, was Leanders heimliche Leidenschaft ist. Vielleicht hilft uns das, ihn zu finden.«

»Ja, ist gut«, sagte Morell und setzte sich an den Tisch. Er griff sich an den dicken Verband um seinen Kopf und nahm eine von den Tabletten, die ihm der Arzt verschrieben hatte. Was gerade geschah, war definitiv zu viel für ihn.

»Hier spricht Nina, Nina Capelli. Ja, die aus Landau. Du, ich muss kurz mit dir reden«, rief Capelli ins Telefon.

»Was gibt's denn?«, wollte Peter wissen, der sich anscheinend gar nicht über die späte Störung wunderte. »Habt ihr schon wieder eines von diesen komischen Rätseln bekommen?«

»Nein, es geht diesmal um etwas anderes. Es geht um Leander.«

»Oh je«, lachte Peter. »Was hat er denn diesmal wieder angestellt.«

»Es dauert zu lange, dir das alles zu erklären. Ich muss wissen, welche Leidenschaften Leander hat. Was sind seine Träume? Was wollte er immer schon einmal machen?«

»Da gibt's viel. Du kennst doch Leander. Von Nobelpreis gewinnen bis Supermodels flachlegen ist bei ihm alles drin.«

Capelli wurde immer ungeduldiger. »Denk mal richtig nach. Irgendwas Realistisches.«

Peter überlegte. »Er wollte einmal ein Buch schreiben. Früher habe ich ihn ein paar Mal dabei erwischt, wie er heimlich, still und leise an irgendeinem Roman herumgewerkelt hat. Aber irgendwann hat er damit aufgehört. Sonst fällt mir eigentlich spontan nichts ein. Und jetzt sag mir doch, was Leander wieder angestellt ...«

»Danke!«, würgte Capelli ihn ab und legte auf. Sie drängelte sich durch ein paar Gäste und stürmte wieder auf die Küche zu, in der Morell verzweifelt versuchte, seine Kopfschmerzen in den Griff zu bekommen.

»Er wollte mal ein Buch schreiben«, rief sie, während sie die Tür öffnete. »Fällt dir dazu was ein.« Sie konnte es fast nicht mehr aushalten. Nervös hüpfte sie von einem Bein auf das andere.

»Wenn du so rumzappelst, kann ich mich nicht konzentrieren.«

»Bitte«, flehte Capelli.

Die nächsten Sekunden erschienen ihr wie eine kleine Ewigkeit. Endlich hob Morell den Kopf und sah sie an. »Die Bibliothek«, sagte er.

»Na, dann los«, rief sie und riss den Chefinspektor am Ärmel mit sich fort.

**»Die zwölf maurischen Reiter schleuderten ihre Speere,
und schwer getroffen stürzte dein Bruder zusammen.«**
Felix Dahn, Ein Kampf um Rom

»Es ist doch das Backsteingebäude, nicht wahr?«, fragte Capelli, während sie ihr Auto mit Vollgas Richtung Bibliothek steuerte.

Morell nickte nur. Ihm war übel, aber er wusste nicht, ob das von den Schmerztabletten oder Capellis Fahrstil herrührte.

»Okay, dann weiß ich, wo ich hinmuss. Ich bin ein paar Mal daran vorbeispaziert.«

»Das ist nicht gut, was wir hier tun«, stöhnte Morell. »Du bist Medizinerin und keine Polizistin, und ich bin auch noch nicht hundertprozentig einsatzfähig.« Er fasste sich wieder an den dicken Verband um seinen Kopf. »Wir müssen Verstärkung rufen.«

»Otto, Bender liegt im Spital – du kannst natürlich die Kollegen in Innsbruck anrufen«, sagte Capelli und fuhr so schnell in eine Kurve, dass ihr Wagen auf der vereisten Straße ins Schleudern kam, »aber ich werde nicht so lange warten, bis die da sind.«

Morell schloss die Augen. »Wenn du jetzt einen Unfall baust, sind wir noch viel später da oder kommen erst gar nicht an.«

Capelli ignorierte ihn und trat noch stärker aufs Gaspedal.

»Versprich mir, dass du meinen Anweisungen folgst und nichts Eigenmächtiges unternimmst.« Morell hielt die Augen immer noch geschlossen. »Es könnte gefährlich werden. Du tust nur das, was ich dir sage.«

Vor ihnen war das kleine, rote Backsteingebäude aufgetaucht, in dem sich die Bibliothek befand.

»Schalt das Licht aus und bleib hier stehen«, sagte Morell. »Wir gehen die letzten paar Meter zu Fuß. Der Saukerl soll nicht wissen, dass er Besuch bekommt.«

Capelli parkte und holte eine kleine Taschenlampe aus dem Handschuhfach. »Ich bin bereit«, sagte sie.

»Kruzifix!«, fluchte Morell.

»Was ist denn?«

»Ich habe keine Waffe dabei. Du bist so schnell weggerannt, dass ich ganz vergessen habe, meine Pistole mitzunehmen.«

»Wir haben keine Zeit, zurückzufahren«, flüsterte Capelli. »Wir müssen uns irgendwie anders bewaffnen.« Sie rannte um das Auto herum und öffnete den Kofferraum. »Hier«, sie hielt Morell einen schweren Schraubenschlüssel hin und steckte sich selbst einen Schraubenzieher in die Jackentasche.

Morell griff sich wieder an den Verband. »Hoffentlich kommen wir da lebend wieder raus.«

»Keine Sorge, ich habe Medizin studiert. Ich weiß, wo man hinschlagen muss, um jemanden außer Gefecht zu setzen.«

»Hinter dem Haus ist ein kleiner Garten, da stehen ein paar Bäume. Ich glaube, dass die uns genügend Deckung geben können, um unbemerkt an das Gebäude ranzukommen.«

Sie schlichen um die Bibliothek herum.

»Da!« Capelli zeigte nach oben.

»Psssst«, zischte Morell und schaute, wohin sie gezeigt hatte. »Was ist da? Ich kann nichts Außergewöhnliches sehen.«

»Hat dein Sehnerv etwa auch was abbekommen? Da! Im ersten Stock. Das dritte Fenster von links.«

Morell sah noch einmal hoch. Tatsächlich konnte er in besagtem Fenster einen kleinen Lichtschimmer ausmachen. Irgendwo weiter drinnen musste also Licht brennen.

Die beiden huschten im Schutz der Dunkelheit durch den kleinen Garten und pressten sich an die Fassade. Dann schlichen sie geduckt so lange an der Hausmauer entlang, bis sie zur Hintertür kamen.

»Weißt du, wie man so was aufkriegt?«, fragte Capelli und zeigte auf das Türschloss.

»Nein, das nicht, aber ich kenne die Bibliothekarin.« Morell griff den Rahmen über der Tür ab. Dann bückte er sich.

»Was soll das heißen?«

»Das soll heißen, dass manche Menschen ihre alten Gewohnheiten niemals ablegen.« Er hielt Capelli einen Schlüssel vor die Nase. »Ersatzschlüssel«, sagte er. »Im Blumentopf.« Er sperrte die Tür auf und öffnete sie einen Spalt.

»Mach schon!« Capelli drückte sich von hinten gegen Morells breiten Rücken. »Geh rein, bevor uns jemand sieht.«

»Langsam«, fauchte der Chefinspektor. »Du hast versprochen, dich an meine Regeln zu halten. Gib mir die Taschenlampe.«

Die Gerichtsmedizinerin drückte sie ihm in die Hand. »Beeil dich!«

Morell ignorierte ihr Drängeln und leuchtete in den Raum, der vor ihm lag. »Gut, niemand zu sehen«, flüsterte er und ging, dicht gefolgt von Capelli, hinein.

»Wir müssen in den ersten Stock. Irgendwo muss hier eine Treppe sein, Otto. Ah, da drüben ist sie ja.« Capelli versuchte schon wieder, sich an ihm vorbeizudrängeln.

»Wenn du nicht augenblicklich aufhörst, hier herumzunerven, dann schick ich dich zurück. Hast du verstanden?«

Capelli schwieg.

»Hast du mich verstanden?«, wiederholte Morell und leuchtete Capelli ins Gesicht. Sie nickte.

»Gut, dann reiß dich jetzt zusammen und vergiss nicht, dass ich mich, im Gegensatz zu dir, hier auskenne. Ich bin schließlich in Landau aufgewachsen, und ob du es glaubst oder nicht, ich war schon einige Male in der Bibliothek. Ich ...«

Er wurde von einem Geräusch unterbrochen. Da waren Schritte auf der Treppe, die nur wenige Meter von ihnen entfernt in die oberen Stockwerke führte. Sie waren also wirklich nicht alleine hier. Er schaltete die Taschenlampe aus, drängte Capelli hinter sich, schloss seine Finger fest um den Schraubenschlüssel und hielt die Luft an.

Es vergingen einige Momente, die sich wie Stunden anfühlten, dann waren erneut Schritte zu hören. Wer auch immer sich noch in der Bibliothek befand, ging wieder nach oben.

Langsam atmete Morell aus. Seine Kopfschmerzen waren wie weggeblasen, dafür hatte das Adrenalin in seinem Körper gesorgt. Er ging auf die Treppe zu und hielt dabei den Schraubenschlüssel so heftig umklammert, dass seine Finger wehtaten. Capelli folgte ihm.

Vorsichtig schlichen sie die Stufen hoch und blieben im ersten Stock stehen.

»Da«, flüsterte Morell so leise er nur konnte und zeigte auf das Ende eines langen Flures, der vor ihnen lag.

Capelli nickte. Sie sah, was er meinte. Am Ende des Flures drang Licht aus einem kleinen Spalt unter einer Tür.

Morell huschte auf die Tür zu, und wieder einmal wunderte sich Capelli, wie es der sonst so träge und behäbige Mann manchmal schaffte, so flink und grazil zu sein.

Er öffnete die Tür einen Spaltbreit und streckte seinen Kopf durch den Schlitz. Vor ihm lag der Lesesaal. Im Erdgeschoss befanden sich nur der Schalter, an dem die Bibliothekarin saß, und ein kleiner Raum mit Kinderbüchern. Der Leseraum und die Bücher für Erwachsene waren hier im ersten Stock.

Morell blieb stehen, hielt die Luft an und lauschte. Außer seinem eigenen Herzschlag und dem Atem von Capelli, die hinter ihm stand, konnte er nichts hören. Er drehte sich um und schaute die Gerichtsmedizinerin an. Obwohl es kalt war, hatten sich Schweißperlen auf ihrer Stirn gebildet. Der Schraubenzieher in ihrer Hand zitterte. Sie zeigte nach links, wo das schwache Licht herkam, und Morell nickte. Eine der Leselampen brannte. Sie gingen langsam darauf zu.

In dem schummrigen Licht war zunächst nur die Silhouette einer Person zu erkennen, die etwas zu bauen schien. Auf den ersten Blick erinnerte Morell die Situation an ein Kind, das am Strand eine Sandburg errichtete, doch dann sah er, dass die Gestalt Bücher auf etwas draufstapelte. Oder, besser gesagt, auf jemanden, denn er konnte erkennen, wie ganz unten am Boden eine Hand aus dem Bücherberg hervorschaute – Lorentz!

Morell überlegte, was er tun sollte, weil er von seinem Platz aus nicht sehen konnte, ob der Täter bewaffnet war. Er drehte sich zu Capelli um, aber sie war nicht mehr da.

Augenblicklich fing sein Kopf wieder an zu schmerzen. Er konnte sich nicht konzentrieren, hatte das Gefühl, dass die Situation ihm entglitt, außer Kontrolle geriet, so wie bei Sascha Genz. Er musste etwas unternehmen. Aber was? Seine Grübelei wurde durch ein dumpfes Geräusch, gefolgt von einem kurzen Stöhnen, unterbrochen.

»Otto«, hörte er Capelli rufen. »Komm her und hilf mir!«

»Verdammt«, murmelte er, holte tief Luft und machte einen großen Schritt vor das Bücherregal. In der einen Hand hielt er noch immer den Schraubenschlüssel, in der anderen die Taschenlampe, die er jetzt anknipste.

Im Lichtkegel sah er Capelli, die wie eine Wahnsinnige Bücher von dem Stapel schleuderte. Neben ihr lag eine reglose Gestalt auf dem Bauch. Morell konnte eine Menge blonder Haare sehen, aus denen langsam ein wenig Blut tropfte. »Iris?«, fragte er.

»Komm, hilf mir die Bücher von Leander runterzubekommen!«, rief Capelli. »Er erstickt sonst.«

Morell löste sich aus seiner Erstarrung, rannte auf den Bücherberg zu und begann mit beiden Händen, die Wälzer von Lorentz' Körper zu entfernen.

»Leander!«, schrie Capelli. »Leander! Wir sind hier! Nicht aufgeben!«

Nachdem sie auch die letzten Bücher beseitigt hatten, kam ein blasser, fahler Lorentz zum Vorschein. Er war entweder ohnmächtig oder tot.

»Lebt er noch?«, hauchte Morell verzweifelt.

Capelli, die sich neben Lorentz gekniet hatte, nickte und wischte sich eine Träne aus dem Augenwinkel. »Er atmet. Wir haben Glück. Lange hätte er nicht mehr durchgehalten.« Sie streichelte Lorentz' Gesicht und küsste seine Stirn. »Armer Leander«, begann sie zu schluchzen. »Und ich habe so schlecht über dich gedacht.« Sie zog ihr Handy aus der Tasche und wählte den Notruf.

»Sie sind bald da«, sagte Capelli, als sie aufgelegt hatte, und tätschelte Lorentz' Wangen, die langsam wieder ein wenig Farbe bekommen hatten.

Morell atmete erleichtert auf und wandte sich zu Iris. Doch die Stelle, an der sie eben noch gelegen hatte, war leer.

»Verdammt, sie ist weg«, rief er Capelli zu.

»Ich habe ihr mit dem Schraubenzieher auf den Hinterkopf gehauen, rein theoretisch müsste sie noch einige Zeit außer Gefecht sein!«

»Theoretisch vielleicht ja, aber die Praxis sieht leider anders aus.« Morell griff sich an den Kopf. Der hämmernde Zwerg war zurückgekehrt, und diesmal hatte er einen Presslufthammer mitgebracht. Das hatte ihm gerade noch gefehlt. »War sie bewaffnet?«

»Nein, ich habe nichts gesehen.«

»Wollen wir hoffen, dass du recht hast«, murmelte Morell und stand auf. Er wollte sich gerade umdrehen, als er hinter Capelli einen Schatten auftauchen sah.

»Pass auf, hinter dir!«, schrie er und stürzte auf die Gerichtsmedizinerin zu. Er sah, wie Iris ihren Arm hob und in der Hand Capellis Schraubenzieher hielt. Verzweifelt riss er ein Buch aus dem Regal neben sich und schleuderte es Iris an den Kopf.

Es war ein Volltreffer. Morell hörte einen Schrei und sah dann, wie Iris nach hinten taumelte. Blut schoss ihr aus der Nase.

»Du Schwein«, schrie sie. »Du hast mir meine Nase gebrochen!«

»Polizei«, rief Morell. »Du bist verhaftet!« Er machte einen Schritt auf Iris zu. Doch die ging in Deckung, wie eine Katze, die sich zum Sprung bereit macht, und hielt drohend den Schraubenzieher vor sich.

»Von dir lasse ich mich sicher nicht verhaften, Fettwanst! Lieber krepier ich!« Iris bewegte sich rückwärts auf ein großes Fenster zu.

»Iris«, versuchte Morell sie zu beruhigen. »Mach nicht alles noch schlimmer! Leg den Schraubenzieher hin, dann können wir über alles reden!«

»Mit dir reden? Pah!« Sie streckte einen Arm nach hinten und öffnete das Fenster. Dann stieg sie auf den Sims. »Hau ab oder ich springe!«

»Lass doch den Quatsch!«, bat Capelli, die neben Morell aufgetaucht war. »Bitte, das bringt doch nichts!«

»Was wollt ihr denn, ihr Kranken!« Iris lachte hysterisch. »Von euch lass ich mir gar nichts sagen!«

Dann ließ sie sich rückwärts aus dem Fenster fallen.

Iris lag unnatürlich verdreht da, um ihren Kopf hatte sich eine Blutlache gebildet. Capelli ging neben ihr in die Hocke. Nachdem sie Iris' Haare beiseitegeschoben und sich die Wunde angeschaut hatte, drehte sie sich zu Morell und schüttelte den Kopf.

»Da ist nichts mehr zu machen. Sie ist genau auf dem Kopf gelandet.« Sie erhob sich, trat auf den Chefinspektor zu und umarmte ihn. »Was für eine Nacht«, sagte sie und begann zu weinen.

»Was für eine Nacht«, wiederholte Morell.

Aus der Ferne konnten sie die Sirenen des Krankenwagens hören.

**»Am zwölften Tage mit Sonnenaufgang erblickte er
die berühmte Pagode von Jagarnat.«**

Bernadin de Saint-Pierre, Die indische Hütte

Lorentz hatte wieder eine gesunde Gesichtsfarbe bekommen und bestand darauf, das Krankenhaus so schnell wie möglich zu verlassen.

»Ich stehe ja schließlich eh unter ärztlicher Beobachtung«, sagte er und zwinkerte Capelli zu, die am Bettrand saß und seine Hand hielt.

Morell, der auf der anderen Seite des Bettes stand, schmunzelte. Hatte er mit seinem schon seit Tagen gehegten Verdacht, dass es zwischen den beiden gefunkt hatte, also doch recht gehabt.

»Was hat denn die Hausdurchsuchung bei Iris ergeben, Otto?«, fragte Lorentz. »Gibt's neue Erkenntnisse?«

»Und ob, die Jungs von der Spurensicherung sind schon fleißig am Werk. Anscheinend hat Iris eines ihrer Opfer im Keller umgebracht. Da unten sieht es offenbar wie in einem Schlachthaus aus.«

»Joe«, sagte Lorentz.

»Das glaube ich auch, die DNA-Analysen werden Klarheit bringen.«

»Mein Gott, und ich war bei ihr im Haus!« Lorentz schauderte nun. »Ich habe im Wohnzimmer gesessen und Kaffee getrunken, während nur einige Meter unter mir Blut an den Wänden klebte.« Er schüttelte sich und setzte dann nachdenklich hinzu: »Ich frage mich, warum ich nicht bemerkt habe, dass sie verrückt war. Das hätte mir doch auffallen müssen.«

»Sie war offenbar eine ausgezeichnete Blenderin, so etwas gibt es häufig«, sagte Morell, kramte in der Manteltasche und brachte schließlich ein kleines rotes Büchlein zum Vorschein. »Hier, das haben wir bei ihr gefunden. Sie hat über ihre Taten Tagebuch geführt, und da wird deutlich, wie durchgedreht sie war. Nach dem Tod von Susanne war sie der Überzeugung, dass die Zwölf sie zu ihren Opfern führe. Sie hat zum Beispiel Thomas Liebenknecht am Bauernmarkt vor dem Stand Nummer Zwölf getroffen. Sie hat das als ein Zeichen angesehen, ihn beschattet und ausgehorcht. Hier steht«, Morell blätterte in dem Buch und begann vorzulesen, »»er ist ein gebrochener Mann. Sein toter Traum verpestet seine Seele. Wegen seiner Frau hat er den Beruf Feuerwehrmann aufgegeben, weil ihr die Einsätze zu gefährlich schienen und sie die unregelmäßigen Arbeitszeiten nicht mochte. Er hat seinen Traum geopfert und muss nun bitter dafür bezahlen. Der Job an der Tankstelle macht ihm keine Freude, und tagtäglich trauert er seinem alten Leben hinterher. Ich habe beobachtet, wie unfreundlich er seine Angestellten und seine Kunden behandelt und damit auch deren Dasein verdirbt. T. lässt sich immer mehr gehen und ist mittlerweile zu dick, um wieder in seinen Beruf zurückzukehren. Für ihn gibt es keine Hoffnung mehr. Es wird Zeit, ihn von seinem Leid zu erlösen.‹«

»Und dann hat sie die Tankstelle angezündet«, sagte Lorentz.

Morell nickte. »Sie hat gewartet, bis er am Abend alleine war und die Abrechnung gemacht hat, dann die Tür von außen verkeilt und Feuer gelegt.«

»Benzin und Gas waren ja genügend vorhanden«, meinte Capelli.

Morell nickte abermals. »Sie hat anscheinend schon damals Nachrichten hinterlassen, die ich aber nicht erkannt habe.«

»Tatsächlich?«

»Ja, sie hat offenbar eine rußige XII an eine Mauer gemalt.« Morell malte mit der Hand ein X und zwei Striche in die Luft.

»Mach dir deswegen keine Vorwürfe«, sagte Capelli, als sie sah, dass Morell etwas bedrückt wirkte. »Niemand hätte darauf geachtet. Wahrscheinlich hat die Feuerwehr beim Löschen eh das meiste weggespritzt.«

»Schon möglich«, sagte Morell und blätterte weiter. »Raimund war der Nächste. Iris hatte sich beim Kochen mit heißem Öl verbrannt und musste deswegen ins Krankenhaus. Dort hat sie Raimund getroffen und erst gedacht, er sei Arzt geworden, wie er es immer wollte. Was sich als ein Missverständnis herausgestellt hat. Er hatte sein Studium abgebrochen und arbeitete als Pfleger. Sie hat irgendwie mitbekommen, dass er in einem Haus mit der Nummer Zwölf lebte, und da war der Fall für sie klar.«

»Himmel«, sagte Lorentz. »Weißt du, wie viele Häuser es mit dieser Nummer gibt?«

»Ja.« Morell musste lächeln. »Bender hat eine Statistik darüber gemacht.«

»Wenn es nicht die Hausnummer gewesen wäre, dann wahrscheinlich die Buslinie oder der Geburtstag.«

»Die Telefonnummer, die Autonummer, das Postfach, der PIN-Code der Bankkarte oder einfach die Lieblingszahl. Wie wir bei Thomas gesehen haben, reichte es für Iris schon aus, das Gemüse am falschen Marktstand zu kaufen. Wenn man eine Zwölf sucht, dann findet man auch sicher eine.«

»Und dann?«, fragte Lorentz.

»Dann hat sie Raimunds Müll durchwühlt und eine Packung Anti-Depressiva gefunden.« Morell klappte das Buch zu. »Bei den anderen war es ähnlich.«

»Erstaunlich, wie sie ihre Opfer durch die Gegend verfrachtet hat. Immerhin waren kräftige Männer und eine korpulente Frau darunter.«

»Ach richtig, das hatte ich noch vergessen. Da kommt das Betäubungsmittel ins Spiel, das sie auch dir gespritzt hat. Sie hat es bei Raimund mitgehen lassen, der wohl übers Krankenhaus darangekommen war. Steht alles hier drin.« Morell schwenkte das rote Büchlein. »Wenn die Opfer außer Gefecht gesetzt waren, war es mit einer Sackkarre oder einer Rodel nicht wirklich schwer, sie zu transportieren. Man darf nicht vergessen, dass Iris eine relativ große Frau war, die regelmäßig Sport trieb.«

Die drei schwiegen einen Moment lang und hingen ihren Gedanken nach. Nur die Neonleuchte an der Decke brummte leise vor sich hin.

»So, dann will ich das Liebespaar nicht weiter stören. Außerdem habe ich selbst gleich ein Date. Mit Valerie.« Morell knuffte Lorentz auf den Oberarm und zwinkerte. »Vielen Dank übrigens dafür.« Er ging zur Tür, drehte sich aber kurz davor noch einmal um. »Was war eigentlich Iris' Traum?«, fragte er.

»Ich weiß nicht genau«, sagte Lorentz. »Ich glaube, sie wollte einfach etwas Besonderes sein, sie wollte Aufmerksamkeit haben, vielleicht auch berühmt werden.«

»Mei«, sagte Morell, »das hat sie dann ja wohl auch geschafft.«

»Darauf gingen alle zwölf Brüder miteinander aus, ihre Bräute zu suchen, und endlich fanden sie auch ein Haus mit zwölf Schwestern. Sie führten sie heim und feierten eine gemeinschaftliche große Hochzeit und waren froh und glücklich, und es ist leicht möglich, dass sie noch leben, wenn sie nicht gestorben sind.«

Josef Haltrich, Sächsische Volksmärchen aus Siebenbürgen

»Da soll noch einmal jemand sagen, dass das Leben auf dem Lande langweilig ist«, sagte Capelli, die am Steuer ihres kleinen grünen Fords saß. Sie hatten soeben den höchsten Punkt des Passes erreicht und fuhren nun talwärts gen Innsbruck.

Lorentz lachte. »Ich glaube, ich habe mich noch nie in meinem Leben so sehr auf meine alte Studentenbude und Peters räudige Katze gefreut wie jetzt gerade.« Er lehnte seinen Kopf an die kühle Fensterscheibe und schaute zu, wie die Landschaft an ihm vorbeizog. »Es ist schon komisch. Ich kann mich kaum noch an meine Fahrt nach Landau erinnern. Es ist zwar kaum zwei Wochen her, und trotzdem kommt es mir vor wie eine halbe Ewigkeit.« Er sah Capelli an. »Schon seltsam, wie wenige Tage ein ganzes Leben verändern können.«

Sie schmunzelte. »Ich hoffe, es waren auch ein paar gute Veränderungen dabei.«

Er beugte sich zu ihr und küsste sie auf die Wange. »Wunderbare Veränderungen«, sagte er. »Ganz wunderbare.«

»Was wirst du jetzt eigentlich machen?«, fragte sie. »Wirst du wieder an die Uni gehen und als Dozent arbeiten?«

Lorentz überlegte kurz. »Ich glaube ja. Hättest du nicht Lust, nach Wien zu ziehen?«

Sie schaute auf die Fahrbahn und lächelte.

Danksagung

Herzlichen Dank an meinen Agenten Kai Gathemann, ohne den ich diesen Roman nicht hätte »verbrechen« können. Danke außerdem an Jan Asdonk, den besten Spion, den man sich vorstellen kann. Und an all die anderen Schurken und Gauner, die mich in irgendeiner Form bei diesem Projekt unterstützt haben, insbesondere Horst Haslacher, Marion Füssl, Petra Schneidhofer sowie meine »Sisters in Crime« Pez, Marge, Rensch und Joe. Danke auch an meine Eltern, meine Gota, Prof. Leo Mazakarini, das Institut für Gerichtsmedizin in Wien und natürlich an das gesamte Team des S. Fischer Verlags.